高等职业教育通识类课程教材

中国古代文学

主　编　李　莉　黄志基　骆宇颖

中国水利水电出版社
www.waterpub.com.cn
·北京·

内 容 提 要

本教材在编写过程中将古代文学课程本身固有的特点和高职教育的教学规律相结合，突破传统教材按朝代划分章节的形式，而改为以文体为模块的形式来编写。教材分为五部分，即诗、词、曲、文和小说，每一部分选取满足高职定位需求的作品，以作品为主体。在每一类文体教学中，我们注重培养学生的不同能力：诗以记忆为主；词除记忆外要求学生会唱一定数量的词；曲以人物形象分析和读后感类文章撰写为主，锻炼理解能力；文以写作分析鉴赏及创作为主，锻炼写作能力；小说部分要求学生能够精彩复述，着重训练对典故的掌握及口头表达能力。全书按照学习目标、导入、任务训练、知识导读、强化训练、知识拓展等步骤来安排每一节，在教学中将“听、说、读、写”能力训练与专业的“职业化”训练紧密结合，力图做到目标明确、循序渐进，兼顾能力训练和知识拓展。

本书适合作为各类高职高专院校的中国古代文学教材，也可供古代文学爱好者阅读欣赏。

图书在版编目（CIP）数据

中国古代文学 / 李莉，黄志基，骆宇颖主编. -- 北京 : 中国水利水电出版社，2020.9
高等职业教育通识类课程教材
ISBN 978-7-5170-8841-7

Ⅰ. ①中… Ⅱ. ①李… ②黄… ③骆… Ⅲ. ①中国文学－古代文学史－高等职业教育－教材 Ⅳ. ①I209.2

中国版本图书馆CIP数据核字(2020)第171330号

策划编辑：陈红华　责任编辑：王玉梅　加工编辑：刘　瑜　封面设计：李　佳

书　名	高等职业教育通识类课程教材 中国古代文学 ZHONGGUO GUDAI WENXUE
作　者	主　编　李　莉　黄志基　骆宇颖
出版发行	中国水利水电出版社 （北京市海淀区玉渊潭南路 1 号 D 座　100038） 网址：www.waterpub.com.cn E-mail：mchannel@263.net（万水） sales@waterpub.com.cn 电话：（010）68367658（营销中心）、82562819（万水）
经　售	全国各地新华书店和相关出版物销售网点
排　版	北京万水电子信息有限公司
印　刷	三河市鑫金马印装有限公司
规　格	184mm×260mm　16 开本　17.5 印张　368 千字
版　次	2020 年 9 月第 1 版　2020 年 9 月第 1 次印刷
印　数	0001—3000 册
定　价	46.00 元

编 委 会

主 编 李 莉 黄志基 骆宇颖

编 委 李 莉 李日新 曾险峰 黄志基

骆宇颖 舒多多 陈火胜

前　言

编写这本书的起因是每年征订教材之际，在众多的教材之中，难以寻找到适合高职高专的中国古代文学教材。于是，在多年筹划之后，最终决定自己编订。

本教材在编写过程中试图将古代文学课程本身固有的特点和高职教育的教学规律相结合，为此我们改变传统教材按朝代划分章节的形式，而采用以文体为模块的形式来编写。整个教材分为五部分，即诗、词、曲、文和小说，每一部分选取满足高职定位需求的作品，以作品为主体。在每一类文体教学中，我们注重培养学生的不同能力：诗以记忆为主；词除记忆外要求学生会唱一定数量的词；曲以人物形象分析和读后感类文章撰写为主，锻炼理解能力；文以写作分析鉴赏及创作为主，锻炼写作能力；小说部分要求学生能够精彩复述，着重训练对典故的掌握及口头表达能力。全书按照学习目标、导入、任务训练、知识导读、强化训练、知识拓展等步骤来设计每一节，在教学中将“听、说、读、写”能力训练与专业的“职业化”训练紧密结合，力图做到目标明确、循序渐进，兼顾能力训练和知识拓展，尽量兼顾高职高专中国古代文学课堂对文学鉴赏、语言技能和文化知识的需求。

教材编写分工如下：第一章由黄志基和李莉编写，第二章由曾险峰、骆宇颖和舒多多编写，第三章由舒多多编写，第四章由李日新和骆宇颖编写，第五章由李莉编写；全书的统稿和整理由李莉完成。

本书从筹划、动笔、修撰到最终出版，历经数年。在编写过程中，参考了大量国内外相关的研究成果和观点，在此表示衷心感谢。由于编者水平有限，难免存在疏漏之处，敬请各位读者批评、指正。

编　者

2020 年 5 月

目　　录

第一章 诗

第一节　诗经

【学习目标】

知识目标：了解《诗经》的有关文学常识；掌握《诗经》的思想内容和艺术成就。

能力目标：会概括《诗经》的思想内容。

素质目标：培养诗歌的艺术情感。

【导入】

《诗经》是我国第一部诗歌总集。

思考：请说出你学过的《诗经》作品及其内容。

【任务训练】

实训任务 1：复述作品《关雎》内容，并总结概括作品思想内容的方法。

实训任务 2：运用概括作品思想内容的方法，分析《七月》的思想内容。

实训任务 3：概括《苯苢》的思想内容。巩固概括作品思想方法的能力。

活动目标：学会概括诗歌思想内容的方法。

【知识导读】

一、《诗经》篇数、编集

《诗经》是我国第一部诗歌总集，收录自西周初年至春秋中叶五百多年的诗歌 305 篇，先秦称为《诗》，或取其整数称《诗三百》，西汉时被尊为儒家经典，始称《诗经》，并沿用至今。

《诗经》共有风、雅、颂三个部分。其中“风”包括“十五国风”，有诗 160 篇，是《诗经》的核心内容；“雅”分“大雅”“小雅”，有诗 105 篇；“颂”分“周颂”“鲁颂”“商颂”，有诗 40 篇。这些诗当初都是配乐而歌的歌词，保留着古代诗歌、音乐、舞蹈相结合的形式，但在长期的流传中，乐谱和舞蹈失传，现在就只剩下诗歌了。

关于《诗经》的编集，汉代有三种说法。

第一种，采诗说。《汉书・艺文志》载：“故古有采诗之官，王者所以观风俗，知得失，自考正也。”《诗经》305 篇的韵部系统、用韵规律和诗歌形式基本上是一致的，而它包括的时间长、地域广，在古代交通不便、语言互异的情况下，如果不是经过有目的的采集和整理，要产生这样一部诗歌总集是不可想象的。因而，采诗说是可信的。

第二种，删诗说。《史记・孔子世家》载：“古者诗三千余篇，及至孔子，去其重，取可施于礼义……三百五篇，孔子皆弦歌之。”唐代孔颖达、宋代朱熹、明末清初朱彝尊、清代魏源等对此说均持怀疑态度。《诗经》大约成书于公元前 6 世纪，此时孔子尚未出生；公元前 544 年吴公子季札至鲁国观乐，鲁乐工为他所奏的风诗次序与今本《诗经》基本相同，说明那时已有了一部《诗》，彼时孔子年仅 8 岁。因此，近代学者一般认为删诗说不可信。但根据《论语》中孔子所说“吾自卫返鲁，然后乐正，雅、颂各得其所”，可知孔子确曾为《诗》正过乐。只不过至春秋后期新声兴起，古乐失传，《诗三百》便只有歌诗流传下来，成为今之所见的诗歌总集。

第三种，献诗说。在周代的时候公卿列士献诗、陈诗，以颂美或讽刺，是有史籍考证的。当时天子为了“听政”和“考其俗尚之美恶”，而命诸侯百官献诗。

《国语・周语》：“故天子听政，使公卿至于列士献诗，瞽献曲，史献书，师箴，瞍赋，蒙诵。”这主要是为了反映民情，考察政治得失，维持自己的统治，这也正是《汉书・艺文志》里说的“王者所以观风俗，知得失，自考正也”。

朱熹在《诗集传》中说过，“诗”是“诸侯采之贡于天子”。《汉书・食货志》《礼记・王制》《国语・晋语》也有类似的记载。

二、《诗经》体例分类

《诗经》的体例是按照音乐性质来划分的，分为风、雅、颂三类。

风是不同地区的地方音乐，多为民间的歌谣。《风》诗是从周南、召南、邶、鄘、卫、王、郑、齐、魏、唐、秦、陈、桧、曹、豳等 15 个地区采集的土风歌谣，共 160 篇。大部分是民歌。根据“十五国风”的名称及诗的内容大致可推断出，诗产生于现在的陕西、山西、河南、河北、山东和湖北北部等地。

雅即朝廷之乐，是周王朝直辖地区的音乐，大部分为贵族的作品，即所谓正声雅乐，只有《小雅》中有少量民歌。《雅》诗是宫廷宴享或朝会时的乐歌，按音乐的不同又分为《大雅》31 篇、《小雅》74 篇，共 105 篇。

颂是宗庙祭祀的乐歌和史诗，内容多是歌颂祖先功业的。《颂》诗又分为《周颂》31 篇、《鲁颂》4 篇、《商颂》5 篇，共 40 篇，全部是贵族文人的作品。

从时间上看，《周颂》和《大雅》大部分当产生在西周初期；《大雅》的小部分和《小雅》大部分当产生在西周后期至东迁时；《国风》的大部分和《鲁颂》《商颂》当产生于春秋时期。从思想性和艺术价值上看，“三颂”不如“二雅”，“二雅”不如“十五国风”。风是诗经的精华。

三、《诗经》思想内容

《诗经》全面地展示了中国周代的社会生活，真实地反映了中国奴隶社会从兴盛到衰败的历史进程。其中有些诗，如《大雅》中的《生民》《公刘》《绵》《皇矣》《大明》等，记载了后稷降生到武王伐纣的事，是周部族起源、发展和立国的历史叙事诗。

《魏风・硕鼠》《魏风・伐檀》等以冷嘲热讽的笔调形象地揭示了奴隶主贪婪成性、不劳而获的寄生本性，唱出了人民反抗的呼声和对理想生活的向往，显示了奴隶制崩溃时期奴隶们的觉醒；《小雅·何草不黄》《豳风·东山》《唐风·鸨羽》《小雅·采薇》等写出了征夫思家恋土和对战争的哀怨；《王风·君子于役》《卫风·伯兮》等表现了思妇对征人的怀念。它们从不同的角度反映了西周时期不合理的兵役制度和战争徭役给人民带来的无穷痛苦和灾难。《周南·芣苢》完整地刻画了妇女们采集车前子的劳动过程；《豳风·七月》记叙了奴隶一年四季的劳动生活；《小雅·无羊》反映了奴隶们的牧羊生活。

还有不少诗表现了青年男女的爱情生活，如《秦风·蒹葭》表现了男女之间如梦的追求；《郑风·溱洧》《邶风·静女》表现了男女之间戏谑的欢会；《王风·采葛》表现了男女之间痛苦的相思；《卫风·木瓜》《召南·摽有梅》表现了男女之间的相互馈赠；《鄘风·柏舟》《郑风·将仲子》反映了家长的干涉和社会舆论给青年男女带来的痛苦；《邶风·谷风》《卫风·氓》抒写了弃妇的哀怨，愤怒地谴责了男子的忘恩负义，反映了阶级社会中广大妇女的悲惨命运。

四、艺术成就及其影响

《毛诗序》中说："诗者，志之所之也；在心为志，发言为诗。情动于中而形于言，言之不足，故嗟叹之，嗟叹之不足故永歌之，永歌之不足，不知手之舞之，足之蹈之也。"进入文明时代之后，艺术必然趋于细化，诗歌便从歌辞中脱离出来，成为独立的文体。

《周礼·春官宗伯·大司乐/小师》云："大师……教六诗：曰风，曰赋，曰比，曰兴，曰雅，曰颂。""六诗"在《毛诗序》中又作"六义"。其中，风、雅、颂是按体例分类来说的；赋、比、兴是就表现手法而言的。关于赋、比、兴，宋代朱熹在《诗集传》中做了比较确切的解释："赋者，敷也，敷陈其事而直言之也；比者，以彼物比此物也；兴者，先言他物以引起所咏之词也。"例如《豳风·七月》《卫风·氓》都是赋体：前者铺叙了奴隶春耕、采桑、纺织、田猎、造酒、贮藏和准备过冬等一年四季的全部劳动生活，表现了阶级的对立和奴隶们的悲愤之情；后者倒叙了弃妇由恋爱到结婚直至被遗弃的悲惨遭遇，表现了弃妇的哀怨和决绝。《魏风·硕鼠》《邶风·新台》都是比体：前者把剥削者比作贪婪的大老鼠，后者把淫乱无耻的卫宣公比作大癞蛤蟆；二者都寄寓了极大的讽刺之意。《周南·关雎》《魏风·伐檀》都是兴体：前者以贞鸟雎鸠的"关关"叫声起兴，联想起人的男女之情；后者以奴隶们的"坎坎"伐木声起兴，联想到奴隶主阶级的不劳而获。在《诗经》中，赋、比、兴手法常常是交替使用的，有"赋而比也"，有"比而兴也"，也有"兴而比也"。例如《卫风·氓》是赋体，但诗中"桑之未落，其叶沃若，吁嗟鸠兮，无食桑葚"又显然是"兴而比也"。《卫风·硕人》用铺陈的手法描写庄姜的美貌，但其中"手如柔荑，肤如凝脂，领如蝤蛴，齿如瓠犀，螓首蛾眉"传神地表现出庄姜的天生丽质，这显然又是"赋而比也"。赋、比、兴手法的成功运用，是构成《诗经》民歌浓厚风土气息的重要原因。

《诗经》以四言为主，兼有杂言，在结构上多采用重章叠句的形式加强抒情效果，每一章只变换几个字，却能收到回旋跌宕的艺术效果；在语言上多采用双声叠韵、叠字联绵词来状物、拟声、穷貌，"以少总多，情貌无遗"；在押韵上有的句句押韵，有的隔句押韵，有的一韵到底，有的中途转韵，现代诗歌的用韵规律在《诗经》中几乎都具备了。

《诗经》是中国现实主义文学的光辉起点，由于其内容丰富、思想和艺术上的高度成就，在中国乃至世界文化史上都占有重要地位。它开创了中国诗歌的优秀传统，对后世文学产生了不可磨灭的影响。此外，日本、朝鲜、越南等国很早就传入汉文版《诗经》。从 18 世纪开始，又出现了法文、德文、英文、俄文等译本。《诗经》中的乐歌，原来的主要用途，一是作为各种典礼仪式的一部分，二是娱乐，三是表达对于社会和政治问题的看法。但到后来，《诗经》成了贵族教育中普遍使用的文化教材，学习《诗经》成了贵族人士必需的文化素养。这种教育一方面具有美化语言的作用，特别是在外交场合，常常需要摘引《诗经》中的诗句，委婉地表达自己的意思。这叫“赋诗言志”，其具体情况在《左传》中多有记载。从《论语》中“不学诗，无以言”“诵诗三百，授之以政，不达；使于四方，不能专对，虽多亦奚以为？”可以看出，学习《诗经》对于上层人士及准备进入上层社会的人士，具有何等重要的意义。另一方面，《诗经》的教育也具有政治、道德意义。《礼记·经解》引用孔子的话说，经过“诗教”，可以使人“温柔敦厚”。《论语》记载孔子的话，也说学了诗可以“迩之事父，远之事君”，即学到侍奉长辈和君主的道理。按照孔子的意见（理应也是当时社会上层一般人的意见），“诗三百，一言以蔽之，曰：‘思无邪’。”也就是说，《诗经》中的作品，全部（或至少在总体上）是符合当时社会公认的道德原则的。

这里有两点值得注意。第一，就孔子所论来推测当时人对《诗经》的看法，他们所定的“无邪”的范围是相当广的。许多斥责统治黑暗、表现男女爱情的诗歌，只要不超出一定限度，仍可认为“无邪”，即正当的感情流露。第二，《诗经》毕竟不是一部单纯的诗集，它既是周王朝的一项文化积累，又是贵族日常诵习的对象。所以，虽然收录了不少民间歌谣，但恐怕不可能包含正面地、直接地与社会公认的政治与道德原则相冲突的内容。

秦代曾经焚毁包括《诗经》在内的所有儒家典籍。但由于《诗经》是易于记诵的、士人普遍熟悉的书，所以到汉代又得以流传。汉初传授《诗经》学的共有四家，也就是四个学派：齐之辕固生，鲁之申培，燕之韩婴，赵之毛亨、毛苌，简称齐诗、鲁诗、韩诗、毛诗（前两者取国名，后两者取姓氏）。齐、鲁、韩三家属今文经学，是官方承认的学派；毛诗属古文经学，是民间学派。但到了东汉以后，毛诗反而日渐兴盛，并为官方所承认；前三家则逐渐衰落，到南宋就完全失传了。今天我们看到的《诗经》，就是毛诗一派的传本。

《诗经》的基本句式是四言，间或杂有二言至九言的各种句式，但杂言句式所占比例很低，只有个别诗是以杂言为主的，如《伐檀》。以四言句式为主干，可以推想当时演唱《诗经》的音乐旋律，是比较平稳和比较简单的。至汉代以后，四言诗虽一直有人写，但已不再是重要的诗型了，反而在辞赋、颂、赞、诔、箴、铭等特殊的韵文文体中，运用得很普遍。

《诗经》常常采用叠章的形式，即重复的几章间，意义和字面都只有少量改变，造成一唱三叹的效果。这是歌谣的一种特点，可以借此强化感情的抒发，所以在《国风》和《小雅》的民歌中使用最普遍；而在《颂》和《大雅》，以及《小雅》的政治诗中几乎没有。典型的例子如《周南·芣苢》：

采采芣苢，薄言采之。采采芣苢，薄言有之。

采采芣苢，薄言掇之。采采芣苢，薄言捋之。

采采芣苢，薄言袺之。采采芣苢，薄言襭之。

全篇三章十二句，只变动了六个动词，不但写出采摘的过程，而且通过不断重复的韵律，表现出生动活泼的气氛，似乎有一种合唱、轮唱的味道。清人方玉润说："恍听田家妇女，三三五五，于平原旷野、风和日丽中群歌互答，余音袅袅，忽断忽续。"（《〈诗经〉原始》）这么说也许多了一些想象，但叠章重句的美感的确是很动人的。四言诗衰微后，这种形式也被捐弃，只能偶一见之，倒是在现代歌曲中，又常看到这种情况。这说不上"影响"，却有古今相通之理。

作为歌谣，为了获得声韵上的美感，《诗经》中大量使用双声、叠韵、叠字的语汇。在古汉语的规则中，这类词汇大抵是形容词性质，有助于表达曲折幽隐的感情，描绘清新美丽的自然。如《诗经》首篇的《关雎》，"关关"（叠字）形容水鸟叫声，"窈窕"（叠韵）表现淑女的美丽，"参差"（双声）描绘水草的状态，"辗转"（双声叠韵）刻画因相思而不能入眠的情状，既有和谐的声音，也有生动的形象。

《诗经》里大量运用了赋、比、兴的表现手法（尤其表现在每首诗歌的开头部分），加强了作品的形象性，获得了良好的艺术效果。赋包括一般陈述和铺排陈述两种情况。大体在《国风》中，除《七月》等个别例子，用铺排陈述的较少；《大雅》《小雅》中，尤其是史诗，铺排陈述的场面较多。汉代辞赋的基本特征就是大量铺陈。虽然从《诗经》到汉赋还间隔许多环节，但说其原始的因素源于《诗经》，也未尝不可。《诗经》中的诗歌擅长以赋比兴开头，影响了后来的民歌。

总而言之，《诗经》是中国诗歌，乃至整个中国文学的一个光辉起点。它从多方面表现了那个时代丰富多彩的现实生活，反映了各个阶层人们的喜怒哀乐，语言大胆而清丽，以其现实性，区别于其他民族的早期诗歌，开辟了中国诗歌的独特道路。虽然，由于特殊的社会生存条件，《诗经》缺乏浪漫的幻想，缺乏飞扬的个性自由精神，但在那个古老的时代，它是无愧于人类文明的，是值得我们骄傲的。

【强化训练】

请选择《诗经》中的一首诗，概括其思想内容。

【知识拓展】

古诗的思想内容

古诗思想鉴赏主要表现为：概括作品的主要内容，分析作品抒发了作者怎样的思想感情，理解作品的主旨，分析作品所反映的社会现实，评价诗歌思想内容的积极意义或局限。

（1）理解主旨。主旨可能是诗歌要表达的某种感情，可能是诗人要阐述的某种哲理，也可能是诗人关于社会、生活、生命的看法和感悟，是诗歌内容的灵魂。

（2）分析作品反映的现实。优秀的诗歌作品总是直接或间接地反映当时的社会现实，阅读这样的作品不仅能够使我们认识诗人的情感，也能引导我们走进历史，走进当时的社会生活。我们可以以诗歌为媒介，认识古代社会，走进古人的生活。

（3）评价思想的积极意义或局限性。可以从格调的高雅与庸俗、情感的健康与不健康、诗人思想的积极或消极等方面进行思考。

第二节　楚辞

【学习目标】

知识目标：了解有关楚辞体诗歌的知识。

能力目标：能归纳《离骚》的艺术特点。

素质目标：学习屈原的爱国主义精神。

【导入】

屈原是我国文学史上的一位伟大诗人。他的作品有《九歌》《离骚》《九章》《天问》《招魂》等，真实地反映了楚国的社会现实和楚国人民的悲惨命运，深刻地表现了他的进步的政治理想和正直的人生态度，尖锐地揭露和批判了腐朽反动的政治势力，抒发了爱国爱民的炽烈情怀。他的诗歌是我国文学史上积极浪漫主义的光辉起点，对我国文学的发展有着极为深远的影响。

请思考：屈原的诗歌的特点。

【任务训练】

实训任务：阅读屈原作品《离骚》，说出作品的艺术特点。

活动目标：理解楚辞体诗歌的特点，并接受爱国主义精神的熏陶。

【知识导读】

一、什么是“楚辞”？

楚辞体是战国中晚期产生于楚地，由楚国的诗人吸收南方民歌的精华，融合上古神话传说，创造出的一种新诗体。楚辞体打破了《诗经》四字一句的格式，是中国古代诗歌的一次大发展，也开启了我国诗史上的第二个春天。楚辞采取三言至八言参差不齐的句式，篇幅和容量可根据需要而任意扩充。形式上的活泼多样使楚辞更适宜于抒写复杂的社会生活和表达丰富的思想感情。

楚辞体的特点是结构宏伟、想象丰富、句式灵活，以屈原、宋玉等为代表作家，代表作品包括屈原的《离骚》《九歌》《九章》等。这类作品富于抒情成分和浪漫气息，篇幅、字句较长，形式较自由，并多用“兮”字以助语势。因其运用楚地的文学样式、方言声韵，叙写楚地风土物产等，具有浓厚的地方色彩，后世称此种文体为“楚辞体”，又名“骚体”。

楚国踞南，与周同受殷商影响，楚庄王时势力急速扩张，南北文化在此水乳交融，中原高度的思想文化大大地为楚国吸收。到了战国，南北文化之汇更显，《诗经》移植于南方足可证。当时，楚国君臣上下，说起话来，诗经琅琅。开始之时，此等移植多用于外交辞令，后来渗入楚文学，感染文人的思想。屈原是楚辞的奠基者和代表作家，是楚辞体诗歌的创始人。

“楚辞”这一新文体的产生有以下原因。首先，从楚辞体的艺术形式来看，它与楚地的原始神话和巫觋、工祝等的宗教活动有密切关系。屈原的作品《九歌》《招魂》《天问》等无不在这方面有着鲜明的烙印。其次，楚辞的产生与楚地的乐曲和民歌也有密切关系。在春秋战国时代，楚国的音乐被称为“南音”或“南风”。

楚辞作品的篇章体制均是比较长、大的，特别是与北土的乐歌《诗经》作品相比，更显示出其宏伟繁复。另外，将新型诗体楚辞与《诗经》作品相比，最为明显的是句式、语调不同。《诗经》作品主要为四言体，篇幅不大，以重章叠句的形式构成；楚辞作品则为长句，大量使用“兮”字，几乎成为楚辞体最明显的标志。

二、关于《离骚》

《离骚》是屈原自叙平生的长篇抒情诗，它的名称有双重含义。从音乐方面来说，《离骚》可能是楚国普遍流行的一种歌曲的名称。游国恩曰：“《楚辞・大招》有‘伏羲驾辩，楚劳商只’之文，王逸注云：‘驾辩、劳商，皆曲名也。’‘劳商’与‘离骚’为双声字，或即同实而异名。西汉末年，赋家扬雄曾仿屈原的《九章》，自《惜诵》以下至《怀沙》一卷，名曰《畔牢愁》。‘牢’‘愁’为叠韵字，韦昭解为‘牢骚’，后人常说发泄不平之气为‘发牢骚’，大概是从这里来的。”(《楚辞论文集》) 这一论证是确切的。

屈原的创作是从楚国的民间文学汲取丰富的泉源，既然他的作品内容，“书楚语，作楚声，纪楚地，名楚物”(黄伯思《东观余论・翼骚序》)，那么作品的名称袭用民间歌曲的旧题，更是完全可以理解的。当然，这一句词并非有声无义。司马迁《史记・屈原贾生列传》引刘安的话，说：“《离骚》者，犹‘离忧’也。”《离骚》就是“离忧”，也就是前面所说的“劳商”“牢愁”和“牢骚”，都是一声之转的同义词，同样表达抑郁不平的情感。《史记》本传说屈原“忧愁幽思而作《离骚》”，足见标题是决定于作品的内容，而标题的音乐意义和作品的内容是统一的。“离忧”“离骚”“劳商”“牢愁”“牢骚”，都是双声或叠韵字所组成的联绵词，只是一个完整的意义。班固《赞骚序》说：“离，遭也；骚，忧也。明己遭忧作辞也。”王逸《楚辞章句》说：“离，别也；骚，愁也。”显然，他们都是在替司马迁“《离骚》者，犹‘离忧’也”这句话做注脚，但却误会了司马迁的原意。

《离骚》写于屈原四十岁左右，此时正是楚怀王末期，楚国屡次兵败地削，怀王主张不定，楚国政府内部亲秦派和抗秦派之间的斗争非常剧烈。

全篇的线索是屈原的生平思想与现实的矛盾纠结。本篇的具体内容是屈原的自叙生平，而屈原的生平是和楚国客观形势密切相关的。随着楚国客观形势的不断变化，屈原的态度是怎样变化的呢？最初他满怀信心地提出“愿俟时乎吾将刈”，可是现实不允许，接着是“延伫乎吾将反”；其次是“吾将上下而求索”；再次是“吾将远逝以自疏”；而这都不可能，最后就是“吾将从彭咸之所居”了。这五句表明了屈原的思想发展变化的五个过程，相互之间的内在关系是紧紧相连的，基本思想是一致的。这样就很自然地划清了文章的层次，更引出了贯穿全篇的主要线索。

从这一主要线索派生出来的其他各个方面的叙述亦莫不如此。例如，篇中以男女的爱恋象征理想的追求，始则曰，“吾将上下而求索”；继则曰，“哀高丘之无女”；继则曰，“相下女之可诒”；继则曰，“闺中既以邃远兮”；继则曰，“岂惟是其有女”；继则曰，“聊浮游而求女”。又如，用芬芳的服饰比喻自己的好修。遣词用意，也都是前后一贯，脉络分明，自成体系的。

《离骚》是一首充满激情的政治抒情诗，是一首现实主义与浪漫主义相结合的艺术杰作。诗中的一些片断反映了当时的历史事实，如“初既与余成言兮”“后悔遁而有他”“伤灵修之数化”，即指怀王在政治外交上和对屈原态度上的几次反复。但表现上完全采用了浪漫主义的方法，不仅运用了神话、传说材料，也大量运用了比兴手法，以花草、禽鸟寄托情意，“以情为里，以物为表，抑郁沉怨”（刘师培《论文杂记》）。而诗人采用的比喻中对喻体的调遣，又基于传统文化的底蕴，因而总给人以言有尽而意无穷之感。

由于诗人无比的忧愤和难以压抑的激情，全诗如大河之奔流，浩浩汤汤，不见端绪。但是，细心玩味，无论诗情意境的设想，还是外部结构，都体现了诗人不凡的艺术匠心。

从构思上说，诗中写了两个世界：现实世界和由天界、神灵、往古人物以及人格化了的日、月、风、雷、鸾凤、鸟雀所组成的超现实世界。超现实世界是对现实世界的补充。在人间见不到君王，到了天界也同样见不到天帝；在人间是“众皆竞进以贪婪兮”，找不到同志，到天上求女也同样一事无成。

《离骚》塑造了一个高大的抒情主人公形象。首先，他有着突出的外部形象的特征。“高余冠之岌岌兮，长余佩之陆离。”“长颇颔亦何伤。”很多人物画像即使不写上“屈原”二字，人们也可以一眼认出是屈原，就是因为诗中这种具有特征性的描写。其次，他具有鲜明的思想性格。第一，他是一位进步的政治改革家，主张法治（“循绳墨而不颇”），主张举贤授能。第二，他主张美政，重视人民的利益和作用（“皇天无私阿兮，览民德焉错辅”），反对统治者的荒淫暴虐和臣子的追逐私利（陈辞一段可见）。第三，他追求真理，坚强不屈（“亦余心之所善兮，虽九死其犹未悔”“虽体解吾犹未变兮，岂余心之可惩”）。这个形象，是中华民族精神的集中体现，两千多年来给无数仁人志士以品格与行为的示范，给予他们力量。

《离骚》的语言是相当美的。首先，大量运用了比喻、象征的手法，如以采摘香草喻加强自身修养，以佩带香草喻保持修洁等。但诗人的表现手段却比一般的比喻高明得多，如“制芰荷以为衣兮，集芙蓉以为裳。不吾知其亦已兮，苟余情其信芳”中的“芳”自然由“芰荷”“芙蓉”而来，是照应前两句的，但它又是用来形容“情”的，所以虽然没有用“如”“似”“若”之类的字眼，也未加说明，却喻义自明。其次，运用了不少香花、香草来象征性地表现政治的、思想意识方面的比较抽象的概念，不仅使作品含蓄，长于韵味，而且增加了作品的色彩美。再次，全诗以四句为一节，每节又由两个用“兮”字连接的若连若断的上下句组成，加上固定的偶句韵，使全诗一直在回环往复的旋律中进行，具有很强的节奏感。最后，运用了对偶的修辞手法，如“夕归次于穷石兮，朝濯发乎洧盘”“苏粪壤以充帏兮，谓申椒其不芳”“惟兹佩之可贵兮，委厥美而历兹”等，将“兮”字去掉，对偶之工与唐宋律诗对仗无异。

【强化训练】

分析《九歌·湘夫人》，说出其艺术特点。

【知识拓展】

移情

移情是诗歌表达的一种重要方式。所谓“移情”，就是诗人把自己的生命和情趣外射或移注到创作对象中去，使本无生命和情趣的外物仿佛具有人的生命活动，即古人所说的“以我观物，则物皆着我之色彩”。

移情的过程就是诗人先有某种情意而后将它移注于外物之中，达到物人合一，使对象活动拟人化的过程。“感时花溅泪，恨别鸟惊心”“颠狂柳絮随风舞，轻薄桃花逐水流”“蜡烛有心还惜别，替人垂泪到天明”，这些诗句就采用了移情手法，其中花、鸟、柳絮、桃花、蜡烛这些本无感情色彩的“物”在诗人的笔下，宛若与人的喜怒哀乐息息相通，别有一番审美情趣。例如：

梦江南

温庭筠

梳洗罢，独倚望江楼。过尽千帆皆不是，斜晖脉脉水悠悠。肠断白苹洲。

第三节 汉乐府民歌和古诗十九首

【学习目标】

知识目标：理解汉乐府民歌和古诗十九首的有关思想内容和艺术特色。

能力目标：能分析汉乐府民歌和古诗十九首。

素质目标：培养热爱民间诗歌的感情。

【导入】

民歌指每个民族的传统歌曲。每个民族的先民都有古已有之的歌曲，这些歌绝大部分不清楚谁是作者，而以口头传播，一传十、十传百，一代传一代地传递至今。不过今天我们所说的民歌，主要是指以木吉他为伴奏乐器，以自然坦率方式歌唱，唱出纯朴生活感受的那种歌曲。

思考：请说出一首民歌并分析其特点。

【任务训练】

实训任务 1：阅读《十五从军征》，并分析其特点。

实训任务 2：分析《行行重行行》。

活动目标：学会分析汉乐府民歌及文人五言诗，并掌握其特点。

【知识导读】

一、汉乐府民歌

“乐府”本是古代掌握音乐的官署机构，六朝时人们把合乐的歌辞、袭用乐府旧题或模仿乐府体裁写成的诗歌统称为“乐府”，于是乐府演变为一种诗体名称。沿用到后世，含义进一步扩大，如宋人把词，元、明人把散曲也称作乐府。设立乐府机构的记载，最早见于秦代。当时的乐府只管民间俗乐，祭祀的雅乐则属太乐掌管。汉武帝时重建乐府机构，扩大其规模，其职能除制定乐谱、训练乐工、填写歌辞、编配乐器进行演奏外，还负有采集民歌的使命，开始形成雅乐俗乐并存的局面。当时采集民歌的目的，不独为了观察民情，供朝会、祭祀等典礼之用，也有愉悦耳目的作用，更有满足“大一统”心理的动机，但它在客观上起到了收集、整理和保存民歌的作用。

汉乐府诗歌包括文人乐府和乐府民歌，现仅存百余首，主要保存在宋郭茂倩编的《乐府诗集》中的郊庙歌辞、相和歌辞、杂曲歌辞和鼓吹曲辞中。民歌是其精华，现仅存四十多首，其中多数是东汉作品，主要保存在相和歌辞、鼓吹曲辞和杂曲歌辞中。

二、汉乐府民歌的思想内容

汉乐府民歌继承和发扬了《诗经》民歌的现实主义传统。它“感于哀乐，缘事而发”，传达了汉代民众的心声，反映了现实社会，是汉代社会生活的一面镜子。

汉乐府民歌的一个重要内容是表现民众的悲苦、怨恨与反抗。汉代数百年间，豪族日富，黎民百姓日贫，社会矛盾日益尖锐。《妇病行》是反映这一内容的典型作品，诗中描写病妇托孤、丈夫乞求、孤儿啼索母抱的情景，具有强烈的现实意义。《孤儿行》则反映了私有制下道德沦丧导致的一幕悲剧。孤儿出生在一个富有家庭，父母在时，他“乘坚车，驾驷马”，父母死后，他成了兄嫂的私奴，备受虐待，长年被驱使外出行商，回来又被使唤去办饭、视马、汲水、养蚕、收瓜。如此辛劳，却“冬无复襦，夏无单衣”。他痛不欲生，“居生不乐，不如早去，下从地下黄泉”。这不只是一个家庭悲剧，还是严重的社会悲剧。《东门行》则表现了百姓困不可忍之后的反抗。诗中描写了一个城市贫民面临生活绝境，被迫铤而走险的情景。诗中的男主人公下了很大的决心，才出东门，却又转回，再看家徒四壁，无食无衣，难以活命，于是决计“拔剑东门去”。妻子用天道和人情劝阻，也全然不顾，毅然走上反抗道路。这种对剥削压迫的自发反抗，正是汉代“群盗并起，国之将亡”的预兆。这类民歌远超先秦民歌“怨刺”的界限，反映了新的时代特点。

控诉战争、徭役给人民带来的沉重灾难是汉乐府民歌的又一重要内容。汉代对外战争频繁，统治者利用战争对百姓进行超限度的奴役，百姓深受其害，他们以诗歌表现了强烈的反战情绪。例如《战城南》通过对激战后凄凉恐怖的战场的描写和人乌间惊心动魄的对话，反映了战争给人民带来的巨大灾难和对农业生产的严重破坏，有力控诉了穷兵黩武者的罪行。《十五从军征》更通过一位老兵回乡后目睹的悲惨情景表现了这一点。他十五从征，八十才得返家，六十五年的兵役，使他备受苦难，而归来后，早已家破人亡，亲戚丧尽，只有累累荒冢和断壁残垣，盼望已久的归梦被现实击得粉碎。

战争以外，又有赋税、徭役、灾荒、土地兼并，迫使人们离乡背井，漂泊异地，于是产生了行役者的悲歌。例如，《艳歌行》写一家“兄弟两三人，流宕在他县”，受尽屈辱，发出“远行不如归”的悲叹；《悲歌》反映了异乡漂泊者“欲归家无人，欲渡河无船”的痛苦。这类诗歌，格调悲凉，催人泪下。

汉乐府民歌有很多作品反映了爱情、婚姻、家庭问题，并借之歌颂了当时人们追求的坚贞爱情和他们反抗封建礼教的斗争。与《诗经》时代相比，汉代男女青年在爱情婚姻上受礼教的压迫更重，但从现存作品看，其时人们表达爱情情感的浓烈程度，并不逊于《诗经》，而且更具悲剧色彩。例如，《有所思》写一女子思念远方情人，本想赠以珍贵礼品，却“闻君有他心，拉杂摧烧之。摧烧之，当风扬其灰。从今以往，勿复相思，相思与君绝”。但这种深挚的感情，并不易断绝。她的一举一动，又害怕外人知道，内心充满矛盾。与之相似的有《上邪》，女主人公向自己所爱之人发出爱情誓言：“上邪，我欲与君相知，长命无绝衰。山无陵，江水为竭，冬雷震震，夏雨雪，天地合，乃敢与君绝！”以必无之事为誓，语辞铿锵，感情真挚浓烈，非爱之至深者不能道。

在表现爱情婚姻问题的汉乐府民歌中，弃妇诗是较突出的一类。《上山采蘼芜》《孔雀东南飞》是其中的代表。

《上山采蘼芜》写的是因丈夫喜新厌旧而被弃的弃妇，最具普遍性。诗通过对话，真实表现了弃妇的委屈心理和故夫后悔、恋旧的复杂心态。弃妇温顺、柔情的性格正是在汉代儒学影响下形成的新的人物性格。

《孔雀东南飞》是另一类型的爱情婚姻悲剧。此诗是我国古代著名的长篇民间叙事诗，代表了汉乐府民歌的最高艺术成就。诗中的女主人公刘兰芝虽是位弃妇，但她不是被丈夫焦仲卿抛弃的，而是被封建家长制、封建礼教迫害的。她的丈夫也是同样的牺牲品。她和丈夫婚后感情很好，但焦母容不得她，硬逼着儿子休妻。仲卿不得已，只得暂把她送回娘家，以待时机再接回来。不料她回娘家后，太守便派媒人为子求婚，刘兄贪图财势，逼她改嫁。她在与仲卿最后相见时，约定同死。结果她投水自杀，仲卿上吊自尽。全诗通过二人的婚姻悲剧，揭露了封建礼教对青年男女的迫害，歌颂了男女主人公对爱情的忠贞和他们为反抗礼教而宁死不屈的斗争精神，并寄托了人们对他们的同情和战胜封建礼教的愿望。诗歌成功塑造了具有高度典型意义的人物形象，刘兰芝的勤劳、善良、美丽、钟情、坚强、刚烈，焦仲卿的忠厚、纯洁、深情、由软弱变得坚强，焦母的蛮横无理，刘兄的攀附权贵、唯利是图，都描绘得形神毕现。另外，诗歌精于剪裁，叙事繁简得当，结构完整紧凑，曲折生动，成功运用了比兴和铺陈手法，对话富于个性。

在表现爱情婚姻题材的叙事作品中，《陌上桑》是与上述作品均不相同的。它通过罗敷拒绝太守调戏的故事，歌颂了她坚贞的品质和不慕权势、敢于反抗的精神，揭露了上层人物的荒淫，表达了劳动人民维护自己爱情与家庭生活的凛然正气。全诗充分利用戏剧性冲突，运用夸张、铺陈、虚构等浪漫主义手法，成功地塑造了罗敷这一典型形象，具有很强的喜剧效果。

汉乐府民歌中还有一些寓言诗，善用拟人手法，想象奇特丰富，曲折暴露了统治者的凶残本性，表现了人民忧生惧祸的心理，并留下了一些有益的社会生活经验。例如，《乌生》告诉人们世情险恶，随时随地可能有杀身之祸；《枯鱼过河泣》以枯鱼过河喻世道险恶，告诫人们行事要谨慎。

此外，乐府民歌中还有一篇以劳动为题材的名篇——《江南》，用反复咏唱的形式，描绘鱼儿在莲叶四周戏游的情景，表现了采莲青年男女欢愉的心情，展示了江南水乡明媚秀丽的风光，语言质朴自然，格调清新明朗，活泼欢快。

总之，汉乐府民歌广泛、深刻地反映了汉代的社会现实和民众的思想感情。它的现实主义精神，对后世诗歌产生了极为深远的影响。

三、汉乐府民歌的艺术特色

汉乐府民歌在艺术上最突出的特色是以叙事为主，善于剪裁和安排情节，虽也有一些抒情诗颇具时代特征，但最能体现其特色的还是大量的叙事诗。这些诗有的描写一个场面，有的叙述一个完整曲折的故事，在叙事上取得了突出成就，其中最成熟的作品是《陌上桑》和《孔雀东南飞》。两诗都注意以人物关系构建叙事情节，以人物冲突推动情节发展，并注意人物活动的典型环境。不同的是，《陌上桑》截取事件发展中最富戏剧性的一个横断面进行横向展开，以罗敷为中心，所有冲突都围绕罗敷与观者、罗敷与使君的关系产生，在冲突达到高潮时，戛然而止，耐人寻味。《孔雀东南飞》则把情节的发展和人物的性格、命运建立在更广泛、复杂的社会关系上，前半部分，将焦、刘的深情厚爱，交织在恶化的婆媳关系和不和谐的母子关系中，从而形成爱情与家长权威的矛盾，冲突以封建家长制的胜利暂告一段落。后半部分，波澜又起，县令、太守相继求亲，主簿、郡丞巧言为媒，刘兄趋炎，刘母柔顺，焦母冥顽，进一步左右着人物命运，推动着情节发展，主人公的抗争，终未能逃脱宗法、社会势力及庸俗社会意识织成的罗网。情节曲折跌宕，结构复线交叠，前所未有。

善于通过人物的语言和行动来刻画人物的性格特征是汉乐府民歌的又一艺术特色。《东门行》中妻子与丈夫的对话，《上山采蘼芜》中弃妇与故夫的答对，《陌上桑》中罗敷回答太守之语，都口吻毕肖，充分表现了人物各自的个性特征。汉乐府民歌还注意刻画人物动作。例如，《艳歌行》以男主人公“斜柯西北眄”的动作，来表现其猜疑；《陌上桑》中写“罗敷前致辞”，表现她的从容不迫，勇敢无畏；《孔雀东南飞》中焦母捶床大怒，刘母拊掌而悲，也传神地表达了不同的人物个性。

汉乐府民歌还善于运用比兴、拟人、夸张、铺陈和烘托手法。例如，《白头吟》以“皑如山上雪，皎若云间月”比喻女子的爱情纯洁；《枯鱼过河泣》使干枯的鱼哭泣，《战城南》使乌鸦的魂魄向人们申诉，让动物具有人的情感，想象奇特；《上邪》那种如山洪暴发似的激情和高度的夸张，具有浓重的浪漫色彩；《陌上桑》以铺陈手法，通过对罗敷衣着打扮的铺叙，表现了她的美丽，并通过对夫婿英俊、事功的铺陈，表现了夫婿的不同凡俗；《十五从军征》以“兔从狗窦入，雉从梁上飞”烘托了老兵家园的破败和他心境的凄凉，有强烈的艺术效果。

汉乐府民歌语言朴素自然，生动活泼。句式上打破《诗经》的四言，以杂言为主，逐渐趋于五言。《妇病行》《孤儿行》等篇用的是杂言，句式灵活，对于协调诗歌节奏，形象地表现人物的神态、语言和作者的思想感情，有重要作用。《白头吟》《陌上桑》等，用的是整齐的五言，便于双音词与单音词的组合，寓变化于整齐之中，扩大了诗歌的容量。一般说来，西汉乐府民歌多杂言，东汉则多五言。杂言体式对后世的影响很大，五言体式是文人五言诗的先河。

四、《古诗十九首》的思想内容

东汉末年，社会动荡，政治混乱。下层文士漂泊蹉跎，游宦无门。《古诗十九首》就产生于这样的时代，表达着相似的境遇和感受。这十九首诗歌，基本是游子思妇之辞。具体而言，夫妇朋友间的离愁别绪、士人的彷徨失意和人生的无常之感，是《古诗十九首》基本的情感内容；也有些作品表现出追求富贵和及时行乐的思想。

《古诗十九首》深刻地再现了文人在汉末社会思想大转变时期，追求的幻灭与沉沦，心灵的觉醒与痛苦，学者所谓“逐臣弃友、思妇劳人、托境抒情、比物连类、亲疏厚薄、死生新故之感，质言之、寓言之、一唱而三叹之”（王康《古诗十九首绎后序》）实非虚言。例如，《青青陵上柏》写作者游戏宛洛，意在仕途。然而他发现这个宫殿巍峨、甲第连云，权贵们朋比为奸、苟且度日的都城，并非属于他的世界。在诗人貌似冷峻的态度中，蕴含失去人生归宿感的迷惘，有从政理想被亵渎的忧愤。

再如《明月皎夜光》抒写了诗人的另一种失落，那就是一些文人在为共同利益斗争时，标榜气节和忠义，而当他们在功名利禄的道路上展开竞争时，原先的交情就发生了变化。侥幸者和失意者的沉浮异势，使原来的友情徒具虚名，诗人一度笃信的伦理道德，也就在复杂的人际关系中现出虚妄。这就是诗人所说的“昔我同门友，高举振六翮。不念携手好，弃我如遗迹”“良无磐石固，虚名复何益”。

《古诗十九首》在揭露现实社会黑暗、抨击末世风俗的同时，也隐含了诗人对失去的道德原则的追恋。这种无可奈何的处境和心态，加深了诗人的信仰危机。事功不朽的希望破灭，诗人转而从一个新的层面上去开掘生命的价值。例如《驱车上东门》说：“人生忽如寄，寿无金石固。万岁更相迭，贤圣莫能度。”

个体生命面对滔滔的时间长河，既弥足珍贵，又卑微渺小。诗人力求超越旧有的价值观念，做出新的人生选择。无论是露骨宣称为摆脱贫贱而猎取功名，还是公开声称要把握短暂人生而及时行乐，总之是丧失了屈原式的执着。在旧的理性规范解除之后表现出来的生命冲动，由于受到历史传统、客观环境和自身文化积淀的束缚，很难获得健康、乐观的内容和形式。但值得注意的是，诗人在感叹短暂的人生时，虽出言愤激，却也并非真是甘心颓废，有人仍在洁身自好，寻觅精神上的永恒。例如《回车驾言迈》就说：“盛衰各有时，立身苦不早。人生非金石，岂能长寿考？奄忽随物化，荣名以为宝。”

这里所说的“荣名”，已超越了以爵禄为标志的事功，而是追求精神的不朽。尽管这种不朽在当时尚缺乏具体内涵，却预示了诗人期望功业不朽、文章不朽的时代即将到来。

《古诗十九首》还有一类作品，更为深刻地反映了游子思妇的现实生活与精神生活。汉代的养士、选士制度迫使文人不得不背井离乡，长期漂泊在外。这些文人或在仕途进行无望的追求，或在异乡逃避政治的迫害，更渴求爱情、家庭的温馨，以慰藉孤独而屈辱的心灵。羁旅行役、相思怀人之苦遂成为《古诗十九首》的一大主题。《涉江采芙蓉》写了一位漂泊异地的失意者怀念妻子的愁苦之情。

涉江采芙蓉，兰泽多芳草。
采之欲遗谁？所思在远道。
还顾望旧乡，长路漫浩浩。
同心而离居，忧伤以终老。

《古诗十九首》的相思怀人之作，不少是从女性角度着笔的。这是由于在宗法社会中，女性只能把全部的生命寄托于爱情和婚姻关系中。古代女性生活环境与心灵世界的狭小封闭，使她们只能在孤独中无止境地去体味相思的痛苦，其盛情的深婉细腻，又是男性所不及的。女性丰富的情感和敏锐的触角，与其生活环境中的种种事物相交流，又使这些事物成为女性心理最为动人的物化形式，并为诗人的创作提供了意蕴丰厚的意象。

汉末文人则在相当程度上具有了与女性世界进行心灵沟通的现实基础，他们书写女性的不幸，不仅有真诚的理解与同情，也融入了自己饱经忧患与痛苦的人生体验。《古诗十九首》多从女性角度写相思之苦，并能由此获得普遍而久远的艺术魅力，原因便在于此，如《迢迢牵牛星》：

迢迢牵牛星，皎皎河汉女。
纤纤擢素手，札札弄机杼。
终日不成章，泣涕零如雨。
河汉清且浅，相去复几许？
盈盈一水间，脉脉不得语。

此诗以牛郎、织女的传说，形象地表现相爱的人可望而不可即的情状，颇有新意。机杼声札札，不成纹理，写尽思妇借助单调的劳作排遣愁苦的用心及其百无聊赖的精神状态。又如《行行重行行》写思妇对丈夫的深切怀念，虽然蒙上了唯恐被弃的阴影，她最终还是搁下这剪不断、理还乱的愁绪，转而向对方致以一往情深的祝愿。没有对女性内心世界的深刻洞悉，是无法开掘出如此幽微的情感层次的。

《古诗十九首》以艺术的方式，表现士子的社会境遇、精神生活与人格气质，并由此折射汉末社会生活，有相当重要的现实意义。

五、《古诗十九首》的艺术特征

《古诗十九首》的作者为中下层文人，有着较高的文化素养和实际生活的深切感受，艺术上吸取了汉乐府民歌的营养，又在表现方法上接受了《诗经》现实主义的优良传统，在作品中形成了平易淡远的独特艺术风格，使之成为中国文学史上早期抒情诗的典范。不少论文从艺术形式、创作态度、抒情方式、修辞技巧等方面总结《古诗十九首》的艺术特征。倪其心将《古诗十九首》的风格概括为：深入浅出的艺术构思，富于想象的比喻手法，情景相衬的描写技巧，如话家常的平淡语言，融合在一种直抒感兴、曲尽衷情而委婉动人的独特风格之中。

在抒情方式方面，《古诗十九首》用浅貌表现深衷，用短语表现长情。《古诗十九首》“婉转附物，怊怅切情”，并加以延伸和具体化，认为“外在的抒写方式如长期托拟、遥映、交鸣、正笔反用手法取得‘唤得醒、点得透’的艺术效果”。《古诗十九首》呈现一种低回要眇的美学风貌，它按情感起伏的节奏剪裁诗思，让读者从各个侧面去领悟诗人的情思。其抒情方式是网状的、复合的，给读者留下更大的想象空间。总之，真情是抒情诗的灵魂，不少作者从抒发真情实感的角度审视《古诗十九首》的“爱情篇”“友情篇”“人生篇”，认为诗人向往真挚的爱情，渴望真挚的友情，追求真实的人生，在清新优美的诗句里，在低沉感伤的情调中，回荡着人间真情美的主旋律，闪动着诗人坦诚纯真的心灵。

在美学风格上，《古诗十九首》对生活现象进行了准确深刻的本质概括，体现出“美是生活”的精神。它不同于汉赋对生活的游离，而是与生活相统一，且在表现生活美之中，创造了艺术美，达到了生活美与艺术美的统一。惊心动魄的真情美、浑厚朴实的自然美、意境浑融的整体美、重复变化的节奏美、整齐规范的形式美，此“五美”是对《古诗十九首》美学意蕴比较全面的概括。诗中对动物、人物、时间、空间等九种典型的意象加以审美观照，诗人目前之象无不成为诗人心中之意投射的对象而深深烙上诗人主观情感的痕迹，从意象与诗歌呈现的情感氛围中，透视出诗人的灵魂。

在语言特征上，《古诗十九首》深衷浅貌的语言风格，体现在具有高度概括力和丰富表现力的语言上。它具有汉乐府民歌朴素自然的优点，质而不野，浅而不露，不过于粗野，也不过于雕琢，质朴而自然，纯真而高妙，在追求思想表达的畅通无阻中，自然地把自己的文化修养融入全部情感之中；不虚矫晦涩、不闪烁其词，是为人极力称道之处，是情真意切的艺术，是文人抒情诗的典范。

【强化训练】

分析《迢迢牵牛星》是如何细腻地表现人物情感的。

【知识拓展】

诗歌的语言鉴赏

中国古代诗歌语言的典型特征是含蓄凝练。“吟安一个字，拈断数茎须”（卢延让），“为人性僻耽佳句，语不惊人死不休”（杜甫），“两句三年得，一吟双泪流”（贾岛），古诗词语言的高度凝练正是诗人刻苦锤炼、精心推敲的结果。

汉语中动词、形容词是最富有表现力的，一首诗意蕴的深浅主要取决于这类词用得是否恰当和准确。举一个非常有名的典故，贾岛《题李凝幽居》中有这样一句“鸟宿池边树，僧敲月下门”，为什么贾岛经反复推敲选择了“敲”字而没有用“推”呢？敲字暗示门已关闭，再联系“鸟宿”的意思，可知此刻已是深夜，在万籁无声之中忽然传出清脆的敲门声，更显得环境的幽静，这就有了审美情趣。如果用“推”来替换“敲”，那就只剩下一个僧人月夜访友的意思，意蕴浅多了。

鉴赏诗歌语言，还注意诗歌所用的修辞方法。比如杜甫诗《旅夜书怀》最后一联“飘飘何所似，天地一沙鸥”——我飘然一身像什么呢？不过像广阔天地间一只小小的沙鸥罢了！这个比喻仿佛使我们看到了一幅“水天空阔，沙鸥飘零，人似沙鸥，转徙江湖”的画面，深刻地感受到诗人内心漂泊无依的感伤，一字一泪，感人至深。李白的《秋浦歌》：“白发三千丈，缘愁似个长。不知明镜里，何处得秋霜。”诗中大胆的夸张手法，使人真切地感到诗人的愁思。修辞可以丰富诗歌形象，加深诗意表达，耐人寻味。

第四节　魏晋南北朝诗歌

【学习目标】

知识目标：掌握魏晋南北朝诗歌文学史常识。

能力目标：能分析有关诗歌。

素质目标：接受诗歌美的熏陶。

【导入】

魏晋南北朝文学在整个中国文学史上有重要地位，是一个承上启下、走向繁荣的过渡时期。这一时期，文学思想、文学题材、体裁以及整体风貌都呈现出许多新的变化。而这些变化又是同这一时期的时代特点、哲学思想、文艺思潮密切相关的。

思考：魏晋南北朝文学自觉的标志是什么？

【任务训练】

实训任务：阅读魏晋南北朝有关作品。

活动目标：学会分析有关诗歌内容，了解这一时期诗歌发展的情况。

【知识导读】

一、魏晋南北朝文学发展

在中国文学史上，魏晋南北朝文学是从汉末建安时期开始的。

建安（196—220）是汉献帝的年号，但这时政权实际掌握在曹操手中，汉朝已经名存实亡。而且，正是在这二十几年间文学发生了重要的变化，出现了许多影响后代的新趋势和新因素。因此，以建安作为这个时期文学的开始是恰当的。关于魏晋南北朝文学的终结，当然应以隋文帝统一中国（公元 589 年）为标志。从公元 196 年到公元 589 年，魏晋南北朝文学共经历了近四百年，这一时期的魏晋南北朝文学也称为中国中古文学。

建安文学实际上包括了建安年间和魏朝前期的文学，这时的文坛以曹氏父子为中心，在他们周围集中了王粲、刘桢等一批文学家。与两汉的儒生相比，这是在动乱中成长的一代新人，他们既有政治理想和政治抱负，又有务实的精神、通达的态度和随机应变的能力；他们不再拘于儒学，表现出鲜明的个性。他们的创作反映了动乱的时代。政治理想的高扬、人生短暂的哀叹、强烈的个性、浓郁的悲剧色彩，这些特点构成了“建安风骨”这一时代风格。“建安风骨”被后世的诗人追慕，并成为反对淫靡柔弱诗风的一面旗帜，而蜀国和吴国的文学则处于沉寂的局面。正始（240—248）是魏齐王曹芳的年号，在文学史上习惯于用正始文学泛指魏朝后期的文学。这时正是魏晋易代之际，司马氏掌握大权，残暴地屠杀异己，形成恐怖的政治局面。在哲学史上，正始是魏晋玄学的开创期，主要代表人物是何晏和王弼。在文学史上，正始文学的主要代表是嵇康和阮籍。他们本身也是玄学家。他们对抗司马氏的残暴统治，崇尚自然，反对名教，作品揭露了礼教的虚伪，表现了政治重压下的苦闷与抗议。西晋武帝太康（280—289）前后，文坛呈现繁荣的局面，钟嵘《诗品序》说：“太康中，三张、二陆、两潘、一左，勃尔复兴，踵武前王，风流未沫，亦文章之中兴也。”总的看来，太康诗风以繁缛为特点，丧失了建安诗歌的那种风力，但在语言的运用上做了许多有益的探索。左思的《咏史》诗，抗议门阀制度，抒发寒士的不平，与建安诗歌一脉相承。

西晋灭亡以后，在南方经历了东晋、宋、齐、梁、陈这五个朝代，在北方经历了十六国和北朝许多的变动，最后由北周平北齐，隋又取代北周并平定了南方的陈而统一全国。这中间经历了从公元 317 年到 589 年共 272 年的分裂。东晋南北朝文学就是在这样一个南北分裂、战乱频仍、朝代不断更迭的大背景下发展的。

西晋末年，在士族清谈玄理的风气下，产生了玄言诗，东晋玄佛合流更助长了它的发展，以至玄言寺占据东晋诗坛达百年之久。宋初由玄言诗转向山水诗，谢灵运是第一个大力写作山水诗的人。山水诗的出现扩大了诗歌题材，丰富了诗的表现技巧，是中国诗史上的一大进步。在晋宋易代之际，出现了一位伟大的诗人——陶渊明。他在日常生活中发掘诗意，并开创了田园诗这个新的诗歌园地。他将汉魏古朴的诗风带入更纯熟的境地，并将“自然”提升为美的至境。他是整个魏晋南北朝时期成就最高的诗人，也是对后来的文学发展产生巨大影响的人物。晋宋之间文学发生了重要的转折，此后更追求艺术形式的华美。

宋代的鲍照在七言乐府上所做出的突破，南北朝民歌给诗坛带来的清新气息，也都具有重要意义。齐梁两代有两个值得注意的文学现象。其一是诗体发生了重大变革，周颙发现汉语的四声，沈约将四声的知识运用到诗歌的声律上，并与谢朓、王融共同创立了“永明体”。他们试图建立比较严格的、声调和谐的诗歌格律，并且在辞藻、用事、对偶等方面做了许多新的探索，这为唐朝近体诗的形成做了必要的准备，“永明体”成为从古体诗向近体诗过渡的一种重要形式。其二是在皇帝和太子周围聚集了一批文人，形成三个文学集团，分别以南齐竟陵王萧子良，梁代萧衍、萧统，以及梁代萧纲为中心。创作活动的群体参与，容易导致取材和风格的趋同性，也可以在互相切磋中提高艺术技巧。梁陈两代，浮靡轻艳的宫体诗成为诗歌创作的主流，它主要是以艳丽的词句表现宫廷生活，多为咏物的题材，女性也像宫廷的其他器物一样成为吟咏的对象。这种创作风气一直延续到初唐，到“初唐四杰”和陈子昂手中才有了根本性的改变。

南北的对峙和文化发展的不平衡，导致南北文风的不同，南方清绮，北方质朴。这在南北朝民歌中表现得很明显。但南北对峙并没有断绝南北的文化交流，文人的来往，文献的传播，都有记载可寻。北朝的诗歌模仿南朝的痕迹相当明显。梁代末年，庾信的北上促进了南北文风的交流，而他也成为南北朝文学的集大成者。北朝散文不乏佳作，如《水经注》《洛阳伽蓝记》和《颜氏家训》。北魏末年与北齐时期文学的成就，已引起南朝文人的注意。北方文化对南方文学也有影响，特别是在音乐和佛学这两方面尤为明显。隋朝统一中国后，南北文化的交流继续扩大、深入，到了盛唐终于出现了一个文学的新高峰。

在中国文学史上，魏晋南北朝是一个酝酿着新变的时期，许多新的文学现象孕育着、萌生着、成长着，透露出新的生机。一种活泼的、开拓的、富于创造力的文学冲动，使文坛出现一幕接一幕的新景观，魏晋南北朝文学的魅力就在于此。这种新变总的看来可以概括为以下三点：文学进入自觉阶段，文学创作趋于个性化；玄学的兴起和佛教的传入为文学创作带来新的因素；发现语言形式美并在文学上加上运用。就文体的发展来看：五言古诗继承汉乐府的传统，增强了诗人的个性，得到长足的发展并达到鼎盛；一种诗化的散文即骈文的兴盛，成为这个时期重要的文学现象，为中国文学增添了一种新的、抒情性很强的、可以充分发挥汉语语言形式美的文体；在汉代盛极一时的大赋演变为抒情小赋，并因骈文的兴盛而增加了骈俪的成分，骈文、骈赋在梁陈两代进入高峰；七言古诗在这时确立起来，并取得可喜的成就；南北朝民歌的新鲜气息，刺激着诗人进行新的尝试，再加上其他因素，到了唐代绝句便繁荣起来；小说在这时已初具规模，奠定了中国小说的基础，并出现了一批著名的志怪小说和志人小说。以 393 年的时间酝酿这些新变，虽然显得长了一些，但和汉代大约四百年的文学收获相比，不能不说魏晋南北朝的文学成就是相当可观的。如果没有这段酝酿，就没有唐诗的高潮，也就没有唐代文学的全面繁荣了。

二、魏晋南北朝文学自觉的标志

魏晋南北朝文学的自觉有三个标志。

第一，文学从广义的学术中分化出来，成为独立的一个门类。汉朝人所谓文学指的是学术，特别是儒学。到了南朝，文学有了新的独立于学术的地位，有文、笔之分的说法。宋文帝立四学，文学与儒学、玄学、史学并立。

《文心雕龙·总术》云："今之常言，有文有笔，以为无韵者笔也，有韵者文也。"

萧绎《金楼子·立言篇》云："至如不便为诗如阎纂，善为章奏如伯松，若此之流，泛渭之笔。吟咏风谣，流连哀思者，谓之文。"

第二，对文学的各种体裁有了比较细致的区分和认识。例如，《文赋》将文体分为十类进行论述；西晋挚虞的《文章流别论》论及 12 种文体的起源和演变；《文心雕龙》对文体的区分很系统，对文体的讨论也很深入。

曹丕的《典论·论文》说"奏议宜雅""书论宜理""铭诔尚实""诗赋欲丽"。萧统的《文选》是现存最早的文学总集，选录了先秦到梁代共 130 人的七百余篇作品，将文体分为赋、诗、骚、七、诏、册、令、教、文等 37 大类。

第三，对文学的审美特性有了自觉的追求。比如，四声的发现并运用，诗歌中讲究用事、对偶等，证明人们对语言的形式美有了更自觉的追求。

三、魏晋南北朝文学批评的主要成果

魏晋南北朝时期是文学批评活跃、文学批评著述空前繁盛的时期。此时重要的文学批评名著有曹丕的《典论·论文》、陆机的《文赋》、刘勰的《文心雕龙》和钟嵘的《诗品》。

《诗品》是中国文学史上第一部诗论专著，专论五言诗而不论其他文体，论述了自汉代至南朝梁的122位诗人，分为上、中、下三品。

钟嵘反对诗歌用典，认为诗歌当以抒情为主，若用事用典则伤诗歌情韵。他还认为，诗歌不要人为地用严格的声韵限制，从而破坏诗歌语言的自然美。另外，钟嵘还对诗歌的玄风极其不满。

魏晋南北朝文学批评和文学理论取得了开拓性的重大成就，在中国文学史和批评史上空前绝后，没有任何一个时代的文学批评和文学理论像魏晋南北朝那样发展得迅速集中，团体成就如此之高，而且对文学有那么重要的指导意义。可以说，魏晋南北朝是中国古代文学批评和文学理论发展的最高峰，对后世的文学创作和文学理论发展产生巨大影响。

【强化训练】

1. 试根据《癸卯岁始春怀古田舍》分析陶渊明田园诗的特色。
2. 思考陶渊明田园诗和魏晋风度的关系。

【知识拓展】

玄学

玄学产生于魏晋，是魏晋时期的主要哲学思潮，是融合道家和儒家的一种哲学与文化思潮。本质是对《老子》《庄子》和《周易》的研究和解说。玄学通常也称“魏晋玄学”。玄学是魏晋时期取代两汉经学思潮的思想主流。

东汉末年至两晋，是两百多年的乱世，随着东汉王朝的分崩离析，统治思想界近四百年的儒家之学也开始失去魅力，士大夫对两汉经学的烦琐学风、谶纬神学的怪诞浅薄，以及三纲五常的陈词滥调普遍感到厌倦，转而寻找新的“安身立命”之地，醉心于形而上的哲学论辩。这种论辩犹如后代的沙龙，风雅名士（以嵇康、阮籍为代表赫赫有名的“竹林七贤”恰是魏晋风度的化身），聚在一起，谈论玄道，当时人称之为“清谈”或“玄谈”。

玄学即“玄远之学”，它以“祖述老庄”、综合儒道立论。《周易》《老子》《庄子》称作“三玄”。玄学之“玄”，出自老子的思想，《老子》说：“玄之又玄，众妙之门。”玄就是天地万物的一般规律——“道”，它体现了万物无穷奥妙的变化作用。玄学家们用其改造过了的老、庄思想来注解儒家的《论语》《周易》，对已经失去维系人心作用的

两汉经学进行了改造，建立起“以无为本”的哲学本体论。儒家的“礼法”“名教”“天道”“人道”等思想，虽然也是玄学所讨论的内容，但其主旨却是道家的，即强调崇高的是“无”“自然”和“无为”。

玄学所探讨的中心问题尽管仍可归结为“天人关系”问题，但在形式上，它已经摆脱了两汉经学章句笺注的烦琐破碎；在内容上，则抛弃了经学思潮的“天人感应”论。玄学家在多方面论证了道家的“自然”与儒家的“名教”二者是一致的，他们一改汉代“儒道互黜”的思想格局，主张“儒道兼综”，孔子依然是最高的“圣人”。玄学所提出的或重点关注的有无、本末、体用、言意、一多、动静、自然与名教等一系列具有思辨性质的概念范畴，都是原始儒学和两汉经学所不具备或不重视的，玄学的出现大大推动了中国哲学的发展。

玄学一开始是从古文经学内部产生的。先是出现了脱出郑玄之学而更尚简要、重义理的刘表、宋衷的“荆州之学”，稍后又崛起专与“郑学”立异的王肃“王学”，后来才转向何晏、王弼的玄学。

魏晋玄学的发展经过四个时期：

（1）曹魏正始时期。玄学家以何晏、王弼为代表，以《周易》《老子》为理论论据，盛倡“贵无”，鼓吹“言不尽意”，主张“名教出于自然”，为门阀士族利益服务。

（2）西晋初至元康时期。玄学家以竹林名士阮籍、嵇康为代表，思想上与何王学派对立，在名教与自然的关系上主张“越名教而任自然”，代表庶族寒门的利益。

（3）晋元康时期。玄学家以裴頠为代表，提倡“崇有论”，反对“贵无论”。

（4）晋永嘉时期。玄学家以向秀、郭象为代表，是玄学的综合和完成时期。

总的来说，玄学是当时一批知识精英跳出传统的思维方式（修齐治平），对宇宙、社会、人生所作的哲学反思，以在正统的儒家信仰发生严重危机后，为士大夫重新寻找精神家园。南北朝时，佛教以玄学语言阐述佛理，玄学家也有以谈佛理见长者，玄佛合理。东晋后，玄学已与佛学合流，是一种时代思潮的玄学。

第五节　唐诗

概述

【学习目标】

知识目标：了解唐诗的发展特点；掌握重点诗人生平思想及其艺术成就。

能力目标：学会鉴赏唐代诗歌。

素质目标：养成诗歌情趣。

【导入】

唐代（618—907）是我国古典诗歌发展的全盛时期。唐诗是我国优秀的文学遗产之一，也是全世界文学宝库中的一颗灿烂的明珠。尽管离现在已有一千多年，但许多诗篇还是广为流传。这些诗人中现今依旧知名的还有二千三百多人；他们的作品保存在《全唐诗》中的也还有四万八千九百多首。

思考：请背诵你熟悉的唐代诗歌，并分析其特点。

【任务训练】

实训任务 1：复述李白《蜀道难》，说出此作品的思想内容。

实训任务 2：运用鉴赏古代诗歌的方法，分析《蜀道难》的思想内容。

实训任务 3：概括杜甫《春望》的思想内容与艺术成就。巩固鉴赏作品的能力。

活动目标：学会古代诗歌鉴赏方法。

【知识导读】

唐代是我国诗歌发展的黄金时代。强大的国力、兼收并蓄的文化精神与丰厚的文化积累，为唐诗的繁荣准备了充分的条件。众多杰出的诗人把我国诗歌艺术的发展推向高峰。

一、初唐诗歌

唐代初期，诗歌创作仍受南朝诗风的影响，题材较为狭窄，追求华丽辞藻。待到被称为“初唐四杰”的王勃、杨炯、卢照邻、骆宾王出现，才扩大了诗的表现范围，从台阁走向关山和大漠，显示出雄伟的气势和开阔的襟怀。他们无论写边塞，还是写行旅、送别，都有着别样的情思风貌。在诗的体式上，这时完成了五、七言律体的定型，成了我国古代诗歌的一种主要体式。律诗属于近体诗，是相对于古体诗而言的。古体诗分四言、五言、七言和杂言，平仄没有限制，也不求对偶。近体诗平仄和押韵有一定的体式，也要求对偶。律体的定型，对我国诗歌的发展影响深远。

在初唐的后期，出现了两位重要诗人：陈子昂和张若虚。陈子昂主张诗应该有所寄托。他的 38 首《感遇》诗，就是这一主张的实践。但他写得最好的诗是《登幽州台歌》：“前不见古人，后不见来者。念天地之悠悠，独怆然而涕下。”此诗抒发怀才不遇的悲怆，但其中蕴含的是自信和抱负，情怀壮伟，有一种得风气之先而不被理解的孤独感。张若虚的《春江花月夜》，写月夜春江明丽的境界，融入浓烈情思和深刻哲理，婉转的音调，无穷的韵味，创造出完美的意境。陈子昂和张若虚艺术上的成熟，透露出盛唐诗歌即将到来的信息。

二、盛唐诗歌

盛唐是唐诗发展的高峰。王维和孟浩然善于表现山水田园的美，表现人与自然和谐相处的那种宁静平和的心境。王维的山水诗融诗情画意于一体，把人引向秀丽明净的境界，那境界里洋溢着蓬勃生机。例如《山居秋暝》：

空山新雨后，天气晚来秋。
明月松间照，清泉石上流。
竹喧归浣女，莲动下渔舟。
随意春芳歇，王孙自可留。

雨后的松林间月色斑驳，流泉淙淙。浣纱女踏着月色从竹林间喧闹着归来；渔人正分开荷叶摇舟远去。山村之夜，如诗如画。王维还有一些诗，宁静中带几分禅意。在唐代的著名诗人中，王维是受佛教思想影响最为明显的，但他不是一位完全遁世的诗人，有些诗写得慷慨激昂，有的诗表现出浓烈的人间情思。那首《送元二使安西》写出了人们深情惜别时的普遍感受，后来被编入乐府，成为离筵上反复吟唱的歌曲《阳关三叠》。孟浩然善于用最省净的笔墨，写山水田园的秀美。《过故人庄》写做客田家的喜悦，恬静的农舍，真挚的友情，充满浓郁的生活情趣。《春晓》写春日那种明媚、静美、舒畅的感受。那首《宿建德江》，只用 20 个字，便写出了无尽的情思韵味。

移舟泊烟渚，日暮客愁新。
野旷天低树，江清月近人。

暮烟笼罩中的一抹树林，一轮水中月影，在这朦胧而明净、深远而静谧的境界中，弥漫着一缕淡淡的乡愁。孟浩然的许多诗，都这样以极俭省的文字，表现多重境界和情思。这时和王维、孟浩然的诗歌风格相近的还有常建、储光羲等人。

盛唐有一些诗人，善于写边塞生活，如王昌龄、高适、岑参、祖咏等。他们大都到过边塞，领略过边塞的壮丽景色，向往边塞立功。在他们的诗中，祖国山河的壮美与保家卫国的豪迈情怀表现得淋漓尽致。王昌龄写了二十几首边塞诗，最有名的是《出塞》《从军行》。他的边塞诗有一种深厚的历史感和清刚的风格，其他题材的诗也写得很好，七言绝句有极高的艺术成就。高适的诗风趋于雄壮慷慨，如《塞下曲》：

万里不惜死，一朝得成功。
画图麒麟阁，入朝明光宫。
大笑向文士，一经何足穷！
古人昧此道，往往成老翁。

从这首诗里我们可以感受到他的豪侠气质。岑参善于写边塞风物的雄奇瑰丽，写士兵的豪雄奔放。荒漠与艰苦，在他笔下都成了充满豪情的壮丽图画。

最能反映盛唐精神风貌、代表盛唐诗歌高度艺术成就的，是伟大诗人李白。李白是一位性格豪迈、感情奔放、不受拘束而又向往建功立业的诗人，他的诗充分表现了盛唐社会士人的自信与抱负，神采飞扬，充满理想色彩。他的诗的成就是多方面的，极大地丰富了古体诗的表现技巧，把乐府诗的写作推到一个新的高度；他的七言绝句和王昌龄的七言绝句一起被推为唐人七绝的代表作。他的诗有着鲜明的艺术个性：爆发式的抒情、变幻莫测的想象和明丽的意象。他把乐府和歌行写得有如行云流水，感情喷涌而出时，如黄河之水，奔腾千里，一泻而下。他生于盛唐，感受着盛唐昂扬的时代精神，晚年又亲眼看到唐代社会的衰败，理想和现实之间产生巨大反差，因此他的诗里既有建立不世功业的信心，又常常有愤慨不平和对朝廷黑暗的抨击。他的诗想象瑰奇，常常想人所想不到处。前人评他的诗，说是“发想无端”，《蜀道难》《梦游天姥吟留别》都是例子。在想象之中，又常常带着夸张的成分，写愁生白发，说是“白发三千丈”；写庐山的五老峰，说是“青天削出金芙蓉”；写黄河，说是“黄河落天走东海，万里写入胸怀间”。他是一位富于想象的诗人，他的诗常常带着强烈的主观色彩，意象明丽清新、色彩鲜艳。

当时另一位伟大诗人，是被后人称为“诗圣”的杜甫。杜甫比李白小 11 岁，两人的深厚友情成为千古传颂的文坛佳话。杜甫在青年时代和许多盛唐诗人一样，都有过“裘马轻狂”的漫游生活。但是他的主要活动是在安史之乱以后。他深受儒家思想影响，有“致君尧舜”的抱负，一生却穷愁潦倒，因此更能体会到民众的疾苦。安史之乱给唐代社会带来巨大破坏，半个中国沦为丘墟。杜甫在战火中流离迁徙，写下了《北征》《兵车行》《赴奉先县咏怀五百字》以及“三吏”“三别”等一系列表现民生疾苦的诗作。战争中的许多重大事件、战争带来的破坏、战火中百姓的心态，在杜诗中都有极为生动的反映。唐代没有任何一位诗人，像他那样深广地反映安史之乱的历史，因此他的诗被称为“诗史”。由于自身的坎坷遭遇，杜甫对百姓的苦难往往感同身受，发为歌吟，家国之痛与个人的悲哀也就融为一体。《春望》《登岳阳楼》都是这样的诗。“戎马关山北，凭轩涕泗流”“感时花溅泪，恨别鸟惊心”，百感交集，既有身世之感又有家国之悲。唐诗到杜甫是一大转变，题材转向写时事、写底层百姓的生活；写法上采取叙事和细节描写，在叙事和细节描写中抒情。为便于写时事，他多用古体，但他的更高成就是律诗。在他一千四百多首诗中，律诗占百分之七十以上。他的律诗拓宽了表现范围，尽力发挥“律诗”这一体式的表现力，既严格遵守格律规则，又打破格律的束缚，变化莫测而又不离规矩，写得出神入化，像《春望》《春夜喜雨》《登高》等诗都是例子。有时为了更完整地表现一个事件或由某一事件引起的感想，他会采用组诗的形式。用组诗写时事，是杜甫的创造。在艺术手法和艺术风格上，杜甫与李白不同，李是感情喷涌而出，杜则是反复咏叹；李是想象瑰奇，杜则是写实；李是奔放飘逸，杜则是沉郁顿挫。一般认为，在中国的诗歌发展史上，杜甫带有集大成的性质，对于后来者有极为深远的影响。

三、中唐诗歌

唐代中期，诗歌的发展走向多元化，出现了有明确艺术主张的不同流派。韩愈、孟郊和他们周围的一些诗人追求怪奇的美，重主观，常常打破律体约束，以散文句式入诗。在这一派的诗人里，李贺是一位灵心善感、只活了 27 岁的天才诗人。在他的诗里，充满青春乐趣的五彩缤纷的世界、人生寥落的悲哀，与过早到来的迟暮之感交织在一起。他的诗，想象怪奇而丰富，意象色彩斑斓，而且组合密集。这时的另一个诗派，以白居易、元稹为主。他们主张诗应有为而发，应有益于政教之用。白居易提出“文章合为时而著，歌诗合为事而作”。元稹、白居易都写有新题乐府，表达了对国家的关心、对黑暗现象的抨击和对民生疾苦的同情。白居易的50篇新乐府，有写得好的，如《卖炭翁》等。在艺术表现上，白居易主张要写得通俗易懂，趣味与韩愈、孟郊等人正好相反。白居易既写有大量的讽喻诗，也写了不少闲适诗，而艺术上最成功的，是长篇歌行《长恨歌》和《琵琶行》。中唐的著名诗人还有柳宗元和刘禹锡，他们的艺术趣味既不同于韩愈、孟郊，也不同于元稹、白居易，而有着自己的特点。

四、晚唐诗歌

晚唐诗歌中，中唐的那种改革锐气消失了，诗人们走向自我，出现了大量写得非常好的咏史诗，杜牧、许浑是其中代表。杜牧的咏史诗用对历史的思索来发出对现实的感慨，历史感和现实感在流丽自然的形象和感慨苍茫的叹息中融为一体，《江南春》《泊秦淮》等诗都是咏史佳作。晚唐艺术成就最高的诗人是李商隐。李商隐以其深厚的文化素养、惊人的才华，开拓出一个充满朦胧、幽约的美，让人回味无穷的诗的境界，达到了新的高峰。他是一位善于表现心灵历程的诗人，感情浓烈而细腻。他的爱情诗深情绵邈，隐约迷离，刻骨铭心而又不易索解。他的不少诗（特别是无题诗）情思流动是跳跃式的，意象组合是非逻辑的，意旨朦胧而情思可感，往往可作多种解释。他的艺术技巧，达到了出神入化的境界，极大地扩大了诗的感情容量，为唐诗的发展作出了贡献。

晚唐后期的诗人有的走向华丽，有的走向淡泊，而成就不高，已经无法和他们的前辈相比了。

【强化训练】

请选择一首唐代诗歌，说出其思想内容并开展鉴赏活动。

【知识拓展】

古诗中的意象

古代诗词中有许多常见意象。

1. 明月、夕阳

“床前明月光，疑是地上霜。举头望明月，低头思故乡。”千百年来人们总是用“月”来寄托对家乡、亲人的思念。杜甫《月夜忆舍弟》：“露从今夜白，月是故乡明。”

苏轼《水调歌头》：“但愿人长久，千里共婵娟。”而张若虚《春江花月夜》的“可怜楼上月徘徊，应照离人妆镜台”则是用“月”来表达思妇对游子的思念。

“夕阳无限好，只是近黄昏。”“夕阳”（包括斜阳、残阳等）多给人以失落、凄凉之感。古人常用“夕阳”发思古之幽情，《三国演义》开篇词“青山依旧在，几度夕阳红”，李白的《忆秦娥》中的“西风残照，汉家陵阙”，都以“夕阳”怀古，充满历史沧桑感。

古人还常用“夕阳”写男女相思，柳永《八声甘州》中的“渐霜风凄紧，关河冷落，残照当楼”，范仲淹《苏幕遮》中的“山映斜阳天接水，芳草无情，更在斜阳外”莫不是借助夕阳来渲染男女相思不相见的伤感情思。

2. 杜鹃、鸿雁

中国古代有“望帝啼鹃”的传说，杜鹃在古诗词中常与悲苦之事联系在一起。李白《蜀道难》：“又闻子规啼夜月，愁空山。”白居易《琵琶行》：“杜鹃啼血猿哀鸣。”杜鹃的悲啼总是能触动诗人的愁情。

苏武牧羊的故事大家都知道，他曾把书信缚在雁足之上带回祖国，这就是人们所说的“鸿雁传书”。因此，“鸿雁”常借指书信。南北朝乐府民歌《西洲曲》中“忆郎郎不至，仰首望飞鸿”中的“望飞鸿”就是盼望书信的意思。李清照词云：“雁字回时，月满西楼”“雁过也，正伤心，却是旧时相识”。大雁没有带来盼望已久的书信，引起了女词人无限的相思。

3. 松、梅、竹、菊

松、梅、竹、菊是品行高洁的形象化身，古人常用这四种形象表现志向、气节。孔子说：“岁寒，然后知松柏之后凋也。”松树常用来象征孤直耐寒的品格。“墙角数枝梅，凌寒独自开。遥知不是雪，为有暗香来。”王安石用梅花寄托高洁的品格。人们认为竹子具有“性直”“心空”“节贞”等特点，用以比拟君子的品德修养。王维《竹里馆》：“独坐幽篁里，弹琴复长啸。深林人不知，明月来相照。”竹子、竹林深为隐者所爱。“不是花中偏爱菊，此花开尽更无花。”（元稹《菊花》）“荷尽已无擎雨盖，菊残犹有傲霜枝。”（苏轼《赠刘景文》）诗人们用菊表现追求隐逸、不随流俗、坚贞不屈的品格。

初唐四杰

【学习目标】

知识目标：了解初唐四杰的代表作品；掌握初唐诗歌的特点。

能力目标：学会总结诗歌风格。

素质目标：接受古代诗歌语言的美学熏陶。

【导入】

公元 7 世纪初至 8 世纪初，在唐诗发展史上被称为初唐时期。这是唐诗繁荣的前奏，诗歌创作还相对受冷落。初唐四杰出现后，给唐朝诗坛带来了生气。初唐四杰是指唐高宗至武则天初年出现在诗坛上的四位年轻才俊，他们“以文章齐名天下”。

思考：初唐四杰是哪四位作家？有哪些代表作品？

【任务训练】

实训任务 1：朗读王勃《送杜少府之任蜀州》、杨炯《从军行》和骆宾王《在狱咏蝉》。

实训任务 2：说出上述三篇作品的思想内容。

实训任务 3：概括上述三篇作品的风格。

活动目标：学会概括诗歌的风格。

【知识导读】

初唐四杰指唐高宗至武则天初年出现在诗坛上的四位年轻才俊：王勃、杨炯、卢照邻、骆宾王。《旧唐书·杨炯传》说："杨炯与王勃、卢照邻、骆宾王以诗文齐名，海内称为王杨卢骆，亦号为'四杰'。"

王勃（约 650—约 676），字子安，绛州龙门（今山西河津）人。王勃才华早露，未成年即被司刑太常伯刘祥道赞为神童，向朝廷表荐，对策高第，授朝散郎。乾封初年（666）被沛王李贤征为王府侍读，两年后因戏为《檄英王鸡》文，被高宗怒逐出府。随即出游巴蜀。咸亨三年（672）补虢州参军，因擅杀官奴当诛，遇赦除名。其父亦受累贬为交趾令。上元三年（一说上元二年），王勃南下探亲，渡海溺水，惊悸而死。王勃写的《滕王阁序》是我国古典文学中的名篇，久为众口传诵。"落霞与孤鹜齐飞，秋水共长天一色"是其中的名句。五言律诗《送杜少府之任蜀州》成为中国诗歌史上的杰作，有"海内存知己，天涯若比邻"的名句。王勃的作品，明人辑有《王子安集》。

杨炯（650—约 693），华阴（今属陕西）人，于显庆四年（659）举神童，上元三年（676）应制举及第，补校书郎，累迁詹事司直。武后垂拱元年（685）坐从祖弟杨神让参与徐敬业起兵，出为梓州司法参军。天授元年（690），任教于洛阳宫中习艺馆。如意元年（692）秋后迁盈川令，吏治以严酷著称，卒于官。世称杨盈川。杨炯以边塞征战诗著名，作《从军行》《出塞》《战城南》《紫骝马》等，表现了为国立功的战斗精神，气势轩昂，风格豪放。其他唱和、纪游的诗篇则无甚特色，且未尽脱绮艳之风。另存赋、序、表、碑、铭、志、状等 50 篇。张说谓"杨盈川文思如悬河注水，酌之不竭，既优于卢，亦不减王"。

烽火照西京，心中自不平。
牙璋辞凤阙，铁骑绕龙城。
雪暗凋旗画，风多杂鼓声。
宁为百夫长，胜作一书生。

《从军行》仅仅四十个字，既揭示出人物的心理活动，又渲染了环境气氛，笔力极其雄劲。

卢照邻（约 636—约 695），字升之，自号幽忧子，幽州范阳（今河北涿州市）人。年少时从曹宪、王义方受小学及经史，博学能文。高宗永徽五年（654）为邓王（李元裕）府典签。极受邓王爱重，比之为司马相如。高宗乾封三年（668）初，出为益州新都尉。秩满，漫游蜀中。离蜀后，寓居洛阳。曾被横祸下狱，为友人救护得免。后染风疾，居长安附近太白山，因服丹药中毒，手足残废。徙居阳翟具茨山下，买园数十亩，疏凿颍水，环绕住宅，预筑坟墓，偃卧其中。他"自以当高宗时尚吏，己独儒；武后尚法，已独黄老；后封嵩山，屡聘贤士，已已废。著《五悲文》以自明”（《新唐书·卢照邻传》）。由于政治上的坎坷失意和长期病痛的折磨，最终自投颍水而死。今存其集有《卢升之集》和《幽忧子集》，均为7卷。他的诗以歌行体为最佳，代表作有《长安古意》。

骆宾王（约626—约684），婺州义乌（今浙江义乌）人。初为道王李元庆府属，又任武功、长安两县主簿。入朝为御史后，因多次上书议论天下大事，获罪入狱，贬为临海县丞，世称骆临海。随李敬业在扬州起兵反对武则天，兵败，不知所终。骆宾王少负才名，擅长七言歌行，有名作《帝京篇》，内容与卢照邻的《长安古意》相近，但篇幅更长、铺排更甚，当时被称为绝唱。又精于五言诗。五律《在狱咏蝉》借蝉自喻，是脍炙人口的名篇。还善作骈文，在随李敬业起兵时，写过著名的《代李敬业传檄天下文》（即《讨武檄文》）。檄文采用抑彼扬手法，很有战斗力和号召力。传武则天读此文亦大加赞赏。

初唐四杰齐名，主要就骈文和赋而言。《旧唐书·裴行俭传》说他们“并以文章见称”等，所说指文章。杜甫《戏为六绝句》有“王杨卢骆当时体”句，一般认为指他们的诗歌。四杰是初唐文坛上新旧过渡时期的人物，他们的诗文虽然没有摆脱齐梁以来追求绮丽的习气，但已初步显示崭新的气象。王勃明确反对当时“上官体”，“思革其弊”，得到卢照邻等人的支持（杨炯《王勃集序》）。他们的诗歌，从宫廷走向社会，题材较为广泛，风格也较清俊。卢、骆的七言歌行趋向辞赋化，气势壮大；王、杨的五言律绝开始规范化，音调铿锵。骈文也在词采赡富中寓有灵活生动之气。陆时雍《诗镜总论》说：“王勃高华，杨炯雄厚，照邻清藻，宾王坦易，子安其最杰乎？调入初唐，时带六朝锦色。”

【强化训练】

说出杨炯《从军行》所反映的诗歌风格特点。

【知识拓展】

鉴赏中的两个重要概念

物象是指客观事物的形象。物象和意象的区别：一个是客观形象，一个是主观形象。意象是意与象的结合，蒙上一层主观色彩，便成为意象，这就是古人所说的“登山则情满于山，观海则意溢于海”。诗歌中的形象都是意象。

马致远《天净沙·秋思》中“枯藤老树昏鸦”中的藤、树、鸦在现实生活中分属植、动物，但与作家的意（羁旅之愁）结合起来，就呈现出衰败、凄凉、孤寂的气氛。这说明意象是有着浓烈的情绪色彩的形象。

意境是指诗人的思想感情与客观图景相交融而创造出来的浑然一体的艺术境界。意象与意境在本质上有相同的地方，即都是主客观统一的产物，都表现出浓烈的情绪色彩。区别在于意象是诗歌艺术最小的意义单位，而意境则是诗歌整体的艺术境界。意境由意象组成，意象包含在意境之中，意境与意象是一大一小的关系。意境与全篇对应，要在整首诗的意象的总和中产生。

杜甫《登高》中“风急天高猿啸哀，渚清沙白鸟飞回。无边落木萧萧下，不尽长江滚滚来”中的急风、高天、沙渚、啸猿、飞鸟、落木、流水都是包含着作家悲怆感情的意象，这些意象的总和构成了哀猿长啸、鸟群回旋、落木萧瑟、长江汹涌的深沉意境。李白《望天门山》中“天门中断楚江开，碧水东流至此回。两岸青山相对出，孤帆一片日边来”中的碧水、青山、孤帆、远日都是包含着作家情思的意象，这些意象的总和构成了天门山中断楚江、青山相对、碧水奔腾、远日映照的雄伟奇丽的意境。

陈子昂

【学习目标】

知识目标：了解陈子昂的生平思想；掌握陈子昂的文学主张。

能力目标：学会概括古代人物的文学主张。

素质目标：感受古代文学思潮。

【导入】

陈子昂继初唐四杰之后，以更坚决的态度反对齐梁诗风，在理论和创作实践上都表现出鲜明的创造革新精神。

思考：请说出陈子昂《登幽州台歌》的艺术特点。

【任务训练】

实训任务 1：分组讨论陈子昂《登幽州台歌》的艺术特点。

实训任务 2：概括陈子昂的文学主张。

活动目标：学会概括古代作家的文学主张。

【知识导读】

陈子昂（661—702），文学家，初唐诗文革新人物之一，字伯玉，梓州射洪（今属四川）人。因曾任右拾遗，后世称为陈拾遗。其诗风骨峥嵘，寓意深远，苍劲有力，有《陈伯玉集》传世。陈子昂青少年时家庭较富裕，轻财好施，慷慨任侠。成年后始发愤攻读，博览群书，擅长写作。同时关心国事，想要在政治上有所建树。24 岁时举进士，任麟台正字，后升右拾遗。时武则天当政，信用酷吏，滥杀无辜。他不畏迫害，屡次上书谏诤。武则天计划开凿蜀山经雅州道攻击生羌族，他又上书反对，主张与民休息。

陈子昂于二十四岁时游东都洛阳，献书阙下。武后奇其才，招见金华殿，拜麟台正字。陈子昂家庭不是魏晋以来高门望族，也非当朝权贵。一个社会地位低下的庶族地主书生，要想在政治上有所作为，必须依附于当朝权贵，陈子昂以文章干谒中书令薛元超等王公卿相，以求显达。武则天打击传统贵族势力，破格引进寒门势力，是庶族利益的最高代表，陈子昂依附武则天是顺理成章的事。他认为，武则天是一位非常了不起的圣主，武则天的临朝称制会给他带来施展抱负的机会。于是他连续向武则天上言《谏理政书》和《谏灵驾入京书》，得到了武则天的大力赞赏，并将陈子昂从从九品下的将仕郎擢次提拔为正九品下的秘书省正字。其《谏灵驾入京书》飞驰远迩，陈子昂因此扬名天下。其后几年，是陈子昂的强仕之年，武则天多次召见，令陈天下利害。陈子昂投其所好，劝武后兴明堂、太学，以至后人讥其谄事武后。天授元年（690）武则天改国号为周。此时的陈子昂春风得意，上与王公贵族预宴题辞，下与文人墨客笑谈天下。为了进一步捞取政治资本，以讨好武则天，陈子昂选择了武后甚恶之上官仪为矢的，在文学创作上大力提倡革新，在文学理论上大张旗鼓地反对上官体诗，公开提出了改革文坛积弊的文学主张。

武周万岁通天元年（696），上官婉儿受到武则天重视，登上政治舞台，成为机要女官，开始参政。上官婉儿自大权在握之后，欲大力推广上官体诗，必先除掉公开反对上官体诗者如陈子昂等人。上官婉儿自幼身居内宫，明习吏事，《资治通鉴·唐纪二十四》云："上官婉儿者，仪之女孙也，仪死，没入掖庭，辩慧善属文，明习吏事。"

自从上官婉儿参政后，陈子昂春风得意的时代便一去不返了。武周万岁通天元年九月，陈子昂因"居职不乐"再次从军征契丹，神功元年（697）三月，与主将武攸宜不合遭受打击，七月随军班师回朝，虽仍守右拾遗，但已经是前途无望了，这从陈子昂此时所写的诗作里可见一斑。其《感遇·十五》云："贵人难得意，赏爱在须臾。莫以心如玉，探他明月珠。昔称夭桃子，今为春市徒。鸱鸮悲东国，麋鹿泣姑苏。谁见鸱夷子，扁舟去五湖。"

于是，陈子昂在武周圣历元年（698），以父老为借口，表解官归乡里侍亲，诏以官供养。此后 4 年，陈子昂一直居在乡里，过着种树采药的生活，直至武周长安二年（702）下狱而卒。

陈子昂死于本县县令段简之手。关于段简杀害陈子昂的原因，中唐沈亚之《上九江郑使君书》云："乔（知之）死于谗，陈（子昂）死于枉，皆由武三思嫉怒于一时之情，致力克害。一则夺其妓妾以加害，一则疑其摈排以为累，阴令桑梓之宰拉辱之，皆死于不命。"

初唐诗坛有两大创作取向：宫廷诗人诗歌的戏乐取向和初唐四杰、陈子昂等人"诗言志"的创作取向，可以把初唐诗人分为两类：一类是围绕在唐太宗和唐高宗、武则天身边的宫廷诗人；另一类是与宫廷关系较为疏远，或者是飘游在山野之中的诗人。诗人的审美理想和审美情趣直接影响着他们诗歌创作的取向和诗歌风格的形成。

宫廷诗人诗歌内容上多歌功颂德、应制唱和，形式上讲究声律对偶、雕琢辞藻。代表为"上官体"，特点主要有三：一是多写丽景艳情；二是善于缘情体物，抒写敏感细腻的心曲；三是属对精雅。宫廷诗人虽然对近体诗体式的定型作出了重要贡献，但是，在思想内容、诗歌风格上，他们的诗歌并不能将唐诗创作引上康庄大道。

陈子昂对于初唐诗坛“兴寄都绝”“风雅不作”的创作现实深为不满，主张恢复古诗比兴言志的风雅传统，提出“风骨”“兴寄”两个革新口号，从内容到形式都提出了革新要求。在《与东方左史虬修竹篇序》里，他第一次将汉魏风骨与风雅比兴联系起来，反对没有风骨、没有比兴的作品，这样复归风雅的目的就不是美刺比兴，而是要维持具有悲凉慷慨之气的建安风骨传统，在诗歌创作中寄托济世的劝业理想和人生意气，这便与片面追求“彩丽竞繁”的齐梁宫廷诗风彻底划清了界限。这对于唐诗的变革具有关键性意义。

在文学方面，针对初唐的浮艳诗风，陈子昂力主恢复汉魏风骨，反对齐、梁以来的形式主义文风。陈子昂的诗歌，以其进步、充实的思想内容，质朴、刚健的语言风格，对整个唐代诗歌产生了巨大影响。陈子昂继承了刘勰、钟嵘和王勃的主张，一针见血地指出初唐宫廷诗人们所奉为偶像的齐梁诗风是“彩丽竞繁，而兴寄都绝”，指出应将“风雅兴寄”和“汉魏风骨”的光辉传统作为创作的先驱榜样，在倡导复古的旗帜下实现诗歌内容的真正革新。“兴寄”和“风骨”都是关系着诗歌生命的首要问题。“兴寄”的实质是要求诗歌发扬批判现实的传统，要求诗歌有鲜明的政治倾向。“风骨”的实质是要求诗歌有高尚充沛的思想感情，有刚健充实的现实内容。从当时情况来说，只有实现内容的真正革新，才能使诗歌负起时代的使命。同时，我们还应该看到，由于“初唐四杰”等人的积极努力，新风格的唐诗已经出现，沿袭齐梁的宫廷诗风已经越来越为人们所不满，诗歌革新的时机更加成熟。陈子昂的革新主张在这个时候提出，不仅有理论的意义，而且富有实践的意义；不仅抨击了陈腐的诗风，还为当时正在萌芽成长的新诗人、新诗风开辟了道路。

【强化训练】

概述陈子昂所提倡的“风骨”“兴寄”的具体内容。

【知识拓展】

感遇诗

古诗中表达政治理想，忧国忧民，针砭时弊，诉说个人怀才不遇的失意心情等的诗，被后人归纳成一类，称为政治感遇诗。

我国最早的诗歌总集《诗经》中就有许多这样的作品，如揭露奴隶主阶级不劳而获的《伐檀》，抨击奴隶主盘剥奴隶的《硕鼠》，揭露统治者以活人殉葬罪恶的《黄鸟》等。项羽的《垓下歌》表现出面临败局、难以力挽狂澜的悲哀与无奈心理，刘邦的《大风歌》则表现出一个胜利者为稳定江山企望治国人才的心志。到了唐代，随着格律诗的发展，政治感遇诗也大量出现。

抒发报国之志是唐代政治感遇诗的内容之一。例如孟浩然的《望洞庭湖赠张丞相》：

八月湖水平，涵虚混太清。
气蒸云梦泽，波撼岳阳城。
欲济无舟楫，端居耻圣明。
坐观垂钓者，徒有羡鱼情。

读完全诗你自然明白这是诗人含蓄表达入仕愿望的作品，表现出一种积极上进的精神。

表现忧国忧民感情是唐代政治感遇诗的另一部分内容。时值安史之乱的杜甫，就写了许多这样的诗，如《登楼》：

花近高楼伤客心，万方多难此登临。
锦江春色来天地，玉垒浮云变古今。
北极朝廷终不改，西山寇盗莫相侵！
可怜后主还祠庙，日暮聊为梁甫吟。

这首诗是杜甫避安史之乱后，于广德二年（764）春天刚回到成都时写的。历经灾难后登上高楼，眼见楼旁盛开的花木，更觉伤感。锦江春色依然如故，而天下形势已经发生巨大变化。朝廷绝不会因为外来侵扰而最终有什么改变，正告西山寇盗休要侵犯我江山！想那昏庸的刘后主还有人立祠庙祭祀他，我要学孔明那样立志报国。这首诗充分表现出杜甫对国家命运的关心。

政治失意，怀才不遇是唐代政治感遇诗的又一部分内容。例如，张九龄的《感遇十二首·其一》：

兰叶春葳蕤，桂华秋皎洁。
欣欣生此意，自尔为佳节。
谁知林栖者，闻风坐相悦。
草木有本心，何求美人折。

这首诗写于张九龄遭谗言被贬谪之后。诗的前两联写春有兰草，秋有桂花，花叶繁茂，成为美好的季节。后两联一转，引出林栖者隐士们，他们闻风坐相悦，自有花木般芬芳的高尚品格，这是他们的本性，并非为了乞求美人去折取。诗人以花木馨香自比，表现出一种虽遭贬斥并不介意，依然超脱潇洒的思想情绪。再如，骆宾王的《在狱咏蝉》：

西陆蝉声唱，南冠客思深。
不堪玄鬓影，来对白头吟。
露重飞难进，风多响易沉。
无人信高洁，谁为表予心？

诗人因讨武檄文入狱，狱中吟诗以蝉自喻，表达仕途的险峻和无法申明心志的愤懑心情。

山水田园诗

【学习目标】

知识目标：了解唐代山水田园诗派的代表作家及作品；掌握山水田园诗的特点。

能力目标：学会鉴赏山水田园诗。

素质目标：培养热爱祖国山水田园的情感。

【导入】

中国古典诗歌中很早就出现了对自然的描写，但山水田园作为一种诗歌题材在创作上得到重视并初步走向兴盛，要到东晋后期和刘宋时期。此时，以陶渊明和谢灵运为代表的山水田园诗人创作了大量描写和赞美大自然的诗作，形成中国诗史上山水田园诗的第一次创作高潮。中国唐代诗歌继承和发展了陶渊明田园诗和谢灵运等的山水诗，并取得了更为辉煌的成就。

思考：请你背出有关描写山水田园风光的古代诗歌。

【任务训练】

实训任务 1：复述作品王维《山居秋暝》内容，说说这首诗有什么特点？

实训任务 2：以王维《山居秋暝》为例，分析山水田园诗的特点。

实训任务 3：鉴赏山水田园诗其他作品。

活动目标：学会鉴赏山水田园诗。

【知识导读】

一、时代背景

盛唐时期社会安定，国力强盛，社会的政治、经济、文化全面繁荣。文人士大夫的物质生活优裕，为漫游行旅、赏玩山水提供了条件。社会上佛道思想流行，道家崇尚自然及返朴归真的追求和佛家禅宗的净心明性的境界，为诗歌提供了文化及审美心理的基础。文人的隐逸情怀也与山水田园诗的形成有紧密的关系，但此际并非为隐而隐，而是酿成了一种向往自然、追求超然独立的文化心态和崇尚自然的审美趣味。此外，晋宋以来的田园诗、山水诗的创作，也无疑提供了艺术上的借鉴。

中国唐代山水田园诗继承和发展了陶渊明田园诗和谢灵运、谢朓等的山水诗，以反映田园生活、描绘山水景物为主要内容。代表人物有盛唐的王维、孟浩然、储光羲、常建等，中唐的韦应物、柳宗元等。他们的作品较多地反映了闲适淡泊的思想感情，色彩雅淡，意境幽深，多采用五言古体和五言律绝的形式。他们在发掘自然美方面，既能概括地描写雄奇壮阔的景物，又能细致入微地刻画自然事物的动态；在自然景物的观察上别有会心，能够巧妙地捕捉适于表现其生活情趣的种种形象，构成独到的意境，把六朝以后的山水诗向前推进了一步。其中以王维成就为高。

二、山水田园诗的特点及代表人物

山水田园派以山水等自然景观为主要描写对象，歌咏田园生活，大多以农村的景物和农民、牧人、渔父等的劳动为题材。诗人们以自然山水或农村自然景物、田园生活为吟咏对象，把细腻的笔触投向静谧的山林、悠闲的田野，创造出一种田园牧歌式的生活，借以表达对现实的不满，对宁静平和生活的向往。山水田园诗属于写景诗的范畴，这类诗歌的主要特点就是“一切景语皆情语”，亦即作者笔下的山水自然景物都融入了作者的主观情愫，或者借景抒情，或者情景交融。下面重点介绍两位唐代山水田园诗的代表人物。

1. 王维

王维是盛唐山水田园诗派的代表作家，具有多方面的文学、艺术才能，精通绘画、书法、音乐。王维早年立志于功名进取，写了许多风格雄浑、境界开阔，充满豪情的诗作，其中以边塞和游侠题材的诗歌居多，如《少年行》《从军行》《老将行》《陇头吟》《使至塞上》等。但在唐代诗歌史上奠定其地位和最能标志其诗歌艺术成就的，还是山水田园诗。其诗歌的主要内容是反映田园隐逸生活，描写自然山水，如《渭川田家》《山居秋暝》《终南山》《鸟鸣涧》《鹿柴》《竹里馆》《辛夷坞》等，或写田园生活的恬静闲逸，或写自然景物的清幽秀美。

王维山水田园诗的艺术特点：

（1）王维的山水田园诗是诗情与画意的高度统一。苏轼曾评论说：“味摩诘之诗，诗中有画；观摩诘之画，画中有诗。”（《东坡志林》）他善于发现和捕捉自然景物的形象特征和状态，以画家的绘画技巧去构图和选择色彩，并将诗人对自然的独特情感体验和审美感受及精神境界融入景物中，创造出优雅秀美的艺术境界。

（2）王维的山水田园诗中的有些诗在幽邃、寂静、空灵的艺术境界中，直接透入了禅宗佛理的观照，是禅意、禅趣在诗境中的艺术体现。

（3）王维的山水田园诗既有陶渊明诗歌的浑然天成的艺术境界，也有谢灵运诗歌的细致精工的刻写。语言清新明快，简洁洗练，是朴素平淡与典雅秀美的完美结合。而且语言具有极强的艺术表现力。

王维生前身后均享有盛名，有“天下文宗”“诗佛”之美称，对后人影响巨大。

正是由于他常以一位禅者的目光览观万物，才使他的诗有了一种其他诗人难以企及的静美、澄旷、寂悦。特别是他描写的大自然一刹那间的纷纭动象，是那样的清净与静谧，禅韵盎然，如：“人闲桂花落，夜静春山空。月出惊飞鸟，时鸣春涧中。”（《鸟鸣涧》）“飒飒秋雨中，浅浅石溜泻。跳波自相溅，白鹭惊复下。”（《栾家濑》）以及名句“明月松间照，清泉石上流”（《山居秋暝》）等，往往荡涤读者之胸襟，给人以恬淡宁和的无尽遐思。

2. 孟浩然

孟浩然是与王维齐名的盛唐山水田园诗派的代表作家，是唐代第一个大量写作山水田园诗的诗人。他的诗歌以山水诗居多，或写游历所见各地山水景色，或写家乡自然风光，往往在抒写孤高的情怀中夹杂着失意的情绪，在以景自娱中融入旅愁乡思，如《宿建德江》《临洞庭湖赠张丞相》《江上思归》等。他的田园诗主要是写隐居生活的高雅情怀和闲情逸致，如《过故人庄》《游精思观回王白云在后》等。

孟浩然山水田园诗的艺术特点：

（1）孟浩然的山水田园诗风格平和冲淡，清新自然，不尚雕饰，而又能超凡拔俗。沈德潜评论说："孟诗胜人处，每无意求工，而清超越俗，正复出人意表。"（《唐诗别裁》）闻一多说："淡得看不见诗了，才是真正孟浩然的诗。"（《唐诗杂论》）他的田园诗写得平淡自然、质朴真淳，富有生活气息，如《过故人庄》农家的淳朴生活和乡村的自然景色，在淡淡的笔墨中都表现得十分自然而亲切，深受陶渊明的诗风影响。但孟浩然的山水诗也有写得气象雄浑、境界阔大的，如《临洞庭湖赠张丞相》。

（2）孟浩然的诗歌语淡而味浓，正如沈德潜所论："襄阳诗从静悟得之，故语淡而味终不薄。"（《唐诗别裁》）他的诗歌善于运用平淡的语言，融入个人的主观感受和情感意蕴，创造出清远拔俗的艺术境界，蕴含了浓厚的诗歌情致韵味。

"故人具鸡黍，邀我至田家。绿树村边合，青山郭外斜。开轩面场圃，把酒话桑麻。待到重阳日，还来就菊花。"绿树、青山、村舍、场圃、桑麻和谐地打成一片，这是一幅优美宁静的田园风景画，有清新的泥土味，有强烈的生活感。

"春眠不觉晓，处处闻啼鸟。夜来风雨声，花落知多少？"这四句诗是孟浩然艺术境界和精神境界俱臻化境之作。

平淡不同于平庸与淡而无味，是深厚的感情和丰富的思想用朴素的语言说出，是富有情味的，所以往往平淡而有思致。正如王安石所说：看似平淡最奇崛，成如容易却艰辛。

总而言之，山水田园诗人在唐代诗坛上以独特的清新风格和卓越的才情创造出许多名篇，也影响到了后来的很多诗人，尤其是他们诗中那种对精神世界的平和清淡的向往以及对人生的态度，让很多诗人在苦闷的理想和现实面前找到了一条中和的道路。对于今天的读者来说，除了欣赏诗歌本身的美之外，其在精神方面的启示也是有价值的。

【强化训练】

鉴赏《过故人庄》思想内容和艺术特色。

【知识拓展】

物象之情意

花草树木入诗作为表情达意的物象，一般有两种类型：一种是使用象征意义，以花草树木的特性来象征一种品格，如以梅花的妍丽耐寒象征高尚坚毅的品格；以菊花在百花凋零时独自怒放的特点象征清高孤傲的人品和不与世人同流合污的隐士情怀；以松树的苍劲和耐受各种艰苦环境的性质，象征刚强不阿的精神等。

另一种是使用谐音修辞，以一种植物名称与某种感情同音而产生联系，形成常用意象，杨柳就是例子。例如：

春夜洛城闻笛

李白

谁家玉笛暗飞声，散入春风满洛城。
此夜曲中闻折柳，何人不起故国情？

前人在评论这首诗时曾说，“折柳”二字是全诗的关键。诗中“折柳”的寓意是什么？杨柳在古诗词中经常被用来表达思念之情。“柳”谐“留”的音，表达恋恋不舍之意。所以古人在离别时经常赠以杨柳枝，以表达无限留恋的情意。这首诗中的折柳就寓有惜别怀远之意。这首诗抒写了诗人的思乡之情，而这种思乡之情是从听到折柳曲的笛声引起的，可见折柳是全诗的关键。李白另有一首《忆秦娥·箫声咽》，其中有这样的句子：“箫声咽，秦娥梦断秦楼月。秦楼月，年年柳色，灞陵伤别。”在这首词里，不是以折柳的笛声引发思念之情了，而是以柳色引发联想，表达挽留的心意。由于再三挽留也不得不离别，伤感之情油然而生。无论是声是色，都是以柳、留谐音为抒情基础的。

除杨柳之外，青草也经常被用来作为抒发思念、留恋之情的物象。青草具有顽强的生命力，经冬不衰，逢春即萌，人们由此想到思念之情，长久不断，绵绵不绝，于是在诗词中就常用青草来表达思念的情绪。例如大家熟悉的白居易的《赋得古原草送别》：

离离原上草，一岁一枯荣。
野火烧不尽，春风吹又生。
远芳侵古道，晴翠接荒城。
又别王孙去，萋萋满别情。

诗中极写原上草的顽强生命力，特别是“野火烧不尽，春风吹又生”两句，几乎已经成为野草的代称。诗人之所以这样写，目的只为表达最后一句“萋萋满别情”。那与友人的离别之情，如萋萋芳草，绵绵无绝期！又如：

黄鹤楼

崔颢

昔人已乘黄鹤去，此地空余黄鹤楼。
黄鹤一去不复返，白云千载空悠悠。
晴川历历汉阳树，芳草萋萋鹦鹉洲。
日暮乡关何处是？烟波江上使人愁。

以形象表意抒情，是诗歌的一大特点，于是古今诗歌作品中出现了大量的物象，其中自然物象数量最多。写进诗歌里的物象是诗人为了表达感情而选择的，有许多物象经常为诗人们使用，久而久之形成了一种思维定式。

边塞诗

【学习目标】

知识目标：了解唐代边塞诗的代表作家及作品；掌握边塞诗的特点。

能力目标：学会鉴赏边塞诗。

素质目标：培养热爱祖国的情感。

【导入】

边塞诗是以边疆地区军民生活和自然风光为题材的诗。一般认为，边塞诗初步发展于汉魏六朝时代，隋代开始兴盛，唐即进入发展的黄金时代。据统计，唐以前的边塞诗，现存不到二百首，而《全唐诗》中所收的边塞诗就有两千余首。

思考：请你背出有关描写边塞风光的古代诗歌。

【任务训练】

实训任务 1：复述高适《燕歌行》内容，说说这首诗有什么特点？

实训任务 2：以高适《燕歌行》为例，分析唐代边塞诗的特点。

实训任务 3：鉴赏唐代边塞诗其他作品。

活动目标：学会鉴赏唐代边塞诗。

【知识导读】

边塞诗是唐代诗歌的主要题材，是唐诗当中思想性最深刻、想象力最丰富、艺术性最强的一部分。一些有切身边塞生活经历和军旅生活体验的作家，以亲历的见闻来写作；另一些诗人用乐府旧题来进行翻新的创作。参与人数之多，诗作数量之大，为前代所未见。其创作贯穿初唐、盛唐、中唐、晚唐四个阶段。其中，初唐、盛唐边塞诗多昂扬奋发的格调，艺术性最强。初唐四杰之一的骆宾王是初唐写作边塞诗较多的作家，他的边塞诗题材开阔，内容包括边塞风光，边疆战士的艰苦生活，杀敌报国、建功立业的抱负，边疆将士思乡的情思，涵盖了盛唐边塞诗的大多领域，而且格调激昂。此后其他著名诗人如杨炯、陈子昂、杜审言等人也创作边塞诗。

盛唐是边塞诗创作的鼎盛时期，涌现了著名的边塞诗派，代表诗人有高适、岑参、王昌龄、李颀，高适的《燕歌行》、岑参的《白雪歌送武判官归京》《走马川行奉送封大夫出师西征》等七言长篇歌行代表了盛唐边塞诗的美学风格，即雄浑、磅礴、豪放、浪漫、悲壮、瑰丽。除此之外，盛唐大诗人李白、杜甫都写过边塞诗，这些边塞诗成为他们的代表作的一部分。例如：李白的《关山月》《塞下曲》六首、《战城南》《北风行》等，杜甫的《兵车行》《前出塞九首》《后出塞六首》等。另外一些诗人也有边塞诗的名篇传世，如王昌龄有《出塞》《从军行》，王之涣有《出塞》，王翰有《凉州词》。盛唐诗成为边塞诗创作的顶点。此后中晚唐并没有出现边塞诗的大家，但题材有所扩展。

一、边塞诗的特点

边塞诗有以下特点。

一是浓郁的汉代情结。唐代边塞诗有一种典型的文化现象：以汉代唐，出征的军队称为汉兵，将领称为汉将，边塞称为汉塞，就连天上的月亮也称为汉月。不仅如此，一般的边塞诗在提及周边少数民族时，也往往沿袭汉代的称谓，把交战对方称为匈奴，把其首领称为单于、左贤。在称颂战地英雄时，常常提到的也是汉代的霍去病、李广、卫青、班超、马援等，以呼唤英雄精神的回归。这种汉代情结既是对历史的继承，又是对历史的超越。

二是鲜明的边地风貌。自然景观多是黄沙白云、冰川雪山，地理区域多是塞外、雁门、漠北、玉关、黄河，异域风物多是羌笛、胡笳、琵琶、战马，人物多是戍卒、将帅、胡人，用典多是投笔、长城（南朝宋的大臣檀道济）、楼兰，乐曲多是与边塞军旅生活有关的《梅花落》《折杨柳》《关山月》《行路难》等。

二、边塞诗的类型

根据边塞诗选材的角度和表达的情感内容上的不同，边塞诗主要有以下几种类型：

（1）从戍边战士的角度，或写战争的惨烈，或写报国的豪情。

以王昌龄的《从军行》为例：

青海长云暗雪山，孤城遥望玉门关。
黄沙百战穿金甲，不破楼兰终不还。

这首诗以戍边战士的视角，既描写了战争的残酷激烈、战事的频繁不断，又表达了战士誓死报国的豪情壮志，以及最后必胜的坚定信念。

（2）从闺中主妇的角度，批判战争破坏了人民和平安宁的生活。

以金昌绪的《春怨》为例：

打起黄莺儿，莫教枝上啼。
啼时惊妾梦，不得到辽西。

长年戍边的亲人还健康地活着吗？每天吃得饱吗？身上的棉衣能否御寒？这一切都让思妇担心、牵挂，而这些担心、牵挂无法得到排解，思念之极就不自觉地出现在白日梦中了。在梦中与思念的人儿相会，也是一种苦涩的幸福啊，难怪女主人要赶走可爱的黄莺鸟。这种无理而有情的动作正揭示了战争破坏了人民安宁的生活。看起来它是一首抒写儿女之情的小诗，实则有深刻的时代内容，反映了当时兵役制下广大人民所承受的痛苦。

（3）从旁观者的角度，控诉战争的罪恶。

杜甫在《兵车行》中沉痛地写道："信知生男恶，反是生女好""君不见青海头，古来白骨无人收。新鬼烦怨旧鬼哭，天阴雨湿声啾啾"。战争使得无数的家庭背井离乡，使得无数的战士变成累累白骨！

高适在《燕歌行》里用对比的手法展示了这样一幅画面："战士军前半死生，美人帐下犹歌舞"。一方面是前线的战士浴血奋战，随时都有战死的可能；一方面却是将领们纵情声色、歌舞升平。

（4）从将士的角度，写因长期戍边而产生的精神上的痛苦。

以王昌龄的《从军行》为例：

琵琶起舞换新声，总只关山旧别情。
撩乱边愁听不尽，高高秋月照长城。

这里的"边愁"有对于现实的忧愁、建功立业的渴盼，更有背井离乡、抛妇别雏的痛楚和无限的乡愁。

三、盛唐边塞诗的美学风格

通过上述分析，可以概括出盛唐边塞诗的美学风格，它包含了雄浑、磅礴、豪放、浪漫、悲壮、瑰丽等各个方面。

盛唐边塞诗体现了一种阳刚之美。在边塞诗中，一方面以夸张对比衬托的手法对战争的残酷、环境的恶劣进行展示，如"战士军前半生死""黄金百战穿金甲""孤城落日斗兵稀"。但另一方面，边塞诗作更凸显人面对战争时奔涌出的巨大精神力量，既有不屈的意志、必胜的信心和保家卫国的豪情，还有在战场上建立功名的壮志。例如"不破楼兰终不还""愿为腰下剑，只为斩楼兰""相看白刃血纷纷，死节从来岂顾勋"。这两个方面既是对立的，又是统一的，这种对立统一所产生的张力使诗句具有永不泯灭的魅力，诗句中洋溢着的崇高感成为中华民族的最强音，千载悠悠。

【强化训练】

鉴赏岑参《白雪歌送武判官归京》的思想内容和艺术特色。

【知识拓展】

诗歌的三种表达技巧

诗歌的三种表达技巧：对比、衬托和烘托。

对比是指把两个相对或相反的事物，或者一个事物的两个方面并列在一起，以共同表现某种意境或情感。比如李白的《越中览古》：

越王勾践破吴归，战士还家尽锦衣。
宫女如花满春殿，只今惟有鹧鸪飞。

诗人给我们展示了两幅画面，将昔日的繁盛和今日的凄凉通过具体的景物进行了鲜明的对比，抒发了盛衰无常之感。对比手法的运用突出了主题，发人深思。

衬托指用事物间相似或对立的条件，以一些事物为陪衬来突出主体事物的手法。衬托分为正衬和反衬。正衬是指利用事物间的近似条件来衬主体事物，比如李白《梦游天姥吟留别》：

天姥连天向天横，势拔五岳掩赤城。
天台一万八千丈，对此欲倒东南倾。

这里诗人并没有直接说天姥山怎样高，而是用以高峻著称的五岳、天台来衬托天姥山，从而把天姥山写得耸立天外，直插云霄，壮丽非凡。反衬是指利用事物的对立条件来衬托主体事物，例如杜甫的《漫成一首》：

江月去人只数尺，风灯照夜欲三更。
沙头宿鹭联拳静，船尾跳鱼拨剌鸣。

“船尾跳鱼拨剌鸣”一句就用了反衬。诗的前三句着力刻画一个静字，此句却写动、写声，似乎打破了静谧之境，但给读者的实际感受恰好相反，以动写静，愈见其静；以声衬静，愈见其静。诗句“蝉噪林逾静，鸟鸣山更幽”说的就是这个意思。

对比和衬托的区别在于：对比是相反或相似的两种事物互相比照，以共同表现某种思想或意境，对比双方不分主次；而衬托是以次要事物为陪衬突出一个主要事物，一方是工具，一方是目的，两者主次分明。

烘托是指通过侧面描写，使所要表现的对象鲜明突出的表现手法。侧面描写即间接描写，即通过对周围人物或环境的描写来表现主要对象。例如韦应物的《赋得暮雨送李胄》：

楚江微雨里，建业暮钟时。
漠漠帆来重，冥冥鸟去迟。
海门深不见，浦树远含滋。
相送情无限，沾襟比散丝。

此诗除了首句提到“微雨”以外，其他都没有直接写雨，而是通过别的事物把雨写出来：船上的布帆变得重了，鸟儿飞得不那么轻巧了，天灰蒙蒙的一片，远处都看不真切，而江边的树却显得十分滋润。颔联和颈联虽未直接写雨，但烘托手法的运用使我们感到，在船帆上、鸟羽上，在天际，在大树上，全都是蒙蒙的细雨。再如《琵琶行》中“东船西舫悄无言，惟见江心秋月白”一句，用环境描写烘托音乐的魅力，给读者留下了无限的回味空间。

烘托与衬托不同，烘托是通过别的事物把想要表达的事物写出来，是用一事物暗示另一事物。衬托则是两种事物都写。

例如王冕的《白梅》“冰雪林中著此身，不同桃李混芳尘。忽然一夜清香发，散作乾坤万里春”就以冰雪衬梅之坚毅耐寒，用桃李对比以显示梅之高洁守志，用衬托和对比表达了坚持理想操守、不与世俗同流合污的思想感情。

李白

【学习目标】

知识目标：了解李白的生平思想；掌握李白的主要作品内容及艺术特色。

能力目标：学会概括李白创作的主要特点。

素质目标：感受古代浪漫主义诗歌风格。

【导入】

杜甫评价李白“笔落惊风雨，诗成泣鬼神”，韩愈云：“李杜文章在，光焰万丈长。”李白确实是我国古代浪漫主义诗歌的杰出代表。

思考：请说出李白的诗歌，并简要说明其特点。

【任务训练】

实训任务 1：分组讨论李白《蜀道难》的艺术特点。

实训任务 2：概括李白诗歌的思想内容与艺术成就。

活动目标：学会概括李白创作的主要特点。

【知识导读】

李白（701—762），字太白，号青莲居士。祖籍陇西成纪（今甘肃天水附近），先世于隋末流徙西域，李白即生于中亚碎叶（今巴尔喀什湖南面的楚河流域，唐时属安西都户府管辖）。幼时随父迁居绵州昌隆（今四川江油）青莲乡。

李白一生绝大部分时间在漫游中度过。天宝元年（742），因道士吴筠的推荐，被召至长安，供奉翰林。文章风采，名动一时，颇为玄宗所赏识。后因不能见容于权贵，在京仅三年，就弃官而去，仍然继续他那飘荡四方的流浪生活。安史之乱发生的第二年，他感愤时艰，曾参加永王李璘的幕府。不幸，永王与肃宗发生争夺帝位的斗争，兵败之后，李白受牵累，流放夜郎（今贵州境内），途中遇赦。晚年漂泊东南一带，依当涂县令李阳冰，不久即病卒。

李白的诗以抒情为主。他广泛地从当时的民间文艺和秦、汉、魏以来的乐府民歌中吸取其丰富营养，集中提高而形成其诗歌的独特风貌。他具有超乎寻常的艺术天才和磅礴雄伟的艺术力量，一切可惊可喜、令人兴奋、发人深思的现象，无不尽归笔底。贺知章一见李白，惊呼为“谪仙人”，解下随身所佩的金龟相赠，从而有“诗仙”之称。李白与杜甫齐名，世称“李杜”。

李白生活在唐代极盛时期，具有济苍生、安黎元的进步理想，毕生为实现这一理想而奋斗。他的大量诗篇，既反映了那个时代的繁荣气象，也揭露和批判了统治集团的荒淫和腐败，表现出蔑视权贵、反抗传统束缚、追求自由和理想的积极精神。在艺术上，他的诗想象新奇，构思奇特，感情强烈，意境奇伟瑰丽，语言清新明快，气势雄浑瑰丽，风格豪迈潇洒，形成豪放、超迈的艺术风格，达到了我国古代积极浪漫主义诗歌艺术的高峰。现存诗 900 余首，有《李太白集》。

一、李白诗歌思想内容

李白的诗歌是盛唐气象的典型代表。无论何时何地，李白总是以满腔热情去拥抱整个世界，追求自在行事、立功和享受，对一切美的事物有敏锐的感受，把握现实而又不满足于现实，投入生活的急流而又超越苦难的忧患，在高扬亢奋的精神状态中去实现自身的价值。如果说，理想色彩是盛唐一代诗风的主要特征，那么，李白是以更富于展望的理想歌唱走在了时代的前沿。

李白关怀社会现实，他“抚剑夜吟啸，雄心日千里”（《赠张相镐·其二》），“愿一佐明主，功成还旧林”（《留别王司马嵩》），但却处处碰壁，遭受嘲笑和打击，所以他的诗歌既充满了对理想的追求，又宣泄了理想破灭的痛苦；既为自己不幸命运而悲慨，也批判了污浊黑暗的社会现实。例如《古风·其二十四》：

大车扬飞尘，亭午暗阡陌。
中贵多黄金，连云开甲宅。
路逢斗鸡者，冠盖何辉赫。
鼻息干虹霓，行人皆怵惕。
世无洗耳翁，谁知尧与跖。

唐玄宗后期，生活腐化，贵族中盛行斗鸡的游戏，唐玄宗酷爱此道，斗鸡人也因此成为特权阶层的人物。李白这首诗中所揭露的就是这样的现象。

同时，李白还是一个关心人民生活的诗人，“田家秋作苦，邻女夜舂寒”（《宿五松山下荀媪家》）、“吴牛喘月时，拖船一何苦！”（《丁都护歌》）等都对下层人民的疾苦表示了深切的同情。当安史之乱发生时，李白痛苦而悲愤地写道：“俯视洛阳川，茫茫走胡兵。流血涂野草，豺狼尽冠缨。”（《古风·其十九》）“白骨成丘山，苍生竟何罪！”（《经乱离后天恩流夜郎忆旧游书怀赠江夏韦太守良宰》）。他对劳动人民给予热情地赞美，如《秋浦歌》《越女词》都表达了他对勤劳、智慧的劳动人民的热爱。

李白“一生好入名山游”，他以生花之笔，描绘了许多各具形态的山水，《望庐山瀑布》《望天门山》等都表现了他对祖国河山的挚爱之情。《望天门山》：

天门中断楚江开，碧水东流至此回。
两岸青山相对出，孤帆一片日边来。

多么雄伟灵秀的山，多么矫健潇洒的帆，多么奔放活泼的水！青年李白饱蘸着青春的激情写下了这一首美妙的山水诗。

李白歌颂友谊、热爱生活。真挚的友情，是他生活中的重要内容。他的许多诗歌就是为友谊而作的，如《金陵酒肆送别》《劳劳亭》《闻王昌龄左迁龙标遥有此寄》等。他的《赠汪伦》更是脍炙人口的歌颂友谊的名篇：

李白乘舟将欲行，忽闻岸上踏歌声。

桃花潭水深千尺，不及汪伦送我情。

全诗写友情，朴素自然，“于景切情真处信手拈出，所以调绝千古”（唐汝询《唐诗解》）。

二、李白诗歌的艺术特点

李白是屈原之后又一个伟大的浪漫主义诗人，作为“盛唐之音”的代表，他创造性地调动了一切艺术手段，使他的诗歌达到令人叹为观止的境界。李白诗歌各体皆工，但最能表现他的艺术特色的是七言古诗和绝句。

七言古诗包括乐府诗和歌行体。李白这一类诗的艺术特点，恰是他自己所说的“兴酣落笔摇五岳，诗成笑傲凌沧州”（《江上吟》），也是杜甫所称誉的“笔落惊风雨，诗成泣鬼神”（《寄李十二白二十韵》）。李白具有洒脱不羁的气质，傲岸不屈的性格，又是一个热情的浪漫主义诗人，他的情感不但丰富，而且情感的宣泄从不顾及理性的规范，任凭激情随着笔端流淌。诗中往往以情绪的流动结构全篇，李白情感的转换十分自由，没有事先的过渡、铺垫。如歌行体的《宣州谢朓楼饯别校书叔云》，全是以内在的情绪的变化来组织成篇：

弃我去者，昨日之日不可留；乱我心者，今日之日多烦忧。

长风万里送秋雁，对此可以酣高楼。

蓬莱文章建安骨，中间小谢又清发。

俱怀逸兴壮思飞，欲上青天览明月。

抽刀断水水更流，举杯消愁愁更愁。

人生在世不称意，明朝散发弄扁舟。

诗的开头两句，如横空出世，石破天惊。他长期积郁于内的感情，在登上谢朓楼的时候，似乎找到了一个突破口，喷薄而出。诗中既有强烈不平和愤懑，又难掩其不凡气概，“欲上青天览明月”的奇思妙想，“抽刀断水”“举杯消愁”的豪放纵逸之气都令人深受感染。所以沈德潜《唐诗别裁》说：“此种格调，太白从心化出。”再如乐府诗《蜀道难》：

噫吁嚱，危乎高哉！蜀道之难，难于上青天。蚕丛及鱼凫，开国何茫然！尔来四万八千岁，不与秦塞通人烟。西当太白有鸟道，可以横绝峨眉巅。地崩山摧壮士死，然后天梯石栈相钩连。上有六龙回日之高标，下有冲波逆折之回川。黄鹤之飞尚不得过，猿猱欲度愁攀缘。青泥何盘盘，百步九折萦岩峦。扪参历井仰胁息，以手抚膺坐长叹。问君西游何时还？畏途巉岩不可攀。但见悲鸟号古木，雄飞雌从绕林间。又闻子规啼夜月，愁空山。蜀道之难，难于上青天，使人听此凋朱颜。连峰去天不盈尺，枯松倒挂倚绝壁。飞湍瀑流争喧豗，砯崖转石万壑雷。其险也如此，嗟尔远道之人胡为乎来哉！剑阁峥嵘而崔嵬，一夫当关，万夫莫开。所守或匪亲，化为狼与豺。朝避猛虎，夕避长蛇，磨牙吮血，杀人如麻。锦城虽云乐，不如早还家。蜀道之难，难于上青天，侧身西望长咨嗟！

在李白之前，阴铿写有《蜀道难》：“蜀道难如此，功名讵可要。”已经在蜀道之难中寄寓求取功名之意。在李白之后，有姚合写《送李馀及第归蜀》：“李白蜀道难，羞为无成归。子今称意行，蜀道安觉危。”更是明确地把《蜀道难》和李白的求仕不遇相联系。这首诗情绪十分激烈、郁勃不平。诗中几次感慨，几番嗟叹，反复渲染蜀道的艰险、荒凉、阴森可怕，突出“蜀道之难，难于上青天”，把一个怀惊世之才而为小人所困，有拳拳报国之志而无处施展的李白表现得淋漓尽致。难怪贺知章读了此诗，连连惊叹道：“子真天上谪仙人也。”

凭虚构象，大胆夸张，巧妙比喻。李白常常借助神话、传说、梦境、幻境及大自然的奇姿异彩，让自己的想象在辽阔无边的空间和时间中自由驰骋。诗中充满丰富奇特、超越现实的意象，又运用新奇的构思，使它们组成一个个“思出鬼神表”的画面，借以抒发各种感情。同时，大胆的夸张、巧妙的比喻，更增添了这些意象的生动性、形象性，如《梦游天姥吟留别》：

海客谈瀛洲，烟涛微茫信难求；越人语天姥，云霞明灭或可睹。天姥连天向天横，势拔五岳掩赤城。天台四万八千丈，对此欲倒东南倾。我欲因之梦吴越，一夜飞渡镜湖月。湖月照我影，送我至剡溪。谢公宿处今尚在，渌水荡漾清猿啼。脚著谢公屐，身登青云梯。半壁见海日，空中闻天鸡。千岩万转路不定，迷花倚石忽已暝。熊咆龙吟殷岩泉，栗深林兮惊层巅。云青青兮欲雨，水澹澹兮生烟。列缺霹雳，丘峦崩摧。洞天石扉，訇然中开。青冥浩荡不见底，日月照耀金银台。霓为衣兮风为马，云之君兮纷纷而来下。虎鼓瑟兮鸾回车，仙之人兮列如麻。忽魂悸以魄动，恍惊起而长嗟。惟觉时之枕席，失向来之烟霞。世间行乐亦如此，古来万事东流水。别君去兮何时还？且放白鹿青崖间，须行即骑访名山。安能摧眉折腰事权贵，使我不得开心颜！

这首诗是李白为权贵所排挤，离开长安之后，将由山东到越中（今浙江一带），临行写给朋友，以抒发内心感情之作。诗借用梦游的方式，表现自己对山水的热爱，诗中神仙世界的描写，则是影射当年的长安生活。诗歌中“安能摧眉折腰事权贵，使我不得开心颜！”正是李白蔑视权贵、追求自由思想的体现。

句式长短错落，音节抑扬顿挫。在李白之前的许多诗人创作的七言古诗，大部分是以整齐划一的七言句组成的，继承了最早的七言诗的模式。曹丕的《燕歌行》，是保存至今最早、最完整的七言古诗，每一句都是七言。盛唐边塞诗人高适的《燕歌行》、李颀的《古从军行》也是七言一句，不加变化的。而李白的七言古诗，不管是乐府诗还是歌行体，体制十分自由，不能以寻常绳墨规范之。他的诗句式大都参差不齐，根据感情的需要，或长或短，极尽伸缩屈张之能事。如《蜀道难》中，有三字句“噫吁嚱”、十一字句“嗟尔远道之人胡为乎来哉”，中间杂有五、七、九言句。《将进酒》中，有十字句“君不见高堂明镜悲白发”、七字句“黄河之水天上来”、三字句“将进酒，杯莫停”。参差不齐的句式使诗歌读起来抑扬顿挫，跌宕有致，极好地表达了李白或激昂或低沉、或悲愤或舒朗的心情。

总之，李白的七言古诗充分展示了李白狂放自信的个性特征和豪迈飘逸的诗歌风貌，也充分体现了盛唐诗歌骨气端翔、壮大奇伟、蓬勃向上的阳刚之美。

三、李白的绝句

明人胡应麟说："太白五七言绝，字字神境，篇篇神物。"（《诗薮》）清人沈德潜《唐诗别裁》说："七言绝句以语近情遥，含吐不露为贵。只眼前景，口头语，而弦外有音，使人神远，太白有焉。"李白的五言绝句，语言简洁明快，自然天成，蕴涵又十分丰富，无限情思，令人回味不已。

《劳劳亭》：

天下伤心处，劳劳送客亭。
春风知别苦，不遣柳条青。

《自遣》：

对酒不觉暝，落花盈我衣。
醉起步溪月，鸟还人亦稀。

他模拟乐府民歌的绝句，更具有令人耳目一新的活泼生动的情调和浓郁的民间生活气息。

《越女词五首·其三》：

耶溪采莲女，见客棹歌回。
笑入荷花去，佯羞不出来。

淳朴自然，明白如话，但一种神韵，使人向往。

李白的七绝，前人以为只有"七绝圣手王昌龄"可以比肩。七绝特别要求音调铿锵、语言含蓄。李白的绝句意境清新，音调婉转，韵味无穷，风格飘逸。

《峨眉山月歌》：

峨眉山月半轮秋，影入平羌江水流。
夜发清溪向三峡，思君不见下渝州。

诗中对自然山水的热爱、对友人的绻绻深情，都表现得自然天成。他笔下的山水景物，清新明丽，俊逸潇洒，也都带上了属于李白个人的风神远韵。

《宣城见杜鹃花》：

蜀国曾闻子规鸟，宣城还见杜鹃花。
一叫一回一断肠，三春三月忆三巴。

此诗音节之美妙自然，犹如天籁。诗人强烈的思乡情，也只有通过这种婉转缠绵的音节才能表达出来。

《山中与幽人对酌》：

两人对酌山花开，一杯一杯复一杯。
我醉欲眠君且去，明朝有意抱琴来。

短短四句诗，把一个天真率直、倜傥不羁的诗人形象给活画了出来。

李白性格爽朗，率真，所以他的诗歌感情真挚、饱满，他一向反对雕章琢句，所谓

“自从建安来，绮丽不足珍”（《古风·其一》），他深得民歌自然天成之风致，诗歌语言平易真切，毫无矫揉造作之处，就像他自己所说的“清水出芙蓉，天然去雕饰”。他的诗多是兴到之作，如赵翼所说：“才气豪迈，全以神运，自不屑束缚于格律对偶与雕绘者争胜。”（《瓯北诗话》）但是，李白的诗歌却因此达到了令人无法企及、只能叹为观止的境界。

在盛唐诗人中，李白是个性非常鲜明的一位；在中国诗歌史上，他的作品的艺术个性也是独一无二的。作为浪漫主义诗人，李白的诗歌具有强烈的主观色彩、奔放的抒情、大胆的夸张、奇特的想象上。他创造性地继承了古代诗歌在诗歌语言和诗歌意象创造上的成就，在诗歌艺术上达到了高度完美的境地。

李白的诗歌创作带有强烈的主观色彩，主要表现为侧重抒发豪迈气概和激昂情怀，很少对客观物象和具体事件进行细致的描述。李白作诗，常以奔放的气势贯穿，讲究纵横驰骋，一气呵成，具有以气夺人的特点。例如《上李邕》：

大鹏一日同风起，扶摇直上九万里。
假令风歇时下来，犹能簸却沧溟水。

以大鹏自喻，且并非庄子式的逍遥的大鹏，而是奋飞以引起震动的大鹏。在这不凡的气势里，体现的是自信与进取的志向和傲世独立的人格力量。李白诗之所以惊动千古者在此。

洒脱不羁的气质、傲世独立的人格、易于触动而又暴发强烈的感情，形成了李白诗抒情方式的鲜明特点。它往往是喷发式的，一旦感情兴发，就毫无节制地奔涌而出，宛若天际的狂飚和喷溢的火山。与喷发式感情表达方式相结合，李白诗歌的想象变幻莫测，往往发想无端，奇之又奇，如“君不见高堂明镜悲白发，朝如青丝暮成雪”（《将进酒》）、“白发三千丈，缘愁似个长”（《秋浦歌十七首·其十五》）、“猿声催白发，长短尽成丝。”（《秋浦歌十七首·其四》）、“狂风吹我心，西挂咸阳树”（《金乡送韦八之西京》），真是想落天外，匪夷所思。

他的奇特的想象常有异乎寻常的衔接，随情思流动而变化万端。意象的衔接组合也是大跨度的，离奇惝恍，纵横变幻，极尽才思敏捷之所能。与作诗的气魄宏大和想象力丰富相关联，李白诗中颇多吞吐山河、包孕日月的壮美意象。如《渡荆门送别》：“山随平野尽，江入大荒流。月下飞天镜，云生结海楼。”意象极为阔大壮观。

【强化训练】

鉴赏李白《宣州谢朓楼饯别校书叔云》的思想内容和艺术特色。

【知识拓展】

诗歌中的形象

诗歌中的形象分为人物形象、事物形象等。无论是叙事诗，还是抒情诗；无论是托物言志，还是借景抒情，都能让我们陶醉其中，感受诗歌的形象美。

（1）从背景步入典型环境。感受诗歌的形象美，欣赏者必须了解诗人的社会经历、气质、个性，以及诗歌的社会背景，步入诗歌的典型环境中。比如，以香草、美人比喻理想中的事物，古已有之，郭沫若借鉴这种传统技法，把祖国比作“年轻的女郎”，把自己比作“炉中煤”，借以吐露自己对祖国的热爱和眷恋之情，作者为什么要选择这样的形象呢？结合时代背景和作者经历，便会了然。观照背景，步入典型环境还能帮助鉴赏者把握形象的独特性、典型性。只有走进诗人的写作环境，探测诗人的内心情感，步入诗歌的典型环境，才能品析到形象的差异，感受到独特的形象美。

（2）调动积累，张开想象的翅膀。想象不仅对于诗人的创造是必要的，对于读者的欣赏也是必要的。可以认为，诗人通过想象创造出诗的形象，读者通过想象丰富地再现诗人创造的形象。也就是说，可以将自己想象成诗中的人。调动积累，在想象中体会形象。

（3）体察物象，剖析寓意。纵观中国诗歌形象，自然界的物象占据着显著地位，历代诗人总是在大自然中努力寻求属于自己的新鲜活泼的物象，寄托自己的情感和心志。现当代诗人承继这一传统并且发扬光大，创造出了丰富多彩的事物形象。艾青笔下的那一块“礁石”，臧克家笔下的那一匹“老马”，都以其生动感人的形象，给读者留下了深刻的印象。体会这一类形象的美，欣赏者要学会由此及彼地联想，由表及里地剖析，在体察外在形象特征的基础上把握形象的寓意，从而领会形象的意蕴美。

杜甫

【学习目标】

知识目标：了解杜甫的生平思想；掌握杜甫的主要诗歌作品及艺术特点。

能力目标：学会概括杜甫诗作的主要特点。

素质目标：感受古代现实主义诗歌风格。

【导入】

杜甫与李白合称“李杜”，为了与李商隐与杜牧（小李杜）相区别，杜甫与李白又合称“大李杜”，杜甫也常被称为“老杜”。他有约 1500 首诗歌被保留了下来，作品集为《杜工部集》。他在中国古典诗歌中的影响非常深远，被后人称为“诗圣”，他的诗也被称为“诗史”。

思考：请说出你熟悉的杜甫的诗歌，并简要说明其特点。

【任务训练】

实训任务 1：分组讨论杜甫《兵车行》的艺术特点。

实训任务 2：概括杜甫诗歌的思想内容与艺术成就。

活动目标：学会概括杜甫创作的主要特点。

【知识导读】

一、杜甫生平事迹及作品思想

杜甫（712—770），字子美，自号少陵野老，古代现实主义诗人，代表作《新安吏》《石壕吏》《潼关吏》《新婚别》《垂老别》《无家别》。原籍湖北襄阳，生于河南巩县。初唐诗人杜审言之孙。唐肃宗时，官左拾遗。后入蜀，友人严武推荐他做剑南节度府参谋，加检校工部员外郎，故后世又称他杜拾遗、杜工部。

杜甫生活在唐朝由盛转衰的历史时期，其诗多涉及社会动荡、政治黑暗、人民疾苦，被誉为“诗史”。杜甫以古体诗、律诗见长，风格多样，以“沉郁顿挫”四字准确概括其作品风格，而以沉郁为主。杜甫善于运用古典诗歌的许多体制，并加以创造性地发展。他是新乐府诗体的开路人。他的乐府诗，促成了中唐时期新乐府运动的发展。他的五七古长篇，亦诗亦史，展开铺叙，而又着力于全篇的回旋往复，标志着我国诗歌艺术的高度成就。杜甫在五七律上也表现出显著的创造性，积累了关于声律、对仗、炼字炼句等完整的艺术经验，使这一体裁达到完全成熟的阶段。

杜甫诗歌的艺术成就主要体现在，用大量的诗作反映当时的社会和人民的生活，有力地揭露了封建统治阶级和安史叛军的暴虐和残忍。杜甫的诗歌可以说是当时社会的一面镜子。《兵车行》《悲陈陶》《悲青坂》、“三吏”“三别”等反映了当时重大的政治事件。他并不是纯客观地叙述当时的历史，而是有着自己的强烈爱憎，即使是抒情、说理或咏物的诗也和时代紧密结合，因而常常表现得深刻而有力。

爱国主义精神在杜甫的诗里有突出表现。《茅屋为秋风所破歌》《闻官军收河南河北》《秋兴八首》《秦州杂诗》《蜀相》《登楼》《登岳阳楼》等都是十分感人的爱国诗篇，这些诗篇引起了历代爱国者的共鸣。

二、杜诗的艺术成就

杜甫的诗歌风格以沉郁顿挫、慷慨悲凉为主，也有清新俊逸、自然平和、婉转流丽等多样风格。杜甫坎坷困顿的人生际遇和时代由盛而衰的历史背景，以及忧国忧民的思想情怀和个体的人格精神，决定了其诗歌风格的主体格调。而其他风格的出现，则往往是一时一事的心境和情绪不同所致。

杜甫的诗歌最基本的艺术特征就是高度的现实主义精神。杜诗善于观察现实生活，提取生活中的典型素材，用高度概括的艺术手法反映现实生活的本质。杜诗善于在客观现实生活的描写中渗入自己的主观情感与思想倾向，常常将叙述、描写和议论、抒情融为一体。杜甫的叙事诗还常常运用真实细腻、精确传神的细节描写来细致地表现现实生活。

杜甫诗歌的语言精工凝练而又丰富多彩，自言“为人性僻耽佳句，语不惊人死不休”（《江上值水如海势聊短述》）。杜甫十分注意锤炼字句，增强诗歌语言内涵和表现力。杜诗的语言既有精炼苍劲、深刻警醒的特点，也有通俗自然、清新流丽等多样化的特征。

杜甫的诗歌诸体皆备，而且各体都有名篇，在诗歌体裁的运用上可谓集前人之大成，并以其创作实践推动了诗歌体裁的建设和发展。杜甫的乐府诗“即事名篇，无复依傍”，直接启示了中唐新乐府运动。杜甫运用古诗的形式写出了内容深刻的长篇巨制。杜甫的律诗写得最多，成就也最高，尤其七律在他手中已运用得相当纯熟。

【强化训练】

鉴赏杜甫《茅屋为秋风所破歌》的思想内容和艺术特色。

【知识拓展】

怀古诗

在古代诗词中，怀古诗是内容与思想都比较沉重的一类作品。这类诗都是怀古惜今，“有感而发”，往往是诗人处于某种背景之下，前往瞻仰或凭吊历史古迹，回顾古人的业绩或遭遇，内心产生共鸣，不禁发出对古人业绩的慨叹，或抒发物换星移、物是人非的悲哀之情。因此，感情基调一般都比较苍劲悲凉。

读怀古诗有两点需要注意：一是要知人论世，二是要品赏韵味。所谓“知人论世”，就是理解诗作的思想感情。古人读诗主张“以意逆志”，即用读者的“意”，根据作品中所反映出来的东西，去追溯作者写作时所要表达的“志”。怀古诗的作者是在怀念古代史实的基础上抒发个人情怀的，诗中必然涉及历史典故，也必然反映作者当时的思想感情。解读这类诗首先要根据诗中的物象确定史实，理解典故内容和它所包含的意义，再看作者抒情的角度。所谓“品赏韵味”，就是在反复吟诵、体会中，玩味诗作的情致韵味。例如杜甫的《蜀相》：

丞相祠堂何处寻？锦官城外柏森森。
映阶碧草自春色，隔叶黄鹂空好音。
三顾频烦天下计，两朝开济老臣心。
出师未捷身先死，长使英雄泪满襟。

这首诗是杜甫迫于“安史之乱”而入蜀后，于乾元三年春天写的。诗中提到“锦官城外”的“丞相祠堂”，提到“三顾”和“出师”，我们就可以知道杜甫是在游览武侯祠后写的这首诗，涉及的是三国蜀相诸葛亮的事迹。诗人面对武侯祠旧址，想到诸葛亮生前的才智和业绩，赞颂他“三顾频烦天下计，两朝开济老臣心”；同时对他“出师未捷身先死”，胸怀壮志而未酬表示惋惜，以至于“泪满襟”。杜甫之所以产生这样的哀情，是因为他当时也遭遇乱世，胸怀报国之志却无力回天，仔细品味这首诗，可以发现诗的首联一问一答，自开自合，开门见山地指明自己感怀的内容是武侯祠。“映阶碧草自春色，隔叶黄鹂空好音”两个写景的句子中，一个“自”，一个“空”，既是写实，又体现出对如此一个历史人物的墓地，如今却荒凉冷清、无人关怀的感叹。全诗的情调悲凉，正与诗人的内心世界一致。又如辛弃疾的词《南乡子·登京口北固亭有怀》：

何处望神州？满眼风光北固楼。千古兴亡多少事？悠悠。不尽长江滚滚流。

年少万兜鍪，坐断东南战未休。天下英雄谁敌手？曹刘。生子当如孙仲谋。

这首词是作者就三国吴蜀联合抗曹的事迹发出感怀的。辛弃疾重游东吴故地，登上北固楼，回顾“三国”时期吴蜀联合抗曹的旧事，怀念当年雄踞一方的孙权。他是多么希望南宋王朝能够重演这段历史，奋起抗金，收复北方失地啊。然而现实却难遂人愿，他只能无限感慨，抱憾终身。这首词三问三答，自相呼应，跌宕起伏，层次分明。诗人从大处落笔，视野十分开阔，气魄极其宏大雄壮。词中融经铸史，借古讽今，表面上是称赞孙权为天下英雄，实际上谴责南宋主和派的昏庸怯懦。“生子当如孙仲谋”一句虽为曹操之言，也代表了作者的心声，表达出对当权者无抗金复国之志的遗憾和愤慨。

元白诗派

【学习目标】

知识目标：了解“新乐府运动”及“新乐府运动”兴起的社会背景；掌握白居易诗歌的艺术成就。

能力目标：学会概括《长恨歌》对美人不幸的深切同情的主题。

素质目标：培养学生关注社会现实的良好习惯。

【导入】

元白诗派是指以元稹、白居易为代表的诗歌流派，他们重写实、尚通俗。他们发起新乐府运动，强调诗歌的惩恶扬善，补察时政的功能，语言方面则力求通俗易懂。

思考：请你说说汉乐府民歌《孔雀东南飞》的作品内容。

【任务训练】

实训任务 1：复述作品《长恨歌》内容，并总结概括作品思想内容的方法。

实训任务 2：运用概述作品思想内容的方法，分析《琵琶行》作者对琵琶女沦落命运的深沉感慨的思想内容。

实训任务 3：概括《连昌宫词》的思想内容。巩固概括作品思想方法的能力。

活动目标：学会诗歌概括思想内容的方法。

【知识导读】

一、背景

元白诗派诗人重写实、尚通俗，走了一条与韩孟诗派完全不同的创作道路。清人赵翼说："中唐诗以韩、孟、元、白为最。韩、孟尚奇警，务言人所不敢言；元、白尚坦易，务言人所共欲言。"（《瓯北诗话》）表面看来，二者似背道而驰，但实质却都是创新，取途虽殊而归趋则同。

中唐时期，胡马和羌兵的践踏使得唐代社会和各种矛盾更加激化，藩镇割据，宦官专权，土地兼并，民不聊生，边患四起，战祸频仍。乱世的文人们，位卑未敢忘忧国，他们用自己的文学创作来反映社会，汇导人情。以元稹和白居易为代表的一批诗人，发起了轰轰烈烈的新乐府运动，提出了"文章合为时而著，歌诗合为事而作"的创作宗旨。

元白诗派的重写实、尚通俗是中唐文化转型时期文学世俗化的新思潮，其远源可以追溯到《诗经》中的"风"诗和汉魏乐府民歌，其近源则是安史之乱以来一批具有写实倾向的诗人创作，尤其是杜甫的创作。杜甫晚年饱经战乱，深入地接触了下层社会，创作了大量反映民生苦难的优秀诗篇，如有名的"三吏""三别"、《兵车行》《彭衙行》《悲陈陶》《哀江头》等。这些诗作有两点最值得注意：一是继承了古乐府的形式，自拟新题，缘事而发，写真实时事、亲身见闻；二是以朴实真切的语言乃至口语入诗，力求通俗浅显。

杜甫诗中的写实性和通俗化倾向，在与他同时或稍后的元结、顾况、戴叔伦等人手中得到了不同程度的表现和继承，而到了贞元、元和年间，则有了强烈的回响。元稹、白居易都对杜甫的写实之作全力推崇，白居易说得更为具体："杜诗最多，可传者千余首，……然撮其《新安吏》《石壕吏》《潼关吏》《塞芦子》《留花门》之章，'朱门酒肉臭，路有冻死骨'之句，亦不过三四十首。杜尚如此，况不逮杜者乎？"（《与元九书》）这里，白居易将其全部注意力都集中在杜甫的写实讽时之作，说明白居易继承杜甫写实传统的意识是非常明确的。元稹除了注目于杜甫的诗歌内容，还对杜诗的通俗化倾向寄予一瓣心香："怜渠直道当时语，不著心源傍古人。"（《酬孝甫见赠十首》之二）"当时语"即当时民间的俗语言。在诗中使用"当时语"，既然有老杜在前导源，则后继者便有了坚实的依据。于是，张籍、王建、元稹、白居易等人纷纷起而效仿，致力于通俗晓畅、指事明确的乐府诗的创作，白居易作诗甚至要求老妪能解（释惠洪《冷斋夜话》），一时间蔚为风气。

在这一诗歌通俗化的过程中，张、王、元、白等人还自觉地向民歌学习，写下了不少颇具民歌风味的歌诗。例如张籍的《白鼍鸣》《云童行》《春别曲》，王建的《神树词》《古谣》《祝鹊》，白居易的《竹枝词》《杨柳枝》《何满子》等，都平实浅易，自然明快，充满市井气息。白居易《杨柳枝二十韵》自注："《杨柳枝》，洛下新声也。"这说明他是在依当时新的曲调填词。此外，他们的乐府诗创作也受到来自民歌的不小影响，陈寅恪指出："乐天之作新乐府，乃用毛诗，乐府古诗，及杜少陵诗之体制，改进当时民间之歌谣。……实则乐天之作，乃以改良当日民间口头流行之俗曲为职志。"(《元白诗笺证稿·新乐府》）这反映了此期诗人已形成通俗化审美的自觉追求；而当这种自觉追求与他们对杜诗写实倾向的自觉承传聚合一途，并受到尚俗时风的强烈鼓荡时，自然而然便会迅猛发展，在诗坛形成轩然大波。白居易《余思未尽加为六韵重寄微之》有云："诗到元和体变新。"李肇《国史补·叙时文所尚》指出：元和以后，诗章则"学浅切于白居易，学淫靡于元稹"。由此看来，诗歌的通俗化已是当时众人所趋的时代风尚了。

二、代表作品及艺术特色

张籍、王建是中唐时期较早从事乐府诗创作的诗人，时号"张王"。张籍（约766—约830），字文昌，苏州人。贞元十五年（799）登进士第，曾任太常太祝，久未升迁，长庆初，因韩愈推荐而为国子博士，后转水部员外郎、国子司业，人称张水部或张司业。有《张司业集》，存诗四百余首。

张籍一生交游甚广，与同时诗人如王建、孟郊、韩愈、白居易、元稹、刘禹锡等人都有交往，与韩愈关系最为密切。但从性格上讲，张籍更近于白居易的平易通脱，而不同于韩愈的激切峻刻。韩愈和白居易都有论张籍诗风的诗，韩称其"古淡"（《醉赠张秘书》），白则称赏其讽谏之义："尤工乐府诗，举代少其伦。……风雅比兴外，未尝著空文。"（《读张籍古乐府》）

张籍有乐府诗90首，有古题，也有新题，取材非常广泛，农民、樵夫、牧童、织妇、船工、兵士都是其表现对象；商人的奢侈牟利、官府的横征暴敛、战争的残酷破坏、边将的邀宠无能，在诗中也有真切反映；但张籍乐府中写得最集中、最深刻的，还是农民的生活和苦难，如《野老歌》：

老农家贫在山住，耕种山田三四亩。
苗疏税多不得食，输入官仓化为土。
岁暮锄犁傍空室，呼儿登山收橡实。
西江贾客珠百斛，船中养犬长食肉。

全诗简略地勾勒了老农一年的辛苦，语极平实，却字字血泪。官府的残酷、老农的凄苦、社会的不公，都从"化为土"三字和"船中养犬长食肉"的对比中自然传达出来，不着意于讽喻而讽喻之义已见。这正是张籍乐府诗的特色之一。

张籍的乐府诗一般选题不大，都是些"俗人俗事"，但挖掘甚深，往往由一人一事一语见出社会的缩影。例如其《牧童词》共十句，前八句写牧牛情景，盎然如画，末两句以牧童喝牛之语说道："牛牛食草莫相顾，官家截尔头上角！"平淡随意中传达出一个触目惊心的社会现实：官家对农民欺压掠夺，连牛角都不放过；而牧童动辄用"官家"吓唬牛，正说明百姓们对统治者已是何等的恐畏和反感。又如《征妇怨》借"夫死战场子在腹"来表现战争给人民造成的苦难，《促促词》通过"家中姑老子复小，自执吴绡输税钱”的情景反映农妇的艰辛及其对远行丈夫的思念，都是似浅实深的例子。

张籍的乐府诗还擅长刻画人物的心理活动，如取材于吏人生活的《乌夜啼引》写“吏人得罪囚在狱”后，接写其妻：“少妇起听夜啼乌，知是官家有赦书。下床心喜不重寝，未明上堂贺舅姑。”宛如一幕由悲转喜的话剧，人物心态灵活跳脱，声情毕现。那首有名的《节妇吟》则借男女情爱写自己的政治态度，入情入理，一波三折，最后以“还君明珠双泪垂，恨不相逢未嫁时”结束，将人物在两美难全之际复杂微妙的心理活动展示出来，极贴切传神。

张籍的近体诗也多追求一种平易而意蕴深厚的风格，如《秋思》：“洛阳城里见秋风，欲作家书意万重。复恐匆匆说不尽，行人临发又开封。”一个“又开封”，与前句的“复恐”紧相关合，将“万重”意绪无从表达又恐表达不尽的复杂心态婉转表现出来，耐人寻味。宋人张戒说张藉诗“专以道得人心中事为工，……思深而语精”（《岁寒堂诗话》卷上），王安石评价张诗“看似寻常最奇崛，成如容易却艰辛”（《题张司业诗》），都很有见地。张籍的不少优秀诗作表面看来非常平易、本色，无丝毫雕琢痕迹，但其中又确确实实融入了作者在布局造语上的大量心血。只是所有这些功夫，在诗成之后都已浑化无迹了。

王建（768—835），字仲初，颍川（今河南许昌市）人。出身寒微，初为官时已近五十。曾任县丞、太府寺丞等小官、闲官，大和年间，官终陕州司马。有《王司马集》，存诗五百余首。

王建与张籍有同窗之谊，诗风也近似，所作古题乐府约三十首，新题乐府 175 首，其中有不少描写农民日常生活、表现其喜怒哀乐的诗句，生活气息浓厚，如《田家行》：

男声欣欣女颜悦，人家不怨言语别。
五月虽热麦风清，檐头索索缫车鸣。
野蚕作茧人不取，叶间扑扑秋蛾生。
麦收上场绢在轴，的知输得官家足。
不望入口复上身，且免向城卖黄犊。
田家衣食无厚薄，不见县门身即乐。

诗写收获季节的农村场景和农家心境，极平和恬淡，洋溢着一种愉悦气息。比起张籍《野老歌》中的“老农”来，这里的农民生活要相对好一些，因为遇到了一个好年景，打下的粮食、纺织的丝线虽不指望“入口复上身”，但交纳租税却已足够。“田家衣食无厚薄，不见县门身即乐”，这就是农民的唯一要求和希望。王建用质朴自然的诗句将这极微薄的要求和希望表述出来，同时也将欢乐表层掩抑下的农民的悲哀和忍耐十分真切地表现出来。

王建与张籍虽都以写实见长，但王建诗往往更含蓄、更隐曲一些。《织锦曲》以精细的笔触描写织锦女劳作的艰辛，结尾写道：“莫言山积无尽日，百尺高楼一曲歌。”劳动的果实自己不能享有，而全被统治者拿去，主人公内心的怨恨、哀伤可想而知，但王建不予说破，含情全在暗示之中。《簇蚕词》前半极力铺写、渲染农民对好年景的期望和丰收时的喜悦，至后半气氛陡变："三日开箔雪团团，先将新茧送县官。已闻乡里催织作，去与谁人身上著？"通过前后乐与悲的鲜明对比，已清晰地反映了诗人的不平和愤怒，尾句只轻轻一问，便于不动声色中将题旨表露出来。

除了上述表现农民生活的作品外，王建还写了不少边塞题材的诗作，如《辽东行》《送衣曲》《饮马长城窟》等，大都声调低沉，已不同于盛唐边塞诗的昂扬振作了。王建也有反映宫女生活、以白描见长的《宫词》百首，其中不乏构思巧妙、清新可诵的篇章：

树头树底觅残红，一片西飞一片东。
自是桃花贪结子，错教人恨五更风。

王建和张籍的诗歌曾得到后世的广泛好评。明人高棅指出："大历以还，古声愈下。独张籍、王建二家体制相似，稍复古意。或旧曲新声，或新题古意，词旨通畅，悲欢穷泰，慨然有古歌谣之遗风。"（《唐音癸签》卷七引）清人翁方纲也说："张、王乐府，天然清削，不取声音之大，亦不求格调之高，此真善于绍古者。较之昌谷，奇艳不及，而真切过之。"（《石洲诗话》卷二）可以说，在扭转大历风调，继承汉魏乐府和杜诗传统，将诗歌创作导向重写实、尚通俗之路的过程中，张籍、王建的贡献是不可忽视的，他们的努力，对元稹、白居易的新乐府创作有着直接的影响。

元稹（779—831），字微之，洛阳人。贞元九年（793）明经科及第，十年后与白居易同以书判拔萃科登第，元和元年（806）又与白居易一起以制科入等，授左拾遗，后转监察御史。元稹生性激烈，少柔多刚，参政意识和功名欲望甚强。屡屡上书论事，指摘时弊，或实地纠劾，惩治猾吏，也因此而多次遭贬，先后为江陵士曹参军、唐州从事、通州司马、虢州长史，元和末年回朝，历任膳部员外郎、祠部郎中、知制诰等，并于长庆二年（822）升任宰相。因与裴度发生冲突，为相仅四个月即被罢为同州刺史。此后又任过浙东观察使、武昌军节度使等职，53岁得暴疾卒于武昌任所。有《元氏长庆集》，存诗八百余首。

元稹的乐府诗创作受到张籍、王建的影响，但他的"新题乐府"却直接缘于李绅的启迪。元和四年（809），他读了李绅写的20首"新题乐府"后，写下12首和诗。李绅的原作今已无存，现只能从他的《悯农二首》等诗和元稹的和作来推测其面目了。元稹的和诗虽都是写实之作，如《上阳白发人》写宫女的幽禁之苦，《五弦弹》借"弦"与"贤"的谐音，写任用贤才之事，《法曲》对"胡音胡骑与胡妆，五十年来竞纷泊"的习俗表示不满……，但其中不少篇章却殊少情致，概念化倾向很强，且叙事繁乱，往往"一题涵括数意"（陈寅恪《元白诗笺证稿·古题乐府》）。

比起上述新题乐府，元稹于元和十二年（817）与刘猛、李余相和，所作19首《乐府古题》要好一些。这些作品或"虽用古题，全无古意"，或"颇同古意，全创新词"，都是"寓意古题，刺美见事"（《乐府古题序》）的讽喻之作。其中《织妇词》《田家词》较具代表性。《织妇词》写织妇为缴纳紧迫的租税而从事艰苦劳动，头白了还不能嫁人，以至于羡慕檐前蜘蛛"能向虚空织网罗"。《田家词》反映了农民生活的苦难："一日官军收海服，驱牛驾车食牛肉。归来收得牛两角，重铸锄犁作斤劚。姑舂妇担去输官，输官不足归卖屋。”结尾更出之以反语：“愿官早胜仇早复，农死有儿牛有犊，誓不遣官军粮不足。”在这些古题乐府中，元稹改进了新题乐府的不足，每首只述一意，使得题旨集中明确，多用三五七言相间杂的句式，甚至以 11 字为句（如《董逃行》“尔独不忆年年取我身上膏”），参差错落，稍有风致。但就总体水平看，语言仍嫌滞涩，《人道短》诸篇全出以议论，枯燥乏味。

元稹的代表作是写于元和十三年（818）的《连昌宫词》。这是一首叙事长诗，通过连昌宫的兴废变迁，探索安史之乱前后唐代朝政治乱的因由。诗的前半从“连昌宫中满宫竹，岁久无人森似束”的荒凉景象写起，引出“宫中老翁”对此宫昔盛今衰的追述；后半借作者与老人的一问一答，探讨“太平谁致乱者谁”的大问题，最后归穴为“老翁此意深望幸，努力庙谟休用兵”的题旨。全诗以叙述为主，杂以议论，表现了明显的劝诫规讽之意，但不能因此就说这是一首讽喻诗。从艺术构思和创作方法上看，此诗将史实与传闻糅合在一起，辅之以想象、虚构，把一些与连昌宫中本无关联的人物、事件集中在连昌宫中展开描写，既渲染了诗的氛围，也使得诗情更加生动曲折。陈寅恪认为：“《连昌宫词》实深受白乐天、陈鸿《长恨歌》及《传》之影响，合并融化唐代小说之史才诗笔议论为一体而成。”（《元白诗笺证稿》第三章）元稹另有一首《行宫》：“寥落古行宫，宫花寂寞红。白头宫女在，闲坐说玄宗。”全诗虽仅寥寥 20 字，却包孕丰富，情致宛然，与《连昌宫词》有异曲同工之妙。

作为一位典型的才子型作家，元稹不仅性敏才高，而且风流多情。他年轻时曾有过艳遇，创作了《莺莺传》和《会真诗三十韵》，此后又写下了大量艳情诗，内容多是对自身经历的追忆，如《春晓》：

半欲天明半未明，醉闻花气睡闻莺。
狷儿撼起钟声动，二十年前晓寺情。

又如《离思五首·其四》：

曾经沧海难为水，除却巫山不是云。
取次花丛懒回顾，半缘修道半缘君。

这些小诗语言浅易，格调轻快，而又低回缱绻，一往情深。另外，元稹曾在妻子韦丛死后写下不少悼亡诗，抒发哀思和怀念，其中最为人称道的是《遣悲怀三首》。这三首诗全是对亡妻生前身后琐事的描摹，却寄寓着一种人生的至情，其中一些诗句尤其饱含哀思，动人肺腑，如“昔日戏言身后意，今朝都到眼前来”“诚知此恨人人有，贫贱夫妻百事哀”“惟将终夜长开眼，报答平生未展眉”。清人蘅塘退士指出：“古今悼亡诗充栋，终无能出此三首范围者，勿以浅近忽之。”（《唐诗三百首》）

在中唐诗坛，元稹与白居易交谊最深，二人曾写下了大量唱和诗作。

白居易（772—846），字乐天，祖籍太原，生于新郑（今河南新郑市）。十一二岁时，因避战乱而迁居越中，后又往徐州、襄阳等地，过着颠沛流离的生活。贞元十六年（800）进士及第，三年后中书判拔萃科，授秘书省校书郎。元和元年（806），为应制举，他与元稹闭户累月，研讨其时社会政治各种问题，撰成《策林》七十五篇，其中不少条目与白居易日后的政治态度和诗歌见解都有关联。是年，制科入等，授盩厔县尉，次年授翰林学士。

元和三年至五年，授左拾遗、充翰林学士。在这一时期，白居易以极高的参政热情，“有阙必规，有违必谏”（《初授拾遗献书》），屡次上书，指陈时政，倡言蠲租税、绝进奉、放宫女、抑宦官。与此同时，他还创作了《秦中吟》《新乐府》等大量讽喻诗，锋芒所向，权豪贵近为之色变。

元和五年（810），白居易改官京兆府户曹参军，仍充翰林学士。元和六年四月至九年冬，因母丧而回乡守制。生活环境的改变，使白居易有余暇对往昔的作为和整个人生认真进行思考，早就存在着的佛、道思想逐渐占了上风，对政治的热情开始减退。所谓“直道速我尤，诡遇非吾志。胸中十年内，消尽浩然气”（《适意二首·其二》）可看作他心理变化的佐证。元和十年（815），白居易回朝任太子左赞善大夫，因宰相武元衡被盗杀而第一个上书请急捕贼，结果被加上越职言事及一些莫须有的罪名，贬为江州（今江西九江市）司马。这次被贬，对白居易内心的震动是不可言喻的。他开始去重新审视险恶至极的政治斗争，决计急流勇退，避祸远害，走“独善其身”的道路。这一年，他写下了著名的《与元九书》，明确、系统地表述了他的人生哲学和诗歌主张。

元和十三年底，白居易迁忠州刺史，元和十五年穆宗继位后，被召回朝，先后任主客郎中、知制诰、中书舍人。长庆二年（822），出任杭州刺吏，此后又历任苏州刺史、秘书监、刑部侍郎、河南尹、太子少傅等职。武宗会昌二年（842），以刑部尚书致仕，闲居洛阳履道里，自号“醉吟先生”“香山居士”。会昌六年（846），年七十五卒。有《白氏长庆集》，存诗二千八百余首。

白居易的诗歌以其对通俗性、写实性的突出强调和全力表现，在中国诗史上占有重要地位。在《与元九书》中，他明确说：“故仆志在兼济，行在独善。奉而始终之则为道，言而发明之则为诗。谓之讽喻诗，兼济之志也；谓之闲适诗，独善之义也。”由此可以看出，在白居易的讽喻、闲适诗中，体现着他“奉而始终之”的兼济、独善之道。而他的诗歌主张，也主要是就早期的讽喻诗的创作而发的。

早在元和初所作《策林》中，白居易就表现出重写实、尚通俗、强调讽喻的倾向：“今褒贬之文无核实，则惩劝之道缺矣；美刺之诗不稽政，则补察之义废矣。……俾辞赋合炯戒讽喻者，虽质虽野，采而奖之。”诗的功能是惩恶劝善，补察时政；诗的手段是美刺褒贬，炯戒讽喻，所以他主张：“立采诗之官，开讽刺之道，察其得失之政，通其上下之情。”他反对离开内容单纯地追求“宫律高”“文字奇”，更反对齐梁以来“嘲风月、弄花草”的艳丽诗风。在《新乐府序》中，他明确指出作诗的标准是：“其辞质而径，欲见之者易谕也；其言直而切，欲闻之者深诫也；其事核而实，使采之者传信也；其体顺而肆，可以播于乐章歌曲也。”这里的“质而径”“直而切”“核而实”“顺而肆”，分别强调了语言须质朴通俗，议论须直白显露，写事须绝假纯真，形式须流利畅达，具有歌谣色彩。也就是说，诗歌必须既写得真实可信，又浅显易懂，还便于入乐歌唱，才算达到了极致。

白居易对诗歌提出的上述要求，全部目的只有一个——那就是补察时政。所以他紧接着说：“总而言之，为君、为臣、为民、为物、为事而作，不为文而作也。”（《新乐府序》）在《与元九书》中，他回顾早年的创作情形说：“自登朝来，年齿渐长，阅事渐多。每与人言，多询时务；每读书史，多求理道，始知文章合为时而著，歌诗合为事而作。”他也说：“但伤民病痛，不识时忌讳。”（《伤唐衢二首・其二》）他创作了大量反映民生疾苦的讽喻诗，但总体指向却是“唯歌生民病，愿得天子知”（《寄唐生》）。因为只有将民情上达天听，皇帝开壅蔽、达人情，政治才会趋向休明。

由重写实、尚通俗、强调讽喻，到提倡为君为民而作，白居易提出了系统的诗歌理论，他的《秦中吟》《新乐府》等讽喻诗便是在这一理论的指导下创作的。这一理论以其突出的现实针对性和通俗化倾向，有可能使诗歌更接近于社会现实，以至于干预政治。这一理论，是儒家传统诗论的直接继承，也是杜甫的写时事的创作道路的进一步发展。从写时事这一点说，白居易与杜甫是相同的；但杜甫唯写所见所感，生民疾苦与一己遭遇之悲怆情怀融为一体，虽于写实中时时夹以议论，含讽喻之意，却并非以讽喻为出发点。杜诗出之以情，白居易与杜甫之不同处，正在于他出之以理念，将“为君”而作视为诗歌的主要目的，从而极度突出了诗歌的现实功利色彩，将诗歌导入了狭窄的路途。因过分重视诗的讽刺功用，从而将诗等同于谏书、奏章，使不少诗的形象性为讽刺性的说理、议论所取代。因评诗标准过狭过严，导致历史上不符合此标准的大量优秀作家、作品被排斥在外。这对当时和后世都产生了一定的不良影响。

白居易的讽喻诗有一百七十余首，这些诗大都作于贬谪之前，在写实和尚俗一点上，与张籍、王建等人一脉相通，而且在反映现实的深广度和尖锐性上，有更进一步的发展。

《观刈麦》是元和元年诗人为盩厔县尉时写下的一篇较早的作品，诗从“田家少闲月，五月人倍忙”写起，中段细述农人“足蒸暑土气，背灼炎天光”的艰辛和“家田输税尽，拾此充饥肠”的哀痛，最后以“念此私自愧，尽日不能忘”结束，于真切自然的描写中见出“田家”的巨大不幸，作者的反躬自责也显得分外深刻。《村居苦寒》前半写“北风利如剑，布絮不蔽身”的贫民，后半写“褐裘覆絁被，坐卧有余温”的自己，两相对照，发为“念彼深可愧，自问是何人”的感慨，真情挚意出自肺腑之间；《宿紫阁山北村》通过自己的亲身见闻，真实地表现了神策军“夺我席上酒，掣我盘中飧”的蛮横强暴，最后以“主人慎勿语，中尉正承恩”的讽刺之语结束，笔锋直指作为神策军统领的宦官。

上述作品只是白居易讽喻诗的一小部分，但却大体展示了此类诗作的两个基本倾向，即对下层民众苦难生活的深刻反映，以及对上层达官贵人腐化生活和欺压人民之恶行的尖锐揭露。这种反映和揭露，在《秦中吟》和《新乐府》中更是得到了淋漓尽致的表现。

《秦中吟》是组诗，共十首，“一吟悲一事”（《伤唐衢二首・其二》）集中暴露了官场的腐败、权贵们的骄横奢侈及对劳苦民众的多重欺压。《重赋》直斥统治者对百姓的残酷剥夺："夺我身上暖，买尔眼前恩！"《伤宅》揭露达官贵人为富不仁，"厨有臭败肉，库有贯朽钱"却"忍不救饥寒"。《歌舞》写"朱轮车马客，红烛歌舞楼。欢酣促密坐，醉暖脱重裘"的游乐，尾句以"岂知阌乡狱，中有冻死囚"的激愤之语结束；《买花》通过一位"田舍翁"偶来买花处的所见所感，发为"一丛深色花，十户中人赋"的痛切针砭；《轻肥》则将矛头指向宦官集团的那些内臣、大夫、将军：

意气骄满路，鞍马光照尘。
借问何为者，人称是内臣。
朱绂皆大夫，紫绶或将军。
夸赴军中宴，走马去如云。
樽罍溢九酝，水陆罗八珍。
果擘洞庭橘，脍切天池鳞。
食饱心自若，酒酣气益振。
是岁江南旱，衢州人食人。

这是两个宛如天壤之别的阶层：一方脑满肠肥，花天酒地；另一方则天灾人祸，竟至"人食人"！这鲜明的对比，很容易使人想起杜甫的"朱门酒肉臭，路有冻死骨"。

《新乐府》五十首，作于元和四年，至元和七年大体改定。这是一组有着明确政治目的、经过严密组织构建的系统化诗作，内容颇为广泛，涉及王化、治乱、礼乐、任贤、时风、边事、宫女诸多方面，但其中写得好且有价值的，仍然是反映民生疾苦和下层情事、揭露弊政和权贵丑恶的那些篇章。如果将这些诗作与元稹的"新题乐府"作一对比，则其成就显然高出许多。首先，一篇专咏一事，篇题即所咏之事，篇下小序即该篇主旨。这种安排使得中心突出，意旨明确，避免了一题数意、端绪繁杂的弊病。其二，不少篇章形式灵活，多以三字句起首，后接以七字句，富有民歌咏叹情调；在语言运用上，力避典雅的书面语，而用口头语或俗语穿插其间，如《秦吉了》开篇这样写道："秦吉了，出南中，彩毛青黑花颈红。耳聪心慧舌端巧，鸟语人言无不通。"浅显流利，读来朗朗上口。诗的后半以秦吉了喻谏官，以鸡燕喻百姓，以凤凰喻君主："秦吉了，人云尔是能言鸟，岂不见鸡燕之冤苦？吾闻凤凰百鸟主，尔意不为凤凰之前致一言，安用噪噪闲言语！"用寓言形式进行讽刺批判，含蓄而切当。其三，一些优秀诗篇善于生动地描绘人物，感情浓烈，如《上阳白发人》中间一段写那位白头宫女因被妒而"潜配上阳宫"后的生活：

宿空房，秋夜长，夜长无寐天不明。
耿耿残灯背壁影，萧萧暗雨打窗声。
春日迟，日迟独坐天难暮。
宫莺百啭愁厌闻，梁燕双栖老休妒。
莺归燕去长悄然，春往秋来不记年。
唯向深宫望秋月，东西四五百回圆。

这段描写与《长恨歌》中唐明皇思念杨贵妃的一段描述颇为相近。又如《井底引银瓶》中女主人公对少时生活情景的一段回忆：

忆昔在家为女时，人言举动有殊姿。
婵娟两鬓秋蝉翼，宛转双蛾远山色。
笑随戏伴后园中，此时与君未相识。
妾弄青梅凭短墙，君骑白马傍垂杨。
墙头马上遥相顾，一见知君即断肠。

诗句浅俗明快，又富情韵，字里行间，洋溢一股青春气息。由于这对青年男女没有经过父母之命、媒妁之言即结合在一起，最终导致爱情悲剧。诗的最后发为议论："寄言痴小人家女，慎勿将身轻许人。"但由于叙写时感情超越于"止淫奔"的题旨之外，透露出强烈的悲剧气氛，所以仍然引发读者的深切同情。

在《新乐府》五十首中，首推那篇批判宫市和宦官、为贫苦百姓鸣不平的《卖炭翁》。这首诗借卖炭老翁由"伐薪烧炭"到进城"卖炭"再到炭被抢走的遭遇，深刻地揭露了宫市扰民害民、宦官强取豪夺的野蛮行径。其中"可怜身上衣正单，心忧炭贱愿天寒"两句尤为精警，先用"可怜"二字倾注无限同情，继以一"忧"一"愿"来写卖炭老人的艰难处境和细微复杂的心理活动，真实贴切。诗中未发一句议论，全用形象说话，却发人深思。此外，《新丰折臂翁》和《杜陵叟》也是以老翁为表现对象的诗作，前者写一位 60 年前为逃兵役而"偷将大石捶折臂"的老人的不幸遭遇，借此对不义战争进行了谴责；后者以沉重的笔触，描写了天灾人祸袭击下农村的凋敝和农民的惨状，并借诗中人之口痛切呼喊："剥我身上帛，夺我口中粟，虐上害物即豺狼，何必钩爪锯牙食人肉！"声宏调激，带着强烈的批判。这两首诗就艺术成就来讲虽不及《卖炭翁》，但在人物描写和反映现实的深度上，同样具有不容忽视的价值。

当然，白居易的《新乐府》也是有不少缺憾的。其一，《新乐府》的创作目的是"首句标其目，卒章显其志"（《新乐府序》），为了做到这一点，作者往往不惜以丧失艺术性为代价，给诗篇添加一个议论的尾巴；有时则画蛇添足，作不必要的重复。其二，有些诗篇所写事件，诗人本无深感，只是为了凑足五十篇之数而作，所以写得枯燥乏味，不耐咀嚼，如《七德舞》《法曲歌》《二王后》《采诗官》等，大都是议论和说教的堆积。同时，由于过多注重诗的现实功利目的，作者常用理念去结构诗篇，真情实感相对不足，比起杜甫那些深切体察民瘼、一任情感自然流露而又意蕴丰厚的乐府佳作来，《新乐府》中不少作品确有一间之隔。其三，在语言使用上，因一意追求浅显务尽而失之于直露无隐，有时一件简单的事理也要反复陈说，致使诗作不够精练含蕴。

白居易以《新乐府》为代表的讽喻诗在当时的影响并不大，以至"时人罕能知者"（元稹《白氏长庆集序》）；在后世则毁誉参半。但无论如何，白居易通过自己的努力，创造了一种新的诗体和新的风格，并以"不惧权豪怒，亦任亲朋讥"（《寄唐生》）的勇气，对当时的社会丑恶进行了最大胆的指斥和抨击，这一点是永远值得人们钦敬的。

贞元、元和之际，随着传奇小说的蓬勃发展，诗坛也出现了一些带有故事性、抒情性的长篇叙事诗，如元稹的《琵琶歌》《连昌宫词》、李绅的《悲善才》、刘禹锡的《泰娘歌》等。被白居易归入“感伤”类的《长恨歌》和《琵琶行》乃是这些作品中最优秀的两篇。

《长恨歌》作于元和元年，主要根据唐明皇和杨贵妃的故事传说来构成全篇，但作者受佛教变文乃至道教仙化故事的影响，同时，作者因与自己所爱女子不能结合而产生憾恨之情的投射，因而作品在一定程度上已脱离了历史原貌，成为一篇以咏叹李、杨爱情为主，充满感伤情调的“风情”诗了。在创作中，作者打破了写讽喻诗所坚持的“其事核而实”“不为文而作”的规则，在叙事过程中一再使用想象和虚构手法，浓烈的抒情贯穿叙事的全过程，为情而作，非为事而作，使得全诗风情摇曳，生动流转，极富艺术感慨力。

诗的开篇部分写玄宗好色废政，杨贵妃恃宠而骄，终至引发安史之乱。这既是对历史事实的基本概括，也是诗题“长恨”的因由，其中或许包含有一定的讽刺意图，但作者并没将这一意图贯彻下去。自“黄埃散漫风萧索”、玄宗逃蜀、杨贵妃身亡始，诗情即为沉重哀伤的悲剧氛围所笼罩，周详的叙事一变而为婉曲的抒情，极力铺写玄宗在蜀中的寂寞悲伤、还都路上的追怀忆旧、回宫以后睹物思人的种种感触，并借四季景物的变换和孤寂的环境衬托他苍凉伤感的情怀。

归来池苑皆依旧，太液芙蓉未央柳。
芙蓉如面柳如眉，对此如何不泪垂。
春风桃李花开日，秋雨梧桐叶落时。
西宫南内多秋草，落叶满阶红不扫。
梨园弟子白发新，椒房阿监青娥老。
夕殿萤飞思悄然，孤灯挑尽未成眠。
迟迟钟鼓初长夜，耿耿星河欲曙天。
鸳鸯瓦冷霜华重，翡翠衾寒谁与共？
悠悠生死别经年，魂魄不曾来入梦。

这段描写，回环往复，层层渲染，真切而不粘着，流利而又隽永，几乎字字珠玑。诗的最后一段，笔锋再转，写临邛道士鸿都客为玄宗上天入地寻觅杨贵妃，而杨贵妃竟在缥缈迷离的仙境出现——“玉容寂寞泪阑干，梨花一枝春带雨”。以极省净的语言和恰当的比喻，勾勒出杨贵妃的天生丽质和风采神韵；与诗开篇部分“回眸一笑百媚生”“侍儿扶起娇无力”的形象相比，这里的杨贵妃已脱尽撩人性怀的世俗情味，而成为一个净化了的理想女神了。作者写她超凡脱俗的美，更赋予她忠于爱情的至善品性：既托道士将当年的定情物带给玄宗，又重申盟誓——“但令人似金钿坚，天上人间会相见。……在天愿为比翼鸟，在地愿为连理枝”。然而，“比翼鸟”“连理枝”的愿望虽然美好，此生却已难以实现，那么剩下来的，只有永难消解的“长恨”了。所以作者最后怀着对美人不幸的深切同情，对美的毁灭的沉重感伤，点出全诗的主题：

天长地久有时尽，此恨绵绵无绝期！

《唐宋诗醇》谓：“结处点清‘长恨’，为一诗结穴，戛然而止，全势已足，更不必另作收束。”在这点题之笔里，刻骨的相思变成了不绝的长恨，特殊的事件获得了广泛的意义，李、杨的爱情得以升华，普天下的痴男怨女则从中看到自己的面影，受到心灵的震撼。诗以“长恨”命题的意义，诗在艺术上的巨大魅力，似乎正在于此。也正是由于它具有巨大的艺术魅力，所以对后世产生了深远的影响。中唐以后，写李、杨事件的诗极多，唯此诗被反复演绎为小说、戏剧，元代白朴的《梧桐雨》、清代洪升的《长生殿》都是其中著名之作。

《琵琶行》作于元和十一年，与《长恨歌》不同的是，这首诗由历史题材转到现实题材，通过亲身见闻，叙写了“老大嫁作商人妇”的琵琶女的命运，并由此联想到自己的被贬遭遇，发出“同是天涯沦落人”的深沉感慨。因为有切身体验，所以感情特别深挚；因为是在贬所月夜的江面巧遇琵琶女，所以诗情特别的哀婉、苍凉。诚如《唐宋诗醇》所谓：“满腔迁谪之感，借商妇以发之，有同病相怜之意焉。比兴相纬，寄托遥深。”

在表现手法上，《琵琶行》除了用秋天的枫叶荻花和三次江月的精彩描写来烘托人物感情外，主要通过人物的动作、神态来展示其性格、心理，如“寻声暗问弹者谁，琵琶声停欲语迟”“千呼万唤始出来，犹抱琵琶半遮面”都十分贴切地表现了弹奏者既因羞涩又因难言之痛而不愿见人的情态；从“转轴拨弦三两声”到“低眉信手续续弹”，以逐层递进的动作描写，来展示人物进入角色、开始回味往事时的神情和心绪，非常形象、逼真。至于其中对琵琶乐声的一段描写，更是精彩之至，诗人连续使用急雨、私语、珠落玉盘、花下莺鸣、冰下流泉、银瓶乍破水浆迸、铁骑突出刀枪鸣等一系列精妙的比喻，把乐声从急骤到轻微，从流利、清脆到幽咽、滞涩，再到突然激扬的过程形象地描写出来，而随着乐声的抑扬起伏，弹奏者动荡变化的感情也溢出行墨之外。在这里，白居易既写乐声和弹奏技艺，又写音乐旋律中所包蕴的心理内涵，而且将这三者融汇在一起，构成整个演奏过程声情变化的完美表现，这在以前的文学作品中是罕见的，而且比起同时代韩愈的《听颖师弹琴》、李贺的《李凭箜篌引》等名作来，也因其描写的细腻、真切、自然流畅和情感的潜流暗转、突放突收而独具特色。在曲子接近终结时，作者这样写道：

曲终收拨当心画，四弦一声如裂帛。
东船西舫悄无言，唯见江心秋月白。

在一声“裂帛”般的音响之后，一切都归于静寂，唯有秋月映照江心。置身斯时斯境，同怀天涯沦落之感的作者与弹者心境如何，不难想见；而由此刹那间宁静所构成的音响空白，也给读者留下了涵咏回味的广阔空间。

《琵琶行》与《长恨歌》是白居易写得最成功的作品，其艺术表现上的突出特点是抒情因素的强化。与此前的叙事诗相比，这两篇作品虽也用叙述、描写来表现事件，但却把事件简到不能再简，只用一个中心事件和两三个主要人物来构成全篇，诸如颇具戏剧性的马嵬事变，作者寥寥数笔即将之带过，而在最便于抒情的人物心理描写和环境气氛渲染上，则泼墨如雨，务求尽情，即使《琵琶行》这种在乐声描写和人物遭遇叙述上着墨较多的作品，也是用情把声和事紧紧联结在一起，声随情起，情随事迁，使诗的进程始终伴随着动人的情感力量。除此之外，这两篇作品的抒情性还表现在以精选的意象来营造恰当的氛围、烘托诗歌的意境上。例如《长恨歌》中“行宫见月伤心色，夜雨闻铃肠断声”、《琵琶行》中“枫叶荻花秋瑟瑟”“别时茫茫江浸月”等类诗句，或将凄冷的月色、淅沥的夜雨、断肠的铃声组合成令人销魂的场景，或以瑟瑟作响的枫叶、荻花和茫茫江月构成哀凉孤寂的画面，其中透露的凄楚、感伤、怅惘意绪为诗中人物、事件统统染色，也使读者面对如此意境、氛围而心灵摇荡，不能自已。

当然，《长恨歌》和《琵琶行》在艺术表现上还有其他一些特点，如语言明白晓畅而又精纯确当，“无不达之隐，无稍晦之词”（赵翼《瓯北诗话》）；在运用想象、虚构、比喻等手法上也独占胜场。所有这些优点使这两篇作品在意境的深远、声情的浏亮、色彩的鲜明、内容的丰富都远过前人，以至于诗成不久即被广为传诵，连唐宣宗李忱也写诗称赏：“童子解吟长恨曲，胡儿能唱琵琶篇。”（《吊白居易》）

中唐诗人间的交往唱和之风，早在贞元年间即已初露端倪。当时应进士举者“多务朋游，驰逐声名”（《旧唐书·高郢传》），形成了“侈于游宴”的“长安风俗”（李肇《国史补》）。而文人游宴多要作诗唱和，有时即使不游宴，也要以诗唱酬，或联络感情，或展示才学。这方面较有代表性的，当首推一代文宗权德舆及其领导的文人集团。权德舆（759—818），字载之，历任要职，并做过两年宰相，兼有政声和文名，“贞元、元和间为缙绅羽仪”（《新唐书》）。在他现存的三百八十多首诗中，不乏清新可诵、近似盛唐之音的佳什，但其后期诗歌，大都是与聚集在他周围的一批台阁诗人酬唱应答、在体式技巧上竞异求新之作，诸如《奉和李给事省中书情寄刘苗崔三曹长因呈许陈二阁老》《酬崔舍人阁老冬至日宿值省中奉简两掖阁老并见示》等，从冗长的标题即可看出诗人们的交往概况。这些诗的内容并不充实，艺术性也不强，却对贞元末年的诗坛风尚颇有影响。到了元和年间，又出现了比一般唱和更进一步的以长篇排律和次韵酬答来唱和的形式，而元稹和白居易便是这种形式的创始者。

元稹、白居易在相识之初，即有酬唱作品，此后他们分别被贬，一在通州，一在江州，虽路途遥遥，仍频繁寄诗，酬唱不绝。所谓“通江唱和”，也就成为文学史上一个令人注目的现象。元、白此期的唱和诗多长篇排律，次韵相酬，短则五六十句，长则数百句，洋洋洒洒，蔚为大观。白居易有《东南行一百韵》寄元稹，元稹即作《酬乐天东南行诗一百韵》回赠。这种次韵诗的创作难度是很大的，既要严守原诗之韵，又要自抒怀抱，还要写上数百句，搞得不好，就会顾此失彼；但才力大者，则可借此争奇斗胜，施展才情。诚如元稹在《上令狐相公诗启》中所言：“居易雅能为诗，就中爱驱驾文字，穷极声韵，或为千言，或为五百言律诗，以相投寄。小生自审不能过之，往往戏排旧韵，别创新词，名为次韵相酬，盖欲以难相挑耳。”这样做的结果，一方面锻炼了诗人的智慧、技巧，丰富了诗歌的种类，另一方面也因过于重视形式技巧，诗人的真情实感反被冲淡乃至淹没。相比之下，倒是二人那些寄怀酬答的短篇小诗来得更为真挚耐读，清新有味，如白居易《舟中读元九诗》：

把君诗卷灯前读，诗尽灯残天未明。
眼痛灭灯犹暗坐，逆风吹浪打船声。

元稹《酬乐天舟泊夜读微之诗》：

知君暗泊西江岸，读我闲诗欲到明。
今夜通州还不睡，满山风雨杜鹃声。

元、白这类以次韵酬唱为主的短篇长章在当时流传颇广，以至“巴蜀江楚间洎长安中少年，递相仿效，竞作新词，自谓为‘元和诗’”（元稹《白氏长庆集序》）。这里的“元和诗”，实即元稹在其他场合提到的“元和体”。“元和体”除了上述次韵相酬的长篇排律外，还包括元、白那些流连光景、浅切言情的“小碎篇章”，其中包括元稹的艳体诗。

中唐诗人的交往、唱和真正形成高潮，是在元和之后的长庆至开成年间。这一时期，由于党争激烈、政局动荡，不少当年曾积极参与政治的文人纷纷退出政坛，东都洛阳便成了他们的闲散之地，而白居易乃是其中的核心人物之一。他时而与刘禹锡、裴度等人“为文章、把酒，穷昼夜相欢，不问人间事”（《新唐书·裴度传》），时而与远近诗友赓答酬唱，其中与刘禹锡、令狐楚、崔玄亮等人的唱和尤多，诗的内容则以叙写闲情雅趣、思念问候为主，很少再有昔日的政治热情了。此外，刘禹锡与令狐楚、崔玄亮、李德裕也频频唱酬，一时间蔚为风气。仅以此期编成的酬唱集来看，就有刘、白的《刘白唱和集》，白、刘、裴的《汝洛集》，刘与令狐楚的《彭阳唱和集》、与李德裕的《吴蜀集》等，这里需要一提的是令狐楚和崔玄亮。令狐楚（766—837），曾任宰相，长庆以后历任节度使之职，存诗五十余首。崔玄亮与白居易同为贞元十六年（800）进士，曾历任监察御史、州刺史等，现存诗二首。现录二人唱和诗各一首，以见一斑。令狐楚《春思寄梦得乐天》：

花满中庭酒满樽，平明独坐到黄昏。
春来诗思偏何处？飞过函关入鼎门。

崔玄亮《和白乐天》：

病馀归到洛阳头，拭目开眉见白侯。
凤诏恐君今岁去，龙门欠我旧时游。
几人樽下同歌咏，数盏灯前共献酬。
相对忆刘刘在远，寒宵耿耿梦长洲。

闲适诗的内容和情调，闲适诗对后代的影响。

闲适诗和讽喻诗是白居易特别看重的两类诗作，二者都具有尚实、尚俗、务尽的特点，但在内容和情调上却大不相同。讽喻诗志在“兼济”，与社会政治紧密相关联，多写得意激气烈；闲适诗则意在“独善”“知足保和，吟玩性情”（《与元九书》），从而表现出淡泊平和、闲逸悠然的情调。例如诗人步入仕途不久所作、列在白集“闲适”第一篇的《常乐里闲居偶题十六韵》一诗，即表现出对“帝都名利场”的厌倦、对现有生活的满足。诗末四句这样写道：

窗前有竹玩，门外有酒沽。
何以待君子，数竿对一壶。

另一首作于盩屋尉时的《官舍小亭闲望》也有类似的诗句：

亭上独吟罢，眼前无事时。
数峰太白雪，一卷陶潜诗。
人心各自是，我是良在兹。

诗句以淡泊知足之心，对清爽自然之景，境界不算大，格调也不甚高，但自得自适之情却别有一番意趣。这种知足保和的心境，越到晚年表现得越突出："世间好物黄醅酒，天下闲人白侍郎。"（《尝黄醅新酎忆微之》）闲适生活与诗酒人生、拂道心境全都表现在闲适诗里："七篇《真诰》论仙事，一卷《坛经》说佛心"（《味道》）、"绿蚁新醅酒，红泥小火炉。晚来天欲雪，能饮一杯无？"（《问刘十九》）。

白居易的知足保和，源于他对政治的厌倦和佛、老思想的影响，他炼丹服药，诵经坐禅，释、道二家在他的人生态度、生活情趣中都留下了甚深的印记。当然，也源于根深蒂固的浅俗思想。他的很多闲适诗都热衷于铺叙身边琐事，将衣食俸禄挂在嘴边，千篇一律，令人生厌。在大和八年所作的《序洛诗》中，他这样说："自（大和）三年春至八年夏，在洛凡五周岁，作诗四百三十二首。除丧朋哭子十数篇外，其他皆寄怀于酒，或取意于琴，闲适有馀，酣乐不暇，苦词无一字，忧叹无一声，岂牵强所能致耶！"这一时期的诗作，多"称心而出，随笔抒写"（越翼《瓯北诗话》），从内容到形式，都是浅之又浅，俗之又俗。苏轼说"元轻白俗"（《祭柳子玉文》），所谓白之俗，主要就表现在这里。

白居易另有不少记游写景的"闲适"之作，很有自己的独特风貌。例如那首长达1300字、被后人评为可与韩愈《南山》诗"匹敌"（《唐宋诗醇》）的《游悟真寺一百三十韵》，叙述游踪条理分明，步骤井然，有明显的散文化倾向，摹景写情既形象生动，又自然散朗。写山风是"风从石下生，薄人而上抟。衣服似羽翮，开张欲飞骞"；写日落月出是"西北日落时，夕晖红团团。千里翠屏外，走下丹沙丸。东南月上时，夜气青漫漫，百丈碧潭底，写出黄金盘"；写游山之意是"我本山中人，误为时网牵。……今来脱簪组，始觉离忧患。及为山水游，弥得纵疏顽"。诗情画意弥漫其间，令人有身临其境之感。再如他被贬之后写的《题浔阳楼》《读谢灵运诗》《宿简寂观》《咏意》等诗，都能以审美的眼光和清新的笔调，观照自然，抒写心愫，排遣忧愁，超然物外，表现出"逸韵谐奇趣"的特点。他的《大林寺桃花》虽仅短短四句，却理趣悠长，活泼可爱。

人间四月芳菲尽，山寺桃花始盛开。
长恨春归无觅处，不知转入此中来。

白居易的闲适诗还有不少说理议论的篇章，所说之理又多为出世逃禅、知足保和之类，初读之下，尚觉清爽，数篇之后，便觉陈陈相因，了无新意，正如他自己所说："诗成淡无味，多被众人嗤。上怪落声韵，下怪拙言词。"（《自吟拙什因有所怀》）但白居易诗也有说理说得好的，如组诗《效陶潜体十六首》便将议论与叙述、描写结合起来，以饮酒为契机，表现诗人“便得心中适，尽忘身外事。更复强一杯，陶然遗万累”的真实情态，较之一般纯发议论的说理诗，自不可一概而论。

白居易的闲适诗具有浅切平易的语言风格、淡泊悠闲的意绪情调，曾屡屡为人称道，但相比之下，这些诗中所表现的那种退避政治、知足保和的“闲适”思想，以及归趋佛老、效法陶渊明的生活态度，因与后世文人的心理较为吻合，所以影响更为深远。“醉翁、迂叟、东坡之名，皆出于白乐天诗云”（龚颐正《芥隐笔记》）。宋人周必大指出：“本朝苏文忠公不轻许可，独敬爱乐天，屡形诗篇。盖其文章皆主辞达，而忠厚好施，刚直尽言，与人有情，于物无着，大略相似。谪居黄州，始号东坡，其原必起于乐天忠州之作也。”（《二老堂诗话》）凡此种种，都展示出白居易及其诗的影响轨迹。

【强化训练】

请选择白居易的《行宫》，分析作者抒写盛衰之感的思想根源。

【知识拓展】

新乐府运动

新乐府运动是由唐代诗人白居易、元稹等所倡导的一场诗歌革新运动。“新乐府”一名是白居易相对汉乐府而提出的，其含义就是以自创的新的乐府题目咏写时事，故又名“新乐府运动”。这类诗的特点是：自创新题，咏写时事，体现汉乐府的现实主义精神。除白居易而外，元稹、李绅、张籍、王建也是这一运动中的重要作家。白居易的《新乐府》五十首、《秦中吟》十首，元稹的《田家词》《织妇词》，张籍的《野老歌》，王建的《水夫谣》，都是新乐府运动中的优秀作品。

新乐府运动是贞元、元和年间特定时代条件下的产物。这时，安史之乱已经过去，唐王朝正走向衰落。一方面，藩镇割据，宦官擅权，赋税繁重，贫富悬殊，蕃族侵扰，战祸频仍，社会生活各方面的矛盾进一步显露出来；另一方面，统治阶级中一部分有识之士对现实的弊病有了更清楚的认识，他们希望通过改良政治，缓和社会矛盾，使得唐王朝中兴。这种情况反映在当时的文坛和诗坛上，便分别出现了韩愈、柳宗元倡导的古文运动和白居易、元稹倡导的新乐府运动。

韩孟诗派

【学习目标】

知识目标：了解韩、孟诗风的异同；掌握韩愈诗歌不平则鸣的艺术手法。

能力目标：学会分析《山石》一诗的思想意义。

素质目标：培养学生关注社会现实的良好习惯。

【导入】

韩孟诗派是中唐时期与新乐府运动同时崛起的一个影响较大的诗派。其代表人物是韩愈、孟郊，此外还包括贾岛、卢仝、刘叉等人。这个诗派创作的特点是通过抒写个人的不幸遭遇来揭示社会的弊病，追求深险怪僻、刻意推敲。

思考：请你说说《师说》的作品内容。

【任务训练】

实训任务：概括《山石》思想内容。

活动目标：学会概括诗歌思想内容的方法。

【知识导读】

一、背景

韩孟诗派及其诗风的形成有一个过程。早在贞元八年（792），42 岁的孟郊赴长安应进士举，24 岁的韩愈作《长安交游者一首赠孟郊》及《孟生诗》相赠，二人始有交往，由此为日后诗派的崛起奠定了基础。此后，诗派成员又有两次较大的聚会：一次是贞元十二年至十六年（796—800）间，韩愈先后入汴州董晋幕和徐州张建封幕，孟郊、张籍、李翱前来游从；另一次是元和元年到六年（806—811）间，韩愈先任国子博士于长安，与孟郊、张籍等相聚；后分司东都洛阳，孟郊、卢仝、李贺、马异、刘叉、贾岛陆续到来，张籍、李翱、皇甫湜也时来过往，于是诗派全体成员得以相聚。这两次聚会，对韩孟诗派群体风格的形成至关重要。第一次聚会时，年长的孟郊已基本形成了自己的独特诗风，从而给步入诗坛未久的韩愈以明显影响；到第二次聚会时，韩愈的诗歌风格已完全形成，他独创的新体诗和达到的成就已得到同派诗人的公认和仿效，孟郊则转而接受韩愈的影响。通过这两次聚会，诗派成员酬唱切磋，相互奖掖，形成了审美意识的共同趋向和艺术上的共同追求。

二、代表作品及艺术特色

作为一个诗派，韩、孟等人有明确的理论主张，首先是“不平则鸣”说。在《送孟东野序》中，韩愈指出：“大凡物不得其平则鸣，……人之于言也亦然。有不得已者而后言，其歌也有思，其哭也有怀。凡出乎口而为声者，其皆有弗平者乎！”

所谓“不平”，主要指人内心的不平衡，强调的是内心不平情感的抒发。它既是对创作活动产生原因的揭示，也是对一种特定创作心理亦即“不平”心态的肯定。这篇序文是专为一生困厄潦倒、怀才不遇的孟郊所作，文中以“善鸣”推许孟郊，则其更重视穷愁哀怨者“鸣其不幸”的倾向不言自明。在《荆潭唱和诗序》中，韩愈进一步指出：“夫和平之音淡薄，而愁思之声要妙；欢愉之辞难工，而穷苦之言易好也。是故文章之作，恒发于羁旅草野；至若王公贵人，气满志得，非性能而好之，则不暇以为。”这里的“和平之音”和“愁思之声”虽都可视作“不平”之鸣，而且所谓“欢愉之辞难工”并不是说不能工，“穷苦之言易好”也不是说一定好，但从文学创作规律来讲，因前者出生于王公贵人之手，其生命状态多平易流滑，便很难表现出“鸣”的深度；而后者饱经困苦磨难，其生命力与阻力激烈碰撞所导致的“不平”之鸣便易于惊动俗听，传之久远。

“不平则鸣”说的另一要点在于特重诗歌的抒情功能。本来，作为诗文大家的韩愈是更重视文的，他说自己不过是“馀事作诗人”（《和席八十二韵》），并明确认为与他那些“约六经之旨”“扶树教道”的文相比，其诗只是抒写“感激怨怼奇怪之辞”（《上宰相书》），以“抒忧娱悲”（《上兵部李侍郎书》）而已。然而也正由于韩愈没有把诗与文等量齐观，才使诗歌避免了成为道学工具、政治附庸的命运，才得以保持其“抒忧娱悲”“感激怨怼”的美学品性。“感激怨怼”就是“不平”“抒忧娱悲”就是将此“不平”不加限制、痛痛快快地抒发出去，所谓“郁于中而泄于外”（《送孟东野序》），指的便是这种情况。由此看来，韩愈提倡“不平则鸣”，就是提倡审美上的情绪宣泄，尤其是“感激怨怼”情绪的宣泄，可以说是抓住了文学的抒情物质。

韩孟诗派的另一个重要观点，是“笔补造化”。用李贺的话来说，就是“笔补造化天无功”（《高轩过》）。“笔补造化”既要有创造性的诗思，又要对物象进行主观裁夺。孟郊非常欣赏“手中飞黑电，象外泻玄泉。万物随指顾，三光为回旋”（《送草书献上人归庐山》）的书法艺术创造，由此而及于诗，他认为虽“形拘在风尘”，但可以“心放出天地”，用一己之心去牢笼乾坤，绳律“万有”（《奉报翰林张舍人见遗之诗》）。在《赠郑夫子鲂》中，他这样说道：

天地入胸臆，吁嗟生风雷。
文章得其微，物象由我裁。
宋玉逞大句，李白飞狂才。
苟非圣贤心，孰与造化该？

将天地纳入“胸臆”之中，“由我”来尽情地裁夺，这是何等大的气魄！而只有发挥创造性的诗思，才能“裁”物象，“该”造化，吁嗟之间而生风雷之象。

与孟郊一样，韩愈也十分重视心智、胆力和对物象的主观裁夺，他一再说：“研文较幽玄，呼博骋雄快”（《雨中寄孟刑部几道联句》）；“雕刻文刀利，搜求智网恢”（《咏雪赠张籍》）；“规模背时利，文字觑天巧”（《答孟郊》）。研讨诗文而至于“幽玄”，搜求“智网”复辅以“雕刻”，造端命意、遣词造句则要力避流俗，觑寻“天巧”，足见韩愈的创作取向。韩愈还屡屡强调写作要“能自树立，不因循”（《答刘正夫书》），要大胆创新，“勇往无不敢”（《送无本师归范阳》）。他说“若使乘酣骋雄怪，造化何以当镌劖！”（《酬司门卢四兄云夫院长望秋作》）这已经不是要“笔补造化”了，而是在向造化宣战。司空图评韩诗云：“韩吏部歌诗累百首，其驱驾气势，若掀雷抉电，奔腾于天地之间，物状奇变，不得不鼓舞而徇其呼吸也。”（《题柳柳州集后序》）韩诗这种风格的形成，不能不说与其特富创新意识的诗歌理论以及中唐的文化趋向有着紧密的关联。

韩孟诗派在倡导“笔补造化”的同时，还特别崇尚雄奇怪异之美。在《调张籍》一诗中，韩愈这样写道：“李杜文章在，光焰万丈长。……想当施手时，巨刃磨天扬。……我愿生两翅，捕逐出八荒。精神忽交通，百怪入我肠。刺手拔鲸牙，举瓢酌天浆。”

此诗与当时一些崇杜抑李论者迥异其趣，给予李、杜诗以同样的高度赞誉。这赞誉的落脚点不在李杜诗的思想内容，而在其诗“巨刃磨天扬”那奇特的语言、雄阔的气势和艺术手法的创新。所以韩愈与李杜精神之“交通”处便是“百怪入我肠”，他欲追踪李杜，所取法也正在于此。所谓“拔鲸牙”“酌天浆”，将其胆之大、力之猛、思之怪、境之奇发挥到极致，完全是一派天马行空、超越世俗的气象。对于这种审美取向，韩愈不仅在自己的创作实践中努力实践它，而且用以审视、评价、赞许同派其他诗人的诗作。他说孟郊的诗是“冥观洞古今，象外逐幽好。横空盘硬语，妥帖力排奡”（《荐士》）；说贾岛的诗是“狂词肆滂葩，低昂见舒惨。奸穷怪变得，往往造平淡”（《送无本师归范阳》）；说张籍的诗是“文章自娱戏，金石日击撞。龙文百斛鼎，笔力可独扛”（《病中赠张十八》）；说自己与孟郊、张籍等人的诗是“险语破鬼胆，高词媲皇坟”（《醉赠张秘书》）。其着眼点都在力量的雄大、词语的险怪和造境的奇特。尽管上述某些评论并不符合诗人们的创作实际，但却突现了韩愈美学思想；尽管在论诗时韩愈也注意到了“妥帖”“平淡”的一面，但由于他主张的重心在雄奇险怪，便往往顾不上平淡妥帖了。

与韩愈相同，韩孟诗派其他成员也大都具有崇尚雄奇怪异的审美取向，如孟郊声言自己为诗“孤韵耻春俗”（《奉报翰林张舍人见遗之诗》）；卢仝自谓“近来爱作诗，新奇颇烦委。忽忽造古格，削尽俗绮靡”（《寄赠含曦上人》）；刘叉宣称“诗胆大如天”（《自问》）、“生涩有百篇”（《答孟东野》）；李贺更是倾心于幽奇冷艳诗境的构造，既“笔补造化”又师心作怪。虽然这些诗人因自身遭际所限，视野不够宏阔，取材偏于狭窄，大都在苦吟上下功夫，以致雄奇不足而怪异有余，诗境也多流于幽僻蹇涩，但他们却以自己的美学追求和创作实践有力地回应了韩愈的主张，强化了以怪奇为主的风格特点。

从“不平则鸣”到裁物象、觑天巧、补造化，到明确提出雄奇怪异的审美理想，韩孟诗派形成了一套系统的诗歌创作理论。它突破了过于重视人伦道德和温柔敦厚的传统诗教，由重诗的社会功能转向重诗的抒情特质，转向重创作主体内心的展露和艺术创造力的发挥，这在诗歌理论史上是一个值得重视的现象。

韩愈多长篇古诗，其中不乏揭露现实矛盾、表现个人失意的佳作，如《归彭城》《龊龊》《县斋有怀》等，大都写得平实顺畅。他也有写得清新、富于神韵、近似盛唐人的诗，如《晚雨》《盆池五首》，尤其是《早春呈水部张十八员外二首·其一》：

天街小雨润如酥，草色遥看近却无。
最是一年春好处，绝胜烟柳满皇都。

然而，韩愈最具独创性和代表性的作品则是那些以雄大气势见长和怪奇意象著称的诗作。他“少小尚奇伟”（《县斋有怀》）、“搜奇日有富”（《答张彻》），天生一种雄强豪放的资质，性格中充溢着对新鲜奇异、雄奇壮美之事之景之情的追求冲动，而他一再提倡的“养气”说，更使他在提高自我修养的同时增添了一股敢作敢为、睥睨万物的气概，发而为诗，便是气豪势猛，声宏调激，宛如江河破堤，一泻千里。试看他的《卢郎中云夫寄示送盘谷子诗两章歌以和之》：

昔寻李愿向盘谷，正见高崖巨壁争开张。
是时新晴天井溢，谁把长剑倚太行！
冲风吹破落天外，飞雨白日洒洛阳。

开篇即豪兴遄飞，格局阔大，以“长剑倚太行”比喻从天井关飞流而下的瀑布，而这飞瀑被狂风吹拂，竟直洒洛阳！其势其景，迅捷壮观，遣词造句，远超凡俗，用诗中的话来说，就是“字向纸上皆轩昂”。再看他的《石鼓歌》：

张生手持石鼓文，劝我试作石鼓歌。
少陵无人谪仙死，才薄将奈石鼓何！
周纲陵迟四海沸，宣王愤起挥天戈。
大开明堂受朝贺，诸侯剑佩鸣相磨。
蒐于岐阳骋雄俊，万里禽兽皆遮罗。
镌功勒成告万世，凿石作鼓隳嵯峨。

苍劲雄浑，硬语盘空，将石鼓形成的一段远古历史鲜活地展现出来；而“愤起挥天戈”“剑佩鸣相磨”等动作性词语的嵌用，更使诗作气酣力猛，飞动纵横，有不可一世之概。与李白的长篇歌行比，相同点在于二者均酣畅淋漓，气象阔大，相异处则在于李诗饶有飘逸之气，韩诗更具狠重粗豪的力度。所谓“豪侠之气未除，真率之相不掩，欲正仍奇，求厉自温”（钱锺书《谈艺录》），正是韩愈其人其诗的一个显著特点。

韩愈一生用世心甚切，是非观念极强，性格木讷刚直，昂然不肯少屈，这一方面使他在步入官场后的一次次政治旋涡中屡受打击，另一方面也导致其审美情趣不可能淡泊平和，而呈现出一种怨愤郁躁、情激调变的怪奇特征。韩愈诗风向怪奇一路发展，大致始于贞元中后期，至元和中期已经定型。贞元、元和之际的阳山之贬，一方面是巨大的政治压力极大地加剧了韩愈的心理冲突，另一方面将荒僻险怪的南国景观推到诗人面前，二者交相作用，乃是造成韩愈诗风大变的重要条件。他在这一时期写的《宿龙宫滩》《郴口又赠二首》《龙移》《岳阳楼别窦司直》《八月十五夜赠张功曹》《谒衡岳庙遂宿岳寺题门楼》等诗中，使用最多的是那些激荡、惊怖、幽险、凶怪的词语，诸如“激电”“惊雷”“怒涛”“大波”、出没的“蛟龙”、悲号的“猩鼯”、森然可怖的“妖怪”“鬼物”，都辐辏笔端，构成了一个个惊心动魄的意象。《永贞行》云：“湖波连天日相腾，蛮俗生梗瘴疠烝。江氛岭祲昏若凝，一蛇两头见未曾。怪鸟鸣唤令人憎，蛊虫群飞夜扑灯。雄虺毒螫堕股肱，食中置药肝心崩。”贬所环境的极度险恶引起诗人内心的惊恐震荡，而无罪遭贬的身世际遇更使诗人心如汤沸、百忧俱来，长期处于“数杯浇肠虽暂醉，皎皎万虑醒还新”（《感春四首·其四》）的苦闷之中，并由此形成一种思维定势，搜罗奇语，雕镂词句，创造前人未曾使用过的险怪意象。元和元年，已经离开贬所回到京城的韩愈更倾心于怪奇诗境的构造。他与孟郊等人一起创作了不少联句诗，这些诗作以竞赛为主要目的，一联就是上百韵，各自逞奇炫怪，夸示才学，以致写出了大量“昼蝇食案繁，宵蚋肌血渥”（《纳凉联句》）、“灵麻撮狗虱，村稚啼禽猩”（《城南联句》）之类令人难以卒读的诗句。在此后的几年中，韩愈基本上沿着这条道路发展，以世俗、丑陋之事之景入诗，写落齿，写鼾睡，写恐怖，写血腥，形成了以俗为美、以丑为美的特点。

在诗歌表现手法上，韩愈也作了大胆的探索和创新，用写赋的方法作诗，铺张罗列，浓彩涂抹，穷形尽相，力尽而后止。《南山》诗是这方面的代表作。全诗 102 韵，长达一千多字，连用七联叠字句和 51 个带“或”字的诗句，铺写终南山的高峻，四时景象的变幻。令人读来，虽觉十分详尽，却又颇为烦琐。再如那首著名的《陆浑山火一首和皇甫湜用其韵》：

山狂谷很相吐吞，风怒不休何轩轩。
摆磨出火以自燔，有声夜中惊莫原。
天跳地踔颠乾坤，赫赫上照穷崖垠。
截然高周烧四垣，神焦鬼烂无逃门。

风卷着火，火借着风，轰轰烈烈，漫山遍野地燃烧开来，直烧得天昏地暗、乾坤颠倒、神焦鬼烂、日月无光、水陆动物无处藏身。这里，诗人赋予山火一种狂野暴烈的力量，以泼墨法大笔渲染，巨细靡遗，极尽形容描绘之能事；与此同时，又创造出“山狂谷很”“天跳地踔”等怪奇意象，使得诗意益发光怪陆离、狰狞震荡。这是一种超乎常情的创造，惟其超常，所以生新，惟其生新，所以怪奇。怪怪奇奇，戛戛独造，乃是韩愈在诗歌艺术上的主要追求目标。

孟郊的诗风也有明显的怪奇倾向。但因他才力不及韩愈雄大，而沦落不遇的生活经历也在一定程度上限制了他的视野，遂使得他的怪奇诗风向幽僻冷涩一路发展，从而表现出不同于韩诗的另一种风貌。

在孟郊的作品中，有一些关注社会、反映下层民众生活的诗作，如《杀气不在边》《感怀》《寒地百姓吟》等，但数量更多的是抨击黑暗世俗、强烈表现自我悲慨和贫寒生活的诗作。例如“玉京十二楼，峨峨倚青翠。下有千朱门，何门荐孤士！”（《长安旅情》）“食荠肠亦苦，强歌声无欢。出门即有碍，谁谓天地宽！”（《赠崔纯亮》）“楚屈入水死，诗孟踏雪僵。直气苟有存，死亦何所妨！”（《答卢仝》）这些作品写事抒情真切感人，用词造语古拙直率，颇具汉魏风貌。李翱评价说：“郊为五言诗，自前汉李都尉、苏属国及建安诸子、南朝二谢，郊能兼其体而有之。”（《荐所知于徐州张仆射书》）

孟郊作诗以苦吟著称，注重造语炼字，追求构思的奇特超常。例如“风叶乱辞木，雪猿清叫山”（《送殷秀才南游》）、“镜浪洗手绿，剡花入心春”（《送淡公十二首》其二）、“声翻太白云，泪洗蓝田峰”（《远愁曲》），都经过精心的锻造锤炼，所以能尽去枝叶，精当洗练，在人意中而又出人意表。《游终南山》一诗的前四句写山的景象是：“南山塞天地，日月石上生。高峰夜留景，深谷昼未明。”着一“塞”字，即将终南山拔山倚地、吞吐日月的雄姿展现出来。《怨诗》写思妇之怨是：“试妾与君泪，两处滴池水。看取芙蓉花，今年为谁死！”用莲花被泪水浸死的假想之词来表现人物怨情之深，涉想奇绝。韩愈说他作诗“刿目𫓧心，刃迎缕解。钩章棘句，掐擢胃肾。神施鬼没，间见层出”（《贞曜先生墓志铭》），是很贴切的。

孟郊写得最多、也最引人注目的，是那些充满幽僻、清冷、苦涩意象的诗作，这些诗作大表现诗人凄怆寒苦的生活，诗境仄狭，风格峭硬。诸如“日短觉易老，夜长知至寒”（《商州客舍》）、“天色寒青苍，北风叫枯桑……调苦竟何言，冻吟成此章”（《苦寒吟》），以“寒”字为中心，极力突出诗人对生活的特殊感受。苏轼所谓“郊寒岛瘦”（《祭柳子玉文》）之“郊寒”一语，可以说是对孟诗特点的最好概括。在这类诗作中，组诗《秋怀十五首》堪称代表：

孤骨夜难卧，吟虫相唧唧。老泣无涕洟，秋露为滴沥。（其一）
秋月颜色冰，老客志气单。冷露滴梦破，峭风梳骨寒。（其二）
商虫哭衰运，繁响不可寻。秋草瘦如发，贞芳缀疏金。（其七）
冷露多瘁索，枯风饶吹嘘。秋深月清苦，虫老声粗疏。（其九）

这里，“吟虫”“秋露”“秋月”“秋草”“冷露”“峭风”等意象组合在一起，渲染出浓郁的凄冷寒寂、幽僻萧索的氛围，强烈地刺激着“孤骨”病老，使他发出无可底止的哀痛。不仅于此，组诗还运用视觉、触觉、听觉、味觉等艺术通感，嵌入“峭”“剸”“瘦”“折”“刀剑”“干铁”等外形尖利、瘦硬的字词，将刺激的程度进一步强化：“一尺月透户，仡栗如剑飞。老骨坐亦惊，病力所尚微”（其三）、“商叶堕干雨，秋衣卧单云。病骨可剸物，酸呻亦成文”（其五）、“棘枝风哭酸，桐叶霜颜高。老虫干铁鸣，惊兽孤玉咆”（其十二）、“霜气入病骨，老人身生冰。……瘦坐形欲折，晚饥心将崩”（其十三）。这种夸张虽近乎怪诞，但以艺术上却更为真切地展现了这位“哀哀孤老人”的形销骨立和凄凉晚景。

大概是受韩愈影响，孟郊也创造了一些以丑为美、意象险怪的诗作。例如“饿犬龉枯骨，自吃馋饥涎”（《偷诗》）、“怪光闪众异，饿剑唯待人”（《峡哀十首·其四》）等，但与韩诗相比，此类孟诗数量不多，影响也不大。真正对后世产生较大影响并被人传诵不已的，倒是那首古朴平易的小诗《游子吟》：

慈母手中线，游子身上衣。
临行密密缝，意恐迟迟归。
谁言寸草心，报得三春晖！

李贺之外，韩孟诗派较重要的成员还有卢仝、马异、刘叉、皇甫湜等人。

卢仝，号玉川子，一生未仕，生活寒苦，性格狷介，颇类孟郊；但其狷介之性中更有一种雄豪之气，又近似韩愈。在他现存的 103 首诗中，长言短句，错杂其间，诙谐幽默，所在多有。受韩、孟影响，卢仝作诗多用怪奇、丑陋的意象，如“山魈吹火虫入碗，鸩鸟咒诅鲛吐涎”（《寄萧二十三庆中》）、“扬州虾蚬忽得便，腥臊臭秽逐我行”（《客请虾蟆》）等。因一意求险逐怪，他的有些长诗显得非常滞涩难读，其《月蚀诗》最具代表性。此诗据虾蟆食月的神话写月蚀全过程，融汇各种天文传说，前后穿插，横出锐入，人、鬼、神、兽、妖竞相出场，混淆不分，极怪异荒诞之能事，至被人评为“辞语奇险”（陈岩肖《庚溪诗话》卷下）、“以怪名家”（刘克庄《后村诗话》续集卷二）。

卢仝有时也能写出含蓄蕴藉、情致宛然的佳作，如那首多为人所忽视的《有所思》，即以思念“美人”为主线，层进层深，波澜迭起，末二句以“相思一夜梅花发，忽到窗前疑是君”收束全篇，词意新警，言尽意远。

马异与卢仝交好，作诗亦以险怪称，但因其诗仅存四首，已难以见其诗风全貌了。韩愈《寄卢仝》诗云：“往年弄笔嘲同异，怪辞惊众谤不已。”这说明卢、马二人诗风相近。其《答卢仝结交诗》语言劲峭，设喻奇巧，较具代表性。

刘叉自称彭城子，又自称“老叉”“野夫”，任侠重义，曾饮酒杀人。后流徙齐鲁，始折节读书。他与韩、孟、卢仝等人均有交往，有次径将韩愈为人写墓志所得润笔拿走，并声言：“此谀墓中人所得耳，不若与刘君为寿。”（李商隐《刘叉传》）刘叉诗风与其为人颇为吻合，粗豪硬朗，劲气直达。在他现存的 27 首诗中，《偶书》写得最有声色：“日出扶桑一丈高，人间万事细如毛。野夫怒见不平处，磨损胸中万古刀。”但最具代表性的，要算他用来展示自我节操、激愤浊世和表现民生疾苦的两个长篇——《冰柱》和《雪车》。《冰柱》有一段写夜雪凝成冰柱的情景：“天人一夜剪瑛琭，诘旦都成六出花。南亩未盈尺，纤片乱舞空纷拿。旋落旋逐朝暾化，檐间冰柱若削出交加。或低或昂，小大莹洁，随势无等差。始疑玉龙下界来人世，齐向茅檐布爪牙。又疑汉高帝，西方未斩蛇。人不识，谁为当风杖莫邪。”全诗极力铺排，毫不含蓄，奇谲奔放，劲气直下，很有些韩诗的特点。宋人苏轼对此颇为欣赏，有诗云：“老病自嗟诗力退。寒吟《冰柱》忆刘叉。”（《雪后书北台壁二首·其二》）

与韩愈关系密切、诗风相近的还有樊宗师、皇甫湜等人，但他们主要以文名家，诗作流传下来的甚少，皇甫湜存诗三首，樊宗师存诗一首，都明显具有险怪倾向。皇甫湜的《石佛谷》《出世篇》二诗或着意刻画、用词雕琢，或想象怪奇、雄豪恣横，最能看出孟郊、韩愈的影响。

韩孟诗派除了追求诗歌的雄奇怪异之美外，还大胆创新，以散文化的章法、句法入诗，融叙述、议论为一体，写出了不少“既有诗之优美，复具文之流畅，韵散同体，诗文合一”（陈寅恪《金明馆丛稿初编·论韩愈》）的佳作。韩愈是这方面的突出代表。作为古文大家，他熟谙古文章法，而他的尚奇精神和豪放性格也使他不惯于诗律的束缚，所以采用表现手法上较为自由的散文笔调入诗，痛快畅达地叙事抒情，乃是其诗散文化形成的一个要因。且看他那首有名的《山石》：

山石荦确行径微，黄昏到寺蝙蝠飞。
升堂坐阶新雨足，芭蕉叶大栀子肥。
僧言古壁佛画好，以火来照所见稀。
铺床拂席置羹饭，疏粝亦足饱我饥。
夜深静卧百虫绝，清月出岭光入扉。
天明独去无道路，出入高下穷烟霏。
山红涧碧纷烂漫，时见松枥皆十围。
当流赤足踏涧石，水声激激风吹衣。

人生如此自可乐，岂必局束为人鞿。

嗟哉吾党二三子，安得至老不更归！

全诗单行顺接，不用偶句，不事雕琢，按照时间顺序，直书所历所见，诗人的游踪在有条不紊的叙述中一一展现出来。在结构安排上，一方面以浓丽的色彩来点染景物，一方面以清淡的笔触来抒发情怀，浓淡相间，自然清朗，一种摆脱尘世牢笼、完全放松的自由感和一种挣开格律束缚、追求诗歌原始美的主体精神充溢于字里行间，似散文，却又极富诗意。

韩愈不仅以散文的章法结构诗篇，而且还在诗中大量使用长短错落的散文句法，尽力消融诗与文的界限。五言诗如《符读书城南》之“乃一龙一猪”，《泷吏》之“固罪人所徙”，《谢自然诗》之“在纺织耕耘”，《南山诗》之“时天晦大雪”；七言诗如《送区弘南归》之“嗟我道不能自肥”“子去矣时若发机”，《陆浑山火》之“溺厥邑囚之昆仑”“虽欲悔舌不可扪”，都有意拗峭句法，使语势、节奏滞涩不畅，与传统五言诗之上二下三型、七言诗之四下三型节奏迥然不同。又如《嗟哉董生行》：

淮水出桐柏山，东驰遥遥，千里不能休。淝水出其侧，不能千里，百里入淮流。寿州属县有安丰，唐贞元时，县人董生召南隐居行义于其中……

此诗不受韵律、节奏、对称的约束，完全打破了诗歌圆转流利、和谐对称的特点，在形式上表现为新颖、生僻、怪奇，散文倾向也更为明显。

在以文入诗的同时，韩愈还无视古典诗歌重形象、重比兴、重趣味的传统，屡屡在诗中大发议论，直接表述对人生、社会的看法，形成了以议论入诗的特点。《荐士》《醉赠张秘书》《汴泗交流赠张仆射》等诗都穿插有议论，这些议论有的饱含忧怨，语义劲直，下笔不能自已；有的则纯属说教，用哲理取代了形象，读来枯燥无味。至如有的议论抒情色彩浓厚，且凝练简洁，洒脱率放，足以捱起全诗，自然是不可欠缺的。

在反对传统、锐意创新的路子上，韩愈做出了突出的贡献，也取得了应有的成就。他以宏大的胆气驾驭诗篇，赋予诗歌以前所未有的力度和超现实色彩；他雕镂词句，尚险求奇，营造出大量他所独有的险怪意象；他以文入诗、以议论入诗，开一代诗风，这些无不展示出他在中唐诗坛所具有的独特地位。清人叶燮《原诗》说得好：“韩愈为唐诗之一大变，其力大，其思雄，崛起特为鼻祖。”事实上，韩愈的“崛起”及其对唐诗的“大变”，不仅在当时影响巨大，而且对后世尤其是宋人的诗歌创作产生了深远的影响。当然，破坏传统的同时也必须建立新的规范，韩愈在诗中并非没有建立这种规范，但相比他的散文还有欠完备，如用词造句刻意求新致使语意晦涩，对诗材的不加简择导致意象过于丑陋怪诞，大量使用散文化句式和哲理性议论，在一定程度上破坏了诗歌的节奏美、形象美。如此种种，既对后世的诗歌创作造成不良影响，也曾引起后人的议论和指责。对于一位诗坛的改革者和新诗风的开创者来说，这恐怕是难以避免的。

【强化训练】

以韩愈的《山石》为例，分析韩愈为记游诗开拓新领域的艺术手法。

【知识拓展】

散文诗

散文诗是兼有诗与散文特点的一种现代抒情文学体裁。它融合了诗的表现性和散文描写性的某些特点。本质上它属于诗，有诗的情绪和幻想，给读者美和想象，内容上保留了有诗意的散文性细节；形式上它有散文的外观，不像诗歌那样分行和押韵，但不乏内在的音韵美和节奏感。散文诗一般表现作者基于社会和人生背景的小感触，注意描写客观生活触发下思想情感的波动和片断。这些特点决定了它题材上的丰富性，也决定了它的形式短小灵活。

散文诗有其独特的审视人生方式，即运用比较自由的形式抒写心灵或情绪及其波动。从总体上看，散文诗是抒写心灵或主观情绪的文体。

在中国新文学中，散文诗是一个引进的文学品种。1915 年 2 卷 7 期的《中华小说界》刊登的用文言翻译的屠格涅夫的四章散文诗（当时列入“小说”栏，译者刘半农），是外国散文诗在中国的最早译介。1918 年 4 卷 5 期的《新青年》杂志，发表了刘半农翻译的印度作品《我行雪中》的译文，文末所附的说明指出它是一篇结构精密的散文诗。“散文诗”这一名称从此开始在中国报刊上出现。

李贺

【学习目标】

知识目标：了解李贺诗歌的思想内容；掌握李贺诗歌的艺术成就。

能力目标：学会分析《金铜仙人辞汉歌》一诗交织着家国之痛和身世之悲的凝重感情的思想意义。

素质目标：培养学生了解劳动人民疾苦，树立正确人生观的良好品质。

【导入】

李贺天才奇旷，熔古烁今，又独辟路径，自成面目，诗风中总是透着奇诡的“鬼气”，给人一种毛骨悚然的鬼魅之感，以不同凡响的创意，在唐代诗歌史上卓然绝立，为后人所不及。

思考：请你说说《将进酒》的作品内容。

【任务训练】

实训任务 1：复述作品《老夫采玉歌》的内容，并总结概括作品思想内容的方法。

实训任务 2：运用概述作品思想内容的方法，分析《金铜仙人辞汉歌》中诗人交织着家国之痛和身世之悲的凝重感情的思想内容。

实训任务3：概括《雁门太守行》思想内容。巩固概括作品思想方法的能力。

活动目标：学会诗歌概括思想内容的方法。

【知识导读】

一、背景

李贺（790—816），唐代诗人，字长吉，号诗鬼。祖籍陇西，生于福昌（今河南宜阳）昌谷，后世称李昌谷。唐宗室郑王李亮后裔，但家已没落。青少年时，才华出众，名动京师。父名晋肃，因避父讳（晋、进同音），终不得登第。一生愁苦抑郁，体弱多病，只做过3年奉礼郎，卒时仅27岁，后人称其为“诗鬼”。李贺一生以诗为业，擅长短篇，《天上谣》《梦天》《帝子歌》《湘妃》等是其代表作。他多写古诗与乐府，近体很少，无七律。他的诗借鉴了齐梁宫体诗的词采，也沾染了一些不健康的东西。由于太注意雕琢，有的诗往往词意晦涩，堆砌辞藻。李贺曾自编其集，有《李贺诗歌集注》。

二、代表作品及艺术特色

李贺一生以诗为业，《高轩过》赞韩愈作赋“笔补造化天无功”，也可以作为他的自我评赞。他的诗包括四方面内容：

第一，讽刺黑暗政治和不良社会现象。他写这类作品，有一定的现实基础。早年家居昌谷，其地邻近洛阳到长安的大道，征调运输所必经，达官贵人所往来，使他对人民所受重赋剥削，统治阶级所为淫奢恶行，有所见闻了解，给早熟的诗人提供了创作素材。后来旅游南北，出仕王朝，上层统治集团的腐朽无能，藩镇割据的祸国殃民，贪官污吏的横行不法，下层人民的受苦受难，进一步激发了诗人的愤慨。李贺所写这一类诗篇，有的是直陈时事，有的是借古刺今。其中讽刺唐朝宫廷酣歌宴舞，夜以继日的快乐生活的，如《秦王饮酒》；隐约反映宫廷事变的，如《汉唐姬饮酒歌》；批判宪宗求仙的，如《仙人》《昆仑使者》；反对藩镇分裂所造成的灾祸和歌颂削平藩镇叛乱的，如《猛虎行》《雁门太守行》《古邺城童子谣效王粲刺曹操》《上之回》；反映权门贵族飞扬跋扈、骄奢淫逸、好景不长的，如《荣华乐》《秦宫诗》《牡丹神曲》《夜饮朝眠曲》《贵公子夜阑曲》《嘲少年》《梁台古意》；讽刺宦官当权、贤才失志的，如《吕将军歌》《感讽六首》《绿章封事》；反映边塞敌人侵扰、抗敌士兵的艰苦生活的，如《摩多楼子》；揭露封建统治阶级对人民的剥削迫害的，如《老夫采玉歌》《感讽五首·其一》；同情宫廷失宠妃嫔的悲苦生活的，如《宫娃歌》《堂堂》；反映少数民族军事反抗活动的，如《黄家洞》；反映险恶的吃人社会、正直之士遭殃的，如《公无出门》《艾如张》；抨击科举制度不能选拔真才的，如《送沈亚之歌》《仁和里杂叙皇甫湜》等。所反映的社会生活相当广阔。这些诗篇少数用五、七言古诗，而大量运用乐府形式，或借用旧题，或自创新题，大都凝练而绚丽。有的含义隐晦，如《金铜仙人辞汉歌》《还自会稽歌》，杜牧以为“求取情状，离绝远去，笔墨畦径间，亦殊不能知之”（《李长吉歌诗序》）。在同时代的“元、白”“张、王”两派乐府外，李贺诗别开境界，独树一帜。王夫之《唐诗评选》说：“长吉于讽刺，直以声情动今古。”毛先舒《诗辨坻》说：“大历以后，解乐府遗法者，惟李贺一人。设色秾妙，而词旨多寓篇外。刻于撰语，浑于用意。”这是李贺诗最重要的部分。

第二，个人发愤抒情。李贺有积极用世的政治怀抱，虽然因仕途困厄，疾病缠身，存在“我当二十不得意，一心愁谢如枯兰”（《开愁歌》）的消沉情绪，但如《崇义里滞雨》《赠陈商》《浩歌》《致酒行》《春归昌谷》《南园·其五》等诗篇中，反映了在官时的生活感受，对“臣妾气态间，唯欲承箕帚”的不满，表现了“天荒地老无人识”的不平；但又不甘沉沦，发出“世上英雄本无主”“雄鸡一声天下白，少年心事当拿云”的豪言壮语，满怀着“收取关山五十州”的雄心。这又是李贺诗思想感情基本的一面。而在《日出行》《苦昼短》《天上谣》《梦天》《相劝酒》《官街鼓》等诗篇中，则表现了悲慨时光迅速、人生短促的消极一面。

第三，写神仙鬼魅的题材。李贺是一个青年诗人，但在他作品中出现的“死”字却达 20 多个，“老”字达 50 多个，反映了他对好景不长、时光易逝的感伤情绪。“曲水飘香去不归，梨花落尽成秋苑”（《河南府试十二月乐词·三月》）、“况是青春日将暮，桃花乱落如红雨”（《将进酒》），表达了他对现实人生无可奈何的心情；“依稀和气排冬严，已就长日辞长夜”（《河南府试十二月乐词·十二月》），则透露了他对未来光明的憧憬。他在两者的矛盾中探索摆脱死亡的途径，于是产生了对神仙境界的奇妙幻想。王母、嫦娥等神话人物，银浦、月宫等天国风光，出现在《天上谣》《梦天》等名作中，极奇丽谲幻之观。而在《古悠悠行》《拂舞歌辞》《官街鼓》等作品中，则写到神仙的虚诞和沧桑的变化。既然死亡无法逃避，于是又出现了对另一种鬼魅世界的可怕描述：“鬼灯如漆点松花”（《南山田中行》）、“鬼雨洒空草”（《感讽五首·其三》）、“秋坟鬼唱鲍家诗，恨血千年土中碧”（《秋来》）、“百年老鸮成木魅，笑声碧火巢中起”（《神弦曲》）。幽灵出没，阴森可怖，宋人钱易、宋祁等因此称李贺为鬼才。杜牧说“梗莽邱陇，不足为其怨恨悲愁也”“牛鬼蛇神，不足为其虚荒诞幻也”（《李长吉歌诗序》），是对这类诗篇的总评。

第四，咏物等其他题材。《李凭箜篌引》《听颖师弹琴歌》等通过“石破天惊”的奇特想象和比喻等手法，描绘音乐家的高超技艺和动人的音乐美，并抒发了作者的怀抱，给人以很深的感受。《杨生青花紫石砚歌》，赞颂了劳动人民巧夺天工的手工艺。《罗浮山人与葛篇》描写织布老人织雨剪湘的绝技；《昌谷北园新笋四首》借咏笋以赞美青春的活力；《马诗二十三首》借咏马以反映现实政治，抒发作者的激愤心情。这类诗表现了李贺诗题材的广度和思想的深度。而像《美人梳头歌》一类作品，则暴露了作者对贵族妇女生活的欣赏态度。

李贺诗体艺术成就主要表现在以下几个方面：

（1）李贺诗歌以其丰富特异的想象、奇诡的构思，把人们带入神秘幽奇、色彩缤纷的艺术境界。丰富奇特的想象，奇诡的构思是长吉体最为成功的因素。黑格尔曾经说过："最杰出的艺术本领就是艺术家的想象。"李贺创作诗歌感情炽热，神思驰骋，无论何种题材，经诗人丰富的想象，总有迥然异趣的艺术构想，画面气象万千，新意迭出。想象在唐诗中起着重要的作用，它和比喻和夸张关系密切，许多生动的比喻和奇特的夸张都来自诗人丰富的想象。李白和李贺都是其中典范。然而，李贺同李白最大的区别在于李贺诗作想象十分奇特，并妙用大量通感，使人们对客观事物的认识更加全面、清晰，从而获得更高层次的审美享受，使作品更具艺术的震撼张力，达到沁人心脾的效果。例如《梦天》，诗人把月亮的幽光幻想成蟾、兔的泪水，把天空的云层描绘成琼楼玉宇。如"玉轮轧露湿团光"一句，把明月在云雾中飘过说成是"玉轮轧露"，真是虚幻离奇的奇想。《梦天》不仅意象奇特，构思也奇特，遨游月宫已是奇诡；突然转问哲理的探索，更是奇之又奇；在艺术构思上，变幻奇谲，与李白的《古风·十九》有迥异之处。同为梦游诗，李白诗的前后两部分一幻一真、一虚一实，而李贺诗却是一虚一玄，更显精奥含蕴。在诗人如椽巨笔之下，诗意味隽永引人入胜，有悠然不尽之感。

（2）李贺诗以幽邃朦胧，瑰艳凄冷的意境，构设意与境浑的美学特质，给人以深刻的精神启示和审美情趣。李贺诗境界幽邃朦胧，使人遐思无穷，迷离恍惚，想象空间广袤无垠，意蓄多层。这和李商隐诗有异曲同工之妙，而李贺诗与李商隐诗的不同之处是李贺诗构成瑰艳凄冷的意境。李贺诗朦胧美、静穆美、动态美的图景给人以悦目传神之感受，如《李凭望篌引》诗中一系列的典故，使人读起来如坠五里雾中，一片朦胧。如果索解其典故，就可以知道作者技艺的精湛。全诗中心是李凭演技高超，作者处处按演奏的艺术效果来加以描写——云彩为之不流，舜纪素女因此而惆怅，声音如玉碎风鸣，像荷花的露珠那样圆润，又像香兰在微笑……这一切，都得调动读者的想象，去完善诗中未讲到的演奏效果。这样用典，既灵活自如，又化为诗魂。同时许多典故又有了"多主性"，表达意蕴更为深奥高远。

李贺诗与李商隐诗的不同之处还在于李贺诗歌神秘阴森的氛围，从而充分表达诗人身处病态社会的烦闷、压抑、凄凉与激愤心绪。例如《将进酒》的前面描写一幅奇丽熏人的酒宴图，场面缤纷绚烂，有声有色，给人极强的敏悟。美酒佳肴，欢歌曼舞，人生之乐似乎莫过于此，但结尾笔锋倏转，出人意料地推出死亡的意念和死的悲哀，一片苦涩幽怨的意绪弥漫开来。在《秋来》中，诗人深感韶华易逝，想到呕心苦吟无人赏识，只有同病相怜的古诗人魂魄来相吊慰，有幽明同悲，千古一慨之意，运思凄苦，意境幽艳，强化了作品的奇诡冷艳之美。

（3）李贺诗以生动灵澈，神奇超常的意象，给人以强烈的艺术感染力。大凡艺术，都必须具有形象性，才能使人真切地感受到作品的内蕴。构成艺术特征的形象在诗歌中就是意象。意象是心灵化的心意附着物，是内情与外景的重合，意象包括按生活实有之景重新组合的现实意象和跃出生活常情的超现实意象。用现实意象创作的诗人颇多，运用超现实意象创作的极少。在唐代诗坛，敢于运用超现实意象的惟李贺一人。成功地构塑新奇意象使李贺成为一名杰出的诗歌天才。

新奇精蕴，超然物外。李贺的《老夫采玉歌》与白居易的《卖炭翁》和韦应物的《采玉行》界定了不同的艺术分野。《卖炭翁》严格按照故事发展的先后顺序，叙述老翁卖炭，炭被官府豪夺一事，暗含对时政的讽喻，思想意识不可谓不积极，但这种现实意象缺乏创意，缺少诗歌表现性的审美价值，韦应物的《采玉行》亦然。同是写民生疾苦的李贺的《老夫采玉歌》则是诗人忧愤情绪经过内化的艺术表现。诗人想象超常，笔调沉痛，构塑了“老夫饥寒龙为愁，蓝溪水气无清白”的超现实意象，阐明采玉老夫积年累月在蓝溪采玉，搅得龙不安宁水不清，却难填统治者的欲壑。“蓝溪之水厌生人，身死千年恨溪水”，诗人好像是说蓝溪之水与劳动人民结下了不解的怨恨，实是诗人用意微情浓的微词去启发人们，委婉含蓄地指出谁是罪魁祸首，对统治者的深仇大恨用“恨溪水”来表达，更是妙笔生花。这种超现实意象赋予蓝溪水以人的性格，给人留下丰富的想象余地，从而领略其中意趣，产生愉悦的审美快感。这是李贺诗神奇意象运用的高妙之处，神奇莫测，匪夷所思。

（4）李贺诗色彩艳丽，奇警峭拔的语言艺术，惊人耳目，给人以美的感受。李贺诗作语言不拾他人牙慧，不蹈常袭故，他楼玉雕琢，又设色浓艳。杜牧说“时花美女，不足为其色也”，陆游则把李贺的诗比作“百家锦袖，五色眩曜，光夺眼目”。李贺诗的浓艳特色是承泽于六朝宫体，但是李贺对宫体进行了改造，用奇警峭拔济宫体浮艳之穷，别具特色。“琉璃钟，琥珀浓，小槽酒滴真珠红。烹龙炮凤玉脂泣，罗帏乡幕围香风。”（《将进酒》）各种珍馐美味、玉液琼浆，一经诗人神来之笔，便五彩缤纷。“龟甲屏风醉屏眼缬。”（《蝴蝶飞》）室内陈设虽只提“龟甲屏风”，但读者自能想象出富丽、华贵的景象。《高轩过》中的“华裾织翠青如葱，金环压辔摇玲珑。马蹄隐耳声隆隆，入门下马气如虹”叙写愈、湜二人的华服丽车和来访的如虹气势，辞藻华美，色彩鲜明。这强烈的美感和色彩感达到一种很高的、令人赏心悦目的艺术境界。

在语言运用上，李贺力避平淡，在设色浓丽中又追求奇警峭拔，炼字造句传神又极富特色。李贺善用通感的方法，把事物系上感情、感觉等，如红日“笑红”“冷红”“老红”“堕红”，露曰“泣露”，风曰“桐风”“酸风”，雨曰“香雨”，骨曰“恨骨”，血曰“神血”，这样的造语尖新，尤其烙有李贺的印记。李贺非常注意语言的创造性，遣词造句，力避陈言，语羞雷同，另创新词。如说酒是“琥珀”，剑曰“玉龙”，天河叫“云浦”“银浦”“别浦”“天江”，美女曰“金钗客”，吴刚曰“吴质”，甲曰“金鳞”，磷火曰“翠烛”，嫦娥曰“仙妾”，读书人曰“书客”，挂曰“古香”等。这些生新的语言使他的诗歌呈现出曲折奇峭的面貌。

李贺是我国唐代杰出的诗人之一。他生在李白、杜甫死后二十多年，韩愈、白居易、柳宗元、韦应物、卢仝、孟郊等竞起争鸣的时代。他的作品使雄健豪放、名高一世的韩愈为之心折，并在逝后十几年即为后代的温庭筠、李商隐所效而屹然成了唐代诗歌中的一派。从那时起，经历宋、元、明、清一千多年，他的诗歌一直为诗人们师法、模拟。李贺诗还得到毛泽东的珍重、喜爱、赞扬和借用。李贺作为一位极具艺术个性的诗人，在西方享有几乎与李白、杜甫、王维等齐名的位置。李贺是一位风格独特的浪漫主义诗人，他与屈原、李白诗臻妙各殊，同用浪漫主义的创作方法，屈原气势磅礴，李白飘逸清新，李贺凄清瑰丽。屈原、李白写梦境、仙境，更特别的是李贺兼写“鬼魅”，故此被后人称为“诗鬼”，他的诗风中透着自成一体的“鬼气”，即“长吉体”诗风。要评价李贺的诗用李贺自己诗歌里的句子来形容最为恰当——黄尘清水三山下，更变千年如走马。遥望齐州九点烟，一泓海水杯中泻。

【强化训练】

请选择李贺的一首诗，概括其思想内容及艺术成就。

李商隐、杜牧

【学习目标】

知识目标：了解李商隐爱情诗的朦胧手法；掌握杜牧诗歌的艺术特色。

能力目标：学会分析《锦瑟》中作者用意象表达情感的艺术手法。

素质目标：培养学生了解劳动人民疾苦，树立正确人生观的良好品质。

【导入】

唐代诗歌经过盛唐和中唐充分开拓后已难以为继，李商隐是晚唐时期最足称道的伟大诗人，世人喜欢把李商隐与杜牧并称为“小李杜”。

思考：请你说说《夜雨寄北》的艺术特色。

【任务训练】

实训任务1：复述作品《无题（相见时难别亦难）》内容，并总结概括作品的艺术特色。

实训任务2：分析《锦瑟》中作者用意象表达情感和愿望的艺术表现手法。

实训任务3：概括杜牧《赤壁》艺术特色。巩固概括作品艺术特色方法的能力。

活动目标：学会诗歌概括艺术特色的方法。

【知识导读】

一、杜牧生平

杜牧（803—852），字牧之，唐京兆万年（今陕西西安）人。唐德宗贞元十九年生于世代官宦并很有文化传统的家庭。他的远祖杜预是西晋著名的政治家和学者。曾祖杜希望为玄宗时边塞名将，爱好文学。祖父杜佑，是中唐著名的政治家、史学家，先后任德宗、顺宗、宪宗三朝宰相，一生好学，博古通今，著有《通典》二百卷。父亲杜从郁官至驾部员外郎，早逝。杜牧对自己的家世很自豪，他说：“旧第开朱门，长安城中央。第中无一物，万卷书满堂。家集二百编，上下驰皇王。”（《冬至日寄小侄阿宜诗》）

杜牧的童年生活富裕而快乐。杜佑的樊川别墅在长安城南，其地有林亭之美，卉木幽邃，杜枚常在园中嬉戏。祖、父相继去世后，他家日益贫困，“食野蒿藿，寒无夜烛”。穆宗长庆二年（822），杜牧20岁时，已经博通经史，尤专注于治乱与军事。23岁写《阿房宫赋》。文宗大和二年（828），26岁进士及第。同年又考中贤良方正直言极谏科。授弘文馆校书郎、试左武卫兵曹参军。冬季，入江西观察使沈传师幕，后随其赴宣歙观察使任，为幕僚。大和七年（833），淮南节度使牛僧孺辟为推官，转掌书记，居扬州，颇好宴游。大和九年，为监察御史，分司东都。开成二年，入宣徽观察使崔郸幕，为团练判官。旋官左补阙、史馆修撰、膳部比部员外郎。武宗会昌二年（842），出为黄州刺史。后任池州、睦州刺史。为政能兴利除弊，关心人民。宣宗大中二年（848），得宰柏周墀之力，入为司勋员外郎、史馆修撰，转吏部员外郎。大中四年，出为湖州刺史。次年，被召入京为考功郎中、知制诰。第三年，迁中书舍人。岁暮卒于长安，终年五十岁。有《樊川文集》传世。

杜牧生于唐王朝似欲中兴实则无望的时代，面对内忧外患，他忧心如焚，渴望力挽狂澜，济世安民。他在《郡斋独酌》里说自己：“岂为妻子计，未在山林藏。平生五色线，愿补舜衣裳。弦歌教燕赵，兰芷浴河湟。腥膻一扫洒，凶狠皆披攘。生人但眠食，寿域富农商。”他主张削平藩镇，收复边疆。其“关西贱男子，誓肉虏杯羹”的气概很像后来岳飞的《满江红》。他在《燕将录》里褒扬谭忠，是因为他能劝说河北诸镇不反抗朝廷。为了实现这些抱负，他主张读书应留心“治乱兴亡之迹，财赋甲兵之事；地形之险易远近，古人之长短得失”（《上李中丞书》）。他强调知兵与否关系着国家的兴亡：“主兵者，圣贤材能多闻博识之士，则必树立其国也；壮健击刺不学之徒，则必败亡其国也。然后信知为国家者兵最为大，非贤卿大夫不可堪任其事，苟有败灭，真卿大夫之辱，信不虚也”（《注孙子序》）。为此，他写了《原十六卫》《罪言》《战论》《守论》和《孙子注》。由于怀才不遇，他的愿望不能实现，所以往往在生活上狂放不羁。这些都影响到了他的创作。

杜牧多才多艺，工诗文，能书画，前人甚至说“有唐一代，诗文兼备者，惟韩、柳、小杜三家”（洪亮吉《北江诗话》卷三）。

杜牧的诗现存二百多首，众体兼备，内容丰富，情调豪放爽朗，风格清新俊逸。他的近体诗，历来受到人们的推崇，尤其七言绝句更是名篇迭出，脍炙人口，如《过华清宫绝句》《赤壁》《题乌江亭》《泊秦淮》《江南春》《寄扬州韩绰判官》《山行》《秋夕》等，历代传诵，家喻户晓。他的七律《早雁》《河湟》《润州二首》《题宜州开元寺水阁，阁下宛溪，夹溪居人》《宣州送裴坦判官往舒州，时牧欲赴官归京》《九日齐山登高》《登九峰楼寄张祜》等篇也为人称道。至于他的五绝、五律、五言排律，亦不乏佳什，如《长安秋望》《秋晚早发新定》《题扬州禅智寺》《华清宫三十韵》《昔事文皇帝三十二韵》等便是这些诗体的代表作。他的古体诗写得也很好，尤其是五言古诗写得非常出色，叙事议论，精彩感人，如《杜秋娘诗》《张好好诗》《郡斋独酌》《感怀诗》等。

二、杜牧代表作品及艺术特色

杜牧的诗歌，内容丰富，反映面广。晚唐时期，藩镇割据，宦官擅权，党争严重，社会动荡。杜牧从小有着经邦济世的抱负，但官场险恶、仕途坎坷，使他壮志难酬；长时期的幕僚生活、不稳定的朝野升迁，使他感慨良多。杜牧的诗作就其内容题材而言，大致可分为以下几类。

第一，关心世事，爱国忧民之作。此类为数不多，如他25岁时写的《感怀诗》，通篇夹叙夹议，笔力雄健，慨叹安史之乱以来藩镇割据、急征暴敛造成的国弱民贫的深重灾难，歌颂太宗李世民顺应民心，以文德治天下的业迹，肯定宪宗李纯武力削藩平叛之举，希望朝廷励精图治、平息战乱、实现安定统一。同时也抒发了壮志难酬的苦闷心情。诗中“夷狄日开张，黎元愈憔悴”等句质朴简洁，精警动人。

第二，品评历史，借古讽今之诗。这是杜牧诗中最引人注目的篇什。此类诗大体又有两种情况：一是论史之作，以七绝为代表，如《赤壁》《题乌江亭》《题商山四皓庙》《春申君》等。杜牧很注意研究国家治乱的经验教训和经济、军事问题，所以在咏史诗中往往有新颖独特的评论。二是借古讽今之作。诗人针对晚唐朝廷的黑暗政治和腐朽没落的社会现实，借历史上盛衰兴亡的经验教训加以讽喻。历史人物吴王夫差、秦始皇、隋炀帝、陈后主，特别是本朝的唐玄宗，都是诗人笔下批判的对象，如《过勤政楼》《过华清宫三绝句》等。

第三，写景抒怀，纪行咏物之作。此类数量不少，佳作迭出，如《登乐游园》《江南春》《泊秦淮》《山行》《清明》等。

第四，以女性为题材的诗。例如《题桃花夫人庙》和《月》，同情被楚王虏获、终身不语的息夫人和被汉武帝遗弃、禁闭冷宫的陈皇后。在《金谷园》和《宫人家》中，他感叹被逼跳楼的绿珠和身如囚犯的宫女。在长篇叙事诗《杜秋娘诗》和《张好好诗》中，他采用对比的手法具体写出杜秋娘和张好好两位女子今昔生活的坎坷变化，并从一个侧面反映了当时宫廷的斗争和社会的变化。

第五，酬赠抒怀之作。例如《寄扬州韩绰判官》等。

杜牧在《献诗启》中说：“某苦心为诗，本求高绝，不务奇丽，不涉习俗，不今不古，处于中间。”他非常推崇李白、杜甫、韩愈、柳宗元：“李杜泛浩浩，韩柳摩苍苍。近看四君子，与古争强梁。”（《冬至日寄小侄阿宜》）杜牧才华横溢，又善于吸取前人长处，形成了自己独特的风格。洪亮吉说得好：“杜牧之与韩、柳、元、白同时，而文不同韩、柳，诗不同于元、白，复能于四家外诗文皆别成一家，可云特立独行之士矣。”（《北江诗话》）

前人评价杜牧诗“俊爽”“俊迈”“气俊思活”“雄姿英发”“情致豪迈”“轻倩秀艳”“豪而艳，宕而丽”等。李商隐曾写诗极表对杜牧的关切和倾倒之意：“高楼风雨感斯文，短翼差池不及群。刻意伤春复伤别，人间唯有杜司勋。”（《杜司勋》）。此诗含蓄而准确地道出了杜牧诗歌那种把忧国忧民的壮怀伟抱与伤春伤别的绮思柔情交织在一起的豪放爽朗、清新俊逸的艺术特征。

杜牧既善用比兴手法，状物抒情，又善用白描手法，直叙见闻；既长于舒徐婉转地描述人物故事，更长于敏捷真切地捕捉景物的动态变化、自己的瞬间感受；既注意叙议结合，又注意情景交融；既常用对照手法，又巧以数字入诗。杜牧诗歌的语言风格既绚丽多彩，又清新自然；既明丽爽俊，又含蓄委婉，既风流华美，又神韵疏朗。诚如全祖望所说“杜牧之才气其唐长庆以后第一人耶！”（《鲒绮亭集外编》）。

三、李商隐生平

李商隐（约 813—约 858），字义山，号玉溪生、樊南生。晚唐诗人。原籍怀州河内（今河南沁阳），祖辈迁荥阳（今属河南）。诗作文学价值很高，他和杜牧合称“小李杜”，与温庭筠合称为“温李”，与同时期的段成式、温庭筠风格相近，且都在家族里排行十六，故并称为三十六体。在《唐诗三百首》中，李商隐的诗作有 22 首被收录，位列第四。

李商隐曾自称与唐朝的皇族同宗。经张采田考证，确认他是唐代皇族的远房宗室。但是没有官方的属籍文件证明此事，因而可以认为李商隐和唐朝皇室的这种血缘关系已经非常遥远了。李商隐数次在诗歌和文章中申明自己的皇族宗室身份。不过，这并没有给他带来任何的现实利益。

李商隐的家世，有记载的可以追溯到他的高祖李涉。李涉曾担任过最高级的行政职位是美原县令；曾祖李叔恒（一作叔洪），曾任安阳县尉；祖父李俌，曾任邢州录事参军；父亲李嗣，曾任殿中侍御史，在李商隐出生的时候，李嗣任获嘉县（今河南获嘉县）令。

在李商隐 10 岁前后，他的父亲在浙江幕府去世，他和母亲、弟妹们回到了河南故乡，生活贫困，要靠亲戚接济。在家中李商隐是长子，因此也就同时背负上了撑持门户的责任。后来，他在文章中提到自己在少年时期曾“佣书贩舂”，即为别人抄书挣钱，贴补家用。

李商隐早年的贫苦生活对他性格和观念的形成影响很大。一方面，他渴望早日做官，以光宗耀祖。事实上，他也确实努力承担起家族的责任。成年后，李商隐曾利用为母亲守孝的时间，将寄葬在各地的亲属灵柩迁葬到荥阳。陈贻焮认为这是除了受宗法思想支配外，还由于从小孤贫，家道衰微，因此更加看重骨肉之情。另一方面，早年的经历使他养成犹豫、敏感、清高的性格，这些特征既大量地从他的诗文中流露出来，也表现在他曲折坎坷的仕途生涯。

李商隐的启蒙教育可能来自他的父亲，对他影响最大的老师则是他回到故乡后遇到的一位同族叔父。这位叔父曾上过太学，但没有做过官，终身隐居。据李商隐回忆，这位叔父在经学、小学、古文、书法方面均有造诣，而且对李商隐非常器重。受他的影响，李商隐“能为古文，不喜偶对”。大约在他 16 岁时，写出了两篇优秀的文章（《才论》《圣论》，今不存），获得了一些士大夫的赞赏。这些士大夫中，就包括时任天平军节度使的令狐楚。

令狐楚是李商隐求学生涯中又一位重要的人物，他本人是骈体文（四六文）的专家，对李商隐的才华非常欣赏，不仅教授他骈体文的写作技巧，还资助他的家庭生活，鼓励他与自己的子弟交游。在令狐楚的帮助下，李商隐的骈体文写作进步非常迅速，由此他获得极大的信心，希望可以凭借这种能力展开他的仕途。在这一时期（太和四年，830）的《谢书》中，李商隐表达了对令狐楚的感激之情以及本人的踌躇满志："微意何曾有一毫，空携笔砚奉龙韬。自蒙夜半传书后，不羡王祥有佩刀。"

在唐代，缺乏门第背景的知识分子希望在仕途有所发展，主要的入口有两个：科举和幕府。前者被认为是进入官场的资格，是官方对其行政能力的认可；后者是一些有势力的官僚自己培养的政治团队，如果表现出色，也往往可以通过这些官僚的举荐成为朝廷的正式官员。中晚唐时期，很多官员都既考取科举的资格，也有作为幕僚的经历。

李商隐青年时期得到令狐楚的赏识，并有机会跟随他学习骈体文，从而自然而然地成为令狐楚的幕僚。但也正是由于这一段经历，使得他一生都被牵累在牛李党争的政治漩涡中。

牛李党争源于唐宪宗元和三年（808）一次科举考试。时任宰相的李吉甫对应试举子牛僧孺、李宗闵进行打击，因为他们在试卷中严厉地批评了他。由此，李吉甫与牛僧孺、李宗闵等人结怨，这恩怨后来被李吉甫的儿子李德裕继承了下来。以牛僧孺、李宗闵为领袖的"牛党"和以李德裕为领袖的"李党"在数十年中互相攻讦，争斗不休，成为晚唐政治的一大矛盾。

李商隐最初的府主令狐楚属于"牛党"，在他的帮助下，李商隐步入政坛。唐文宗开成二年（837），令狐楚之子令狐绹协助李商隐中了进士。在令狐楚去世后，李商隐成为泾原节度使王茂元的幕僚并受到其赏识，娶了他的女儿为妻。王茂元与李德裕交好，被视为"李党"成员。这桩婚姻使他被牛党视为李党中人。但李商隐本人可能原想置身于牛李党争之外，他的交往有牛有李，诗文中对两方都有所肯定，也都有所批评。然而，在政治斗争中想要保持中立，显然只能是一厢情愿。结果是李商隐两边都不讨好，令狐绹尤其厌恶他，认为他忘恩负义。在令狐绹官居高位后，李商隐曾多次尝试补救，包括写了一些诗给令狐绹（如《寄令狐郎中》），希望他顾念旧情，但令狐绹始终不理睬他。

在这种情况下，李商隐的仕途显然无法顺利，他曾于唐文宗开成四年（839）、唐武宗会昌五年（845）两入秘书省，但只是短期地担任过低级官职。李商隐也在基层政府做过小官，但同样短暂和坎坷。他一生的大部分时间都在一些外派官员的幕下供职。事实上，无论是"牛党"还是"李党"得势，李商隐从来没有机会晋升。他的政治生涯结束于唐宣宗大中十二年（856），其时他追随盐铁转运使柳仲郢，担任盐铁推官，当柳被调任兵部尚书时，他也随即失去工作，在回到家乡后不久即病故。

四、李商隐代表作品及艺术特色

李商隐在艺术上有杰出的成就，他的诗以七律成就为最高，其他五言、绝句、七古、五古等也多有名篇、多出警句。他的诗重意境，幽微含蓄，深情绵邈，隐晦曲折，寄托极深，秾艳绮丽，金玉其外，精粹其中；善于利用历史典故和神话传说，通过想象、联想和象征，构成丰富多彩的艺术形象；他的“比兴”取法《诗经》，“美人香草”效仿《离骚》，深厚沉浑得杜甫诗精髓，绮丽的想象、用语则直接得益于李贺。如果说李贺的诗偏于想象，则李商隐的诗重于象征。

李商隐的诗于宋初十分流行，“西昆体”仿效义山诗的用典，后成为西昆诗派，但只是机械地学到了堆砌辞藻，而不能得义山诗的精髓。

李商隐的咏史诗借古讽今，毫无顾忌，如《马嵬》二首直指唐明皇“如何四纪为天子，不及卢家有莫愁”，这样“指斥乘舆”的勇气在政治宽松开明的唐朝也并不多见；而《咏史》中的“历览前贤国与家，成由勤俭败由奢”，《北齐》中的“小怜玉体横陈夜，已报周师入晋阳”等诗句都是对唐敬宗奢靡之风的直斥和讽喻；名篇《贾生》中的“夜半求贤访逐臣，贾生才调更无伦。可怜夜半虚前席，不问苍生问鬼神”斥责晚唐诸帝求仙访道炼丹图长生，并因此误国的荒唐行为。《行次西郊一百韵》则真实地描写了甘露之变三年后兵祸旱灾后民不聊生的情形，并追述了百余年来国家的一系列重大变化，从今昔对比中探求政治的出路，忧国忧民，颇似杜甫的《北征》。

与李贺一样，李商隐也善于写梦；人生如梦，梦如人生，在李商隐的诗中，这两种境界水乳交融，借梦寻得对痛苦人生的解脱，借梦寻得灿烂美丽快乐的人生，如“我是梦中传彩笔，欲书花叶寄朝云”（《牡丹》）；“十年长梦采华芝”（《东还》）等。

李商隐的诗固然是诗苑奇葩，文也是文囿异卉。他的诗情真意切，绵邈曲折，散文却峭直刚劲，独出机杼，锐不可当，驳尽世俗定见，直抒胸臆；工本章奏则典丽工整，才情富赡，不受文体所限而善于表情达意，对后世影响很大，被奉为四六文的金科玉律。

李商隐是写爱情诗的能手，古人把他和另一位写艳情诗的温庭筠并列，称之为“温李”。其实李商隐与温庭筠很不相同，在风格上李氏更加严肃，李氏在情，温氏在艳；李氏在心，温氏在面，这就使他在诗的成就上也大大领先于温氏。所谓“温李”，实质“李温”也！

李商隐的爱情诗深远细致，能把恋爱中的细微复杂的感情精确地表现出来。例如他写恋人初会：“扇裁月魄羞难掩，车走雷声语未通”；写恋人的离别：“刘郎已隔蓬山远，更隔蓬山一万重”。那真是刻画精细，如在目前，直到今天，仍然为人们所喜爱、传诵。

李商隐情诗的最大特点是用意象表达情感和愿望，很少直接描写具体动作、情事。比如那首著名的《锦瑟》：

锦瑟无端五十弦，一弦一柱思华年。
庄生晓梦迷蝴蝶，望帝春心托杜鹃。
沧海月明珠有泪，蓝田日暖玉生烟。
此情可待成追忆，只是当时已惘然！

如今单说颈联，从字面上就很难解释清楚，找到许多典故也很难严丝合缝说清楚。

抛开一词一字之训诂，就从沧海、月明、珠泪、日暖、生烟造成的意境着手，是不是可以说有泪眼婆娑、看不清楚的意思在内？至于究竟为什么，我们只能在作者给予的“沧海月明”“暖玉生烟”的意象中去进一步体会，那是一种凄艳的美、哀怨的情，两情相对时说不清楚的那一种“欲说还休”的感情。这从最后两句“此情可待成追忆，只是当时已惘然”可证，“惘然”就是颈联的注释矣！

和其他怀才不遇的诗人一样，李商隐也时而采用屈原“香草美人”的手法，把对人生遭遇和家国的感受，通过情诗的手段曲折地表现出来。比如著名的《无题四首》：

来是空言去绝踪，月斜楼上五更钟。
梦为远别啼难唤，书被催成墨未浓。
蜡照半笼金翡翠，麝熏微度绣芙蓉。
刘郎已恨蓬山远，更隔蓬山一万重。
飒飒东风细雨来，芙蓉塘外有轻雷。
金蟾啮锁烧香入，玉虎牵丝汲井回。
贾氏窥帘韩掾少，宓妃留枕魏王才。
春心莫共花争发，一寸相思一寸灰。

诗中饱含个人坎坷遭遇的感慨，就不能简单以爱情诗看待了。

李商隐的诗歌比较全面地反映了晚唐的社会面貌，社会的种种沉疴痼疾在他的诗中均有所反映。晚唐诗人的作品一般创造性不大，题材、境界较为狭小，但李商隐却是一个例外。他的诗，有的是直接对时事政治表达态度的；有的是托古讽今，歌咏历史题材；有的是抒写友朋生死之情的；有的是感伤身世之作。在李商隐抒情之作中，最为杰出的是以“无题”为中心的爱情诗。这些诗在李诗中不占多数，却是李商隐诗独特的艺术风貌的代表，在其整个诗歌创作中占据了相当重要的地位。

由于现实政治和现实生活几乎剥夺了诗人在现实中的所有追求，因而诗人不是长于对外部世界的感受和认识，而是长于对内心世界的感受和体验。对内心世界感受、体验的细腻、入微，使诗人的心灵一旦受到外部触动时，在心境中有时就会出现一连串的心像序列。诗人要把它表达出来，发而为诗，往往是以心像来融合眼前的或记忆中的物象，甚至是历史、神话中以及想象创造的形象来加以表达。

李商隐可说是一个痴情的人，他的诗往往都诉说着他本身坎坷的爱情道路。据说他到了生命的最后阶段对于亡妻的怀念却是与日俱增。崇让宅乃是其岳父王茂元的宅第，诗人与王氏曾居此处，如今睹物思人，触景生情，丧妻已六、七年了，他自己亦已走到人生的尽头，仍然是一往情深。遗憾的是，由于社会的动荡，当时名微位卑的李商隐一生的确切行踪无法考证，因此他的许多诗作至今无法诠释，但这却丝毫不降低他在中国文学史上的地位。

【强化训练】

读李商隐的《柳枝五首》一诗，概括其思想内容及艺术成就。

【知识拓展】

朦胧诗派

1980年开始，诗坛出现了一个新的诗派，被称为“朦胧派”（也作“朦胧诗派”），包括以舒婷、顾城、北岛、江河等为先驱者的一群青年诗人。“朦胧诗派”并没有形成统一的组织形式，也未曾发表宣言，然而却以各自独立又呈现出共性的艺术主张和创作实绩，构成一个“崛起的诗群”。最初，他们的诗还仿佛是在继承现代派或后现代派的传统，但很快地他们开拓了新的疆域，走得更远，自成一个王国。

朦胧派诗人是一群对光明世界有着强烈渴求的使者，他们善于通过一系列琐碎的意象来含蓄地表达出对社会阴暗面的不满与鄙弃，开拓了现代意象诗的新天地、新空间。“文革”后朦胧诗派的代表人物有北岛、舒婷、顾城、杨炼等人。

朦胧诗是中国当代汉语诗歌史上最值得关注也绕不过去的重要课题，它的重要性还在于它开启了诗歌的多个方向，启迪了当代汉语诗歌的多种可能性，它的源头性的意义还有待进一步挖掘。对于当代汉语诗歌来说，朦胧诗始终是一个强大的存在，一座含金量罕见、挖掘不尽的宝库。一般认为，朦胧诗是自1978年北岛等主编的《今天》杂志开始的。当时活跃于《今天》杂志的诗人包括后来大名鼎鼎的舒婷、顾城、杨炼、江河、梁小斌、芒克等。他们受西方现代主义诗歌影响，借鉴一些西方现代派的表现手法，表达自己的感受、情绪与思考。他们所创作出来的诗歌，与当时诗坛盛行的现实主义或浪漫主义诗歌风格呈现了截然不同的面貌。这些诗歌后来被统称为“朦胧诗”。

朦胧诗的历史功绩及艺术成就是无法忽视的，在一篇回顾当代汉语诗歌二十多年所走过的道路的文章中，有人这样评价朦胧诗：当代汉语诗歌最具实质性影响的努力有三次，即朦胧诗、口语化努力、叙事性的强调。其中，朦胧诗的出现使中国的新诗传统在滞缓几十年之后再次与世界接轨，并逐渐同步。它最大的贡献是唤醒了一种现代意识，一种新诗现代化的意识。确实，由于朦胧诗人大多经历了“文革”导致的精神危机，出现了类似西方“上帝死了”之后的现代主义背景，因此，朦胧派诗人迅速被西方现代主义诗歌所吸引并产生了强烈的共鸣，也使中国当代汉语诗歌向前跨越了好几步，并逐步与西方现代主义诗歌走到了同一条起跑线上。

即使现在读起来，不少朦胧派诗人的诗作仍深具魅力，比如北岛的“在没有英雄的年代里/我只想做一个人”（《宣告》），“卑鄙是卑鄙者的通行证/高尚是高尚者的墓志铭”（《回答》），顾城的“黑夜给了我黑色的眼睛/我却用它寻找光明”（《一代人》）、杨炼的“高原如猛虎，焚烧于激流暴跳的万物的海滨”“或许召唤只有一声/最嘹亮的，恰恰是寂静”（《诺日朗》），舒婷的“与其在悬崖上展览千年/不如在爱人肩头痛哭一晚”（《神女峰》）等，当年称得上传诵一时。在当时思想解放、人性开放的启蒙思潮和时代背景下领风气之先，自然好评如潮。如今读来虽然已无当初震撼，但还是不错的。有些诗甚至可以说经受了时间的考验。也有些诗作不乏概念化、简单化甚至口号化的痕迹。

朦胧诗自《今天》杂志始，当时被誉为代表性诗人的是后来被称为“朦胧诗五人”的北岛、舒婷、顾城、江河、杨炼。后来这五人各自东西，北岛仍然是重量级的，却主要改写随笔；顾城惨死异国他乡；杨炼还在到处漂泊，诗作却已很难引起兴奋；江河隐姓埋名，离群寡居，与外界很少来往；只有舒婷一人功成名就，在诗坛的影响力却与日俱下。其他当时活跃的朦胧诗人，如今更是不见踪影。

代表作品（诗集）：《舒婷顾城抒情诗选》《北岛顾城诗选》。

第六节　宋诗

苏轼

【学习目标】

知识目标：了解苏轼的生平；掌握苏轼诗歌的艺术特色。

能力目标：能够分析《题西林壁》中的哲学思想。

素质目标：学习苏轼的乐观精神。

【导入】

请学生背诵宋代诗人苏轼的诗。

【任务训练】

实训任务：概括《题西林壁》的思想内容。

活动目标：会概括诗歌的思想内容。

【知识导读】

一、生平

苏轼（1037—1101），字子瞻，号东坡居士，世称苏东坡，眉州眉山（今四川省眉山市）人，与父亲苏洵、弟弟苏辙并称“三苏”。嘉祐二年（1057），苏轼进士及第。熙宁二年（1069），宋神宗任用王安石为参知政事，主持变法改革。苏轼由于与变法派的政见不合，遭受排挤，自觉在朝廷无法立足，于是申请外任。在宋神宗的直接干涉下，苏轼于熙宁四年（1071）任杭州通判。之后又分别担任密州、徐州、湖州知州。在任职上，苏轼看到了新法执行过程中的诸多流弊，像涉嫌朝廷放贷的青苗法、两浙路严苛的食盐专卖法等，苏轼都极为反感，于是便形诸吟咏，对新法实行过程中出现的弊端进行批评和讽谏。而在当时，王安石早于熙宁九年（1076）二次罢相，变法事业的主导者已经从王安石变为宋神宗本人。当时变法已经成为皇帝亲自部署的既定国策，反对变法就是反对神宗的既定决策。

元丰二年（1079），时御史何正臣等上表弹劾苏轼，奏苏轼移知湖州到任后谢恩的上表中，用语暗藏讥刺朝政，随后又牵连出大量苏轼诗文为证。这案件先由监察御史告发，后在御史台狱受审，史称“乌台诗案”。

元丰三年（1080），因“乌台诗案”被贬为黄州团练副使。宋哲宗即位后任翰林学士、侍读学士、礼部尚书等职，并出知杭州、颍州等地，晚年因新党执政被贬惠州、儋州。宋徽宗时获大赦北还，途中于常州病逝。

二、苏轼的诗歌创作

苏轼一生流传下来的诗词大约四千首，他的诗歌代表了宋代诗歌的最高成就。清人赵翼评苏诗说：“天生健笔一枝，爽如哀梨，快如并剪，有必达之隐，无难显之情，此所以继李、杜后为一大家也。”（《瓯北诗话》）

苏轼的诗歌具有三个明显特点。

其一，具有强烈的理趣化。说理是宋代诗歌的显著特点，理趣大体上是指诗中所含之理富于生机与灵气，即宇宙、社会、人生的哲理。

苏轼以才学为诗，好议论、善于使事用典。有意识地以议论入诗，将对事物的形象感受与哲理思考结合起来。“横看成岭侧成峰，远近高低各不同。不识庐山真面目，只缘身在此山中。”（苏轼《题西林壁》）诗人眺望庐山，看到山岭连绵、峰峦环列的景象，横看、侧看、远看、近看，视角不同，看到的情况各不相同。于是诗人想到，人们之所以认不清庐山的真面目，就因为身在庐山之中，只看见庐山的一个局部。这也就告诉我们：主观片面，各执一端，就不能认识事物的本来面目；想了解真相，需要走出自身局限，全面洞察。全诗融景物、感情、哲理于一体，是一首不朽的哲理诗。

苏轼诗的理不是直截了当地说出来，而是通过形象表现出来，让读者通过作品的形象去感受、联想后，悟出一些新颖而深邃的哲理。例如《和子由渑池怀旧》：“人生到处知何似，应似飞鸿踏雪泥。泥上偶然留指爪，鸿飞那复计东西。老僧已死成新塔，坏壁无由见旧题。往日崎岖还记否，路长人困蹇驴嘶。”这首诗表达了对人生来去无定的怅惘和对往事旧迹的怀念。前四句比喻生动奇妙，单行入律，一气呵成。后四句再以所闻所见所忆深化“雪泥鸿爪”的感触，使前后两部分紧密相连、虚实相生。全篇带有普遍性的人生体验，蕴含深邃的人生哲理，故能动人深情又发人深思。

其二，现实主义与浪漫主义相结合。苏轼的诗既具有杜甫诗的现实主义精神，又具有李白豪放不羁的浪漫主义风格。其现实主义精神首先表现为他对民间疾苦的关心和对穷奢极欲的统治者的不满。他的《李氏园》揭露了官僚贵族兼并土地的罪行，他们为了建筑“美园圃”不惜“夺民田”“破千家”；《荔枝叹》揭露了官僚为了“宫中美人一破颜”，不惜造成“惊尘溅血流千载”的丑态与罪行。

苏轼的现实主义精神其次表现在对国家、民族命运的关心上。苏轼主张抗击辽和西夏，在他的诗中，洋溢着强烈的爱国主义感情。“圣朝若用西凉簿，白羽犹能效一挥。”（《祭常山回小猎》）“臂弓腰箭何时去，直上阴山去可汗。”（《答陈季常惠一揞巾》）表现了他愿意奔赴疆场的豪情壮志。苏轼时常关心边事，每当得知边境告捷，常常表现出由衷的高兴，如“汉家将军一丈佛，诏赐天池八尺龙。露布朝驰玉关塞，捷书夜到甘泉宫。似闻指挥筑上郡，已觉谈笑无西戎。放臣不见天颜喜，但惊草木回春容”（《闻洮西捷报》）写熙宁五年（1072）洮西大捷。又如元祐二年（1087），擒获吐蕃首领鬼章，苏轼写诗称颂道：“坚垒千兵破，连航一炬烧。擒奸从窟穴，奏捷上烟霄。”（《获鬼章二十韵》）但他也在诗中清醒地告诫说：“羌情防报复，军胜忌矜骄。慎重关西将，奇功勿再要。”

苏轼一向认为，山水风月，本无常主，闲者便是主人。他把自己的思想感情，倾注在大自然身上。他有敏锐细致的观察力与出色的文字表现力，平凡事物，一经其手写出，给人以触处生春之感。他浪迹山水禅寺，寻求美的享受，领略人生的哲理，表现出一种达观的浪漫主义精神。他在《咏怪石》中写道：“知兹市石本灵怪，忽从梦中来吾前。骇然觉坐想其语，勉书此诗席之端。”写怪石向苏轼托梦为自己辩解，实际上是苏轼借怪石之口歌颂怪石的高贵品质。这表明苏轼从青年时代就具有豪放不羁的精神，也可见他高燃的理想火炬。

其三，豪放风格与婉约风格相结合。北宋时期，诗词以婉约著称，而苏轼则开创了豪放派诗词，诗词主要是清雄狂放的豪放风格，同时又兼有婉约等多种姿态。正如刘克庄所评：“有汗漫者，有典丽者，有丽缛者，有简淡者，翕张开阖，千变万化。”（《后村诗话》）例如《吉祥寺赏牡丹》：“人老簪花不自羞，花应羞上老人头。醉归扶路人应笑，十里珠帘半上钩。”诗中前两句翻用刘禹锡《看牡丹》中的“但愁花有语，不为老人开”，最后一句翻用杜牧《赠别》中的“春风十里扬州路，卷上珠帘总不如”。该诗描绘了杭州百姓观赏牡丹的欢乐氛围以及笑看其带醉而归的情形，也描写出诗人白发簪花、赏花醉归，十里花街，珠帘半卷，佳人仕女纷纷探头观看的情形。诗中“人”“花”“老”“羞”四字有意重复，使音节回环往复，带有很强的婉约情调。

【强化训练】

分析“若言琴上有琴声，放在匣中何不鸣？若言声在指头上，何不于君指上听？”（《琴诗》）的哲理性。

【知识拓展】

人们有时也许会傻想，像苏东坡这样让中国人共享千年的大文豪，应该是他所处的时代的无上骄傲，他周围的人一定会小心地珍惜他，虔诚地仰望他，总不愿意去找他的麻烦吧？事实恰恰相反，越是超时代的文化名人，往往越不能相容于他所处的具体时代。

中国世俗社会的机制非常奇特，它一方面愿意播扬和哄传一位文化名人的声誉，利用他、榨取他、引诱他，另一方面从本质上却把他视为异类，迟早会排拒他、糟践他、毁坏他。起哄式的传扬，转化为起哄式的贬损，两种起哄都起源于自卑而狡黠的觊觎心态，两种起哄都与健康的文化氛围南辕北辙。

苏东坡到黄州之前正陷于一个被文学史家称为“乌台诗狱”的案件中，这个案件的具体内容是特殊的，但集中反映了文化名人在中国社会的普遍遭遇，很值得说一说。搞清了这个案件中各种人的面目，才能理解苏东坡到黄州来究竟是突破了一个什么样的包围圈。

为了不使读者把注意力耗费在案件的具体内容上，我们不妨先把案件的底交代出来。即便站在朝廷的立场上，这也完全是一个莫须有的可笑事件。一群大大小小的文化官僚硬说苏东坡在很多诗中流露了对政府的不满和不敬，方法是对他诗中的词句和意象作上纲上线的推断和诠释，搞了半天连神宗皇帝也不太相信，在将信将疑之间几乎不得已地判了苏东坡的罪。

在中国古代的皇帝中，宋神宗绝对是不算坏的，在他内心并没有迫害苏东坡的任何企图，他深知苏东坡的才华，他的祖母光献太皇太后甚至竭力要保护苏东坡，而他又是非常尊重祖母意见的，在这种情况下，苏东坡不是非常安全吗？然而，完全不以神宗皇帝和太皇太后的意志为转移，名震九州、官居太守的苏东坡还是下了大狱。这一股强大而邪恶的力量，就很值得研究了。

这件事说来话长。在专制制度下的统治者也常常会摆出一种重视舆论的姿态，有时甚至还设立专门在各级官员中找岔子、寻毛病的所谓谏官，充当朝廷的耳目和喉舌。乍一看这是一件好事，但实际上弊端甚多。这些具有舆论形象的谏官所说的话，别人无法申辩，也不存在调查机制和仲裁机制，一切都要赖仗于他们的私人品质，但对私人品质的考察机制同样也不具备，因而所谓舆论云云常常成为一种歪曲事实、颠倒是非的社会灾难。

这就像现代的报纸如果缺乏足够的职业道德又没有相应的法规制约，信马由缰，随意褒贬，受伤害者无处可以说话，不知情者却误以为白纸黑字是舆论所在，这将会给人们带来多大的混乱！苏东坡早就看出这个问题的严重性，认为这种不受任何制约的所谓舆论和批评，足以改变朝廷决策者的心态，又具有很大的政治杀伤力，必须予以警惕，但神宗皇帝由于自身地位的不同无法意识到这一点。

没想到，正是苏东坡自己尝到了他预言过的苦果，而神宗皇帝为了维护自己尊重舆论的形象，当批评苏东坡的言论几乎不约而同地聚合在一起时，他也不能为苏东坡讲什么话了。

那么，批评苏东坡的言论为什么会不约而同地聚合在一起呢？我想最简要的回答是他弟弟苏辙说的那句话：“东坡何罪？独以名太高。”他太出色、太响亮，能把四周的笔墨比得十分寒碜，能把同代的文人比得有点狼狈，引起一部分人酸溜溜的嫉恨，然后你一拳我一脚地糟践，几乎是不可避免的。在这场可耻的围攻中，一些品格低劣的文人充当了急先锋。例如舒亶。这人可称为“检举揭发专业户”，在揭发苏东坡的同时他还揭发了另一个人，那人正是以前推荐他做官的大恩人。这位大恩人给他写了一封信，拿了女婿的课业请他提意见、辅导，这本是朋友间非常正常的小事往来，没想到他竟然忘恩负义地给皇帝写了一封莫名其妙的检举揭发信，说我们两人都是官员，我又在舆论领域，他让我辅导他女婿总不大妥当。

皇帝看了他的检举揭发，也就降了那个人的职。这简直是东郭先生和狼的故事。就是这么一个让人恶心的人，与何正臣等人相呼应，写文章告诉皇帝，苏东坡到湖州上任后写给皇帝的感谢信中“有讥切时事之言”。苏东坡的这封感谢信皇帝早已看过，没发现问题，舒亶却苦口婆心地一款一款分析给皇帝听，苏东坡正在反您呢，反得可凶呢，而且已经反到了“流俗翕然，争相传诵，忠义之士，无不愤惋”的程度！“愤”是愤苏东坡，“惋”是惋皇上。有多少忠义之士在“愤惋”呢？

他说是“无不”，也就是百分之百，无一遗漏。这种数量统计完全无法验证，却能使注重社会名声的神宗皇帝心头一咯噔。

——节选自余秋雨《苏东坡突围》

陆游

【学习目标】

知识目标：了解南宋的时代背景；掌握陆游诗歌的艺术特色。

能力目标：能够分析《关山月》中不同群体对于北伐的态度。

素质目标：学习陆游的爱国精神。

【导入】

请学生背诵陆游的《示儿》。

【任务训练】

实训任务：分析《关山月》中不同群体对战争的态度。

活动目标：体会不同群体对于同一件事，因为利益关系而体现的不同态度。

【知识导读】

一、生平

陆游（1125－1210），字务观，越州山阴（今浙江绍兴）人，陆游生平不拘礼法，人讥其颓放，故自号放翁。陆游出生于书香世家、名门望族。高祖陆轸曾任吏部郎中，为大中祥符年间进士；祖父陆佃擅长经学，著有《春秋后传》《尔雅新义》，是王安石的门生；其父陆宰于北宋末年出仕，南渡后力主抗金；其母唐氏为宰相孙女。

陆游生逢两宋之交，父辈的爱国思想给予幼年时的他极大影响。宋高宗时，陆游应礼部试，名列前茅，因才华压过秦桧的孙子秦埙，而被秦桧多次排挤。宋孝宗赐陆游进士出身，因坚持抗金，多次提出北伐之策而遭主和派打击。陆游曾投身军旅，先后在王炎、范成大军中任职。宋光宗时期，因“嘲咏风月”的罪名再度罢官。嘉泰二年（1202），宋宁宗诏陆游入京，主持编修孝宗、光宗两朝实录和三朝历史，官至宝章阁待制。书成后，致仕还乡，蛰居山阴，嘉定二年（1210）与世长辞，留绝笔《示儿》，享年86岁。

陆游12岁即能诗文，一生笔耕不辍，著述丰富，自称“六十年间万首诗”，现存九千三百余首。陆游的诗词文均有很高成就，其诗语言平易晓畅、章法整饬谨严，兼具李白的雄奇奔放与杜甫的沉郁悲凉，尤以饱含爱国热情对后世影响深远。词与散文成就亦高，宋人刘克庄谓其词“激昂慷慨者，稼轩不能过”。今有《剑南诗稿》《渭南文集》《放翁词》《渭南词》等数十种著作存世。陆游与尤袤、杨万里、范成大并称为南渡后四大家。

二、陆游的诗歌创作

陆游在诗词文多方面造诣俱佳，尤以诗的成就为最，他一生创作大致可以分为三个时期：陆游前期的诗歌偏于文字形式。46岁时，朝廷征召陆游出任夔州通判，主管学事及劝农事。64岁时，谏议大夫何澹弹劾陆游“不合时宜”，朝廷最终以“嘲咏风月”为名将陆游削职罢官，陆游离开京师东归，这段时间是陆游诗歌创作的成熟期，他的诗风由早年专工“藻绘”变得宏肆奔放，洋溢着爱国激情。陆游晚年蛰居故乡山阴，诗风转为质朴沉实，在山水田园的清旷超脱中夹杂着沉郁的感叹。

陆游的诗歌诗歌内容包罗万象，大致可分为三个方面：

第一，爱国诗。陆游一生坚持抗金，并因此遭到主和派的排挤。他的诗歌中此部分内容最具特色，主要分为两部分。其一，直接怒斥投降派的不作为。乐府诗《关山月》从只图享乐、荒废战备的将军写到边疆战士们报国无门、蹉跎年华的悲愤心情；再写到沦为遗民的人们盼望朝廷收复失地，等来的却是一次又一次的失望。“将军不战空临边”，所谓空者，浪费也，一个“空”字，道出诗人的悲愤之情。“和亲自古非长策”“生逢和亲最可伤，岁辇金絮输胡羌”，陆游极力主张北伐，他此类诗歌的战斗性、针对性反映了时代的需求，得到志士仁人的推许。其二，抒发了作者慷慨激昂的报国热情和壮志未酬的悲愤。诗人一生以报国为己任，忧国忧民，然而抗敌理想屡屡受挫，平生苦无机会一展宏图，保家卫国，如《书愤》一诗，开篇写诗人自己年青时不知道世事的艰难。一个“艰”字就饱含着对朝廷屈辱投降的激愤，也包含着报国无门的无奈。壮志未酬，华发已生，以沉痛的笔调抒发了对苟安而不思抗金的投降派的极度愤慨。最后，通过对诸葛亮的赞扬，叹息南宋朝廷中就没有一个可以与之相比之人，其爱国之情表现得淋漓尽致。

第二，山水田园诗。陆游仕途坎坷，有长期蛰居乡野的生活，创作了大量山水田园诗，“凡一草、一木、一鱼、一鸟，无不裁剪入诗”。他的诗中，有反映自己日常生计的艰难，如“年丰米贱身独饥，今朝得米无薪炊”（《贫甚作短歌排闷》）；有对农民的苦难给予同情与悲悯，如“数年斯民厄凶荒，转徙沟壑殣相望，县吏亭长如饿狼，妇女怖死儿童僵”（《秋获歌》）；还有对民俗民风的刻画，对农村的平凡生活的描述，如“莫笑农家腊酒浑，丰年留客足鸡豚。山重水复疑无路，柳暗花明又一村。箫鼓追随春社近，衣冠简朴古风存。从今若许闲乘月，拄杖无时夜叩门”（《游山西村》）描写了春社村庄的热闹。“社”为土地神，春社，在立春后第五个戊日。农家祭社祈年，意味着对丰收的期待。“山重水复疑无路，柳暗花明又一村”千百年来为人称道，在描写山间水畔的景色的同时寓含哲理，不仅反映了诗人对前途所抱的希望，也道出了世间事物消长变化的规律，具有很强的艺术生命力。

第三，爱情诗。宋代理学盛行，束缚了文人的情感表达。和诗相比，“诗庄词媚”，词更适合言情，宋代的爱情诗在数量和质量上，都难以和唐诗相提并论，但陆游在很多诗中记载了与结发妻子唐琬的爱情。他悼念唐琬的诗歌，情真意切，令人动容，晚年创作的《沈园二首》，情思细腻，饱含深情，被后人称作“绝等伤心之诗”，是古代爱情诗中不可多得的精品。除了驰骋沙场，诗人真性情的另一面更加耐人寻味。

三、陆游诗歌艺术特色

首先，艺术风格上，兼具现实主义和浪漫主义的特点。陆游的诗歌继承了屈原以来诗人忧国忧民的优良传统，以现实主义风格为主，同时想象丰富，充满了大气磅礴的英雄气概和热情洋溢的浪漫主义色彩。陆游善于用高度概括和夹叙夹议的手法反映现实，他的诗大多抒写个人的主观感情和见解，把现实主义和浪漫主义成功地结合起来，而不仅仅是对客观现实生活的叙事性描写。通过叙述、议论、抒情相结合，社会现实内容和无法实现的壮志豪情融合在一首短诗中，完成了他表现时事、寄托理想的抒情艺术。

其次，语言方面，既凝练平易，又自然流畅。陆诗的语言通俗晓畅，章法严谨工整。陆游反对片面追求辞藻的华丽和以奇险取胜的风格，他认为诗歌的语言应该“清空一气，明白如话”。陆游善于学习古人，他的诗歌风格集诸家之所长，形成悲壮雄浑而又清新流畅的风格，他重视锻炼字句，而不落于雕章琢句之嫌。“看似奔放实则谨严”（赵翼），“古人好对偶被放翁用尽”（刘克庄）。陆游的七言古诗《长歌行》，全诗感情热烈充沛，气势豪迈奔放，语言明朗晓畅，典型地体现出陆诗的个性风格，被后人推为陆诗的压卷之作。

【强化训练】

请分析南宋朝廷迟迟不愿北伐的原因。

【知识拓展】

陆游与唐婉

陆游与唐婉的爱情故事，最早见于宋人陈鹄的《耆旧续闻》、刘克庄的《后村诗话续集》和周密的《齐东野语》。

这三本书，都不是什么正史。《耆旧续闻》是一部笔记，其中虽有大量有关宋朝名人的史料记载，但在材料选择上，除了相对明确的诗作，其他的多为流传的名人言行和逸事。《四库提要》将其编入子部五十一，小说家类二。而《后村诗话续集》则是刘克庄的诗论作品。陆游的逸事并非刘克庄记述的重点，只是一个补充。至于《齐东野语》，这也是一本私人撰写的史书，确实能对正史作不少补充。然而这三本著作的作者，陆游在世时与前两人就已相识，周密却是在陆游去世之后才出生的，所以就信息来源的可靠性而言，周密的著作是略次的。

在这最初版本的记述之中，陈鹄所记载的其实是他的亲身经历。他在弱冠之年客居会稽，一日游览了沈园。在这里，他亲眼见到了陆游所题写的《钗头凤·红酥手》。陈鹄在《耆旧续闻》中记载："放翁先室内琴瑟甚和，然不当母夫人意，因出之。夫妇之情，实不忍离。后适南班士石某，家有园馆之胜。务观一日至园中，去妇闻之，遣遗黄封酒果馔，通殷勤。公感其情，为赋此词。其妇见而和之，云'世情薄，人情恶'之句，惜不得其全阕。未几，怏怏而卒。闻者为之怆然。"

在这个版本里，陈鹄并未提及陆游的第一任妻子到底姓甚名谁，只是说这位妇人得不到陆游母亲的满意，最终被休。至于到底是什么让陆母不满意，陈鹄也不得而知。且就连《钗头凤·世情薄》，陈鹄也说当时夫人确实有作此词唱和，但全词到底写了什么也不得而知。

而在刘克庄的记述里，《钗头凤》背后的故事要比陈鹄记述得稍微详尽一些："放翁少时，二亲教督甚严。初婚某氏，伉俪相得，二亲恐其惰于学也，数谴妇。放翁不敢逆尊者意，与妇诀。某氏改事某官，与陆氏有中外。一日通家于沈园，坐间目成而已。翁得年最高，晚有二绝云：'肠断城头画角哀，沈园非复旧池台。伤心桥下春波绿，曾见惊鸿照影来。''梦断香销四十年，沈园柳老不吹绵。此身行作稽山土，尤吊遗踪一泫然。'"

在刘克庄的记述里，陆游与第一任妻子分别的理由是陆游与其伉俪情深，以致于向来对陆游严厉管教的父母担心他因此放松求学，故而逼迫二人分离。这从某种角度上也能理解为这位妇人让陆游的双亲不满，所以和陈鹄的记载是有相似之处的。不过刘克庄给出的理由更具体，也更让我们觉得陆游的长辈是在棒打鸳鸯。

而在周密的《齐东野语》里，这个故事更加丰满，夫人的身份也被说明。"陆务观初娶唐氏，闳之女也，于其母夫人为姑侄。伉俪相得，而弗获于其姑。既出，而未忍绝之，则为别馆，时时往焉。姑知而掩之，虽先知挈去，然事不得隐，竟绝之。亦人伦之变也。”周密虽点明了陆游第一任夫人的身份，甚至提到了唐氏与陆游一家的关系，但其实也并未直说她最终被休的原因。一句“弗获于其姑”，可能是因为亲戚关系陆母对其不满，也可能是因为其他关系，最终陆母还是不接受这个儿媳妇。

综合这最先记述陆游婚姻的三家的观点，陆母都是让唐氏被休的重要因素。然而最终是什么成了婚变的导火索，他们都未曾言明。在他们之后，后人不断将故事丰满，让夫人成了“唐婉”，让《钗头凤》成了两人爱情的见证者。

第二章 词

第一节　敦煌曲子词

【学习目标】

知识目标：了解敦煌曲子词的基本风貌以及代表作。

能力目标：能分析敦煌曲子词的思想内容以及艺术特色。

素质目标：通过敦煌曲子词的内容熟悉一个时代的风貌以及变迁，扩大知识面。

【导入】

20 世纪初，大量五代写本被发现于甘肃敦煌莫高窟（又称“千佛洞”）。随之重新问世的唐五代民间词曲称为敦煌曲子词，或称为敦煌歌辞。它们内容广泛，形式活泼，风格繁富，有鲜明的个性特征和浓郁的生活气息，反映了词兴起于民间时的原始形态。

思考：你熟悉哪些敦煌曲子词？

【任务训练】

实训任务：找若干首敦煌曲子词进行诵读。

活动目标：诵读时要求发音准确，吐字清晰，音调流畅，有节奏，感情充沛。

【知识导读】

敦煌曲子词创作于唐初至五代时期，大约为 8 世纪至 10 世纪。除温庭筠、李晔、欧阳炯的五首词有作者姓名可考外，绝大多数是无名氏的作品。这些作品的作者品流复杂，有乐工、歌伎、游子、征夫、思妇、僧人、道士、妓女、商人、士卒、医生等，涉及社会下层的各个方面。作者的广泛性极大地影响了题材内容和创作风格，使敦煌曲子词的题材丰富多样，艺术风格多姿多彩。而在表现形式上，其本色是拙朴。

在体制上，敦煌曲子词处于草创阶段，字数不定，韵脚不拘，平仄通押，兼押方音，常用衬字；在内容上，一般与词调大致相符。在流传下来的千余首敦煌曲子词中，有较为细腻缠绵的闺情词，有慷慨激昂的边塞词，有描写世情民俗的词，也有时代色彩很浓的咏时事词。这些曲子风格质朴，格调清新，感情醇厚，语言直白，较多保留了词产生时的原始状态，对了解词的起源、演变具有重要意义。

敦煌曲子词在我国词史上具有重要价值，是中国文学遗产中珍贵的一部分，对研究唐代社会及民间说唱文学有重要意义。敦煌曲子发现之后，我国学者对其进行了整理，其中王重民《敦煌曲子词集》收录敦煌曲子词一百六十四首，是研究敦煌曲子的重要参考资料；饶宗颐《敦煌曲》收录三百一十八首；任二北初编《敦煌曲校录》兼及《五更转》等俗曲佛曲，收录五百四十五首，以及之后编的《敦煌歌辞集》收录一千二百余首。

敦煌曲子词代表一个较长的历史阶段，保存了民间词的素朴风格，富有生活气息。

敦煌曲子词中最具艺术特色的是反映妇女思想感情和生活情态的作品。这些词的作者大多是社会下层妇女，感情真实细腻，淳朴清新，缠绵婉约。例如：

霏霏点点回塘雨，双双只只鸳鸯语。灼灼野花香，依依金柳黄。盈盈江上女，两两溪边舞。皎皎绮罗光，轻轻云粉妆。(《菩萨蛮》)

这首词展现了一幅明媚的春光图。又如：

枕前发尽千般愿，要休且待青山烂。水面上秤锤浮，直待黄河彻底枯。白日参辰现，北斗回南面。休即未能休，且待三更见日头。(《菩萨蛮》)

这首词写了为情所困的女子，语言朴实自然，表意真率大方，表达了作者诚挚深沉的感情。

敦煌曲子词的另一个主题是写少妇思念远方征人。例如：

柳条垂处也，喜鹊语零零。焚香稽首告君情。慕得萧郎好武，累岁长征。向沙场里，输宝剑，定搀枪。去时花欲谢，几度叶还青。遥思想夜夜到边庭。愿天下销戈戟，舜日清平。待成功日，麟阁上，画图形。(《茶怨春》)

这首词既写对丈夫的思念，又希望丈夫为国立功，愿天下太平，把对丈夫深沉的爱和对国事的关心结合了起来。

敦煌曲子词中的边塞词，风格朴素，思想感情健康积极，语言简洁通俗。例如：

三尺龙泉剑，匣里无人见。一张落雁弓，百支金花箭。为国竭忠贞，苦处曾征战。先望立功勋，后见君王面。(《生查子》)

这首词歌颂了将士们慷慨报国的英雄气概。

除此之外，敦煌曲子词中描写世情、歌颂功德和隐居生活的词也颇有特色。

【强化训练】

搜集敦煌曲子词的爱情词，并分析其价值取向。

【知识拓展】

敦煌曲子词《云谣集杂曲子三十首》与中原文化

《云谣集杂曲子三十首》是敦煌文献中保存的唯一的曲子词集，也是中国今存最早的词集，同时还是敦煌曲子词写卷中最大和最完备的抄本。从它所反映的内容、描述的情境、刻画的形象来看，不难判定其为传自中原的文人词作。《凤归云》(征夫数载、绿窗独坐)二首为古典诗词中常见的代言体。前者所塑造的抒情主体是一位弃妇：她的丈夫一去数载，杳无音信。她日夜魂牵梦绕，常依着窗儿无言垂泪，默求神灵的保佑。“征夫数载”“萍寄他邦”，说明丈夫流浪他乡。“月下愁听砧杵，拟塞雁行”，意为在苍凉的月光下听到捣衣声，思妇猛然联想到塞雁群飞的光景。“塞雁”指塞北之雁，思妇对塞雁的敏感，暗示了她地处中原而思绪却飞向边地。第二首以书信的形式，生动细腻地表述了一位征夫的妻子给丈夫写下一封家书，诉说征衣已经缝好，将托人带到边塞。“征衣”“边隅”“沙碛”“苦战”等词说明这是中原妇女写给边疆征夫的情书。同调第三、四首（幸因今日、儿家本是）为问答体。前者写一妙龄“娇娥”因其美貌风仪让某贵家子弟一见倾心。“娇娥”一词本指楚宫美女，“东邻”亦本指楚地美人，“锦衣公子”显然是贵族子弟。后一首则是描写此位佳丽面对调情时的机智。她先是夸耀自己的高贵出身，然后坦言自己已嫁良人，他为国远征而去，而她坚决为他守身如玉，不为这位公子所动。《天仙子》（燕语啼时三月半、燕语莺啼惊教梦）二首显为联章体，均写一位京师歌伎悲伤失落的爱情。词中“五陵原”指汉高祖长陵、惠帝安陵、景帝阳陵、武帝茂陵、昭帝平陵等五座陵墓，遗址在咸阳古城附近，今陕西省长安渭水之南。第二首词反复强调“天仙别后信难通”“便是思君断肠处”，表现歌伎正饱受相思之苦。

《云谣集杂曲子三十首》的其他作品虽线索迷乱、意象朦胧，但通过精心研究，仍不难做出有关地域性的判断。《洞仙歌》（华烛光辉、悲雁随阳）二首，写“征人”和闺中思妇之间的恩怨情愫。前一首写久镇边夷的丈夫归来，年少夫妻间缠绵的恩爱。第二首叙述一位妇女的丈夫尚在边庭，失去音信。秋天到了，她忙着准备丈夫的征衣，寄上回文，恳请驿使殷勤追访。这说明她也不是普通的中原妇女，而是知书达理的上层贵妇。《破阵子》四首的“潇湘”，本指湘水流域；“越溪”指吴越之地的溪水；“单于”本是汉时匈奴君主的称谓，在唐代泛指西北少数民族；“征轩”为远行的车子；“三边”，汉时指幽、并、凉三州，后泛指边疆。这些都是中原文化中的传统意象。

各词中的一鳞半爪给我们提供了有关中原文化的信息，说明它们是一幅幅中原上层社会的生活画卷。其用词择语，挑选意象，构筑情景，设置氛围等，也是中原文人惯用的艺术手法。因此可以说，《云谣集杂曲子三十首》是敦煌地区流传的中原作品。

第二节　花间词

温庭筠

【学习目标】

知识目标：了解温庭筠基本情况以及代表作。

能力目标：能分析温庭筠的思想内容以及艺术特色，能撰写赏析文章。

素质目标：通过温庭筠词提高文学审美能力。

【导入】

温庭筠（约 812—870），唐代诗人、词人。本名岐，字飞卿，太原祁（今山西祁县）人。唐初宰相温彦博之后裔。温庭筠文思敏捷，每入试，押官韵，八叉手而成八韵，故有“温八叉”之称。然恃才不羁，又好讥讽权贵，多犯忌讳，因此得罪权贵，屡试不第，一生坎坷，终身潦倒。

温庭筠精通音律，诗词兼工。诗与李商隐齐名，时称“温李”。其诗辞藻华丽，秾艳精致，内容多写闺情。其词更是刻意求精，注重文采和声情，被尊为“花间派”之鼻祖，对词的发展影响很大。在词史上，与韦庄齐名，并称“温韦”。其诗今存三百多首，有清顾嗣立重为校注的《温飞卿集笺注》。其词今存七十余首，收录于《花间集》《金荃词》等文集中。

思考：为什么说温庭筠的词是文人词成熟的标志？

【任务训练】

实训任务：找若干首温庭筠词研读，分析温庭筠的构思技巧与语言艺术。

活动目标：把握词人描绘的层次丰富、含意深婉、色彩明丽、意脉曲折回环的意境，把握词人善于锤炼词语、用自然意象表达微妙感受的特点。

【知识导读】

温庭筠的诗与李商隐齐名，并称“温李”，然而温庭筠实不如李。温庭筠在文学史上的地位是通过他的词来奠定的。他以其香软密丽的词风、较高的艺术成就和对词体的开拓之功，被后人称为花间派鼻祖。像《菩萨蛮》这种浓艳香软、绮丽精美的作品代表了温词的主导风格，这种风格与当时重镂金错彩之美的社会风气及温庭筠自身风流浪荡的个性气质紧密相关。他的词常常创造出一种带有幻梦、沉醉、颓废、感伤、神秘的美，这种美既清远又艳丽，既清晰又朦胧，不是传统意义上的端庄之美。

《菩萨蛮》多写妇女的闺情绮怨，细致地描写她们的容貌、服侍和情态。例如：

水精帘里颇黎枕，暖香惹梦鸳鸯锦。江上柳如烟，雁飞残月天。藕丝秋色浅，人胜参差剪。双鬓隔香红，玉钗头上风。

词的上阕写居室女子的心情意趣，却纯用景物装成，或水晶，或玻璃，或暖香，或鸳鸯锦，或柳如烟，或残月天。景亦浓亦淡，相辅相成，人物的情思也就孕育在其中。词的第一句是对居室环境与氛围的描写，描写水精帘里的清新洁净，水晶制帘，玻璃制枕，澄澈晶莹，一片清明。锦被上绣着鸳鸯，绣鸳鸯也昭示了主人公的一种理想、一种寄托。此句中惹梦之“惹”字用得很生动，唤起人们活泼的想象，也写出了女子的娇嗔与妩媚。此二句分写居室内的情景，一淡一浓，淡者澄澈晶莹，浓者无限缠绵。环境的清新洁净，情思的旖旎缠绵，两相对照，相得益彰。

词在音律上也很有特色，一、二句用“枕”“锦”为上声“寝”韵，幽抑曲折，三、四句的“烟”“天”用上声“先”韵，轻松惬意，似在幽抑中透出了光明。这光明乃由眼前景、当年情组成。音节由幽抑而至轻快，景物却由室内的华丽转为室外的凄清。华丽的现在不等于有了幸福，凄清的过去却因为有了爱而显得充实，这也是一组矛盾。

下阕过渡到对女子的正面描绘。“藕丝”写衣饰，用“秋色浅”匹配，仍以淡色为主，与“水精帘”“颇黎枕”遥相呼应。“人胜”写女子头上的装饰，“参差剪”喻指高低不平的花形装饰，富有立体感。满头配饰，浓丽华艳，与“暖香”“鸳鸯锦”相关联。“香红”在这里指的是花，但红以香衬之，有颜色也有气味，两鬓插花，色彩鲜艳，香气袭人。“玉钗头上风”，头戴玉钗，两鬓插花，满头装饰，在风中摇曳，给人以袅袅翩翩之感，进一步唤起人们的想象与美感。下阕虽写人，但人物始终没有正面出场，作者只是借服饰、装饰摹写人物。

温庭筠是第一位专注于“倚声填词”的诗人。温庭筠的词思想内容相对集中，多以女性为主人公，多抒写她们的离别相思之情。她们或为歌伎，或为女冠，或为丈夫远戍的思妇，或为深宫的嫔妃，或为采莲女，其中有相当一部分内容不涉绮怨。《望江南》是温庭筠的代表作，也是花间派经典词作。

梳洗罢，独倚望江楼。过尽千帆皆不是，斜晖脉脉水悠悠。肠断白蘋洲。

“梳洗罢，独倚望江楼”，第一句便写出了这首词中的妇人与其他词中的妇人的不同。词中妇人因丈夫不在，每天梳洗打扮，每天登高眺望盼夫归，极其平淡的几个字，却表现了妇人最大的期望，但是，希望越大失望越大，甚至有些绝望。“独倚”两字将妇人斜靠在楼阁的寂寞背影无限放大、拉伸，内心孤独实在感人肺腑。“过尽千帆皆不是”，盼望着，盼望着，等到的船上竟然没有朝思暮想的他，一次次的希望，一次次被打碎，眼中能看见的，只有“斜晖脉脉水悠悠”了，望着这无尽的江水，内心的忧愁达到了极致。

望江楼、千帆、斜晖、江水等意象的堆砌，一点点地将妇人的感情引向高潮，一切景语皆情语，每一个意象都充分表达了女子对丈夫的思念。最后一句，“肠断白蘋洲”，读者至此无不感同身受。这一首小令，在词人精巧的构思、细致的描写、准确的表达中，将情感如瀑布般宣泄了出来。

温庭筠的词题材狭窄，思想性不高，然而艺术成就斐然。清代的刘熙载曾在《艺概》中给予温词以极高的评价，他说：“温飞卿词，精妙绝人。”温庭筠的词成为成功脱离诗的一种独立的文学样式，并奠定了“词为艳科”的基本风貌。

温庭筠的词大致有两种艺术风格，一种秾丽密隐，一种流丽轻倩。其词多情致含蕴，辞藻浓艳，虽属秾丽密隐一路，但其真正所长者是清疏明快、流丽自然而又富于情韵的一路。温庭筠善于选择富有特征的景物构成艺术境界，表现人物的情思，在创造词的意境上作出了较大贡献。由于精通音律，加之多与乐工、歌伎交往，熟悉民间词调及教坊曲调。温庭筠对词作的音调声律颇为讲求并刻意锤炼，还能对民间词调及教坊曲调信手拈来，并用旧曲以创益新调，这都对词的格律、形式的规范起到了促进作用。他还注重将语言的格律音韵与曲调节奏融为一体，在艺术上普遍达到较高水准。

【强化训练】

以温庭筠词为例，阐述《花间集》的美学价值。

【知识拓展】

温庭筠生平事迹

关于温庭筠的生年，史籍无记载。夏承焘《温飞卿系年》以为生于元和七年（812）。近年陈尚君《温庭筠早年事迹考辨》云生于德宗贞元十七年（801），梁超然《唐才子传校笺》同意陈尚君所考。以温庭筠生于贞元十七年算，卒于咸通七年（866），则他享年66岁。温庭筠少敏悟，自幼好学，苦心研习，除了善鼓琴吹笛外，尤长于诗词。《旧唐书》本传中说他“士行尘杂，不修边幅，能逐弦吹之音，为侧艳之词”。词有《握兰集》《金荃集》，今不传。唯《花间集》中尚存其词六十六首。《北梦琐言》说温庭筠“才思艳丽，工于小赋，每入试，押官韵作赋，凡八叉手而八韵成”。在我国古代，文思敏捷者，有数步成诗之说，而像温庭筠这样八叉手而成八韵者，再无第二人。

这样有才华的人，却数举进士不第。今可考者，唐文宗开成四年（839），温庭筠开始应举，未中，只在京兆府试以榜副得贡，连省试也未能参加。究其原因，大约是受宫中政治斗争之害。因为杨贤妃的谗害，庄恪太子左右数十人或被杀，或被逐，随后庄恪太子突然死去。温庭筠被卷进这起政治斗争中，没受灾祸已算不错了，哪还指望中进士。在他步入科场前，便注定了不能及第的命运。开成四年应举不第后，温庭筠在鄠郊住了两年，“二年抱疾，不赴乡荐试有司”。当时是真病，还是畏祸待在家里，不得而知。唐武宗会昌元年（841），温庭筠到淮南与李绅相见。温庭筠早年便与李绅相识，可谓自幼为友。唐懿宗大中九年（855），温庭筠又去应试。这次应试是沈询主春闱，温庭筠却由于搅扰场屋，弄得满城风雨。事件的起因，是温庭筠有“救数人”的绰号，即在考场帮助左右的考生，因此这次沈询将温庭筠特别对待，特召温庭筠于帘前试之，温庭筠因此大闹起来，扰乱了科场。据说这次虽有沈询严防，但温庭筠还是暗中帮了八个人的忙。当然，这次考试又没能中。从此之后，温庭筠便绝了这门心思，不再涉足名场。

温庭筠搅扰场屋后，贬隋州隋县尉，当了一个小得不能再小的官。大中十一年（857），徐商镇襄阳，辟为巡官。在襄阳，温庭筠与段成式、周繇等交游酬唱。在襄阳待了几年时间，唐僖宗咸通二年（861），徐商诏征赴阙，温庭筠随后也离开襄阳，去了江东，次年冬又回到了淮南。此时的温庭筠，虽诗名颇著，但已自潦倒，不检行迹，与贵胄裴诚、令狐滈等蒲饮狎昵。咸通四年（863），温庭筠因穷迫乞于扬子院，醉而犯夜，竟被巡逻的兵丁打耳光，连牙齿也打折了。他将此诉于令狐绹，令狐绹并未处置无礼之兵丁。兵丁极言温庭筠狭邪丑迹。因此有关温庭筠品行极坏的话传到了京师。温庭筠只好亲自到长安，致书公卿间，申说原委，为己雪冤。随后即居于京师。

咸通六年（865），温庭筠出任国子助教。次年，以国子助教主国子监试。曾在科场屡遭压制的温庭筠，主试与众不同，严格以文判等后，“乃榜三十篇以振公道”，并书榜文曰：“右，前件进士所纳诗篇等，识略精进，堪神教化，声调激切，曲备风谣，标题命篇，时所难著，灯烛之下，雄词卓然。诚宜榜示众人，不敢独断华藻。并仰榜出，以明无私。”将所试诗文公布于众，大有请群众监督的意思，杜绝了因人取士的不正之风，在当时传为美谈。而此举又给温庭筠带来了不幸。他完全以文判等，且榜之于众，已遭权贵不满，且所榜诗文中有指斥时政、揭露腐败者，温庭筠称赞“声调激切，曲备风谣”，更为权贵所忌恨。所以，宰相杨收非常恼怒，将温庭筠贬为方城尉。因主持公道而招忌被贬，所以纪唐夫送其赴方城时，诗云：“且饮绿醽销积恨，莫辞黄绶拂行尘。”遭受此次打击，再次被贬，年事已高的温庭筠在咸通七年（866）冬抑郁而死。《唐才子传》云“竟流落而死”。未知到方城后不久而死，还是未到方城便死了。

当时权贵可以排挤、压制温庭筠，使他仕途多舛、生活坎坷，却压制不了温庭筠的才华四溢。温庭筠终以他杰出的文学成就成为文学史上千古不朽的诗人。

韦庄

【学习目标】

知识目标：了解韦庄生平以及代表作。

能力目标：能分析韦庄的思想内容以及艺术特色，能撰写赏析文章。

素质目标：通过韦庄词提高文学审美能力。

【导入】

韦庄（836—910），字端己，杜陵（今陕西西安附近）人，诗人韦应物的四代孙，唐朝花间派词人，词风清丽，有《浣花词》流传。

韦庄与温庭筠同为“花间派”代表作家，并称“温韦”。其律诗圆稳整赡、音调浏亮，绝句情致深婉、包蕴丰厚；其词善用白描手法，词风清丽。所著长诗《秦妇吟》与《孔雀东南飞》《木兰诗》并称“乐府三绝”。有《浣花集》十卷，后人又辑《浣花词》。另有《菩萨蛮》五首，为宋词奠基之作。《全唐诗》录其诗三百一十六首。

【任务训练】

实训任务：找若干首温庭筠、韦庄的词进行研读，比较温庭筠词与韦庄词。

活动目标：把握温词、韦词共有的特征，体会韦词与温词的不同，即韦词的直抒胸臆、意象单一。

【知识导读】

韦庄与温庭筠同为花间派中成就较高的词人，与温庭筠并称“温韦”。温词、韦词在内容上无太大差别，不外是男欢女爱、离愁别恨、流连光景。但温词主要是供歌伎演唱的歌词，创作个性不鲜明；而韦词却注重于作者情感的抒发，如《菩萨蛮》五首学习白居易、刘禹锡《忆江南》的写法，追忆往昔在江南、洛阳的经历，把平生漂泊之感、饱经离乱之痛和思乡怀旧之情融注在一起。此词情致缠绵，意象鲜明，堪称咏“江南春色”的佳作。

人人尽说江南好，游人只合江南老。春水碧于天，画船听雨眠。

垆边人似月，皓腕凝霜雪。未老莫还乡，还乡须断肠。

这首词是《菩萨蛮》五首中的第二首，也是对第一首的回应。难道主人公不愿意回到家中吗？可是自己求取功名不得，又怎能轻言回去呢？“人人尽说江南好，游人只合江南老。”江南之美，甲于天下，但寓居在此、逃避战乱的人，又怎么会有归属感？故这两句是沉郁的。“春水碧于天”写江南风景之美，江南水的碧绿，比天色的碧蓝更美。“画船听雨眠”写江南生活之美，卧在画船之中听那潇潇雨声，这种生活是何等的闲适自在。前二句的沉郁与后二句的空灵形成了难以言喻的艺术张力。

下阕前二句暗用卓文君之典。汉时蜀人司马相如，与巨富卓王孙之女卓文君私奔，因卓王孙宣布与文君断绝关系，司马相如就令文君当垆，自己在大街上洗涤酒器。“垆边人似月，皓腕凝霜雪”，“垆”就是酒垆，“垆边人”指的就是自己的妻子。主人公何尝不思念面如皎月、肤色赛霜雪的妻子？

最后两句说“莫还乡”，实则正想到了还乡。他没有用“不”字，用的是带有叮嘱口吻的“莫”字，表现出极深婉而沉痛的情意，你想还乡，却不能还乡，表现了对故乡欲归不得的盘旋郁结之苦。后面说“还乡须断肠”，这正是别人说“游人只合江南老”的理由，因为如果回到那弥漫着烽烟的故乡，只会有断肠的悲哀。

这首词描写了江南水乡的风光美和人物美，语言平淡，不事雕琢，却构成了一幅江南水乡特有的风景图画，既表现了诗人对江南水乡的依恋之情，也抒发了诗人漂泊难归的愁苦之感。

韦庄的词主要以描写自身的生活体验及抒情为主，词风清丽，意象鲜明，所表达的情感真挚深沉。除此之外，韦庄的一些词作还深受民间词的影响，以决绝的语言直写一往情深之意，如《思帝乡》：

春日游，杏花吹满头。陌上谁家年少，足风流。妾拟将身嫁与，一生休。纵被无情弃，不能羞。

《思帝乡》原是唐教坊曲名，后用作词调名。词起源于唐，流行于中唐以后，到宋而达极盛。花间词以描写古代贵族女性生活和爱情为主要内容，故后人皆称之为“艳词”。韦庄的这首《思帝乡》却描写了一位天真烂漫、热情大胆的少女，她敢于冲破封建礼教的束缚，迫切要求婚姻自由，追求爱情和幸福，表现了不顾一切封建伦常、大胆追求纯真爱情的主题。这首词通过对少女心理活动的传神描写，塑造出了一个具有健全人格、渴望婚姻自主的女性形象。词中语言清新，读起来独具美感。

词的前三句写女子心目中的风流少年。中间一句“杏花吹满头”是关键，杏花既与“春日游”之“春”字呼应，“吹满头”则直接将人物引出，并同时映衬了游春者的风流。前三句写在主人公心眼里活动着的“风流年少”，人物从陌上春游的镜头中出现。“杏花从吹满头”一句在中间，“杏花”勾住了上句的春，“吹满头”逗起了下句的人，用笔既紧凑，又经济，渲染了一幅骀荡的画面。

“妾拟将身嫁与一生休。纵被无情弃，不能羞。”后三句是说，我想以身相许嫁给他，一生一世就此休。纵使他薄情无义抛弃我，不后悔也不害羞，一往情深地倾吐了主人公的心里话，话说得是那么斩钉截铁。“妾拟将身嫁与一生休”，一句话就把心中的情澜直涌向高峰。但还不够，作者用拗折生铁的笔锋，掷地有声地说：“纵被无情弃，不能羞。”为了婚姻生活的自由，一切可能产生的不幸后果也决心由自己承担而无怨无悔，绝不羞羞涩涩、瞻前顾后向吃人的封建礼教屈服。这转笔非常重要，说明这位女子心理上已经做好了迎接一切挑战的准备。此种思想性的深度，正是通过作者高度的艺术显示出来。

作者以白描的手法和清新明朗的笔调，刻画这位少女天真烂漫、极富个性的形象，语言质朴而多情韵，在花间词中独具一格，别开生面，给人耳目一新之感。这首词纯用赋体，直抒胸臆，热情奔放，淋漓尽致，它用长短错落、声情激越的句式，选择的词调与所表达的内容、感情的强度都很相适，最后以誓言般的三个字短句作结，显得十分果决干脆，志不可夺。

在旧礼教的钳制下，封建社会的女子要是自己表示选择婚姻对象，人们是会投以轻蔑的目光的。这首词虽是少女单方面的一见钟情，使用通俗明快的语言，率真、坦直的感情表达方式和长短错落、声情激动的语调，但词中的主人公却是干脆地说要嫁与风流的年少，这在古代文人的词作里也是很少出现的。就冲决封建礼教藩篱这方面来说，有它一定的时代意义，反映了妇女要求婚姻自主的心声。显然，这首词中主人公所表现的坚强意志，在当时是惊世骇俗的。

综观韦庄的这首词，简短而质朴，但所蕴含的情感却真挚而深沉。词人笔下无论是那春日的杏花美景，还是那天真活泼的少女，抑或是那真挚的感情，都美得让人心动不已。韦庄抒情词这种真率大胆的作风原本是民间文学的本色，在词从民间到了文人手中之后，慢慢朝着婉约化道路迈进的这个历史进程中，韦庄词却一定程度地保留了民间词的一些特色，十分难能可贵。

风格上，韦词不像温词那样浓艳华美，而善于用清新流畅的白描笔调，表达比较真挚、深沉的感情，如“夜夜相思更漏残”（《浣溪沙》）、“四月十七”“昨夜夜半”（《女冠子》）等。他有些词还接受了民间词的影响，用直接决绝之语，或写一往情深，或写一腔愁绪。“此度见花枝，白头誓不归”（《菩萨蛮》），以终老异乡之“誓”，更深一层地抒发思乡之苦。韦庄的闺情词也写得非常出色，词语与闺中之美人浑然融于一体，见词尤见人，词音即人语，风韵可谓臻于极致。王国维在《人间词话》中谈到：“‘弦上黄莺语’（《菩萨蛮》），端己语也，其词品亦似之。”他称其词“骨秀”，评价韦庄：“端己词情深语秀，虽规模不及后主、正中，要在飞卿之上。观昔人颜、谢优劣论可知矣。”

【强化训练】

选择韦庄的一首词，写一篇赏析文章，要求字数1000字左右。

【知识拓展】

韦庄词的抒情特色

韦庄是花间词人的代表作家。韦庄以他独特的抒情特色，被称为花间词人中的“别调”。韦庄在他的词中敢于抒发自己的真情，使文人词脱离为应歌而作的狭隘，作出了贡献。韦庄抒发自己情感的方法是多种多样的。他善于根据各种不同的情感和词这种新的诗体形式特点来选择不同的抒情手法。韦庄最常见、最主要的类型有三种：一是直抒其情、一气呵成、文直意显；二是语短情长、表浅衷深、辞显意曲；三是貌离神合、声东击西、虚实结合。韦庄一生漂泊，所以在他的词中我们能够深刻地感受到他所抒的情是多方面的，主要为抒发漂泊之感、怀乡之情、黍黎之思以及个人身世之感。在运用多种抒情手法的同时，韦庄在词的创作上也善于运用白描的手法来抒发自己的真情实感。

第三节　南唐词

李煜

【学习目标】

知识目标：了解李煜词的基本风貌以及代表作。

能力目标：能分析李煜词本色和真情性的特点。

素质目标：通过李煜词的内容变化，明白诗人生活的变化对文学创作的深刻影响。

【导入】

李煜是五代十国时南唐最后一位国君，字重光，初名从嘉，号钟隐、莲峰居士。彭城（今江苏徐州）人。南唐元宗李璟第六子，于宋建隆二年（961）继位，史称李后主。开宝八年（975），国破降宋，俘至汴京，被封为右千牛卫上将军、违命侯。李煜虽不通政治，但其艺术才华却非凡。他精书法、善绘画、通音律，诗和文均有一定造诣，尤以词的成就最高。有《虞美人》《浪淘沙》《乌夜啼》等词传世，被称为“千古词帝”。

思考：比较李煜前期词与后期词艺术风格的异同。

【任务训练】

实训任务：研究李煜的词描写心理活动、感情起伏有何特点。

活动目标：找若干首李煜词研读，把握李煜词的特点。

【知识导读】

李煜词现存世三十余首，其内容可以亡国降宋为界分为前后两期。前期多描写富丽堂皇的宫廷生活和风花雪月的男女情事，风格绮丽柔靡，如《菩萨蛮》；后期由于生活的巨变，其词多反映亡国之痛，哀婉凄凉，意境深远，使他成为千古词坛的“南面王”（清沈雄《古今词话》语），正是“国家不幸诗家幸，赋到沧桑句便工”。这些后期词作为苏辛所谓的“豪放派”埋下了伏笔，为词史上承前启后的大宗师。至于其语句的清丽、音韵的和谐，更是空前绝后。王国维认为：“温飞卿之词，句秀也；韦端己之词，骨秀也；李重光之词，神秀也。”而且还说：“词至李后主而眼界始大，感慨遂深，遂变伶工之词而为士大夫之词。”

李煜多才多艺，工书善画，能诗擅词，通音晓律，尤以词的成就最大。李煜词摆脱了《花间集》的浮靡，不假雕饰，形象生动，用情真挚，亡国后作更是题材广阔，含意深沉，成为宋初婉约派词的开山鼻祖，后世尊称他为“词帝”。

别来春半，触目柔肠断。砌下落梅如雪乱，拂了一身还满。

雁来音信无凭，路遥归梦难成。离恨恰如春草，更行更远还生。

这首《清平乐》表现了作者在恼人的春色中触景生情、思念离家在外的亲人的情景。

词的上阕劈头一个“别”字领起全文，开篇即直抒胸臆、毫无遮拦地道出郁抑于心的离愁别恨。“春半”有人释为春已过半，有理，但如释为相别半春，亦有据，两义并取也无不可。接下二句承“触目”来，“砌下落梅如雪乱”，白梅为梅花品种之一，花开较晚，故春已过半，而“如雪乱”突出一个“乱”字，“乱”字语意双关。梅白如雪，尽为冷色，画面的冷寂，色调的愁惨，寓示着人生的哀伤、离情的悲凉，此时思绪之乱不亚于落梅之乱。上阕既写出了主人公独立无语却又心乱如麻，也写出了触景伤情、景如人意的独特感受，用生动的比喻把愁情说得明明白白。“拂了一身还满”，前有“拂”字，可见主人公有克制定念的想法，但一个“满”字，却把主人公那种无奈之苦、企盼之情、思念之深刻画得至真至实。一笔两到，于婉曲回环中见出情思。通过这两句，词人巧妙地将感时伤别的抽象之愁绪，与大自然融为一体，构成一个天真纯情的艺术造型。上阕的画面是情景交融、虚实相生而又动静结合的，直抒胸臆中见委婉含蓄，活泼喻象中透深沉凝重，《花间集》中再难以找到这样的词境和格调。

如果说上阕词人以“景”生“境”、融情于景是实写，那么下阕以离人的视角写“归梦难成”就是虚写了。

“雁来音信无凭，路遥归梦难成”，南雁北飞并未带来故土消息，离人甚为失望，离人双目痴痴南望故土之状栩栩如生呈现于读者眼前；不能获故土音信，那就在梦中与故人相会吧。“路遥归梦难成”，从对方难成归梦说起，是深一层的写法，极写离人道途之远，欲归未能，岂料路途迢迢，远得来在梦中都能难以相会。我们知道“做梦”是不受时间、空间限制的，词人在此并非不知此言违背常理，无非就是想诉离别之痛，可谓“语婉而意悲”。接下来两句，“离恨恰如春草，更行更远还生”，把怀人的情思比作远连天边的春草，正在不断地繁衍滋生，把李煜惯用的“化抽象为具象”“善用比喻把抽象的情感形象化”的写作技巧演绎到了出神入化的地步。随着它的“更行更远”，向天涯之尽头，拓开了人的视野和时空的距离。

让我们自然地联想到一痴痴的离人，在漫漫荒草间踽踽独行，焦急地寻找着归乡之路，愈走心愈切，愈走草愈长，愈走愁愈增。词人的满腔离愁别绪也随之化入了漫漫大气，离情之深，无可言状了。全词以离愁别恨为中心，线索明晰而内蕴，上下两阙浑然一体又层层递进，感情的抒发和情绪的渲染都十分到位。作者手法自然，笔力透彻，尤其在喻象上独到而别致，使这首词具备了不同凡品的艺术魅力。通过形象给人以离恨无穷无尽、有增无已的感觉，使这首词读起来显得意味深长，这种虚实相生的手法，使形象化入漫漫时空，促人深思联想，与《虞美人》中的“问君能有几多愁，恰似一江春水向东流”有异曲同工之妙。

《虞美人》（春花秋月何时了）是李煜的代表作，是他被俘入宋后第二年写的一首怀念故国的词。南宋灭亡，李煜失去皇帝宝座，结束了他纵情声色、侈陈游宴的苟且偷安的生活，由一国之主变为备受屈辱的阶下囚。相传他于自己生日（七月七日）之夜（“七夕”），在寓所命歌伎作乐，唱新作《虞美人》词，声闻于外。宋太宗闻之大怒，命人赐药酒，将他毒死。这首词成了后主的绝命词。这首词通过今昔交错对比，表现了一个亡国之君的无穷哀怨。

春花秋月何时了？往事知多少。小楼昨夜又东风，故国不堪回首月明中。

雕栏玉砌应犹在，只是朱颜改。问君能有几多愁？恰似一江春水向东流。

李煜此词之所以能引起广泛的共鸣，在很大程度上，有赖富有感染力和象征性的比喻，将愁思写得既形象化，又抽象化。李煜的故国之思也许并不值得同情，他所眷念的往事离不开“雕栏玉砌”的帝王生活和朝暮私情的宫闱秘事。但这首脍炙人口的名作，在艺术上确有独到之处。

“春花秋月何时了？往事知多少。”三春花开，中秋月圆，岁月不断更替，人生多么美好。可我这囚犯的苦难岁月，什么时候才能完结呢？前两句表明词人身为阶下囚，怕春花秋月勾起往事而伤怀。回首往昔，身为国君，过去许许多多的事历历在目，怎么会弄到今天这步田地？据记载，李煜当国君时，日日纵情声色，不理朝政，枉杀谏臣。透过诗句，我们可以看出，这位从威赫的国君沦为阶下囚的南唐后主此时此刻心中有的不只是愤慨悲苦，更有悔恨之意。“小楼昨夜又东风，故国不堪回首月明中。”小楼又一次被春风吹拂，春花又将怒放。回想起南唐的王朝、李氏的社稷，自己的故国却早已灭亡。诗人身居囚屋，听着春风，望着明月，触景生情，愁绪万千，夜不能寐。一个“又”字，表明此情此景已多次出现，这精神上的痛苦真让人难以忍受。“又”点明了“春花秋月”的时序变化，加重了上两句流露的愁绪，也引出词人对故国往事的回忆。

“雕栏玉砌应犹在，只是朱颜改。”故国物是人非，故都金陵华丽的宫殿大概还在，只是那些丧国的宫女朱颜已改。雕栏是雕刻的栏杆，玉砌是如玉一般的台阶，这是借代修辞的以部分代整体，此借代南唐华丽的故宫。朱颜指年少时的容颜，本指宫女，那些丧国的宫女朱颜已改，这里暗含着李后主对国土更姓、山河变色的感慨！全词到此为止的六句，都是两两对照，写出永恒与无常的巨大反差，表现作者对宇宙与人生关系的思索。以上六句，诗人竭力将美景与悲情、往昔与当今、景物与人事的对比融为一体，尤其是通过自然的永恒和人事的沧桑的强烈对比，把蕴蓄于胸中的悲愁悔恨曲折有致地倾泻出来，凝成最后的千古绝唱——“问君能有几多愁？恰似一江春水向东流。”

“问君”句采用设问修辞，君是作者自称。此句是问人，又假设问自己。“恰似”句是以答结。诗人先用发人深思的设问，点明抽象的本体“愁”，接着用生动的喻体——奔流的江“水”作答。用满江的春水来比喻满腹的愁恨，极为贴切形象，不仅显示了愁恨的悠长深远，而且显示了愁恨的汹涌翻腾，充分体现出奔腾中的感情所具有的力度和深度。煞尾两句自问自答，以具象的流水比喻抽象的愁怀，写出愁思之无边无际、无穷无尽、无休无止、无法遏制，亦成了旷世名句。

全词抒写亡国之痛，词虽短小，意境深远，余味无穷，感情真挚，结构精妙，语言清新。全词以明净、凝练、优美、清新的语言，运用比喻、对比、设问等多种修辞手法，高度地概括和淋漓尽致地表达了诗人的真情实感。难怪王国维有如是评价：“唐五代之词，有句而无篇。南宋名家之词，有篇而无句。有篇有句，唯李后主降宋后之作，及永叔、子瞻、少游、美成、稼轩数人而已。”

李煜在词史上的地位，更多地决定于其词的艺术成就。李煜对词的发展主要有四方面的贡献：

（1）扩大了词的表现领域。在李煜之前，词以艳情为主，内容浅薄，即使寄寓一点怀抱，也大都用比兴手法，隐而不露。而李煜词中多数作品则直抒胸臆，情真语挚，使词摆脱了长期在花间尊前曼声吟唱中所形成的传统风格，成为诗人们可以多方面言怀述志的新诗体，艺术手法上对后来豪放派词有影响。

（2）词的意境优美纯真，概括性高。李煜的词因纯情而缺少理性节制，他直悟人生苦难无常之悲哀，真正用血泪写出了亡国破家的凄凉和悔恨；并把自身所经历的惨痛遭遇泛化，获得一种广泛的形态与意义，通向对于宇宙人生悲剧性的体验与审视，因此其言情的深广超过其他南唐词人。同时，他的词往往通过具体可感的个性形象来反映现实生活中具有一般意义的某种境界。“流水落花春去也，天上人间”（《浪淘沙》）、“自是人生长恨水长东”（《相见欢》）、“小楼昨夜又东风，故国不堪回首月明中”（《虞美人》）等名句，深刻而生动地写出了人生悲欢离合之情，引起后世许多读者的共鸣。

（3）语言精练、自然而又富有表现力。李煜善于用贴切的比喻将抽象的感情形象化，用白描的手法抒写他的生活感受，往往通过具体可感的个性形象来反映现实生活中具有一般意义的某种境界，不隐约其词，却又情味隽永；不镂金错彩，而文采动人；形成既清新流丽又婉曲深致的艺术特色。

（4）在风格上有独创性。花间词和南唐词，一般以委婉密丽见长，而李煜则出之以疏宕。例如《相见欢》的“濡染大笔”，《玉楼春》的“豪宕”，《浪淘沙》的“雄奇幽怨乃兼二雄”（俱见谭献《复堂词话》），“如生马驹不受控捉”（周济《介存斋论词杂著》），

《虞美人》的“自然奔放”兼有刚柔之美，在晚唐五代词中独树一帜。

【强化训练】

以李煜词为例，撰写 1000 字左右的小论文，阐述“国家不幸诗家幸，赋到沧桑句便工”所蕴含的哲理。

【知识拓展】

漫谈“想诗”

欣赏诗词要想，那么怎样想呢？由于诗词是一种特殊的认识对象，所以就要按照它的特点去想它，具体说来主要有三点。

第一，诗词是语言的艺术，当然要弄懂了语言才能欣赏到艺术。因此，准确地了解诗句的含义，就是第一个要想的问题。

第二，诗词是用语言文字符号的组合写出来的，表现为一句句话或一行行字，本身并没有形象性；然而人们在欣赏中却能产生丰富的形象感。这形象感的产生，从欣赏者一方面来说，乃是因为根据诗句所规定的“再造条件”，进行了“再造想象”。因此，诗词欣赏者准确地按照诗句所规定的“再造条件”来进行“再造想象”，就是第二个要想的问题。

第三，诗词具有“言有尽而意无穷”的特点，因此，欣赏者在感受诗词所表现的形象时，还要进行恰当的联想。

以上所说的“三想”，是由诗词这种认识对象的特点所决定的。任何人欣赏诗词，不管自觉或不自觉，事实上都在以上三个方面用过心思。现在要追究的是，为什么有的人用了心思就有较深的心得，而有的人却难以深入呢？这里边当然有种种原因，其中有些问题不是一朝一夕所可以解决的。我现在想要着重谈论的只有一点，那就是在进行“三想”的时候，不能一头扎到诗词本身之上，而必须善于运用自己各方面的知识经验，把它和所读的诗词准确地联系起来，才会有较为深入的理解与感受。

——节选自金开诚《漫谈“想诗”》

冯延巳

【学习目标】

知识目标：了解冯延巳词的基本风貌以及代表作。

能力目标：能分析冯延巳词艺术特色。

素质目标：通过冯延巳词培养热爱祖国文化遗产的美好情感。

【导入】

冯延巳（903—960），又名延嗣，字正中，五代广陵（今江苏省扬州市）人。在南唐做过宰相。他的词多写闲情逸致，文人的气息很浓，对北宋初期的词人有比较大的影响。宋初《钓矶立谈》评其“学问渊博，文章颖发，辩说纵横”，其词集名为《阳春集》。

思考：冯延巳的词在色彩运用上有何特点？

【任务训练】

实训任务：找若干首冯延巳的词进行研读，按照接受美学的理论，研究冯延巳的词对晏殊、张先、欧阳修词影响。

活动目标：理解冯延巳的词风，体会王国维《人间词话》对其词“虽不失五代风格”，但已“开北宋一代风气”的评价。

【知识导读】

跟李煜一样，冯延巳也多才多艺。他的才艺连政敌也很佩服。《钓矶立谈》记载孙晟曾经当面指责冯延巳：“君常轻我，我知之矣。文章不如君也，技艺不如君也，诙谐不如君也。冯延巳为人多才艺，善文章，诙谐幽默。他的诗也写得工致，但流传下来的仅有一首。他还工书法，《佩文斋书画谱》列举南唐十九位书法家的名字，其中就有冯延巳的大名。不过冯延巳最著名的还是词。王国维在其《人间词话》中如是评道：“冯正中词虽不失五代风格而堂庑特大，开北宋一代风气。中、后二主皆未逮其精诣。”

冯延巳的词继承了花间词的传统，创作目的还是“娱宾遣兴”，题材内容上也没有超越“花间词”的相思恨别、男欢女爱、伤春悲秋的范围，但他的词在继承花间词传统的基础上，又有突破和创新。例如冯延巳在表现爱情相思苦闷的同时，还渗透着一种时间意识和生命忧患意识。他在词中时常感叹时光易逝、生命有限、人生短暂。表现人生短暂的生命忧患意识成为其词中常见的主题。冯词写愁的最大特点是忧愁的不确定性和朦胧性。他词中的忧愁具有一种超越时空和具体情事的特质，写来迷茫朦胧，含而不露。冯词中的忧愁“闲情”常常很难确指是什么性质的忧愁，是因为什么原因而苦闷，如《鹊踏枝》：

谁道闲情抛掷久。每到春来，惆怅还依旧。日日花前常病酒，敢辞镜里朱颜瘦。

河畔青芜堤上柳。为问新愁，何事年年有。独立小桥风满袖，平林新月人归后。

这首词写的是心中一种常存永在的惆怅、忧愁，而且充满了独自一人承担的孤寂、凄冷之感，不仅传达了一种感情的意境，而且表现出强烈而鲜明的个性，意蕴深远，感发幽微。

上阕开门见山，首句用反问的句式把这种既欲抛弃却又不得忘记的“闲情”提了出来，整个上阕始终紧扣首句提出的复杂矛盾的心情回环反复，表现了作者内心感情的痛苦撕咬。“谁道闲情抛掷久。”虽然仅仅七个字，但却写得千回百转，表现了在感情方面欲抛不得的一种盘旋郁结的挣扎的痛苦。而对此种感情的由来，却又没有明白指出，而只用了“闲情”两个字。这种莫知其所自来的“闲情”才是最苦的，而这种无端的“闲情”对于某些多情善感的诗人而言，却正是如同山之有崖、木之有枝一样与生俱来而无法摆脱的。词人在此词的开端先用了“谁道”两个字，“谁道”者，原以为可以做到，谁知竟未能做到，故以反问之语气出之，有此二字，于是下面的“闲情抛掷久”五字所表现的挣扎努力就全属于徒然落空了。

“每到春来，惆怅还依旧。”春季乃万物萌生之时，正是生命与感情觉醒的季节，词人于春心觉醒之时，所写的却并非如一般人之属于现实的相思离别之情，而只是含蓄地用了“惆怅”二字。“惆怅”者，是内心恍如有所失落又恍如有所追寻的一种迷惘的情意，不像相思离别之拘于某人某事，而是较之相思离别更为寂寞、更为无奈的一种情绪。

“日日花前常病酒，敢辞镜里朱颜瘦。”既然有此无奈的`惆怅，而且经过抛弃的挣扎努力之后而依然长存，于是冯氏说出了“日日花前常病酒，不辞镜里朱颜瘦”两句决心一意承担负荷的话来。上面更着以“日日”两字，更可见此一份惆怅之情之对花难遣，故唯有“日日”饮酒而已。曰“日日”，盖弥见其除饮酒外之无以度日也。至于下句之“镜里朱颜瘦”，则正是“日日病酒”之生活的必然结果。曰“镜里”，自有一份反省惊心之意，而上面却依然用了“不辞”二字，昔《离骚》有云“虽九死其犹未悔”，“不辞”二字所表现的正是一种虽殉身而无悔的情意。

下阕进一步抒发这种与时常新的闲情愁绪。词人把这种迷惘与困惑又直接以疑问的形式再次鲜明突出地揭诸笔端，可谓真率之极；而在“河畔青芜堤上柳”的意象之中，隐含着绵远纤柔、无穷无尽的情意与思绪，又可谓幽微之至。

“河畔青芜堤上柳。”在这首词中只有这七个字是完全写景的句子，但此七字却又并不是真正只写景物的句子，不过只是以景物为感情之衬托而已。虽写春来之景色，却并不写繁枝嫩蕊的万紫千红，只说“青芜”，只说“柳”。“芜”者，丛茂之草也，“芜”的青青草色既然遍接天涯，“柳”的缕缕柔条，更是万丝飘拂。这种绿遍天涯的无穷草色和随风飘拂的无尽柔条，它们所唤起的，或者所象喻的，应该是一种何等绵远纤柔的情意。

“为问新愁，何事年年有。”此词正式从年年的芜青柳绿，写到“年年有”的“新愁”。虽是“年年有”的“愁”，却又说是“新”，一则此词开端已曾说过“闲情抛掷久”的话，经过一段“抛弃”的挣扎，而重新又复苏起来的“愁”，所以说“新”；再则此愁虽旧，而其令人惆怅的感受，则敏锐深切、岁岁常新，故曰“新”。上面用了“为问”二字，下面又用了“何事”二字，造成了一种强烈的疑问语气，从其尝试抛弃之徒劳的挣扎，到问其新愁之何以年年常有，有如此之挣扎与反省而依然不能自解。在此强烈的追问之后，词人却忽然荡开笔墨，更不作任何回答，而只写下了“独立小桥风满袖，平林新月人归后”两句身外的景物情事，仔细玩味，这十四个字却实在是把惆怅之情写得极深。试观其“独立”二字，已是寂寞可想，再观其“风满袖”三字，更是凄寒可知，又用了“小桥”二字，则其立身之地的孤伶无所荫蔽亦复如在眼前，而且“风满袖”一句之“满”字，写风寒袭人，也写得极饱满有力。在如此寂寞孤伶无所荫蔽的凄寒之侵袭下，其心情之寂寞凄苦已可想见，何况又加上了下面的“平林新月人归后”七个字。“平林新月”，则林梢月上，夜色渐起，“人归后”，则路断行人，已是寂寥人定之后了。从前面所写的“河畔青芜”之颜色鲜明来看，应该乃是白日之景象，而此一句则直写到月升人定，则诗人承受着满袖风寒在小桥上独立的时间之长久也可以想见了。

冯词忧患苦闷的内涵性质是无法界定、无法确指的，从而留给读者更大的自由联想的空间，有很大的艺术张力。读冯词需要深层思考，需要联想。他的几首《采桑子》词就充分体现了写忧愁的不确定性和朦胧性的特点。作者所要表现的是人生中常有的一种道不明、说不清的忧愁苦闷，抑郁不欢；一种可能已经存在又似乎是即将来临的人生忧患，如《采桑子》：

花前失却游春侣，独自寻芳。满目悲凉。纵有笙歌亦断肠。

林间戏蝶帘间燕，各自双双。忍更思量，绿树青苔半夕阳。

此词上阕写在游乐之地失去情侣以后的心情，纵然娱乐也悲伤。“花前失却游春侣，独自寻芳。”这首词开头两句是说，花前没有了她的伴侣，独自在花间徘徊，看繁花似景，芳草天涯，一株株、一簇簇，都有他寻找的往昔旧梦。“花前月下”，原为游春男女的聚会之地，而偏偏在这游乐之处失却了游春之侣。花前诚然可乐，但独自一人，徘徊觅侣，则触景生情，适足添愁。

“满目悲凉，纵有笙歌亦断肠。”这两句是说，虽是春光美景，却是欢乐难再，即使笙歌入耳，宛转悠扬，也只能唤起他对爱侣的追忆，从而更添感伤惆怅。举目四顾，一片凄凉，大好春光，亦黯然失色。“纵有”句是说笙歌在游乐时最受人欢迎，但无人相伴，则笙歌之声，适足令人生悲。“纵有”两字从反面衬托失侣之痛：笙歌散尽，固然使人因孤寂而断肠，但他却感到即使笙歌满耳，也仍是愁肠欲断。

下阕写自己孑然无侣的孤独之感。先以蝶燕双双，兴起孤独之感，最后以景结情。“林间戏蝶帘间燕，各自双双。”这两句是说，转眼望去，林间彩蝶对对，帘间飞燕双双，都在快乐地互相嬉戏追逐，恩爱相谐。“忍更思量，绿树青苔半斜阳。”末两句是说，不思量，难思量，抬头望天边，夕阳西沉，如血的残阳勾勒了天边的绿树，涂抹了林中的青苔，也笼罩了他的心，明丽而惨烈。“忍更”句是说彩蝶、燕儿都成双结对，使他怎能再耐得住自己的孤独之感！末句以景结情，夕阳斜照在绿树青苔之上的静景，正与上阕的满目悲凉之句相合拍。

词中运用反衬、比兴的手法，具有民歌格调。此词以乐写哀，用春花怒放之景反衬失却伴侣之悲，用笙歌反衬愁肠欲断之伤，用蝶燕双双反衬孤寂之感。全词情景相渗，构思新颖，风流蕴藉，雅淡自然，体现了冯词的特色。

在艺术上，冯延巳词也独具特色。一是空间境界比较阔大，常以大境写柔情，如“将远恨，上高楼。寒江天外流”（《更漏子》）和“楼上春寒山四面”（《鹊踏枝》）等。阔大无限的空间境界表现出愁思的深重。二是在情景的配置上，善于用逆向配置法。词中写情，最常见的是情与景交融互写，但情与景交融配置的方式有同向配置和逆向配置两种。所谓同向配置，是客观景物蕴含的情感指向与主观情感的性质相同，逆向配置是客观景物的情感指向与主观情感性质正好相反。三是善于用层层递进的抒情手法，把苦闷相思表现得一层深似一层。这就是古人所说的“层深”之法，最典型的是“泪眼问花花不语。乱红飞过秋千去”。其他词作也屡用此法。冯延巳词中，常常喜欢用明媚灿烂的春景来写悲哀的情绪。情景的逆向配置，加倍写出了主人公的愁情。面对欢乐之景，尚且苦闷，如果是悲哀之景，其忧愁苦闷更可想而知。

【强化训练】

比较温庭筠词与冯延巳词在思想内容以及艺术特色的异同。

【知识拓展】

《人间词话》中对冯延巳词之语言清华闲雅的论述。

第一，冯延巳词用字之形象生动。如：“欧九《浣溪沙》词‘绿杨楼外出秋千’，晁补之谓只一‘出’字，便后人所不能道。余谓此本于正中《上行杯》词‘柳外秋千出画墙’，但欧语尤工耳。”一“出”字，化静为动，点明闺中少女活泼开朗的一面；“绿杨楼外出秋千”尤工在于更加突出“秋千”这个形象的飘逸；而“柳外秋千出画墙”更重于凸显环境之空寂深幽。“人知和靖《点绛唇》、圣俞《苏幕遮》、永叔《少年游》三阕为咏春草绝调，不知先有正中‘细雨湿流光’五字，皆能摄春草之魂者也。”林浦、梅尧臣、欧阳修三阙咏春草的绝调，与冯延巳词有异曲同工之妙，都在于化愁恨为春草般，延绵不绝。不同之处在于林浦等三首词都用明喻来咏叹，而冯延巳词用了暗喻，更显情感之深蕴。

第二，冯延巳词之景物摹写俊逸高致。如：“正中词除《鹊踏枝》《菩萨蛮》十数阕最煊赫外，如《醉花间》之 ‘高树鹊衔巢，斜月明寒草’，余谓韦苏州之‘流萤渡高阁’，孟襄阳之‘疏雨滴梧桐’不能过也。”“流萤渡高阁”，凸显了幽人之寂寞孤单，境界独特，惟妙惟肖；“疏雨滴梧桐”，以有声反衬无声，更显环境寂静萧条；而“高树鹊衔巢，斜月明寒草”，远景、近景，动静结合，缓缓展开一幅俊朗高远的画面，与“流萤渡高阁”“疏雨滴梧桐”画面相比更显丰富与深远。正中词往往忽然以闲笔点缀一二写景之句，极富俊逸高远之致，这正是《人间词话》从他的一贯“和泪试严妆”的风格中，看出有韦苏州、孟襄阳之高致的缘故。然而正中又毕竟不同韦、孟，正中的景语于风致高俊之外，其背后往往蕴含着许多难以言说的情意。

第四节　宋词

词兴起于唐，发展于五代，到了宋代，词的发展进入全盛时期。宋词也成为宋代文学的主要标志，与唐诗一起作为中国古代文学皇冠上两颗同样闪亮的钻石而被世人并称为中国文学的“双璧”。

据《全宋词》统计，流传至今的宋词词作有两万首左右，词人有一千三百余家，题材与内容丰富，风格形式多样，其艺术成就在我国古代文学史上是空前绝后的。宋词能够有如此成就绝非偶然，它与宋代特殊的时代背景有密切关系。首先，北宋结束了晚唐、五代的混乱局面，统治者开始施行一系列休养生息政策，使北宋王朝出现了“百年无事”的大好局面，社会经济繁荣，都市发展迅速，工商业极为兴盛，人民安居乐业，这种稳定的社会局面与繁华的都市生活要求有更丰富的精神生活。其次，宋代实行重文轻武的政策，文官享受的待遇非常优厚，这使得官僚、士大夫过着荣华富贵的生活，滋生了追求享乐的生活作风，更加需要歌舞等形式的娱乐生活，而原本是“艳科”“小道”的词，恰好用来娱宾遣兴，正好满足了这一时代的娱乐需求。

随着词体的发展和创作环境的变化，宋词很快超出原有的娱宾遣兴的功用范畴，开拓了广阔的领域，出现了百花齐放、争奇斗艳的盛况，创造出词的发展史上的巅峰。

从整体风格上来看，宋词主要可以分为两派：婉约派和豪放派，前者以柳永、李清照、秦观等人为代表，词风偏柔美一类，格调感伤低沉，情感表达深沉婉转、缠绵悱恻，而后者则以苏轼、辛弃疾等人为代表，词风偏于豪放雄壮，高调高昂悲壮，往往表达激昂粗犷的情感，显得气势恢弘，境界开阔。

从历史发展来看，宋词的发展大致可以分为北宋与南宋两个时期。北宋词大致可以分为前后两期。北宋初中期的词沿袭了唐五代词的特点，在形式上以小令为主，内容多写男女爱情、离愁别恨，艺术上多用白描手法。代表词人主要有柳永、张先、欧阳修、晏殊、晏几道等，其中成就最高的是柳永。北宋后期的词，最大的特色是词的诗化，主要词人有苏轼、秦观、周邦彦、贺铸等。南宋前期的词强烈地表现了爱国主义精神，主要词人有李清照、张孝祥、张元干等。南宋后期的词分为两派：一派以辛弃疾及其追随者为代表，多表现爱国精神；一派以姜夔、吴文英等为代表，主要在艺术上精雕细刻。

正是因为这些创作风格各不相同的词人的努力，词才得以在宋代创造出它最辉煌的成就。

晏殊和欧阳修

【学习目标】

知识目标：了解晏殊、欧阳修的身世及其与作品的关系；掌握晏殊、欧阳修的词的思想内容和艺术特征。

能力目标：能有感情地诵读晏殊、欧阳修的词；能独立阅读与分析晏殊、欧阳修的词的主要内容与艺术特色；能根据晏殊、欧阳修的词撰写一般性的评析文章。

素质目标：提高学生的文学修养，培养学生的审美情趣；加强对时间流逝的人生体悟，更加珍惜时间与生命。

【导入】

晏殊、欧阳修是北宋前期小令词的代表词人。他们继承了晚唐五代的词风，以柔美婉丽见长，但较少有晚唐五代词那种浓艳的脂粉气，而融入了清雅的文人意趣。

【任务训练】

实训任务：任意选择晏殊的一首词进行朗诵训练。

活动目标：能有感情地朗诵词。

【知识导读】

晏殊、欧阳修是北宋初期的代表词人。

一、晏殊

晏殊（991—1055），字同叔，抚州临川人，宋代前期著名的婉约派词人。七岁能文，十四岁以神童入试，赐同进士出身，命为秘书省正字，后历任要职，官拜宰相。真宗、仁宗两朝为官，真宗时历任迁太常寺奉礼郎、光禄寺丞、户部员外郎、太子舍人、翰林学士、左庶子，仁宗即位迁右谏议大夫兼侍读学士加给事中，进礼部侍郎，拜枢密使、参知政事加尚书左丞，庆历中拜集贤殿学士、同平章事兼枢密使、礼部尚书、刑部尚书、兵部尚书，封临淄公，谥号元献，世称晏元献。晏殊历任要职，喜欢提拔后进，如范仲淹、欧阳修等，皆出其门。他以词著于文坛，尤擅小令，有《珠玉词》一百三十余首，风格含蓄婉丽。其代表作为《浣溪沙》《蝶恋花》《踏莎行》《破阵子》《鹊踏枝》等。

晏殊一生悠游富贵，词的主要内容是男欢女爱、离情别绪、舞榭歌台等，多半反映士大夫的生活景致以及流连光景的感慨，思想内容比较狭窄。但在这些作品中融入了更多的主观情感和个性色彩，抒发个人深蕴凄婉的心绪，表达对人生的理性思考，因而超出了一般传统题材所表现的内容，显得意境高远，充满文人气息。艺术风格上，晏殊词深受冯延巳的影响，刘熙载在《艺概》中说："冯延巳词，晏同叔得其俊，欧阳永叔得其深。"晏殊深得冯词"俊"的特点，并将其发展得更为含蓄典雅、圆融温润，善于借景物烘托闲雅的气氛，富有情韵和意境，因而有些小令，即使写富贵也能不落于鄙俗，写艳情亦觉清新动人。语言上摒弃了五代花间词的脂粉气和浓艳色彩，变得清新隽永，雅而不俗。

《浣溪沙》（一曲新词酒一杯）是晏殊的名作。这首词主要表达了作者对春色衰败的惋惜和由此所生发的对流光易逝的怅惘和感伤。上阕写词人喝酒听歌，看着眼前的夕阳西下之景，引发对时光流逝的概叹。下阕融情于景，看到眼前花开花落、故燕重归之景，表达出韶光易逝、岁月难留的无可奈何的惆怅。结句意蕴丰富，余味幽长。全词运用淡雅的语言和含蓄的表现手法，抒发了一个富贵中人的“闲愁”。“无可奈何花落去，似曾相识燕归来”两句一向为评论家所赞赏，也是这首词的精髓。

《蝶恋花》（槛菊愁烟兰泣露）是词人著名的伤离念远之作。词中对主人公那种为离愁所苦的复杂心情进行了细致动人的刻画，极平淡，又极蕴藉。上阕以菊愁、兰泣之景作为起句，菊与兰在中国文学中历来是高雅幽洁的象征，在这里诗人又以“愁”“泣”二词将之拟人化，因而既在一开始就给整首词定下基调，又点出词中主人公的形象特征和哀怨情绪。“罗幕轻寒，燕子双飞去。”燕子还能双双飞去避寒，人却只能独处幽室，真有人不如燕之感，更反衬出人的孤独寂寞。“燕子”飞去还有一层意思，即远人杳无音信。“明月不谙离恨苦，斜光到晓穿朱户。”“明月”本无情、无知，主人公却责怪它“不谙离恨苦”，整夜照着卧室，这无理指责正是其为离恨所折磨，痛苦之极的心理的反映。这样写来使词更显含蓄蕴藉。下阕写登楼远望的所见所感。前二句紧承上阕主人公今晨起来登高望远的情景。“昨夜西风凋碧树”不仅是望之所见，而且暗示主人公昨夜一夜未眠、卧听风吹树叶的声音，更显其凄苦。但接下来作者却出人意料地展现出一片无限辽阔的境界——“独上高楼，望尽天涯路”。这样写，不仅能表达主人公有登高望远的苍茫之感，也暗示主人公有长久不见所思之人的空虚惆怅。这三句尽管包容了望而不见的伤离情绪，但没有纤柔颓靡之感，反而显得意境高远，情感悲壮。此三句也成为千古名句。末两句一纵一收，将主人公欲寄思念之书的强烈愿望，与所思远人不知何处而音书无处可寄的现实对照起来描写，更加突出主人公的悲伤。于是，终归于茫然无所寄托，陷入更深的愁思之中。

二、欧阳修

欧阳修（1007—1072），字永叔，自号醉翁，晚年号六一居士，谥号文忠，世称欧阳文忠公，吉安永丰（今属江西）人。北宋时期政治家、文学家、史学家和诗人。二十三岁中进士，仁宗时，累擢知制诰、翰林学士；英宗朝，官至枢密副使、参知政事；神宗朝，迁兵部尚书，以太子少师致仕。一生为官清廉，廉政爱民，气节沛然。欧阳修无论是在政治上还是在文学方面都主张革新，既是范仲淹庆历新政的支持者，也是北宋诗文革新运动的领导者。又喜奖掖后进，苏轼父子及曾巩、王安石皆出其门下。文学创作方面也成绩斐然，诗、词、散文均为一时之冠。其词深婉清丽，承袭南唐余风。词作有《六一词》《欧阳文忠公近体乐府》（三卷）及《醉翁情趣外编》（六卷）。

欧阳修为当时文坛领袖，以散文创作而著名，但他也擅长写词，尤其是小令。和晏殊词一样，欧阳修的词也深受冯延巳影响，他的小令继承了晚唐五代以来清新婉丽的词风。与他题材严肃、文风庄重的诗文不同，他的词作内容往往是恋情相思、酣饮醉歌、惜春赏花之类，常以深婉清丽的词笔来言情说爱，情深意浓却用笔清丽，洗尽了脂粉气，如他通过离别来写相思的词作《踏莎行》：

候馆梅残，溪桥柳细，草薰风暖摇征辔。离愁渐远渐无穷，迢迢不断如春水。

寸寸柔肠，盈盈粉泪，楼高莫近危阑倚。平芜尽处是春山，行人更在春山外。

这首词的显著特点是构思别致，它打破了一般词作所采取的前景后情的寻常格局，上下阕分别描写与离别有关的两个方面，上阕写远行者在外思念家中之人，下阕则想象闺中人在家思念远方的心上人，作者用离情相思这根感情线把二者紧密地串联起来，使之成为前后互映的艺术整体。

词的上阕以景生情，梅残、柳细、草熏、风暖无不暗示着离别，触景而引发远行者无穷无尽的离愁。“迢迢不断如春水”，采用设喻的方法，以物喻情，写出离愁之长、之多、之浓，用笔细腻，感情深切。下阕写行者思念家室，从对象着笔，想象闺中人如何挂念自己，起首两句“寸寸柔肠，盈盈粉泪”，一个楚楚动人、念远情深的闺中人形象即呼之欲出，“楼高”一句，既似闺中人心中的埋怨，又似远行者对她的劝慰，两者融为一体，委婉之致。末尾二句，春山本已在视线的终处，而远行者还在春山之外，这使人感到无可奈何，更深切地感受到希望破灭的痛苦和绝望。闺中人盼归而不可见、念远而不可得的痛苦心情由此可见。此二句由近及远，借景写情，意境开阔，情感深婉，哀而不伤，因而明人卓人月《词统》赞之曰：“‘芳草更在斜阳外’‘行人更在春山外’两句，不厌百回读。”

欧阳修虽受“花间词”和冯延巳的影响较深，但就本篇来看，虽写的是常见的男女离情，却能摒弃“花间词”浓脂艳粉的气息，用笔清丽，语淡情浓，意境优美，把离愁表现得淋漓尽致，显现出词的巨大艺术魅力。

【强化训练】

请从晏殊和欧阳修的词中选取一首，分析它的意境，并有感情地朗读出来。

【知识拓展】

刘熙载与《艺概》

刘熙载（1813—1881），字伯简，号融斋，晚号寤崖子。江苏兴化人。道光二十四年（1844）进士。曾官广东提学使，主讲上海龙门书院。于经学、音韵学、算学有较深入的研究，旁及文艺，被称为“东方黑格尔”。著有《古桐书屋六种》《古桐书屋续刻三种》等。

《艺概》是刘熙载平时论文谈艺的汇编，成书于晚年。全书共6卷，分为《文概》《诗概》《赋概》《词曲概》《书概》《经义概》，分别论述文、诗、赋、词、书法及八股文等的体制流变、性质特征、表现技巧，评论重要的作家作品等。作者自谓谈艺“好言其概”（《自叙》），故以“概”名书。“概”的涵义是，得其大意，言其概要，以简驭繁，“举少以概乎多”，使人明其旨要，触类旁通。这是刘熙载谈艺的宗旨和方法，也是《艺概》一书的特色。所以和以往谈艺之作比较起来，广综约取，不芜杂、不琐碎，发微阐妙，不玄虚，不抽象，精简切实。

《艺概》是中国近代文学史上的一部优秀理论著作，是一部古典美学的经典之作，为后代众多学者所推崇，而刘熙载也被称为中国古典美学的最后一位思想家。

柳永

【学习目标】

知识目标：了解柳永的生平、经历和思想，及其与他的词的关系；了解柳永的词作创作成就以及他在宋词史上的地位；掌握柳永的词的思想内容和艺术特征。

能力目标：能体会词作的意境，有感情地朗读柳永的词；能背诵柳永的代表性词作；能独立分析柳永的词的主要内容与艺术特色；能根据柳永的词撰写一般性的鉴赏文章。

素质目标：提高学生的文学修养和审美品位；体会词中包含的离愁别恨和思乡怀人的情感，丰富自己的情感体验。

【导入】

在北宋的历史上，有这样一个人，他和当时的许多人一样，把踏入仕途为官从政当作自己的人生目标，无奈两次考试皆名落孙山，失望之余作词《鹤冲天》以自嘲，其中有一句这样写道："忍把浮名，换了浅斟低唱。"这首词越传越远，最终传到了当时的皇帝宋仁宗耳中，宋仁宗大为光火。因此，当这个人再一次参加考试并通过时，宋仁宗却在他的名字边批道："且去浅斟低吟，何要浮名？"从此，北宋历史中多了一个普通的不得志的文人，却造就了中国词史上第一个专职写词并大放异彩的大词人——柳永。

【任务训练】

实训任务：背诵柳永的词作《雨霖铃》（寒蝉凄切）和《八声甘州》（对潇潇暮雨洒江天）。

活动目标：能熟练地背诵《雨霖铃》（寒蝉凄切）和《八声甘州》（对潇潇暮雨洒江天），并能体会词境词情。

【知识导读】

柳永（约 987—约 1053），字耆卿，初名三变，福建崇安人。因排行第七，人称柳七。又曾任屯田员外郎，世称柳屯田。柳永早期生活放荡，多出入歌楼妓院，为歌伎填词。因此宋仁宗曾专门针对他批曰："此人任从风前月下，浅斟低唱，岂可令仕宦？且去填词。"仕途无望，柳永只得专力作词，自称"奉旨填词柳三变"，一生潦倒失意。晚年改名柳永，考中进士，担任了一些小官，但并无多大政绩，最终潦倒而死。

柳永是宋代第一位专力于写词的词人，他大量运用俗语入词，善用铺叙手法，创作了大量慢词，对宋词的发展有突出贡献。有《乐章集》。

柳永是宋词史上最重要的诗人之一，对宋词的发展有深刻影响。可以说，北宋前期词至柳永而出现改观，是因为柳永在词的艺术创作上有多种创造：一是他创制了大量新词调，有人做过统计，宋代所用八百八十多个词调中，有一百多调是柳永首创或首次使用的。他的创作使词和当时的流行音乐结合得更紧密，扩大了词的影响力。二是他创作了大量篇幅较长、结构复杂、音调更为繁复动听的慢词，改变了长期以来词以小令为主的局面。三是在词的语言上，他发扬了民间词的传统，大量吸收俗语、口语，不用典故，不避俚俗，通俗生动。四是他创造性地发展了词中铺叙和白描的手法，长于层层铺叙，恣意渲染，却又善用白描，无论是写景、状物或是抒情，都能尽显其妙。正因如此，柳永的词自成一体，独成一家，在当时有极大的影响力，有人说："凡有井水饮处，即能歌柳词。"（叶梦得《避暑录话》）

柳永一生落拓不羁，混迹于市井歌坊，因而他的词主要取材于中下层人民的生活，大多反映都市生活和风光、男女爱情、离愁别恨以及羁旅行役之苦。其中，反映男女恋情的词是数量最多、艺术成就最高的，这类词柳永往往层层铺叙渲染，写得情深意浓，缠绵悱恻，代表作即是广为传诵的《雨霖铃》：

寒蝉凄切，对长亭晚，骤雨初歇。都门帐饮无绪，留恋处，兰舟催发。执手相看泪眼，竟无语凝噎。念去去，千里烟波，暮霭沉沉楚天阔。　　多情自古伤离别，更那堪、冷落清秋节！今宵酒醒何处？杨柳岸，晓风残月。此去经年，应是良辰好景虚设。便纵有千种风情，更与何人说？

这首词描写了作者离开汴京即将南行，和他心爱的人难舍难分的痛苦心情。上阕主要写离别时的情景。首三句用凄切寒蝉、长亭晚照、潇潇雨歇来渲染充满离愁别绪的气氛，以景写情，暗喻别意。"都门"二句实写离别的情景，一边是恋恋不舍的情人，一边却是舟子连连的催促声，不忍别离却不能不别离。"执手"两句进一步刻画了两人难舍难分的形象，离别在即，纵有千言万语竟不知从何说起，展现了他们极其复杂微妙的内心活动，跟前文的"无绪"相呼应，恰是"无声胜有声"。"念去去"二句以一"念"字领起对别后情景的设想，"去去"已言越行越远，"千里""楚天阔"更言相隔遥远，此一去再相见何其难，而"烟波""暮霭""沉沉"又进一步渲染出一片黯淡的色彩。在这里，作者用情景交融、烘托点染的手法，抒写了充满离情别绪的愁苦心情。

下阕主要写别后的情景。起句写离情的伤悲自古皆然，然而自己在这样冷落的清秋时节与情人分别，离情更苦，伤悲更甚。"今宵酒醒何处？杨柳岸、晓风残月。"这是历来为人所传诵的句子，它紧接上句，表达了诗人更深一层的思念。想到分别之后，今夜酒醒的时候，不见心爱的人，只能对着岸上的杨柳，晓风轻拂，残月微明。此句未有一字直写离情伤悲，却字字透出别离的愁绪。作者借物抒怀，语简情深，极为感人。最后四句更深一层推想到离别以后惨不成欢的情况。情人不在，良辰美景、无限风情都是枉然，徒增伤感罢了。整首词情景交融，情感层层递进，言有尽而意无穷，成为宋元时期流行的"宋金十大曲"之一。

柳永另一类影响很大的词是表现羁旅行役的词。这类词常将羁旅途中的所见景物与他怀才不遇的愤懑、仕途失意的幽怨结合在一起，在景色描绘中凝聚词人真实的离愁和身世之感，情景交融，浑然一体，陈振孙《直斋书录解题》赞其“尤工于羁旅行役”。这类词中最著名的是《八声甘州》：

对潇潇暮雨洒江天，一番洗清秋。渐霜风凄紧，关河冷落，残照当楼。是处红衰翠减，苒苒物华休。惟有长江水，无语东流。　　不忍登高临远，望故乡渺邈，归思难收。叹年来踪迹，何事苦淹留？想佳人妆楼颙望，误几回，天际识归舟。争知我，倚阑干处，正恁凝愁！

这首词是暮秋所作，塑造出一个游子形象。上阕写景，下阕抒情，界限比较分明，有别于作者其他词上下阕中每每情景兼容的情况。上阕头两句勾画出作者正面对暮秋季节、傍晚时分的秋江雨景，一个“洗”字尤为精妙，“秋”本不是可以“洗”的，但作者却偏偏写出“秋”之“清”是由于“暮雨”之“洗”，静景顿生动态之美，使人感到生动真切，更觉雨后秋空清朗之状。接着，用一“渐”字领起下三句，写出雨后暮景，霜风凄紧，秋风萧肃，夕阳斜照，好一幅暗淡凄清的秋景图，也反映出诗人在这一刻内心的感伤。更加难能可贵的是，虽然表现的是一种“小我”的个人情感，但并不显局促小气，反而以“关河”“残阳”等景写出一种苍茫辽阔、高远雄浑的意境。一向看不起柳永的苏轼也大为赞赏这三句，给予了高度评价：“此语于诗句不减唐人高处。”（赵令畤《侯鲭录》）“是处”二句写诗人站在楼上所观之景，“红衰翠减”，显现出自然界美好生命的衰残，“苒苒物华休”进一步感叹时间的流逝，无论是自然界的生物还是作为主宰的人都一样要面对生命的衰败，自己蹉跎的青春年华一去不复返，联想到此，不禁悲从中来。“惟有”二句紧承上句的“休”字而来，一切生命都将停止，但惟有长江水依然不停奔流，以拟人手法，化无情为有情，蕴含着作者的人生感慨。

下阕由景入情，抒发思乡之情。从上阕的江天暮雨、残照当楼来看，作者应该是在“登高临远”，却在下阕以“不忍”二字领起，想登高以望故乡，却又怕故乡太远，望而不见，更添凄凉，因而“不忍”，只一词，更见感情的委婉深曲。四、五两句由想念而转到自问，思乡之情如此强烈，可是自己这些年来到处漂泊，究竟是为了什么？此处用一问句，写出了作者四顾茫然的神态，同时也包含了他自伤身世际遇的无限辛酸。“想佳人”四句由实入虚，以对方的角度入笔，用“望”“误”“识”三字表现佳人的情感变化：由全神贯注盼望的焦急，到误认归舟的惊喜，再到发现不是后的失望懊恼，准确而传神。最后三句，由对方又回到自身，作者发出感慨，倚阑凝愁的不止佳人，我自己何尝不是如此？前后贯通，以“凝愁”作结，加重了作者的思乡之情。

在这首词中，柳永善于捕捉冷落的秋景来点染离情别意，情景交融，陈展铺叙，同时在写法上，不但写我思人，而且想象人思我，由单向思念写为双向思念，情感更深沉，文笔更曲折，引人玩味。

【强化训练】

请仔细体会《八声甘州》（对潇潇暮雨洒江天）中的思乡之情，说明作者用了哪些方法来加强这种情感的抒发。

【知识拓展】

宋代俞文豹《吹剑录》载：东坡在玉堂，有幕士善歌，因问："我词何如柳七？"对曰："柳郎中词，只合十七八岁女郎，执红牙板，歌'杨柳岸，晓风残月'。学士词，须关西大汉、铜琵琶、铁绰板，唱'大江东去'。"东坡为之绝倒。

苏轼

【学习目标】

知识目标：了解苏轼词的主要贡献；领略苏轼豪放雄迈的词风，初步了解豪放派的艺术特点。

能力目标：能把握词的结构，理解词的含义，并熟练朗读、背诵；掌握常用的鉴赏古典诗歌的方法，培养对意境的感受分析能力。

素质目标：体会词人丰富的思想感情和旷达豪放的意境，在词的艺术境界中完善自己的人格，具备坦然面对人生风雨挫折的情怀。

【导入】

词到苏轼，是一大转变。他以洒脱旷达之气入词，词体也由形式的解放进而为内容的革新，形成了豪放词派。苏轼词对南宋爱国词人的影响尤其显著，留下了更为丰富多彩的词篇。

【任务训练】

实训任务：阅读、分析和比较《念奴娇·赤壁怀古》和《江城子·乙卯正月二十日夜记梦》。

活动目标：能对不同词从词情、词境、词景等方面进行分析，了解词的不同风格。

【知识导读】

一、苏轼的生平和思想

苏轼（1037—1101），字子瞻，号东坡居士，四川眉山人。与其父苏洵、弟苏辙三人在文坛上号称"三苏"，同为"唐宋八大家"之一。19岁考中进士，因与改革派的矛盾，仕途颇为曲折，后因"乌台诗案"被贬黄州，晚年更被贬至琼州。在政治上、仕途上，他并不能算一个成功者，但在文学上，他是北宋成就最高的文学家，又是具有多方面创作才能的大家。他的词改变了五代以来婉约柔靡的风格，开创了豪放一派的词风，与辛弃疾合称"苏辛"。

苏轼的思想比较复杂，他既受过良好的儒家思想的教育，又受到佛教、道教的深刻影响，因此，他在思想上表现出主儒术而不迂腐，参佛老而不沉溺的特点。儒家思想的影响使他积极入世，关注政治和人民的生活；佛教的自我解脱和道教的因任自然又使他即使面对人生逆境也能冷静自处。这种思想特点表现在文学作品上，既有对现实的批判，又有人生如梦的感喟，也有潇洒自适的抒情。苏轼作品内容的复杂性正是他复杂思想的表现。

二、苏轼词的贡献

苏轼是北宋词坛最有影响力的词人之一。他的词内容广阔，气魄雄伟，一反过去绮罗香泽及离情别绪的局限，是宋词划时代的革新，也是宋词进一步的发展。他在词史上的功绩，主要是以诗入词，这主要表现在以下几个方面。

首先，在内容上，苏轼词扩大了词的题材，使词从离愁别绪、男欢女爱的狭窄范围中走出来，而将咏史、怀古、悼亡、纪游、政治抱负、人生感慨、农村生活等内容都写入词中，例如《江城子·密州出猎》表现的是打猎及报国之情，《浣溪沙》五首又是反映田园生活的，真正做到“无意不可入，无事不可言”（刘熙载《艺概》）。这么广阔的生活内容和思想内容出现在词中，是前所未有的，拓宽了词的创作视野，提高了词的境界，使词从以娱乐为主，转变为以抒发个人的人生感受为主，从而具有了与诗相同的功能与作用。

其次，在风格上，苏轼词打破了词以婉约为主的传统，使词的风格由一元化朝多元化发展，形成婉约、豪放、清丽、旷远等风格同秀共荣的局面。《水龙吟·次韵章质夫杨花词》《江城子·乙卯正月二十日夜记梦》写得极其缠绵，其婉约不下于传统的婉约词，《念奴娇·赤壁怀古》、《江城子·密州出猎》则豪放之至，《水调歌头》（明月几时有）又写得极为旷达。风格的多样，使词多姿多彩，而不再是单一的风格。

最后，在词与音乐的关系上，苏轼词打破了以词附属于音乐的传统，使词成为独立的抒情工具。苏轼写词，目的不在于演唱，而是注重其抒情言志的自由，因而他的词虽然遵守词的音律范围却往往不为音律所拘，因而有人评论他的词不协音律，例如李清照说他的词是“句读不葺之诗”（李清照《词论》）。但正是由于苏轼的创作在一定程度上摆脱了音乐的束缚，他的词才具有更大的自由度，因而更能表现他的艺术个性。

苏轼将词从狭小的范围中解放出来，打破了诗庄词媚的传统，扩大了它表达感情的范围，促成了词内容和风格的多样化。从这个意义上讲，苏轼是令宋词成为一代代表性文体的关键性人物。

三、词作欣赏

念奴娇·赤壁怀古

大江东去，浪淘尽，千古风流人物。故垒西边，人道是，三国周郎赤壁。乱石穿空，惊涛拍岸，卷起千堆雪。江山如画，一时多少豪杰。　　遥想公瑾当年，小乔初嫁了，雄姿英发。羽扇纶巾，谈笑间，强虏灰飞烟灭。故国神游，多情应笑我，早生华发。人生如梦，一樽还酹江月。

《念奴娇·赤壁怀古》是一首怀古词，主要通过对古迹的描写和对古人、古事的记叙，来抒发自己的思想感情。这首词写于神宗元丰五年（1082），作者在“乌台诗案”之后被贬到黄州时期。黄州附近有个“赤鼻矶”，相传为三国时周瑜大败曹操的赤壁。该词写的就是作者游览“赤壁”的所见、所想，借咏史怀古表达了词人对古代英雄豪杰的缅怀和对功业早就的周瑜的仰慕之情；同时，联系到自己遭贬谪的现实处境，产生了年岁将老、壮志难酬的无限感慨。词中抒写的是郁积在他心中的块垒，然而格调是豪壮的，跟失意文人的同主题作品明显不同。

这首词的豪放风格首先表现在对赤壁景物的描写上。一开篇就显示了词人的旷达视野：“大江东去，浪淘尽，千古风流人物。”既使人看到大江的汹涌奔腾，又使人想见风流人物的非凡气概，体味到作者兀立长江岸边对景抒情的壮怀，境界开阔，气象恢宏。“乱石”三句，集中写赤壁景物。先写江岸陡峭的山崖，“乱”写出险怪，“穿”写出高峭。再写江面上的波涛，“惊”写出汹涌猛烈，“拍”描绘出水石相搏的情状，“卷”句写出浪花四溅的情景，从多方面来进行描写，使读者如临其境，如听其声。在这首词中，作者把眼前的乱石、险山和大江写得雄奇险峻，渲染出古战场的气氛和声势，呈现出了一派广阔的景致，显示出了宏大的气魄，读罢使人止不住内心情感的激荡。

这首词的豪放还表现在对周瑜形象的塑造上。词的上阕将周郎和赤壁并提，已经肯定了周瑜在赤壁之战中的决定作用，肯定了他就是“豪杰”。到下阕作者选取了婚姻美满、风度儒雅、指挥才能卓越三个方面进一步把一个叱咤风云的儒将风采写得形象生动。在这个少年得志、风度翩翩、指挥若定的英雄身上寄托着作者的人生理想，表达了作者渴望建立丰功伟绩的豪情壮志。

全词意境开阔，气势磅礴，虽然作者在悼古伤今的感怀中以“人生如梦”的低沉音调结束全词，但仍掩盖不了整首词中豪放旷达的风格。因此，这首词成为豪放词的代表作之一，千古传唱。

江城子·乙卯正月二十日夜记梦

十年生死两茫茫，不思量，自难忘。千里孤坟，无处话凄凉。纵使相逢应不识，尘满面，鬓如霜。　　夜来幽梦忽还乡，小轩窗，正梳妆。相顾无言，惟有泪千行。料得年年肠断处，明月夜，短松冈。

这首词是苏轼为悼念亡妻王弗所作。王弗是苏轼的发妻，与苏轼感情深笃，恩爱有加，但不幸于宋英宗治平二年（1065）五月亡故，次年由汴京西郊归葬故乡四川。苏轼写这首词时，其妻去世已十年。

这首词上阕写对亡妻的怀念，抒发自己十年的相思之苦和死别之痛。开头三句，排空而下，真情直语，为全词奠定了伤感哀痛的基调，“十年”是人生中一段不算短的时间，然而十年的时光也没能冲淡作者对妻子的思念，哪怕是不想思量，不去思量，也难以忘怀，道出了词人对亡妻阴阳永隔、再无聚首之日的哀痛。“千里”二句，当时亡妻的坟墓在四川，作者在密州，隔着千山万水。然而令人伤痛的不止是空间上的阻隔，更是“孤坟”所暗示的阴阳之隔、生死之别，紧承着首句“十年生死两茫茫”，读罢让人感喟神伤，唏嘘不已。“纵使”三句将意境又往前推进一步，相距千里，阴阳两界，岂能重逢？即使真的重逢，面对灰尘满面、两鬓如霜的自己，妻子还能认出来吗？哀痛更加深绝。在上阕中，作者采用了层层递进的表现方法，以“两茫茫”起笔，层层推进，因生死茫茫而不去思量，可是却难以忘怀，进而又千里相隔，不能对话，进而纵使相逢也不相识，层层递进，把生离死别之痛推向了极致。

下阕写梦见亡妻。“夜来”一句转开一笔，从虚处着笔，写梦中相逢。“小轩窗，正梳妆。”梦中妻子正在临窗梳妆，宛如从前，这里以鲜明的形象对上句加以补充，使梦境带有实感。看似写梦，实则是以前夫妻恩爱生活的一个生动写照。“相顾无言”又是一转，时间又回到十年后的梦中重逢，而这时，昔日欢爱已远去，作者早已 “尘满面，鬓如霜”，相对之时，纵有千言万语，却不知从何说起，只有无语凝噎。现实的感受融入梦中，梦也让人惊痛万分。最后三句总束全词，写梦后的哀思。“料得”起笔，虽是推测之词，表达的却是肯定之意，今后年年使我断肠的地方，就是明月夜中那个沉寂的孤坟。作者寓情于景，感叹亡妻的孤单寂寞，也寄寓自己的哀思，凄凉之意，萦绕不绝。

这首词是苏轼婉约词的代表作，运用虚实结合、层层递进以及白描等多种艺术方法，表达了作者对亡妻的深切怀念，又在对亡妻的哀思中融入自己的身世感慨，感情细腻，凄婉痛绝，感人肺腑。

水调歌头

丙辰中秋，欢饮达旦，大醉，作此篇，兼怀子由。

明月几时有，把酒问青天。不知天上宫阙，今夕是何年。我欲乘风归去，又恐琼楼玉宇，高处不胜寒。起舞弄清影，何似在人间。　　转朱阁，低绮户，照无眠。不应有恨，何事长向别时圆？人有悲欢离合，月有阴晴圆缺，此事古难全。但愿人长久，千里共婵娟。

苏轼的《水调歌头》（明月几时有）是中秋词中最著名的一首，备受推崇，正所谓：“中秋词自东坡《水调歌头》一出，余词尽废。”（胡仔《苕溪渔隐丛话》由此可见此词地位之高，影响之大。

这首词作于宋神宗熙宁九年（1076）中秋，当时苏轼正任密州（今山东诸城）太守。这一时期苏轼因政治上的失意而自求外放，辗转各地为官，他曾要求到离弟弟苏辙比较近的地方为官，但未果，作者心底不无抑郁惆怅之感。时值中秋，对月思人，苏轼想起了分别七年的弟弟苏辙，因而挥笔写下了这首词。词的小序中说“兼怀子由”，但这首词并非简单的怀人之作，它表现的是苏轼思想情感的矛盾变化：由于仕途失意，屡遭贬谪，作者对现实产生强烈不满，滋生出避世的念头，但他没有沉溺在这种消极悲观的情绪中，很快以洒脱旷达的态度超脱出来，依然表现出对现实、对理想的信心，对生活的热爱。

词的上阕叙述了作者的身世之感和思想矛盾。一开始“明月”两句化用了李白诗《把酒问月》中的两句："青天有月来几时？我今停杯一问之。"化用之后语气更急迫，语意更峭拔。接下来"不知"两句，表面上是对月亮产生的疑问，实则是在问当今朝廷情况如何。接下来的"我欲乘风归去"三句的意思是说，我想乘风回到月宫，但是又怕受不住天上的寒冷，这里寄寓着作者出世、入世的双重矛盾心理：他想回到庙堂之中，却又怕党争激烈，难以立足。最后两句是说，既然回不到天上，那呆在人间岂不更好？"琼楼玉宇"指朝廷，那么"人间"也就指在地方为官，当地方官一样可以报效国家，为国为民，想通之后，作者不禁"起舞弄清影"。到这里，作者终于战胜了自己的犹豫动摇，重新表现出积极的乐观情绪。

词的下阕主要抒发对弟弟的思念之情，同时感叹人生的离合无常。"转朱阁"三句写月光照人间的景象，由月引出人，暗示出作者心怀离愁别绪。接下来两句，明写"不应有恨"，实则恨在其中，埋怨月亮总是在人们分别时才圆，充满了"月圆人不圆"的怅惘。但作者很快笔锋一转，写出"人有悲欢离合"三句，转为安慰的语气：人有悲欢离合，月也有阴晴圆缺，自古以来就难有十全十美的事。既然如此，就没有必要为眼前暂时的分别而伤感。这几句充分表现作者洒脱旷达的襟怀，浓缩了丰富的人生体验，极富哲理意味。至此，作者的心态已经由"恨"渐趋平静，因而发出了最后的祝福："但愿人长久，千里共婵娟。"在这一美好祝愿中，作者终于完成了思想矛盾变化的过程，又回到对生活的热爱和对人生的积极态度上，表现了作者悟透人生的洒脱和旷达的性格。

全词意境雄阔，月光下广袤的清寒世界，天上人间来回驰骋的开阔空间，加上作者的豁达胸襟与乐观态度，典型地体现出苏轼豪放词清雄旷达的风格。

定风波

三月七日，沙湖道中遇雨，雨具先去，同行皆狼狈，余独不觉。已而遂晴，故作此。

莫听穿林打叶声，何妨吟啸且徐行。竹杖芒鞋轻胜马，谁怕？一蓑烟雨任平生。　料峭春风吹酒醒，微冷，山头斜照却相迎。回首向来萧瑟处，归去，也无风雨也无晴。

这首词写于宋神宗元丰五年（1082），到此时，苏轼被贬黄州已经两年多了。虽然他被贬谪，生活也颇困苦，但他仍然保持超脱的人生态度和乐观积极的心态。这首词正是反映了他的这种心境。

词的前面有一段小序，介绍了作者创作这首词的缘由。三月七日，作者和其他人一起到沙湖，途中遇雨，这本是一件极其平常的小事，但作者以小见大，借此抒发了他的人生情怀。

上阕开头两句作者就抒发了自己面对风雨的态度，即使雨打得树叶沙沙响，作者依然不为外界所动，还要吟咏诗句，信步而行，从容自若。这里隐含对生活困厄的挑战。接下来三句承前细写，"竹杖芒鞋"虽粗陋，可在自信坦然的作者看来，比骑马更加轻便自在。一句反问"谁怕"，更显作者的傲然之态。在面对风云变幻仍泰然处之的词人面前，一切的风雨似乎都不在话下。最后一句收束全文，表明作者以这种"一蓑烟雨任平生"的态度来面对人生中的种种困境，一个"任"写出了作者的超脱之态。

下阕转写雨后的情景和感受。“料峭”两句写一阵料峭的寒风吹来，使他酒醒过来，感到一阵寒冷，正在这时，“山头斜照却相迎”，为他驱走了寒意。这转开的一笔产生“柳暗花明又一村”的效果，使作者和读者一起从自然的风雨变幻中获得某种人生感悟。最后三句写作者摆脱寒冷后，回首来路，就好像什么事情都没有发生一样。这里的“风雨”是一个双关语，既指外出途中所遇风雨，又暗指作者所遭遇的政治上的“风雨”和人生险途。这三句承接上阕的“一蓑烟雨任平生”，同样反映了他超脱豁达的人生态度。

纵观全词，通过外出偶遇下雨这一生活中的小事，小中见大，简朴中见深意，表现出旷达超脱的胸襟，寄寓着作者超凡的人生理想。

【强化训练】

在《念奴娇·赤壁怀古》中，苏轼营造出一种壮阔的意境。试分析这首词是怎样表现这种意境的？抒发了词人怎样的感情？

以柳永词和苏轼词为例，试分析婉约词与豪放词的主要区别。

【知识拓展】

一、文赤壁和武赤壁

湖北有文武赤壁之说，文赤壁位于黄州，因苏东坡在此吟诵了千古绝唱《念奴娇·赤壁怀古》而知名；武赤壁位于赤壁市（原蒲圻市），是三国时期著名的赤壁大战的遗址。

二、余秋雨《苏东坡突围》（节选）

我非常喜欢读林语堂先生的《苏东坡传》，前后读过多少遍都记不清了，但每次总觉得语堂先生把苏东坡在黄州的境遇和心态写得太理想了。语堂先生酷爱苏东坡的黄州诗文，因此由诗文渲染开去，由酷爱渲染开去，渲染得通体风雅、圣洁。其实，就我所知，苏东坡在黄州还是很凄苦的，优美的诗文，是对凄苦的挣扎和超越。

苏东坡在黄州的生活状态，已被他自己写给李端叔的一封信描述得非常清楚。信中说：得罪以来，深自闭塞，扁舟草履，放浪山水间，与樵渔杂处，往往为醉人所推骂，辄自喜渐不为人识。平生亲友，无一字见及，有书与之亦不答，自幸庶几免矣。

我初读这段话时十分震动，因为谁都知道苏东坡这个乐呵呵的大名人是有很多很多朋友的。日复一日的应酬，连篇累牍的唱和，几乎成了他生活的基本内容，他一半是为朋友们活着。但是，一旦出事，朋友们不仅不来信，而且也不回信了。他们都知道苏东坡是被冤屈的，现在事情大体已经过去，却仍然不愿意写一两句哪怕是问候起居的安慰话。苏东坡那一封封用美妙绝伦、光照中国书法史的笔墨写成的信，千辛万苦地从黄州带出去，却换不回一丁点儿友谊的信息。我相信这些朋友都不是坏人，但正因为不是坏人，更让我深长地叹息。总而言之，原来的世界已在身边轰然消失，于是一代名人也就混迹于樵夫渔民间不被人认识。本来这很可能换来轻松，但他又觉得远处仍有无数双眼睛注视着自己，他暂时还感觉不到这个世界对自己的诗文仍有极温暖的回应，只能在寂寞中惶恐。即便这封无关宏旨的信，他也特别注明不要给别人看。日常生活，在家人接来之前，大多是白天睡觉，晚上一个人出去溜达，见到淡淡的土酒也喝一杯，但绝不喝多，怕醉后失言。

他真的害怕了吗？也是也不是。他怕的是麻烦，而绝不怕大义凛然地为道义、为百姓，甚至为朝廷、为皇帝捐躯。他经过“乌台诗案”已经明白，一个人蒙受了诬陷即便是死也死不出一个道理来，你找不到慷慨陈词的目标，你抓不住从容赴死的理由。你想做个义无反顾的英雄，不知怎么一来把你打扮成了小丑；你想做个坚贞不屈的烈士，闹来闹去却成了一个深深忏悔的俘虏。无法洗刷，无处辩解，更不知如何来提出自己的抗议，发表自己的宣言。这确实很接近有的学者提出的“酱缸文化”，一旦跳在里边，怎么也抹不干净。苏东坡怕的是这个，没有哪个高品位的文化人会不怕。但他的内心实在仍有无畏的一面，或者说灾难使他更无畏了。他给李常的信中说：“吾侪虽老且穷，而道理贯心肝，忠义填骨髓，直须谈笑于死生之际。……怀坎壈于时，遇事有可遵主泽民者，便忘躯为之，祸福得丧，付与造物。”

这么真诚的勇敢，这么洒脱的情怀，出自天真了大半辈子的苏东坡笔下，是完全可以相信的，但是，让他在何处做这篇人生道义的大文章呢？没有地方，没有机会，没有观看者也没有裁决者，只有一个把是非曲直忠奸善恶染成一色的大酱缸。于是，苏东坡刚刚写了上面这几句，支颐一想，又立即加一句：此信看后烧毁。

这是一种真正精神上的孤独无告，对于一个文化人，没有比这更痛苦的了。那阕著名的《卜算子》，用极美的意境道尽了这种精神遭遇：

缺月挂疏桐，漏断人初静。谁见幽人独往来？缥缈孤鸿影。

惊起却回头，有恨无人省。拣尽寒枝不肯栖，寂寞沙洲冷。

正是这种难言的孤独，使他彻底洗去了人生的喧闹，去寻找无言的山水，去寻找远逝的古人。在无法对话的地方寻找对话，于是对话也一定会变得异乎寻常。像苏东坡这样的灵魂竟然寂然无声，那么，迟早总会突然冒出一种宏大的奇迹，让这个世界大吃一惊。

然而，现在他即便写诗作文，也不会追求社会轰动了。他在寂寞中反省过去，觉得自己以前最大的毛病是才华外露，缺少自知之明。一段树木靠着瘿瘤取悦于人，一块石头靠着晕纹取悦于人，其实能拿来取悦于人的地方恰恰正是它们的毛病所在，它们的正当用途绝不在这里。我苏东坡三十余年来想博得别人叫好的地方也大多是我的弱项所在，例如从小为考科举学写政论、策论，后来更是津津乐道于考论历史是非、直言陈谏曲直，做了官以为自己真的很懂得这一套了，洋洋自得地炫耀，其实我又何尝懂呢？直到一下子面临死亡才知道，我是在炫耀无知。三十多年来最大的弊病就在这里。现在终于明白了，到黄州的我是觉悟了的我，与以前的苏东坡是两个人。（参见李端叔书）

苏东坡的这种自省，不是一种走向乖巧的心理调整，而是一种极其诚恳的自我剖析，目的是想找回一个真正的自己。他在无情地剥除自己身上每一点异己的成分，哪怕这些成分曾为他带来过官职、荣誉和名声。他渐渐回归于清纯和空灵，在这一过程中，佛教帮了他大忙，使他习惯于淡泊和静定。艰苦的物质生活，又使他不得不亲自垦荒种地，体味着自然和生命的原始意味。

这一切，使苏东坡经历了一次整体意义上的脱胎换骨，也使他的艺术才情获得了一次蒸馏和升华，他，真正地成熟了——与古往今来许多大家一样，成熟于一场灾难之后，成熟于灭寂后的再生，成熟于穷乡僻壤，成熟于几乎没有人在他身边的时刻。幸好，他还不年老，他在黄州期间，是四十四岁至四十八岁，对一个男人来说，正是最重要的年月，今后还大有可为。中国历史上，许多人觉悟在过于苍老的暮年，换言之，成熟在过了季节的年岁，刚要享用成熟所带来的恩惠，脚步却已踉跄蹒跚；与他们相比，苏东坡真是好命。

成熟是一种明亮而不刺眼的光辉，一种圆润而不腻耳的音响，一种不再需要对别人察言观色的从容，一种终于停止向周围申诉求告的大气，一种不理会哄闹的微笑，一种洗刷了偏激的淡漠，一种无须声张的厚实，一种并不陡峭的高度。勃郁的豪情发过了酵，尖利的山风收住了劲，湍急的细流汇成了湖，结果——引导千古杰作的前奏已经鸣响，一道神秘的天光射向黄州，《念奴娇·赤壁怀古》和前后《赤壁赋》马上就要产生。

周邦彦

【学习目标】

知识目标：了解周邦彦词的主要特点和贡献。

能力目标：感受、品赏词的意境、情韵，并熟练地朗读、背诵；能独立地分析、评论词作，比较准确地把握词作的情感意蕴及艺术特征；能掌握并运用写景抒情相结合的写法。

素质目标：体会词人丰富的思想感情，增强对美的感悟力。

【导入】

俗语有云：天下无不散之筵席。聚时融融，别时凄凄，古来如此。千百年来，无数文人墨客感伤于离别而创千古佳作，有柳永的“多情自古伤别离”，有江淹的“黯然销魂者，唯别而已矣”，有李白的“孤帆远影碧空尽，唯见长江天际流”……文辞虽不同，别离之伤却无不真切动人。在这些名垂千古的作品中，周邦彦的《兰陵王·柳》也是其中的一首佳作。

【任务训练】

实训任务：分析周邦彦词《兰陵王·柳》的结构，评述各部分的主要写作内容，并在此基础上熟练背诵。

活动目标：了解周邦彦词的特色，知道周邦彦在婉约词中的地位。

【知识导读】

周邦彦（1056—1121），字美成，号清真居士，钱塘（今浙江杭州）人。早年落魄不羁，后因向宋神宗献《汴都赋》万余言，被任命为太学正。宋哲宗时外放，先后在庐州、荆州、溧水等地任职十余年，还京为国子监主簿。宋徽宗时召周邦彦提举大晟府。晚年又知顺昌府，徙处州。

周邦彦精通音律，能自度曲，词律细密。词风浑厚和雅，富艳精工。工于慢词，长于铺叙，精于结构。词集名《清真词》，又名《片玉集》，今人吴则虞校点《清真集》共收词二百零六首。

周邦彦的词在内容上并无创新之处，依然以表现男女爱情、离愁别恨为主。他的贡献主要在于融合各家之长，力避各家之短，将词写得更为精致。其主要表现在：

首先，在音乐上，周邦彦确定并创制了许多新调。他利用在大晟府任职的机会，对前代和当时流行的八十多种词调重新进行审定，确定了各调中每个字的平仄，使各种词调定型。与此同时，他还制作了一些新调，如《六丑》《华胥引》《花犯》等。他非常重视音律，不仅注意平仄，而且严守四声。这实际上也是对苏轼以来词的创作脱离音乐倾向的纠正，这对南宋的格律派影响很大。

其次，在语言上，周邦彦非常讲究语言的锤炼、典故的运用以及对前人诗句的融合，因而形成了典雅工丽的语言风格。前人说："凡作词当以清真为主。盖清真最为知音，且无一点市井气，下字运意，皆有法度，往往自唐宋诸贤诗句中来，而不用经史中生硬字面，此所以冠绝也。"（沈义父《乐府指迷》）

另外，在结构上，周邦彦词比柳永、苏轼等人的作品更复杂曲折，他擅长在时间和空间上转换频繁，极尽变化之能事。

正因如此，虽然有人认为周邦彦词过于偏重艺术形式的锤炼，思想内容比较薄弱，如王国维在《人间词话》中就说他"但恨创调之才多，创意之才少耳"，但毫无疑问周邦彦仍然是宋代词坛的大家。

兰陵王·柳

柳阴直，烟里丝丝弄碧。隋堤上，曾见几番，拂水飘绵送行色？登临望故国，谁识京华倦客？长亭路，年去岁来，应折柔条过千尺。　　闲寻旧踪迹，又酒趁哀弦，灯照离席。梨花榆火催寒食。愁一箭风快，半篙波暖，回头迢递便数驿，望人在天北。　　凄恻，恨堆积。渐别浦萦回，津堠岑寂，斜阳冉冉春无极。念月榭携手，露桥闻笛。沉思前事，似梦里，泪暗滴。

《兰陵王·柳》是周邦彦的名作之一。这首词无论是在内容上还是在艺术上都有其独到之处。首先，在内容上，这首词的标题为“柳”，但纵观全词三片二十九句，描写“柳”的句子仅出现在上阕，而且只有几句。开头“柳阴直，烟里丝丝弄碧”二句是正面写柳，“拂水飘绵送行色”一句由“柳”引出送别的话题，“应折柔条过千尺”写折柳送别次数之多。写“柳”的句子仅此而已，而且都是表面写柳、暗示送别，接下来的全部文辞更是处处言送别。同时，“柳”的谐音即是“留”，在古代就有折柳送别的习俗，以此来表达对离人的挽留、留恋之意。因而很多送别的诗词当中都用柳来渲染别情，如“长安陌上无穷树，唯有垂杨管别离”（刘禹锡《杨柳枝》）、“柳条折尽花飞尽，借问行人归不归”（无名氏《送别诗》）。因此，这首词是托柳起兴、借柳抒发别情的送别之作。抒发离愁别绪在宋词中是常见的题材和内容，但这首词所写的离别不是一般的离别而是“客中送客”。也就是说，久居京城的作者本身也是“客”，而且是深感疲倦、思念故乡的“京华倦客”，却不得不留在京城，而且还要“年去岁来”，频频折柳送客，其中所包含的离愁自是更甚，在写送别中又渗透着身世之感，因此这首词的内蕴比其他同类词更为丰富复杂，自有新意。

其次，在艺术上，此词最突出、也最受人推崇的特点是通过时空结构的回环往复，层层铺写离情。词的上阕以柳起兴，引出送别，为了送别，再次来到隋堤上，又一次看到了那“拂水飘绵”的堤柳，继而写由所见之柳引起的种种回忆、联想和感触，由过去到现在，离别之多，黯然神伤。词的中阕中，“闲寻”一句是写寻找过去曾经送别的老地方，是追往，是虚写；“又酒”三句是写眼前送别的情境，是今情，是实写；“愁一箭风快”四句则是代送者设想，是设想中的别后情景，是以虚写实。词的下阕写别后离恨，同样采取了时空转换、反复铺叙的写法。作者先紧承中阕写自己送别之后内心的“凄恻”，继而由“斜阳冉冉春无极”的景色引出回忆：追忆过去在一起“月榭携手”“露桥闻笛”的美好时光；最后以“沉思往事”三句作结，又回到眼前。综上所述，作者在铺叙中极尽曲折变化之妙，时空转换频繁，虚实交替出现，既跌宕多姿，又层次分明，章法井然。

正是因为在内容上和艺术上极为出色，这首词在南宋初期就广为流传，并经久不衰，在送别词中独领风骚。

【强化训练】

分析周邦彦词《兰陵王·柳》是如何通过时间和空间的转换，层层深入地抒发离愁别绪的。

【知识拓展】

兰陵王

兰陵王名高长恭（541—573），南北朝北齐王室；又一说为名孝瓘，字长恭，文襄帝高澄第四子。骁勇善战，前后因各项战功被封为巨鹿郡、长乐郡、乐平郡、高阳郡等地的郡公。他是北齐史上的传奇人物之一。

兰陵王的父亲是北齐高祖神武皇帝高欢的长子文襄帝高澄，母亲不详，据传可能是个身份低微的宫女。高长恭骁勇善战，面相却太柔美，《北齐书》《北史》中说他“貌柔心壮，音容兼美”，《旧唐书·音乐志》中说他“才武而面美”，《隋唐嘉话》中说他是“白类美妇人”，他有着一般男子所不具备的俊美容貌。但是，兰陵王的美却给他带来了极苦恼，因为相貌俊美柔善，在战场上对阵时，他经常会受到敌手的轻蔑。为此，他不得不命人制作一些面目狰狞的面具，每逢出战时都戴在脸上，以此达到威慑敌手的目的。

兰陵王一生参加了无数次战役，其中广为传颂的是历史上著名的“邙山大战”。河清三年（564），突厥和北周对北齐发动进攻，北齐重镇洛阳被北周十万大军团团围困，多次救援均遭失败，眼看就要全军覆没，洛阳城破。在这危急关头，兰陵王戴着面具，率领五百精骑，奋勇杀入周军重围，一直杀到洛阳城下。守城的北齐军队被困多日，不敢贸然开门，兰陵王摘下面具，城上的北齐军立即欢呼起来，打开城门，与城外大军合兵一处，奋勇杀向周军，周军大败。正是这次大捷，使得兰陵王威名远扬，北齐皇帝加封他为尚书令。

兰陵王不仅骁勇善战、屡建战功，而且忠以侍上，和以待下，在士兵和当时社会中广有威名。《北齐书》记载，他“为将躬勤细事，每得甘美，虽一瓜数果，必与将士共之”。哪怕是对待自己的政敌，他也以宽容心对待。这在嗜杀暴虐的北齐王朝实在是难能可贵。所谓木秀于林，风必摧之，尽管兰陵王一生小心翼翼，唯恐遇祸，但他的赫赫战功和在北齐的影响力最终还是引起了北齐后主高纬的猜忌，招来了杀身之祸。

河清四年（565）的一天，高纬在与兰陵王谈及邙山之战时，说道：“入阵太深，失利悔无所及。”兰陵王无心答道：“家事亲切，不觉遂然。”一个“家事”引起皇帝的猜忌，终于在武平四年（573）五月的一天，给兰陵王送去了一杯毒酒。兰陵王悲愤至极，却已知无力回天，只能将鸩酒一饮而尽。兰陵王死后被安葬在都城邺（今邯郸临漳县境内）以西。重要军事统领兰陵王的遇害，预示着北齐王朝的终结。四年后，失去了军事支柱的北齐王朝被北周皇帝宇文邕灭掉，高氏子孙几乎全遭屠戮。

李清照

【学习目标】

知识目标：了解李清照的生平与创作；了解李清照词在各个不同时期的创作内容和思想情感；了解李清照词的婉约派风格。

能力目标：能有感情地朗读和背诵李清照词的名作；能独立地分析词作，比较准确地把握词作中的意象和由意象营造的意境，以及其中所包含的感情。

素质目标：在词的艺术境界中陶冶情操。

【导入】

在以男性为中心的古代社会，女子的智慧和才能一直被埋没，很少有女子能被载入文学史册，并且得到众人的一致赞誉。然而，李清照是个例外，她的出现不啻于一个奇迹。她是中国文学史上创造力最强、艺术成就最高的女性作家，在诗、词、散文等方面皆有成就，尤其是在词的领域，她真正做到了“不徒俯视巾帼，直欲压倒须眉”（李调元《雨村词话》）。

【任务训练】

实训任务：阅读、理解和分析《一剪梅》（红藕香残玉簟秋）和《声声慢》（寻寻觅觅）这两首词在写愁上的异同点。

活动目标：通过这两首词，从内涵、风格、手法等多方面分析两者在写愁上的相同点和不同点。

【知识导读】

一、李清照简介

李清照（1084－1151），号易安居士，齐州章丘（今山东济南）人。父亲是文学家李格非，母亲是状元王拱辰之女，也工文章。李清照早年生活在文化气息浓厚的家庭中，生活优裕。18岁时，与太学生赵明诚结婚。夫妻感情深笃，对书画金石有共同的爱好。赵明诚著有《金石录》，李清照写了《金石录序》，详细地记载了夫妻共同生活和对书画金石的爱好。李清照前期的辞章，多数是描写闺中的生活情趣及大自然的绮丽风光，风格清新明丽。北宋灭亡后，李清照夫妇仓皇南渡。南宋建炎三年（1129），赵明诚在建康（今南京市）病故，她只身经历了国破家亡的痛苦，因此后期的作品多反映战乱痛苦的生活，感时伤怀，怀旧思乡，风格沉郁凄怆。在宋代词人中，李清照卓然自成一家。论词也有“别是一家”之说，著有《词论》，在词论史上占有重要地位。有《漱玉词》。

二、李清照的词作

靖康之变后，北宋王朝覆灭，这极大地影响着文人的创作，李清照也深受其苦。她的词很明显地分为前后两个时期。前期的词善于描写自然景物，反映闺情相思，歌咏离愁别恨，爽朗明快，充满了欢乐和浪漫气息，即使是表达离愁与相思之苦的词中，也透出夫妻恩爱、两情相悦的幸福之感。到了后期，国破夫亡，李清照深受折磨，因此其词作则主要表现她的身世之苦、故国之思以及孤寂无聊的心情，情调低沉，凄苦悲凉。例如《声声慢》（寻寻觅觅），在这首词中，很难看到相思的甜蜜或苦涩，有的只是一人独处、孤苦伶仃的凄凉与绝望，读来心情异常沉重。

无论是前期还是后期，李清照都能写得独具韵味、真切动人，人们将李清照独具韵味的风格称为“易安体”。易安体的特征主要表现为：第一，以寻常语入词，这是易安体最突出的特点。李清照不追求辞藻华美，也不刻意熔铸前人诗句，而是用最平常、最简练的生活化的语言来表现复杂微妙的心理和多变的情感流程，且能“化俗为雅”。例如，“知否？知否？应是绿肥红瘦。”［《如梦令》（昨夜雨疏风骤）］看起来似乎是平常语，读来却令人回味无穷。第二，易安体融入了家国兴亡的深悲巨痛，同时又不失婉约词的本色，具有凄婉悲怆的格调。李清照的后期词，多为愁苦之作，情调入于凄怆悲伤一途，发展了传统的婉约词。以往的婉约词，往往是男作者代女子说话，因此，抒发的女子情感是作者想象出来的。李清照则真实地袒露了自己的内心世界，大胆而又真切，尤其是南渡之后的词，身怀家国之痛，深具凄婉悲怆的格调，感人至深，如“闻说双溪春尚好，也拟泛轻舟。只恐双溪舴艋舟，载不动，许多愁”（《武陵春》）。家国之痛和身世之悲相融合，是易安体的特殊格调，令人凄怆欲绝。第三，情感表现形象具体而富有美感。例如，“东篱把酒黄昏后，有暗香盈袖。莫道不销魂，帘卷西风，人比黄花瘦”（《醉花阴》），借用黄昏、黄花等具体事物来寄寓情感，使情感的表现形象而具体。第四，讲求韵律美。李清照论词很重视声律，所谓歌词分五音六律、清浊轻重，她的创作实践了自己的理论。她的《漱玉词》讲究声情，喜用双声叠韵，选词注重声韵美。

三、词作欣赏

醉花阴

薄雾浓云愁永昼，瑞脑销金兽。佳节又重阳，玉枕纱厨，半夜凉初透。　东篱把酒黄昏后，有暗香盈袖。莫道不销魂，帘卷西风，人比黄花瘦。

宋徽宗大观二年（1108）重阳节，赵明诚至仰天山罗汉洞观月，李清照独居青州归来堂，重阳赏菊，无人相伴，故写下这首词以抒发自己寂寞的心情以及对丈夫的思念之情。

词的上阕写深秋时节的孤独寂寞之感，从室外到室内，从白昼到深夜，窗外阴沉暗淡，室内香烟缭绕，以景写情，处处表现了作者孤寂无聊的心情。词的下阕开头两句写重阳赏菊独酌的情境，“有暗香盈袖”句化用了《古诗十九首》中“馨香盈怀袖，路远莫致之”（无名氏《庭中有奇树》）的句意，暗示了她对丈夫的思念之情，遂引出了末三句。这三句采取自我反观的笔法，用西风吹卷帘幕，露出比黄花更为憔悴的少妇面容，形象地抒写了相思之苦，动静结合，色形俱备。其中，“人比黄花瘦”中的“瘦”是这首词的词眼，虽是一平常词，但用于此处极妙，一方面写出了菊花的形态，传达出秋菊的“神”，另一方面又描写了作者因思念而面容清减的样子，显示出思念之深、之苦，同时，这种以花喻人的写法，构造出花面相映，人如花，花似人的艺术情境。据元伊世珍《嫏嬛记》记载：“易安以重阳《醉花阴》词函致明诚。明诚叹赏，自愧弗逮，务欲胜之。一切谢客，忘食忘寝者三日夜，得五十阕。杂易安作，以示友人陆德夫。德夫玩之再三，曰：‘只三句绝佳。’明诚诘之，答曰：‘莫道不消魂，帘卷西风，人比黄花瘦。’

正易安作也。”这个故事虽然不一定是真的，但它说明了这三句极受推崇，脍炙人口。

一剪梅

红藕香残玉簟秋。轻解罗裳，独上兰舟。云中谁寄锦书来？雁字回时，月满西楼。　　花自飘零水自流。一种相思，两处闲愁。此情无计可消除，才下眉头，却上心头。

元伊世珍《嫏嬛记》卷中载：“易安结婚未久，明诚即负笈远游。易安殊不忍别，觅锦帕书《一剪梅》词以送之。”因此，这是一首抒发相思之情的小令，作者在词中以女性特有的敏感捕捉稍纵即逝的真切感受，以平常之语、平常之物将抽象而深蕴的情感，表现为具体可感、为人理解、耐人寻味的东西。

上阕以“红藕香残玉簟秋”起句，用开始凋谢的荷花和发凉的竹席写出作者对秋天的主观感觉，同时暗示作者本人此时一人独处的冷清和寂寞，烘托了她的孤寂情怀。“轻解”两句描写作者划船出游的情景，其中一个“独”字点出了她出游时的状态和孤独之感，泛舟本是为解愁，却因眼前只身一人的情景而想起以前二人相伴出游的快乐，只能是“愁更愁”而已。正是因为这样，才越发思念远行的丈夫，才更加盼望远方的人能寄来哪怕只字片语，由此引出下三句。这几句化用了大雁传书的故事，想象着当月光洒满西楼的时候，大雁就能捎来丈夫的书信，这样写将抽象的思念之情化为云中雁回的景象，形象生动，具体可感。形成了极强的画面感。这正是用平常之语，发清新之思。

下阕的头一句“花自飘零水自流”，作者将笔锋一转，从丈夫来信的遐想中又转回划船出游的现实，既是对现实的摹写，也包含着对韶光易逝、光阴难驻的感叹和无奈。既然青春易逝，就更要珍惜与爱人相伴的时光，这就更引发了她对丈夫的想念，由此自然过渡到后面的情感抒发。“一种相思，两处闲愁”在写自己的相思之苦、闲愁之深的同时，由己身推想到对方，深知这种相思与闲愁不是单方面的，而是双方面的，以见两心之相印。词的最后三句最为世人所称道。这里，“眉头”与“心头”相对应，“才下”与“却上”成起伏，语句结构十分工整，同时由外而到内心，进一步渲染了作者的“闲愁”之深。这里的“才下眉头，却上心头”和前面的“一种相思，两处闲愁”一样，运用语言上的对称形成既统一又矛盾的特点，既读起来朗朗上口，又给人以强烈的审美刺激，令人印象深刻，回味无穷。因而这几句也成为千古佳句。

声声慢

寻寻觅觅，冷冷清清，凄凄惨惨戚戚。乍暖还寒时候，最难将息。三杯两盏淡酒，怎敌他，晚来风急！雁过也，正伤心，却是旧时相识。　　满地黄花堆积，憔悴损，如今有谁堪摘？守着窗儿，独自怎生得黑！梧桐更兼细雨，到黄昏，点点滴滴。这次第，怎一个愁字了得！

北宋灭亡后，李清照和丈夫赵明诚先后仓皇南渡，夫妻半生收藏大部分毁于战乱。南京建炎三年（1129），赵明诚因病去世，独留李清照在世间，饱尝颠沛流离之苦。绍兴二年（1132），李清照再嫁张汝舟，哪知此人觊觎的只是她身边仅存的文物。所遇非良人，李清照决然与他分手。她无儿无女，晚年孤独一人，寄人篱下，孤寂而死。这首词即是李清照在受尽磨难后的晚年时所作的词，集中体现了她在经历国破家亡、丈夫去世、收藏尽毁、遇人不淑、年老无依等种种不幸之后的孤独凄凉、忧患余生的感觉，表现了作者难以排遣的愁绪，而这愁绪再不是前两首词中所表现的相思之愁，而是包含着情愁、家愁和国愁，所蕴含的思想感情是极其丰富和深厚的。

这首词历来被人称诵，除了可供人细细体会的无限愁绪和辛酸外，它在艺术上的成就也是被人们所肯定的。大体说来，这首词在艺术上主要有以下几个特点。

第一，叠字的运用，创新出奇。李清照在这首词中用了九组叠字，分别安排在上下阕中。起句即用七组叠字开头，虽都是浅近的字眼，却包含着寻觅、恍惚、失望、孤寂、悲伤等多种意境，营造出孤独与凄清的气氛，从而定下全篇的基调。下阕中两组叠字为“点点滴滴”，虽不如起句的叠字巧妙蕴藉，却也在简单的字眼中形象地表现了“梧桐细雨”的形、声、神，同时也暗示作者被孤寂所笼罩，夜夜无法安睡的状态，更加自然地引出最后的收束词“愁”，因而这一句也迎来无数人的赞叹。

第二，借景抒情，运景入情。作者通过白描手法，描写了一幅冷冷清清的秋景图，来衬托自己的孤独和凄凉。词中的乍暖还寒、晚来风急、大雁飞过、满地黄花、梧桐细雨、黄昏等景象，虽是以平实之语写平常之景，却无不表现作者孤寂、凄凉、悲伤、哀愁的心情，景情融合，感人至深。

第三，在音律上，作者也十分讲究。《声声慢》的词牌历来韵脚多押平声字，调子也比较徐缓。李清照却选择了入声韵，入声短促幽咽，创造出一种饮咽吞声的艺术效果。与此同时，词中又配以众多的齐齿音字和舌音字。所有字中，这类字竟占五十七个，如寻、觅、凄、息、积等齐齿音字，点、滴、得、第等舌音字，交相重叠，形成一种啮齿切语的音调，表达了作者内心的哀痛。另外，这首词多使用双声字和叠韵字，双声字如将息、伤心、黄花等，叠韵字如冷清、暖还寒、得黑等，增强了整首词音韵上的和谐之美。

纵览全词，无论是从立意还是从艺术手法与技巧上，这首词都达到了极高的艺术水准，充分体现了李清照作为一代词人的才情。

【强化训练】

搜集宋代词中写愁的名句，并试着分析与总结宋代词人在表达愁绪上有何共同的艺术手法。

【知识拓展】

靖康之变是指中国历史上的一次著名事件，发生于北宋皇帝宋钦宗靖康年间（1126—1127）。靖康二年（1127）四月金军攻破东京（今河南开封），在城内搜刮数日，掳徽宗、钦宗二帝和后妃、皇子、宗室、贵卿等数千人后北撤，东京城中被洗劫一空。北宋灭亡。

辛弃疾

【学习目标】

知识目标：了解作者所处的历史时代背景；了解辛弃疾豪放词的艺术风格。

能力目标：能有感情地朗读和背诵辛弃疾的名作；鉴赏辛弃疾词的艺术手法。

素质目标：在词的艺术境界中提升自己的人格，强化自己的爱国情操。

【导入】

郭沫若先生曾经为我国南宋历史上的一位大词人写过一副对联："铁板铜琶，继东坡高唱大江东去；美芹悲黍，冀南宋莫随鸿雁南飞。"那么，这是写给谁的呢？实际上，这副对联写的正是我们接下来要了解的一位重要词人——辛弃疾。

【任务训练】

实训任务：朗读辛弃疾词《菩萨蛮·书江西造口壁》和《青玉案·元夕》。

活动目标：体味这两首词的词情、词境，并能将辛弃疾词与苏轼词进行比较。

【知识导读】

一、作者简介

辛弃疾（1140—1207），字幼安，号稼轩，历城（今山东济南）人。他出生时，包括历城在内的北方大片土地已沦入金人之手。他少年时就欲恢复中原，报效国家，曾参加耿京领导的农民起义，反抗金人，后带领万余人南渡归宋。但归宋后，他并没有得到重用，只是担任了一些小官。多次上书，也没有被采纳，其中最著名的就是《美芹十论》。晚年虽偶受重任，但时间总是很短，难以施展报国壮志，最后含恨而逝。辛弃疾词多抒写力图恢复国家统一的爱国热情，倾诉壮志难酬的悲愤，也有不少描写自然风光的作品。艺术风格多样，而以豪放为主。他与苏轼并称为"苏辛"。有《稼轩长短句》传世。

二、辛词的思想内容与艺术成就

辛弃疾是南宋最有影响的词人，据统计，现存辛词约六百二十首，数量颇丰，思想内容也极为丰富。辛弃疾具有军事和政治才干，满怀抗金报国的雄心壮志，但无奈南宋统治者偏安一隅，使得他空有满腔热忱，却无法施展。因此，他的词多表现他驱除金人、重整河山的雄心壮志，抒发自己壮志难酬、报国无门的悲愤，以及他对当朝统治者投降政策的讽刺和不满，充满了强烈的爱国主义精神。另外，他还有一些描写农村生活和田园风光的词，表现了他对大自然的热爱。

作为最有影响的南宋词人，辛词的艺术成就不容忽视，主要表现在以下几个方面。

第一，辛词开拓了词的题材内容。辛词的题材范围比苏轼词更广泛，除了传统的离愁别绪，山河破碎的沉痛、报国无门的愤懑、怀古、咏史、写景、咏物等，尽入词中，尤其是那些以雄健之笔抒发深沉情思的“英雄词”，将原本为“小道”的词与个人、国家的命运联系在一起，彻底把词从以写男女之情为主的藩篱中解放出来，引向更加广阔的天地。

第二，艺术风格的多样化。辛词继承苏轼词的传统，以豪放为主要风格，同时又有清新之作，如《清平乐·村居》。还有一些词则写得温婉妩媚，如《祝英台近·晚春》等。

第三，语言风格多样，极具特色。比之苏轼以诗为词，辛弃疾则以文为词，他不仅运用诗的句法，还吸收散文、骈文入词，常将《诗经》《论语》《庄子》《离骚》等经史诗赋语言用入词中，用来咏物、抒情和讲说道理，且丝毫不见生搬硬套的痕迹，这种以文入词的写法使辛词显现出散文化和议论化的特点。同时，他还吸收和运用民间语言，发挥词清新明快、活泼流畅的一面，因而通俗化、口语化也是辛词在语言上的重要特点。

第四，在表现手法上，辛词比较突出的特点是常用比兴寄托的手法，且运用大量典故。辛词继承了《离骚》香草美人的传统，同时受婉约派词人的影响，善用比兴手法来表达自己的报国之志、家国之忧和身世之愤，同时辛词大量用典，比如《摸鱼儿》（更能消几番风雨）的下阕就用了三个典故，虽然有人认为有“掉书袋”之嫌，但总体上来说，他的用典一般借古喻今，使词更为含蓄蕴藉。

辛词以其内容上的爱国思想，艺术上的革新精神，在文学史上产生了很大影响。在辛词的影响下，南宋不少词人与他有相同或相近的创作倾向，文学史上称为辛派词人。他们以共同的爱国思想，借词抒发感慨、发表政见，表现出浓郁的爱国激情和慷慨悲壮的词风。这些作家主要有陈亮、刘过、刘克庄以及南宋末的刘辰翁等。南宋前期学习苏轼词风的张孝祥，被看作辛派词人的先驱；与辛弃疾同时而词风相近的陆游，也被视为辛词一派。

三、词作欣赏

菩萨蛮·书江西造口壁

郁孤台下清江水，中间多少行人泪。西北望长安，可怜无数山。　青山遮不住，毕竟东流去。江晚正愁予，山深闻鹧鸪。

南宋建炎三年（1129），金人南侵，直入江西，隆祐太后在造口弃船登陆，逃往赣州，才得以喘息。到宋孝宗淳熙三年（1176），其时作者任江西提刑，驻节虔州（今江西赣州），经行造口，登上郁孤台，触景生情，联想到昔日金人南侵之时，人民流离失所的惨境，从而写下了这首词。这首词主要抒发了作者渴望国家统一的爱国情怀，同时也含蓄地表达了他对偏安政府的不满。

词的上阕主要是由眼前之景引出兴亡之感。开头两句，作者遥想当年逃离流亡的人在经过郁孤台时流下了多少眼泪，好比这奔流不息的赣江水，将“清江水”和“行人泪”

相对比，表达了作者对人民的深切同情以及对山河破碎的满腔哀痛。“西北”两句，作者登台远望西北方向的故都，但可惜的是，重重山峦将视线挡住了，这里的山峦阻隔喻指收复中原仍然困难重重、希望渺茫。这两句表达了作者收复失地的热望，也含蓄地批判了南宋朝廷妥协投降政策，“可怜”既是可惜可叹，也是可恨。

词的下阕即景抒情。“青山”二句既写眼前实景，大江滔滔不尽地向东而行，青山想挡也挡不住，同时紧承上阕的最后两句，暗示即使有阻拦，人民抗金的意志也是不可阻挡的，这里借自然景物的描写表达了作者的内心感受，形象生动。最末两句借鹧鸪的叫声表达了作者壮志难酬的悲愤，

整首词借具体景物来表现复杂的感受，含蓄蕴藉，健拔雄壮。

南乡子·登京口北固亭有怀

何处望神州？满眼风光北固楼。千古兴亡多少事？悠悠。不尽长江滚滚流。

年少万兜鍪，坐断东南战未休。天下英雄谁敌手？曹刘。生子当如孙仲谋。

“京口”即今江苏省镇江市。在辛弃疾所处的时代，它成为南宋朝廷与金人对峙的第二道重要防线。因此，当作者登上这里的北固亭时，不禁伤怀，写下了这首《南乡子》。这首词所怀想的是三国时的孙权。历史上的孙权极有智谋，年少时已有将帅之才，十八岁时就已掌权而成为一方诸侯，独霸东南，统领东吴军队，坚持作战，终成三国鼎立之势。作者在这里怀念孙权，实则是借古喻今，表达自己想征战沙场、驱除金人、收复失地的强烈愿望，同时也以此讽刺当朝统治者的妥协无能，委婉地表达了自己的不满。

这首词在艺术上的特点主要有两个。第一，多处用典。词的下阕连用了两个典故，甚至有原句使用的，但是丝毫没有“掉书袋”的感觉，反而使上下文的词意连接非常流畅，丝毫不见生硬。第二，问答句的使用。整首词一共十句，其中有六句构成了三问三答的句式，行文紧凑，互相呼应，感叹雄壮，意境高远。

通观全词，虽短小但笔力雄健，不改豪放之风、报国之志。

青玉案·元夕

东风夜放花千树，更吹落，星如雨。宝马雕车香满路。凤箫声动，玉壶光转，一夜鱼龙舞。　　蛾儿雪柳黄金缕，笑语盈盈暗香去。众里寻他千百度，蓦然回首，那人却在灯火阑珊处。

这首词描写的是正月十五元宵节观灯的热闹景象，并着力塑造了一个孤高、淡泊、自甘寂寞的女性形象。当然，这个女性形象是有所寄托的，她何尝不是作者自己的自比？作者写这首词时正是他不被朝廷重用，被迫退休在江西上饶之时。联系作者自己的人生经历和感悟，这个女性形象正表达了作者在政治上失意后，不肯趋炎附势，甘愿寂寞，保持高洁品德的思想感情。

为了突出这个女性形象的特征，作者在这首词中重点使用了对比和以宾衬主的方法。整首词一共十三句，前面九句极写元宵节人们在街上观看灯火的欢乐场面，“宝马

雕车”“玉壶光转”“笑语盈盈”……整个画面显得流光溢彩，热闹非凡，但场景写得越热闹，越显得最后出现的“那人”性格的孤高，对比更为明显。因而前面九句都是铺垫，是为了更好地衬托最后的主要人物，这种以宾衬主、烘云托月的手法，构思新巧，且富有意境。

辛弃疾是豪放派的代表词人，豪放悲壮是辛词的主调，但同时婉约深曲之风也见于其词，这首《青玉案·元夕》就是辛词婉约词的代表作之一。

【强化训练】

课外阅读《清平乐·博山道中即事》和《清平乐》（茅檐低小），感受辛弃疾的描写自然风光和农村生活的词作的风格特征。

【知识拓展】

清末学者王国维在《人间词话》里说：“古今之成大事业、大学问者，必经过三种之境界：‘昨夜西风凋碧树。独上高楼，望尽天涯路。’（晏殊《蝶恋花》）此第一境也。‘衣带渐宽终不悔，为伊消得人憔悴。’（柳永《凤栖梧》）此第二境也。‘众里寻他千百度，蓦然回首，那人却在，灯火阑珊处。’此第三境也。此等语皆非大词人不能道。”

姜夔

【学习目标】

知识目标：了解作者所处的历史时代背景；了解姜夔词的艺术风格。

能力目标：能有感情地朗读和背诵姜夔的代表词作；能分析和评价姜夔的词作；掌握情景交融、虚实结合的写作方法。

素质目标：体味词中的“黍离之悲”，培养学生的爱国情感，引导他们更加珍惜今天的安宁和幸福。

【导入】

扬州，今日江苏省的重要城市，古代著名的江南小城，有美丽的风光，有深厚的文化底蕴，是中华人民共和国成立后国务院首批公布的历史文化名城之一。然而，扬州也是一个屡遭伤痛的城市，尤其是进入宋代之后，经过几多战火的洗礼。接下来要讲的词作就是姜夔有感于扬州之殇而写就的《扬州慢》。

【任务训练】

实训任务：阅读姜夔的《扬州慢》（淮左名都），写一篇赏析文章。

活动目标：赏析文章包括姜夔词作的主要思想内容和艺术特征，要求不少于600字，文章应观点明确，层次清晰，语句通顺。

【知识导读】

姜夔（约 1155—1221），字尧章，别号白石道人。鄱阳（今江西省鄱阳县）人。南宋著名诗词作家、音乐家。他终身为布衣，生活困顿，靠卖字和朋友接济为生，但多才多艺，书法精湛，擅写诗词，精通音律，能自制新调曲谱，并能吹弹伴和，只有北宋的周邦彦在自作词曲方面能与他相提并论，世人因而称“前有美成，后有尧章”。他一生交友广泛，以诗词、音乐、书法会友，与宿儒名士如范成大、杨万里、辛弃疾等人都有交往。姜夔是南宋婉约派的代表词人，其词素以空灵含蓄著称，强调音乐性，被认为是词家的正宗。有《白石词》传世。

姜夔的词以咏物和抒发相思之情为主要内容，也有一些词抒发身世之感和描写战争创伤，总体上来说，他的词在内容上并无新意。在艺术上，姜夔精通音律，因而写词音律严格，常自度新腔。他善于使用比兴和拟人手法，托物言情，喜用典。前人多以“清空”来概括姜夔词的风格，意即他的词在情感上主要抒发高洁的士大夫情怀，艺术表现上避实就虚，侧重于空灵的境界，显得立意幽远，襟怀淡泊，清新峻拔。姜夔上承周邦彦，下启吴文英等人，在宋代婉约词的发展史上具有特殊地位，后世的词论家对他也有很高的评价。

扬州慢

淳熙丙申至日，予过维扬。夜雪初霁，荠麦弥望。入其城，则四顾萧条，寒水自碧，暮色渐起，戍角悲吟。予怀怆然，感慨今昔，因自度此曲。千岩老人以为有《黍离》之悲也。

淮左名都，竹西佳处，解鞍少驻初程。过春风十里，尽荠麦青青。自胡马窥江去后，废池乔木，犹厌言兵。渐黄昏，清角吹寒，都在空城。　　杜郎俊赏，算而今重到须惊。纵豆蔻词工，青楼梦好，难赋深情。二十四桥仍在，波心荡，冷月无声。念桥边红药，年年知为谁生？

《扬州慢》写于淳熙三年（1176）姜夔初到扬州之时，此时的扬州因为连年征战已经失去往日繁华风流的面貌，作者触目所及，一片荒凉，有感于眼前所见，遂自度此曲并填词，抒发自己对扬州昔日繁华的怀念和对今日山河残破的哀思。

虽是抒情，但整首词作者并无正面抒情之语，而是通过选择特定的景物来加以描写，含蓄地抒发作者心中的感时伤乱之情。例如，上阕中的“渐黄昏清角吹寒”，将感觉与听觉混合在一起来描写黄昏时的扬州，一“清”一“寒”，既写出了今日扬州城的萧条，也暗示作者由此景产生的哀痛之情。下阕中的“波心荡，冷月无声”，一动一静，反衬出月亮的凄冷沉默，暗示作者在面对扬州城的冷寂时凄凉的心境。情由景生，景情相融。

用虚实结合、对比映衬的方法来写景抒情也是这首词的特点之一。通观全词，作者写了今昔扬州两者不同的景象，写昔日之扬州，“淮左名都”“竹西佳处”“春风十里”“豆蔻词工”“青楼梦好”，都是根据传闻、前人诗句来写，采用虚笔，让人联想到过去扬州的种种繁华；写今日之扬州，“荠麦青青”“废池乔木”“清角吹寒”“冷月无声”，都是根据自己的所见所闻来写，都是实写，今日扬州的破败萧条就在眼前。虚实相生相济，形成了今昔对比，感时伤乱之情油然而生。

此外，这首词还使用了拟人、化用前人诗句入词等多种方法，极大地丰富了词的内涵，使之更富有艺术感染力。

【强化训练】

在《扬州慢》中，姜夔是如何抒发自己的“黍离之悲”的？

【知识拓展】

杜牧一生曾两度在扬州生活过，写下了大量赞美扬州的诗歌。杜牧传播了扬州的美名，扬州成就了杜牧的诗名。在这些写扬州的诗歌中，比较受人们关注的有以下几首。

赠别二首

其一

娉娉袅袅十三余，豆蔻梢头二月初。
春风十里扬州路，卷上珠帘总不如。

寄扬州韩绰判官

青山隐隐水迢迢，秋尽江南草未凋。
二十四桥明月夜，玉人何处教吹箫？

题扬州禅智寺

雨过一蝉噪，飘萧松桂秋。
青苔满阶砌，白鸟故迟留。
暮霭生深树，斜阳下小楼。
谁知竹西路，歌吹是扬州。

遣怀

落魄江湖载酒行，楚腰纤细掌中轻。
十年一觉扬州梦，赢得青楼薄幸名。

扬州三首

其一

炀帝雷塘土，迷藏有旧楼。
谁家唱水调，明月满扬州。
骏马宜闲出，千金好旧游。
喧阗醉年少，半脱紫茸裘。

其二

秋风放萤苑，春草斗鸡台。
金络擎雕去，鸾环拾翠来。
蜀船红锦重，越橐水沈堆。
处处皆华表，淮王奈却回。

其三

街垂千步柳，霞映两重城。
天碧台阁丽，风凉歌管清。
纤腰间长袖，玉佩杂繁缨。
拖轴诚为壮，豪华不可名。
自是荒淫罪，何妨作帝京。

第五节 金元明清词

金国是女真族建立的国家，它于宋徽宗政和五年（1115）建立，到宋理宗端平元年（1234）为蒙古所灭，历时120年。金人崇勇尚武，因而其词多效法苏轼，有豪放之风，但数量较少，现存有元好问辑录的《中州乐府》。

元是蒙古族创立的国家，于至元八年（1271）定国号为元，至元十六年（1279）灭南宋，1368年被朱元璋所领导的农民起义推翻政权，共经历了一百多年。在元代，杂剧与散曲的发展蔚为大观，而词的创作则相形见绌，显现出元代散曲兴盛而词相对衰微的基本情形。据唐圭璋先生所编的《全金元词》辑录，元词现存3721首，词人212位，其中比较有成就的是词人是白朴、萨都剌。

到了明代，词的创作成就依然不高，特别出众的词人甚少，相对较突出的作家有杨慎、陈子龙等。虽然词的创作欠缺，但明人在词的编选和整理上做了许多有益的工作，编选了许多词的总集、选集，如陈耀文的《花草粹编》、毛晋的《宋六十名家词》等，为词学文献的保留工作作出了贡献。

经过元明两代的沉寂，词在清代出现“中兴”。清代词人之众，词作之多，超过以往各个朝代。叶恭绰编选的《全清词钞》，入选词人三千一百九十六人，词作五万多首。这些词在质量上也达到了相当高的水平，使清词在整个词史上成为光辉的总结。

大致来看，清代词可以分为前期、中期和末期三个时代。清代前期的词，流派纷呈，主要有以陈维崧为首的阳羡词派、以朱彝尊为首的浙西词派和独树一帜的词人纳兰性德。陈维崧、朱彝尊和纳兰性德号称“清初三大家”。清代中期影响最大的是常州词派，这一派由张惠言开山，他强调词的内容，强调比兴寄托手法的运用，但往往喜欢到前人作品中寻找“微言大义”，有穿凿附会之风。张惠言之后真正进一步推动常州词派的发展的是周济，他提出“词非寄托不入，专寄托不出”的观点，避免了词中意象、文辞的隐晦难懂；提倡词法周邦彦、吴文英。在周济等人的努力之下，常州派词真正地风靡开来，影响广泛而深远，笼盖了清后期的词坛。清代后期的词人、词作数量之多，超过了清前期和中期，尽管常州词派依然主盟词坛，但各流派依然纷繁。承接常州派余绪，而又不完全墨守常州派衣钵的著名词人有王鹏运、郑文焯、朱孝臧、况周颐等，他们被称为“晚清四大词人”。值得注意的是，清代后期的词人面临更加危险、窘迫的国势，不少人通过词作来谴责清廷，表现民生疾苦，倡导政治改革，从而开拓了词的表现领域。

元好问

【学习目标】

知识目标：了解作者所处的历史时代背景；了解作者的生平经历与基本创作情况。

能力目标：能有感情地朗诵元好问的词作；能体会词中以雁拟人的寓意。

素质目标：体味词中大雁之悲，体会爱情对生命的重要意义。

【导入】

爱情是文学永恒的主题，千百年来，无数文人墨客用自己的笔书写它、歌颂它，“情”成为文学中最华美最令人心醉神迷的篇章。那么，到底什么是情？金代元好问也曾经发出同样的疑问：“问世间情为何物，直教生死相许？”

【任务训练】

实训任务：阅读、赏析元好问的《摸鱼儿》(问世间情是何物)。

活动目标：能从思想感情和艺术特色两方面来分析该词。

【知识导读】

元好问（1190—1257），字裕之，号遗山，世称遗山先生。山西秀容（今山西忻州市）人。他生于一个世代书香的官宦人家，受过良好的教育，三十二岁中进士，历任内乡令、南阳令、尚书省掾、左司都事、行尚书省左司员外郎，四十三岁时蒙古军攻陷汴京，金朝灭亡，元好问被俘，被押赴聊城（今山东聊城）羁管软禁，到元太宗窝阔台十年（1238）八月（49岁）才结束羁系生活，回到故乡，后发愤著书直至逝世。

元好问是我国金末元初最有成就的作家和历史学家，是宋金对峙时期北方文学的主要代表，又是金元之际在文学上承前启后的桥梁。其诗、文、词、曲，各体皆工。诗作成就最高，其诗奇崛而绝雕琢，巧缛而不绮丽，形成河汾诗派。其散曲虽传世不多，但在当时影响很大，有倡导之功。他的词今存377首，艺术上以苏、辛为典范，兼有豪放、婉约诸种风格，为金代一朝之冠，后人评赞其词“乐章雅丽，情致幽婉”“深于用事，精于炼句”，有《遗山乐府》留世。

摸鱼儿

问世间情是何物，直教生死相许？天南地北双飞客，老翅几回寒暑。欢乐趣，离别苦，就中更有痴儿女。君应有语，渺万里层云，千山暮雪，只影向谁去？　横汾路，寂寞当年箫鼓，荒烟依旧平楚。招魂楚些何嗟及，山鬼自啼风雨。天也妒，未信与，莺儿燕子俱黄土。千秋万古，为留待骚人，狂歌痛饮，来访雁丘处。

《摸鱼儿》是一首咏物词，词前有一段小序："泰和五年乙丑岁，赴试并州，道逢捕雁者云：'今旦获一雁，杀之矣。其脱网者悲鸣不能去，竟自投地死。'予因买得之，葬之汾水之上，累石为识，号曰雁丘。时同行者多为赋诗，予亦有《雁丘词》。旧作无宫商，今改订之。"这个小序揭示了元好问写这首词的缘起：泰和五年（1205），十六岁的元好问在赴并州应试的途中遇到一个捕雁者，被捕雁者所叙说的大雁殉情之事深深感动，就买下这两只雁并把它们合葬在汾河岸边，垒上石头做记号，号曰"雁丘"，并写下了这首词。

大雁的殉情深深地震撼了作者，因而起句即以一"问"字破空而来，将作者的震惊、感叹化为有力的诘问：情是何物，竟要以生死相许？生死相许已足见情深，作者又在前面加上了"直教"二字，更突出"情"之一字的力量，进而引起读者的思考。词一开篇陡然发问，先声夺人，为下文写大雁殉情做铺垫，并点出"情"字以贯穿全文。"天南地北"以下五句描写了大雁相依为命的生活情景。大雁秋南下而春北归，双飞双宿，其间既有团聚的欢乐，也有离别的痛苦，仿佛人间的一对痴男怨女。作者在这里用比喻、拟人的手法描写了大雁，使人联想到世间更多痴情男女，以人比雁，以雁及人。"君应"四句是对大雁殉情前的心理描写。当爱侣被杀后，另一只虽然脱网而去了，但看看"渺万里层云，千山暮雪"，再无爱侣相伴，前路渺渺，形单影只，苟活下去又有什么意义呢？不如投地而死，共赴黄泉。作者用"万里""千山"写征途之遥远，以"层云""暮雪"状前景之艰难，给大雁的殉情染上了一层悲壮的色彩，更能打动读者的心。

词的下阕"横汾路"三句写作者遥想当年汉武帝横渡汾河时场面极其热闹，而现在却荒烟如织，满目苍凉。作者以古时雁丘之处的繁华来衬托现在的寂寞和荒凉，古今对比，人雁相对，进一步点染出大雁殉情的悲凉。"招魂"两句是写大雁既已死去再难复生，招魂也无济于事，山鬼枉自悲鸣。这里作者把写景和抒情相结合，以凄凉之景来衬托对殉情大雁的哀悼和惋惜，更加渲染出悲剧的气氛，使人倍感凄凉。"天也妒"三句写大雁的殉情，连上天也嫉妒，因而绝不会像一般的"莺儿燕子"一样葬于黄土了事。作者以反衬之法，突出了大雁殉情的崇高，引出下文。"千秋万古"四句紧承上文从正面对大雁进行歌颂，既然它不能归于黄土了事，那么它的美名将流芳万古，被后人歌咏传颂。全词以这四句结尾，寄寓了作者对殉情者的深切哀思，情深动人，婉约之中又有悲壮之风。

纵观全词，名为咏物，实则抒情。作者有感于大雁的殉情，展开丰富的想象，围绕大雁殉情的故事，在词中展开了深入细致的描绘，其中既有对大雁生前生活的描写，也有对大雁死后凄凉之景的展现，既有对过去的追忆，又有对以后凭吊大雁之景的展望，层层铺叙，塑造了忠于爱情、生死相许的大雁的形象，把“情为何物，直教生死相许”的主题写得可歌可泣，荡气回肠，令人不禁思之：雁且如此，人何以堪！

【强化训练】

阅读元好问的《摸鱼儿》，以“情”为主题，写一篇读后感。

【知识拓展】

文人杨正卿有感于元好问《摸鱼儿》一词，也写了一首《摸鱼儿》相和。

恨千年、雁飞汾水，秋风依旧兰渚。网罗惊破双栖梦，孤影乱翻波素。还碎羽，算古往今来，只有相思苦。朝朝暮暮，想塞北风沙，江南烟月，争忍自来去。　埋恨处，依旧并州旧路，一丘寂寞寒雨。世间多少风流事，天也有心相妒。休说与，还却怕、有情多被无情误。一杯会举，待细读悲歌，满倾清泪，为尔酹黄土。

纳兰性德

【学习目标】

知识目标：了解作者所处的历史时代背景；了解作者的生平经历；了解作者所写词作的基本内容和思想感情。

能力目标：能有感情地朗诵纳兰性德的词作；能体会词中的悲情。

素质目标：领悟词中的思乡之情，唤起对家乡、祖国的热爱。

【导入】

毫无疑问，宋词是中国古代词史上的最高峰，宋以后词似乎已成余响，再难见昔日之辉煌，但有一人，他的词被人评价为“北宋以来，一人而已”。他就是被称为“满清第一词人”的纳兰性德。

【任务训练】

实训目标：朗诵纳兰性德《长相思》。

活动目标：了解《长相思》的写作背景并朗诵。

【知识导读】

纳兰性德（1655—1685），叶赫那拉氏，原名成德，字容若，号楞伽山人，大学士明珠长子。他自幼聪颖，读书过目即能成诵，精于骑射，在书法、绘画、音乐方面均有一定造诣。康熙十五年（1676）进士，授三等侍卫，寻晋一等，武官正三品。康熙二十四年（1685）病故。有词集《饮水词》。

纳兰性德以词闻名，现存三百四十多首，内容丰富，以悼亡与羁旅题材作品最多，情调上哀怨感伤，情真意切。之所以形成这种风格，与纳兰性德自身的人生际遇和感怀紧密相连。一方面，身为权相名门之后，他自幼受儒家思想和家庭的影响，满怀入世之心，济世之志，但是自中进士之后却不得康熙重用，任了三年御前三等侍卫，又三年马政，仕途上的郁郁不得志使他不免灰心丧气，抑郁不已，也使他有厌倦之感。另一方面，在个人生活上他也并不幸福。康熙十二年（1673），十九岁的纳兰性德娶卢氏为妻，夫妻恩爱，但三年后卢氏因难产而去世，独留他一人品尝丧失爱妻的别离之苦。后虽又续娶，但这种阴阳两隔的痛苦一直弥漫在他的词中，使他的词越发感伤。人生抱负的不可施展，个人情感的不得圆满，都让纳兰性德心底的抑郁和苦闷双重交织，发之于词，也就更为凄婉哀恻。

长相思

山一程，水一程，身向榆关那畔行，夜深千帐灯。
风一更，雪一更，聒碎乡心梦不成，故园无此声。

《长相思》一词写于康熙二十一年（1682）。这一年康熙经山海关到满族的发祥地辽东一带去巡视，并祭祀长白山。这首词写于纳兰随从扈驾、经山海关途中，抒发了他的羁旅思乡之情。词的上阕以“山一程，水一程”起句，说明离故乡之远，下阕则以“风一更，雪一更”的气候来渲染作者的孤寂情怀，因而就更加怀念故园的宁静祥和。这首词上下两阕的起句都连用“一”字，不仅对仗工整，而且叠用吟哦，使文字有连续不绝之势，情感更为真切动人。同时，上阕的“身”与下阕的“心”相互对照，身向榆关，而心却在关内，含蓄地表明了作者的故园之思。全词虽短小，然构置精心，词短情长，读之令人感伤回味。

【强化训练】

课外阅读纳兰性德的《饮水词》。

【知识拓展】

“明月照积雪”“大江流日夜”“中天悬明月”“长河落日圆”，此中境界，可谓千古壮观。求之于词，唯纳兰容若塞上之作，如《长相思》之“夜深千帐灯”，《如梦令》之“万帐穷庐人醉，星影摇摇欲坠”差近之。

——节选自王国维《人间词话》

如梦令

纳兰性德

万帐穷庐人醉，星影摇摇欲坠。归梦隔狼河，又被河声搅碎。还睡，还睡，解道醒来无味。

第三章　曲

第一节　关汉卿《窦娥冤》

【学习目标】

知识目标：了解关汉卿所处的历史时代背景；了解元杂剧的相关知识；理解窦娥形象的社会意义。

能力目标：能概括窦娥的性格特点；能分析和总结《窦娥冤》的艺术特点。

素质目标：通过对剧作的了解和认识，学习窦娥的正直善良和面对恶势力不妥协的斗争精神。

【导入】

在中国戏曲发展历史上，关汉卿是一位重要的戏剧作家，他曾在《南吕·一枝花·不伏老》中这样写道："我是个蒸不烂、煮不熟、捶不匾、炒不爆、响当当一粒铜豌豆。"这句话表明了他不妥协、不退让的性格，而这种"铜豌豆"精神不仅是他自身的写照，也同样闪耀在他所创作的《窦娥冤》中的主角窦娥身上。

【任务训练】

实训任务：阅读《窦娥冤》。

活动目标：从戏剧冲突、行动描写、语言描写、心理刻画等多个方面来分析和把握窦娥的性格特点。

【知识导读】

一、作者简介

关汉卿，大约生于金代末年（约 1229—1241），卒于元成宗大德年间（约 1300），号已斋（一作一斋）。他是元代最杰出的杂剧作家，为"元曲四大家"之首。据统计，他一生创作了六十七部杂剧，现存十八部，其中《哭存孝》《陈母教子》等少数作品是否出自关汉卿之手尚存争议。《窦娥冤》《救风尘》《望江亭》《拜月亭》《单刀会》等是他的代表作。

从现存的剧目来看，关汉卿的杂剧创作，按照题材大致可以分为三类：第一类是公案剧，揭露政治黑暗和统治者的残暴，触及尖锐的社会矛盾，如《窦娥冤》《鲁斋郎》《蝴蝶梦》；第二类是爱情婚姻剧，反映妇女命运和为改变命运所进行的反抗与斗争，歌颂她们的智慧与勇气，如《救风尘》《调风月》《望江亭》。其中，《救风尘》是一部著名的喜剧，全称为《赵盼儿风月救风尘》。它描写汴梁妓女宋引章受了周同知的儿子——阔商人周舍的欺骗，嫁给他后备受凌辱和摧残，只好写信求救于同行院姐姐赵盼儿。赵盼儿准备了花红财礼，前往郑州，依凭自己的美丽和机智，取得了周舍给宋引章的休书，从而救出受难的姐妹，惩罚了无耻的恶棍。第三类是历史剧，歌颂古代英雄，表现时代精神，如《单刀会》《西蜀梦》都是写三国关羽等英雄故事。

艺术上，关汉卿的杂剧故事复杂，情节曲折紧凑，引人入胜；人物个性鲜明，他善于运用各种艺术手法来突出人物性格，如《救风尘》中的心理描写，《鲁斋郎》中的对比，因而他笔下的人物极少概念化、模式化色彩；语言上通俗自然、朴实生动，是“本色派”的代表，他善于从现实生活中吸取语言素材，将谚语、俚语、俗语、成语等融入剧本，使语言更为自然真切；戏剧风格多样，有激烈悲壮的正剧如《单刀会》，有凄苦怨愤的悲剧如《窦娥冤》，有嬉笑怒骂的喜剧如《救风尘》等，显示了关汉卿的创作才华。这些特点，特别是对人物形象的塑造，使他成为中国古代戏剧成就最高的剧作家。

二、主要内容

《窦娥冤》取材于汉代流传下来的民间故事“东海孝妇”。关汉卿结合在现实生活中的体认，精心创作了这个剧本。窦娥出生在书香之家，小时候即因家贫被其父卖给蔡家做童养媳，17 岁时不幸夫亡，窦娥随即变为寡妇，与婆婆相依为命。婆婆蔡氏以放债来收取“羊羔儿利”，在讨债过程遇害遭险，意外地被张驴儿父子救出。可是，张氏父子不怀好意，胁迫窦娥婆媳嫁给他们父子为妻，窦娥决意不从。张驴儿怀恨在心，遂暗中下毒，伺机害死蔡氏，逼窦娥改嫁，可是却误毒死了自己的父亲。张驴儿嫁祸于窦娥，以“官休”相威胁，实则强行逼窦娥“私休”。窦娥一身清白，不怕与张驴儿对簿公堂，原以为官府能判个一清二楚，岂料贪官是非不分，对窦娥严刑逼供，迫使她认罪，并屈斩窦娥，造成一桩冤案。窦娥被斩后，冤魂不去，寻到了自己已任两淮提刑肃政廉访使的父亲来平反，最终窦娥沉冤昭雪，恶人得到应有的下场。

在关汉卿的笔下，造成窦娥冤案的直接原因是像桃杌一样的昏官胡乱判案。桃杌名为百姓的父母官，却处处以利益为标准，对来告状的人肆意敲诈。他把来告状的称为自己的“衣食父母”，把“人是贱虫，不打不招”作为自己审案的原则。就是这样一个昏聩、草菅人命的贪官，却成为掌管百姓生死的人，这是何等的讽刺。在这里，关汉卿借此表达了他对元代统治的不满。除此以外，通过这个剧本，读者还能看到高利贷的剥削、像张驴儿一类流氓横行等种种社会现象，更清晰地看到当时社会的黑暗和混乱。因此，《窦娥冤》这部剧作深刻地揭示了悲剧产生的社会原因。关汉卿希望借由窦娥的悲剧激发世人对不平世道的愤慨，催促世人为争取公平合理的社会而抗争。

三、中心人物

窦娥是这部杂剧的中心人物。在这部剧作中，窦娥既善良温顺，又富有反抗精神。她的善良温顺主要体现在她对婆婆的态度上。当婆婆出门讨债很久都没回来时，她很为婆婆担心；当审讯之时，昏官对她严刑逼供，“一杖下，一道血，一层皮”，她都没有屈服，但是听说要对婆婆施刑时，她怕婆婆挨打受罪，情愿受屈认罪：“住、住、住，休打我婆婆。情愿我招了罢，是我药死公公来。”“情愿认药杀公公，与了招罪。婆婆也，我若是不死呵，如何救得你？”当她被押赴刑场的时候，她怕婆婆因为看见她这副模样而伤心，特意哀求刽子手绕道走后街不走前街。除了善良温顺，窦娥也体现出了坚韧刚强、敢于反抗的性格，这主要体现在她与张驴儿等恶势力的斗争中。当张驴儿父子闯上门来，强要招亲，蔡婆婆已经完全屈服时，她敢于一口回绝张驴儿的无理要求，并嘲讽蔡婆婆的软弱。面对桃杌的拷打，她也没有屈服，尤其是她被押赴刑场，最后一线希望被粉碎后，她的反抗性格被完全激发出来，发出了悲愤的控诉，她骂天骂地：“地也，你不分好歹何为地？天也，你错勘贤愚枉做天！”并在法场上对天发出三桩誓愿：血溅白练、六月降雪、亢旱三年。此时法场上真的开始风云变幻，阴风怒号，白雪纷飞，窦娥的抗争精神惊天动地。关汉卿塑造这样一个善良温顺与敢于反抗相统一的人物，有其社会意义和价值。这样一个善良温顺的女人，本应安分度日，却被卷入一桩命案，最终含冤致死，这本身就是对社会黑暗与不公的控诉，同时，窦娥的指天骂地，窦娥的反抗，更是对社会的直接抗议，是对封建统治秩序的批判和否定，同时也体现了普通民众身上不屈抗争的精神。

四、艺术特色

《窦娥冤》的艺术特色主要体现在以下几个方面。

第一，戏剧结构紧凑，矛盾集中。关汉卿十分注意戏剧结构的安排，以吸引观众的注意力。如楔子里交代窦娥七岁被卖到蔡家做童养媳。而此后一直到悲剧发生，中间发生了很多事，如窦娥离父、夫死守寡等，这么多内容都只在第一折作了极简单的交代，第一折开场时窦娥已经成了寡妇，这样剧情就能很快展开，迅速地进入矛盾冲突状态中。这个剧本虽然只有四折一楔子，但是集中了很多种矛盾冲突：窦娥与蔡婆的矛盾、蔡婆与赛卢医的矛盾、蔡婆与张驴儿父子的矛盾、窦娥与张驴儿的矛盾、窦娥与昏官桃杌的冲突等，各种矛盾冲突接连不断，错综复杂，又环环相扣，牢牢地吸引住了观众的目光。

第二，现实主义与浪漫主义创作手法相结合。楔子和前两折主要运用现实主义手法，揭示窦娥性格的发展变化和悲剧形成的社会根源；到了后两折，作者则运用了浪漫主义手法，让窦娥在法场上发了三桩誓愿，并最终复仇成功。这在现实生活中都是不可能的，都是作者在借幻想之笔突出窦娥的反抗精神，反映广大观众的强烈愿望和要求，显现出积极浪漫主义的色彩。

第三，作者在戏剧矛盾冲突的展开中展现人物性格。窦娥在剧中一开始表现出来的是善良温顺的性格，但随着剧情的展开，冲突的步步深化，窦娥身上的反抗精神被激发出来，直至法场行刑时她发出惊天动地的三桩誓愿，反抗的精神表露无遗，人物性格得到了进一步的深化。

五、第三折阅读提示

第三折是《窦娥冤》的高潮所在，在内容上主要由三部分组成：第一部分是窦娥在被押赴刑场途中谴责天地鬼神；第二部分是窦娥与婆婆诀别；第三部分是窦娥临刑前发下三桩誓愿以明冤屈。

在这三部分中，作者利用情节的步步推进，矛盾冲突的充分展现，并以感人肺腑的细节和唱段，对人物性格给予了更充分的体现。第三折一开始，窦娥被刽子手押赴刑场，在途中连续唱了两支曲子《端正好》《滚绣球》，强烈地指责天地鬼神是非不分，反映了她的觉醒意识和反抗精神。到了第二部分，作者用两个细节的描写突出窦娥的善良和温顺。第一个细节是窦娥为免婆婆伤心，恳求刽子手绕行，即使是在即将面对死亡的时刻，窦娥首先想到的依然是婆婆，此一请求充分显示了她的孝顺；第二个细节是婆媳刑场话别，窦娥对婆婆百般宽慰，嘱咐再三，但对于自己却只是请婆婆在其死后能给她烧纸钱。在这里，作者集中刻画了她的善良和甘于自我牺牲的精神。这样的窦娥即将含冤致死，怎不叫人落泪伤心，愤愤不平？正是在这样的情感基调上，戏剧情节又发展到第三部分，窦娥受此奇冤，在临行前发下三桩誓愿，充分显示了她的反抗精神。这反抗的意志如此之强，悲愤情绪如此之浓厚，以至于天地为之变色，“浮云为我阴，悲风为我旋”，三伏天下起了飞雪，鲜血都飞到了丈二白练上，更进一步表明了窦娥的冤屈，加强了悲剧气氛，也更加突出窦娥宁死不屈的抗争精神。至此，作者用这环环相扣的三个部分把窦娥温顺与抗争相统一的性格刻画得淋漓尽致，使窦娥的人物形象更为真实感人，从而具有更强的艺术感染力。

【强化训练】

课外阅读《窦娥冤》全剧。

【知识拓展】

田汉的《关汉卿》是一部十二场的历史剧，发表于《剧本》1958 年第 5 期，1959 年由中国戏剧出版社出版单行本。收入《田汉文集》第七卷。《关汉卿》是中华人民共和国成立后创作得最成功、最有影响的一部剧作。剧本以关汉卿创作的《窦娥冤》为中心，成功地塑造了关汉卿、朱帘秀、王和卿、王显之、阿合马等栩栩如生的人物形象。剧本肯定了关汉卿正直、善良、勇敢的大无畏精神，无情地抨击了统治阶级的黑暗政治。

第二节 高明《琵琶记》

【学习目标】

知识目标：了解“南戏”的相关知识；了解《琵琶记》的双线结构特征。

能力目标：能概括出赵五娘的性格特点及其意义；能评述《琵琶记》的思想意蕴。

素质目标：感受主人公的至忠至孝之心，敬老怜贫，忠诚于情。

【导入】

人们常说："易求无价宝，难得有情郎。"有情郎真的那么少吗？在古代戏剧中的确有负心之人陈世美之流，却也有像《琵琶记》中蔡伯喈这样的有情郎。

【任务训练】

实训任务：分析《糟糠自厌》这一片。

活动目标：根据对《琵琶记》整个剧作的了解，分析在这一片段中所体现出的赵五娘的心理活动及其所反映的形象特征。

【知识导读】

高明，字则诚，自号菜根道人，瑞安（今属浙江）人。生年在 1305 年前后。卒年有元末说和明初两说。持元末说者，认为卒于 1359 年。持明初说者，认为卒于朱元璋开国以后。他生于书香门第，是理学家黄溍的弟子。至正五年（1345）中进士后，在杭州、处州等地做过几任小官。晚年隐居于宁波著书，以词曲自娱。《琵琶记》就是在这一时期写成的。他的剧作除《琵琶记》外，还有《闵子骞单衣记》，已佚。

《琵琶记》是高明根据宋代戏文《赵贞女蔡二郎》改编而来的。《赵贞女蔡二郎》大致写蔡二郎中了状元后，为了功名利禄而弃亲背妇，最终被暴雷震死。高明基本继承了这个故事的框架，保留了赵贞女的"有贞有烈"，但对蔡伯喈的形象却做出了重大修改，把他从一个不孝不义的人变成一个"全忠全孝"的人。

《琵琶记》写的是蔡伯喈与赵五娘新婚不久，遇到朝廷开科取士，蔡伯喈以父母年事已高，欲辞试留在家中，服侍父母。但蔡公不从，邻居张大公也在旁劝说。蔡伯喈只好告别父母、妻子赴京考试，并高中状元。其时，牛丞相有一女未婚配，奉旨招新科状元为婿，蔡伯喈以回家尽孝为由辞婚、辞官，但牛丞相与皇帝不从，只好服从并入赘牛府。自蔡伯喈离家后，家乡连年旱灾，赵五娘任劳任怨，尽心侍候公婆，让公婆吃米，自己却悄悄咽糟糠。婆婆起初怀疑她偷偷吃好的，发现真相后一时痛悔过甚而亡，后来公公也死于饥荒。而蔡伯喈被强赘入牛府后，终日思念父母。写信去陈留家中，信被拐儿骗走，致音信不通。公婆去世后，赵五娘剪发卖钱，用罗裙包土埋葬了公婆，身背琵琶，沿路弹唱乞食，往京城寻夫。几经波折，最终与丈夫重聚。得到牛丞相的同意，蔡伯喈遂携赵氏、牛氏同归故里，庐墓守孝。后皇帝卜诏，旌表蔡氏一门。

高明创作这样一个剧本，其主观目的很明显。他在篇首就已经标明："有贞有烈赵贞女，全忠全孝蔡伯喈。"又在开场的《水调歌头》词中说明："不关风化体，纵好也枉然。"他的意图就是希望通过这个剧本来宣扬忠孝节烈。为了宣扬"全忠全孝"，他塑造了赵五娘和蔡伯喈这两个主要人物。剧中赵五娘善良孝顺，在极端困难的情况下全心侍候公婆，宁愿自己吃糠也要让公婆吃粮食，对丈夫也是一心一意，其行为处处显示出"贞烈"二字。蔡伯喈的行为本来是"背亲弃妇"的，但作者为了实现"全忠全孝"

的创作意图，特地安排了“三辞三不从”的情节：他不肯应试，父亲不从；要辞官，皇帝不从；欲辞婚，丞相不从。作者用这“三不从”来将蔡伯喈“背亲弃妇”的行为归咎于外部环境的逼迫，从而保持他忠孝的形象，实现作者宣扬封建伦理道德的意图。

但是，作者的主观意图和作品的客观表现之间却出现了背离。作者在主观上欲以“三辞三不从”把蔡伯喈扮成一个全忠全孝的完人，然而这“三不从”却酿成了蔡家的悲剧。在蔡伯喈飞黄腾达、享受荣华富贵的时候，他的父母妻子却正在忍饥挨饿，最终父母饿死，妻子历尽艰险，吃糠度日，剪发葬父，连张公都骂他“这三不孝逆天罪大”，他的行为客观上造成了这样的结果，实际上还是陷入了背亲弃妇的境地。欲“全忠全孝”，实际上却忠孝难以两全，暴露出封建伦理道德的缺陷，不得不引起人们对封建伦理道德合理性的怀疑，因而产生一定程度的批判性。同时，剧中不少处写了牛丞相的专横冷酷、地方官吏的贪赃枉法，展现了当时“野旷原空，人离业败”“饥人满道”的社会现实，在一定程度上揭露了封建社会的黑暗。因此，《琵琶记》的思想内容已经远远超出作者原本的意图，体现出更丰富、复杂的内涵。

《琵琶记》在艺术上也有其成功之处。最为突出的就是作者在结构上采取了双线交叉的形式，一条是以蔡伯喈上京考试的经历为线索，另一条则以赵五娘的活动为线索，两条线索平行发展，从而更好地展现社会背景和人物命运。同时，这两条线索也是互相对比的，一边是蔡伯喈洞房花烛，一边却是赵五娘遭遇饥荒；一边是蔡伯喈荷池弹琴，一边却是赵五娘糟糠自厌；一边是蔡伯喈享荣华富贵，生活安逸，一边却是公婆妻子忍饥挨饿，窘困不安。两条线索交叉发展，互相对比，更加鲜明地突出赵五娘的悲剧形象。其次，《琵琶记》在语言上也很成功，作者非常注意人物语言的个性化，因而在他的笔下，无论是主角赵五娘、蔡伯喈还是一些配角如蔡公蔡婆等，其语言都非常符合人物的个性和身份。比如，赵五娘只是一个农妇，因而她的唱词比较朴实，体现民间语言本色；而蔡伯喈是状元出身，有诗书礼仪教养，因而他的唱词显得比较高雅华丽。这样，作品中的人物显得更为真实。除此以外，这部戏剧作品在人物形象塑造、心理描写等方面也颇为成功。因而《琵琶记》成为南戏成熟的标志，被人们誉为“南戏之祖”。

《糟糠自厌》是《琵琶记》中第二十一出中的一段，也是《琵琶记》中最精彩的片段，历来为人们所传唱。在这一段中，作者开始处用了两支《山坡羊》，第一支曲写灾荒年岁，夫婿不归，赵五娘独撑家门、奉养双亲的艰难处境。第二支曲写赵五娘终日难穷尽的泪水，难宽解的愁绪，难扶持的病体，难挨的岁月。两支曲都用排句起句，更是催人泪下；结句合唱也增强了悲苦的气氛。后接三支《孝顺歌》，一支是赵五娘以糠自比，另两支由糠和米的分离，联想到自己的遭遇，连糠也不能比。曲词语言朴实，十分真切地表现了赵五娘吃糠时的心理，真挚动人，读来令人感动不已。

【强化训练】

课外阅读《琵琶记》全剧，并分析这部剧作的悲剧内涵。

【知识拓展】

《琵琶记》的前身是宋代戏文《赵贞女蔡二郎》。宋代戏文所写的蔡二郎，亦称蔡中郎，也就是汉代著名文士蔡邕，字伯喈。戏中所写的情况，只是出于民间传说。陆游在《小舟游近村舍舟步归》一诗中说："斜阳古柳赵家庄，负鼓盲翁正作场。死后是非谁管得？满村听说蔡中郎。"可见该故事流传之广。类似这种题材，在宋代说话、鼓词、诸宫调、杂剧等民间伎艺中，还有《王魁负桂英》《陈叔文三负心》《王宗道负心》等。这表明书生负心婚变现象在当时相当普遍，书生贪新弃旧、攀龙附凤的行为尤其受到市民阶层的关注。

书生发迹后负心弃妻的现象，与宋代科举制度有密切关系。科举制度规定，不论门第出身，只要考试中试，即可为官。这为寒士发迹提供了一条捷径。"朝为田舍郎，暮登天子堂"便是这种情况的写照。书生初入仕途，需要寻找靠山；权门豪贵也需要拉拢新入以扩充势力，联姻便成了他们利益结合的手段。而当书生攀上高枝、抛弃糟糠之妻时，便与原来的家庭不可避免地发生了冲突，导致一幕幕家庭和道德的悲剧。市民厌恶书生这种薄幸的行为，不惜口诛笔伐，这就是宋代民间伎艺产生大量谴责婚变作品的原因。宋代婚变故事一般把矛头指向书生，是因为当时书生不仅有着较高的社会地位，而且作为知书达礼的道德传承者，肩负着社会的责任。地位和行为的反差，自然使他们成为市民阶层谴责的主要目标。

在元代，社会情况发生了巨大的变化，书生的处境从天上跌到地下。元代科举一度中断七十余年，终元之世，考试制度时兴时辍。这使许多士人失去进身之阶，社会地位急遽下降，以致出现"九儒十丐"的说法。与此相联系，谴责书生负心婚变的悲剧作品，逐渐失去了现实的针对性。地位低下的书生，反成了同情的对象。所以元代戏曲里的书生形象，或是平庸怯懦，或是迂阔拘谨，尽管多半缺乏光彩，但很少作为被鞭挞的对象。到元代后期，人们对地位得不到改善的书生愈加怜惜，正面歌颂书生志诚的作品渐渐成为戏曲的主流。高明的《琵琶记》，以同情宽恕的态度，刻画蔡伯喈的形象，正体现了当时的社会情态。

——节选自袁行霈《中国文学史》第三卷第六编第七章第二节

第三节　王实甫《西厢记》

【学习目标】

知识目标：了解杂剧的相关知识；了解西厢故事的演变发展；了解《西厢记》的基本故事情节及其在文学史上的重要地位和影响。

能力目标：能概括《西厢记》的主题思想；能评价《西厢记》中的主要人物；能总结《西厢记》的艺术特征。

素质目标：品味戏剧语言，感受美的意境。

【导入】

自古以来，“恨别离”一直是文学中传唱不绝的主题，有李商隐的“相见时难别亦难”，有柳永的“多情自古伤别离”，有辛弃疾的“悲莫悲兮生别离”……人各不同，却都在咏叹着别离之情，触动人心。今天，我们将走进离愁别绪的世界，来品味一对有情人的别离之情。

【任务训练】

实训任务：阅读《长亭送别》，从中选出三首曲词，根据其内容和意境，用现代汉语把它们描述出来，每首曲词的描述不少于 100 字。要求文字通顺，准确恰当。

活动目标：掌握翻译古文的一般知识。

【知识导读】

一、作者简介

王实甫，元代杂剧作家。名德信，大都（今北京）人。生卒年不详，据有关资料推算，他的主要创作活动当在元成宗元贞、大德年间。王实甫所作杂剧，名目可考者共十四种。今存有全本的是《崔莺莺待月西厢记》《吕蒙正风雪破窑记》和《四大王歌舞丽春堂》三种；《韩采云丝竹芙蓉亭》和《苏小卿月夜贩茶船》都有佚曲，各一折；其余仅存名目。此外还有少量散曲流传。《西厢记》（《崔莺莺待月西厢记》的简称）是他的代表作，也是元代杂剧创作中的优秀作品之一。

二、西厢故事的演变发展

《西厢记》的故事来源于唐代元稹的小说《莺莺传》（又名《会真记》）。小说叙述唐贞元年间寄居蒲州普救寺的少女崔莺莺和书生张生恋爱、终被遗弃的悲剧故事。这个故事问世后，被改编成各种艺术形式，广为流传。到金代章宗时，董解元写成了《西厢记诸宫调》（后人习惯称之为“董西厢”），他改变了《莺莺传》“始乱之，终弃之”的主题，把它写成莺莺与张生为争取婚恋自由，共同反抗封建礼教并最终取得胜利的故事，使之成为一个以反封建为主题的讲唱文学作品。它在主题思想、故事情节、人物形象等多方面都有所创新，超越了原有的《莺莺传》，为后来的王实甫创作《西厢记》提供了基础。

正是在“董西厢”的基础上，王实甫对西厢故事进行了进一步的艺术加工与创新，使它变成了一部五本二十一折的大型杂剧《西厢记》（为便于区别，也有人称作“王西厢”）。

三、故事梗概

《西厢记》一共五本二十一折，这五本依次是《张君瑞闹道场》《崔莺莺夜听琴》《张君瑞害相思》《草桥店梦莺莺》和《张君瑞庆团圆》。其故事情节大致如下：唐贞元年间，前朝崔相国病逝，夫人郑氏带女儿莺莺、侍女红娘等一行人回河北博陵安葬，中途道路有阻，在河中府普救寺暂住。此时，河南洛阳书生张珙（字君瑞）赴长安赶考，路过河中府看望同窗好友白马将军杜确，顺便游览普救寺时与莺莺相遇，产生了爱慕之情。为追求莺莺，张生也在寺中借厢住下，并与莺莺隔墙和诗，两人互生爱慕。不料叛将孙飞虎包围了普救寺，欲夺莺莺为妻。夫人在危急之时许下诺言，谁能破贼解围，就将莺莺嫁给谁。张生挺身而出，自愿为之，写信给自己的好友求救。杜确带兵而来，平定叛军，解了普救寺之围。谁知老夫人出尔反尔，不肯把莺莺嫁给张生，只让他们以兄妹相称。张生因不能与莺莺成亲，害了相思，终致成病。后经莺莺侍女红娘从中帮助传递书简，背着老夫人私下幽会，互定终身。后两人之事被老夫人发现，便把红娘叫来拷问。红娘据理力争，最终说服了崔夫人。老夫人终于同意了张生与莺莺的婚事，但又以崔家三代不招白衣秀士为由，逼张生赴京应试，应试及第后，才能与莺莺成亲。后张生高中皇榜，正准备回去成亲时，老夫人的侄儿郑恒造谣生事，称张生已做了尚书女婿，让老夫人把莺莺嫁给他。就在这时，张生赶回了普救寺，在白马将军的帮助下，揭穿了郑恒的阴谋，与崔莺莺喜结连理。有情人终成眷属。

四、思想内容和艺术特色

王实甫的《西厢记》通过描写崔莺莺与张生的爱情故事，展现了崔莺莺、张生、红娘等追求婚姻自主的叛逆者同以老夫人为代表的封建礼教的维护者之间尖锐的冲突。其中，通过描写老夫人的出尔反尔以及多次阻挠，揭露了封建礼教对青年人自由婚姻的摧残；以崔张二人的胜利歌颂了以自由恋爱为基础的婚姻方式，并肯定了这种方式的合理性与正当性。全剧的最后，作者更是明确地提出“愿普天下有情的都成了眷属”的理想，代表了封建时代广大青年男女的愿望，更是对传统婚姻制度的大胆挑战，显现出鲜明的反封建倾向。

《西厢记》除了进步的思想外，在艺术上也有很多成功之处。首先，人物形象鲜明，个性突出。女主角崔莺莺是一个聪明美丽、有才情的大家闺秀，同时又是一个具有叛逆性格的青春少女。她出身相门，从小受严格的封建礼教管束，因而在遇到张生之后，虽然生了爱慕之心，但囿于自己的身份和自身所受到的教育，当红娘把张生的情书放在她的梳妆台上时，她装出大发脾气的样子，训斥红娘，当张生按她“待月西厢下”诗来践约时，她又把张生训斥了一顿，害得张生狼狈不已，回去后卧病不起。这些举动都与她的出身、地位和所受封建教养有关，符合她大家闺秀的形象。但同时，她毕竟是一个对爱怀有憧憬的少女，因而当张生出现在她的生活中，并对她表现出爱慕之意时，爱情已经在她心中播下了种子，隔墙和诗，道场传情，她开始突破身份的局限，渴望并大胆追求自己的爱情。老夫人言而无信、取消婚约这一举动更是激发了她内心的愤懑和反抗精神，月夜听琴，传书送简，暗约幽会，私定终身，她一次又一次向封建礼教发起了挑战。虽然其中也有过犹疑，但是对爱情的渴望最终战胜了内心激烈的思想斗争，她勇敢地走向了封建礼教的对立面。作者运用心理描写、语言描写等手法，生动地刻画了莺莺这样一个表面温顺矜持而内心情感炽热、充满了反叛精神的少女形象，表达了对封建礼教的否定和批判。

男主角张生是一个温文尔雅、执着真诚、略带傻气的书生。剧中张生虽是一介白衣书生，但文才出众，英俊潇洒，深深地吸引了崔莺莺。而张生初见莺莺，即一见倾心，并热情而执着地追求莺莺。在追求自由爱情婚姻的道路上，张生把爱情看得比功名重要，甘愿放弃上京应试的机会，留在普救寺追求自己的爱情。他考取状元后，也没有因地位改变而改变对莺莺的爱，足见他对爱情的“志诚”。当老夫人赖婚，欲以金钱相收买时，他说道：“小生何慕金帛之色？”在金钱面前，他依然是情字当头，体现了他对爱情的忠诚。这样一个爱情“志诚种”形象，在此前的戏曲中是难得一见的。同时，由于对莺莺的渴慕，张生有时显得有些傻气，因而被红娘称为“傻角”。当老夫人悔婚时，他无计可施，竟要在红娘面前“寻个自尽”，因而红娘又称他为“银样镴枪头”。这种多侧面的描写使张生的形象更具生气和活力，为本剧增添了很多喜剧色彩，又使张生的形象更加丰满、完整、真实。

红娘虽然在剧中是一个婢女，但在王实甫的笔下，她的善良和正义感，她的聪明机智，她的勇敢、率直和泼辣使得她大放异彩。因为善良和乐于助人，她积极为张生和崔莺莺传递书简，出谋划策；因为富有正义感，在老夫人赖婚后，她为崔、张二人鸣不平，积极为他们帮忙；因为率直，她批评莺莺的心口不一；因为机智和勇敢，当老夫人气势汹汹来审问时，她沉着应战，机智地进行了反击，为崔、张二人辩护，并迫使老夫人做出让步，答应让崔、张成婚。红娘的形象如此饱满，她的光芒在一定意义上甚至超过了主角张生和崔莺莺。

除了人物塑造的典型性以外，《西厢记》在戏剧结构上也进行了精心安排。作者设置了两条线索。一条是封建势力的代表老夫人与崔莺莺、张生、红娘之间展开的冲突，这是维护封建礼教的封建势力和反对封建礼教、追求婚姻自主的叛逆者之间的冲突，是全剧的主线；另一条则是由崔莺莺、张生、红娘之间的种种矛盾引起的戏剧冲突，这些冲突虽属次要，却是大量的、错综复杂的，常常和主要矛盾交织在一起，互相影响，推动戏剧情节一环扣一环地向前发展，具有强烈的戏剧效果。

《西厢记》的语言也极具美感。如果说关汉卿是元杂剧“本色派”的代表，那么王实甫就是元杂剧“文采派”的代表。《西厢记》的语言华艳优美，无论是叙事写景还是刻画人物，都极为生动传神，往往能做到景、情、人的统一，富有诗的意境。比如第三本第二折写莺莺的闺房是“风静帘闲，透纱窗麝兰香散，启朱扉摇响双环。绛台高，金荷小，银钉犹灿”。这里通过描绘莺莺的闺房，创造了一种幽深闲静、香气弥漫的美好氛围，这与莺莺举止娴静、深沉含蓄而又感情丰富的性格是相吻合的。此外，作者还擅长把古诗词中含蓄凝练的语言和民间俗语吸收运用到曲词当中，使戏剧语言更为生动和丰富。正因为如此，《红楼梦》中的林黛玉称赞《西厢记》“曲词警人，余香满口”。

五、《长亭送别》阅读提示

《长亭送别》是《西厢记》第四本第三折中的一段，被认为是整个剧本中诗意最浓的一部分。这一段并没有曲折复杂的戏剧情节，主要表现了一对恋人被迫分离时内心的痛苦和怨恨，尤其是体现了莺莺的心理活动。《长亭送别》可以分为三部分：第一部分写赴长亭途中，借途中景物，表现莺莺内心的不舍和痛苦；第二部分写长亭别宴，集中表达了莺莺依恋、悲伤和怨愤的忧思；第三部分写长亭送别时，莺莺对张生的叮咛和嘱咐，再一次表现了莺莺的留恋之情，同时也表达了她的忧虑和烦闷。三个部分层层推进，深入表现了主人公莺莺内心复杂的情感。即使是微妙的心理波动，作者都展现无遗，使得这一部分读来虽无扣人心弦的情节矛盾，但因其极强的抒情性和艺术感染力更打动人心。

《长亭送别》体现了莺莺反叛封建礼教的性格特征。老夫人逼迫张生赴京赶考，中举才能把莺莺嫁给他，而莺莺自己却毫不看重所谓功名，因而在这折戏中，莺莺说功名只是“蜗角虚名，蝇头微利”，送别张生时再三叮咛：“此一行得官不得官，疾便回来。”“但得一个并头莲，煞强如状元及第。”在她看来，爱情跟功名利禄毫无关系，这对封建社会要求门当户对的传统婚姻制度以及对功名的狂热追捧都是一种强烈的反叛，使得莺莺的形象更为光彩，个性更为突出。

这一部分在艺术上极为成功，它主要表现在以下几点。

第一，情境交融。这是《长亭送别》这个片段最突出的艺术特点，作者善于借景来表达人物的情感，

第二，自然贴切。例如《端正好》通过对暮秋时节蓝天、白云、黄花、红叶、西风、大雁等萧瑟凄凉的景象的描绘，不仅表现了崔、张依依惜别的情景，更衬托出莺莺痛苦的心情。特别是枫叶经霜变红的自然现象，作者让莺莺将其设想为离人血泪所染成，使景物浸染了人（即莺莺）的浓重的离愁别恨，景情融合，既表达了人物内心的情感，又烘托出诗的意境。

第三，运用比喻、夸张、排比、对偶、叠字等修辞手法。“遍人间烦恼填胸臆，量这些大小车儿如何载得起”是极夸张的句子，充分显露出人物内心的痛苦和怨恨，真实动人。《三煞》通过笑和哭、喜和悲、暖和寒、昨与今的鲜明对比，强烈地表现出人物孤寂难耐的离愁别恨。

正是因为这些，《长亭送别》才会成为《西厢记》中广受人们赞誉和喜爱的片段之一，历久不衰，常读常新。

【强化训练】

阅读《西厢记》全剧本，从中任选两支你最喜欢的曲子，根据其意境展开想象，改写成现代诗歌。

【知识拓展】

明末清初著名的文学评论家金圣叹最为推崇《离骚》《庄子》《史记》《杜诗》《水浒》《西厢记》，有语称："以《离骚》为第一才子书，《南华经》(《庄子》）为第二才子书，《史记》为第三才子书，《杜诗》为第四才子书，《水浒》为第五才子书，《西厢记》为第六才子书。"因而有人把这六本称为"六才子书"。

第四节　汤显祖《牡丹亭》

【学习目标】

知识目标：了解汤显祖的生平及其创作情况；了解《牡丹亭》的基本故事情节及其在文学史上的重要地位。

能力目标：品味戏曲语言，提高鉴赏戏曲的能力；能运用借景抒情的艺术手法。

素质目标：培养学生对戏曲的喜爱之情；体味杜丽娘对自由生活的向往，体会今日生活的美好。

【导入】

在《红楼梦》第二十三回中有这样一段描写："只是林黛玉素习不大喜看戏文，便不留心，只管往前走。偶然两句吹到耳内，明明白白，一字不落，唱道是：'原来姹紫嫣红开遍，似这般都付与断井颓垣。'林黛玉听了，倒也十分感慨缠绵，便止住步侧耳细听，又听唱道是：'良辰美景奈何天，赏心乐事谁家院。'听了这两句，不觉点头自叹，心下自思道：'原来戏上也有好文章。可惜世人只知看戏，未必能领略这其中的趣味。'想毕，又后悔不该胡想，耽误了听曲子。又侧耳时，只听唱道：'则为你如花美眷，似水流年……'林黛玉听了这两句，不觉心动神摇。"那么，这令林黛玉"心动神摇"的好戏文究竟是什么戏文呢？正是广为人知的《牡丹亭》。

【任务训练】

实训任务：阅读《牡丹亭》全本，根据故事情节的发展来分析杜丽娘性格的变化，并写一篇不少于600字的评论文章。要求观点明确，结构清晰，语句通顺。

活动目标：学会从各个方面进行人物评论。

【知识导读】

一、作者简介

汤显祖（1550—1616)，明代文学家、戏曲家。字义仍，号海若，江西临川人。出生于书香门第，十四岁进学，二十一岁中举，三十四岁考中进士。历任南京太常寺博士、詹事府主簿、礼部祠祭司主事等职。万历十九年（1591）因上章抨击朝政，被贬广东徐闻典史。两年后调任浙江遂昌县知县，在任五年，勤政爱民，深受百姓爱戴。万历二十六年（1598）春弃官归里。三年后被朝廷正式免职。万历四十四年（1616）病逝于临川。

汤显祖留下了丰富的作品，如诗文集《红泉逸草》《问棘邮草》《玉茗堂文集》等，而他影响最大的是他的戏剧创作。除《牡丹亭》外，还有《紫箫记》《南柯记》《邯郸记》，这四剧被合称为“临川四梦”，其中尤以《牡丹亭》影响最大。

二、主要内容

《牡丹亭》原名《牡丹亭还魂记》，又称《还魂记》，共五十五出，讲述的是一个爱情故事：南安郡太守之女杜丽娘，正当青春年华，却长年被禁锢在闺楼，心情极为压抑。一天，她背着父母与老师，在丫环春香的鼓动下游览了家中的花园，为妩媚春色所陶醉，并激发了她对美好爱情的向往。归来后疲倦的丽娘伏案小睡，在梦境中遇少年柳梦梅，两人一见倾心，互相爱悦。但此时母亲恰好将丽娘唤醒，打断了她的美梦，从此丽娘相思缠绵，伤情而逝。死后，家人把她埋葬在花园内梅树下，并把花园改为尼庵（梅花庵）。三年后，柳梦梅赴京赶考，途经南安，因故借宿于梅花庵。柳生经过丽娘的墓地，捡到了丽娘的自画像，见画生情，而丽娘被他的真情感动，灵魂显现，人鬼相恋。次日，梦梅掘墓，丽娘还魂，两人结成夫妻并同上京城赴考。柳梦梅赶考完毕，没等到发榜就拿着画卷去找丽娘之父认亲，谁知却被当作盗墓贼而受拷打，而当还生的杜丽娘到来时，杜父又认为是妖精而不予相认。最后，由皇帝出面调停，以传统的大团圆结束全剧。

全剧通过杜丽娘为情而死、因情而生的浪漫主义情节，深刻地抨击了封建礼教、封建婚姻制度，表现了女性对自由爱情和个性解放的渴望，歌颂了青年为实现自己的理想所进行的斗争。这一主题有着强烈的时代意义。明代是我国封建社会的衰落时期，也是封建礼教更为严苛和残酷的时期。封建统治者竭力鼓吹程朱理学，强调“存天理，灭人欲”，高唱“女德”，表彰贞节。《明史·列女传》所收节妇烈女的数目，比《后汉书》以后任何一代正史高出许多倍。可见，明代的礼教统治是何等残酷，极大地束缚了人们的精神追求。汤显祖通过《牡丹亭》所宣扬的反封建的“情”恰恰是作为封建的“理”的对立面而提出来的，他写丽娘之所以死，是死于对“情”的渴慕而不可得；写丽娘的生，是因为对“情”的强烈渴求，因情而生，因情而死。他宣扬了“情”的至大力量，而这股力量不是封建礼教所谓“理”可以约束、控制的，因此，它是对统治者鼓吹的“存天理，灭人欲”的有力批判，表达了不愿被礼教吞噬的青年一代对爱情、对幸福生活的憧憬和追求，反映出那个时代人们摆脱礼教束缚、追求个性解放的要求。

《牡丹亭》的成功，首先在于人物形象塑造的成功，其中最为突出的是女主人公杜丽娘，她是一个大胆追求爱情、追求自由、追求个性解放的女性叛逆者。她的性格是随着戏剧情节的展开而逐步展现出来的。戏剧一开始，杜丽娘是一个养在深闺之中的大家闺秀，对父母非常孝顺听话，对老师十分尊敬，是一个美丽、善良、温顺的少女。她出生于一个典型的封建士大夫家庭，家庭里充斥着浓重的封建礼教气氛。父亲杜宝是个儒生出身的太守，是传统道德的代表人物，为官忠于职守，为人坚持礼教，而母亲甄氏则是个夫唱妇随的贤妻良母，他们对丽娘的管教完全是按照封建礼教规范来进行的，十分严格。丽娘因为春日昼长，白日犯困小憩，杜宝也要训斥她；而甄氏因为女儿在衣裙上绣了一对花、一双鸟而大惊失色，生怕女儿学坏，就连自己府上的花园也不让女儿去游玩。丽娘就这样被关在高墙之中，除了自己的父亲和老师，她看不到其他任何男性。外部的环境如此压抑，终于引起了正当青春的杜丽娘的不满，《闺塾》一出正是这种不满情绪的表现，由此，原本那个温顺乖巧的少女，内心中开始埋下觉醒的种子。终于，在春香的鼓动下，她偷偷地到花园中游玩，眼前大自然的美景触发了她长久以来被压抑的苦闷，发出了对青春的呼唤：

你道翠生生出落的裙衫儿茜，艳晶晶花簪八宝填；可知我常一生儿爱好是天然，恰三春好处无人见。不提防沉鱼落雁鸟惊喧，只怕的羞花闭月花愁颤。（《醉扶归》）

明媚的春光激发了她对爱情的渴望，使她在梦中与柳梦梅相遇，并接受了他的追求。《惊梦》一出显现出杜丽娘身上的叛逆性格，而梦醒后的“寻梦”，表明她的性格更进一步地发展了。她强烈地渴望能够把梦境变成现实，面对园中那棵与情人幽会的梅树，她沉重而又坚定地唱道：“这般花花草草由人恋，生生死死随人愿，便酸酸楚楚无人怨。”现实中找不到她的梦，她就以死来抗争，以这样决绝的方式宣告了她对封建礼教的控诉。但是丽娘的死不是生命的终结，而是斗争的开始。她已经叛逆的灵魂一旦摆脱了现实的压抑和束缚，倔强与反叛的性格进一步被激发，就开始为了追求自己想得到的东西而更积极地抗争，因此她在死后即使面对阎罗王也敢据理力争，即使身为鬼魂也要找到情人柳梦梅，并主动向他表示爱情，还魂结为夫妻，真可谓“一灵咬住”，始终不放。这时的杜丽娘已经不是原来那个温顺乖巧的丽娘了，她的身上有着更为丰富的性格。爱情理想虽已达成，但故事情节还在往前发展。杜丽娘复活之后又回到冷酷现实中。当父亲不承认他们的婚姻时，她丢弃了一切幻想，毫不犹豫地同父亲面对面斗争，在金銮殿，当着皇帝、父亲的面，勇敢地为自己的爱情辩护，最后竟感动了皇帝，“敕赐团圆”。到这里我们可以看到，随着情节的不断发展，杜丽娘由温顺的大家闺秀变成封建礼教的叛逆者，每一次戏剧情节的推进，她的反抗就会越发地坚定和大胆。她对爱情的执着追求、对封建礼教和婚姻制度的大胆反抗，使她成为中国古代戏剧中最有光彩的女性形象之一。除了丽娘之外，《牡丹亭》中的其他人物也各有特点，柳梦梅对爱情的忠贞不渝，杜宝的专横冷酷以及对礼教的坚定拥护，春香的天真活泼等，都让人印象深刻。

三、艺术特色

《牡丹亭》在艺术上的最大特色是具有强烈的浪漫主义风格。它的基本构思突破了现实生活的限制，通过大胆的想象，设置了梦境、幽灵世界、鬼魂出现以及死而复生等奇幻的情节，让杜丽娘可以因情成梦、因梦生情、为情而死、为情而生，终致实现自己的爱情愿望。这一切浪漫主义的构思都是建立在作者所强调的“生者可以死，死可以生”

的“情”的基础上的，因而想象世界的美好与现实世界的沉闷压抑恰好形成了鲜明对比，反衬出“情”的美好，表达了对封建礼教的批判、对人的真性情的追求。此外，《牡丹亭》的曲词诗化，往往将抒情、写景及刻画人物熔于一炉，具有浓厚的抒情诗的色彩，处处充满了诗的意境，极其优美动人。作者也历来被归为文采派，以语言的绮丽华艳、典雅蕴藉著称，但同时，此剧不因文采而轻本色，仍然继承了元杂剧语言自然真切的特点，比如在写到春香时，多为口语。因而有人论及《牡丹亭》的语言时，作如是评价：“于本色一家，亦惟是奉常（汤显祖）一人——其才情在浅深、浓淡、雅俗之间，为独得三昧。”（王骥德《曲律·卷四》）

第十出《惊梦》是《牡丹亭》中的著名选段。它主要写杜丽娘在春香的鼓舞下违背父母、塾师的训诫，走出深闺，到花园中赏玩春景。有感于满园春色娇艳，她痛惜自己的青春埋没在深闺中，开始自我觉醒。这节片段有对礼教的不满，有对自然和青春的热爱，有对春色的惊叹和对命运的感伤。在这出戏中，作者用含蓄蕴藉、富有诗意的曲词，揭示了杜丽娘复杂矛盾的内心世界。最开始的《绕地游》《步步娇》《醉扶归》三首曲词，着重写她初出深闺的心态，明明对镜梳妆，精心打扮，却又娇羞不已，感叹“步香闺怎便把全身现”，惟妙惟肖、逼真传神地写出了人物在特定情景下微妙奇特的心理活动。接下来的《皂罗袍》，表达了丽娘面对美好春色的喜悦，同时也抒写了她内心由这春色所引发的感叹。之后的《好姐姐》《隔尾》两首曲词则抒发了丽娘从内心深处发出的怨恨。作者将景、情、人三者紧密地联系在一起，以丽娘的眼里、心中来写自然景物的变化发展，真实生动地揭示了她赏春、感春、伤春的复杂心理过程，显得极为委婉动人，加之唱词写得文采不凡，极富诗意之美，因而这一片段传唱不绝，为世人所熟悉。

【强化训练】

汤显祖在《牡丹亭》“题记”中这样写道：“情不知所起，一往而深。生者可以死，死可以生。生而不可与死，死而不可复生者，皆非情之至也。”请就整本《牡丹亭》谈谈你对这句话的理解。

【知识拓展】

“临川四梦”之《紫钗记》《南柯记》《邯郸记》

《紫钗记》取材于唐人蒋防的传奇小说《霍小玉传》，但对故事和人物做了一定的改动，它写的是少女霍小玉在元宵灯夜失落玉钗，被书生李益拾得，从而缔结夫妻。李益应试中状元后，既不拜谒权贵卢太尉，又拒绝与卢女成婚，被卢太尉软禁府中。小玉误信李益重婚的谣言，伤心欲绝，终成疾，某日忽梦见黄衣侠士送鞋，后来果然有黄衫侠客劫持李益送至小玉处，二人得以团圆。作品歌颂了霍小玉的痴情和黄衫客的仗义，同时也批判了以卢太尉为代表的专横邪恶的权贵。

《南柯记》取材于唐代李公佐的传奇小说《南柯太守传》，写的是淳于棼一日喝醉了睡觉，梦见与槐安国公主成亲，出任南柯太守，兢兢求治，颇具贤声；晋升丞相之后，因为骄奢淫逸被谪官放逐，恰在此时他梦醒了，才发现所谓槐安国就是庭中大槐树洞中的蚁穴，之后他看破红尘，终于成佛。

《邯郸记》根据唐人沈既济的传奇小说《枕中记》改写而成，写的是渴慕功名富贵的卢生在吕洞宾所授瓷枕上入梦，梦见与富家女崔氏结婚，并因妻子的财富贿赂当道，得中状元，又因治河开边有功而位极人臣，但后来在统治集团内部激烈的倾轧斗争中，几乎丧命；后又复飞黄腾达，泽被子孙。醒来后始知原是一场梦，从而悟出人生一世全是梦一场，最终出家。

第四章 文

第一节　先秦散文

【学习目标】

知识目标：了解先秦散文勃兴的文化背景；掌握先秦散文的写作技巧和辩论技巧。

能力目标：能运用先秦散文的写作技巧和辩论技巧进行文学鉴赏。

素质目标：能运用辩证唯物主义的文学观鉴赏先秦散文。

【导入】

在我国，散文与诗歌同样历史悠久、样式多样、风格众多，写作手法更是屡屡翻新。就笔法而言，前人有“对偶”“借影”“写照”“进步”“虚托”“巧避”等说；从体裁上看，有传、语录、序、志等形式，记人记事、抒情、议论、描写都有，既有散体，也有骈体；就内容而言，有的重形象美和文辞美，有的侧重于情，有的侧重于理，有的则情理兼用，有的则表现一种趣味。优秀的散文虽短小而情味隽永，形式新颖，不拘一格，贴近生活，富有情趣，值得反复研读品味。

思考：散文的文体特征是什么？

【任务训练】

实训任务：简述儒家、道家思想对后世文人的影响。

活动目标：分析概括《孟子·梁惠王下》的论辩技巧。

【知识导读】

我国古代散文的发端，可以追溯到殷商时代，商朝的甲骨卜辞中，已经出现不少完整的句子。西周青铜器上的铭文，有的长达三五百字，记录贵族事功或赏赐缘由等，记叙的内容已经相当丰富。这些可以看作古代散文的雏形。

春秋战国时期，是我国古代散文蓬勃发展的阶段，出现了许多优秀的散文作品，这就是文学史上的先秦散文。先秦散文分为历史散文和诸子散文两种。历史散文包括《左传》《国语》《战国策》等历史著作；诸子散文是儒、墨、道、法等学派的文章，其中《论语》《墨子》《孟子》等是孔丘、墨翟、孟轲的弟子对其师言行的记录，《庄子》《荀子》《韩非子》等则为本人的著作。

一、诸子百家

春秋以前，学在官府，无私人之师，亦无私家著述。春秋之末，王道既微，官学散入民间，私人之学兴起，私家著述相继出现。战国之时，百家争鸣，诸子著书立说，一时蔚为风尚。各家各派，均以散文著述，但特色各异，风格不一。以文章体制而言，先秦诸子之文大体上是从语录体、对话体到语录与对话的连缀成篇，再到较为系统完整的长篇大论，其发展进程历历可见。

（一）孔子

孔子（前551—前479），名丘，字仲尼，春秋末鲁国陬邑（今山东曲阜）人。其先世为宋国贵族，后来没落，又因变乱迁鲁。概其一生，初尝从政，曾任鲁之司寇，未能得志；继而周游宋、卫、陈、蔡等国，到处碰壁；终于返鲁，从事教学和著述。相传《诗》《书》《春秋》等典籍都曾经他整理。他授徒甚众，“弟子盖三千焉，身通六艺者七十有二人”（《史记·孔子世家》）。

《论语》之名，乃编纂者所定。一般认为，“论”即论次编纂，“语”指孔子及其弟子的言语。语经论纂，故称《论语》。《汉书·艺文志》说：“《论语》者，孔子应答弟子时人及弟子相与言而接闻于夫子之语也。当时弟子各有所记。夫子既卒，门人相与辑而论纂，故谓之《论语》。”

今本《论语》共二十篇。其记述非一人，论纂亦非一次。大约在战国初年，由孔子的弟子编纂成书。

《论语》一书比较忠实地记述了孔子的言行，也比较集中地反映了孔子的思想。孔子的政治思想核心是“仁”与“礼”。孔子说：“克己复礼为仁。一日克己复礼，天下归仁焉。”（《颜渊》）可见“仁”是目的，“礼”是手段。在孔子看来，通过“克己复礼”可使“天下归仁”，这说明“仁”在孔子心目中是涵盖了主观世界与客观世界的理想境界。以“仁”和“礼”为核心的政治思想，反映了孔子的政治倾向。

作为一部优秀的语录体散文集，《论语》在文学上具有不容忽视的价值，并对后世散文有深远影响。它以言简意赅、含蓄隽永的语言，记述了孔子的言论。其议政论道之语有的不过三言两语，如：“为政以德，譬如北辰，居其所而众星共之。”（《为政》）“周监于二代，郁郁乎文哉！吾从周。”（《八佾》）“朝闻道，夕死可矣。”（《里仁》）“岁寒，然后知松柏之后凋也。”（《子罕》）等。有的则如政治短评，如：

孔子曰：“天下有道，则礼乐征伐自天子出；天下无道，则礼乐征伐自诸侯出。自诸侯出，盖十世希不失矣；自大夫出，五世希不失矣；陪臣执国命，三世希不失矣。天下有道，则政不在大夫。天下有道，则庶人不议。”（《季氏》）

此段议论主要从政权归属和群众舆论两方面，指出了“天下有道”或“天下无道”的显著差异，见解精辟而用语简要。此外，还有篇幅稍长的政论，如论季氏将伐颛臾（《季氏》），论尊五美、屏四恶（《尧曰》）等。其特点是坐而论道，富于感情色彩。

孔子“学而不厌，诲人不倦”（《述而》），主张“有教无类”（《卫灵公》），强调“知之为知之，不知为不知”（《为政》），认为“学而不思则罔，思而不学则殆”（《为政》）。他教学多方，重在启发：“不愤不启，不悱不发。举一隅不以三隅反，则不复也。”（《述而》）并有知人之明，善因材施教。《论语》中所记孔子循循善诱的教诲之言，或简单应答，点到即止；或启发论辩，侃侃而谈；富于变化，娓娓动人。

《论语》中还记有孔子评文说艺的一些言论，反映了孔子的文艺观，虽不够系统，但颇为深刻。如“诗三百篇，一言以蔽之，曰：‘思无邪。’”（《为政》）“兴于《诗》，立于礼，成于乐。”（《泰伯》）“诗，可以兴，可以观，可以群，可以怨。”（《阳货》）等等，莫不言简意深，文采斐然，不同于一般抽象的评论文字。

《论语》又善于通过神情语态的描写，展示人物形象。孔子是《论语》描述的中心，“夫子风采，溢于格言”（《文心雕龙·征圣》）；书中不仅有关于他的仪态举止的静态描写，而且有关于他的个性气质的传神刻画。此外，围绕孔子这一中心，《论语》还成功地刻画了一些孔门弟子的形象，如子路的率直鲁莽，颜渊的温雅贤良，子贡的聪颖善辩，曾皙的潇洒脱俗等等，都称得上个性鲜明，能给人留下深刻印象。且以《先进》篇《侍坐》一章为例。

子路、曾皙、冉有、公西华侍坐。

子曰：“以吾一日长乎尔，毋吾以也。居则曰：‘不吾知也！’如或知尔，则何以哉？”

子路率尔而对曰：“千乘之国，摄乎大国之间，加之以师旅，因之以饥馑；由也为之，比及三年，可使有勇，且知方也。”

夫子哂之。

“求，尔何如？”

对曰：“方六七十，如五六十，求也为之，比及三年，可使足民。如其礼乐，以俟君子。

“赤，尔何如？”

对曰：“非曰能之，愿学焉。宗庙之事，如会同，端章甫，愿为小相焉。”

“点，尔何如？”

鼓瑟希，铿尔，舍瑟而作。对曰：“异乎三子者之撰。”

子曰：“何伤乎，亦各言其志也！”

曰：“暮春者，春服既成，冠者五六人，童子六七人，浴乎沂，风乎舞雩，咏而归。”

夫子喟然叹曰：“吾与点也。”

三子者出，曾皙后。曾皙曰：“夫三子者之言何如？”

子曰：“亦各言其志也已矣！”

曰：“夫子何哂由也？”

曰：“为国以礼，其言不让，是故哂之。”“唯求则非邦也与？安见方六七十如五六十而非邦也者！”“唯赤则非邦也与？”“宗庙会同，非诸侯而何？赤也为之小，孰能为之大！”

此章通过简短的对话描写人物，传神写照，各具风采。语言优美隽永，充满情趣。特别是记曾皙的一段话，宛如一幅春光烂漫、生机盎然的游春图。凝练的语言包孕着深刻的思想，闪烁着智慧的光彩。

此外，在《宪问》《微子》等篇写到的一些隐逸之士，如讥嘲孔子“知其不可而为之”的“晨门”，被孔子称为“果哉！末之难矣”的“荷蒉”，高歌“凤兮凤兮！何德之衰”的“楚狂接舆”，讽刺孔子“四体不勤，五谷不分”的“荷蓧”丈人，以及自称“辟世之士”“耦而耕”的“长沮”“桀溺”等，都形神各异。《论语》既刻画了他们，也突出了孔子的形象。

《论语》首创语录之体。语录作为散文的早期体式，自有其局限性。然而从《论语》看来，这种文体并非没有生命力。它旨在记言，多用口语，通俗活泼，真切感人。而且孔子重视文采，师徒问答皆言之有文。虽只言片语，也不同寻常笔墨；虽有加工润色，却似出于自然。这样的著作，对后世文章影响极大，历代作家行文用语无不取法于此，汉语文章的典范性也发源于此。

（二）孟子

孟子（约前 372—前 289），名轲，邹（今山东邹城市东南）人，鲁国贵族孟孙氏后裔。孟轲受业于孔子嫡孙子思（孔伋）之门人，而子思又是孔子门人曾参的弟子，故其学术渊源，与孔子一脉相承。他始而设教讲学，继而游说诸侯。齐宣王时，曾一度仕齐为卿。但因他的主张不合时宜，故到处碰壁，于是“退而与万章之徒序诗书，述仲尼之意，作孟子七篇”（《史记・孟子荀卿列传》）。《孟子》一书虽非尽出孟轲手笔，其中杂有公孙丑、万章之徒的记述，但主要反映了孟子的思想和风格。

孔丘、孟轲并称“孔孟”，向来是儒家正统的代称；而《论语》《孟子》同列《四书》，都是儒家崇奉的经典。比较《论语》《孟子》二书，不难看出孟子继承和发展了孔子的思想。孟子也声称“乃所愿，则学孔子也”（《公孙丑上》），表明他是以孔子传人自居的。

孟子思想的基础是“性善”论。“孟子道性善，言必称尧舜。”（《滕文公上》）“尽其心者，知其性也；知其性，则知天矣。”（《尽心上》）这种“尽心、知性、知天”的理论，构成了孟子唯心主义的哲学思想体系。

孟子政治思想的核心是 “仁政”和“王道”。他认为“尧舜之道，不以仁政，不能平治天下”（《离娄上》），宣扬“保民而王，莫之能御也”（《梁惠王上》）。从“保民而王”的思想出发，孟子明确提出“民为贵，社稷次之，君为轻”（《尽心下》）的观点，并指斥桀、纣之流“残贼”的君主为“一夫”（《梁惠王下》）。尽管他的“民”“君”概念与后世有所不同，但毕竟是战国巨变时期的新观念，不仅堪称惊世之论，而且对后代反封建专制的思想家产生过积极影响。

《孟子》一书的文章形式较之《论语》有所发展，它已将简明扼要的语录，发展为长篇大论。就书中主角而言，正如《论语》充溢夫子之风采，《孟子》也毕现孟轲之神情。全书以孟轲为中心，通过对他的言行举止、神情语态的生动描述，鲜明地展示了这位思想家的情感倾向和性格特征。

《孟子》文章的特点是具有至精至密的论辩艺术。孟子在当时以好辩著称。他坚决维护本派的学说，积极宣扬自己的主张，却又不合时宜，因而不得不滔滔雄辩：“予岂好辩哉？予不得已也。”（《滕文公下》）客观情势迫使他不得不辩。从主观方面说，孟子具有丰厚的学养、刚健的气质、随机应变的能力，再加上崇尚游说的时代风气的熏陶和频繁辩论的实践锻炼，成就了他的辩才。反映在《孟子》中，便是他那令人赞叹的“析义至精”而“用法至密”的论辩艺术。他特别善于抓住所论问题的要害，重视把握论辩中的主动权，洞察矛盾变化情况，总是按照自己的意图，将对方引入“埋伏圈”，使其“就范”。同时，还适当地运用比喻手法或穿插寓言故事，增强论辩的感染力和说服力。著名的《齐桓晋文之事章》(《梁惠王上》)，便是这样的实例。再如《孟子见梁襄王》：

孟子见梁襄王。出，语人曰：“望之不似人君，就之而不见所畏焉。卒然问曰：‘天下恶乎定？’吾对曰：‘定于一。’‘孰能一之？’对曰：‘不嗜杀人者能一之。’‘孰能与之？’对曰：‘天下莫不与也。王知夫苗乎？七八月之间旱，则苗槁矣。天油然作云，沛然下雨，则苗浡然兴之矣。其如是，孰能御之？今夫天下之人牧，未有不嗜杀人者也；如有不嗜杀人者，则天下之民皆引领而望之矣。诚如是也，民归之，由水之就下，沛然谁能御之！’”

文章“深于取象”，以形象的比喻说明抽象的道理，生动透辟，明白晓畅。文字也极富感情色彩，梁襄王骄横轻率、缺乏教养的态度历历如见，孟子对他的蔑视厌恶之情和冷嘲热讽之状也跃然纸上。

在诸子之文中，《孟子》以气盛辞壮、明快畅达、雄辩犀利的风格著称。其语言艺术，历来备受称道。赵岐说它“辞不迫切，而意已独至”(《孟子题辞》)；苏洵称它“语约而意尽，不为巉刻斩绝之言，而其锋不可犯”(《上欧阳内翰第一书》)。后世散文家崇奉《孟子》为典范之作，发人深思。

（三）老子与庄子

老子、庄子是先秦道家代表人物，《老子》《庄子》二书则是道家的主要代表著作。老、庄之并称，不见于先秦，大约起自魏晋。《老子》《庄子》之文各具风采，文辞美富，仪态万方，在先秦诸子之文中独树一帜。特别是《庄子》，不仅在当时堪称翘楚，而且对后世文学影响极为深远。

1.《老子》

《老子》传为老子所著。据说，老子姓李名耳，字聃，故又名老聃，春秋时楚国人，大约与孔子同时而长于孔子，任“周守藏室之史”。但据后世学者考证，《老子》一书并非老子自著，而是成于后学之手。有如《论语》是孔子语录，《老子》也大体荟萃了老子的语录，并基本上反映了他的思想。其成书晚于《论语》，大约在战国前期由道家后学纂辑、整理、加工而成。今存《老子》共八十一章，上篇三十七章，称《道经》，下篇四十四章，称《德经》，故《老子》又称《道德经》。但是 1973 年长沙马王堆汉墓帛书《老子》却是《德经》在前、《道经》在后，不分章，文字与今本大体相同。

《老子》五千言，文约而意丰。其文谈玄论道，意蕴深邃，具有较为完整的思想体系。

《老子》的哲学思想以“道”为核心。老子认为“道”是天地万物的本源，是万事万物存在与变化的普遍原则和根本规律。“道”的提出，标志着人们认识世界的抽象思维能力已提高到一个新的层次。老子首创以“道”为哲学的最高范畴，反对上帝有知、天道有为，提出天道自然无为的思想。这意味着天上神权的动摇，也正是地上王权衰落的反映。

老子学说的精髓，是辩证法思想。所谓“有无相生，难易相成，长短相形，高下相倾，音声相和，前后相随”（二章）；“祸兮，福之所倚；福兮，祸之所伏。……正复为奇，善复为妖”（五十八章）；所谓“信言不美，美言不信。善者不辩，辩者不善。知者不博，博者不知”（八十一章）等，都蕴含朴素的辩证法思想。但他过分强调矛盾对立面的统一性，忽视其斗争性，含有走向相对主义的可能性。脱离条件而讲变化，无异于宣扬循环论。

老子的政治主张是“无为而治”，社会理想则是“小国寡民”。所谓“邻国相望，鸡犬之声相闻，民至老死不相往来”（八十章）的乌托邦式的社会理想，虽然在一定程度上含有对战乱现实的不满与批判，但它毕竟违背了社会历史发展规律，不仅是不切实际的幻想，而且是保守落后的思想。

《老子》之文凝练晓畅，琅琅可诵，语精意奥，启人深思，在先秦诸子中别具一格。其艺术特色主要表现为以下三点。

首先是韵散结合的特殊文体。《老子》文句，大体整齐，有的全是韵语，如：

谷神不死，是谓玄牝。玄牝之门，是谓天地根。绵绵若存，用之不勤。（六章）

像这样整章用韵者，还有二十一章、三十九章等，而多数则为韵散结合。其押韵无一定格式，多随文成韵，较为自由，字数不拘，用韵规则不一。这种文体，近似今之“散文诗”。行文韵散结合，在先秦诸子中多有所见，但从总体上看来，《老子》一书最为突出。

其次是寓理于形的表现手法。《老子》往往以人所共知的某些具体事物为喻，如十一章以车和制陶为喻：“三十辐共一毂，当其无，有车之用。埏埴以为器，当其无，有器之用。”五章以风箱为喻：“天地之间，其犹橐籥（古代风箱）乎？虚而不屈，动而愈出。”七十七章以射箭为喻：“天之道，其犹张弓欤？”都是运用具体形象表现抽象哲理。这本来是先秦诸子共有的特点，但《老子》用此手法，似更得心应手，有其独特之处。

第三是语言凝练精妙，多用格言、警句。诸如：

金玉满堂，莫之能守。富贵而骄，自遗其咎。（九章）

六亲不和，有孝慈。国家昏乱，有忠臣。（十八章）

师之所处，荆棘生焉；大军之后，必有凶年。（三十章）

贵以贱为本，高以下为基。（三十九章）

合抱之木，生于毫末；九层之台，起于累土；千里之行，始于足下。（六十四章）

这些格言、警句形象而深刻地浓缩了历史和现实生活的经验教训，是智慧的结晶，闪耀着思想的光芒。《老子》被誉为“五千精妙”（《文心雕龙·情采》），在很大程度上即由于此。

2.《庄子》

《庄子》和《老子》同是先秦道家一派的代表著作，作者传为庄子。庄子（约前369—前286），名周，战国中期宋国蒙（今河南商丘东北）人。据《史记》本传所记，庄子曾为蒙漆园吏，大约与梁惠王、齐宣王同时，但其生平事迹不详。从《庄子》书中的一些零星记载中，可略知其一生贫困，穷居陋巷，织屦为生；衣食粗劣，面黄肌瘦。但他鄙薄富贵，拒入仕途，安于贫困而不显于世。

就学术渊源而论，庄子的道家学说与老子一脉相承，但又有较大的发展变化。无论在哲学观、政治观、人生观方面，庄子思想都具有鲜明的特征。

庄子继承了老子“天道自然无为”的思想，而对其消极面进行了更大的发挥。庄子也讲“道”，认为“道”“先天地生”（《大宗师》），无始无终，实有而无形，自然而永恒，是神秘莫测、不可知的。在他看来，“天地与我并生，而万物与我为一”（《齐物论》），世界只不过是人的主体观念的产物。他主张从不同角度去认识事物，但又主观地否认事物差别，否认是非标准和客观真理，认为“以道观之，物无贵贱”（《秋水》），“万物皆一”（《德充符》）；“是亦彼也，彼亦是也。彼亦一是非，此亦一是非”（《齐物论》），宣称“自我观之，仁义之端，是非之涂，樊然淆乱，吾恶能知其辩！”（《齐物论》）庄子的认识论从相对主义走向虚无主义，这就不可避免地陷入绝对怀疑论、不可知论和诡辩论。

《庄子》开辟了散文艺术的新境界，取得了光耀千秋的辉煌成就。

为了表达追求绝对自由和彻底超脱现实的思想主旨，《庄子》散文的构思“意出尘外”（刘熙载《艺概・文概》），好似天马行空，不落俗套。在庄子看来，天下黑暗而污浊，不能用实实在在、堂皇正大的言语与世人讲论，故“以谬悠之说，荒唐之言，无端崖之辞，时恣纵而不傥，不奇见之也”，且倡言“以卮言为曼衍，以重言为真，以寓言为广”（《天下》）。实即采用异乎寻常的艺术形式，表现遗世绝尘的思想内容。反映在题材的选择上，《庄子》着意拉大与现实的距离，更多地运用寓言和神话。其中既有对历史故事、神话传说的加工改造，如《逍遥游》中的“藐姑射之神”，《应帝王》中的“浑沌凿七窍”等；也不乏自出机杼的即兴创作，如《齐物论》中的“庄周梦蝶”，《秋水》中的“鸱与鹓雏”，《至乐》中的“髑髅见梦”，《山木》中的“庄周游雕陵”等。《庄子》一书特擅形象思维，绝少空洞枯燥的说教。作者把深刻的哲理形象地寄寓于扑朔迷离、真伪莫辨的虚妄情节之中，在一种超现实的氛围里巧妙地表现自己的真实思想。《庄子》中数以百计的寓言故事，既相对独立，又相互联系。就一篇文章而言，往往是一个个故事环环相套，连缀而成一个整体，共同表述一个中心，形成独具特色的连环式结构。据统计，仅《庄子》内篇就连缀了近五十则寓言故事。以《养生主》一篇为例：

吾生也有涯，而知也无涯。以有涯随无涯，殆已！已而为知者，殆而已矣！为善无近名，为恶无近刑。缘督以为经，可以保身，可以全生，可以养亲，可以尽年。

庖丁为文惠君解牛，手之所触，肩之所倚，足之所履，膝之所踦，砉然响然，奏刀騞然，莫不中音，合于《桑林》之舞，乃中《经首》之会。文惠君曰“嘻，善哉！技盖至此乎？”庖丁释刀对曰：“臣之所好者道也，进乎技矣。始臣之解牛之时，所见无非牛者。三年之后，未尝见全牛也。方今之时，臣以神遇而不以目视，官知止而神欲行。依乎天理，批大郤导大窾因其固然。技经肯綮之未尝，而况大軱乎？良庖岁更刀，割也；族庖月更刀，折也。今臣之刀十九年矣，所解数千牛矣，而刀刃若新发于硎。彼节者有间，而刀刃者无厚。以无厚入有间，恢恢乎其于游刃必有余地矣，是以十九年而刀刃若新发于硎。虽然，每至于族，吾见其难为，怵然为戒，视为止，行为迟，动刀甚微，謋然已解，如土委地，提刀而立，为之四顾，为之踌躇满志，善刀而藏之。”文惠君曰：“善哉！吾闻庖丁之言，得养生焉。”

公文轩见右师而惊曰：“是何人也？恶乎介也？天与？其人与？”曰：“天也，非人也。天之生是使独也，人之貌有与也。以是知其天也，非人也。”

泽雉十步一啄，百步一饮，不蕲畜乎樊中。神虽王，不善也。

老聃死，秦失吊之，三号而出。弟子曰：“非夫子之友邪？”曰：“然。”“然则吊焉若此，可乎？”曰：“然。始也吾以为其人也，而今非也。向吾入而吊焉，有老者哭之，如哭其子；少者哭之，如哭其母。彼其所以会之，必有不蕲言而言，不蕲哭而哭者。是遁天倍情，忘其所受，古者谓之遁天之刑。适来，夫子时也；适去，夫子顺也。安时而处顺，哀乐不能入也，古者谓是帝之县解。”

指穷于为薪，火传也，不知其尽也。

文章旨在说明养生之道，可分六段。第一段为全文之纲，总论养生之道。以下第二、三、四、五段即“以寓言为广”。全文除首段为说理，末段用比喻外，中腹四段连缀四个内容各异而主旨如一的寓言故事。其中心思想如一条隐线，若断若续、若隐若现地贯串其间。《庄子》文章构思之妙，于此可见一斑。

《庄子》散文的不朽艺术魅力，在很大程度上来自其恢诡谲怪的艺术形象。这些艺术形象在《庄子》中层现迭出，令人于惊奇骇怪中获得非凡的审美享受。其真实思想往往不露痕迹地寄寓于千奇百怪的形象之中，诸如奇大无比的鲲鹏，吸风饮露的神人，似有若无的罔两与景，形体残缺的支离疏，七窍皆无的混沌，侃侃而谈的髑髅，望洋兴叹的河伯，其圆五尺的神龟。如此光怪陆离的形象纷至沓来，令人惊叹。例如脍炙人口的“触蛮之争”：

有国于蜗之左角者，曰触氏；有国于蜗之右角者，曰蛮氏。时相与争地而战，伏尸数万；逐北，旬有五日而后反。（《则阳》）

在一对微不足道的小小蜗角上，居然幻化出宏阔悲壮的战争场面。这显然是讽刺当时诸侯力战争雄、兵革不休的现实。通过这样的形象描绘，把读者引入了一个超越时空、不辨古今的艺术境界。这正是《庄子》特异的魅力之所在，也是它高于晚周诸子的一大艺术成就。

庄子是我国文学史上一位杰出的语言艺术大师，为文得心应手，意到笔随。《史记》本传称其“属书离辞，指事类情”“其言洸洋自恣以适己”。《庄子》中随处可见穷形尽相的描写和入木三分的刻画，不管是鸟、兽、虫、鱼、灵龟、大树，还是风、云、山、水、神怪、异人，都无不写得惟妙惟肖，绘声绘色。如《齐物论》描写“地籁”，先形容百围大树上形状各异的窍穴：“似鼻、似口、似耳、似枅、似圈、似臼、似洼者、似污者。”后形容风吹大树窍穴发出的各种不同声音：“激者、謞者、叱者、吸者、叫者、譹者、宎者、咬者。”既有静态的刻画，又有动态的描绘；既有视觉的写照，又有听觉的传真；可谓形神毕肖，体物入微。其描写之挥洒自如，在同代的文章中罕有其匹。

二、历史散文

我国的史官建制很早，按周代的制度，有大史、小史、左史、右史等职位。《汉书·艺文志》记载："左史记言，右史记事，事为《春秋》，言为《尚书》。"《尚书》记载了商周君王对臣民发布的各种政令，文辞简练。《春秋》是鲁国的编年史，记事严谨，语言精练。

其实应该说，真正具有文学价值的历史著作，产生于春秋战国时代，《左传》《国语》《战国策》等是其代表。

《战国策》不仅是战国之史，而且是纵横家言。它既是一部杰出的历史著作，又是优秀的散文汇编。它的出现，标志着史家之文的发展攀上了一个新高峰。

《战国策》本是一部史料汇编，作者不可确指。但从它具有鲜明的"纵横"色彩看来，可能原本出自战国末期或秦汉之际的纵横家或习纵横术者之手，并非一人一时一地之作。它的思想内容较为驳杂，儒、墨、道、法、兵各家的思想都有所反映，但其主要思想倾向却很鲜明。此书所记主要人物大多为战国时代活跃于各国政治舞台之上的谋臣策士、说客游士。作者对他们的言行、计谋大肆渲染，对他们的政治作用尽情鼓吹。纵横之势、长短之术、诡谲之计、诈伪之谋充溢全书，即便是儒、墨、法、兵各家代表人物，如孟轲、荀卿、墨翟、韩非、吴起之流，一入其书，也无不带有纵横色彩。这正表明，就总体而言，此书主要体现了纵横家思想。反映在政治观上，主要为崇尚计谋策略，尊奉机巧权变；表现在人生观上，则公开宣扬追求"势位富贵"，争名逐利。这样的思想在《左传》《国语》诸书中都不曾有过，在当时无疑是观念的重大转变，具有新的时代特征。

《战国策》是一部亦史亦文的杰作。它生动地反映了战国时期尖锐激烈的斗争形势，错综复杂的社会矛盾。与同属史家之文的《左传》《国语》相较，《战国策》在人物描写、语言艺术等方面，显示出不少新的特点，取得了新的成就。

《战国策》以人物的游说活动为记叙的中心，描绘了形形色色的人物群像。它描写人物的面非常广泛，上自国君、太后，下至平民百姓；老者"年九十余"，少者年方"十二"；公子王孙、武将谋臣、说客策士、嬖臣宠姬，无所不有，而且各具风姿。其中尤以"策士"的形象最为突出。例如：苏秦、张仪、陈轸、公孙衍这四位纵横策士的头面人物，在《战国策》中分别有三十六章、五十三章、十九章、三十章叙及其人其事，无疑是作者刻意描绘的主要人物。他们具有崇尚计谋、志在进取、思维敏捷、机巧权变、明于时势、长于辩难等纵横家的共同特征。作者既写出他们的共性，也描绘出他们独特的个性，如苏秦的坚忍倔强，张仪的奸险狡诈，陈轸的圆滑机智，公孙衍的老谋深算。个性都很鲜明，给人印象良深。且看《秦策一·苏秦始将连横》章描写苏秦：

说秦王书十上，而说不行。黑貂之裘敝，黄金百斤尽，资用乏绝。去秦而归，羸縢履蹻，负书担橐，形容枯槁，面目黧黑，状有愧色。归至家，妻不下纴，嫂不为炊，父母不与言。苏秦喟然叹曰："妻不以我为夫，嫂不以我为叔，父母不以我为子，是皆秦之罪也。”乃夜发书，陈箧数十，得太公《阴符》之谋，伏而诵之，简练以为揣摩。读书欲睡，引锥自刺其股，血流至足。曰：“安有说人主不能出其金玉锦绣、取卿相之尊者乎？”期年，揣摩成，曰：“此真可以说当世之君矣。”

于是乃摩燕乌集阙，见说赵王于华屋之下，抵掌而谈。赵王大悦，封为武安君，受相印。革车百乘，锦绣千纯，白璧百双，黄金万镒，以随其后。约从散横，以抑强秦。故苏秦相于赵，而关不通。

当此之时，天下之大，万民之众，王侯之威，谋臣之权，皆欲决苏秦之策。不费斗粮，未烦一兵，未战一士，未绝一弦，未折一矢，诸侯相亲，贤于兄弟。夫贤人在而天下服，一人用而天下从。故曰：“式于政，不式于勇；式于廊庙之内，不式于四境之外。”当秦之隆，黄金万镒为用，转毂连骑，炫熿于道，山东之国，从风而服，使赵大重。

且夫苏秦，特穷巷掘门、桑户棬枢之士耳。伏轼撙衔，横历天下，廷说诸侯之王，杜左右之口，天下莫之能伉。

将说楚王，路过洛阳。父母闻之，清宫除道，张乐设饮，郊迎三十里；妻侧目而视，倾耳而听；嫂蛇行匍伏，四拜自跪而谢。苏秦曰：“嫂！何前倨而后卑也？”嫂曰：“以季子之位尊而多金。”苏秦曰：“嗟乎！贫穷则父母不子，富贵则亲戚畏惧。人生世上，势位富贵，盖可忽乎哉？”

此章描述了纵横家的代表人物苏秦以游说而获得荣华富贵的事迹。苏秦始以连横游说秦惠王，遭到失败。于是发愤努力，刻苦攻读。转而鼓吹合纵，游说赵王，大获成功。作者以赞赏和歆羡的情调，渲染苏秦的贵极富溢；通过言语和行动的描写，展现了苏秦自信、刻苦、坚忍、执着的性格特点和他刻意谋求“势位富贵”的内心世界。作者还出色地运用了对比和细节描写的手法，对苏秦发迹前后其父、母、妻、嫂待他“前倨而后卑”的情状作了生动描绘，不但深刻地揭示了人物的精神面貌，而且形象地暴露了当时的炎凉世态。司马迁在《史记·苏秦列传》中曾指出：“然世言苏秦多异，异时事有类之者，皆附之苏秦。”此章所记苏秦事迹，即主要出于传说和虚构，并非史实，不可尽信。但作为人物描写，则是相当出色的。其文可说是一篇有声有色的人物传记，这对于此后司马迁创作纪传体的《史记》，有不容忽视的影响。

《战国策》的语言精妙奇伟，历来备受推崇。宋代李文叔称它“文辞骎骎乎上薄六经，而下绝来世”（《书战国策后》），王觉赞之为“文辞之最”（《题战国策》）。其语言艺术的总体风格是敷张扬厉、辩丽横肆。《战国策》之文，沉而快，雄而隽；气势充沛，如江河直下；词锋逼人，似高屋建瓴。正如章学诚所指出：“其辞敷张而扬厉，变其本而加恢奇焉，不可谓非行人辞命之极也。”（《文史通义·诗教上》）策士说辞，大都酣畅流丽，明快犀利，故其论形势，析利害，破敌说，陈己见，无不气势恢宏，文雄词隽。如《齐策一·苏秦为赵合从说齐宣王》形容齐国之强盛、临淄之富实道：

齐南有太山，东有琅邪，西有清河，北有渤海，此所谓四塞之国也。齐地方二千里，带甲数十万，粟如丘山。齐车之良，五家之兵，疾如锥矢，战如雷电，解如风雨。即有军役，未尝倍太山、绝清河、涉渤海也。临淄之中七万户，臣窃度之，下户三男子，三七二十一万，不待发于远县，而临淄之卒，固以二十一万矣。临淄甚富而实，其民无不吹竽、鼓瑟、击筑、弹琴、斗鸡、走犬、六博、蹹踘者；临淄之途，车毂击，人肩摩，连衽成帷，举袂成幕，挥汗成雨。家敦而富，志高而扬。

又如《魏策四·秦王使人谓安陵君》章，记唐且针对秦王所谓“天子之怒，伏尸百万，流血千里”而论“布衣之怒”道：

夫专诸之刺王僚也，彗星袭月；聂政之刺韩傀也，白虹贯日；要离之刺庆忌也，仓鹰击于殿上。……若士必怒，伏尸二人，流血五步，天下缟素，今日是也。

作者综合运用比喻、夸张、对偶、排比等修辞手段，极尽铺陈夸饰之能事，增强文章的气势和语言的力量，令人有天风海雨逼人之感。

《战国策》记载策士之辞，于一般的比喻、夸张之外，还运用了大量的寓言故事。这些寓言虽大多没有独立成篇，只是各章的有机组成部分，但无不具有相对的独立性。倘若分离出来，未尝不是形完神备的文学佳作。

《战国策》语言的辩丽横肆，较之《国语》语言的平实自然和《左传》语言的委婉含蓄，其风格显然别是一家。特别是其纵横恣肆的文风和富丽华赡的文采，对后世作家如贾谊、司马迁以及苏洵、苏轼等，都有重大影响。

当然，《战国策》毕竟是一部汇编而成的作品，思想内容和艺术形式并不完全统一，文学价值也参差不齐。其中有些篇章思想性比较低劣，情调颇为庸俗，或存在形象贫乏、拉杂复沓的缺点。

【强化训练】

请你选择先秦散文中的一篇文章，分析其特点。

【知识拓展】

怎样鉴赏古代散文

古代散文是古代作家依照他对自己时代的社会生活的认识而创作出来的，那么后世的读者应该可以对它进行分析，以便了解、认识作家，知道这一作品写什么、为什么写和怎么写的，也就是分析它的主题、主题思想和艺术表现形式。由于古今语言的差距，我们今天阅读古代散文，首先要克服语言困难，弄懂每字每句的意思。其次要切实掌握作品的主题和主题思想，能够中肯得当地说出作品的艺术特点和成就，也就是能确切回答这一作品写什么、为什么写和怎么写，也就是必须进行分析。分析作品是阅读和欣赏作品必不可少的环节。分析与欣赏的区别更为微妙。分析作品要求符合作品的客观实际和作者的本来意图，而欣赏作品则主要是读者的审美观念起主导作用。分析作品不应有读者的主观成分，不可把自己的主观感受和认识强加给作者和作品。而欣赏则只能由读者的审美感受和审美观念作出自己的审美判断。因此，分析可以加深对作品的欣赏，但不等于欣赏。同样，欣赏也有助于理解和分析作品，但不能取代分析。对直观艺术来说，观与赏之间的分析过程，也许会被忽略，产生“一见钟情”的直接效果。但对于语言艺术来说，无论古今，阅读与欣赏之间的分析过程是无从回避和忽略的。当读者把语言构成的艺术作品在自己头脑中变成具体的艺术形象时，实际上是经过分析、综合而达到的。如果能够自觉地对一篇古代散文进行实事求是的具体分析，则既可加深理解，也有助于欣赏。

一、知人论世、具体分析

历史唯物论要求认识客观事物，一切以时间、地点、条件为转移。用之于认识一篇古代作品，那就应当知人论世、具体分析。古代散文既然是古代作家的作品，当然是依据作者自己的思想和生活而创作出来的。因此，分析一篇古代散文，必须了解作家和他的时代。即便是同一时代的作家，他们有不同的遭遇、思想历程和艺术道路，因而他们的作品也就各有自己的思想、艺术特点。再进一步说，一个作家一生的创作是随着他思想、艺术的发展而变化着的，不可能一成不变，因而同一作家不同时期的作品也必然具有思想、艺术上的差异。因此，分析一篇古代散文，应当且必须具体了解：这一作品是作家在什么时期创作的，这一时代的社会生活情况如何，这一作家一般作品的思想、艺术特点是什么，这一作家在这一时期的生活遭遇、思想状况及艺术进展，等等。如果分析作品仅限于就事论事，就作品分析作品，那是很难认识这一作品的特点，更难作出恰当的历史评价的。

二 、从分析结构入手

知人论世、具体分析，是分析一篇古代散文的一般方法。那么，具体地说，作品读懂了，从哪里入手分析呢？从分析结构入手。古代散文结构一般都有三个层次：一是文体结构，二是思想内容结构，三是艺术形式结构。所谓文体结构，就是看它属于哪种文体。自从魏文帝曹丕《典论·论文》把文章分为奏议、书论、铭诔、诗赋的四科八体之后，文体分类日益繁细。中唐以后，骈散分道，宋代应用文体就已达几十种。而到了明代，徐师曾《文体明辨》则仅正统的文体就近八十种。可见文体在古代很受重视。古代散文大多遵循传统文体，所以我们分析作品便应看清题目，辨明文体。古代散文的题目，有自拟的，也有后人代拟的，但都标明文体，例如元结《右溪记》、欧阳修《醉翁亭记》和曾巩《墨池记》，都是“记”体。按照“记”体的格式，一般要求记叙何人何时何地何事，写清作记缘由、事情经过等，这三篇记对这些格式要求都是遵循并达到了的。它们都是先记地点，次写景物或传说，再写事情，然后写功用或影响，最后说明作记缘由。可见文体格式是根据这一文体的应用需要而确定的，实质是一种抽象的、一般的、公式化的结构形式，对应写的内容具有框架作用。文体既有格式要求和框架作用，就会在作品的结构形式上体现出来，因此分析古代散文结构便应看清题目，辨明文体，了解它的文体结构。

优秀的古代散文通常是作者按照自己确定的主题思想，即“立意”，来写某一件事或某一问题的一个方面，也就是“谋篇”。因此，一篇散文的具体结构首先取决于它的主题思想的逻辑结构。为了把握思想内容的逻辑结构，就要在弄懂字句、疏通章节之后，进行抽象的逻辑分析，以便把握全篇思想内容的内在联系。比较而言，叙事文、说理文的内容结构容易分析和把握，写景文、抒情文则要困难一些。因为前者直接表现为逻辑结构，而后者则往往以具体形象或形象性手法来表达思想，并且常常具有古代抒情诗的特点，即形象的跳跃性和逻辑省略，运用寓情于景、用典喻理、比兴寄托等手法，这就要求必须分析具体形象的含义，把握它们的逻辑联系。

三 、对古代散文艺术形象的分析

古代散文的艺术形象，实质是作者按照自己的认识，用形象化手法技巧表现的客观事物。一篇散文的艺术形象是由作品所写客观事物形象和作者在作品中表现出来的自我形象交融而成的。凡优秀的散文作品，不但客观形象生动，而且作者自我形象鲜明，跃然欲出。而正由于不同作者的思想认识和艺术素养不同，同一作者在不同时期的思想、艺术有变化，每篇优秀散文才各有独特的艺术形象，既表现于客观事物，也表现于自我形象。一般地说，客观形象通常是由作品具体题材综合而成的主题的形象性，自我形象则是作者对主题的认识、感情、态度、倾向的特征表现或流露的总和。因而具体分析一篇散文的艺术形象，其实就是要求回答：是什么样的形象？有什么特点？用什么手法技巧表现的？表达或流露了作者怎样的思想感情和倾向？把全篇的具体题材一一分析，然后加以综合归纳，便能把握全篇主题的形象性和作者自我形象的表现，从而认识这一作品的艺术特点。

四、对古代散文语言的分析

作为一种文艺样式，散文既不如有声韵格律的诗歌，更比不上有音乐、舞台和演员的戏曲，可谓最单纯的语言艺术。作家用语言进行艺术创作，读者从弄懂字句开始接触作品，而最后要归结到欣赏它的语言艺术。由于古代散文大多属于文学性强的应用散文，因而语言的技术和技巧就显得更为重要。韩愈倡导古文的基本要求之一，就是“文从字顺各识职，有欲求之此其躅”(《南阳樊绍述墓志铭》)，他认为写作古文必须以此为起点，也就是说，首先要准确掌握词汇意义，正确运用语法规律，恰当利用修辞技巧。因而分析古代散文语言也就必须熟悉古代汉语的基本知识。其次，古代散文作品语言的一个优良传统是“惟陈言之务去”（韩愈《答李翊书》），不断从生活中汲取新鲜口语，提炼成生动的书面语言。因此，分析古代散文语言应当注意到语言的时代特点，从而了解和掌握作品语言的时代风格。第三，每一位优秀作家的散文作品都有独特的语言风格，这也是分析语言艺术时应当注意到的。总体来说，古代散文作品的语言分析，实质上是古代汉语语法修辞的技术技巧的分析，是文学表现手法技巧赖以实行的工具、手段的分析，并非文学性的分析。

第二节 秦汉散文

【学习目标】

知识目标：了解秦代的文化政策和文学状况；了解司马迁的生平与《史记》创作之间的关系，掌握《史记》刻画人物形象的基本手法。

能力目标：能运用《史记》刻画人物形象的基本手法进行鉴赏及写作。

素质目标：能运用辩证唯物主义的文学观鉴赏秦汉散文。

【导入】

秦朝是中国历史上空前统一的王朝，结束了春秋战国诸侯纷争的局面，确立了一人独尊的皇权专制，建立了大一统的中央集权。无论是秦朝的焚书坑儒，还是汉武帝“罢黜百家，独尊儒术”，思想逐渐也被定于一尊。在这样的环境中，文学活动既表现出一定的实用性、功利性倾向，也表现出那个时代特有的自信之心和磅礴之气。

思考：比较汉赋与散文的异同；汉赋兴盛的原因有哪些？

【任务训练】

实训任务 1：简述秦汉政论散文的特点。

实训任务 2：简述《史记》的体例和思想内容。

活动目标：辨析《项羽本纪》刻画人物形象的基本手法。

【知识导读】

从秦到西汉是中国古代散文诸体渐趋完备的时期，《文心雕龙》所论列散文诸体在汉代都已成立。

秦代由于时间短暂，在文学上的建树很少，可以称颂者，只有在统一六国之前由秦相吕不韦召集门客编成的《吕氏春秋》和李斯的《谏逐客书》，前者文风畅达，后者辞采华美。秦统一后出自李斯之手的秦山等地刻石为我国最早的碑文体。汉兴以后，陆贾、贾谊、刘安诸人总结前代历史教训和诸子百家之说，其文铺张扬厉，纵横捭阖，犹有战国遗风。董仲舒的策对和刘向的奏议叙录以如何巩固中央集权制度为讨论重点，雍容典重，宏博深奥，形成汉代议论文风格。此时，历史散文也出现里程碑式的杰作，这就是由司马迁撰写的《史记》。《史记》代表了古代历史散文的最高成就。

东汉散文在西汉的基础上又有新的发展。历史散文中，班固的《汉书》和赵晔的《吴越春秋》都有很高的文学价值；政论散文相继出现了以王充《论衡》、王符《潜夫论》为代表的一批积极参与现实的作品。另外，游记、碑文等新的散文样式也崭露头角，开始成为文体大家庭的一员。从总的趋势看，东汉散文向着骈俪化的方向发展，同时，不少语体散文作家也着意追求通俗易懂、浅显明快的文章风格，在一定程度上对浮华文风有所矫正。

一、秦代散文

（一）《吕氏春秋》

《吕氏春秋》是在秦相吕不韦主持下，由其门客集体撰著而成。

吕不韦（？—前235），濮阳（今河南濮阳县西南）人，原为阳翟（今河南禹州市）大商人，后为秦相。《史记·吕不韦列传》云："庄襄王元年，以吕不韦为丞相。""太子政立为王，尊吕不韦为相国，号称'仲父'。""当是时，魏有信陵君，楚有春申君，赵有平原君，齐有孟尝君，皆下士，喜宾客，以相倾。吕不韦以秦之强，羞不如，亦招致士，厚遇之，至食客三千人。是时诸侯多辩士，如荀卿之徒，著书布天下。吕不韦乃使其客人人著所闻，集论以为八览、六论、十二纪，二十余万言，以为备天地万物古今之事，号曰《吕氏春秋》。"

此书不仅自定书名，而且成书年代明确。其《序意》篇中的"维秦八年，岁在涒滩，秋，甲子朔，朔之日，良人请问十二纪"，指明成书于秦始皇八年（前239）。此书体式新颖严整，前所未有。"八览"为八组文章，各含八篇，共六十四篇；"六论"为六组文章，各含六篇，共三十六篇；"十二纪"则按春、夏、秋、冬四季编排，各含孟、仲、季三纪，每"纪"含五篇文章，共六十篇。全书总共一百六十篇文章，编排严整，自成系统。

《吕氏春秋》历来被视为"杂家"著作，《汉书·艺文志》把它列入"诸子略"的"杂家"一类。此书"采精录异，成一家言"（《吕氏春秋附考》引高似孙语），"诸子之说兼有之"（汪中《吕氏春秋序》）。

《吕氏春秋》是我国第一部有组织、有计划地集体编撰而成的百科全书式的大著。刘勰称"吕氏鉴远而体周"（《文心雕龙·诸子》），章学诚说"吕氏之书，盖司马迁之所取法也"（《校雠通义·卷三》），都肯定了《吕氏春秋》体式创新的价值及其对后世的影响。

《吕氏春秋》的文章，现实针对性强，敢于诋訾时君，指责时政。例如《贵公》《去私》《圜道》等篇论尧、舜让贤而"不肯与其子孙"，矛头显然直指当代。又如《节丧》篇揭露当时的厚葬之风，也是针对秦王的侈靡而发。如此放言无惮，仍是战国诸子著书的特点，并非如明代方孝孺所说的"秦法犹宽"（见《逊志斋集·读吕氏春秋》）。

《吕氏春秋》还保存了丰富多彩的寓言和历史故事。此书共辑寓言故事三百余则，其数量之多，在先秦诸子著作中几乎与《韩非子》相等。它们大多"杂取各家"，但也有自出机杼之作。《荆人遗弓》（《贵公》）、《网开三面》（《异用》）、《掩耳盗铃》（《自知》）等都是历来脍炙人口的佳作。《吕氏春秋》引用寓言故事颇具匠心，往往连引数则而共同说明一个道理。如《察今》篇：

上胡不法先王之法？非不贤也，为其不可得而法。先王之法，经乎上世而来者也，人或益之，人或损之，胡可得而法？虽人弗损益，犹若不可得而法。东夏之命，古今之法，言异而典殊。故古之命多不通乎今之言者，今之法多不合乎古之法者。殊俗之民，有似于此。其所欲同，其所为异。口惛之命不愉，若舟、车、衣、冠、滋味、声、色之不同，人以自是，反以相诽。天下之学者多辩，言利辞倒，不求其实，务以相毁，以胜为故。先王之法，胡可得而法？虽可得，犹若不可法。

凡先王之法，有要于时也。时不与法俱至，法虽今而至，犹若不可法。故择先王之成法，而法其所以为法。先王之所以为法者，何也？先王之所以为法者，人也，而己亦人也。故察己则可以知人，察今则可以知古。古今一也，人与我同耳。有道之士，贵以近知远，以今知古，以所见知所不见。故审堂下之阴，而知日月之行，阴阳之变；见瓶水之冰，而知天下之寒，鱼鳖之藏也。尝一脟肉，而知一镬之味，一鼎之调。

荆人欲袭宋，使人先表澭水。澭水暴益，荆人弗知，循表而夜涉，溺死者千有余人，军惊而坏都舍。向其先表之时可导也，今水已变而益多矣，荆人尚犹循表而导之，此其所以败也。今世之主法先王之法也，有似于此。其时已与先王之法亏矣，而曰此先王之法也而法之。以此为治，岂不悲哉！

故治国无法则乱，守法而弗变则悖，悖乱不可以持国。世异时移，变法宜矣。譬之若良医，病万变，药亦万变。病变而药不变，向之寿民，今为殇子矣。故凡举事必循法以动，变法者因时而化。若此论，则无过务矣。夫不敢议法者，众庶也；以死守法者，有司也；因时变法者，贤主也。是故有天下七十一圣，其法皆不同；非务相反也，时势异也。故曰：良剑期乎断，不期乎镆铘；良马期乎千里，不期乎骥骜。夫成功名者，此先王之千里也。

楚人有涉江者，其剑自舟中坠于水，遽契其舟，曰："是吾剑之所从坠。"舟止，从其所契者入水求之。舟已行矣，而剑不行。求剑若此，不亦惑乎？以故法为其国，与此同。时已徙矣，而法不徙，以此为治，岂不难哉！

有过于江上者，见人方引婴儿而欲投之江中，婴儿啼。人问其故，曰："此其父善游。"其父虽善游，其子岂遽善游哉？以此任物，亦必悖矣。荆国之为政，有似于此。

本篇用了"循表夜涉""刻舟求剑""引婴儿投江"三则寓言故事，分别说明治世应"因时制宜""因地制宜""因人制宜"的道理，合而说明"因时变法"的重要性，三者各有侧重而共同说明一个主旨，其构思和手法新颖别致。

（二）李斯散文

1.《谏逐客书》

秦始皇统一中国后，推行严酷的文化专制政策，焚书坑儒，彻底毁灭了这个时代的文学激情。秦代唯一可以称为作家的人物是李斯（前284—前208），他的主要作品是作于秦始皇十年（前237）的《谏逐客书》。

李斯是战国末楚国上蔡人，游说秦国献统一之计，拜为客卿。适值韩国苦于秦国征伐，乃使水工郑国说服秦国开凿水渠，企图耗费秦国人力而不能攻韩。事被发觉，秦国的宗室大臣认为，那些外来人大抵是各诸侯国派来游说和离间秦国的，建议秦王把所有来自外国的客人都驱逐出境，李斯也在被逐之列，因此他写了这封信上书秦王。

文章先叙述秦自穆公以来皆以客致强的历史，说明秦若无客的辅助则未必强大的道理；然后列举各种女乐珠玉虽非秦地所产却被喜爱的事实作比，说明秦王不应该重物而轻人；最后指出：

夫物不产于秦，可宝者多；士不产于秦，而愿忠者众。今逐客以资敌国，损民以仇，内自虚而外树怨于诸侯，求国之无危，不可得也。

秦王于是废逐客令，复李斯官。《谏逐客书》辞采华美，排比铺张，音节流畅，理气充足，挟战国纵横说辞之风，兼具汉代辞赋之丽。

2. 刻石文

秦始皇统一六国之后，曾多次巡游各地并刻石表功，现存刻石共有 7 篇。这些刻石大都出自李斯之手，以四言韵文写成。文辞整饬简洁，读来朗朗上口，是秦文学的独创。

秦刻石文的体制上承西周《雅》《颂》及秦统一前的《石鼓文》，但又有所变化和创造。从总体上看，秦刻石文都写得气魄雄伟，文字典雅，以浑朴为体，然而，各篇铭文又各具特色。李斯在很大程度上改变了以往颂赞体作品雍容华贵的风格，而贯以法家辞气。秦刻石文堪称碑铭之祖，汉魏碑铭莫不被其遗则。

二、历史散文

1. 司马迁与《史记》

司马迁（前 145 年或前 135 年—？），字子长，西汉夏阳（今陕西韩城南）人，一说龙门（今山西河津）人。西汉史学家、散文家。司马谈之子，任太史令，因替李陵败降之事辩解而受宫刑，后任中书令。发奋继续完成所著史籍，被后世尊称为史迁、太史公。

司马迁早年受学于孔安国、董仲舒，漫游各地，了解风俗，采集传闻。初任郎中，奉使西南。元封三年（前 108）任太史令，继承父业，著述历史。他以其“究天人之际，通古今之变，成一家之言”的史识创作了中国第一部纪传体通史《史记》（原名《太史公书》）。《史记》被公认为是中国史书的典范，全书由十二本纪、十表、八书、三十世家、七十列传五部分组成：本纪按帝王世代顺序记叙各朝兴衰终始；表排列帝王侯国间大事；书是有关经济、文化、天文、历法等方面的专门论述；世家主要写贵族之家的历史；列传是不同阶层、不同类型的人物传记。《史记》记述了上自黄帝、下至西汉武帝时代三千年的兴衰历史，是“二十四史”之首，被鲁迅誉为“史家之绝唱，无韵之离骚”。

2.《史记》的叙事艺术

（1）沟连天人、贯通古今的结构框架。《史记》由五种体例相互补充而形成的结构框架，沟连天人、贯通古今，在设计上颇具匠心，同时也使其涉及范围广泛，展示了波澜壮阔的社会生活图景。

司马迁在《报任安书》中说，他修史的宗旨是“究天人之际，通古今之变，成一家之言”。为了达到这个目的，他在综合前代史书各种体制的基础上，创立了纪传体通史。

（2）历史和逻辑相统一的叙事脉络。《史记》一书最有文学价值的是人物传记。司马迁对人物传记次序的巧妙编排，形成了《史记》一书婉转多变的叙事脉络，在明灭起伏中体现了历史和逻辑的统一。

本纪、世家的传主基本上是传说或历史上真实存在的皇帝、侯王，根据政治地位决定他们入本纪还是入世家。但又不尽然，西汉惠帝虽然当了几年天子，实际上有职无权，没起什么作用，所以本纪中没有他的位置。项羽是秦汉之际主宰天下的人物，吕后是惠帝朝的发号施令者，他们虽然没有天子称号，却被列入本纪。孔子没有侯爵，陈胜自立为王，二人都列入世家，因为他们的历史地位堪与王侯相比。司马迁的上述安排可谓独具慧眼，是对历史事实的充分尊重，也是合乎逻辑的归纳。

《史记》各层次人物传记的排列基本是以时间为序，但又兼顾各传记之间的内在联系，遵循着“以类相从”的原则。例如，司马穰苴、孙武、吴起、伍子胥都是军事家，所以，他们的传记前后相次。苏秦、张仪是战国策士，他们的传记也紧紧相连。西汉人物传记中，韩长孺、李广、卫青、霍去病都是抗击匈奴的将领，故韩长孺、李广传记后面插入《匈奴列传》，然后是卫青、霍去病的传记。公孙弘、主父偃都以伐匈奴、通西南夷为非，曾上书谏止，他们二人传记列在卫青、霍去病之后，接着是《西南夷列传》。司马相如曾奉命出使西南，所以，他的传记在《西南夷列传》之后。通过叙述西汉中央王朝与周边各民族的交往，使几位相关人物的传记以类相从，前后相次，发展脉络非常清晰。

（3）因果关系的探索和在叙事时反复强调。《史记》的叙事没有停留在对表面现象的陈述，而是追根溯源，揭示隐藏在深层的起决定作用的因素。司马迁非常重视对事件因果关系的探究，具有敏锐的目光和正确的判断力。他批判项羽“天之亡我，非战之罪”的说法，认为项羽失败的原因是“自矜功伐，奋其私智而不师古”“欲以力征经营天下”（《项羽本纪》）。在分析造成吴起乱箭穿身悲惨结局的原因时，认为这缘于他“刻暴少恩”（《孙子吴起列传》。以上见解都是很精辟的。当然，司马迁在探寻因果关系的时候，也误入宿命论的歧途。

司马迁对于事件发展过程中起决定作用的原始动因，在叙事时反复加以强调，成为贯穿人物传记的主线。在叙述李广事迹时，突出这位名将的不遇，写他总是遭受意想不到的挫折和失败。而对于大将军卫青，则以“天幸”二字为叙事主宰。讲述卫子夫如何得到武帝宠爱、立为皇后，以及卫青与平原公主等事，都突出卫家的幸运。在《留侯世家》一文中，又侧重于所谓的天意。黄石公授张良兵书是天意，张良称刘邦成功是天授，而张良有机会为刘邦出谋划策也是天授。司马迁对许多历史事件、人物命运因果关系的判断并不完全正确，但是，他对始因的苦苦思索和在行文中的自觉揭示，使得人物传记血脉贯通，各篇都有自己的灵魂，有统摄全篇的主导思想。

（4）叙事详因略果。《史记》叙事有详略之分，一般情况下，司马迁对于事情发展的起因，往往会详写；而对于这种原因所引发的最终结果，往往是略写。《李斯列传》

开头写李斯见厕鼠仓鼠之不同，而叹曰："人之贤不肖譬如鼠矣，在所自处耳。"这是一件生活琐事，但却集中反映了李斯的人生观、价值观。他为了摆脱厕鼠的处境而成为仓鼠那样的食利者，于是向荀子学帝王之术。学成之后前往秦国游说，在和荀子告别时又说道："故诟莫大于卑贱，而悲莫甚于穷困。"这两句话说得非常坦率，和他把厕鼠、仓鼠进行对比时所发的感慨一脉相承。苦于贫贱而贪恋富贵的思想是李斯人生之梦得以实现的动力，也是葬送他身家性命的祸根。《史记》之所以对生活琐事详加叙述，就在于它们在人物的活动中带有原始动因的性质，是诸多事象得以生成的根源。总之，《史记》许多篇章的详写与略写，往往和对因果律的展示密切相关。

（5）高屋建瓴的驾驭繁富材料的能力。司马迁有很强的驾驭材料的能力，与韩信将兵一样，是多多益善。无论是头绪众多的历史事件，还是人物错杂的重大场面，他都写得条理清晰，显得游刃有余。例如《陈涉世家》，把秦末农民起义风起云涌的形势、千头万绪的事件非常清晰地勾勒出来。西汉前期的重大事件莫过于诸吕之乱和七国之反，这两个事件分别见于《吕太后本纪》《孝文本纪》《绛侯周勃世家》《吴王濞列传》等篇目。在叙述这两个事件的原委及经过时，司马迁对天下大势了如指掌，对事态的轻重缓急明于心而应于手，成功地运用了顺叙、倒叙、正叙、侧叙等手法，使人应接不暇而又无不了然。

《史记》的场面描写也很精彩。例如荆轲刺秦王的险象环生、惊心动魄（《刺客列传》），鸿门宴的剑拔弩张、一触即发（《项羽本纪》），灌夫骂座和东廷辩论的或冷或热、对比鲜明（《魏其武安侯列传》）。不同场面有不同的气氛，司马迁采用白描、铺陈、渲染等笔法，写出各种宏大场面的实况及自己的独特感受。《史记》固然时而穿插生活琐事，但司马迁更善于写复杂事件、重大场面，这也是《史记》一书的厚重之处。

3.《史记》的人物刻画

（1）将市井细民和人物群像写入传记。《史记》中的"纪""传"是以人物为中心的纪传散文，通过展示人物的活动而再现多彩的历史画面。本纪、世家、列传中的人物来自不同阶层，上自帝王将相、下至市井细民，诸子百家、三教九流应有尽有，所涉人物四千多个，重要人物数百名，展示了一幅个性各异的人物群像。

《史记》的人物传记之所以有如此广大的覆盖面，和司马迁进步的历史观及开阔的视野密不可分。司马迁认为，一个人知名度的高低，乃至他是否能够青史留名，他本身的业绩很重要，但更和是否有人宣扬提携密不可分。在《游侠列传》中司马迁看到，战国四公子（孟尝君、信陵君、平原君、春申君）或凭借王者亲属的血缘优势，或身居卿相之位，有的是二者兼备，犹如顺风而呼，事半功倍。"至如闾巷之侠，修行砥名，声施于天下，莫不称贤，是为难耳。然儒、墨皆排摈不载，自秦以前，匹夫之侠，湮灭不见，余甚恨之。"司马迁对儒墨等学派由于门户之见排斥这些出自平民的侠客而深感不公。

司马迁在按照惯例为帝王将相立传的同时，也把许多下层人物写入书中，其中包括商人、游侠、刺客、方士等，使得《史记》所收的人物非常广泛，并且都刻画得栩栩如生。

（2）在矛盾冲突中表现人物。司马迁生动具体地写出了人物之间的矛盾和冲突，再现了紧张多变的场面，人物置身于其中，将各自的个性发挥到了极致。例如《项羽本纪》中的“鸿门宴”，作者选择表面平静、实际杀机四伏的鸿门场面，让众多人物在明争暗斗和彼此映衬中展示出了各自鲜明的个性。刘邦的圆滑奸诈、项羽的率直寡谋、张良的深谋从容、范增的偏狭与急躁、樊哙的粗犷豪放、项伯的善良与愚昧，传神尽相，如在眼前。

《廉颇蔺相如列传》中，司马迁对“完璧归赵”“渑池之会”中紧张的场面与尖锐的矛盾冲突进行了细致的描写。在秦王的大殿上，面对秦王意欲毁约的状况，蔺相如足智多谋、随机应变，在面对面的斗争中计谋百出，将主动权始终掌握在自己手里。渑池之会上，秦王借着国力强大，肆意侮辱赵王，蔺相如严词厉色，寸步不让，为维护国家尊严，置生死于度外。面对秦王的步步紧逼，蔺相如隐忍退让，这一点不是所有人都能做到的。在尖锐的矛盾冲突中，充分表现了蔺相如炽热的爱国情怀，甘受委屈，豁达大度，不怕牺牲，能为常人所不愿为、不敢为的智勇兼备、品格高尚的形象。

（3）用个性化的语言凸显人物风姿。《高祖本纪》中，司马迁在刻画刘邦这个人物形象的时候，较多地使用了语言描写的方法，用极富个性的语言将刘邦的形象生动地展现在读者面前。《高祖本纪》中有一段话，刘邦陈述自己之所以得天下的原因——“夫运筹策帷帐之中，决胜于千里之外，吾不如子房。镇国家，抚百姓，给馈饷，不绝粮道，吾不如萧何。连百万之军，战必胜，攻必取，吾不如韩信。此三者，皆人杰也，吾能用之，此吾所以取天下也。项羽有一范增而不能用，此其所以为我擒也。”层叠排比，滔滔而下，显出刘邦在取得胜利之后的志得意满。张良、萧何与韩信都是杰出的人物，俱能为刘邦所用，则刘邦之才之德更出三人之上。刘邦表面谦逊，实际上很自负。

《史记》中的人物形象各具姿态，都有自己鲜明的个性特征。同是以好士闻名的贵公子，信陵君和其他三公子在人格上有高下之别，而平原君、孟尝君、春申君也各有各的风貌。同为战国策士，苏秦主要是一位发奋者的形象，而张仪身上更多的却是狡诈权谋。张良、陈平同是刘邦的重要谋士，但司马迁笔下的张良令人莫测高深，带有几分神异；而陈平这位智囊却富有人情味，没有张良那种仙风道气。《史记》同类人物形象之间尚有如此明显的区别，不同类型人物形象之间更是形成了巨大的反差和鲜明的对照，人物的个性差异得到充分的显示。

司马迁在表现人物的个性特征时，充分注意到他们的家庭出身、文化教养、社会经历等各方面的因素，恰如其分给以表现，不但展现出人物的个性特征，而且对形成人物个性特征的原因也有或明或暗的显示，有时一开始就为人物性格的发展作了铺垫。陈平年轻时贫而好学，所以始终有读书人的气质，见识高远，在皇帝面前对答如流；萧何是刀笔吏出身，故能谨守管钥，因势奉法；周勃最初从事杂艺，没有什么学问，执政之后就显露出知识的不足，在文帝面前陷入窘境。樊哙发迹前以屠狗为业，成为将军以后保留了那种莽撞豪爽之气，他大块吃肉、大杯饮酒，对项羽、刘邦也敢于大声大气、直言直语。总之，司马迁充分注意到影响人物个性的许多重要因素，《史记》中的人物都是按各自的方式说话行事，符合自己的身份、年龄和教养。

（4）故事化的表现手法凸显人物特征。例如《廉颇蔺相如列传》中仅仅用三个故事，就把蔺相如的形象表现得淋漓尽致、栩栩如生，让蔺相如的事迹流芳百世，传颂千古。“完璧归赵”中的多谋善辩、胆略过人，使蔺相如成为最理想的外交使臣形象；“渑池之会”中的不卑不亢、睿智果敢，使蔺相如成为最理想的护驾卫士；“负荆请罪”中的宽宏大量、忍辱负重，使蔺相如成为最理想的合作伙伴。又如《李将军列传》中用被贬为庶人的李广犯禁夜行的一个场景，填充李广的这段平凡生活，既使文章过渡自然，又使人物形象表现逼真、丰满。

4.《史记》的风格特征

（1）宏廓画面和深邃意蕴。《史记》围绕“究天人之际，通古今之变”的宗旨，虽然也从琐碎的生活细事写起，但绝大多数的人物传记最终都在宏伟壮阔的画面中展开，有一系列历史上的大事穿插其间。司马迁不是一般地描述历史进程和人物的生平事迹，而是对历史规律和人物命运进行深刻的思考，透过表象去发掘本质，通过偶然性去把握必然规律。这就使《史记》的人物传记既有宏伟的画面，又有深邃的意蕴，形成了雄深雅健的风格。

（2）浓郁的悲剧气氛。司马迁的人生遭遇是不幸的，他的命运是悲剧性的，他为众多悲剧人物立传，寄寓自己深切的同情。《史记》成功地塑造了一大批悲剧人物形象，使全书具有浓郁的悲剧气氛。

《史记》中的悲剧人物按其品格划分，有完美型和缺失型两类。《赵世家》中为保护赵氏孤儿而付出巨大牺牲的义士公孙杵臼、程婴，《刺客列传》《游侠列传》中的刺客、游侠，都是具有高尚品格和献身精神的英雄，其所作所为几乎无可挑剔，这是把身上最有价值的东西毁灭给人看，是完美型的悲剧英雄。还有一些悲剧人物的品格存在明显的弱点，导致最终毁灭了自身。但由于他们终归是英雄，所以其毁灭也是悲剧性的。这类缺失型悲剧英雄以项羽为代表，他生前战功赫赫，死得壮烈，弱点也非常明显，只是他自己没有意识到本身的缺陷。在《项羽本纪》中，尽管项羽本人一直都把失败归咎于“天之亡我，非战之罪”，但作者就这一悲剧人物作出客观的评价：

太史公曰：吾闻之周生曰：“舜目盖重瞳子。”又闻项羽亦重瞳子。羽岂其苗裔邪？何兴之暴也？夫秦失其政，陈涉首难，豪杰蜂起，相与并争，不可胜数。然羽非有尺寸，乘势起陇亩之中，三年，遂将五诸侯灭秦，分裂天下而封王侯，政由羽出，号为“霸王”，位虽不终，近古以来未尝有也。及羽背关怀楚，放逐义帝而自立，怨王侯叛己，难矣。自矜功伐，奋其私智而不师古，谓霸王之业，欲以力征经营天下，五年，卒亡其国，身死东城，尚不觉寤而不自责，过矣。乃引“天亡我，非用兵之罪也”，岂不谬哉！

这篇赞语作为《项羽本纪》的结尾，用极为简洁的文字，对项羽的一生作了总结，颇具权威性。项羽是一位传奇性的人物，为此这篇赞语也就从传奇处入手：舜和项羽本来没有血缘关系，然而两个人都是双瞳孔，司马迁以两个人在相貌上的这种共同特征，将项羽和舜联系起来，从而提出自己的疑问：难道项羽是舜的后代吗？这就更突出了项羽这个人物的神秘色彩。

在论述项羽的光辉业绩时，司马迁强调了他创业的艰难，同时突出了他发迹的迅速，以及在历史上的显要地位。秦末群雄蜂起，逐鹿天下；而项羽本无尺寸之地，却在短短的三年时间里，成为天下霸主，政由己出，是数百年未曾出现过的英雄人物。尽管项羽未能履践天子之位，可司马迁还是将他列入专为帝王设计的“本纪”之中。在司马迁看来，项羽顺应了历史潮流，抓住了机遇，同时又具备杰出的才能。项羽仅用三年，就完成了灭秦称霸的大业；然而仅仅过了五年，他便败在刘邦的手下。司马迁从两个方面指出项羽失败的原因：一为他杀义帝而自立，结果众叛亲离；二为奋其私智而不效法古代。司马迁论述的项羽失败的原因有一定的正确性，但不全面。笔者认为，项羽失败的根本原因是失民心。得民心者得天下，项羽勇猛过人却生性残暴，不听谋士范增的建议，一错再错，最终众叛亲离。哪怕重回江东，也不能卷土重来。

（3）强烈的传奇色彩。司马迁喜欢猎奇，把许多传说写入人物传记中，营造出一种神秘感，使《史记》富有传奇色彩。写秦始皇晚年行迹，穿插许多怪异反常的事情，以及神灵的出没，用以预示秦王朝末日的到来。写汉高祖发迹，则用刘媪感蛟龙而生子、刘邦醉斩巨蛇等传说，以显示他的灵异。除了类似荒诞不经的传说之外，《史记》所写的许多真人真事也带有传奇色彩。鲁仲连为人排患解难而无所取，超然远引，终身不复见，是一位奇士；《留侯世家》中的张良是位传奇人物；“商山四皓”同样来得突兀，恍若神仙。《史记》中的许多故事都脱离常规，出乎人的意料，富有传奇性。

5.《史记》的地位和影响

《史记》是我国纪传体史学的奠基之作，也是我国传记文学的开端和高峰。中国古代史传文学在先秦时就已初具规模，记言为《尚书》，记事为《春秋》，其后又有编年体的《左传》和国别体的《国语》《战国策》出现。但是，以人物为中心的纪传体史学著作，却是司马迁的首创。

《史记》的影响是极其深远的，它为后代文学的发展提供了丰富的营养和强大的动力。

司马迁作为伟大的历史学家和文学家，在《史记》中大力弘扬人文精神，为后代作家树立起一面光辉的旗帜。《史记》所渗透的人文精神是多方面的，主要有以立德、立功、立言为宗旨以求青史留名的积极入世精神，忍辱含垢、历尽艰辛而百折不挠、自强不息的坚毅精神，舍生取义、赴汤蹈火的牺牲精神，批判暴政酷刑、呼唤世间真情的人道主义精神，立志高远、义不受辱的自尊精神。《史记》中一系列血肉丰满的人物形象，从不同侧面集中体现了上述精神，许多人物成为后代作家仰慕和思索的对象，给他们以鼓舞和启迪。

《史记》是传记文学的典范，也是古代散文的楷模，它的写作技巧、文章风格、语言特点，无不令后代散文家景仰追慕。从“唐宋八大家”到明代前后七子、清代的桐城派，都对《史记》推崇备至，所著文章也深受司马迁的影响。《史记》在语言上平易简洁而又富有表现力，多是单行奇字，不刻意追求对仗工稳，亦不避讳重复用字，形式自由，不拘一格。正因如此，历史上的古文家在批评骈俪文的形式主义倾向和纠正艰涩古奥文风时，都要标举《史记》，把它视为古文的典范。

【强化训练】

请选择《史记》中的一篇文章，分析其特点。

【知识拓展】

汉赋

赋是一种介于诗歌和散文之间的文学体裁，讲究文采、韵节，通过“铺采摛文”以“体物写志”。赋是汉代最流行的文体。在两汉四百多年间，一般文人多致力于这种文体的写作，因而盛极一时，后世往往把它看成汉代文学的代表。

赋作为一种文体，早在战国后期便已经产生。最早写作赋体作品并以赋名篇的可能是荀子。据《汉书·艺文志》载，荀子有赋10篇（现存《礼》《知》《云》《蚕》《箴》5篇），是用通俗“隐语”铺写五种事物。旧传楚国宋玉也有赋体作品，如《风赋》《高唐赋》《神女赋》等，辞藻华美，且有讽谏用意，较之荀赋，似与汉赋更为接近，但或疑为后人伪托，尚无定论。从现存荀赋来看，这时赋体还属萌芽状态。赋体的进一步发展，当受到战国后期纵横家的散文和新兴文体楚辞的巨大影响。赋体的主要特点是铺陈写物、“不歌而诵”。它接近于散文，但在发展中吸收了楚辞的某些特点——华丽的辞藻、夸张的手法，因而丰富了自己的体制。正由于赋体的发展与楚辞有密切关系，所以汉代往往把辞赋连称，西汉初年的“骚体赋”，确实与楚辞相当接近，颇难明显地区分。

汉赋的形成和发展可以分为三个阶段。汉初的赋家，继承楚辞的余绪，这时流行的主要是“骚体赋”；其后则逐渐演变为有独立特征的所谓散体大赋，这是汉赋的主体，也是汉赋最兴盛的阶段；东汉中叶以后，散体大赋逐渐衰微，抒情、言志的小赋开始兴起。汉赋的发展变化过程与汉代社会状况的变化有着密切的关系。

封建时代的辞章家非常推崇汉赋，但他们奉为汉赋正宗的是枚乘、司马相如、扬雄、班固、张衡等人的大赋，而这些大赋在思想和艺术形式上表现出较多的局限性。西晋的挚虞在《文章流别论》中批评说：“古诗之赋。以情义为主，以事类为佐；今之赋，以事形为本，以义正为助。”“今之赋”就是指汉代兴起的大赋。他认为它们“假象过大，则与类相远；逸辞过壮，则与事相违；辩言过理，则与义相失；丽靡过美，则与情相悖”。挚虞对汉赋的社会作用以及艺术上的某些根本缺陷所作的批评，是切中要害的。

汉赋，特别是那些大赋，尽管有如上所述的缺点，但在文学史上仍然具有一定的地位。

首先，以那些描写宫苑、田猎、都邑的大赋来说，大都是对国土的广阔、物产的丰盛、宫苑的华美、都市的繁荣，以及汉帝国的文治武功的描写和颂扬，这在当时并不是毫无意义的。而赋中对封建统治者的劝谕之词，也反映了这些赋作者反对帝王过分骄奢淫靡的思想，表明这些作者并不是对帝王贵族毫无是非原则的奉承者和阿谀者。尽管这方面的思想往往表现得很委婉，收效甚微，但仍然是不应抹杀的。

其次，汉大赋虽然炫博耀奇、堆垛辞藻，以至好用生词僻字，但在丰富文学作品的词汇、锻炼语言辞句、提高描写技巧等方面，都取得了一定成就。建安以后的很多诗文，往往在语言、辞藻和叙事状物的手法等方面，从汉赋中得到不少启发。

最后，从文学发展史上看，两汉辞赋的繁兴，对中国文学观念的形成，也起到一定促进作用。中国的韵文从《诗经》《楚辞》开始，经西汉以来辞赋的发展，到东汉开始初步把文学与一般学术区分开来。《汉书·艺文志》中除《诸子略》以外，还专设立了《诗赋略》，除了所谓儒术、经学以外，又出现了“文章”的概念。至魏晋则出现了“诗赋欲丽”（曹丕《典论·论文》），“诗缘情而绮靡，赋体物而浏亮”（陆机《文赋》）等对文学基本特征的探讨和认识，文学观念由此日益走向明晰化。

第三节　魏晋南北朝散文

【学习目标】

知识目标：了解魏晋南北朝散文的创作概况；掌握魏晋南北朝散文的特点。

能力目标：能运用魏晋南北朝散文的创作理论进行文学鉴赏。

素质目标：能运用辩证唯物主义的文学观鉴赏魏晋南北朝散文。

【导入】

魏晋南北朝散文是汉代散文的继承和发展。其时，散文的应用范围更广，文学性也更强，作家作品的数量超过了汉代。史传散文出现了令、叙、诔、传、碑等各种形式；政论散文虽不及汉代多，但表、章、奏、议、论、说等分得更加细密。记事散文发展为多篇成卷；而抒情议理散文仅以书信名目出现的，就有书、笺、札、帖、启等文章。此外，这一时期又出现了山水地理游记散文，它们以序、记、书、志、铭、注等名目问世，是魏晋南北朝时期散文发展的新形式。

思考：说说你对“魏晋是文学自觉的开始”的理解。

【任务训练】

实训任务 1：简述建安风骨成因及其内涵。

实训任务 2：结合《桃花源记》讨论陶渊明散文的艺术特点。

活动目标：理清魏晋南北朝散文的发展概况和代表作家、作品。

【知识导读】

公元196年至公元589年的近四百年是中国历史上的魏晋南北朝时期，这一时期的文学称为魏晋南北朝文学，也称“中古文学”。魏晋南北朝文学在整个中国文学史上有重要地位，是一个承上启下、走向繁荣的过渡时期。

这一时期，文学思想、文学题材、体裁及整体风貌都呈现出许多新的变化，所以被认为是文学的自觉时期。所谓“文学的自觉”，应该从两方面来理解，一是指文学创作的自觉，二是文学观念的自觉。“文学创作的自觉”是指文学创作主体可以相对自由地表达自己的思想感情，注重文学的抒情性特点，并注意到文学的形式美。“文学观念的自觉”是指对文学本身的特征和文学创作的规律有了一定的认识，并在理论上加以总结来指导创作。当然，文学的自觉是一个渐进的过程，始于魏，发展于西晋，而成熟于齐梁。文学自觉的表现特征主要体现在三个方面。一是文学从学术中独立出来以及文学自身价值的发现与重视。秦汉时期的文学是指学术，特别是儒学。但是到了曹魏时期，文学独特价值开始受到重视，并且逐渐从学术中分离出来。二是文学体裁分类的细化。文学体裁分类的细化是对文学自身特征认识深化的结果，反映了人们对各体裁文学体制及风格、特征有了更为明确的认识。尽管在魏晋之前也有文体辨析的意识，但真正明晰而自觉的文体辨析，则始于曹丕。三是创作的个性化与对作家个性的认识。在魏晋之前，作家的创作个性特征不是十分鲜明，尤其是两汉时期，由于作家人格精神上独立性的欠缺，其作品往往是群体风格盖住了作家的个性特征，到了魏晋以后，各个作家的作品则具有了浓烈的个性色彩与鲜活的魅力，创作上的个性化愈来愈明显。与此同时，理论上对作家的个性化也开始加以认识、辨析。四是文学审美特性的追求。文学之为文学，离不开文学的审美特性。这种审美特性，一是其情感特征，二是形式上的美感特征。魏晋之后，在文学的抒情与美感形式的追求上，都有了长足的发展。沈约在《宋书·谢灵运传论》曾说：“至于建安，曹氏基命，三祖陈王咸蓄盛藻。甫乃以情纬文，以文被质。”“以情纬文，以文被质”，正说明这一时期的文学开始表现出以情感为创作的中心，以及用华丽的辞藻表现作品内容的特征。此外，像曹丕所说的“诗赋欲丽”，陆机的“诗缘情而绮靡，赋体物而浏亮”，以及南朝四声在诗歌创作上的运用，用事与对偶的讲究等，都表明这一时期文学创作对形式美的自觉追求。

魏晋南北朝散文的发展大致可分为以下几个阶段：建安散文、正始散文、两晋散文及南北朝散文。

一、建安散文

建安是东汉末年汉献帝刘协的一个年号，起于公元196年，止于公元220年。但历史上所谓的“建安文学”，一般不只限于这二十五年的文学，而是把曹丕即位、魏代建立到魏明帝曹睿即位后的太和年间也包括在内。建安文学以曹操、曹丕、曹植父子三人为首领，以“建安七子”为羽翼（王粲、刘桢、陈琳、阮瑀、徐干、应玚、孔融），加上杨修、吴质等人，形成一个以邺下（今河北临漳）为中心的文学集团。他们在文学上各有所长，同时有密切的交往、有大致相同的创作经历以及相似的创作风格，即“建安风骨”。

所谓建安风骨，是指作品的内在生气和感染力以及语言表达上的简练刚健结合而形成的一种艺术风貌。建安时期，由于社会动荡不宁，文人政治热情普遍高扬，因而他们的诗文创作大都形成了内容充实、感情充沛、雅好慷慨、梗概多气的特点，而在艺术风格上又表现得明朗刚健、骨力遒劲，这种充实的思想内容、富有感染力的情感以及语言表现上的风健清新完美结合，就是建安风骨的基本内涵。刘勰在《文心雕龙·时序》中说：“观其时文，雅好慷慨，良由世积离乱，风衰俗怨，并志深而笔长，故梗概而多气也。”可说是对建安风骨成因及其内涵的精确概括。

（一）曹氏父子

曹氏三父子（曹操、曹丕、曹植）被称建安文学三杰。

1. 曹操

曹操（155—220），字孟德，一名吉利，小字阿瞒，沛国谯（今安徽亳州）人。东汉末年杰出的政治家、军事家、文学家、书法家。三国中曹魏政权的缔造者，其子曹丕称帝后，追尊为武皇帝，庙号太祖。曹操精兵法，善诗歌，抒发自己的政治抱负，并反映汉末人民的苦难生活，诗句气魄雄伟、慷慨悲凉；散文亦清峻整洁，开启并繁荣了建安文学，给后人留下了宝贵的精神财富，史称建安风骨。同时曹操也擅长书法，尤工章草，唐朝张怀瓘在《书断》中评其为“妙品”。

曹操是政治家兼文学家，这种双重身份使他对建安文学的兴盛起了决定性的作用。他召集了当时的许多著名文人，形成了一个邺下文人集团，促进了建安文学的繁荣。他的散文写得简约严明、思想开朗，不受传统思想和形式体制的约束，具有清峻、通脱的风格。遗著《魏武帝集》有明人珍本，近人整理为《曹操集》。

曹操对建安文学群体的形成起了决定性的作用。从表面上看，他不拘一格地将大量的人才网罗到了军前帐下。曹操性通脱，但要经世济民非得有常人不能之手段不可，所以他尚刑名，以此正风气，而士人，尤其是高士，往往不愿、不肯也不会拘于此，这势必触犯到曹操作为统治者的权威，矛盾便由此产生。士人的险境由此产生，曹操自身另一种痛苦也由此产生。他不得不用自己的秩序来禁锢自己的心志，这就好似自己亲手策划搭建了一个理想国，却不得不拆掉它的支柱，去为了生存而烤火，看着自己的梦和愿望在熊熊之火中燃烧，暖了身子却凉了心窝。这也就不难理解曹操杀名士时为什么犹豫不决，杀之又悔。这绝不是收买人心的假意。对于一个“宁肯我负天下人，莫让天下人负我”的枭雄，他不需要走这些虚文假意的过场戏。他是真的爱才、惜才之人，况且，曹操也非忌人才高，不欲活之，更不是以杀才子而自快的暴君。建安七子中有一位叫陈琳，曾供仕于袁绍，他在《为袁豫州檄曹操书》中不仅辱骂曹操，而且将其三代宦官的身份彰露无遗，鞭挞入骨。按常理，“恶恶止其身”，如果“上及父祖”，那就是奇耻大辱了。而曹操犹能不计前嫌，徙陈琳为门下督，可见，曹操并非我们想象中那样，用杀高洁名士来维护自己的统治权威。他与士人之间的矛盾更多的是曹操内心矛盾的外化。如果他不处于两个尴尬局面的交织之中，他与士人间便没有那理不清、道不明的关系，士人也不会在这种说不清、道不明的关系中沉沉浮浮，也就不会形成具有独特风格的建安士人群体。当然，并不是没有曹操或者没有那种处于矛盾心态中的曹操，建安时代就不会有士人才子，就不会有属于时代的文学。只是少了那种矛盾压抑下壮美凄凉相交织的气概后，不知我们还会不会用“风骨”去描绘那个不安的时代。

曹操的文学成就，主要表现在诗歌上，除诗歌外，曹操的散文也颇有特色，鲁迅称他为“改造文章的祖师”。其文风的特点是清峻与通脱，即他的文章不受任何陈规的约束，说话大胆，言辞锋利，用极简洁的形式与朴素的文笔坦露自己的心境。最著名的有《让县自明本志令》《祭故尉侨玄文》《遗令》等。《让县自明本志令》：

今孤言此，若为自大，欲人言尽，故无讳耳。设使国家无有孤，不知当几人称帝，几人称王！或者人见孤强盛，又性不信天命之事，恐私心相评，言有不逊之志，妄相忖度，每用耿耿。齐桓、晋文所以垂称至今日者，以其兵势广大，犹能奉事周室也。《论语》云：“三分天下有其二，以服事殷，周之德可谓至德矣。”夫能以大事小也。昔乐毅走赵，赵王欲与之图燕。乐毅伏而垂泣，对曰：“臣事昭王，犹事大王；臣若获戾，放在他国，没世然后已，不忍谋赵之徒隶，况燕后嗣乎！”胡亥之杀蒙恬也，恬曰：“自吾先人及至子孙，积信于秦三世矣；今臣将兵三十余万，其势足以背叛，然自知必死而守义者，不敢辱先人之教以忘先王也。”孤每读此二人书，未尝不怆然流涕也。孤祖、父以至孤身，皆当亲重之任，可谓见信者矣，以及子桓兄弟，过于三世矣。

《让县自明本志令》又名《述志令》，是反映曹操思想和经历的一篇带有自传性质的重要文章，写于建安十五年（210），时年曹操五十六岁。其时，他完成统一北方大业后，政权逐渐巩固，继而想统一全国，但是孙权、刘备两大军事势力仍然是他的巨大威胁。他们除了在军事上联盟抗曹外，在政治上则抨击曹操“托名汉相，实为汉贼”“欲废汉自立”（《三国志·吴书·周瑜传》）。在这种政治形势下，曹操发布了这篇文章，借退还皇帝加封三县之名，表明自己的本志，反击了朝野谤议。文中概述了曹操统一中国北部的过程，表达了作者以平定天下、恢复统一为己任的政治抱负。全文写得坦白直率、气势磅礴，充满豪气，表现出政治家的气度和见识。

2. 曹丕

魏文帝曹丕（187—226），字子桓，魏武帝曹操次子，三国时期著名的政治家、文学家。曹丕自幼文武双全，博览经传，通晓诸子百家学说。建安二十二年（217），曹丕击败了其弟曹植，被立为魏王世子。建安二十五年（220），曹操逝世，曹丕继任丞相、魏王。同年，受禅登基，以魏代汉，结束了汉朝四百多年的统治，建立了魏国。黄初七年（226），曹丕病逝于洛阳，时年四十岁。谥号文帝，庙号高祖（《资治通鉴》作世祖），葬于首阳陵。曹丕于诗、赋、文学皆有成就，尤擅长于五言诗，与其父曹操和弟曹植并称“建安三曹”，今存《魏文帝集》二卷。

另外，曹丕著有《典论》，当中的《论文》是中国文学史上第一部系统的文学批评专论作品，写于曹丕为魏太子时，文中要点有：

（1）评价孔融、陈琳、王粲、徐干、阮瑀、应玚、刘桢的文风和得失，“建安七子”的说法来源于此。

（2）提出“文以气为主，气之清浊有体，不可力强而致”，认为作家的气质决定作品的风格。

（3）肯定文学的历史价值，“盖文章，经国之大业，不朽之盛事”。

鲁迅在《魏晋风度及文章与药及酒之关系》中称“他（曹丕）说诗赋不必寓教训，反对当时那些寓教训于诗赋的见解，用近代的文学眼光来看，曹丕的一个时代可说是‘文学的自觉时代’，或如近代所说是为艺术而艺术的一派。”

曹丕的散文中，《与吴质书》与《又与吴质书》是两篇极富感情色彩的书信体散文，前者云：

二月三日丕白：岁月易得，别来行复四年。三年不见，东山犹叹其远，况乃过之，思何可支？虽书疏往返，未足解其劳结。昔年疾疫，亲故多离其灾，徐、陈、应、刘，一时俱逝。痛可言邪！昔日游处，行则连舆，止则接席，何曾须臾相失？每至觞酌流行，丝竹并奏，酒酣耳热，仰而赋诗，当此之时，忽然不自知乐也。谓百年已分，长共相保，何图数年之间，零落略尽！言之伤心。顷撰其遗文，都为一集。观其姓名，已为鬼录，追思昔游，犹在心目，而此诸子，化为粪壤，可复道哉？

像这样叙述友情，悲伤亡友的文字，其情之浓郁感人，确是极为少见的。魏晋南北朝时文人间的书信愈来愈普遍地以精美的文辞写景、抒情以增强文学色彩，曹丕可说是开风气者。

3. 曹植

曹植（192—232），字子建，曹丕之弟，生前曾为陈王，去世后谥号“思”，因此又称陈思王。曹植作为建安文学的代表人物之一与集大成者，在两晋南北朝时期被推尊到文章典范的地位。其代表作有《洛神赋》《白马篇》《七哀诗》等。后人因其文学上的造诣而将他与曹操、曹丕合称为“三曹”。曹植的散文具有“情兼雅怨，体被文质”的特色，加上其品种的丰富多样，使他在这方面取得了卓越的成就。南朝宋文学家谢灵运评价其“天下才有一石，曹子建独占八斗，余一斗，天下人共一斗”。文学批评家钟嵘亦赞曹植“骨气奇高，词彩华茂，情兼雅怨，体被文质，粲溢今古，卓尔不群”，称他为“建安之杰”。

曹植的散文今存四十余篇，就其创作经历来看，大致以建安二十五年曹丕即位为界分为前后两个时期。前期的曹植由于受到曹操的宠爱，显得志满意得，昂扬乐观，充满自信，富于浪漫情调。后期的创作，由于是在曹丕父子的猜忌、迫害下忍辱求生，心情极为悲愤苦闷，所以其内容与风格都发生了很大的变化。作品中那种豪迈自信、昂扬乐观的情调没有了，取而代之出现的则是深沉的愤激与悲凉，作品集中抒写的是对个人命运、前途的失望，对曹丕集团的怨恨，对自己在碌碌无为中空耗生命的哀伤以及对自由生活的向往。曹植的散文名篇为《与杨德祖书》《求自试表》《求通亲亲表》等。

在《与杨德祖书》中，曹植集中地谈到了他对文学的一些基本观点，如作家的自我认识与评价、作品的修改、文学批评的条件及文学的地位等问题。文章先说明王粲等人归魏之前虽已名闻天下，然而他们的创作却尚未达到最高境界。接着指出，为文应该多与人商讨，多听取别人的意见，多请人修改润饰，并进而认为人们的爱好是各不相同的，不能凭自己的好恶妄论别人的文章。文章最后说辞赋不过是小道，最重要的是要为国尽力。

（二）“建安七子”

建安时期在文学创作上影响最大的除“三曹”外，就是“建安七子”。孔融、王粲、陈琳、阮瑀、徐干、刘桢、应玚合称“建安七子”，其中孔融、王粲成就最高。

孔融，字文举，是孔子的二十世孙。“七子”中，孔融年最长。黄巾起义时作北海相，后为袁谭所攻，奔山东。献帝都许昌，任少府。孔融为人机辨，又自恃高门，对曹操多所讥讽，最后被曹操以“乱伦败德”的罪名杀害。其散文虽沿袭东汉文人的老路，有骈俪成分，但却能以气运词，反映了建安时期文学的新变化。曹丕评其文“体气高妙”，刘勰说他“气盛于为笔”，明张溥说他“诗文豪气直上”，都指出了他的这一特点。代表作为《论盛孝章书》和《荐祢衡表》，尤其是前者，可谓“飞辨骋辞，溢气坌涌”。

王粲，字仲宣，在“建安七子”中成就最突出，刘勰《文心雕龙•才略》称他为“七子之冠冕”。曾祖王龚，祖王畅，皆汉三公。父王谦为何进长史。粲以西京扰乱，避难荆州依刘表，未得重用。曹操南征，粲劝琮降，操辟为丞相掾，赐爵关内侯。后迁军谋祭酒。粲少有才名，见蔡邕于长安，邕倒屣相迎，谓客曰：“此王公孙也，有异才，吾不如也。吾家书籍文章，尽当与之。”又强记。与人共行，读道旁碑，人问曰：卿能闇诵乎？曰：能。因使背之，不失一字。观人围棋，局坏，粲为复之。棋者不信，以帕盖局，使便以他局为之，用相比较，不误一道。善著文，举笔便成，无所改定，时人常以为宿构，然正复精意覃思，亦不能加也。粲能诗能赋，赋以《登楼赋》最为著名，是魏晋时期抒情小赋的名篇，将写景和抒情结合，具有浓厚的诗意，脱尽了汉赋的铺陈堆砌之习，显示了抒情小赋艺术上的成熟。

二、正始散文

正始（240—249）是魏齐王曹芳用的一个年号，但习惯上所说的正始文学还包括正始以后直到西晋立国（265）这一段时期。代表作家“竹林七贤”是中国魏末晋初期间的七个浪漫文学家，分别为山涛、嵇康、阮籍、向秀、刘伶、阮咸、王戎等。因为他们皆性情旷达、才高志远，或文采翩翩，或官高名大，所以世称“七贤”。在文学创作上，阮籍与嵇康是成就最突出者。

阮籍（210—263），字嗣宗，“建安七子”之一阮瑀之子。阮籍的一生始终徘徊于高洁与世俗之间，依违于政局内外，在矛盾中度日，在苦闷中寻求解脱。少年时的阮籍是颇有壮志的，“籍本有济世志”（《晋书•阮籍传》），他曾登广武城，面对楚汉古战场，发出“时无英雄，遂使竖子成名”的慨叹，表现出目空古人的少年英气。但是随着政局的变化，他那种期待建立功名的热情逐渐消歇，特别是在高平陵事件之后，司马氏父子相继把持朝政，残酷地屠杀异己，实行高压统治，给他的思想以极大的影响。在这一高压政治背景下，他最大的苦恼在于如何能够全身远祸。应该说，阮籍从司马氏父子一系列的杀戮事件中，对司马氏的凶残面目有深入的了解，对于司马氏用卑劣手段取得政权的行为也是十分痛恶的，但为了全身，他又不敢明确表示反对，而这时他在士林中令名已著，司马氏对他倍加注意，更加使他处境艰难。阮籍一生的行为表现，其根源即在于此。因此，一方面，他对于时事政治问题表态十分谨慎，口不臧否人物，比如兖州刺史王昶请与相见，终日不开一言，自以不能测，司马昭曾说："天下之至慎者，其唯阮嗣宗乎？每与之言，言及玄远，而未尝评论时事，臧否人物，可谓至慎乎！"但另一方面，他对司马氏集团的礼法之士却极为蔑视，因而在生活方式上常常表现得放浪形骸，遗落世事，嗜酒成癖。阮籍身上所表现的至慎与越礼，实在是一对矛盾。司马氏是提倡名教的，但对阮籍却能容忍，也是一个矛盾。究其原因，阮籍在政治上的至慎，口不臧否人物、议论时政，便对现实政权没有威胁，而他对礼法的蔑视，则多属伦理道德范畴，对司马氏亦无大害，对此，司马氏是看得很清楚的，加之阮籍在士人中的声誉，杀之不仅无益，反而会带来杀名士的坏名声，这就使阮籍在乱世中得以全身，但其内心却是十分苦闷的。

如果说阮籍是正始文人中苦闷的代表，那么嵇康则是悲剧的典型。

嵇康（224—263），字叔夜，曹魏的女婿，曾任中散大夫，后世因称"嵇中散"。与阮籍的"口不臧否人物"不同，嵇康的性格"刚肠疾恶，轻肆直言，遇事便发"。《晋书・嵇康传》曾记载，他"恬静寡欲，含垢匿瑕，宽简有大量"，他的《家诫》也告诫儿子"宏行寡言，慎备自守"，但这只是玄学思想对性情的约束，实际上他却做不到。在现实中，他的是非之心是十分明确的，对丑恶现象往往加以斥责。他与阮籍的区别即在此。尽管他与阮籍都"越名教而任自然"，但阮籍能在现实的冲突中虚与周旋，他则不同，他是一个感情极热烈的人，对于生活的态度极认真，最终完全与世俗社会对立起来。直接导致他被杀的是《与山巨源绝交书》一文。山涛从吏部郎转迁为散骑常侍，举荐他以自代，希望他放弃与司马氏对抗的立场，但他却作此书断然拒绝，并与之绝交，表现出决不屈服的态度。文中提出，自己不能就职的原因是 "七不堪"与"二不可"，对山涛以及依附司马氏集团的毫无操守者多所讥刺，特别是文中宣称自己"每非汤武而薄周孔"，直接击中司马氏借名教以篡权的要害，恰巧此时吕安为其兄吕巽所诬，他被牵连进去，司马氏便以"乱群惑众"的罪名将他杀害。嵇康尽管为司马氏所不容，但他的人格魅力却引起了众多士人的崇敬，在临刑之前，京师三千太学生曾上书为之请命。但这反而加速了他的悲剧结局，因为司马氏杀嵇康也包含着打击名士、给予警告的意味。嵇康在不自觉中成了当时名士不满司马氏势力的代表，因而也就成为当时士人悲剧的典型。

阮籍与嵇康的散文都有突出的成就，为魏晋散文的代表。阮的散文代表作为《大人先生传》，嵇的散文代表作为《与山巨源绝交书》《声无哀乐论》等。

三、西晋散文

以典午南渡为界，晋分为西晋与东晋，两晋前后相续150余年，其中西晋50余年、东晋百余年。而由于两晋政治环境与文化背景的差异，其文学风貌亦有所不同。

西晋历武、惠、怀、愍四帝，而文学的繁荣则在武帝太康时期以及惠帝元康时期，其中以太康文学为代表，作家则以“三张、二陆、两潘、一左”最为著名。此外，较著名者，晋初尚有傅玄与张华，晋末还有刘琨与郭璞。

潘岳与陆机是西晋太康文学最具代表性的作家，钟嵘在《诗品》中将二人置于上品，并有“陆才如海，潘才如江”之评。江海之间，似有抑扬，但在后人看来，二人都是才华的代名词。唐人王勃《滕王阁序》末云“敢竭鄙怀，恭疏短引；一言均赋，四韵俱成。请洒潘江，各倾陆海云尔”，即是这个意思。

四、东晋散文

东晋散文受风流名士清谈和隐逸之风的影响，一般清新流畅、自然朴素，大都着意于真实性情的流露。

1. 王羲之

王羲之（303—361，一说321—379），字逸少，东晋时期书法家，有“书圣”之称。琅琊临沂（今山东临沂）人，南渡后居会稽山阴（今浙江绍兴）。历任秘书郎、宁远将军、江州刺史，后为会稽内史，领右将军。其书法兼善隶、草、楷、行各体，精研体势，心摹手追，广采众长，备精诸体，冶于一炉，摆脱了汉魏笔风，自成一家，影响深远。风格平和自然，笔势委婉含蓄，遒美健秀。李志敏评价：“王羲之的书法既表现以老庄哲学为基础的简淡玄远，又表现以儒家的中庸之道为基础的冲和。”代表作《兰亭序》被誉为“天下第一行书”。在书法史上，他与其子王献之合称为“二王”。

《兰亭集序》笔势飘逸，情旨高妙，风格清淡，为后世所称道。

2. 陶渊明

陶渊明（365—427），名潜，字元亮，自号“五柳先生”，私谥“靖节”，世称靖节先生，浔阳柴桑（今江西九江）人。东晋末至南朝宋初期伟大的诗人、辞赋家。曾任江州祭酒、建威参军、镇军参军、彭泽县令等职，最后一次出仕为彭泽县令，八十多天便弃职而去，从此归隐田园。他是中国第一位田园诗人，被称为“古今隐逸诗人之宗”，有《陶渊明集》。

陶渊明的散文和辞赋同他的诗歌一样，表现出独立的艺术风貌。他的作品语言平淡自然，感情真挚动人，境界淡泊高远，是作者人格和志趣的生动写照。陶渊明在文学史上的地位和影响，有赖于他的散文和辞赋实不下于他的诗歌。特别是《五柳先生传》《桃花源记》和《归去来兮辞》，这三篇最见其性情和思想，也最著名。

《五柳先生传》采用正史纪传体的形式，并不注重描述生平事迹而重在表现生活情趣，带有自叙情怀的特点，这种写法是陶渊明首创。《归去来兮辞》是一篇脱离仕途回归田园的宣言。文中不乏华彩的段落，其跌宕的节奏、舒畅的声吻将诗人欣喜若狂的情状呈现在读者面前。欧阳修曾评价说："晋无文章，惟陶渊明《归去来兮辞》一片而已。"

《桃花源记》的故事和其他仙境故事有相似之处，描写了一个美好的世外仙界。不过应当强调的是，陶渊明所提供的理想模式有其特殊之处：在那里生活着的其实是普普通通的人，一群避难的人，而不是神仙，只是比世人多保留了天性的真淳而已；他们的和平、宁静、幸福都是通过自己的劳动取得的。古代的许多仙话，描绘的是长生和财宝，桃花源里既没有长生也没有财宝，只有一片农耕的景象。

林尽水源，便得一山，山有小口，仿佛若有光。便舍船，从口入。初极狭，才通人。复行数十步，豁然开朗。土地平旷，屋舍俨然，有良田、美池、桑竹之属。阡陌交通，鸡犬相闻。其中往来种作，男女衣着，悉如外人。黄发垂髫，并怡然自乐。

见渔人，乃大惊，问所从来。具答之。便要还家，设酒杀鸡作食。村中闻有此人，咸来问讯。自云先世避秦时乱，率妻子邑人来此绝境，不复出焉，遂与外人间隔。问今是何世，乃不知有汉，无论魏晋。此人一一为具言所闻，皆叹惋。余人各复延至其家，皆出酒食。停数日，辞去。此中人语云："不足为外人道也。"

文章开端，先以美好闲静、"芳草鲜美，落英缤纷"的桃花林作为铺垫，引出一个质朴自然化的世界。在那里，一切都是那么单纯、那么美好，没有税赋，没有战乱，没有沽名钓誉，也没有钩心斗角。甚至连一点吵吵嚷嚷的声音都听不到。人与人之间的关系也是那么平和，那么诚恳。造成这一切的原因，作者没有明说，但从"乃不知有汉，无论魏晋"一句中已隐约透露了消息：原来归根结底，是因为没有一个高踞人民头上为私利互相攻伐的统治集团。这个幻想中的桃花源世界，对生活在虚伪黑暗、战乱频繁、流血不断的现实世界中的人们来说，无疑是令人神往的。作者用简净笔触恰如其分地表现出桃花源的气氛，使文章更富有感染力。当然，这种理想的境界在当时现实中是不存在的，只是作者通过对大同社会的构想，艺术地展现了大同社会的风貌，是不满黑暗现实的一种精神寄托，表现了作者对理想社会的憧憬以及对现实社会的不满。

文章的结构也颇有巧妙之处。作者借用小说笔法，以一个捕渔人的经历为线索展开故事。开头的交代、时代、渔人的籍贯都写得十分肯定，似乎真有其事。这就缩短了读者与作品的心理距离，把读者从现实世界引入到迷离惝恍的桃花源。相反，如果一开头就是"山在虚无缥缈间"，读者就会感到隔远，作品的感染力也就会大打折扣。"不足为外人道也"及渔人返寻所志，迷不得路，表现了读者从这朦胧飘忽的化外世界退回到现实世界，心中依旧充满了对它的依恋。文末南阳刘子骥规往不果一笔，又使全文有余意不穷之趣。

陶渊明归隐之初想到的还只是个人的进退清浊，写《桃花源记》时已经不限于个人，而想到整个社会的出路和广大人民的幸福。陶渊明迈出这一步与多年的躬耕和贫困的生活体验有关。通过对桃花源的安宁和乐、自由平等生活的描绘，表现了作者追求美好生活的理想和对现实生活的不满。

五、南北朝散文

南北朝时期，散文逐渐被骈文所取代。文章骈化的趋向早在东汉便已开始，经过魏晋，到齐梁时期，文人在用事、对偶、辞藻上下功夫，使不少骈文内容贫乏。当然，也不乏较杰出的骈文，例如，孔稚珪的《北山移文》对“身在江湖之上，心存魏阙之下”的假隐士作了辛辣的讽刺，运用了拟人化的手法，思想和艺术都达到了很高的境地。此外，描写山水景物的短小书札，如陶弘景的《答谢中书书》、吴均的《与宋元思书》等，文辞清丽，细致传神，历来为人传诵。

北朝时出现了郦道元的《水经注》和杨衒之的《洛阳伽蓝记》这两部散文著作。《水经注》不仅具有较高的科学价值，同时具有较高的文学价值。作者以简洁隽永的笔墨，描绘出一幅幅山川景物的鲜明图画，这对后代山水散文的发展有深远的影响。《洛阳伽蓝记》则真实地记录了北魏都城洛阳佛寺的兴衰，同时也记载了许多类似志怪小说的神话和传说。此外，颜之推的《颜氏家训》语言质朴，风格平易亲切，也表现出与南朝文学不同的特征。

1. 郦道元

郦道元（？—527），字善长，范阳涿鹿（今河北涿州）人。《水经注》是为前人所著《水经》一书作的注释，但实际上是一部“别开生面”的著作。他博采汉魏以来许多描写山川土风、历史掌故的文献，结合实地调查，叙述了大小一千多条水道的源流经历，以及沿岸的山川景物和故事传奇。《水经注》在文化史与文学史上都是卓绝不凡的。清陈运溶指出：“郦注精博，集六朝地志之大成”（《(荆州记序》)。从文学上来看，《水经注》文风清朗疏朴，有许多文学性的描写，使之具有艺术魅力，特别是在描写山川景物上，取得了非常高的成就。例如《江水注》中“巫峡”一节，为自古传诵的名篇，对此后古文家的游记影响极大。

自三峡七百里中，两岸连山，略无阙处。重岩叠嶂，隐天蔽日。自非亭午夜分，不见曦月。至于夏水襄陵，沿溯阻绝。或王命急宣，有时朝发白帝，暮到江陵，其间千二百里，虽乘奔御风，不以疾也。春冬之时，则素湍绿潭，回清倒影。绝巘多生怪柏，悬泉瀑布，飞漱其间。清荣峻茂，良多趣味。每至晴初霜旦，林寒涧肃，常有高猿长啸，属引凄异，空谷传响，哀转久绝。故渔者歌曰：“巴东三峡巫峡长，猿鸣三声泪沾裳。”

2. 杨衒之

南北朝时，杨衒之凭手中的笔，写出具有文学价值的历史文献《洛阳伽蓝记》，使一代名都伽蓝的风采与故事传之久远。此书出自个人内心的沧桑之感、兴亡之念，因而笔端或隐或显地带着感情。

《洛阳伽蓝记》为现存文史典籍中寺塔记的典范，它所达到的高度、享有的声誉，后继的若干同类撰述难以企及。《洛阳伽蓝记》基本是散文，但比《水经注》运用了更多的骈丽文字，风格典丽清拔。

3. 颜之推

颜之推（531—590），字介，琅琊临沂（今山东临沂）人。初仕梁，梁元帝江陵败亡后，由南朝辗转奔窜北齐，官至平原太守。后仕周、隋。学识渊博，阅历深广。

其《颜氏家训》，主要是用儒家思想教训子弟，常插叙他亲身的见闻，从中可见当时南北士族风尚的不同。颜之推非常重视子弟的教育，文辞时有骈体，语言质朴，风格平易亲切。

总之，南北朝是散文中衰的时代，要彻底改变这个局面，还要待唐代的古文运动。

【强化训练】

请选择魏晋南北朝的一篇散文，分析其特点。

【知识拓展】

骈文和散文的区别

骈文是以对偶句为主，介乎散文与韵文之间的一种美文。这句话包括三点：第一，以对偶句为主，这是骈文本质所在，舍此不成为骈文；第二，对音律的要求在散韵之间；第三，讲究辞藻华丽的美学效果。

从文体角度考察，骈文、散文都是就其语言方式的大致概括，古人并没有当作具体的文章类别来使用，它们的名称出现都比较晚。“散文”一词最早使用于南宋，与之相对的是“四六文”。“骈文”一词使用于清代，与之相对的是“散文”或“散体”。以“四六”作为骈文专集之名始于唐末李商隐的《樊南四六》，继后，北宋欧阳修、夏竦等人亦将其所作骈文列为专集以四六名之。南宋始有专论骈文的著作，如王铚《四六话》、谢伋《四六谈麈》、杨囦道《云庄四六余话》，与诗话、词话同列。然而，四六文并不完全等于骈文。六朝前期，骈文多用四言单句对。梁陈以后，多用四六言隔句对。唐代骈文以四六为正宗，宋骈爱用三句以上长联，清人也有学魏晋之四言骈体者。所以，后来的“四六文”实际上是骈文的概称。

明代以前，有骈文别集而无总集。明代出现不少四六选本，多为公私应酬文字。清代骈文总集有：李兆洛《骈体文钞》（起于李斯止于隋陈，编者主骈散合一，故所选并不都是骈体）、许梿《六朝文絜》（专收南北朝短篇骈文）、王先谦《骈文类纂》（起于屈原止于清末，历代皆选，是目前收文最系统的选本）。清代仍有人以“四六”命名骈文专著，如陈维崧《四六金针》、孙梅《四六丛话》、李渔《四六初徵》、陈云程《四六清丽集》等。五四以后，学界通称骈文。

清代骈文号称中兴。骈文家为了与古文家争地盘，极力主张骈文自古有之，一些骈文选本把入选范围搞得很宽，以壮大骈文声势。有的现代学者承袭清人，竟主张“凡不涉（唐宋）八家藩篱者，皆不得不归之骈文之列。……古文既不足以概散文，则骈文当包括汉魏赋家，以迄于宋四六，乃至近代似骈非骈之应用文字，亦皆在其中”。这种说法，从文体学看并不科学，必须加以厘清。

如前所述，以对偶句（骈句）为主的文章叫作骈文。与之相对，以非对偶句（散句）为主的文章叫作散文。作为句式来讲，骈散自来并存，往往互相搭配，自由组合。散文中可以有少量骈句，骈文中可以有少量骈句。散文骈文之分不在骈偶对仗之有无，而在其数量多少。说骈句自古有之是对的，说骈文古已存在则不妥，因为句子不等于文章。

某些清代学者（如阮元）从《尚书》《周易》《诗经》等先秦古籍中搜集一些对偶句，就认为那即是骈文了。他们是混淆了文体与句式这两个不同的范畴。现当代研究者有时也没有区别清楚。于景祥《唐宋骈文史》把相当一批以散句为主的文章，如柳宗元《始得西山宴游记》《袁家渴记》，范仲淹《岳阳楼记》《严先生祠堂记》，李纲《议国是》，岳飞《五岳祠盟记》，皆当成骈文。这些作品，不但当代选家视为散文代表作，清代各种骈文选本亦未见收录。于先生也许是看中里面有少量对偶句子。倘若有对偶即为骈文，恐怕中国古代绝大多数文章皆可算作骈文了。

应该指出，骈文和散文的区别，不仅在于对偶句的多少，还在于文章风格的追求。明王志坚《四六法海·总论》说："古文如写意山水，俪体如工画楼台。"现代学者钱基博指出："主气韵勿尚才气，则安雅而不流于驰骋，与散文殊科。崇散朗勿矜才藻，则疏逸而无伤于板滞，与四六分疆。"（《骈文通义》）台湾学者张仁青说："散文主气势旺盛，则言无不达，辞无不举。骈文主气韵曼妙，则情致婉约，摇曳生姿。"这些见解相当精辟。张仁青又说："散文得之于阳刚之美，即今世所谓壮美者也；而骈文得之于阴柔之美，即今世所谓优美者也。""散文家认为文章所以明道，故其态度是认真的、严肃的，盖以文章为经世致用之工具也。……骈文家之见解则以文章本身之美即为文章之价值，故其态度是淡泊的、超然的，盖以文章为抒写性灵之工具也。"如此概括恐未必尽然。骈文中不乏阳刚之美，如骆宾王《讨武檄文》，散文中也有擅阴柔之美者，如晚明小品；骈文亦可经世致用如陆贽，散文亦宜抒写性灵如公安派、竟陵派。究竟如何从美学上探究骈文与散文的不同，是一个有待开拓的新课题。

第四节　唐代散文

【学习目标】

知识目标：了解唐代古文运动的文化背景；掌握唐代散文的特点。

能力目标：能运用韩愈、柳宗元关于古文运动的理论进行文学鉴赏。

素质目标：能运用辩证唯物主义的文学观鉴赏唐代散文。

【导入】

唐代散文是继先秦、两汉之后，我国散文创作的又一高峰。散文就形式而言，从讲究对仗用典、崇尚声律藻饰的骈文，变为单行散句、接近口语的"古文"，这是唐代散文文体通俗化的革新。而表达的内容也远较骈文深广得多、世俗化得多，并出现了一些旨在寄意喻理和为城市贫民立传的人物传记，如韩愈的《马说》、柳宗元的《种树郭橐驼传》。

思考：请说说对唐代散文文体通俗化的理解。

【任务训练】

实训任务 1：简述韩愈在政论散文方面的成就。

实训任务 2：简述柳宗元山水游记和寓言散文方面的成就。

活动目标：辨析韩愈《进学解》在构思方面的特点。

【知识导读】

在唐代，散文的发展变化与诗歌的发展变化并不同步。当诗歌已经高度繁荣的时候，散文的文体文风改革才开始。文体文风的改革，自内容而言，是明道载道，把散文引向政教之用，和当时的政治形势有密切的关系；自形式而言，是由骈体向散体转变，是散文自身发展的要求。这是一次有目的、有理论主张、有广泛参与者并且有深远影响的文学革新，今人习惯上把它称为“古文运动”。唐代古文运动，就是用刚健质朴的散文，取代绮丽柔靡的骈文。

初唐是古文运动的准备期，大都是骈体，王勃的《滕王阁序》就是初唐骈体文中的名篇。陈子昂标举“风骨”“兴寄”，风气为之一变，浮艳骈体受到冲击。盛唐有王维《与山中裴秀才迪书》、元结《右溪记》这样清新的山水游记散文，还有李白那种了无拘束、气势磅礴的书信体散文《与韩荆州书》。这些创作实践，都为韩柳的古文创作提供了实践经验。

中唐进入了高潮期，韩愈和柳宗元在古文运动前驱者努力的基础上，大力提倡先秦两汉散文，批判六朝骈文，大量吸收口语，适当采用骈文句式，创作出大量优秀散文。二人散文著作影响很大，一时蔚为风气。他们以自己的理论与创作实践，掀起了一个散文理论革新与创作热潮，形成了古文运动。

韩愈和柳宗元的古文创作取得了高度的艺术成就，为散体文的创作打开了全新的局面，使之呈现出旺盛的艺术生命力。他们对散文艺术的巨大贡献主要表现在两个方面，一是极大地增强了散文的抒情特色，使之具有鲜明的审美品格；二是对散文的语言艺术、表现技巧进行了深入的开拓。韩愈和柳宗元二人的古文成就既有共同的创造，也有不同的特点，下面分别介绍。

一、韩愈

韩愈是古文运动的领袖，他有着重建道统、攘斥佛老的巨大热情，推崇儒家的礼制思想，强调尊王攘夷，维护君臣、父子的伦常秩序。韩愈主张儒道复兴，并不是纯粹出于理论的追求，而是基于改革现实的深刻愿望，因此他的文章有着强烈的现实关怀，字里行间贯注着对社会、人生的满腔热情。他对于儒学精神，常能全身心去体会，展现其中鲜活的生命力。对于儒道之不行于世，他有着强烈的怨愤，并将这种情感真实地诉诸笔墨，使读者于激扬怨怼、嬉笑怒骂或滔滔雄辩的文字之间，真切地领略作者的性情。这是使韩愈古文拥有丰富的审美魅力和巨大感染力，不同于一般理论著述的重要原因。

韩文最突出的特点，不在理论分析之深细，而在于发现问题之敏锐，以及行文中所呈现的强烈气势。韩愈为文主张“气盛言宜”，他的文章往往笔力雄健，词锋震烁，感情激烈，以义正词严的气势强烈地震撼读者，如《论佛骨表》一文直接抨击唐宪宗的佞佛之举，斥佛骨为“朽秽之物”，指责唐宪宗佞佛为“伤风败俗，传笑四方，非细事也”；希望“以此骨付之有司，投诸水火，永绝根本”。又如《师说》针对当时士大夫阶层耻于从师的社会风气，论证从师之必要，并提出“吾师道也”的主张，韩愈的“抗颜为师”在当时引起很大非议，同样体现了他直道而行的勇气。

韩文的气势，来自信“道”的巨大热情与强烈的现实关怀，因此气势之中贯注着深厚的感慨、浓烈的感情，如《送董邵南序》感叹董邵南仕进无路，不得不远走他乡，到藩镇割据之地谋求出路，作者既不愿友人从事于割据之幕府，又对其在“明天子”之朝坎坷无成的命运深感无奈，全文顿挫抑扬，欲言又止，将对世事的愤郁笼罩在强烈的悲怆之情中。韩文愤世的激情，有时是以嗟叹世路的凄怆感怀表达出来的，如《与崔群书》《与李翱书》，感伤世路的艰难，自叹身世的坎坷，沉郁低回。而他的名篇《祭十二郎文》，更是通过亲人死别的哀痛，深刻地抒写凄凉的人生感怀。悼念亲人，固然是哀痛的，但韩愈特殊的家庭环境、坎坷的身世，使他与亡侄的亲情有了特殊的意味，在这篇伤逝怀人的文字中，更多地倾注了韩愈的人生感怀，承载了他本人志士摧抑、世路无常、心境凄凉的哀痛。文中的这段文字，读来字字血泪：

呜呼！其信然邪？其梦邪？其传之非其真邪？信也，吾兄之盛德而夭其嗣乎？汝之纯明而不克蒙其泽乎？少者强者而夭殁，长者衰者而存全乎？未可以为信也。梦也，传之非其真也，东野之书，耿兰之报，何为而在吾侧也？呜呼！其信然矣！……虽然，吾自今年以来，苍苍者或化而为白矣，动摇者或脱而落矣，毛血日益衰，志气日益微，几何不从汝而死也！死而有知，其几何离？其无知，悲不几时，而不悲者无穷期矣。

茅坤誉此文是“祭文中千古绝调”，其实这已经不是一般意义的祭文。韩文的气势与深情奠定了其基本的审美风格，前人称“韩文如海”，正是道出韩文基本的特点。

韩文的第二大特点是语言极富表现力。韩愈作文，追求“惟陈言之务去”，体现积极的创新态度，同时又强调“文从字顺”，这就使其语言形成了极具表现力的新面貌。韩愈的古文句式丰富多变，很善于表达曲折复杂的情感，如《柳子厚墓志铭》写柳宗元长期遭受贬谪，但文学辞章因此而有了极大的成就，韩愈既为其身世凄凉所感慨，又为其文学大进而欣慰，然而柳宗元文学上的如此成就，毕竟是以人生的惨痛遭遇为代价的，因此欣慰之中，又深怀叹惋与感慨，文章低回屈抑的句式，淋漓尽致地传达了这复杂的心情：

子厚前时少年，勇于为人，不自贵重顾藉，谓功业可立就，故坐废退。既退，又无相知有气力得位者推挽，故卒死于穷裔，材不为世用，道不行于时也。使子厚在台省时，自持其身，已能如司马刺史时，亦自不斥；斥时，有人力能举之，且必复用不穷。然子厚斥不久，穷不极，虽有出于人，其文学辞章，必不能自力，以致必传于后如今，无疑也。虽使子厚得所愿，为将相于一时，以彼易此，孰得孰失，必有能辨之者。

这段文字低回顿挫，又一气直下，表现了韩文个性化的语言特色，为散体文的创作开创了新的语言风格。此外，韩愈还善于将骈文的语言艺术融会到散体文的创作中，其古文有些很生动的排偶句，如“穷居而野处，升高而望远。坐茂树以终日，濯清泉以自洁。采于山，美可茹；钓于水，鲜可食。起居无时，惟适之安。与其有誉于前，孰若无毁于其后？与其有乐于身，孰若无忧于其心？”（《送李愿归盘谷序》）“先生口不绝吟于六艺之文，手不停披于百家之编。记事者必提其要，纂言者必钩其玄。贪多务得，细大不捐。焚膏油以继晷，恒兀兀以穷年。先生之业，可谓勤矣！”（《进学解》）；同时，韩文还创造出许多生动的词汇，有些被后世长期使用，已经成为成语，如贪多务得、细大不捐、形单影只、刮垢磨光、含英咀华、动辄得咎、自强不息、千钧一发、蝇营狗苟、深居简出等。韩文语言又力求新颖独到，大量运用比喻和比拟，善于活用词类，有意错综词序，大量运用虚词和感叹词，善于用对话形式及对比句、反诘句，使文章句法灵活，节奏多变，气势雄壮，摇曳多姿。多种手法的交错使用，使其语言缓急相间，舒卷自如，既文从字顺、合于规范，又生动活泼，新颖独到，大大增加了文章的气势、色彩和表现力，成为新体古文典范性的语言。韩愈也成为我国古代屈指可数的语言大师之一。

韩文的又一特点是构思巧妙、善于叙事描摹。韩文集众家之长，变态百出，如《毛颖传》为一支毛笔立传，以俳谐的笔法传达深刻的现实感慨，其立意构思，既展示了丰富的才学，又表现了奇幻为文的深厚艺术功力；其《进学解》取法扬雄《解嘲》之体，借太学生之口，发自己怀才不遇的牢骚，通过自己的辩解，来表达对社会的嘲讽，构思新奇，嬉笑怒骂；其《送穷文》通过人与穷鬼的对话，以穷鬼的表白，刻画自己被穷鬼相缠的狼狈；又通过将五种优异的品格比喻为五个穷鬼，抒发了自己怀才不遇的愤郁与无奈，以及“惟乖于时，乃与天通”的倔强兀傲，构思取法扬雄之《逐贫赋》而更神采焕发，读来令人拍案叫绝；而立意于君子固穷，较之扬雄又有了更高的境界。

韩文还善于叙事描摹，刻画了许多生动的文学形象。例如《张中丞传后叙》中写南霁云乞师一段生动地描绘了一个忠勇义烈、肝胆照人的英雄形象。

南霁云之乞救于贺兰也，贺兰嫉巡远之声威功绩出己上，不肯出师救。爱霁云之勇且壮，不听其语，强留之。俱食与乐，延霁云坐。霁云慷慨语曰：“云来时，睢阳之人不食月余日矣。云虽欲独食，义不忍；虽食，且不下咽。”因拔所佩刀，断一指，血淋漓以示贺兰。一座大惊，皆感激为云泣下。云知贺兰终无为云出师意，即驰去。将出城，抽矢射佛寺浮图，矢着其上砖半箭，曰；“吾归破贼，必灭贺兰，此矢所以志也。”

上述艺术成就，在韩文中有广泛的体现，韩愈兼擅众体，其创作所涉及的文体有碑志、祭文、书启、赠序、杂著杂议、疏奏表状、传记、辞赋、小说、寓言等，而且他善于突破成规，为文体带来新的面貌，茅坤在《唐宋八大家文钞·总序》中说：“其所著书、论、叙、记、碑铭、颂、辩诸什，故多所独开门户。”如碑志、墓志一体，他不简单因袭叙事迹、颂功德的传统程式，而是生动刻画人物形象，并融进现实感慨、时事议论，表达强烈的情感。明人吴讷认为，韩愈墓志铭文为古今作者之最高，“行文叙事，面目首尾，不再蹈袭”（《文章辨体序说》）。韩愈的文体新变是在继承前代文体艺术的基础上完成的，秦观《韩愈论》云：“盖前之作者多矣，而莫有备于愈；后之作者亦多矣，而无以加于愈。……杜氏、韩氏，亦集诗文之大成者欤！”

二、柳宗元

柳宗元是中唐时期杰出的思想家和政治家，与韩愈攘斥佛老的态度不同，他并不排斥佛老，认为“余观老子，亦孔氏之异流也，不得以相抗”“皆有以佐世”，应该“伸其所长，而黜其奇邪”，使各家思想“通而同之”，以求“与孔子同道”（《送元十八山人南游序》）。对于佛教，他向有好感。他认为：“浮图诚有不可斥者，往往与《易》《论语》合，诚乐之。其于性情奭然，不与孔子异道。”（《送僧浩初序》）力图统合儒释。但儒家思想的影响还是最主要的，他自称“以兴尧舜孔子之道，利安元元为务”（《寄许京兆孟容书》）。他追求“辅时及物为道”，对现实有强烈的关注；他继承儒家的民本思想，《送薛存义序》提出了“官为民役”的观点，《捕蛇者说》抨击苛政，《种树郭橐驼传》批判官吏扰民。柳宗元积极参与永贞革新，被贬后，特别是在柳州，他还在力所能及的范围内施行一些社会改革，利国利民，遗惠一方，这些都反映了他的精神追求。

柳宗元早年工于骈文，被贬永州后主要转向古文创作，众体兼长。其古文创作大体包括论说、寓言、游记、传记。他的论说文雄深雅健，《封建论》是其政论文的代表作，文章肯定了郡县制，否定了封建制，认为郡县制的根本优点，在于可以选贤任能，而秦朝推行郡县制而夭折的原因，不在于郡县制本身，而在于为政之道的残暴与专制。柳宗元以“大中之道”来约束君主的权力，这种思想在封建专制社会中极为难能可贵，它在客观上对封建专制起到了揭露与批判的作用，柳宗元思想的深刻与叛逆之处正在于此。此外，柳宗元的《贞符》《时令论》《断刑论》《天说》《天对》等也是很优秀的论说文，产生了很大的影响。从前面的分析可以看出，柳宗元的论说文，虽无韩愈之文那种纵横排宕的气势，但识见高深，且出之以深刻详密的逻辑思辨，形成了峻洁雄健、无可置辩的文风，同样取得了极高的成就。

柳宗元的寓言，结构精巧而极富哲理意味。《三戒》《罴说》《蝜蝂传》《鞭贾》等是代表作。《三戒》由三个寓言组成，其中《临江之麋》写一只受到主人宠爱的小鹿，常与家犬嬉戏，家犬怯于主人之势而与之敷衍，小鹿竟以犬为同类，后一出门，立即被外面的狗吃掉；《永某氏之鼠》写群鼠在旧房主的纵容下肆无忌惮、胡作非为，最后被新房主彻底消灭；《黔之驴》的故事已广为人知。这三篇寓言，借麋、驴、鼠的故事讽刺缺少自知之明、忘乎所以、仗势逞能之辈。这组作品是柳宗元到永州后的作品，其中当寄寓着作者深刻的现实人生感慨。从艺术上看，三篇作品皆语言精练，善于抓住细节来刻画神情，如《黔之驴》中老虎对驴始而试探，终则完全看破的过程，写得惟妙惟肖；

《临江之麋》写小鹿之天真无知，家犬虽怀杀机而怯于主人不敢发作之态，“然时啖其舌”，都十分生动。《罴说》写一猎人“能吹竹为百兽之音”，吹出的罴、虎之音吓退了虎和貙，但当真正的罴来到时，他已无兽音可吹，只好被罴吃掉，文章讽刺了“不善内而恃外”之辈的小黠大痴，点明其悲惨的结局，其中刻画猎人施小技屡屡得逞，最终聪明反被聪明误，语带讥讽却含而不露，显示了很高的表现功力。《蝜蝂传》描写蝜蝂贪得无厌、至死不悟之状，十分生动，讽刺了现实生活中“日思高其位，大其禄”的贪婪之辈的愚蠢。柳宗元的寓言既表现了对先秦以来寓言艺术的继承，又显示出积极的创新特色，标志着我国寓言文学完全成熟，并以其卓越的成就对后世寓言文学的发展产生了深远的影响。

柳宗元的山水游记，是中国古代山水游记中的精品。其笔下之山水，没有恬淡和乐的风光，只有“凄神寒骨”的幽深意境。“永州八记”是柳宗元山水游记的代表作，这八篇作品按照游历的顺序，描绘了八处奇异的景致。命意谋篇，不是模山范水，而是融贯了很深的意趣。作者笔下的景物，很多是自身精神抱负的寄托与象征，如第一篇《始得西山宴游记》描写登上西山，四望辽阔，“心凝形释，与万化冥合”。文中描绘登山后心胸开阔的感受，可以看到来自庄子的影响，“悠悠乎与灏气俱，而莫得其涯；洋洋乎与造物者游，而不知其所穷”，但就全篇的立意来看，则表现了作者的奇崛之气。西山的特出，在于它的高峻，真正象征了作者自己迥脱流俗的精神世界，所以它是作者的知音，西山之游是作者“游”的真正开始。《小石城山记》中的小石城山，以及《钴鉧潭西小丘记》中的小丘，则是不为世人所看重的奇异景致，它们象征了作者虽才华卓异而被弃遐荒的人生悲剧。

从具体的艺术表现上看，永州八记的景物描写常能极写其奇异，如《钴鉧潭记》：

钴鉧潭在西山西，其始，盖冉水自南奔注，抵山石，屈折东流。其颠委势峻，荡击益暴。啮其涯，故旁广而中深，毕至石乃止。流沫成轮，然后徐行。

又如《钴鉧潭西小丘记》：

其石之突怒偃蹇，负土而出，争为奇状者，殆不可数。其嵚然相累而下者，若牛马之饮于溪；其冲然角列而上者，若熊罴之登于山。

有些则深刻地传达孤清高绝、离尘脱俗的意趣，如《至小丘西小石潭记》写石潭之“峭怆幽邃”十分入神：

全石以为底，近岸，卷石底以出，为坻，为屿，为嵁，为岩。青树翠蔓，蒙络摇缀，参差披拂。潭中鱼可百许头，皆若空游无所依。日光下澈，影布石上，佁然不动；俶尔远逝，往来翕忽，似与游者相乐。

柳宗元对孤清幽独之境的描写，不仅出之以清淡之景，而且能够通过色彩绚丽之景来传达，如《袁家渴记》描写袁家渴的风光：“每风自四山而下，振动大木，掩苒众草，纷红骇绿，蓊葧香气；冲涛旋濑，退贮溪谷；摇飏葳蕤，与时推移。”这样的“纷红骇绿”之景，同样传达了幽清孤绝的意趣。

柳宗元在传记文学上也取得了很高的成就，《种树郭橐驼传》《梓人传》《宋清传》《童区寄传》，《河间妇传》《段太尉逸事状》等是代表作。这些作品虽取法史传，但多有突破，手法更为灵活。《种树郭橐驼传》形式上是一篇人物传，但带有寓言和传奇的特色，文中对郭橐驼形象的刻画，受到《庄子》畸人形象的影响，这与文中取意于老庄哲学，要求与民休息的主张是很协调的；《段太尉逸事状》生动地记录了正直官吏段秀实的几件典型事件，使其形象栩栩如生，宋代欧阳修曾直接取法这篇文章。《童区寄传》叙事紧张，人物形象的刻画比较传神。

柳宗元与韩愈共为唐代古文运动的倡导者，由于现实条件的限制，他的影响不如韩愈那样大。但二人是好友，是文章知己，虽文风不同，但能彼此欣赏，都对唐代古文运动做出了巨大的贡献。后世有不少扬韩抑柳或扬柳抑韩的言论，都不免偏颇，韩柳二人的贡献与成就，应该得到同样的肯定与认识。

三、晚唐文学的发展

晚唐小品以其鲜明的时代特征受到后人的喜爱和称赞。鲁迅指出："唐末诗风衰落，而小品放了光辉。但罗隐的《谗书》，几乎全部是抗争和愤激之谈；皮日休和陆龟蒙自以为隐士，别人也列之为隐士，而看他们在《皮子文薮》和《笠泽丛书》中的小品文，并没有忘记天下，正是一塌糊涂的泥塘里的光彩和锋芒。"（《小品文的危机》）这段话，似可作为晚唐小品的定评。

由于晚唐社会矛盾日趋突出，文人分化更加明显，有的仍热衷于政治，有的置身局外，冷眼旁观，但更多的人则消极颓废，胸襟既狭，视野复窄，寄情声色之乐，追求形式之美，于是骈文卷土重来，取早已内力不济的古文而代之，整个文坛再度为骈体文风所笼罩，文学史至此发生又一次大的回环，呈现出复归式演进的形貌。

晚唐令狐楚、李商隐、温庭筠、段成式等人都擅长骈体文，其中李、温、段三人齐名，时号"三十六体"（三人在其从兄弟中皆排行第十六）。他们大力提倡以四字、六字相间为句的四六文，重辞藻、典故、声韵、对偶，向唯美主义方向发展，并将骈文广泛应用到书信、公文、表奏等各种文体中，不少作品无异于文字游戏。在创作技巧和文风上，他们的骈文则有了一些新的变化，大都雕镂精工，用典深僻，词采繁缛，偶对切当，风格更为华丽浓艳，其中以李商隐的骈文最具代表性。

李商隐早期致力于古文写作，其《李贺小传》《刘叉》等传记斯文生动传神，简洁隽永；后因投入骈文大家令狐楚门下，遂通习四六之文，并以此著称。他所作骈文除具上述骈四俪六、重形式美的特点外，还呈现出既婉转流畅又典丽清峻的风神。《四库全书简明目录》说"李商隐骈偶之文，婉约雅饬，于唐人为别格"，大致不错。如他的《为濮阳公檄刘稹文》《为濮阳公陈情表》《上河东公启》等文，皆属对精工而不害文意，或以析理精微见长，或以婉曲达情取胜；时于骈句中杂以散句，转换自如，文气习扬，声韵铿锵。此外李商隐"尤善为诔奠之辞"（《旧唐书·李商隐传），他的《奠相国令狐公文》《祭外舅赠司徒公文》《祭裴氏姊文》等都写得很有物色，而他的《祭小侄女寄寄文》成就尤为突出。该文通篇不用一典，只用白描手法述小女琐事，情真意切，凄婉动人。

如文章开篇既痛切抒怀："尔生四年，方复本族；既复数月，奄然归无。于鞠育而未深，结悲伤而何极！尔来也何故，去也何缘？念当稚戏之辰，孰测死生之位！"

文章中幅更点染景物，烘托气氛，对逝者反复致意："白草枯荄，荒涂古陌，朝饥谁饱？夜渴谁怜？尔之栖栖，吾有罪矣！"寥寥数语，简洁真切，怜惜自责之情溢于行墨之间，论者谓"义山骈文，断以此篇为压卷之作"（姜书阁《骈文史论·唐骈衰变第十三》），信然。

当然，李商隐还有不少章、表、书、启类作品，"以礫裂为工，以纤妍为态"（朱鹤龄《新编李商隐文集序》），只是一味用典，文意晦涩，过于重视词采，缺乏情感力量。这种文风，在北宋初期曾风靡一时，开成"西昆体"，直至欧阳修等诗文革新主将出现后，柔靡的文风才为之一变。

【强化训练】

请选择柳宗元散文中的一篇文章，分析其特点。

【知识拓展】

古文运动

古文是与今文相对的概念，今文是指流行于唐代社会的骈俪之文，古文则是指取法三代两汉的以奇句单行为主要特征的散体之文。唐代贞元、元和年间，以韩愈、柳宗元为代表的一大批作家，大力提倡并创作古文，掀起了一次影响深远的文体革新活动，在今人撰写的文学史上，这次活动被称为"古文运动"。

古文运动不仅是唐代散文史，也是中国散文史上的重大事件。从唐代散文的发展来看，古文运动之前，骈文流行，初唐时期虽有一些作家从事散体文的写作，但特色不突出，其影响不能与骈文相比；古文运动使散文创作呈现出全新的面貌，其影响延及宋元明清，对中国封建社会后半期的散文创作产生深远的影响。古文运动之所以取得如此辉煌的成就，还要从它的精神追求与艺术追求上来分析。

古文运动的出现有着深刻的政治社会背景和思想文化动因。安史之乱以后，唐王朝由盛转衰落，藩镇割据，宦官专权，朝臣党争，佛道盛行，民族矛盾等内忧外患，严重地威胁着唐王朝的统治。许多有识之士以强烈的忧患意识和深刻的社会责任感，迫切要求社会改革，挽救唐王朝的颓势。从思想文化背景来看，面对深刻的社会矛盾，许多有识之士强烈意识到复兴儒学的重要，认为王纲不振、藩镇割据，以及社会上吏治败坏、士风浮薄等种种问题，都源于儒家思想的衰微，儒学复兴的思潮在这一时期空前高涨。政治革新的强烈愿望以及儒学复兴的追求，推动中唐士人进行积极的政治思想变革。

古文运动的兴起，反映了政治变革与儒学复兴的深刻要求。韩愈明确提出"文以明道"的主张，认为"君子居其位，则思死其官；未得位，则思修其辞以明其道，我将以明道也"(《争臣论》)，"愈之所志于古者，不惟其辞之好，好其道焉尔。"(《答李秀才书》)。

柳宗元在其《答韦中立论师道书》中也明确写道，“始吾幼且少，为文章，以辞为工。及长，乃知文者以明道。”他赞同韩愈的主张，认为“圣人之言，期以明道，学者务求诸道而遗其辞。……道假辞而明，辞假书而传，要之，之道而已耳。道之及，及乎物而已耳”（《报崔黯秀才论为文书》）。韩柳古文创作最深刻的精神追求乃是儒道之复兴，他们期望通过儒道的重振来达成改变现实的愿望，其古文创作，展现了对儒家思想的深刻理解，贯注着抨击时弊、重振儒道的巨大热情。这使他们的古文呈现出崭新的精神品质，呈现出巨大的感召力，吸引了大批作者参与古文创作，围绕在韩愈周围的张籍、李翱、李汉、皇甫湜、樊宗师、侯喜都取得了巨大的成就。

古文运动这种深刻的精神追求，是它有别于初唐散文创作的重要特征。文体上的骈散之争从骈文鼎盛的齐梁时期就已经开始，延及唐初，争论不断。但是古文运动之前的散体文创作，其艺术成就无法与韩柳等人的古文创作相比，究其原因，主要有两个方面。

其一，韩柳之前的散文作者，普遍缺少像韩柳那样深刻而丰富的精神追求。他们在批评骈文、提倡散文时，也多强调文章与道德教化的关系，如独孤及主张文章要“以五经为源泉”（《赵郡李公中集序》）；柳冕认为“淫丽形似之文，皆亡国哀思之音也”（《与滑州卢大夫论文书》），强调文章的社会教化作用，强调文学与儒学合一：“文章者，本于教化，发于情性。本于教化，尧舜之道也；发于情性，圣人之言也。”“文章风俗，其弊一也。变之之术，在教其心……经术尊则教化美，教化美则文章盛，文章盛则王道兴。”（《谢杜相公论房杜二相书》）元结等人特别强调文学的讽时刺世功能，要“救世劝俗”“导达情性”。元结认为文章应能“极帝王理乱之道，系古人规谏之流”（《二风诗论》），“尽劝怨之声音，可以上感于上，下化于下”（《系乐府序》），但这些作者对儒道本身的理解没有根据时代的要求而做出新的阐发，因此其文章不免有说教与僵化之弊，缺少新的、富有生命力的精神内涵。

韩柳之文，尤其突出抒发内心的感激怨怼之情，韩愈提出“大凡物不得其平则鸣”（《送孟东野序》），他所谓的“不平则鸣”在创作中主要指向由现实坎懔所激发的感激怨怼之情。在《荆潭唱和诗序》中，他提出：“夫和平之音淡薄，而愁思之声要妙；欢愉之辞难工，而穷苦之言易好也。”而柳宗元在被贬谪之后所写的“嬉笑之怒，甚于裂眦；长歌之哀，过于痛哭”的作品，也正是他对社会现实的不平之鸣，这就极大地丰富了古文的抒情内涵。

其二，韩柳对古文艺术有丰富的思考，这也是此前的散文作者所普遍缺乏的。他们的思考主要表现在以下几个方面。

（1）重道而不轻文。韩柳都主张文与道二者必须互相结合。韩愈在《答尉迟生书》中说“本深而末茂，形大而声宏”“体不备不可以成人，辞不足不可以成文”。柳宗元也一再强调文要“羽翼夫道”（《答韦中立论师道书》）。并强调“文”的重要性：“然而辅时及物之道，不可陈于今，则宜垂于后。言而不文则泥，然则文者固不可少耶”（《答吴武陵论〈非国语〉书》）。

（2）韩柳十分强调作家本人的修养，即重视作家的思想、人格、气质、品德等内在精神力量对文学创作的影响。韩愈在《答尉迟生书》中说："夫所谓文者，必有诸其中，是故君子慎其实。实之美恶，其发也不掩。"在《答李翊书》中，明确提出养气说："无望其速成，无诱于势利。养其根而俟其实，加其膏而希其光……仁义之人，其言蔼如也。""气盛，则言之短长与声之高下者皆宜。"柳宗元也强调作家"文以行为本，在先诚其中"（《报袁君陈秀才避师名书》），"文章，士之末也，然立旨在乎其中"（《与杨京兆凭书》），并特别强调作家应有严肃的创作态度，在《答韦中立论师道书》中说："吾每为文章，未尝敢以轻心掉之，惧其剽而不留也；未尝敢以怠心易之，惧其弛而不严也；未尝敢以昏气出之，惧其昧没而杂也；未尝敢以矜气作之，惧其偃蹇而骄也。"韩柳强调作家道德行为和文艺修养，对古文运动顺利发展具有重要意义。

（3）能辩证处理文风的古今之辨。在文风方面，韩柳坚决反对六朝骈文的浮艳之风。韩愈批评骈文"其声轻以浮，其节数以急，其辞淫以哀，其志弛以肆。其为言也杂乱而无章"（《送孟东野序》）。柳宗元也明确反对"贵辞而矜书，粉泽以为工，道密以为能"（《报崔黯秀才论为文书》）的颓靡文风。但在创作中，他们并不一味排斥骈文，而是能吸取其长。韩柳之前的散体作者坚执骈散之壁垒，对骈文艺术采取了严厉的批评态度，在创作上也很少加以吸取，相反，韩柳则能广泛吸取各类文体的艺术成就，韩愈"文起八代之衰"，但其文章实集"八代之长"；柳宗元早年工于骈文，后期转为古文，对骈文艺术的精华也多有吸取。清人刘开说："夫退之起八代之衰，非尽扫八代而去之也，但取其精而汰其粗，化其腐而出其奇。其实八代之美，退之未尝不备有也。"（《孟涂文集·卷四·与阮芸台宫保论文书》）。另一方面，韩柳虽主张师古，但反对因袭剽窃，韩愈明确主张，即使对古人的经典之作，也只能"师其意不师其辞"（《答刘正夫书》）；柳宗元也反对食古不化，他尖锐地批评"荣古虐今"（《与友人论文书》）的不良风气，痛斥"渔猎前作，戕贼文史"的恶劣作风。总之，韩柳能兼取古今之长，并结合时势加以创新，因而对古文艺术做出了重大贡献。

正是有韩柳的杰出建树，一大批作者参与到古文的创作中，一场轰轰烈烈的古文运动伴随着社会改革应运而生。

第五节　宋代散文

【学习目标】

知识目标：了解北宋诗文革新运动的理论与影响；掌握欧阳修、苏轼、王安石等人的散文创作特点。

能力目标：能运用北宋诗文革新运动的理论进行文学鉴赏。

素质目标：能运用辩证唯物主义的文学观鉴赏宋代散文。

【导入】

宋代散文是中国古代散文长河中一个重要的发展阶段。从古代散文演变的历程来看，宋代散文是中国古代散文的鼎盛时期。正如明代文学家宋濂所说，“自秦以下，文莫盛于宋”。两宋300余年间，出现了众多散文作家和散文作品。在“唐宋八大家”中，宋代就占了六位，即欧阳修、苏洵、苏轼、苏辙、曾巩、王安石。从吕祖谦所编的《宋文鉴》、庄仲方所辑的《南宋文范》和今人所编的《全宋文》等散文总集来看，宋代散文数量繁富，佳作纷呈，风格流派众多。同时，在散文理论和体式上也多有开拓，从文体理论的角度来看，宋代是“散文”概念提出并渐趋成熟的时期。

思考：说说宋代散文在创作上、文风上的独特风格。

【任务训练】

实训任务1：简述欧阳修的文学革新主张。

实训任务2：结合《醉翁亭记》讨论欧阳修散文的艺术特点。

活动目标：理清宋代散文的发展脉络和代表作家、作品。

【知识导读】

从古代散文演变的历程来看，宋代散文是中国古代散文的鼎盛时期。正如明代文学家宋濂所说：“自秦以下，文莫盛于宋。”宋代散文数量繁富，佳作纷呈，风格流派众多。同时在散文理论和体式上也多有开拓。宋代散文大体上经历了五个发展阶段：北宋初期、北宋中期、南渡前后、南宋中兴和南宋末年。

北宋散文的发展几乎是与北宋古文运动同步发展的，涌现了以欧阳修、苏轼为代表的一大批优秀作家。他们继承了韩愈、柳宗元的散文传统，进一步摆脱了汉魏以来辞赋家的习气，并抵制晚唐五代出现的内容空洞、风格敷衍、语言艰涩的风气，在散文创作上更加注重现实内容和社会意义，在文风上提倡质朴自然、平易畅达，形成了宋文的独特风格。欧阳修奠定了北宋古文运动胜利的基础，苏轼的散文代表了北宋散文的最高成就，并标志着北宋古文运动的胜利完成。北宋散文在当时产生了重大的影响，并对后世影响深远，成为我国古代散文宝库中璀璨的珍宝。

北宋初期主要作家有柳开、穆修、王禹称、范仲淹等。他们都是散文革新家，或从理论上，或以自己的创作实践，与宋初不重视思想内容、偏重浮词丽藻的文风进行了斗争。他们都推崇韩愈，以散体古文为尚，倡导平易自然、朴实流畅的文风。例如，柳开的《东郊野夫传》，内容深厚平实，语言流畅自然；王禹偁的《黄州新建小竹楼记》意境清幽深邃，语言简雅古淡；范仲淹的《岳阳楼记》通过对洞庭湖景色的生动描写和对迁客骚人两种不同“览物之情”的否定，抒发了作者“不以物喜，不以己悲”和“先天下之忧而忧，后天下之乐而乐”的远大抱负，文章写景宏阔，议论精辟，行文简而有法，音韵和谐，脍炙人口，是诗文革新的最初战绩。

北宋中期是宋代散文发展的黄金时代，也是古文运动取得主要成就的时期。这一时期的散文流派众多，而皆以古文相称，呈现出多元分化而又整体统一的特点。活跃在文坛上的著名的散文家有欧阳修、苏洵、曾巩、王安石、苏轼、苏辙等。苏洵长于议论，他的《六国论》最见风格。文章借古讽今，层层剖析，宏论滔滔，颇有战国纵横家遗风。曾巩散文以说理精密、语言简洁著称。他的《墨池记》解释理论，文章题小议宏，笔调婉转有致，历来为人们所重视。苏辙的散文，议、记、书、传各体兼备，策论最佳。他的议论文笔力雄健，说理清晰；记叙文文笔灵活，波澜起伏。他在《上枢密韩太尉书》中对于散文创作提出了“养气说”，强调阅历和修养对写好文章的意义，因此他认为司马迁“其文疏荡，颇有奇气”，以至于他“周览四海名山大川，与燕赵间豪俊交游”。此外，周敦颐也有名篇传世，他的《爱莲说》通过对莲花的赞美，歌颂洁身自好的君子品格，托物言志，寓意深远，语言隽秀，深为世人喜爱。

北宋后期的散文，著名作家有苏轼门下的陈师道、黄庭坚、秦观、张耒、晁补之等，他们虽不专长散文，但他们文章都有法度、有文采。他们的创作基本上是沿着诗文革新的道路发展的。

（一）欧阳修

在宋代文学史上最早开创一代文风的文坛领袖是欧阳修。他的散文创作十分丰富，今存《欧阳文忠公集》，共收各体散文五百余篇。欧阳修“以文章道德，为一世学者宗师”。他将文与道放在较为平等的位置上，来谈文与道的关系，而且强调“道”主要在于关心百事。在创作上他提出“简而有法”，他的散文创作就是这一理论的实践，从而形成了平易自然、婉转流畅的风格和骈散兼行的语言特点。其代表作品《醉翁亭记》描写了琅琊山朝暮、四时的景色变化及作家与宾客的宴游之乐，语言平易晓畅，晶莹秀润。

至于负者歌于途，行者休于树，前者呼，后者应，伛（yǔ）偻（lǚ）提携，往来而不绝者，滁人游也。临溪而渔，溪深而鱼肥，酿泉为酒，泉香而酒洌（liè），山肴（yáo）野蔌（sù），杂然而前陈者，太守宴也。宴酣（hān）之乐，非丝非竹，射者中，弈者胜，觥（gōng）筹（chóu）交错，起坐而喧哗者，众宾欢也。苍颜白发，颓（tuí）然乎其间者，太守醉也。

已而夕阳在山，人影散乱，太守归而宾客从也。树林阴翳（yì），鸣声上下，游人去而禽（qín）鸟乐也。然而禽鸟知山林之乐，而不知人之乐；人知从太守游而乐，而不知太守之乐其乐也。醉能同其乐，醒能述以文者，太守也。太守谓谁？庐陵欧阳修也。

《醉翁亭记》描写了滁州一带朝暮四季自然景物不同的幽深秀美，滁州百姓和平宁静的生活，特别是作者在山林中与民一齐游赏宴饮的乐趣。全文贯穿一个“乐”字，其中包含着比较复杂曲折的内容。一则暗示出一个封建地方长官能“与民同乐”的情怀，二则在寄情山水背后隐藏着难言的苦衷。正当四十岁的盛年却自号“醉翁”，而且经常出游，加上他那“饮少辄醉”“颓然乎其间”的种种表现，都表明欧阳修是借山水之乐来排遣谪居生活的苦闷。作者醉在两处：一是陶醉于山水美景之中，二是陶醉于与民同乐之中。在艺术手法上，这篇散文有以下几个特点。

1. 意境优美

《醉翁亭记》的思想意脉是一个“乐”字，“醉”中之乐，它像一根彩线连缀各幅画面。而“醉翁之意不在酒”“在乎山水之间也”。放情林木，醉意山水，这是作者的真意。作者就根据这样的“意”写了秀丽的“境”，从而达到情与景的交融、意与境的相谐。

在作者笔下，醉翁亭的远近左右是一张山水画。有山，有泉，有林，有亭，然而作者又没有孤立用墨，而是交织一体，既各尽其美，又多样统一。蔚然而深秀的琅琊山，风光秀丽，迤逦连绵，苍翠欲滴。群山作为背景，一圈环绕而过。林深路曲，泉流弯旋，则“有亭翼然临于泉上”。这样山与泉相依，泉与亭相衬，一幅画中山水亭台，构成诗一般的山水相映之优美意境。

文中还体现了动静对比之美。先说景物与景物之间的动静对比。蔚然壮秀的琅琊山是静态，潺潺流淌的酿泉水是动态，山色苍郁悦目，泉声琮琮动听，相映成趣。“树木阴翳，鸣声上下”，树木之静对比出百鸟啁啾之动，相得益彰。“已而夕阳在山，人影散乱，太守归而宾客从也”是景物与人物间的动静对比。“觥筹交错，起坐而喧哗者，众宾欢也。苍颜白发，颓然乎其间者，太守醉也。”以众宾喧哗之动对比出太守颓然之静，生趣盎然。

2. 结构精巧

《醉翁亭记》虽然时而山色露布卷面，时而水流泻进画幅，时而人情喧于纸上，看似散，其实一点儿也不乱。首要的原因是作者手中有一根金线。这根金线就是作者的主观感受——“乐”，醉中之“乐”。正因为如此，文章的起承转合就无不统摄于作者主观感受和体验的波澜起伏。写山水，是抒发“得之心”的乐；写游人不绝路途，是表现人情之乐；写酿泉为酒，野肴铺席，觥筹交错，是表达“宴酣之乐”；写鸣声婉转，飞荡林间，是显示“禽鸟之乐”，更是为表现太守自我陶醉的“游而乐”。欢于万物，乐在其中，全文因景生乐，因乐而抒情，这样行文走笔，一路写出，围绕个“乐”而展开，就不是断片的杂碎，而是统一的整体，犹如穿千颗珠玉缀在金线之中，收万道阳光凝于聚光镜上。也正因为有聚光点，有主骨架，文笔的散反而会转化成一种特色，显得运笔从容，左右逢源，越是散越是丰满了散文的血肉，增添了散文的生机，增强了散文的内容。

前有伏笔，后必照应；藏墨于首，显豁于尾，是《醉翁亭记》结构安排的另一亮点。文章一开始写道：“名之者谁？太守自谓也。”但太守又“名之者谁”暂按不表，埋下伏笔，催人卒读。直到文章剎尾处，才端示：“太守谓谁？庐陵欧阳修也。”这样起到首尾相照之效。再如“太守乐”呼应了“山水之乐”，乐从山水来，太守乐就有了根据。“苍颜白发，颓然乎其间者，太守醉也”照应了“太守与客来饮于此，饮少辄醉，而年又最高”，年事既高，又放情山水，太守醉就有了着落。又如“夕阳在山，人影散乱”，纷纷离去，是因为时令已晚，这便跟前文的“暮而归”又恰成照应，把这句话具体化了。处处注意呼应照应，使文章的内在结构泾渭分明、严谨周密。

3. 语言出色

《醉翁亭记》的语言极具特色，格调清丽，遣词凝练，音节铿锵，臻于炉火纯青之境，既有图画美，又有音乐美。《醉翁亭记》的语言高度概括，含义丰富。最突出的是，作者在本文中首创的“醉翁之意不在酒”“水落石出”，已被同时代和后来的作家所用，例如苏轼在著名的《后赤壁赋》中写秋冬之交的江上景色，就直接借用了“水落石出”一词。又由于作者用词精当，词句的概括内容很广，因而“醉翁之意不在酒”“水落石出”已演变成稳定性强、规范性高的成语，发挥了它们的引申意义。

同时《醉翁亭记》的语言凝练精粹，晶莹润畅，抑扬抗坠，铿锵悦耳。例如写晨昏景象之异，只用两句就概括殆尽：“日出而林霏开，云归而岩穴暝。”林、岩、晨气、暮霭，均是山间习见之物，以此下笔，切景切境。同时，“出”“开”连属，“开”是“出”的后果。“归”“暝”连属，“归”是“暝”的前提。动词的出神入化，互为因果，使变化着的山景逼真欲现，恍若在即。又如写四季景物，作者独到地捕捉了富有季节特点的典型情景，以“香”言春，以“繁”状夏，以“洁”喻秋，以“水”写冬，无不情状俱到，精确熨帖。再如“树木阴翳，鸣声上下”，前句写色，后句传声，兼声兼色，寥寥八字便把薄暮情景表现无遗。最后，全文几乎用“也”收束句尾，又一贯通篇，毫无赘烦之弊，反有灵动之妙，具有一唱三叹的风韵。它虽是散文，但借用了诗的语言表现形式，散中有整，参差多变。他安排了不少对句，使句式整饬工整。

此外，欧阳修的散文赋也有很高的艺术性，《秋声赋》是极为传诵的名篇。它是由骈赋、律赋发展为文赋的成功之作。欧文极大地荡除了宋初浮华骈俪的文风，纠正了古文家中的艰涩弊病，是“天下翕然而师尊之”的一代大家。他推动了宋代散文的发展，其影响直至明清的宋濂、归有光、方苞、姚鼐等古文大家。

（二）苏轼

苏轼的文学思想是文道并重。他推崇韩愈和欧阳修，肯定其对古文的贡献，认为韩愈“文起八代之衰，道济天下之溺”（《潮州韩文公庙碑》），又认为欧阳修“论大道似韩愈”“记事似司马迁”（《六一居士集叙》），都是兼从文、道两方面着眼的。苏轼的文道观在北宋具有独特性。首先，苏轼认为文章的艺术具有独立的价值，并不认为文学的目的只在于阐发儒家道德理念，肯定了文学在表现作者的生活情感、人生体验和哲理思考等方面的作用。其次，苏轼心目中的“道”并非仅是儒家之道，而是泛指事物的规律。所以苏轼主张文章应该像客观世界一样，文理自然，姿态横生，提倡艺术风格的多样化和生动性，反对千篇一律的文风。

在散文写作方法方面，苏轼最重视“以意为主”，他既反对外表华丽而内涵缺乏的骈体文，也反对怪僻而不可读之散体文，更重视在“意”的支配下的自由挥洒、变化多端的艺术风格。正是在这种文学思想的指导下，他的散文呈现出多姿多彩的艺术风貌，散文风格随着表现对象的不同而变化自如，像行云流水一样自然。他的散文气势雄放，语言却平易自然，这正是宋文异于唐文的地方。

苏轼擅长写议论文，包括奏议、进策、史论等，以谈史论政为要。这类文章大都能针对时弊有为而发，言之有据，言辞犀利，议论纵横，气势恢弘。文笔在自然流畅中又富于波澜起伏，有较强的力度与感染力。更能代表苏轼散文成就的是随笔、游记、杂记、赋等感情色彩较浓的文体。这类散文的一个重要特点，就是写作手法比前人更自由，常打破各种文体习惯上的界限，把抒情、状物、写景、说理、叙事等多种成分糅合起来，以胸中的感受、联想为主，信笔写去，文章结构似乎松散，但却于漫不经心中贯穿了意脉，引人入胜，体现出《庄子》和禅宗文字的特点。苏轼的辞赋和四六文也取得了很高的成就。他的辞赋继承了欧阳修的传统，但更多地融入了古文疏宕潇散之气，吸收了诗歌的抒情意味，创作了《赤壁赋》和《后赤壁赋》这样的名篇。他又是骈文大家，他在翰林院任职时所拟的四六文典赡高华，浑厚雄大，为台阁文字中所罕见。他在被贬时的诸表启，凄恻感人。苏轼的四六文以散文的气势和笔法去作骈文，务去华辞，提炼雅语，以疏通畅达、流转自如见长，不以文采密丽取胜，开宋代骈体新风。

苏轼的散文在宋代与欧阳修、王安石齐名，但如果单从文学的角度来看，则苏文无疑是宋文中成就最高的。

（三）王安石

王安石是北宋著名的政治家和思想家，同时也是著名的文学家。他素怀矫世变俗之志，力求“有补于世”。他的作品以见识高远，议论精辟，逻辑严密，笔力雄健著称。

王安石写了大量的奏议、书信、杂论。奏议类文章有明确的写作目的和鲜明的现实意义。著名的《上仁宗皇帝言事书》，是他在仁宗嘉祐三年（1058）向皇帝陈述政见的奏议。

他的书信类著作，著名的有《答司马谏议书》，这是王安石答复政敌司马光的一封信，直接为政治改革服务，是其驳难文章的代表作。

王安石还写了不少杂记、游记。最为人称道的是写于舒州的《游褒禅山记》。杂记散文如《伤仲永》，也给人以深刻启示。

此外，王安石还有一些碑志类文章，也是很好的人物传记，如《祭欧阳文忠公文》。

王安石的政论文章，语言简洁，议论透辟，气势凌厉，与欧阳修议论文纡徐从容的特点不同，颇能表现其矫世变俗之志。他的杂记、游记类散文则疏于叙事而长于议论，也和欧阳修、苏轼的叙事与抒情交融、重文章情韵的风格不同。

【强化训练】

请选择一篇宋代散文，分析其特点。

【知识拓展】

唐、宋散文的比较

宋代的古文运动，虽然是韩愈、柳宗元古文运动的继承和发展。但欧阳修、“三苏”、王安石、曾巩在散文创作上，却取得了很高的成就。宋代的散文风格和唐代的散文风格是不大相同的，大致表现在以下几个方面。

第一，宋代散文舍弃了韩柳散文古奥艰深、“沉浸浓郁”的特点，发展了平易自然、“文从字顺”的特点。欧、苏、王、曾的长处虽各有不同，但也有共同特点：他们的风格比起唐代散文更见议论透辟，叙事生动，写景自然，抒情真实，这些完全是在适应历史的环境下发展起来，更切合当时社会生活各方面的需要。因此，宋文对后世的影响远较唐文为大。

第二，谋篇布局不大相同。唐文讲求纵横开阖、波澜起伏的气势，在转折处，讲求出人意料；宋文贵乎纡徐舒缓，不露锋芒，文如行云流水，舒展自如，洋洋洒洒，而又富有逻辑性和表现力。

第三，语句安排不大相同。唐文注重推敲字句，时杂入险怪新奇句式及字眼；宋文平顺简易，语言通达流畅，最具特色。

第六节　明清散文

【学习目标】

知识目标：了解明清时代思想思潮与民族矛盾对散文创作的重大影响；掌握明清各流派的艺术特征及小品文创作的思想性与艺术性。

能力目标：能运用明清散文各流派理论分析散文作品。

素质目标：能运用辩证唯物主义的文学观鉴赏明清散文。

【导入】

明清之文，成就之高，不及先秦、汉魏、唐宋几个时代，但也自有特点。从历史上看，明清之文，不仅作者甚多、数量甚富，而且流派层出，为前代所未有。人们比较熟悉的就有台阁派、秦汉派、唐宋派、公安派、桐城派、湘乡派等。流派迭出应是明清散文发展的一大特点，甚至可以说，明清散文发展就是在流派演变的过程中完成的。

思考：晚明小品文创作对后世文学观念和创作的影响有哪些？

【任务训练】

实训任务 1：简述晚明小品文的特点。

实训任务 2：结合《狱中杂记》讨论桐城派散文的特点。

活动目标：理清明清散文流派演变的过程。

【知识导读】

一、明代散文

明代散文的取材较为广泛，后期散文的表现手法也较为多样，不少篇章在不同程度上受到了小说、寓言、笑话、八股的影响。

明代散文创作没有出现像“唐宋八大家”那样的杰出作家，但仍有不少优秀作品。它以取材广泛，表现手法多样，特别是晚明小品文的突破性成就而在中国散文发展史上占有重要地位。明代散文虽然“承元季虞、柳、黄、吴之后，师友讲贯，学有本原”（《明史·文苑传序》），但胜代遗逸，不可指数，蔚然称盛，大都已蜕去元末纤秾浮艳之习，其成就远胜元代，在各时期的文苑中，竞相绽放着令人称赏的异卉艳葩。明代散文的发展，大抵可分为三个阶段。

第一阶段，自洪武至天顺年间，约近一百年。这个阶段的初期，散文作家均由元入明，经受了易代之变乱，其文章重视现实性，对元末萎靡文风的转变起着巨大作用。其间的重要作家有“帝师、王佐”的开国元勋刘基，有“开国文臣之首”的宋濂，又有“明初文坛四杰”的高启，还有宋濂后继者方孝孺等人。这些作家的文章的共同特点是：内容充盈，题材宽广，强调“因事为文”，富有现实性，又不乏艺术美。

刘基的诗与文均有大家气派。在散文中尤善议论，文笔犀利，锋锋中的。其中最引人入胜的是他用生动的寓言形式抨击元蒙暴政的《郁离子》；还有初步意识到事物转化而散发哲理光辉的《天说》等。宋濂能文能诗，以文见长，且以传记文最为突出，如《记李歌》和《王冕传》等，均属优秀名篇。这些作品都富有现实战斗性和客观真理性。

高启的散文之名虽为诗之盛名所盖，但他还是有若干不可忽视的佳作的。比如《墨翁传》《书博鸡者事》等就是他托笔抒怀、愤世嫉俗之作，文笔通达畅晓。之后出现于明此时文坛上的宋濂得意门生方孝孺也值得重视。

由于明朝政权经过“永乐新政”之后逐渐得以稳固，文网也日益趋密，加上朝廷对《四书》《五经》的大力倡导，并实行了“八股（文）取士”步骤，使散文失去了明初时的生机。正是这时，一种缺乏内容与生气的“台阁体”（包括诗文）出现在这个阶段的后期。由于其代表作家杨荣、杨士奇和杨溥均为内阁大学士，故名。当时不少文人官吏，如黄淮等人均热衷仿效“三杨”之体，使明代文坛长达百年之久为“台阁体”的疏荡文风所笼罩。于是，明代的散文首次陷入了低潮。

第二阶段，自成化至隆庆年间，约一百多年。这是明代散文发展出现高潮的隆盛时期。

由于“台阁体”弊病日益严重，引起了广泛不满，于是茶陵诗派、“前七子”也就应运而生，他们在变革“台阁体”文风方面起了推动作用。

茶陵诗派首领李东阳曾欲以自己深厚雄浑的文风取代气弱肤泛的“台阁体”，但未收到应有的效果。只有在以李梦阳、何景明为首的“前七子”（包括李、何以及徐祯卿、康海、王九思、边贡和王廷相等七人）以自己针砭时弊的议论散文出现之后，才给“台阁体”予以沉重打击。但由于他们的文章沉沉的拟古气太重，鲜活的生气太少，因而成就不高，台阁文风也未真正被摧毁。

当“前七子”倡导的复古运动阴暗面越来越暴露之际，一个强调学习唐宋八大家散文法度的“唐宋派”脱颖而出，其成员有唐顺之、茅坤、王慎中和归有光等人。他们要求作文“自为其言”，务必“洗涤心源，独立物表，具今古只眼”，而不一味仿拟秦汉。他们的文风直抒胸臆、质朴自然，其中以归有光最具代表性。他的《寒花葬志》《项脊轩志》等文都自有即事抒情，虽记琐碎，但不加雕琢，真挚动人而风味自浓。当“后七子”复古思潮再次兴起时，“唐宋派”即不打自垮了。

这个时期思潮汹涌，人物济济，作品层出不穷，文气甚旺，促使明代散文的发展达到了一个高潮。

第三阶段，自万历至崇祯年间，约七十余年。明代散文的发展已经历了一个长过程，在这个时期最具历史意义的是世称“晚明小品”的诞生。这批散文的作者中颇有名气的有强调抒写“性灵”的袁宏道、大倡“童心说”的李贽，又有笔调诙谐、时寓讽刺的王思任和张岱，还有倡说幽深孤峭的“竟陵派”创始者谭元春和钟惺等。这些人的作品虽然各蓄各派的主旨，各呈自己的悠姿特色，然而它们的共同品格是：篇幅窄短，信笔直抒，墨稀旨远，文辞畅达，且悦目怡情。

在晚明时期，还有一些继续追随前后七子“兴复古学”的陈子龙、夏完淳等，也有始终遵循“唐宋派”主张的张溥和艾南英等。其中著名的、至今仍在传诵的就有张溥的《五人墓碑记》和少年英雄夏完淳在就义前写成的《狱中上母书》《土室余论》等文章，甚为悲壮感人。这些创作也为晚明散文的繁荣作出了应有的贡献。

二、清代散文

清代散文，比之于元、明两代，不仅有较大的发展，而且已具有自己鲜明的时代特色，在我国散文发展史上，当占一席之地。它的发展历程大体可分为清代初期散文、清代中期散文和晚清散文三个时期。

1. 清代初期散文

这个时期从清顺治元年（1644）至康熙二十一年（1682），约四十余年，清代初期文坛涌现着两股散文潮流。

一是“学人之文”。这是一股由明清之际著名学者汇集起来的“文流”。它的主要代表是“清初学术三先生”，即《音学五书》《日知录》的作者顾炎武，著名《宋元学案》和《明夷待访录》的作者黄宗羲和于经、史、子、集上留有巨大影响的王夫之。在文学上，他们一致强调“学以致用”，认为“文之不可绝于天地之间者，曰明道也，纪政事也，察民隐也，乐道人之善也”（见《日知录》）。顾炎武治学作文均甚严谨，立论超卓，文辞劲健，风骨至高。黄宗羲为文重视情与文、道、学的统一，据情直抒，识见精深。他的“原君”系列作品更具民主性思想。王夫之的著作等身，文情洋溢，文笔纵横，颇有大家风度。他的史作《桑维翰论》和诗评《姜斋诗话》等都是佳构。

他们都是明清之际，很具影响力的文学家，也是我国著名的思想家，对于转变明代文风、培植清代独有的文章风格起着先驱作用。

二是“文人之文”。这一“文流”，以侯方域、汪琬和魏禧为主要代表，世称“清初文学三大家”。论艺术，三人中以侯方域为最高。他为文重视“务尽其才，而后轨于法”；其作品豪迈畅达，富有才气，略带浪漫色调。《李姬传》和《与吴骏公书》等是其代表作。汪琬，顺治进士，官户部主事，又举博学鸿词，授为翰林院编修，有《钝翁类稿》和《尧峰文钞》传世。其论文，要求明于辞义，合乎经旨。魏禧乃明末诸生，入清绝意入仕。其文长于议论，而叙事较为生动活络，人称佳构者有《大铁椎传》《燎衣图记》等篇，尤以前者为佳，甚受人们传诵。

在这个时期，比较有声望的作家还有王猷定、戴名世、姜辰英、钱澄、杜濬之等人；另有诗文两优的名家朱彝尊、屈大均和诗论名家叶燮等。其中戴名世的清明简净文风对后来的“桐城派”文章产生了很大影响。

这个时期散文的成效只是初步转变了当时的文风，但未形成浩大的气势，而真正成就清代散文特有格局尚待桐城派的出现。

2. 清代中期散文

这个时期正经历由康熙、经雍正、至乾隆的清代“康乾盛世”。清政权稳固，经济繁盛，社会承平，文人的民族意识趋向淡薄，“复古”“明道”之说得以滋长，程朱理学乘机反扑，学术界兴起一股“考据”新风，学者竞趋不倦。就在这个“当口”，一个以桐城籍文人为主要骨干的散文流派在文坛脱颖而出，世称“桐城派”。这个散文学派既有自己的理论体系，又拥有较多的实践成就，对清代散文的定型起了巨大影响。

桐城派的始祖是方苞，桐城古文的理论由他创立，他继承宋理学派的“文以载道”的文学主张，大倡古文“义法”之说。要求文章应当“言有序”（即文之“法”）和“言有物”（即文之“义”），说“义以为经，而德纬之，然后为成体之文”；清除魏晋以来的那些丽藻俳语、隽语巧言和宋之“语录中语”，力求“清真雅正”。谁要精通“义法”，谁就务必以唐宋八大家古文和两汉书疏为入门，触类旁通，然后写出具有自己特色的文章。

桐城派二祖刘大櫆毕竟不具台阁地位，能任气敢言，有时还敢突破始祖方苞的藩篱，没去潜心专事程朱理学的倡导，而是努力探求古文的艺术形式，注重文章的声色才气，让方苞首倡的“义法”进一步具体化。世称“桐城三祖”的姚鼐虽“受古文法于大櫆”，但青出于蓝胜于蓝，是该派文章体系的最后完成者。他要求为文应合义理、考据、辞章三者为一体，提出：“学问之事有三端焉，曰：义理也，考证也，辞章也。是三者，苟善用之，则皆足以相济；苟不善用之，则或至于相害。”（《望溪文集·述菴文钞序》）这是由考据学家戴震之“古今学问三途说”发展而来的。姚鼐还继承与发展了方苞的“理”“辞”“气”说和刘大櫆的“神气说”，认为它们均是不同文体的共同组成因素，也是衡量文章的基本原则。他在自己编纂的《古文辞类纂·序目》中说过：“神、理、气、味者，文之精也；格、律、声、色者，文之粗也。然苟舍其粗，则精者亦无以寓焉。”

这时期，还有一个重要的散文流派，即“湖阳派”。它是桐城派的一个支流，以湖阳（今江苏武进）张惠言、人恽敬为代表。他们认为古文家不仅要推崇儒家经术，还应通学先秦诸子，出入百家，开阔题材，拓广思路。因此，湖阳派作品一般都比较有气势，也不忘讲究文采辞藻，有些文章还带有骈化倾向。

在桐城派隆盛时期，也有一些具有与它不同的文学主张和创作倾向的作家。其中主要是袁枚与章学诚。袁枚是诗文兼善者，力倡“性灵”，反对拟古，行文酣畅，妙趣横生，面目一新，但严谨不足；章学诚是史学家，在散文写作上比桐城派通达，但只限于议论之一体，影响不大。此外，还有主张“独抒性灵”的赵翼和袁枚挚友郑燮等。但此时占据主流地位的当是桐城派，其影响甚为深远，直到民国时期才渐渐式微。

3. 晚清散文

这个时期的散文通常被归入到近代文学的范畴，主要指清代道光、咸丰年间即 19 世纪中叶前后至“五四”前夕的古文。在旧文坛上，这个时期虽然仍以桐城派为正宗，但是随着时代的巨变和新思想、新潮流的出现和新的政治力量的兴起，开始出现新的散文潮流，并不断发生重要的变化。

道光以来，随着时代危机的日益严重，出现了各式各样实际有用的经世之文，因而出现古文的新趋向。例如包世臣认为“古文一道，本无定法，惟以达意能成体势为主而已”（《齐民四术·再答王亮生书》）。他所要达的意不是抽象空洞的孔孟或程朱之道，而是实际有用的农、礼、刑、兵之学和河、漕、盐之事。他的《安吴四种》言事说理质朴，“皆经世之言，有关国计民生，不为空疏无用之学”（丁晏《石亭记事·包倦翁〈安吴四种〉书后》），主张文章贵能联系实际、切合实用。魏源著《圣武记》《海国图志》等，都是针对抵抗外国资本主义侵略有感而发。其文风亦与包世臣相近，朴实晓畅，条理严整，逻辑性强。龚自珍的思想更近于魏源，他自诩批判的历史家，认为文章和政治必须统一起来。他写了许多实际有用的政论文，如《明良论》《平均篇》《西域置行省议》《罢东南番舶议》（已佚）、《送钦差大臣侯官林公序》等。包世臣、魏源、龚自珍是嘉庆、道光年间新兴的经世文派，惟龚文的文学性较强，把政事和文学统一起来了。

在龚自珍、魏源两大家和鸦片战争时期众多的进步散文之后，随着资产阶级改良主义的发展，明白提出反对或抛弃桐城派古文的有冯桂芬和王韬。冯桂芬在《复庄卫生书》中对桐城派古文提出了尖锐的批判。他承认“文者所以载道”，但认为“道必非天命率性之谓，举凡典章制度名物象数，无一非道之所寄，即无不可著之于文”，打破了桐城派古文家所标榜的程朱“义理”。冯桂芬从内容到形式反对僵化的桐城派古文，要求一种内容广泛、可自由抒写、不受陈法约束的新体散文，是要求文体解放的先声。

在新体散文发展的同时，桐城派古文也正在作“中兴”的努力。它的代表作家，先有梅曾亮，后有曾国藩。梅曾亮的古文在文字上下功夫，不为浮词语，亦能运用自然，达到“清淡简朴”的地步，有一定成就。他的有些记叙自然风景的小品文，如《小盘谷记》，文字洗练干净，句句落实，富有文学意味。继梅曾亮之后，把桐城派古文推向所谓“中兴”局面的是曾国藩。曾国藩推崇姚鼐，以为“姚先生持论宏通”，自称他的“粗解文章，由姚先生启之”（《圣哲画像记》）。他作《欧阳生文集·序》宣扬桐城派古文，由于他的地位渐高，幕府网罗人才甚众，他的文章影响很大。以曾国藩为中心，以他的门生幕僚为声势，先后相承，转相授受，使桐城派古文形成一个“中兴”的局面。

资产阶级的新体散文首先打破了桐城派古文“中兴”的局面，促进晚清新体散文进一步发展的社会力量是新生的民族资产阶级改良派。影响最大的是梁启超等改良派作家的新体散文。它接近于语文合一，但又未能完全摆脱古文。代表作家有康有为、谭嗣同、梁启超等。

康有为是改良运动的领袖。他的散文思想解放、直抒己见，或散行，或排偶，富于想象和瑰丽之词，而又能利用传统古文，受龚自珍的影响，但比龚文汪洋放纵得多而奇诡较少，打破了传统古文的程式定局，是梁启超散文的先导。

谭嗣同在思想上要冲决一切罗网，在文体上也寻求自己的道路。他“少颇为桐城派所震”，后来喜尚魏晋散文，爱其“沈博绝丽”，并且认为“所谓骈文非四六排偶之谓，体例气息之谓也”（《谭嗣同全集·卷二》）。谭嗣同否定了桐城派古文，创造了自己的新体散文。他的散文从学习骈文中来，句法严谨整洁，绝少浮语。他颂扬“报章文体”，又曾运用口语的自然句法编写南学会讲义，可见已倾向散文的通俗化。

梁启超是改良运动杰出的宣传家、政治家和思想家，也是新体散文最著名的作家。他的散文著作丰富，包括政论文、传记文和杂文。政论文论题明确，逻辑性强，论据充分，感情动人，语言畅达。传记文有传统史传体和西洋评传体。前者有文学性，突出人物形象，如《谭嗣同传》；后者历史性强，似未注意塑造人物形象，夹叙夹议，如《李鸿章传》。杂文即随感录，不限形式，早期如《自由书》，实杂文集；其他如《少年中国说》《呵旁观者文》《过渡时代论》等可视为杂文一类的代表作，自说“开文章之新体，激民主之暗潮”。梁启超行文感情充沛，写得详尽，不嫌反复强调，运用语言非常自由，既无所顾忌，又不求修饰，只以表达明白为主。这种文章对桐城派古文或传统古文来说，确是一种“新文体”，一种解放了的新体散文。从 19 世纪末到 20 世纪初，梁启超的散文产生了广泛的影响，对当时的思想解放和文体解放起了极大的促进作用。

【强化训练】

请选择一篇明清散文，分析其特点。

【知识拓展】

明清小品文

小品文是明清时期的文学标识之一。虽然不能与唐诗、宋词、元曲这些“韵文”比肩，但正是由于它的“散文”格局，显得更加活泼生动，歌哭笑骂挥洒自如，读之余味无穷。

“小品”二字，由释氏《辨空经》中的“详者为大品，略者为小品”摘取而来，如今指短小精悍、专叙闲情逸致或指桑骂槐的文章。明末沈守正对小品文的风骨特征有过这样的描述：“夫人抱迈往不屑之韵，耻与人同，则必不肯言俦人（同伴）之所言，而好言其所不敢言不能言。与其平也，宁奇；与其正也，宁偏；与其大而伪也，毋宁小而真也。”由此可见，小品文本质上是对“正统”的反动，属于不安分守己的一类文字。

但反叛也有程度和技术之分，积极抗争者是公然与传统挥刀相向，消极对抗者则是隐于市井，闲来玩些“灰色幽默”以解心中闷气。在明末清初，前者的代表人物是公安派的袁宗道、袁宏道、袁中道三兄弟和竟陵派的钟惺与谭元春。公安派的口号是：“独抒性灵，不拘格套。”“宁今宁俗，决不拾人一字！”竟陵派则是在公安派快要偃旗息鼓之时，接过其手中的剑继续搏杀。消极对抗的代表当数“吴中四才子”，即唐伯虎、祝枝山、文征明、徐祯卿四人，他们磊落不羁、游戏人生，向山水虫鱼、琴棋书画甚至赌坊青楼讨乐。

明清小品文多由市井书生或隐忍小吏所作。从形式上分，有书序、传记、文论、书信、日记、游记、笑话、寓言、清言等。其中，李贽、冯梦龙等人的文论，郑板桥、袁中郎等人的书信，徐霞客的游记广为人知，《菜根谭》（作者洪应明）至今还被不少人当作为人处世的典范。

笑话一般先在市井流传，再由文人整理而成。万历年间的进士江盈科热衷于收集民间笑话的学人。他在《笑林引》中这样写道：“人生大块中（天地中）百年耳，才谢乳哺，入家塾，即受蒙师约束；长而为民，则官法束之；为士，则学政束之；为官，则朝议束之，终其身处乎利害毁誉之途，无由解脱。庄子所谓一月之间，开口而笑者，不能数日。嘻！亦苦矣！”他认为，人生一世，如果终日苦思冥想，板着脸孔做人，实在没趣，人，必须心胸辖达，笑口常开。冯梦龙也说：“古今世界一大笑府，我与若皆在其中供话柄，不话不成人，不笑不成话，不笑不话不成世界。”

第五章　小说

第一节　上古神话

【学习目标】

知识目标：了解我国古代神话故事。

能力目标：锻炼神话故事的口头复述能力。

素质目标：学习上古神仙勇于挑战、永不言弃的精神。

【导入】

进化论告诉我们人是由猿猴进化而来的，而关于人类的起源还有另一种说法：《圣经》中，上帝按照自己的形象创造了人类的始祖亚当和夏娃，类似的故事在各个民族都有流传，希腊神话将这一伟业纳入普罗米修斯名下，中国神话中有女娲以土造人。

思考：你能想到哪些中国神话中的人物？

【任务训练】

实训任务：任意选择一则神话故事，按照要素法，找出When（何时）、Where（何地）、Who（谁）、What（经过）、Why（起因）等要素，然后用自己的话把故事复述一遍。

活动目标：根据上述方法（即“要素法”）简单扼要且清晰地复述故事。

【知识导读】

一、上古神话的形成

在原始时代，先民面对自然时，震慑于自然的威力，对日月星辰、风雷变幻、生老病死等现象感到非常神秘。因为不了解规律，于是把这一切归于神的意志。在他们的想象中，自然力都被形象化、人格化了。一些无生命、无意识的事物，变成了有生命、有意识的，具有超人力量的神，成为世界的主宰。

之后，随着社会生产力的发展，人们的认识能力逐渐提高，神话的主人公也更具人性，故事也更具现实性。马克思说，神话是“通过人民的幻想用一种不自觉的艺术方式加工过的自然和社会形式本身”。所以古代的神话传说广泛反映了古代人的自然斗争、社会斗争，以及各种生活状况和观念。

二、上古神话的保存

中国上古神话的流传主要靠口口相传，同时中国史学发达较早，神话传说被加以理性诠释，改造为历史，载入史册，为统治者所用。现存的中国古代神话，主要保存在《山海经》《淮南子》《楚辞》《庄子》等几部不同类型的著作中。除了《山海经》记载神话比较集中之外，其余往往只是片段，有完整故事情节的不多。

《诗经》《楚辞》是两部诗歌总集，其中多有取材于神话的诗篇，如《诗经》中的《商颂·玄鸟》和《大雅·生民》就记录了商部族始祖契和周部族始祖后稷诞生的神奇经历。《楚辞》中保留的神话材料较多，尤其是《天问》一篇，作者用大量的神话作为素材，其中有些材料较他书所载更接近于神话的原始面貌，因此很有价值。

一些史书中也保留了一些神话，比如《左传》《国语》《逸周书》等，这些史书中的神话大多经过史家的改造，借以说明古代的史实，但我们仍能从中看出原始神话的蛛丝马迹。如《左传》中提到，高辛氏的两个儿子因为不能和睦相处，被高辛氏迁往两处，分别掌管商星和参星。这则神话实际上是先民对商星和参星永不见面的自然现象所作的解释。

先秦诸子对神话也很重视，如《庄子》的"寓言十九"，即有神话在其中，还有一些古神话的改造，如倏忽凿混沌、鲲鹏之变、黄帝失玄珠等。《孟子》《墨子》《韩非子》等书中也有神话素材。成书于秦汉两代的《吕氏春秋》和《淮南子》也保存了不少神话。尤其是《淮南子》一书，搜罗了相当多的神话，如《地形训》就有关于海外三十六国、昆仑山、禹及九州八极等神话。中国古代著名的四大神话：女娲补天、共工触山、后羿射日和嫦娥奔月，就是保留在《淮南子》中的。

在所有的古代文献中，最有神话学价值的是《山海经》。《山海经》是一部具有民间原始宗教性质的书，由不同时代的巫觋、方士编选而成。全书共分山经五卷、海外经四卷、海内经五卷、大荒经四卷，内容丰富，除神话传说、宗教祭仪外，还包括古代地理、历史、民族、生物、矿产、医药等资料，是我国古代神话资料留存最多的文献。

三、上古神话的分类

1. 创世神话

创世神话也称开辟神话，是指关于天地开辟、万物初始的神话。创世神话是先民对天地由来的原始观念，反映了人类幼年时期用幻想的形式对自然、宇宙所作的解释。例如，古代神话中盘古开天辟地；壮族神话《布洛陀与妹六甲》中，天地本是一团旋转的气体，后来变成一个三黄蛋，爆为三片，一片飞升为天空，一片下沉为海洋，一片留在中间，成为人类居住的大地。

2. 始祖神话

始祖神话是指关于人类起源的神话传说。世界各地各民族都有关于自己种族始祖的神话传说。中国传统神话中有女娲造人等各种神话，希腊神话中有普罗米修斯以泥土造人等。

3. 洪水神话

洪水神话是以洪水为主题或背景的神话。这一类型的神话于世界各地普遍存在，它体现了人类历史上曾经有过的洪水灾害，给先民心灵中留下不可磨灭的惨烈印记，成为一种集体表象，伴随着神话代代流传。例如《淮南子·览冥训》中女娲炼五色石以补苍天；《山海经·海内经》中鲧以息壤治水，被天帝杀于羽郊，又命其子大禹治水；《圣经》中诺亚方舟的故事等。

4. 战争神话

中国的战争神话最主要记载大约5000年前，黄帝、炎帝和蚩尤之间的战争。《列子·黄帝》记载，在黄帝（轩辕）和炎帝（神农）的“阪泉大战”中，黄帝的军队里，“熊、罴、狼、豹、貙、虎为前驱，雕、鹖、鹰、鸢为旗帜”。《山海经》中黄帝与蚩尤的“涿鹿大战”也以神话的方式来记载。西方的战争神话则更加丰富，如古希腊战争神话主要有荷马史诗《伊利亚特》《奥德赛》；北欧神话中阿斯加德诸神和巨人的战争等。

5. 抗争自然神话

人类在掌握了某种劳动之后，对自然界不再具有极端的恐惧心理。他们经过长时间的实践总结，具备了一定的信心，开始把本部落里具有发明创造才能或做出重要贡献的人物，加以夸大，塑造出具有超人力量的英雄形象。抗争自然神话表达了人类反抗自然的愿望，如后羿射日、精卫填海、夸父追日、神农尝百草等。

四、上古神话的特点

中国古代神话真实地记录了中华民族在远古时代丰富的想象、与自然的抗争以及步履蹒跚的足印，是远古历史的回音。作为中华民族的文化源头，在很大程度上影响了民族精神的形成及其特征。

首先，中国古代神话体现了深重的忧患意识。华夏文明发源于黄河流域。5000年前的黄河流域除了不断出现洪水和旱灾以外，自然环境也很恶劣，密林、灌木和沼泽遍布，生存着各种毒蛇猛兽，《山海经》中描述了各种半人半兽或半禽半兽，它们能带来灾害甚至食人，隐藏着先民对生存环境的敬畏。先民们切实感受现实的艰难，并努力地生存和发展。比如，在女娲、后羿和禹的神话中，无不描绘了人类的恶劣处境；燧人氏发明火历经千辛万苦；神农为农业种植和草药而尝尽百草，几经生死。神性主人公们通过锲而不舍的辛勤劳作和斗争，战胜自然灾难。中国古代神话特别强调诸神不辞辛劳的现实精神，反映了先民对现实苦难有着深刻的体验，这与奥林匹斯诸神的享乐精神形成鲜明的对比。

其次，中国古代神话具有明确的厚生爱民意识。对百姓民众生命的爱护和尊重，是中国文化的一贯精神，“天地之大德曰生”（《周易·系辞下》）就反映了这种思想，这与以希腊神话为代表的西方神话有显著的不同。例如，盘古在完成天地开辟任务之后，就将自己的双眼化成日月，将四肢与头颅化成五岳，将血脉化成长江与黄河，将毛发化成山林与草木，将肌肉化成泥土，将筋骨化成金石；而女娲在完成补天、造人的大功之后，也将自己的身体化成了万物。

最后，中国古代神话体现了先民们的反抗精神。恶劣的生存环境，激发了先民的艰苦奋斗精神，这种奋斗精神本身就意味着与命运抗争，由此而孕育出一大批反抗自然的神话英雄。比如精卫填海，溺水而死的精卫化身成鸟，以顽强的生命力，对抗难以征服的自然。还有《山海经·海外西经》中描写的刑天："刑天与帝至此争神，帝断其首，葬之常羊之山。乃以乳为目，以脐为口，操干戚以舞。"即使失去了头颅，也要对着天帝挥舞兵器，这种顽强的抗争精神是何等的壮烈！刑天所象征的知其不可为而为之的悲剧性格，成了中华民族生生不息的精神长河中的巨浪。

五、上古神话对后世小说的影响

上古神话是人类远古时代的艺术作品，是后世小说最初的渊源。

其一，上古神话浪漫主义的创作方法，启迪着后世的小说创作。其广博精深的意蕴、生动活泼的表现力，为后世文学奠定了基础。这种对现实的积极态度和进取精神，对人类自身力量的充分肯定和强烈的夸张，奠定了我国古代小说的浪漫主义传统。此后，魏晋南北朝的志怪小说、唐代传奇、明代神魔小说、明清笔记小说都继承了神话传说的这种创作方法。

其二，上古神话的表现形式与后世小说最相近。神话传说是早期的叙事文学，是通过故事情节和人物形象来表达思想的，这为小说的孕育和产生准备了条件。

其三，神话传说中的一些题材和故事，常为后世小说吸取或据以生发改造。作为"古今语怪之祖"的《山海经》和《穆天子传》对后世小说的影响尤大，魏晋南北朝志怪小说《博物志》诸多内容来自《山海经》，而《搜神记》由《穆天子传》发展而来的。清代小说《镜花缘》里大人国、小人国等很多国家的名称和奇形怪状的人物都出自《山海经》。借助于神话奇特的想象，利用神话形象或神话情节进行再创作的，比比皆是。

【强化训练】

请选择一篇神话，说出它的分类，设想它所反映的现实场景，然后口头表述。

第二节 魏晋南北朝小说

魏晋南北朝时期处于分裂的状态，战争连绵不断。战乱频仍的现实带来生计的艰难，人们纷纷向宗教寻求精神的寄托。提倡神仙灵异和养生之术的道教在晋代出现，以老庄思想为基础的玄学在士大夫中间盛行；官方则推行以儒家思想为核心的名教。东汉末年，佛教从印度传入中国，魏晋开始流行，南北朝时期因为统治者的信奉而盛行一时，为中国文化带来新的因素。这个时代的选官制度，先是举荐，后是评价等级，即九品中正制，使得品评人物优劣的风气愈演愈烈，士大夫十分注意自己的言行举止。由于玄学的兴盛，中国的哲学思想更趋严密。山水田园诗风行，产生了陶渊明这样的伟大诗人。魏晋南北朝的小说就是在这种文化氛围中发展起来的。

魏晋南北朝是中国文化产生重大变化的时期，哲学思想更为复杂，文学创作更加兴盛，促使小说创作也发展到了自觉的时代。与先秦两汉小说相比，在思想内容方面，这个时期的小说主要有三种特征。

一是注重表现人，反映了人的主体意识的觉醒。《搜神记》等志怪小说表面谈神说鬼，实则表现了作者对生死问题的思考、对现实世界的不满和对理想境界的向往。《世说新语》等志人小说高度关注人的个性，有无个性成为褒贬人物的主要标准之一，这尤其表现了人文精神的强化。

二是打破了“独尊儒术”的局面，呈现出儒释道共存共荣的思想多元化特征。

三是增强了时代感，注重广泛地反映社会生活。志人小说主要表现当时社会的现实生活，传奇小说也曲折地表达了作者对现实社会的认识，时代感都相当强烈。至于志怪小说，既采择旧书中的故事，更注意别出心裁，通过荒诞的情节表现现实人生。

小说在这个时期初步受到重视，作者群空前壮大，许多著名人物都投身其间，如天子（或郡王）曹丕、刘义庆、萧绎等，高官张华、东阳无疑、刘质、袁王寿等，史官干宝、颜之推、沈约、任昉等，佛道教徒昙永、王琰、王嘉、葛洪等，甚至还有著名诗人陶渊明、著名数学家祖冲之。这说明，尽管小说还不能成为“经国之大业，不朽之盛事”，但已经初步受到文人士大夫的重视，预示着文言小说的第一个繁荣时代即将到来。

此期的小说，大体上可以分为三类：一是志怪小说，二是志人小说，三是传奇小说。

在中国小说史上，魏晋南北朝是一个重要的发展阶段。此时期的小说，有多方面的历史贡献。

首先，作为小说的自觉时代，这个时期的小说观念有了一定发展。尽管小说仍被视为小道，但像曹植、刘勰、郭璞这样著名的文论家，已开始讨论小说的基本特征，说明小说的文体地位进一步加强。干宝、葛洪等志怪小说作家，有明确的创作意图，有意混同虚实，力图真幻共存，其理论及创作实践激发了后世作家及批评家探讨虚构想象等问题的兴趣。刘义庆等志人小说作家，尽管未能摆脱史传文学的影响，但在取材、篇章、语言等方面进行了有益尝试，有利于小说相对于历史著述的文体独立。殷芸直接命名自己的集子为《殷芸小说》，说明小说家有了一定的文体自信。许多著名人物参与小说创作，则大大提高了小说的文体声誉。唐代及其后的历史时期，许多著名文人进行文言小说创作，与此期的作者情况有很大关系。可以说，小说这一卑微的文体为士大夫所认可，正是自魏晋南北朝开始的。

其次，魏晋南北朝小说对早期小说创作进行了总结，为后世留下了可资观赏的艺术精品。小说自战国时正式产生，至魏晋已发展了五六百年，小说的基本特征已经相当鲜明。这个时期的志怪小说和志人小说，正是这数百年艺术积累的总结。从此，中国文言短篇小说的艺术形式基本定型。特别是笔记性质的文言短篇，以后再也没有出现本质的变化。在此期间将这些“丛残小语”编为集子，便于流传，也是后世的楷模。对早期小说进行总结的结果，就是产生了优秀的艺术精品，即《搜神记》和《世说新语》。这两部作品，都有后世小说所无法替代的艺术素质，是小说爱好者的珍宝。

再次，魏晋南北朝小说积累了丰富的艺术经验，为唐代小说的繁荣做好了艺术准备。这个时代还处于中国小说发展史的早期，小说的文体潜能还有待于进一步发挥。此时期总结并尝试了志怪、志人、传奇等多种取材方式，摸索出许多有效的艺术表现手段，为小说艺术的进步做出了重要贡献。唐代的传奇小说，正是在魏晋南北朝志怪小说和传奇小说的基础上发展起来的。志怪小说丰富了人们的艺术想象，激起了人们的好奇心；传奇则完善了铺叙故事的各种艺术手段，兼有史才和诗笔，两者结合，才能迎来中国文言小说的繁荣局面。

最后，魏晋南北朝小说的思想和艺术，对后世小说创作具有深远的影响。尤其是那些艺术精品，由于世代传诵，竞相仿效，成为了后世的艺术楷模。例如《搜神记》远启《聊斋志异》《阅微草堂笔记》，使搜神志怪成为中国小说的一大独特奇观。甚至现代作家鲁迅的小说《铸剑》，也取材于《搜神记》。又如，后世有许多仿效《世说新语》之作，先后出现了《续世说》《今世说》《新世说》《女世说》等，形成了“世说体”。《世说新语》尊崇个性独立的意识，为《红楼梦》所发扬光大；关注士人命运的取材角度，为《儒林外史》所继承发展，为中国小说艺术登至顶峰做出了独特贡献。更不必说，《世说新语》广泛而深刻地影响了中国知识分子的思想意识，后世文化史上处处都留下了它的投影和反响。

【学习目标】

知识目标：了解魏晋南北朝时期志怪小说、志人小说中的名篇。

能力目标：能够讲述一定数量的著名典故。

素质目标：感受魏晋南北朝时期文人对个性独立的推崇以及对自然的尊崇。

志怪小说：干宝《搜神记》

【导入】

“子不语怪力乱神”，儒家一向关注现实人生，而在魏晋南北朝这个社会动荡的时期，儒学式微，寻求神仙灵异之风盛行，志怪小说因之而起。

【任务训练】

实训任务：阅读作品，讲述《韩凭妻》的故事梗概。

活动目标：根据要素法简单扼要且清晰地复述故事。

【知识导读】

一、作者

魏晋南北朝志怪小说的数量很多，现在能见到的尚有三十多种，如托名魏文帝撰的《列异传》、晋人张华的《博物志》、干宝的《搜神记》、祖冲之的《述异记》等。其中

《搜神记》是志怪小说的代表作品，也是后世同类小说的楷模，影响深远。同时，它本身也具有相当高的艺术价值。

《搜神记》的作者是东晋史学家干宝，字令升，新蔡（今河南新蔡）人。他自幼勤奋好学，成年后博览群书，著述很丰富但基本没有保存下来，原本《搜神记》已散，今本系后人缀辑增益而成，共二十卷，四百多则故事。

二、内容

《搜神记》是集我国古代神话传说之大成的著作，开创了我国古代神话小说的先河。它在内容上颇为驳杂，大致可分为五大类。其一是神仙方士和法术变化，包括赤松子、王乔、左慈、葛仙翁等仙人奇妙的仙术，以及郭璞、韩友等方士的卜筮、厌胜之术，想象奇幻。其二是各种阴阳五行感应变化、各种奇灵异物及玄怪的传说，如盘瓠故事等，显得荒诞不经。其三为各种神、鬼、精怪故事。神灵故事记述了海神、水神、泰山神、织女、杜兰香、蒋山神、丁姑神、灶神、蚕神等大批神祇，表现了神人的感通相应，许多故事颇具人情味，这一类型是书中分量最重的一类。鬼类故事多写人鬼相爱及冥幽显验，作者对鬼抱同情态度，记述了如紫玉、卢充、谈生等许多死生不渝的人鬼间动人的爱情故事，优美而曲折。精怪故事反映了作者对为祸人间的妖魅的反感、蔑视，其中许多故事颇具幽默之趣。其四是历史传说，记述历史上的勇士、豪客、直吏、能臣、孝子、节妇、信士等，有许多故事如韩凭夫妇、东海孝妇、干将莫邪等，在后世广为传诵；其五主要是人与动物间的善恶报应，多述动物报恩之事，反映了劳动人民的善恶观。

晋代鬼神迷信风气盛行，文人喜谈神仙，追求长生不老，而且流行佛教的因果报应之说。干宝博学多闻，“性好阴阳术数”，十分相信世间有鬼神存在。他撰述《搜神记》，就是为了“发明神道之不诬”，即证明确有鬼神。鲁迅在《中国小说史略》中认为：“中国本信巫，秦汉以来，神仙之说盛行，汉末又大畅巫风，而鬼道愈炽；会小乘佛教亦入中土，渐见流传。凡此皆张皇鬼神，称道灵异，故自晋讫隋，特多鬼神志怪之书。其书有出于文人者，有出于教徒者。文人之作，虽非如释道二家，意在自神其教，然亦非有意为小说，盖当时以为幽明虽殊途，而人鬼乃皆实有，故其叙述异事，与记载人间常事，自视固无诚妄之别矣。”

干宝广泛搜集了汉代以后的各种志怪故事，同时还特别重视收集当时的民间传说，在此基础上进行加工整理、铺叙描写，撰成了这部具有浓厚的东方神秘气息的志怪小说集。干宝的创作理论和实践都证明，至少晋人已开始有意创作小说了。

三、影响

《搜神记》基本摆脱了远古神话的束缚，采用了神仙化的思维方式。小说描写了许多长生不老的仙人、感应灵异的神祇、变化多端的妖怪，表达了摆脱现实人生时空限制的愿望。由神话外视天地万物而内敛为关注人的生存境遇，是人的主体意识觉醒的必然结果。所以，小说中的鬼魂精魅，往往颇有人情味，曲折地表达了人的现实欲望。例如

“卷五”所记，会稽女子吴望子，年十六，姿容可爱。在路上遇见神仙蒋侯，但凡望子心有所欲，辄空中落下。侍奉了蒋侯三年之后，望子心生他意，神于是断绝往来。因为望子长得美丽，所以被神青睐，而长期侍奉之后，望子产生其他想法的时候，神灵也能通情达理。

又如，《宋定伯捉鬼》写宋定伯机智地捉住一个鬼，并把鬼化成一只羊卖掉。人鬼相处，难分人间鬼域，鬼也像人一样有失算的时候。

志怪小说对后代文学有深远的影响。怪诞离奇的唐代传奇即是在志怪小说的基础上扩展而形成的长篇，而后再从虚幻的世界转向现实人生。明清小说中，蒲松龄的《聊斋志异》、纪昀的《阅微草堂笔记》、袁枚的《子不语》等作品都有意识地利用志怪形式，在奇幻的故事中表现社会生活。至于六朝志怪小说为后代小说、戏剧提供的题材，则更是不胜枚举。

【强化训练】

请比较《韩凭妻》和所学过的上古神话，说出两者之间的不同。

【知识拓展】

网络小说《搜神记》（树下野狐著）的故事发生于炎帝、黄帝所在的洪荒时代。那正是群雄逐鹿中原之际，神农氏、黄帝、蚩尤、刑天、火神祝融、赤松子……传说中的神话人物尽数登场。神农驾崩，天地大乱。三皇五帝，逐鹿中原。阴谋迭出，战争频仍。少年英雄拓拔野横空出世，演绎一个充满传奇与魔幻的大荒时代。

该书被认为开创了中国新神话主义的东方奇幻风格，掀起全球华人网络的“搜神热”，旋即在港台正式出版，是近年来最著名、最畅销的网络奇幻经典之一。作者树下野狐也被誉为“本土奇幻扛旗人”“当代新神话主义浪潮的领军人物”。

志人小说：刘义庆《世说新语》

【任务训练】

实训任务：阅读《世说新语》选段，请回答你认为在魏晋时期，钟毓和钟会两兄弟谁更受人推崇，为什么？

活动目标：体会魏晋时期对人物的品藻。

【知识导读】

一、作者

志人小说是魏晋南北朝时期流行的专记人物言行和记载历史人物的传闻逸事的一

种杂录体小说，因为要与志怪小说相对应，故名志人小说，也称为清谈小说、逸事小说。志人小说主要有：三国魏邯郸淳《笑林》，东晋葛洪《西京杂记》、裴启《语林》、郭澄之《郭子》，宋刘义庆《世说新语》，梁沈约《俗说》、殷芸《殷芸小说》。上述诸书，除《西京杂记》《世说新语》外，都已散佚。

《世说新语》是志人小说的集大成者。原书只称《世说》，唐代称它为《世说新书》，大约宋代起称它为《世说新语》。作者刘义庆（403—444），彭城（今江苏徐州）人，宋武帝刘裕的侄子，袭封临川王，官至尚书左仆射、中书令。他秉性简素、寡嗜欲，爱好文史，喜欢招集文学之士，当时有名的文人如袁淑、陆展、鲍照等都受到过他的礼遇。有人认为，这部书“或成于众手”，是有道理的。

二、内容

《世说新语》分上、中、下三卷，依照内容分为德行、言语、政事、文学、方正、雅量、识鉴、赏誉、品藻等三十六门。每门多者数十条，少者数条，主要记载汉末到东晋名人的逸事和言谈。

《世说新语》广泛反映了魏晋时代的社会风貌。汉末至南北朝，门第观念极重，非常关注家族的荣誉和社会地位。门第的高低，往往决定着一个人的升降，是中国中古社会一种至关重要的社会文化现象。《世说新语》中就有许多这种现象的投影。

例如，《赏誉》篇记载三国吴郡八族四姓的显赫地位，说：“吴四姓旧目云：张文，朱武，陆忠，顾厚。”分别说明了张、朱、陆、顾四姓的特征。以陆姓为例，《规箴》篇记载，陆凯骄傲地宣称陆氏家族在朝握有重权者，竟有“二相，五侯，将军十余人”。又如，《方正》篇写宗承以大族名士自负，著名的奸雄曹操出身寒门，发达前宗承拒不接纳。发达后曹操问是否可以结交，宗承傲然回答：“松柏之志犹存。”还是拒绝了。杀人如麻的曹操，如此受辱竟无可奈何，可见宗氏家族声势之盛。

《世说新语》号称魏晋文化的百科全书，更突出地反映了当时社会的思想风貌。由于社会大动荡，汉代“独尊儒术”的局面受到很大冲击，以老庄哲学为基础的玄学成为魏晋哲学的主流。文人士大夫酷好清谈，在思想游戏中丰富着人类的智慧。例如，《文学》篇写“诸名士共至洛水戏”，在享受山水田园之乐的同时，清谈名理，说明清谈是当时流行的一种具有审美性质的文化娱乐活动。

在中国历史上，魏晋时代的知识分子最富有独立个性。他们尊崇自然，任性放达，重真情，斥虚伪，表现出强烈的自我主体意识。这是所谓魏晋风度的神髓。《世说新语》对这种思想及美学风貌的表现，既形象又深刻，是这部小说集的精华部分。例如，《任诞》篇王子猷去见朋友，起兴而来，兴尽而归，随心随意，可谓洒脱。

王子猷居山阴，夜大雪，眠觉，开室，命酌酒。四望皎然，因起彷徨，咏左思招隐诗。忽忆戴安道，时戴在剡，即便夜乘小船就之。经宿方至，造门不前而返。人问其故，王曰：“吾本乘兴而行，兴尽而返，何必见戴？”

魏晋之际政治迫害残酷，文人学士或终日清谈，或流连于山水，或纵酒放诞，醉生梦死，一方面借此逃避现实，一方面以此自命风雅，这是借以远祸的一种方式。他们奇特放诞的举动，在今天看来有些是荒唐可笑、难以理解的，但这类言行恰恰表现了魏晋名士狂放不羁、听任自然的特征。

《任诞》篇还写了阮籍有意摆脱礼法的束缚，醉卧在邻妇身边，喜欢跟嫂子聊天，宣称“礼岂为我辈设也”，个性色彩极为强烈。《雅量》篇写嵇康因政治原因遭到杀害，临刑“神气不变”，潇洒抚琴，表现了他桀骜不驯的坚强人格和视死如归的个性。余英时说：“名教危机下的魏晋士风是最近于个人主义的一种类型，这在中国社会史上是仅见的例外，其中所表现的‘称情直往’，以亲密来突破传统伦理形式的精神，自有其深刻的心理根源，即士的个体自觉。”《世说新语》可以说是这种知识分子“个体自觉”的形象写真。

魏晋士人的人生，是审美的人生。他们寄性山水，把山水人格化，也把个体人格山水化，体现出物我合一、物我两忘的审美人生趣味。例如，《言语》篇写支道林好鹤，先是把友人送来的鹤的翅膀削剪了，后因同情鹤的懊丧，又把它们的翅膀养好，使之重现“凌霄之姿”。这种追求人生自由意义的努力，融会了明显的审美意味。再如，《容止》篇写潘岳相貌英俊，妇人遇到他会一哄而上将他拉住；左思相貌丑陋，妇人们见到他便一齐乱唾。由此可见，当时社会对仪容之美的偏爱。

潘岳妙有姿容，好神情。少时挟弹出洛阳道，妇人遇者，莫不连手共萦之。左太冲绝丑，亦复效岳游遨，于是群妪齐共乱唾之，委顿而返。

历史上，魏晋南北朝的男男女女，确实普遍重视仪容的修饰，人物品藻以自然之美比拟人物之美，进而也以人物之美比拟诗文之美。例如，《德行》篇形容李膺如“劲松下风”，《巧艺》篇则写顾恺之画眇目“如轻云之蔽日”。因此，美学家宗白华认为：“中国美学竟是出发于‘人物品藻’之美学。美的概念、范畴、形容词，发源于人格美的评赏。”

三、影响

先秦两汉至魏晋南北朝，小说的基本篇章特征是短小，《世说新语》是这种“丛残小语”型小说的集大成之作。后世虽形成“世说体”一派，但总体上皆不能逾越它的总体成就。它所描写的，往往不是一个完整的故事，而是人物的片言只语，或具体行为。比如《俭啬》篇写王戎，说：“王戎有好李，卖之，恐人得其种，恒钻其核。”写王戎总是钻破李子核再卖出去，以免别人得到好种子。通篇只有十六个字，何等短小，却突出了王戎的悭吝个性。

小说中的人物，大多是帝王将相、社会名流，但它写人记事的重点却不在于文治武功和文章业绩，而是遗貌取神，选取最能体现人物个性特征的闲言碎语和生活琐事，这与史传文学重在写人物生平事迹大异其趣。例如，阮籍是著名诗人，小说却只写他如何好饮、别嫂、痛哭等小事。邓艾是位大将军，小说则只写他如何口吃，这种取材方式，使作品显得轻松诙谐，故事妙趣横生，引人入胜。

作者在刻画人物形象时，善于运用对比手法，使两个不同性格的人物相得益彰，给人以鲜明的印象。例如《容止》篇写了钟毓、钟会两兄弟小时候趁着父亲白天睡觉偷酒喝，钟毓行礼后饮酒，钟会饮酒而不行礼。父亲问钟毓为什么行礼，钟毓说："酒以成礼，不敢不拜。"又问钟会为什么不行礼，钟会说："偷本非礼，所以不拜。"同样场景而兄弟不同的行为，生动体现了拘束与跳脱的对比。

魏晋士人向外发现了自然之美，向内发现了人生之美，都是他们个体人格高度自觉的结果，给这个时代涂上了浓艳的生命色彩。魏晋南北朝，由此成为春秋战国之后思想最解放、个性最独立的时代。《世说新语》无疑是这个时代最形象的画卷，这是它深受历代文人喜爱的根本原因。

【强化训练】

请比较刘伶、阮籍及同时期其他名士的佯狂行为，指出他们这样做的原因。

第三节　唐代传奇

【学习目标】

知识目标：了解具有代表性的唐传奇故事。

能力目标：能够复述其中的经典篇章。

素质目标：了解唐代传奇中女性群体。

【导入】

请同学讲述《西厢记》的故事，该故事是王实甫从唐传奇《莺莺传》改编而来的。

【任务训练】

实训任务：请用自己的语言复述元稹的《莺莺传》。

活动目标：根据要素法简单扼要地复述故事。

【知识导读】

一、背景

隋唐五代是中国文言小说的繁荣期。这个时期的社会是比较安定的，农业经济则发展到了中国宗法社会的最高峰。唐朝国力强盛，疆域辽阔，对外交流十分频繁，文化生活空前活跃。

经过魏晋南北朝"文学自觉"时代的长期准备，唐代的文化也完成了质的飞跃。文学艺术空前繁荣，诗歌、骈文发展至最高峰。文言小说迎来了第一个繁荣时代，同时也萌生了中国的通俗小说。

我国古代小说的成熟，是以唐人传奇的出现为标志的。鲁迅在《中国小说史略》中说："小说亦如诗，至唐代而一变，虽尚不离于搜奇记逸，然叙述宛转，文辞华艳，与六朝之粗陈梗概者较，演进之迹甚明，而尤显者乃在是时则始有意为小说。"就是说，唐代已经有意识地把小说作为独立的文学样式进行创造了。

在小说史上，通常把唐代的文言短篇小说称为唐人传奇或唐代传奇或唐传奇。一方面是人们根据这类小说专门记述奇行异事，富于传奇色彩的特点，约定俗成称为传奇；另一方面，元稹的《莺莺传》原名就叫《传奇》，晚唐裴铏把自己的小说集题名为《裴铏传奇》，此后人们就把唐人小说统称为唐人传奇。但是，传奇的名称，在不同时代有不同的含义，中晚唐至北宋称文言短篇小说为传奇，南宋和金朝称诸宫调为传奇，元朝人称杂剧为传奇，明朝则称南戏为传奇。

对唐人传奇有直接影响的，是六朝志怪小说。尽管志怪小说的故事情节一般比较简单，但也有某些作品，情节曲折离奇，结构相当完整，并开始注意对人物性格的刻画。有些作品富于浪漫性的想象，某些细节描写也较生动真实，语言大都比较精练。这些都为唐传奇提供了良好的借鉴。志怪小说的题材，对唐传奇也有深远影响，六朝的志人小说，在记事传人的艺术技巧上，也为唐传奇积累了一些经验。唐传奇的重要特质，是描写的人物和事件都贴近现实生活，即使是志怪性的传奇作品，虽以怪异的形式出现，却仍然具有人情，生活气息较浓，真实感较强，这正是六朝志人小说艺术精神的继承和发扬。

二、代表作品

唐传奇的发展，大致可分为三个时期。史学家一般将唐代分为初、盛、中、晚四个阶段，诗以盛唐为高峰，小说则以中唐为高峰。隋末至初唐、盛唐是小说的发展期，晚唐至五代是它的衰落期。

唐传奇前期的主要作品有《古镜记》《白猿传》《游仙窟》等。

唐传奇全盛时期的主要作品有《离魂记》《枕中记》《任氏传》《柳毅传》《李娃传》《莺莺传》《长恨歌传》《东城老父传》《南柯太守传》《霍小玉传》《秦梦记》等。这些都是单篇的传奇小说，数量之多、水平之高、时间之集中，没有任何一个时代可比，是中国小说史上的奇观。在清代蒲松龄《聊斋志异》之前，这些作品占了中国文言小说名篇的大部分。程毅中说："以单篇传奇文为代表的唐代小说，在这时期崛起了一个新的高峰，和盛唐诗歌一样几乎是不可逾越的。"可以说，这些作品构成了中国文言小说的一个黄金时代。

《柳毅传》，作者李朝威，生平不详。小说写落第书生柳毅，回乡途中路过泾阳，遇见洞庭龙君小女在荒野牧羊，自言嫁与泾水龙君次子后备受丈夫和公婆迫害，请求柳毅给她父亲送信。柳毅十分同情龙女的遭遇，慷慨相助。龙君之弟钱塘君勇武过人，飞身而击，杀了泾水小龙，龙女得救，脱离了苦难。柳毅谢绝了龙王嫁女的请求，不过，他后来娶的妻子，却是龙女变化的。两人终生相爱，最后成仙而去。小说成功地将灵怪、侠义、爱情故事结合在一起，刻画了柳毅、龙女、龙王、钱塘君等性格鲜明的人物形象，对话简洁而有声色，情节波澜起伏。

《李娃传》，作者白行简，字知退，原籍太原，是著名诗人白居易的弟弟。这篇小说是唐传奇的代表作之一，写荥阳公子郑生与妓女李娃相爱，资财耗尽后，被鸨母赶出去，流落街头。父亲痛恨他没出息，几乎把他打死，并断绝了父子关系。郑生便沦为了乞丐。在一个风雪之夜，李娃搭救了他并同居生活，还督促他读书。郑生终于功成名就，与李娃结为正式夫妻。这篇唐人传奇的情节十分曲折生动，鲁迅说："行简本善文笔，李娃事又近情而耸听，故缠绵可观。"作品塑造了一位出身低贱却心地高尚的妓女形象，构造为影响深远的进士和妓女相爱的题材模式，艺术成就不同凡响。它描写生动，对话传神，细节逼真，充分展示出了唐传奇的惊人魅力。

《莺莺传》，又名《会真记》，作者元稹，字微之，河南洛阳人，中唐著名诗人，官至工部尚书同平章事（相当于宰相）。《莺莺传》也是唐传奇的代表作，而且是唐传奇中影响最大的作品。小说写年轻书生张生在蒲州普救寺遇名门少女崔莺莺，一见钟情，愿求娶为妻，崔母却百般推脱。在丫鬟红娘的帮助下，张生与莺莺暗自结合。此后，张生赴长安考试，一去不回。莺莺寄去定情信物及长长的书信，得到的却是张生的拒绝。作品凄婉动人，叙述了崔张相见、相悦、相欢、相离、相弃的爱情悲剧全过程，真切地展示了爱情的欢乐与痛苦。莺莺形象刻画得十分出色，心理描写细腻。这个故事并非虚构，而是取材于作者的一段亲身经历，所以字里行间饱含感情。当然，元稹对于这段铭心刻骨的恋情，虽不能忘怀，却也不能不文过饰非。他指责莺莺是"妖孽"，称赞张生是"善补过者"。

《霍小玉传》，作者蒋防，生卒年不详，字子微，义兴（今江苏宜兴）人，曾官翰林学士。《霍小玉传》是唐传奇的代表作之一，甚至有人称它为传奇之最。明代胡应麟说："唐人小说纪闺阁事，绰有情致。此篇尤为唐人最精彩动人之传奇，故传诵弗衰。"小说写新科进士李益与妓女霍小玉相爱同居，海誓山盟。两年后，李益将赴远地做官，小玉自知爱情不能久长，仅请求相爱八年，李益则再次发誓永不背弃。李益回家，娶名门卢氏女，便与小玉断绝了往来。小玉日夜想念，忧郁成疾，终于感动侠客，把李益抓来相见。小玉面对负心郎，历数自己的不幸和李益的罪责，痛哭而死。由于小玉冤魂作祟，李益结婚三次，都不和谐。小说主人公李益，是位著名诗人，性好猜忌，防范妻妾非常严苛。作者正是根据李益的特点进行虚构和渲染的，或许也有些事实根据。这篇小说反映了门第观念对爱情的伤害，是颇具时代意义的爱情悲剧。霍小玉这个形象凝聚了所有痴情女子的真诚和柔情，是中国小说女性人物画廊中的一个典型形象。她临死前的控诉充满了不幸和悲愤，"我为女子，薄命如斯！君是丈夫，负心若此！韶颜稚齿，饮恨而终。慈母在堂，不能供养。绮罗弦管，从此永休。征痛黄泉，皆君所致。李君李君，今当永诀！我死之后，必为厉鬼，使君妻妾，终日不安！"李益则是薄情郎的典型，但作者并没有把他简单化，而是着力揭示了他无法调和爱情与家族利益之间矛盾的痛苦。这种痴情女子负心汉的模式，也为后世津津乐道。

后期值得郑重一提的单篇传奇是《虬髯客传》，作者杜光庭，字圣宾，处州缙云（今浙江缙云县）人，唐亡后事蜀王建父子，官至户部侍郎。他是位道教徒，有许多道教著作。《虬髯客传》以李靖和红拂的爱情故事为线索，塑造了性格爽直的豪侠虬髯客形象，"风尘三侠"的典故广传于后世。作品结构巧妙，穿插自然，形象感人，有一股慷慨豪迈的英雄之气，给唐传奇增添了阳刚之美。此期重要的传奇集，如裴铏的《裴铏传奇》、袁郊的《甘泽谣》、康骈的《剧谈录》、皇甫氏的《原化记》、皇甫枚的《三水小牍》等，豪侠故事都是主要内容之一。晚唐五代，天下纷乱，这些作品表达了作者消弭战端祸乱的愿望，是对和平安定生活的强烈呼唤。

三、艺术成就

唐传奇在小说史上所起的变革作用，主要表现在以下几个方面。

首先，就作者来说，到了唐代更自觉地进行小说创作。无论是古代神话传说或稗官所搜集整理的"街谈巷语，道听途说"，都不能说是有意识地创作小说。固然，人类社会幼年时期产生的神话，与后来的小说有着某种渊源关系，但是，神话本身并非小说，作者也没有意识到是在创作小说。至于史传文学，特别是野史杂传，虽然包含有小说的因素，某些杂传甚至就像小说，可是作者毕竟是旨在写史记实，成一家之言，只不过野史杂传者流，不像正史那样尊重史实，表现作者主观的爱憎褒贬成分多一些罢了。

六朝志怪小说中的一些作品，已经开始有意识地创作小说，想象虚构的能力比较强，人物形象亦较生动，只是比起唐传奇作者来，自觉程度要低一个层次。志人小说，主要记述上层社会逸事趣闻，或许并不是某个人的创作。从文言小说史的发展角度而言，在作者的自觉程度上，唐传奇作者比以往小说作者有了很大的进步。

在唐代，韩愈能够从娱乐性的角度肯定传奇小说，并指出这种戏谑性无害于"道"，柳宗元进而肯定传奇小说"有益于世"。李公佐在《南柯太守传》中"稽神语怪，事涉非经"，其主旨不在宣扬佛家的色空观念，而是想借此故事，使"窃位著生，冀将为戒"。他们的创作目的很明确，运用艺术手法也很自觉，这在小说史上是一大进步。

其次，从作品内容上来看，唐人传奇更贴近现实生活，题材也更加广泛。上至帝王、后妃的宫廷生活，或朝廷内部为争权夺利而展开的斗争；下至妓女、士子的爱情悲剧，或乞儿、商贾羁旅行役的生活状况，以及音乐、歌舞、弈棋等技艺，唐人传奇中都有所描写。有些作品，虽然也属于搜奇记逸之类，沿袭六朝小说的遗风，写鬼狐仙妖、求道炼丹等虚妄之事，但是作品中的主人公，大都是当时常见的人物。即使写鬼狐神仙，如《任氏传》《柳毅传》《李章武传》《裴航》《孙恪》等，也都富于人情；故事情节的安排既出乎意料，又在情理之中。就单篇作品而论，好像是一幅短小的社会生活的图画，而集传奇小说之精粹，则构成唐代社会的百科全书，从不同侧面反映了那个时代的精神面貌。唐人传奇为后人提供了比某些史籍更为生动、具体的材料，具有重要的认识意义和美学价值。

再次，从艺术表现技巧来看，唐传奇小说无论是构思布局、人物描写、语言艺术，都达到了一个新的水平。它既不同于勾勒轮廓、粗线条描写的六朝志怪小说，也不同于撷取遗闻逸事的志人小说，而是在汲取过去史传文学、汉魏六朝小说艺术经验的基础上，又有所创新，已接近于明清的小说艺术。

尤其可贵的是，它不但注意构思的新颖、叙述的婉转曲折、文辞的优美细腻，并且能运用多侧面描写的艺术手法来塑造人物形象。李娃、霍小玉、李益、崔莺莺、张生、谢小娥、红拂、步飞烟等，都称得上是典型环境中的典型人物。这些作品的作者善于通过对人物肖像的描绘、心理刻画，以及某些典型的细节描写，真实、细致地表现人物的性格特征和内心世界。

四、影响

唐传奇的影响是巨大而深远的。五代以后传奇作为文言小说的主要文体之一保留下来。遗憾的是，宋元传奇过分注重史才而忽视诗笔，明代传奇又偏爱诗笔而忽略了史才，都没有超越唐传奇的成就。直到清代，蒲松龄创作《聊斋志异》，用传奇的笔法写志怪故事，才产生了新的突破。这也说明，没有唐传奇，就不可能产生中国文言小说最杰出的代表《聊斋志异》。从宋元以后，小说的主流变为通俗小说，在文体上与唐传奇产生了很大的差异。然而，宋元的话本，有许多是从唐传奇改编而来的。那些以说话为生的书会才人，熟悉唐传奇是基本功之一，即洪迈所谓“唐人小说，不可不熟”。唐传奇重在描写爱情故事，这对明清世情小说产生了直接影响。特别是《红楼梦》，如果要从前代小说中寻找它的艺术源头的话，除《金瓶梅》等世情小说外，就要数唐传奇了。

很多唐代传奇，都曾被此后的戏曲作家改编过，有的还不只改编过一次。如郑光祖的《倩女离魂》改编自《离魂记》，尚仲贤的《柳毅传书》改编自《柳毅传》，薛近兖的《绣襦记》改编自《李娃传》，洪昇的《长生殿》改编自《长恨歌传》等。最著名的例子有两个：一是董解元的诸宫调《西厢记》和王实甫的杂剧《西厢记》，都改编自《莺莺传》，使之成为雅俗共赏、妇孺皆知的故事；二是明代最伟大的戏曲家汤显祖，其代表作“临川四梦”中，有三梦改编自唐传奇，分别是《枕中记》《南柯太守传》和《霍小玉传》。唐传奇对戏曲的影响是如此之大，以至明清的戏曲也叫作“传奇”。

【强化训练】

请说出元稹的《莺莺传》和王实甫的《西厢记》最大的差别及形成原因。

第四节　明清小说

历史演义小说《三国演义》

【学习目标】

知识目标：了解《三国演义》的内容。

能力目标：能够讲述《三国演义》中著名的典故。

素质目标：能够概括刘备、诸葛亮、关羽等人物的性格特征。

【导入】

以诸葛亮羽扇纶巾、张飞、关羽等人的图片开始展示，请大家说出人物名称以及性格特征。

【任务训练】

实训任务：每位同学抽一个小纸条，上面写着魏、蜀、吴三方之一，该同学必须说出属于该阵营中的一名将领，且不能与其他人重复。

活动目标：了解魏、蜀、吴三方的主要人物。

【知识导读】

一、背景

元末明初的《三国演义》是我国章回体小说的开山之作，也是我国古代历史演义成就最高、影响最大的一部小说。

《三国演义》全名《三国志通俗演义》，又名《三国志演义》。它与《水浒传》《西游记》《金瓶梅》，合称明代小说界的“四大奇书”。

作者罗贯中，名本，贯中可能是他的字。贾仲明的《录鬼簿续编》记载：“罗贯中，太原人，号湖海散人，与人寡合。乐府隐语极为清新。与余为忘年交，遭时多故，天各一方，至正甲辰复会，别来又六十余年，竟不知其所终。”据此可知，罗贯中是山西太原人，性格内向或不愿与众人交际，有深厚的文学修养。

《三国演义》反映的历史，从汉灵帝中平元年（184）开始到晋武帝太康元年（280）结束，时间将近一个世纪。在此期间，中国从大统一，分裂为三个各自独立的政权，最终又重归于统一。所谓“三国”，一是指代表曹操集团的魏国，其统治区域是中国北方；二是指刘备集团建立的蜀国，包括以现在四川省为中心的西南地区；三是指孙权集团建立的吴国，占据着中国南方。这段合而分、分而合的历史，变幻着政治、外交和军事斗争的风云，叱咤着形形色色的英雄人物，颇能引起人们对历史发展规律的思索与感慨。

二、内容

《三国演义》全书共一百二十回，大致可分为三个部分。其一是从首回至三十三回，主要写汉末天下大乱，董卓、吕布、袁绍、袁术、孙坚、曹操、刘备等各路英雄并起，互相攻杀，曹操集团逐渐壮大。其二是从三十四回至八十五回，写刘备在诸葛亮、关羽、张飞、赵云等的辅佐下，势力日益强盛，形成三国鼎立的局面。其三是从八十六回至末回，写三国渐渐衰落，最终由司马氏统一全国，建立西晋王朝。

三国的历史首先是军事斗争的历史，也就是战争史。从分裂、对峙到统一，每个阶段都伴随着大大小小的战争。军事斗争是三国时期解决问题的主要手段之一。《三国演义》写了上百个战争场面，其中比较著名的就有四十多个，既有官渡之战、赤壁之战、彝陵之战等重大战役，又有濮阳、街亭等中小战役，还有许多像虎牢关三英战吕布、许褚裸衣战马超这样的搏斗场景；有水攻、火攻、偷袭、围城、截击，也有陆战、车战、马战、水战，还有心理战、间谍战等，可以说囊括了古代战争的一切形式。它所展现的战争规模之大、次数之多、形式之多样，在世界文学史上都是罕见的。更可贵的是，如此众多的战争描写却没有雷同的感觉。

小说不仅展示了丰富多彩的战争场面，而且更注重表现战争谋略的施展。比如，官渡之战袁绍与曹操双方兵力悬殊。袁绍兵多，他的谋士建议缓守，不与曹兵交战，使之不战自败。曹军粮草紧张，袁绍如果采取缓守策略，必能大胜。然而袁绍刚愎骄傲，自恃兵多粮足，决定速战速决，这正中曹操下怀。曹兵获得袁绍粮草囤积地点的机密情报后，突袭乌巢，火烧粮草，使敌方军心大乱。然后曹操抓住时机，大举进攻，终于大获全胜。这场战争奠定了曹操统一北方的军事基础。在战争中，军事统帅要知己知彼，善于以己之长攻敌之短，善于把握时机、行动果断。在这些方面，袁绍明显不及曹操，所以才断送了大好形势。再如街亭一战，马谡失利，司马懿率曹军将诸葛亮围困在一座空城里。在这万分危急的时刻，诸葛亮镇定自若，巧用疑兵之计，大开城门。司马懿深知诸葛亮用兵谨慎，以为空城中有千军万马，遂退兵。

赤壁之战是三国时期最大的一场战役，它的结果最终确立了三国鼎立的格局。《三国演义》四十三回至五十回展示了这场战役的全过程。作者笔墨的重点不是刀兵相见的直接对抗，而是描写了一个比一个奇妙的计谋：有周瑜借蒋干之力设的反间计，使曹操杀掉了两个最得力的水军将领；有诸葛亮借大雾设的"草船借箭"之计，巧取敌方的武器为我所用；有黄盖执行的苦肉计，为火攻埋下了伏笔；有庞统巧授的连环计，使曹军船队丧失了防火能力。至此"万事俱备，只欠东风"，赤壁火起，孙刘联军一举击溃了曹操八十万大军。诸葛亮又"智算华容"，使曹操几乎被俘。整个战役共用了八回的篇幅，正面描写厮杀场面的不足两回，其他六回多的篇幅都是表现智慧的较量。除《孙子兵法》之类的兵书以外，再没有哪部书能像《三国演义》这样把军事谋略展现得如此充分、透彻而引人入胜了。况且，它比兵书更形象、更生动，因为有活生生的战例及详细的操作过程。它使人领悟到，战争不仅仅是斗勇，更重要的是斗智。从这个角度说，《三国演义》可以说是一部形象的兵书。

三、思想

三国时期是一个英雄辈出的时代，《三国演义》既是政治、军事斗争史，也是一部豪迈悲壮的英雄史诗。在残酷激烈的矛盾斗争中，英雄们不仅进行政治智慧的较量，还充分展示了他们的人格魅力。《三国演义》褒贬人物主要有两项标准，一是政治智慧的高下，二是道德品格的优劣，其中道德品格是处于第一位的，这些道德主要来自儒家伦理，小说中强调的是忠、勇、仁、义、智、信等美德。《三国演义》以儒家政治道德观念为核心，同时糅合了千百年来广大人民的愿望，鲜明地表现出“拥刘反曹”的思想倾向，把刘备写成“仁君”，将曹操写成“奸雄”。其中既有对明君贤相、清平世界的赞美与渴慕，对昏君贼臣、天下大乱的痛恨与厌恶，又有最终理想幻灭、道德失落、价值颠倒的惨痛现实所带来的悲怆与迷惘。

从刘备一生行事来看，他始终秉持着“仁义”二字。在长坂坡，赵云冒着生命危险救出了刘备的儿子阿斗，刘备却把儿子摔到地上，说：“为汝这孺子，几损我一员大将！”这种态度，使赵云感动不已，视为终生难以报答的恩情。刘备对待谋臣，极为信任。为了求得诸葛亮这位绝世奇才，他不惜放下身段三顾茅庐诚心相邀。诸葛亮出仕之后，刘备对其言听计从、百般器重。当关羽、张飞这两位早期跟随刘备出生入死的猛将心怀不不满时，刘备解释称，自己跟诸葛亮之间的关系“犹鱼之有水也”。在弥留之际，刘备将整个蜀汉的未来全权托付于诸葛亮。当他得知关羽被东吴军队杀害时，感情战胜了理智，把兄弟情义放在国家利益之上，执意出兵伐吴，导致了事业的失败和个人的毁灭。某种程度上说，刘备道德人格的完美是他政治上失败的原因之一。

《三国演义》将曹操归类为奸雄，曹操是个奸诈、多疑、复杂的人，所以他才被冠以“奸”的称号，但他的“雄”很少受到重视。曹操是刘备的对立面，就政治智慧而言，他远远胜过刘备，但道德人格却是残缺的。他阴险、狡诈、残忍、自私自利，可以说是恶德的化身。小说第四回写他谋杀董卓失败，逃到父亲的结义兄弟吕伯奢家。吕家准备杀猪款待，曹操却误以为他们要谋杀自己，便杀死了吕家八口人，之后，才醒悟是误会了。出门后，正遇上外出买酒回来的吕伯奢，曹操又把这位善良的老人杀死了。他为这种真相大白后仍故意杀人的行为辩解说：“宁教我负天下人，休教天下人负我。”意思是，宁可让我对不起天下所有的人，也别想让天下有一个人对不起我。这就是他信奉的极端利己的人生哲学。为了实现政治抱负，他确实做过一些保护百姓、礼贤下士的好事，但并非出于他的本心，他随时都会露出狰狞的面目：率兵攻打徐州，残忍地将城中百姓全部杀光；在同袁术作战，军粮即将用尽的时候，命令仓官散粮，然后为了稳定军心，以“盗窃官粮”的罪名砍了仓官的头；为了防止睡觉时遭暗杀，他声称自己有梦中杀人的习惯，并且真的杀了一个卫兵，然后再装模作样地痛哭。《三国演义》既写了曹操雄才大略的一面，又表现了他诡计多端、老谋深算、卑鄙残酷的一面，使他成了一个奸雄的典型。在政治上他是相当成功的，然而，在道德人格上却是完全失败的，激起了历代读者的强烈憎恨。所以说，罗贯中基本的历史态度，是“拥刘反曹”。

《三国演义》中着墨最多的人物是诸葛亮。诸葛亮在中国民间是智慧的化身、理想化的典范。罗贯中把诸葛亮写成了神一般的存在，“草船借箭”“借东风”“三气周瑜”，甚至“死诸葛吓跑活司马”，都表现了他的神机妙算，他是智慧的化身、贤相的典型，具有忠、智、信等多重道德人格。自从刘备三顾茅庐之后，诸葛亮便感于知遇之恩，一生为蜀汉鞠躬尽瘁死而后已。诸葛亮初出茅庐，在博望坡用兵，就以几千人马杀退曹操十万敌军，用火攻术把敌人烧得胆战心惊，赢得了关羽、张飞的衷心敬佩。在赤壁之战前后，他与周瑜展开了智慧的较量。周瑜才华横溢，精明干练，恰好烘托出诸葛亮更胜一筹的机智聪明。赤壁之战的总指挥是周瑜，而真正居于主导地位的则是诸葛亮。此后，诸葛亮又多次识破周瑜的如意算盘，将计就计地进行反击，使周瑜损兵折将，活活被气死，临终前还感慨“既生瑜，何生亮”。与诸葛亮比起来，周瑜欠缺的不仅仅是智慧，还有道德人格。诸葛亮讲求信义，处处以大局为重，与周瑜嫉贤妒能并一味为自己一方打算形成了鲜明对照。

诸葛亮不仅神机妙算，还具有高尚的道德人格。即便刘禅不堪辅佐，依然忠心耿耿。在事业与道德人格之间，诸葛亮首先选择并尽力维护的，是道德人格，而不是事业。在政治上，诸葛亮最终的结局是失败的，然而，由于他具有超人的智慧和高尚的道德，仍不愧为杰出的英雄。

作为一部英雄史诗，《三国演义》是豪迈的，也是悲壮的，具有强烈的悲剧艺术的感染力。正如小说中借唐代大诗人杜甫之口所感慨的那样“出师未捷身先死，长使英雄泪满襟”。

四、艺术成就

首先，从题材看，历史演义面临的首要问题，是如何处理历史真实与艺术真实的关系，也就是实和虚的关系。清代学者章学诚指责《三国演义》没有完全依据正史描写故事，只有“七分实事”，另有“三分虚构”。其实，这种虚实结合的辩证艺术，正是《三国演义》值得称道的地方。从实的方面来看，小说在总体的历史框架上是合乎历史本来面目的。它的主要情节符合历史发展的基本线索，人物性格基本符合历史人物的面貌。它的历史事件的时间、地点、结局，都可与陈寿《三国志》及司马光《资治通鉴》等史书互相印证。从虚的方面看，它用《三国志平话》为艺术框架，按照作者的历史观、道德观及审美观，对历史进行总体的艺术把握，融入了许多民间传说，也别出心裁地虚构了大量情节。这些虚构的成分，与真实的历史往往有惊人的相似性，完全能够达到以假乱真的程度，也就是说实现了高度的艺术真实。

其次，从人物形象塑造来看，《三国演义》塑造了一大批个性鲜明的人物形象，毛宗岗《读三国志法》中提到“三绝”：“吾以为《三国》有三奇，可称三绝。诸葛孔明一绝也，关云长一绝也，曹操亦一绝也。”以诸葛亮的故事为例，“借东风”“吊孝哭周瑜”

“馒头祭泸水”“六出祁山”“七擒孟获”等，都远远超出了史书记载的范围。再以关羽的故事为例，“桃园三结义”“关张古城会”“华容道放曹操”等，也都没有历史依据。另外，作者还故意把历史上某个人的故事，移到另一个人身上。如“草船借箭”，在《三国志》裴松之注中，是孙权所做的事，小说却移给了诸葛亮。同样，“斩华雄”本来是孙坚的功劳，小说却移给了关羽。在突出人物形象的同时，也不免有失实之嫌。鲁迅曾评价为“欲显刘备之长厚而似伪，状诸葛之多智而近妖。”

再次，从结构来看，《三国演义》的结构，不同于《史记》以人写事的列传体，也不同于《资治通鉴》以事写人的纪事本末体。它是把两类史书结构艺术的优长合在了一起，总体上是以纪事为中心，具体到章回及段落则是以人写事，把人物形象塑造当作重点。它的重点相当突出，并且是一层一层铺垫衬托出来，在各路英雄中，突出曹操、刘备、孙权这三大政治集团；在三国中突出曹操与刘备两大集团的对比；在曹刘之间突出刘备集团，集中描写诸葛亮、刘备、关羽、张飞、赵云等英雄群像；在这群英雄中又突出描写诸葛亮的事迹。这样，小说显得层次鲜明，人物之间自然便生发出衬托、对比的艺术效果。

最后，就叙事框架来说，《三国演义》的叙事框架，按照“合久必分，分久必合”的原则构造主线、贯通始终，头绪清楚。其他副线及大大小小的线索，都像千流万派归入长江一样，围绕着主线展开并收缩，情节复杂而不紊乱，人物众多而位置分明，因而形成了宏伟的艺术结构，气势磅礴，风格凝重。

【强化训练】

以抽签的方式从全班选出十位同学扮演赤壁之战中涉及的人物，进行赤壁之战角色扮演，以理解魏蜀吴三方的关系以及整场战争的前因后果。

英雄传奇小说《水浒传》

【学习目标】

知识目标：了解关于梁山一百零八好汉中具有代表性的人物。

能力目标：能够讲述《水浒》中一些著名的故事。

素质目标：了解“忠义”在中国传统文化中的地位和内涵。

【导入】

以民间流传的武松、鲁智深等人的故事切入，请大家说出这些人物出自于哪部小说。

【任务训练】

实训任务：在武松、林冲、鲁智深等英雄人物中任选其一，讲述一个关于他的小故事。

活动目标：根据要素法简单扼要清晰地复述故事。

【知识导读】

一、作者

《水浒传》与《三国演义》同时代产生，也是元末明初。它不仅是英雄传奇类小说的鼻祖，还是中国章回小说开山之作。

《水浒传》的作者是施耐庵，一说是施耐庵和罗贯中。明朝嘉靖十九年（1540），高儒《百川书志》著录的《水浒传》，题署“钱塘施耐庵的本，罗贯中编次”，这是明代人最早谈这部小说作者的说法。嘉靖《天都外臣序》残本是现存刊刻时间最早而有题名的版本，署“施耐庵集撰，罗贯中纂修”。据此，可以大致确定《水浒传》的最后成书，主要是施耐庵和罗贯中的功绩。以上两项原始材料之后，明代又出现了三种不同的说法，或说作者是罗贯中，或说作者是施耐庵，或说施作罗续，都难确证。

施耐庵（约 1296—约 1370），江苏兴化人，出生于兴化白驹镇（也有认为祖籍苏州或者杭州），原名彦端，字肇瑞，号子安，别号耐庵。关于施耐庵的生平，所知十分有限。可以大致知道，他生活在元末明初，有人说他曾在钱塘（今浙江省杭州市）为官三年，因不满官场黑暗，不愿逢迎权贵，弃官回乡，后来参加了张士诚起义抗元的军事活动；也有人推测他是一个专门为说书艺人编写话本的书会才人，或者本身就是一个粗通文墨、技艺精湛的说书艺人。

二、内容

《水浒传》的原型是北宋末年宋徽宗时期宋江为首的一支农民起义军，后来被张叔夜收服。《水浒传》虚构塑造了一系列具有江湖游侠豪气的好汉形象，描写他们那些令人激动振奋的英雄事迹。正是由于这个缘故，晚清以来人们都称它是一部英雄传奇。

小说展现了水泊梁山一百零八位英雄好汉从分散在各地，到聚集至梁山泊根据地，然后又分散死亡的全过程。以容与堂刊刻的百回繁本为例，七十一回是故事的转折点：之前（第一回是“楔子”），鲁智深、林冲、吴用、阮氏三兄弟、武松、宋江、李逵、卢俊义等由于各种原因，通过不同途径，像百川入海一样向梁山泊集中，终于凑成一百零八将，英雄事业达到顶峰。之后，他们接受了朝廷的招安，也就是向朝廷投降，变成了官军的一部分。他们帮助朝廷抵抗北方辽国的侵略，然后又去镇压南方地区方腊率领的农民起义，结果这一百零八位好汉在平方腊时几乎一半死去，后又有人被奸人所害，多数死去。轰轰烈烈的英雄事业，最后归于沉寂。

梁山泊是他们的根据地，在今天的山东省境内。书中描写，这里地势险要，中间是雄奇的梁山，周围方圆八百里水面环绕，易守难攻。小说名叫“水浒”，是水边的意思，指的就是梁山泊。七十一回前，众英雄奔向梁山的故事，是全书最精彩的部分。通过他们各自上山的过程，读者可以领略他们的游侠气质和英雄本色，可以了解当时尖锐复杂的社会矛盾，也可以观赏到丰富生动的日常生活场景，结识上上下下各色人物。

智取生辰纲，是英雄们最初的集体行动。生辰纲是地方官僚梁中书送给奸相蔡京的寿礼，是从民间搜刮来的不义之财。吴用，这位足智多谋的乡村教书先生，联合起庄园主晁盖、贫苦渔民阮氏三兄弟等六位豪杰，巧妙地把生辰纲抢夺了过来，事发后逃往梁山泊，建立起与官府对抗的根据地。这个具有明显打家劫舍、劫富济贫性质的行动，逐渐演化为反抗贪官奸臣的武装起义，声势愈来愈浩大。以宋江上梁山为转折点，原来分散在少华山、桃花山、二龙山、清风山的小股武装，先后聚拢到梁山泊。他们不但两次挫败了前来讨伐的官军，而且连续分兵出击，打平了祝家庄和曾头市，攻破了高唐州、青州、华山、大名府、东平府等地，使朝廷极为震恐。单独或小股的复仇、报恩、打抱不平、劫富济贫行动，至此发展为大规模的军事对抗，江湖游侠们渐渐具有了农民起义军的特征。

历来的农民起义，无非是三种结局：一是被朝廷镇压下去，如唐代黄巢起义；二是推翻旧王朝，建立新王朝，如元末朱元璋起义；三就是归顺朝廷，接受招安。这第三条出路也是司空见惯的，宋代就有民谣说："要做官，杀人放火受招安。"就像文人可以走终南捷径一样，武夫也有这样一条荣身之路。宋江领导下的梁山起义军，就走上了这条受招安的路。英雄们终于冲破了奸臣们的重重阻挠，能够报效国家了。他们在抵抗辽邦侵略的民族战争中，立下了赫赫战功，却没有得到应有的封赏。这是因为，恶势力仍在暗中与梁山英雄们较量。

三、思想

从梁山英雄的特点看，他们接受招安是顺理成章的。以宋江为首的领导层，从来就没有与朝廷对抗的意思。他们起义的宗旨，是替天行道、助行忠义，反抗的只是朝廷中的奸臣及遍布社会的贪官、恶霸。他们起义的根本目的，是要为国家出力，实现忠义救国的理想。那些具有游侠气质的英雄，如鲁智深、武松、李逵等，追求的是法律束缚之外的行动自由，试图在侠义行为中求得感情的宣泄和精神的愉悦。他们从来也没有从根本上触动国家政治体制的野心。

李逵口口声声要"杀去东京"，夺取皇位，不过是出于一时义愤，当不得真。事实上，这些自由自在的英雄，根本就不会用皇位之类的世俗绳索把自己捆绑起来。"八方共域，四海一家"，大碗喝酒，大块吃肉，大秤分金银，这种富于无政府主义色彩的理想，才是他们的最高追求。梁山泊原本是英雄们的桃花源，他们走出桃花源，目的在于把整个社会都变成太平世界。其结果，不仅原来的乌托邦世界毁灭了，英雄们的生命也完结了。这是一出理想悲剧，也是一出命运悲剧。

从统治者的态度看，梁山英雄的命运悲剧是不可避免的。韩非子早就指出，威胁国家安定的两种人是儒和侠，所谓"儒以文乱法，侠以武犯禁"，都应严加防范。汉唐之后，儒家理念处于统治地位，狭义的儒不会再乱法；广义的儒，即知识分子，由于有科举的出路和文化专制政策的钳制，也不会对国家政权构成威胁。统治者糅合儒法两家而操纵着统治权术，唯一要制裁的就是喜欢犯禁的侠。狭义的侠是鲁智深、武松那样的个体好汉，他们凭借武艺，活跃于法律控制之外。广义的侠就是梁山义军那样的集体武装力量，他们对国家政权构成了严重威胁，即使归顺朝廷，统治者也始终会把他们当作异己，如果难以控制，便会想方设法分化瓦解乃至消灭。

“忠义”二字，对《水浒传》来说有特别重要的意义。在《大宋宣和遗事》中，就有宋江躲入九天玄女庙获得天书的情节，天书命令“宋江为帅，广行忠义，殄灭奸邪”。晁盖临终前也嘱咐，“须是助行忠义，卫护国家”。在元杂剧水浒戏中，也有“忠义”字眼，如《燕青搏鱼》称宋江绰号是“顺天呼保义”。可见，在宋元时期，以宋江为代表的水浒英雄已经被赋予了忠义思想。之所以如此，和当时的民族矛盾有重要关系。宋江起义距北宋被金灭亡只有五年左右的时间，随着民族矛盾的上升，那时出现了许多抗金的武装力量。据记载，这些自发组织起来的军事力量，都以“忠义”二字为标志，协助官军中的爱国将领一齐作战。其中比较著名的，就有活跃于太行山地区的“忠义八字军”。他们在脸上刺“赤心报国誓杀金贼”八字为标志，与金兵展开殊死战斗。另外，还有一些原来的“巨寇”、农民起义军，纷纷要求朝廷招安，加入抗金队伍。这些事迹，在流传过程中与宋江起义事件渐渐混杂在一起，于是宋江便成了“忠义军”的代表。《水浒传》中的有些好汉，如王英、李忠等，在历史上跟宋江毫无关系，而是抗金的民族英雄。

《大宋宣和遗事》中许多好汉活跃在太行山，《水浒传》中也残留有痕迹。如十六回写智取生辰纲的黄泥冈，明明在山东梁山泊附近，却说“休道西川蜀道难，须知此是太行山”。这些都说明，《水浒传》确实吸收了大量太行山抗金英雄的故事，并以此为基础，确立了忠义主题。也就是说，书中“忠义”二字，实质上是宋时人们的民族情绪的反映。

四、艺术特色

《水浒传》之所以如此深受喜爱，首先是由于它塑造了众多传奇式的英雄。作者运用夸张渲染的艺术手法，强调人物某一方面的特征，给读者以极为深刻的印象。比如，为表现鲁智深力大无穷，写他竟能倒拔杨柳；为表现武松勇猛过人，写他一个人赤手空拳活活打死老虎。

水浒英雄能够赢得人们的喜爱，还有一个重要原因，就是其中许多形象反映出古拙淳朴的审美观，非常适合读者的口味。特别是那些出身平民阶层的好汉，对恶势力无所畏惧，也不讲什么尊卑，连皇帝也不放在眼里。“八方共域，异姓一家。天地显罡煞之精，人境合杰灵之美。千里面朝夕相见，一寸心死生可同。相貌语言，南北东西虽各别；心情肝胆，忠诚信义并无差。其人则有帝子神孙，富豪将吏，并三教九流，乃至猎户渔人，屠儿刽子。”比如李逵，他从不掩饰自己，也不受礼节的拘束，粗鲁无知，又时常耍些小聪明。他有时会滥杀无辜，却是无意的。金圣叹称赞说：“李逵是上上人物，写得真是一片天真烂漫到底，看他意思，便是山泊中一百七人，无一个入得他眼。《孟子》‘富贵不能淫，贫贱不能移，威武不能屈’，正是他好批语。”

《水浒传》成功地塑造了一系列富于个性特色的典型人物形象，这些人物由于背景、经历、性格各不相同，因此在作品中产生了不同的冲突。即使是写性格相似的人物，作者也会找出其中略有不同的地方，比如鲁智深和李逵，同样性格粗犷，但鲁智深是粗中有细，李逵则粗豪蛮横。此外，人物背景不同，导致他们看待事情的角度也不同。有来自底层的人士，如李逵等人，他们面对朝廷的招安是坚决抵制的，还有一部分人来自军营或上流社会，他们对招安是部分接受或殷切盼望的。如此种种，不仅塑造了有血有肉的人物群像，而且对故事的发展具有重要影响。作者把这些被权贵阶层视为草寇的人群放在英雄的位置上大加歌颂，体现了作者鲜明的立场。而且除了英雄以外，作者还塑造了一批反面形象，如高俅、西门庆等，这些形象把当时封建阶层的丑恶揭示得淋漓尽致。

《水浒传》的结构，是单线发展的连缀体。在一至七十回，小说的主要人物陆续登场，作品采用了几回介绍一个人物的形式，给每个人物都安排了相应的故事，并把他们上梁山的原因解释清楚。每个故事本身都有严密的结构，虽然是单线发展，却十分曲折生动，波澜起伏。例如武松的故事，长达十回，从景阳冈打虎开始，经历了杀潘金莲、十字坡遇张青、痛打蒋门神、大闹飞云浦、血溅鸳鸯楼、夜走蜈蚣岭、醉打孔亮等一系列惊心动魄的事件，构成一连串的因果过程。每一个单独的事件，都有详细的发展脉络，使整个传记有张有弛，盘旋上升，安排得十分巧妙。在主要人物的传记中，穿插次要人物，是使结构紧凑的好办法。小说写宋江杀阎婆惜后到处逃亡，结识了众多英雄好汉，就是一个典型的例子。这样，数量上完成了一百零八位好汉的描写，主要笔墨还是集中在十几位主要人物形象的塑造上，主次分明，层次清晰。七十一回后，英雄们主要是集体行动，直至悲剧结局，结构是相当完整的。

由于《水浒传》自口语中脱胎而来，因此其作品本身具有鲜明的口语化特点，它继承了宋元话本的优良传统，以口语为基础，经过精心提炼，创造了相当通俗、生动、准确的小说语言。如林教头“风雪山神庙”一章中“那雪下得正紧”，一个“紧”字不仅描写出了那时的雪下得急，还表现出人物紧张的心理。它的人物对话，十分传神，可以惟妙惟肖地表现出各种人物的不同身份和性格。如三十八回写戴宗引着李逵与宋江相见，李逵开口就问：“哥哥，这黑汉子是谁？”戴宗斥责他粗鲁，并说明这就是江湖上最有名的义士。李逵却反问：“莫不是山东及时雨黑宋江？”只这两句话，便把一个粗鲁豪爽而又纯朴的李逵写活了。《三国演义》中的张飞，性格与李逵近似，由于不用口语说话，便没有这种神采。鲁迅说：“《水浒传》和《红楼梦》的有些地方，是能使读者由说话看出人来的。”指的就是这一类对话语言。善于运用纯粹的口语，基本使用通俗的白话，这是《水浒传》最突出的语言特点，也是它对章回小说的重要贡献。作为长篇小说，《三国演义》是小说史上的第一部，然而，《三国演义》使用的是浅近的文言。《水浒传》标志着我国古代运用白话语体创造小说已经成熟，对整个白话文学的发展也具有深远的意义。中国小说史上第一部真正的白话长篇小说，是《水浒传》。

【强化训练】

分析武松、鲁智深、李逵三人性格的异同。

【知识拓展】

金瓶梅

《金瓶梅》的故事是从《水浒传》“武松杀潘金莲”的情节引申发挥而来的。在《水浒传》里，潘金莲私通西门庆，用毒药害死了丈夫武大郎。武松为哥哥报仇，杀了潘金莲，并到狮子楼打死了西门庆。《金瓶梅》则改动为，武松先去狮子楼寻找西门庆，却误把一个名叫李外传的人当作西门庆打死了，结果被流放到孟州。四年之后，武松从流放地回来，西门庆已死，只杀了潘金莲。也就是说，《金瓶梅》的主要故事就发生在武松被流放在外地的四年中。在这短暂的时间里，西门庆把潘金莲娶到家里，做了第四房妾。此前，西门庆已有正妻吴月娘，还有李娇儿、孙雪娥、孟玉楼，共三个妾。娶了潘金莲后，西门庆又以阴谋手段害死了结义兄弟花子虚，娶了他的妻子李瓶儿为第五房妾。

小说所写，就是西门庆和这一妻五妾的家庭生活。除了这些妻妾，围绕在西门庆身边的还有许多丫头，如庞春梅、迎春、秋菊等，仆人如来旺、玳安儿、庞春梅。潘金莲、李瓶儿、庞春梅是三个生性淫荡的女人，在与西门庆奢侈放纵的同时，互相利诱陷害。潘金莲害死了李瓶儿，又使西门庆纵欲身亡。当武松杀死潘金莲后，庞春梅别嫁周守备，不久也因纵欲过度而死。在小说结尾，一度十分兴旺的西门庆家，只剩下孤单的寡妇吴月娘领着儿子孝哥逃难。为抵消西门庆一生的罪恶，他这唯一的儿子也出家当了和尚。

一般说来，文学作品的天职是表现真诚、善良、美好及高雅的事物，给人以心旷神怡的美感。当人们使用“审美”“美学”之类的概念时，就指明了研究的问题是怎样使文学艺术给读者带来更多或更强烈的美好感受。中国传统的诗词文赋等，号称典雅文学，尤其强调真善美雅的表现，即使在作品中出现虚伪、邪恶、丑陋及粗俗的事物，也是受谴责批判的对象，并且从来没有占据主导地位。《金瓶梅》之前的章回小说，确实表现过较多的假恶丑俗，如《三国演义》中奸诈残忍的曹操、阴险狠毒的司马、见利忘义的吕布，《水浒传》中残害忠良的高俅、横行霸道的“镇关西”、淫荡势利的阎婆惜以及《西游记》中众多的吃人妖魔。

不过，这些假恶丑俗的人物及其所作所为，都处于次要地位，与他们对立的正义力量，总是能够发挥更大的作用。即使最终结局是悲剧，英雄人物也能够获得道义上的胜利。到《金瓶梅》出现，情况却大为改观。书中不再有真善美雅，即使有也微乎其微，完全不是假恶丑俗等非正义力量的对手；在《金瓶梅》里，正义不可能得到伸张，连武松那样的英雄最后也只能杀掉潘金莲、王婆这两个从犯，主犯西门庆早已成了风流鬼。苗青被人杀害，主犯被西门庆放了。来旺死了，宋惠莲死了，她年迈的父亲也被气死了，这些冤魂再也没人提起。偶尔有一两个清官，斥责西门庆勾结蔡京所犯下的罪恶，结果却是清官被撤职流放，蔡京照样当权，西门庆照样胡作非为。人称大官人的西门庆死后，又出了个张二官。他立刻揽下了朝廷原来派给西门庆的生意，并且娶了西门庆的女人李娇儿为妾，接待西门庆的朋友应伯爵来帮闲，居然又是一个西门庆。这个情节的象征意味是显而易见的。

在以往的小说里，读者看到的大部分是好人以及有或多或少缺点的好人，《金瓶梅》却是邪恶人物的聚居地，里面的好人寥寥无几，坏人随便一数就是一大串。如张竹坡所说："西门庆是混账恶人，吴月娘是奸险好人，玉楼是乖人，金莲不是人，瓶儿是痴人，春梅是狂人，敬济是浮浪小人，娇儿是死人，雪娥是蠢人，宋惠莲是不识高低的人，如意儿是个顶缺之人。若王六儿与林太太等，直与李桂姐辈一流，总是不得叫做人。而伯爵、希大辈皆是没良心之人。兼之蔡太师、蔡状元、宋御史，皆是枉为人也。" 如此全面、彻底、无情地暴露社会黑暗，如此具体、深刻、集中地表现生活的假恶丑俗，这在中国小说史上还是第一次，是中国小说审美观的一大转变。

鲁迅对这一点评价极高，说："作者之于世情，盖诚极洞达，凡所形容，或条畅，或曲折，或刻露而尽相，或幽伏而含讥，或一时并写两面，使之相形。变幻之情，随在显见，同时说部，无以上之。" 也就是说，作者对世态人情的了解非常清楚而深刻，描写得又特别充分，几乎是面面俱到，当时没有一部小说在这方面能超过《金瓶梅》。

神魔小说《西游记》

【学习目标】

知识目标：了解《西游记》中具有代表性的故事。

能力目标：能够讲述小说中一些著名的典故。

素质目标：了解师徒四人的不同性格及在取经队伍中的作用。

【导入】

放映一段影视作品，请大家回答这些人物分别是谁，出自哪部小说。

【任务训练】

实训任务：请四位同学上台，分别抽取一张写有唐僧师徒四人名字之一的纸条，按照上面的名字表演他们的代表性动作。

活动目标：对《西游记》具有初步认识。

【知识导读】

一、背景

《西游记》是一部世代积累型的章回小说，经历了漫长的成书过程。最后把玄奘取经故事整理写定为《西游记》的人，是吴承恩。

吴承恩（约1500—约1582），字汝忠，号射阳山人，明代文学家，淮安山阳（今江苏淮安）人。他出生于一个由书香门第败落而成为小商人的家庭，自幼敏慧，博览群书，尤喜爱神话故事。在科举中屡遭挫折，嘉靖中举为岁贡生。嘉靖二十八年（1549）迁居南京，卖文为生。嘉靖三十九年（1560）任浙江长兴县丞，不久辞归。由于宦途困顿，晚年绝意仕进，闭门著书。他的著作很多，由于“家贫无子”，逝世后“遗稿多散失”，诗文方面只留下一部《射阳先生存稿》。吴承恩性格诙谐，谈笑风趣，喜欢搜集奇闻趣事，有深厚的文学修养。

二、内容

《西游记》的成书与《三国演义》《水浒传》相类似，都经历了一个长期积累与演化的过程。但两者演化的特征并不一致：《三国演义》《水浒传》是在历史真实的基础上加以生发与虚构，是“实”与“虚”的结合而以“真”的假象问世；而《西游记》的演化过程则是将历史的真实不断地神化、幻化，最终以“幻”的形态定型。《西游记》故事的主体，是唐僧去西天求取佛经。唐僧这个人物的原型，是唐代高僧玄奘。在《西游记》中，他已经完全变成了虚构的艺术形象。《西游证道书》第九回写他父亲陈光蕊被奸贼害死，母亲被霸占；他出生后，母亲不敢养育他，将他放在木盆里顺江漂流，被金山寺和尚收留。他为什么要去取经呢？是受了唐太宗派遣。在此之前，唐僧只会讲小乘佛法，即“灭小苦与小利益之教”，追求自我解脱，不足解救天下众生脱离苦海。佛教的另一派别是大乘佛法，宣扬“大慈大悲”，以“普济众生”为宗旨。唐僧所要求取的“真经”，就是大乘佛法。在人间帝王唐太宗和天上神祇观世音菩萨的双重要求下，唐僧决心完成这项神圣的使命。一路收了孙悟空、猪八戒和沙僧三位徒弟，历经九九八十一难，最终取得真经。

《西游记》全书一百回，分三大部分：第一部分（一至七回）写孙悟空大闹天宫的故事，是序幕；第二部分（八至十二回）交代取经的缘由和唐僧的来历，是故事的另一个头绪；第三部分（十三至一百回）写西行经历种种磨难取得真经，最后东返修成正果，是全书的主体。

三、思想

唐僧师徒在取经路上遇到的妖魔和阻碍，大致有三种类型。

第一种是险恶的自然环境的象征。例如刮起狂风“冷冷飕飕天地变，无影无形黄沙旋”的黄风怪，“眼射晓星，鼻喷朝雾”的大蟒蛇，“铜脑盖、铁身躯也要化成水”的火焰山，“万壑冷浮银，一川寒浸玉”的通天河，“水沫浮来如积炭，浪花飘起似翻煤，牛羊不饮，鸦鹊难飞”的黑水河，以及千年的七绝山稀柿衕和三百里空陷山无底洞等。这些人类难以生存的地方，考验着取经者的意志力和忍耐力。

第二种是世俗享乐的象征。例如二十三回西牛贺洲的大庄园，有美丽的寡妇和三个娇艳的女儿，“有家资万贯，良田千顷”，可以一生享用不尽；再如五十回金角兕大王点化的富豪宅院，里面有纳锦背心，可以遮风挡寒；又如五十四回西梁女国的女王愿以一国之富，招赘唐僧为国王。

第三种是现实社会邪恶势力的象征。例如红孩儿把山神土地剥削得“一个个衣不遮身，食不充口”；通天河灵感大王每年要吃一对童男童女，若不给就要降祸生灾；车迟国崇信道教，妖魔幻化为大仙把持朝政，奴役僧人；比丘国国王被女妖迷惑，“不分昼夜，贪欢不已”，并残害百姓，要吃一千一百一十一个小儿心肝治病。还有许多妖魔妄想长生不老，千方百计要吃唐僧肉。

值得注意的是，这些为难取经者的妖魔大多很有来历，主要有三种。一种是天上的星宿神将动了凡人情欲，变幻到下界为妖魔。比如，碗子山波月洞的黄袍老怪本是二十八宿中的奎木狼，他与侍香玉女私奔到下界宝象国了结宿缘，把透露秘密的唐僧变成了老虎。另外一些星官如角木蛟、斗木獬、井木犴等，能够降伏那些令孙悟空无可奈何的妖魔，暗喻正是这些星官在设置障碍。另一种是神仙圣佛的侍童、坐骑或身旁得道的飞禽走兽乃至器皿用具等，擅自下凡为害人间。如平顶山金角和银角大王是太上老君的金银二童子，黄风怪本是在灵山下听如来佛讲经的黄毛貂鼠，大鹏金翅雕是如来佛的舅舅。这说明神佛存心要考验取经人的素质，如果他们经受不住考验，便没有资格取得真经。第三种是自我修行得道的山妖野怪，如孙悟空三次打杀的白骨精，以假乱真的“假行者”六耳猕猴等。正如五十八回的回目所说：“二心搅乱大乾坤，一体难修真寂灭。”真假孙悟空闹得不可开交，乃是“二心”所致。孙悟空战胜“假行者”及各种妖魔，实际上象征着取经者战胜了自我。

四、艺术成就

《西游记》的出现，开辟了神魔长篇章回小说的新门类。书中将善意的嘲笑、辛辣的讽刺和严肃的批判巧妙结合的特点，直接影响着讽刺小说的发展。《西游记》是古代长篇浪漫主义小说的高峰，以诡异的想象、极度的夸张，突破时空、生死、神、人、物的界限，创造了一个光怪陆离、神异奇幻的境界。

首先，在整体风格上，《西游记》洋溢着浓厚的幻想色彩，在古代长篇中构筑了一个变幻奇诡而又真实生动的神话世界。不论是光怪陆离的风物环境、扑朔迷离的故事情节，还是别具一格的神魔人物，无不充满瑰丽的想象、神奇的夸张，具有独特的审美价值。寓庄于谐的游戏之笔，是《西游记》最鲜明的艺术个性和最突出的艺术成就。与一般小说游戏笔墨偶一为之的写法不同，吴承恩将游戏笔墨运用于小说的情节构思、场景设置、形象塑造和叙述描写即全部内容和形式之中。游戏笔墨常常使叙述的故事荒唐而有情思，带有浓厚的幽默感和喜剧色彩。小说常常信手拈采，插科打诨，对人情世态极尽揶揄嘲讽之能事，滑稽之中每多刺世泄愤之感，谐趣之中饱含讽刺之意。吴承恩寓庄于谐、善谑善讽的艺术个性，在《西游记》的情节构思中得到了淋漓尽致的发挥。

其次，在形象塑造上，《西游记》将人性、物性与神性有机地糅合在一起，使“神魔皆有人情，精魅亦通世故”。物性，是指神魔形象本体物的现实自然属性；神性，是指神魔形象所具有的超人的法术和本领；人性，是指神魔形象所寓托的某种人的现实社会属性。其中，人性是内在核心，占据主导地位。正是三者的水乳交融，妙合无垠，塑造出了许多具有高度美学价值的神魔形象。《西游记》的主要人物大都有定型的性格，然后通过虚幻的情节、幻想的环境多侧面、多层次地渲染、强化和丰富。这些各具性格的形象既是动物，又是人，更是神怪，是人兽同形与人神同性的结合，既有动物的外表和生理特性，又有人的思想感情和性格，还有神怪的法术和魔力。例如孙悟空是猴子，是神灵，又是活生生的人，既有主宰命运的理想抱负，又有七十二般变化的神通，而这一切又无不融合了机灵乖巧、敏捷爱动的猴性特征。猪八戒有猪的外形，他的贪吃好睡、愚蠢呆板、懒惰自私等都符合猪的习性，甚至连他的三十六般变化也只限于一些蠢笨模样，如变山、变土墩、变大树、变石头、变胖大汉，叫他变小姑娘，头勉强变了，“只是肚子胖大，郎伉不像”。如此游戏笔墨淡化了宗教的神秘性，强化了形象的人情味和世俗气息，使其生动有趣，真实可信。

再次，在艺术结构上，全书泾渭分明，严谨完整。此书由大闹三界、取经缘起、西天取经三大部分组成，这三大部分既是有机联系的艺术整体，又各自具有相对的独立性；每一部分由各有起讫、相对独立的若干小故事组成。其中，大闹三界是序幕，取经缘起是过渡，西天取经是主体。全书以唐僧师徒取经为贯穿始终的主要线索，把数十个小故事串联起来，可称为是“线性结构”。《西游记》游戏笔墨的特点是“述变幻恍惚之事，亦每杂解颐之言”（鲁迅《中国小说史略》）。小说继承和发扬古代文学浪漫主义传统，戏笔与幻笔相兼，展开丰富的想象，纵横驰骋于人间天上、地府龙宫，在这个奇诡绚丽的艺术世界里，既有现实的真实感，又有神魔世界的奇异感和生动感。在这些诡谲的幻想背后，隐现出古代人民征服自然、战胜敌人的企盼。

最后，在艺术格调上，《西游记》继承了寓庄于谐的优秀传统，“戏墨寓至理，幻笔抒奇思”，亦谐亦谑，寓嘲寓讽，轻松活泼，妙趣横生，使作品充满诙谐的兴味，产生异常浓烈的喜剧性效果。作品或随意点染，涉笔成趣，或借题发挥，针砭时弊，或冷嘲热讽，饶有情趣，可谓嬉笑怒骂，皆成妙文。

【强化训练】

你更喜欢孙悟空还是猪八戒？为什么？你觉得这两者形象有哪些差异？

文言短篇小说《聊斋志异》

【学习目标】

知识目标：了解《聊斋志异》中具有代表性的故事。

能力目标：能够讲述小说中的一些故事。

素质目标：了解蒲松龄笔下花鬼狐仙所代表的美好世界。

【导入】

在小说史上，有这么一位作家，他写鬼写妖，高人一等；刺贪刺虐，入木三分。他笔下那花妖狐仙的世界被广大民众接受并深深喜爱。他，就是蒲松龄。

【任务训练】

实训任务：请复述《聊斋志异》中黄英或青凤的故事，并对人物形象进行分析。

活动目标：能够结合《聊斋志异》中狐精花妖的动物性来分析人物角色。

【知识导读】

一、作者

蒲松龄（1640—1715），字留仙，又字剑臣，别号柳泉居士，世称聊斋先生，自称异史氏。山东淄川（今淄博市）人。他生活的时代，主要是清顺治、康熙年间。这是社会上各种矛盾都十分尖锐的时代，又是由大动荡逐渐趋向稳定的时代。

蒲松龄从小受儒家教育的影响，热心于科举功名。十九岁“初应童子试，即以县、府、道三第一补博士弟子员，文名籍籍诸生间”。但在这之后，却一直屡试不第。“俯仰时事，悲愤感慨”，而“性朴厚，笃交游，重名义”，孤介峭直，遇不平事，敢于直言。与同邑李希梅等结郢中诗社，以风雅道义相激励。三十一岁时，因“家贫不足自给”，曾到江苏宝应、高邮，为友人孙蕙做幕僚一年。这也是他毕生仅有的一次远游。他“惨淡经营，冀博一第，而终困于场屋。至五十余尚希进取”。经妻子刘氏劝慰，才不再赴试，“而甄匋一世之意，始托于著述焉”。他的家庭经济来源，主要是他当塾师的收入；“一时名公巨卿，日以文事相烦”，大概也有润笔之酬。到了晚年，“瓮中始有余粮”。他七十岁才撤帐归家，已有“养老之田五十余亩”，加上儿女都已自立，也可以算是小康之家了：“得栖迟偃仰，抱卷自适，时邀五老，斗酒相会，以叙生平、话间阔，差可自娱。”七十一岁冬，为援例得岁贡生而奔驰青州道中。

二、内容

《聊斋志异》是一部优秀的文言小说集。它有多种版本，流行的青柯亭本为431篇，而近人会校会注会评本则整整为500篇。《聊斋志异》主要写于蒲松龄四十岁以前，此后又不断地创作和修改，直到谢世前为止。

《聊斋志异》故事的来源，据作者《聊斋自志》所云，大致有三：一是由于对古代志怪小说的爱好，从中提取某些题材予以再创作；二是自己听到的民间故事，“闻则命笔，遂以成编”；三是友人提供的材料，“四方同人，又以邮筒相寄”，作者予以加工。由此可见，《聊斋志异》素材来源广泛，既有传统的题材，更多的是来自现实的传闻，生动活泼，生活气息较浓。这也正是《聊斋志异》富于艺术生命的重要原因。其中，很多篇写狐鬼花妖的故事，这一方面是受古代志怪小说的影响；另一方面，大概是为了冲淡政治色彩，以避开清初恐怖的思想统治，免受文字狱之祸。作者自志云："集腋为裘，妄续幽冥之录；浮白载笔，仅成孤愤之书。寄托如此，亦足悲矣！"借谈狐说鬼，寄托情怀，宣泄孤愤，既是自己的艺术情趣，而更主要的是时代环境使他只能采取这种巧妙的艺术手段。

三、思想

在《聊斋志异》的故事里，给人印象最深的，也是最新颖别致的，是那些以花妖狐魅为主要描写对象的作品。中国是一个具有多元宗教传统的国家，民间巫术又十分发达，所以泛神论观念是根深蒂固的。儒家固然"不语怪力乱神"，但这一强大的官方理念，却从来都不能遏制人们最大限度地驰骋想象。于是，世间万物都有可能化为神祇和精魅，具有了人的外形和思想情感，同时又身怀普通人所不具备的神奇能力。当然，这些神祇和精魅，也不必受世俗礼法的约束，往往在一定限度内处于随心所欲的自由状态。这反映了蒲松龄试图摆脱礼法及其他一切世俗规矩束缚的愿望，集中体现了他的美好理想。

《聊斋志异》里的神仙狐鬼精魅故事，不仅在叙事模式上超越了六朝志怪小说，更是使"志怪"的性质发生了变化。六朝人志怪是将"怪异非常之事"当作曾经有过的事情，记述出来可供读者"游心娱目""亦足以发明神道之不诬"。蒲松龄多是有意识地结撰奇异故事，其中的神仙、狐、鬼、花妖都出自他的创造，个中便有所寄托、寓意。一个明显的例子是《狐梦》篇，他自述其友人毕怡庵读了先期作成的《青凤》，羡慕篇中书生耿去病与孤女青凤相爱的艳福，心向往之，于是也梦遇狐女。有趣的是，狐女临诀别时，向毕怡庵提出一个要求："聊斋与君文字交，请烦作小传，未必千载下无爱忆如君者！"作者最后还现身自云："有狐若此，则聊斋之笔墨有光荣矣。"这篇带有谐谑情趣的故事是作者为那位天真的友人编织了那样的梦，借以调侃、逗趣而已。他可以假孤女故事以游戏，自然也要寄托严正的题旨。他在《聊斋自志》里先说"人非化外，事或奇于断发之乡；睫在目前，怪有过于飞头之国。遄飞逸兴，狂固难辞；永托旷怀，痴且不讳"，后说"集腋为裘，妄续幽冥之录；浮白载笔，仅成孤愤之书"。可见蒲松龄假虚拟狐鬼花妖故事以抒发情怀、寄托忧愤，已成为主导的创作意识，他期望读者能领会寄寓其中的意蕴。在六朝志怪小说中，"怪异非常之事"是作品的内容；在《聊斋志异》里，神仙狐鬼精魅的怪异故事作为小说思想内蕴的载体，也就带有了表现方法和形式的性质。

与这个变化同时发生的还有更深层次的思维性质及其功用的变化。贯穿六朝志怪小说的神道观念及其思维模式，诸如灵魂不灭，人死为鬼；物老成精，能化人形；幽明相通，梦幻与现实世界互渗互补等，都具有神秘性质。蒲松龄也因袭了这些神秘思维模式，结撰出诡谲奇丽的狐鬼花妖故事，从思维形态、方式上看并无二致，但却不完全是在原来迷信意义上的因袭，而是弃其内质而存其形态，作为文学幻想的审美方式和表现方法用于小说创作中，从而也就摆脱了神道意识的拘束，在这个领域里获得了自由，可以随意地借以观照现实世界，抒写人生苦乐，抒发个人的内心隐秘。

《聊斋志异》结构故事的一种模式是人入异域幻境，有入天界，入冥间，入仙境，入梦，入奇邦异国等。在宗教文化及受其影响的志怪传奇中，天界、冥间、仙境是人生的理想归宿和善恶的裁判所，具有权威性，令人敬服、恐惧、企羡；梦是人与神灵交往的通道，预示着吉凶祸福。在《聊斋志异》里，这一切都被形式化，多数情况是用作故事的框架，任意装入现实社会或作家个人心迹的映象。在《仙人岛》一文中，仙人岛上并没有成仙得道的仙人，在那里上演的是一幕轻薄文士被一位慧心利舌的少女嘲谑的喜剧。在《罗刹海市》里，作为前后对照的两个海外国度，大罗刹国不重文章，以貌取人，而且妍媸颠倒，必须“花面逢迎”；海市国里推崇文士，能文的游人便获荣华富贵。这都不过是在怀才不遇、处世艰难的境遇中的作者心造的幻影。前者是现实的讽刺漫画，后者是戏拟的理想图，以“海市”名之，便寓空谈的意思。

在《聊斋志异》里，幽冥世界的形式化最为明显。鬼的观念产生于人类早期对死亡的恐惧，鬼所生存的冥间的主宰者也成了主宰人的生死的神。佛教传入后，注入了地狱和果报观念，对人的影响更强烈，也更令人恐惧。蒲松龄对冥间及鬼官的描写，没有屈从渗进民间信仰的本有的观念和固定模式，而是随意涂抹。如果说有些篇章赋予阎罗、城隍以公正的面貌，如《考城隍》《李伯言》；用冥间地狱作为对人的恶行恶德的惩罚、警告方式，如《僧孽》《阎王》，艺术幻想还没有跳出信仰意识的窠臼，另外一些精心结撰的篇章则是只用作映照现实社会的艺术工具，镜头多是对着官府的。在《席方平》中，席方平为受凌辱的父亲入冥府申冤，城隍、郡司、冥王各级衙门都贪贿、暴虐，他屡受酷刑，感到“阴曹之暗昧尤胜于阳间”。在《考弊司》中，冥间的考弊司，堂下石碣刻着“孝悌忠信”“礼义廉耻”，司主虚肚鬼王却是专事榨取，初来之秀才“不必有罪”“例应割髀肉”，行贿才可赎免。闻人生入考弊司目睹秀才们被割肉的情景，愤而大呼：“惨惨如此，成何世界！”这种类似游戏之笔，既是对阴司之神的玩亵，也明显地将人世官府的黑暗、官僚的贪婪残忍映照出来，读者自会意识到两者的对应关系，对冥间的揭露其实就是对现实社会的揭露。

《聊斋志异》故事结构的另一模式是狐、鬼、花妖、精怪幻化进入人世间。这类非人的形象，在六朝志怪小说中已经出现，但它们虽然幻化为人的体形，却依然少人情，偶然出现意味着不祥，化为美女则是引诱人的手段。《聊斋志异》中的异类，尤其是女性，是以人的形神、性情为主体，只是将异类的某种属性特征融入或附加在其身上。花姑子是獐子精，所以她身上有香气（《花姑子》）；阿纤是鼠精，则写其家窖有储粟，人“窈窕秀弱”“寡言少怒”，与鼠的本性相符（《阿纤》）；绿衣女“绿衣长裙”“腰细殆不容掬”，善歌，“声细如丝”，是依据蜜蜂的特征写出的（《绿衣女》）。这种幻化、变形不是神秘的，而是艺术的幻想。狐鬼形象更只是写其为狐为鬼，带有些非人的特点，性情完全与常人无异。所有异类形象又多是在故事进展中或行将结束时，才显示一下其来由和属性，形成“偶见鹘突，知复非人”的艺术情趣。

《聊斋志异》中的狐鬼花妖精怪形象，也是用作观照社会人生的。他们多是美的、善的，给人（多是书生）带来温馨、欢乐、幸福，给人以安慰、帮助，可以说是寄托意愿、补偿现实的缺憾。例如《红玉》中狐女出现于故事的开头和尾部，主体部分是书生冯相如遭到豪绅的欺凌而家破人亡的惨剧。开头红玉来就穷书生是铺垫，冯家遭难后再来，为冯相如保存、抚育孩子，以主妇自任，恢复家业。《凤仙》中的凤仙不堪忍受家庭中的炎凉之态，自动隐去，留下一面神奇镜子显现自己的喜忧，激励所爱的书生刘赤水上进。这些故事都反映了丑恶庸俗的世态，表达了与之抗争的意愿。

还有一种狐鬼花妖，它们的性格、行为表现的是一种情志、意向，可以称为象征性的文学意象。例如，在《黄英》一文中，黄英是菊花精，名字便是由“菊有黄花”化出。菊花由于陶渊明的“采菊东篱下，悠然见南山”诗句，被赋予高洁的品格，喻淡泊名利、安贫乐道的清高节操。蒲松龄笔下的黄英，精于种菊、卖菊，以此致富。她认为“自食其力不为贪，贩花为业不为俗”，以种菊、卖菊致富是“聊为我家彭泽解嘲”。她与以市井谋利为耻的士子马子才婚前婚后的分歧，多来自马子才总是处在尴尬不能自处的位置上。黄英的形象体现着读书人传统的清高观念的变化。叙写王子服追求狐女婴宁结成连理故事的《婴宁》，并非纯粹的爱情主题。婴宁在原生的山野中，爱花爱笑，一派纯真的天性，天真到似乎不懂得“葭莩之情”与“夫妻之爱”的差别，不知道还该有生活的隐私。当她进入人世，便不得葆其天真、无拘无束了，不再笑，“虽故逗，亦终不笑”。“婴宁”之名，取自庄子所说：“其为物，无不将也，无不迎也；无不毁也，无不成也，其名撄宁。撄宁也者，撄而后宁者也。”（《庄子·大宗师》）所谓“撄宁”，就是指得失成败都不动心的一种精神境界。蒲松龄也用过这个意思，其《趺坐》诗云：“闭户尘嚣息，襟怀自不撄。”婴宁的形象可以说是这种境界的象征。赞美婴宁的天真，正寄寓着他对老庄人生哲学中所崇尚的复归自然天性的向往。

四、艺术成就

从形式上来看，《聊斋志异》是中国文言小说的集大成之作。它吸收了史传文学的创作经验，将文言小说中志怪和传奇两大流派的特点集于一身，既有《搜神记》的怪诞，也有唐传奇的诗情，同时兼采众体之长，又加以融会，是对中国传统的文言小说体式和散文体式的总结和发展。蒲松龄有意识地继承了司马迁发愤著书的传统，力图使《聊斋志异》成为一部“孤愤之书”。在作品的许多篇章后面，都附有作者简短的评说，称为“异史氏曰”，这是以史家自命的突出表现。

从叙事艺术上看，《聊斋志异》以“文思幽折”（但明伦语）著称，《聊斋志异》主要采用志怪小说浪漫幻想的方式布局谋篇，呈现出奇异瑰丽的色彩。人物自由来往于天堂、人间和地狱之间。它还打破了人与鬼、狐、仙之间的界限，人鬼杂处，人狐相恋，人仙无隔，而且随意变化，让花妖狐魅也自由地生活在世俗的空间。《聊斋志异》在创作手法上借鉴了唐传奇的优点，在曲折动人的情节中蕴含诗意，在姿态艳丽的形象里流露深情。蒲松龄对故事情节的安排总是避免平铺直叙，力求波澜起伏，有悬念，有余味。

故事结构完整，情节极尽曲折变幻之能事，完全改变了以往志怪小说情节单纯、故事短小的特点。志怪和传奇的结合，促进了文言短篇小说情节结构艺术的发展。

再次，从人物形象来看，《聊斋志异》塑造了姿态各异的人物形象，性格鲜明，特色突出。小说中优美动人的花妖狐魅形象，是现实生活中美好的人的艺术升华，是幻想的创造物，与一般小说作品中须眉毕现的纯写实的形象不同，带有某种虚幻性和飘忽性。作者常常不作精雕细刻的外形描写，而着意于描绘人物的内在风神，接近于绘画中的写意。这些形象达到了物性和人性完美结合的境界。例如《葛巾》写牡丹变化的少女。

最后，《聊斋志异》以文言写成，具有典雅精粹、生动传神的特点，而能同白话小说媲美，甚至在某些方面还具有白话小说不可能有的独特魅力，这是蒲松龄杰出的艺术创造，历来为读者所称道。无论是抒情写景，还是叙事状物，都绘声绘色，多彩多姿，曲尽形态，词汇丰富，极具表现力。其叙述语言，描摹人情物态，能抓住其主要特征，笔墨凝练简洁，而内涵丰富，生动传神。

例如《画壁》写朱孝廉与壁画中女子相见时的情景：

东壁画散花天女，内一垂髫者，拈花微笑，樱口欲动，眼波将流。朱注目久，不觉神摇意夺，恍然凝想，身忽飘飘，如驾云雾，已到壁上。见殿阁重重，非复人世。一老僧说法座上，偏袒绕视者甚众。朱亦杂立其中。少间，似有人暗牵其裾。回视，则垂髫儿，輾然竟去。

短短几十字的篇幅，就把两人一见钟情的神态举止写得活灵活现，这段叙写是文言，却相当通俗；接近于白话，却又未失雅洁凝重的文言本色。活泼清新，自然明畅，将人物形象、环境气氛、当事人的内心感受等等，都极其生动地表现了出来。

【强化训练】

请在《聊斋志异》中选择一个最喜欢的人物或者群体（如狐仙、花妖等）进行分析。

【知识拓展】

《阅微草堂笔记》

《阅微草堂笔记》为清朝文言短篇志怪小说，于清朝乾隆五十四年（1789）至嘉庆三年（1798）年间翰林院庶吉士出身的纪昀以笔记形式编写而成。在时间上，主要搜集当时代前后的各种狐鬼神仙、因果报应、劝善惩恶等乡野怪谭，或者亲身听闻的奇情逸事；在空间地域上，范围遍及全中国，远至乌鲁木齐、伊宁，南至滇黔等地。

纪昀（1724—1805），字晓岚，《阅微草堂笔记》中署“观弈道人”，直隶献县（今河北献县）人，由编修官至侍读学士，曾谪戍乌鲁木齐三年，释还后主纂《四库全书》，累迁至礼部尚书。《阅微草堂笔记》包括主修《四库全书》以来先后作成的《滦阳消夏录》《如是我闻》《槐西杂志》《姑妄听之》《滦阳续录》，最后由其门人盛时彦合刊，一题《阅微草堂笔记五种》。《槐西杂志》中记东昌书生夜行遇狐女一则，直接做《聊斋志异》中《狐梦》的反面文章。著《阅微草堂笔记》有可能是由《聊斋志异》引起的，但更是纪昀晚年在历尽宦海、阅历已深、心情安详的境遇中，给自己找到的抒发情怀并寄寓劝惩的一种文字事业。他是想让小说有忠厚劝世之意义，摒除描写男女爱情的笔墨，这样，他著《阅微草堂笔记》也就只能是向笔记杂录靠拢，而丢弃《聊斋志异》的文学精神和艺术境界。下摘录《阅微草堂笔记·如是我闻》中的一段：

先叔仪南公，有质库在西城，客作陈忠，主买菜蔬，侪辈皆谓其近多余润，宜飨众。忠讳无有。次日，箧钥不启，而所蓄钱数千，惟存九百。楼上故有狐，恒隔窗与人语，疑所为，试往扣之，果朗然应曰：九百钱是汝雇值分所应得，吾不敢取，其余皆日日所乾没，原非尔物。今日端阳，已为汝买粽若干，买酒若干，买肉若干，买鸡鱼及瓜菜果实各若干，并泛酒雄黄，亦为买得，皆在楼下空屋中，汝宜早烹炮。迟则天暑，恐腐败。启户视之，累累具在，无可消纳，竟与众共餐。此狐可谓恶作剧，然亦颇快意人也。

讽刺小说《儒林外史》

【学习目标】

知识目标：了解《儒林外史》中具有代表性的故事。

能力目标：能够讲述小说中的著名典故。

素质目标：了解讽刺小说和谴责小说的差别。

【导入】

民间有句歇后语，范进中举——疯了，这个故事出自中国小说史上唯一一部以知识分子为主要描写对象的长篇小说——《儒林外史》。

【任务训练】

实训任务：请复述范进中举的故事。

活动目标：根据要素法简单扼要且清晰地复述故事。

【知识导读】

一、作者

吴敬梓（1701—1754），字敏轩，一字文木，号粒民，安徽省滁州市全椒县人。因家有“文木山房”，所以晚年自称“文木老人”；又因自家乡移居至江苏南京秦淮河畔，故又称“秦淮寓客”。他出生于世家大族，“五十年中，家门鼎盛”，每一辈都有科举考试获得巨大成功的人物。到他的父辈吴雯延、吴霖起，家道开始衰落。他从小就受到儒家思想的严格教育，十八岁就中了秀才。不久，他的嗣父吴霖起去世，族人乘机谋夺遗产，家境就急剧败落了。三十三岁时，他不得不从全椒移居到南京，此后生活更为艰难。经历了这些人生变故之后，他对于社会现实有了比较清醒的认识，对科举考试完全失去了兴趣。三十六岁时，有地方官员推荐他直接参加朝廷的“博学鸿词科”考试。吴敬梓装病谢绝了推荐。并且，他还放弃了秀才学籍，永远不再参加任何官方考试。

吴敬梓一生著述丰富，有《文木山房诗文集》《诗说》《史汉纪疑》等，这些著作都失传了。现存的著作，除《文木山房诗文集》四卷及一些零星诗文外，最有名的是小说《儒林外史》。

《儒林外史》是中国小说史上唯一一部以知识分子为主要描写对象的长篇小说，也是唯一一部典型的讽刺小说。它思想深刻，艺术独特，历来备受文学史家的青睐，纷纷给予极高的评价。有人说：“慎毋读《儒林外史》，读竟乃觉日用酬酢之间无往而非《儒林外史》。”意思是，小心别读《儒林外史》，读了之后就会觉得言行举止处处像是这部小说里被讽刺的人物。可见，《儒林外史》十分准确地表现了中国知识分子的精神气质。它是我国古代讽刺文学中最杰出的作品，标志着我国古代讽刺小说艺术发展的新阶段。

吴敬梓所处的时代，正是科举制度显示出醒目的落后腐朽特点的时候。科举制度兴起于隋唐时期，当时是一种先进的选官制度。然而，进入明清时代，考试在内容上只允许士子按照朱熹的注解来阐释儒家经典“四书”“五经”，形式则必须用要求苛刻烦琐的八股文，严重禁锢了文人的思想。一代又一代文人，花费大量心血在八股文上，导致他们的知识结构单一，知识面狭窄和知识实用性极低，使知识分子名不副实。清初思想家顾炎武曾沉痛地指出：“八股之害，等于焚书，而败坏人才，有甚于咸阳之郊所坑者但四百六十余人也。”

二、内容

小说从元末明初写起（“楔子”），一直写到明万历四十四年（1616，“幽榜”），前后历时约二百四十八年。正文从第二回开始，故事发生在明代成化末年，上距“楔子”约一百二十年；结束于第五十五回“四客”故事，此事发生在万历二十三年（1595），下距“幽榜”二十一年。前后历经一个朝代的兴衰。

小说第一回描写了一位品德高尚的人物王冕，通过他的故事概括了全书的思想内容；第二至三十二回分写各地、各类儒林人物；第三十三回以后，随着杜少卿从天长迁居南京，全书的中心便转移到南京士林的活动；最后以“市井四大奇人”结束全书，与第一回遥相呼应。

总体说来，这是一部短篇艺术与长篇艺术相结合的作品。王冕出身田家，天文地理经史上的大学问无不精通；而又安于贫贱，以卖画为生，不与权贵相与。作者通过他的嘴，抨击了科举制度。当王冕得知朝廷制定了八股取士制度时，说：“这个法却定得不好。将来读书人既有此一条荣身之路，把那文行出处都看得轻了。”他预言：“一代文人有厄。”这就是说，文人通过八股科举考试，就有可能得到功名富贵，这样，大家自然就不会再重视“文行出处”了。所谓“文行出处”，是指文章学问、道德品行，以及根据社会情况决定是否出仕做官的原则。文人如果只关心如何求取功名富贵，自然就轻视了真才实学和道德修养，做官也只是为谋取个人私利，从而害了国家也害了自己，造成一代文人的厄运。

书名上，“儒林”一词源出《史记》“儒林列传”，“儒林”即“儒者之林”，指学术界等。国史列传是“正史”，此处作者专门以“外史”为书名，以作区别。作者有意把书中故事假托发生在明代，以类“正史”，而实际上描绘的却是清代广泛的社会生活，反映了作者同时代的文人在科举制度毒害下的厄运。

《儒林外史》反映了世风日下、士风败坏的现实，塑造了一批被八股科举制度毒害的文人。如写为举业耗费毕生精力的周进、范进，熬到胡子花白还没考中秀才。周进路过考场，进去观看，联系自己平生经历，哭到死去活来。后来他的姐夫替他捐了监生，得以直接考举人，而后又考中进士，任广东学道。周进任主考时遇到范进考秀才，因可怜范进而录取，范进后来又考中举人。以前百般讽刺范进的张乡绅，转为奉承巴结，赠与范进银子及房子。淳良质朴的匡超人，被功名富贵的颓风熏染，最后变成忘恩负义的江湖骗子。贡生严致中嘴上说从不占人寸丝半粟的便宜，行动上却哄吓诈骗，巧取豪夺，连同胞手足的家产也据为己有。

这些知识贫乏、道德败坏的文士，一旦考中了进士，踏入仕途，为了攫取更大的权力以保护和扩大既得利益，他们对上便不得不奉迎；为了捞取更多的钱财，他们对下势必欺压盘剥，很快便会成为贪官污吏。他们凭借科举得意，升官发财，作威作福；至于济世安民，为国家和百姓服务，用高翰林的话说，那只是“教养题目文章里的辞藻”，谁如果当真，必是“呆子”，官也做不长。高要知县汤奉为了获得好名声，用酷刑害死了向他行贿的回民老师傅，貌似廉洁，其实每年在收取钱粮时得到的贿赂就有八千多两银子。南昌太守王惠，心心念念“三年清知府，十万雪花银”，唯利是图，衙门里天天都是“戥子声，算盘声，板子声”。戥子是用来称银子的，算盘是用来算账的，板子则是用来打人以便逼出银子的。这样的贪官，上司们却夸奖他“是江西第一个能员”。

《儒林外史》中另有一类投机取巧的文人，他们刻意装出一副不愿做官的清高姿态，实际上是把退隐当作另一条荣身之路，博得社会尊敬，等着朝廷来请下山做官。还有更下一等的，只是挖空心思想赚得些清高的好名声，以便跟官僚交往，谋取私利。如西湖名士景兰江，自感得意的是“这些发过的老先生，但到杭城，就要同我们唱和”。与官僚交往，成了抬高自己身份的资本。赵雪斋整天忙于跟“通政范大人”等高官在一起赋诗，然而，所谓“范大人”，就是那位连宋代大诗人苏轼是谁都不知道的腐儒范进。可见，在一起赋诗是假，追随在官僚身后奉承拍马才是真。

三、思想

《儒林外史》以辛辣的笔触对社会现状和儒士命运进行揭露与批判，在不同程度上表现了当时文人中普遍存在的极端空虚的精神状态，从不同侧面反映了他们知识贫乏、道德败坏的情况。它透过人生百态揭示了士人功名利禄的观念、官僚制度、人伦关系和整个社会风气，形象地说明宗法社会末世的文化教育已经完全失去了蓬勃向上的生命力。吴敬梓把这种恶果归因于统治者所推行的文化专制政策，所以，他集中批判了八股科举制度，尖锐讽刺了弥漫于全社会的功名富贵思想。这种笔墨，实际是对宗法社会腐朽制度的深刻怀疑和责难，正是《儒林外史》非同凡响的思想价值之所在。

吴敬梓具有高度的社会责任感和自觉的救世精神，内心对知识分子更是充满深切的关怀与同情。他不仅辛辣地讽刺了那些奔波在“功名富贵”歧路上的儒林众生，也热情歌颂了坚持“文行出处”操守的真儒贤人。他看到了儒士的病相，探出了病因，抓住了病根，同时也认真负责地开具了药方。这个药方，就是重视学问品行，讲究正确的出仕和退处原则。所以说，为陷入厄运的一代文人寻求“文行出处”之道，为知识分子探索总结安身立命原则，是吴敬梓最深层的创作意图，也是《儒林外史》的主题。

《儒林外史》中鄙视功名的人物，不是通儒，就是专才，他们的人品学问才情都是上乘的。小说中讲求道德操守的君子儒，“行”不是停留在口头上，而是更注重身体力行。杜少卿的诗文，人无有不服，同时他对事理有自己的独立思考，他疏财仗义，即使卖掉祖产也要周济朋友乡邻，他对老管家关怀备至，如同孝子对待父亲一样；向鼎知感于鲍文卿之恩，待身份微贱的戏子如挚友，情深义重；庄绍光出资殡葬仅有一面之缘的穷苦老人；虞育德将使女许配给管家，银子一毫不取。他们讲求信义，朋友间知恩深切，相濡以沫。他们为人正直，施恩不图回报，行事力求不违背本心。祭祀泰伯祠，目的在于习礼乐，出人才，助政教，试图改变文人厄运，疗治社会疮痛，突出地体现他们不仅有强烈的道德自省与自律意识，而且有高度的社会责任感。他们提倡学习礼乐，是直接针对士人所热衷的功名富贵的，这是试图从病根上解决问题。知识分子只有轻视功名富贵，才会重视真才实学和品行修养，才能成为真正有用的人才，才能摆脱如影随形的厄运，进可济世安民，退可全身守志。无论实际效果如何，仅就所体现的道义上的真诚与执着而言，这种主观愿望都值得肯定与敬佩。

四、艺术成就

《儒林外史》的艺术成就主要表现在四个方面。

其一是客观超然的叙事观点。《儒林外史》基本采用限知视角叙述故事，作者不加评论褒贬，而只是以旁观者的身份引领读者观察他所看到的一切。如小说三十七回叙述祭祀泰伯祠的盛典，作者自始至终站在读者的角度，和读者一起观看仪式的每一道程序。《儒林外史》还经常灵活地转换视角，从书中某个人物的角度叙述故事。如十四回写马二先生游西湖，便全是用马二先生的眼睛观察周围的一切，微妙地表现了这个腐儒的性格特点和心理变化。西湖的波光塔影、桃柳桑麻，全不在马二先生眼里，他只注意那些能够引起他观赏兴致的景象。他对酒店里的一切观察得那样仔细，读者可以想见他心里是多么渴望大吃大喝一顿；他情不自禁地把目光集中在女人身上，她们的一举一动尽收眼底，可见他内心对异性也有渴望。但当他拥挤在人群里时，对女人又不敢正视了。这说明，马二先生由于长期沉溺在八股文的刻板文字里，已经失去了起码的审美鉴赏能力，并且对于食色天性的满足已经无能为力。这些都是叙事中自然表现出来的，作者并没有一句话加以解释。能否体会出作者所要表达的意思，全凭读者的鉴赏能力。这种叙事特点，形成了《儒林外史》深沉委婉的艺术风格。

其二是秉持公心的讽刺手法。小说笔锋所向，极有分寸感。对于像王惠、汤知县那样的贪官，对于像严致中、王德、王仁那样的伪君子，对于像匡超人、牛浦郎那样的儒林骗子，作者都加以无情揭露和严厉鞭挞，不留一点儿情面。可是，对于像马二先生、周进、范进那种深受八股科举制度毒害的儒生，又抱有一定同情，讽刺得比较委婉。即使对于那些作者所痛恨的人物，小说也能够表现出他们堕落的原因。如对匡超人、牛浦郎的描写，就不是单纯把责任推到他们个人品德上。这就使讽刺具有了深刻的思想内容，把批评的锋芒对准了腐败黑暗的社会现实。在讽刺基调上，作者善于把喜剧性的情节和悲剧性的内涵结合起来，格调深沉凝重。如写范进中举后发疯，表面上显得滑稽，实则蕴含着范进个人乃至全部知识分子整体命运蹉跎的辛酸，也指出了使当时文人精神失常的社会原因。作者敏锐地捕捉人物瞬间行为，把对百年知识分子命运的反思和他们瞬间的行为巧妙地结合在一起，使讽刺具有文化容量和社会意义。吴敬梓能够真实地展示出讽刺对象中戚谐组合、悲喜交织的二重结构，显示出滑稽的现实背后隐藏着的悲剧内核，从而给读者以双重的审美感受。鲁迅认为："迨吴敬梓《儒林外史》出，乃秉持公心，指摘时弊，机锋所向，尤在士林。其文又戚而能谐，婉而多讽，于是说部中乃始有足称讽刺之书。"（《中国小说史略》）

其三是集锦式的结构艺术。《儒林外史》的结构不是现代意义上严格的长篇小说结构，全书没有贯穿始终的主要人物和故事框架，而是一个个相对独立的故事；前面一个故事会引出一些新的人物，成为后一个故事中的主要角色。有的人物离场之后，就不再出现，有的人物还再次出现，但基本上只是陪衬。鲁迅在《中国小说史略》中称之"如集诸碎锦，合为帖子，虽非巨幅，而时见珍异"。不过，全书有一个统一的主题，各个人物无不围绕这个主题在展开故事情节。并且，小说前后呼应，中间脉络贯通，可以说是形式上散漫而精神上十分完整紧凑。全书"以功名富贵为一篇之骨"，将各自独立的故事情节和复杂的社会生活内容统摄起来，仍然构成了结构谨严的艺术整体。

其四是清新精粹的语言风格。《儒林外史》的语言简洁传神，准确生动，富于形象性，表现力极强。常以三言两语，使人物"穷形尽相"。有人说，"纯粹之白话小说以《儒林外史》为最""（《儒林外史》）是为白话之正宗"，是有一定道理的。《儒林外史》的语言既没有太多的文言成分，也没有过滥的方言俗语成分，作者又十分注重语言的独创性，决不因袭旧套，决不哗众取宠，风格平淡生硬。初读似乎觉得枯淡无味，仔细品味则会感觉韵味无穷。如第二回写周进出场时的样子："头戴一顶旧毡帽，身穿玄色绸旧直裰，那右边袖子同后边坐处都破了，脚上一双旧大红绸鞋，黑瘦面皮，花白胡子。"寥寥数语，就把一个贫穷的教书先生的精神面貌画了出来。"旧毡帽"表明他还不是秀才；"旧直缀”表明他不富裕；“右边袖子”先破表明他经常伏案写字；“旧大红绸鞋”表明他穿着随意，不讲究美感；“黑瘦面皮”表明他饮食匮乏，精神压抑；“花白胡子”则表明他年纪已经有五十多岁了。

【强化训练】

选择《儒林外史》中你认为最可笑的一个人物，分析其可笑行为产生的原因。

【知识拓展】

谴责小说

清朝末年，经过中日甲午战争失利、戊戌变法失败、八国联军侵华这一系列巨大的变故，古老的中国一步步滑到亡国的边缘，国人对腐败的清政府也完全丧失了信心。同时，清政府苟延残喘，对社会的控制能力也越来越弱。在这样的情况下，小说界出现了大量抨击时政、揭露官场阴暗与丑恶的作品。这一类小说大都写得很尖锐，但由于作者迎合读者求一时之快的心理，描写往往言过其实，显得浮露而缺乏深度。所以鲁迅认为这一类小说还不够格称作讽刺小说，就把它们别称为“谴责小说”（见《中国小说史略》），其代表作家有李宝嘉、吴沃尧、刘鹗、曾朴等。

李宝嘉最著名的作品《官场现形记》，也是谴责小说的代表作，共六十回，写于1901年以后的数年中，书未完稿作者就病故了，最后一小部分是由他的朋友补缀而成的。小说的结构大抵如《儒林外史》，由一系列彼此独立的人物故事连缀而成，鲁迅概括其内容说：“凡所叙述，皆迎合、钻营、朦混、罗掘、倾轧等故事，兼及士人之热心于作吏，及官吏闺中之隐情。”（《中国小说史略》）书中写到的官，从最下级的典史到最高的军机大臣，其出身包括由科举考上来的，由军功提拔的，出钱捐来的，还有冒名顶替的，文的武的，无所不包。总之，凡是沾一个“官”字，作者都要让他们“现形”。但正如胡适《官场现形记序》所说，这部小说善于写“佐杂小官”“写大官都不自然”。这也许是作者生活经历所限。然而市井读者的兴趣，却主要在于大官的隐秘，所以作者的笔墨也多花在这方面。而他所写的大官故事，大抵是鲁迅所谓“话柄”（社会传闻），没有多少真实性。如第五回写到何藩台出卖官缺，在那里清算账目，继而因为分赃不均，同他的亲兄弟兼经手人“三荷包”大打出手，差一点弄得太太流产。大官僚通过出卖官缺中饱私囊，确是清末社会的一大弊端，但作者将此写得犹如市井无赖的生意，这就没有真正的“现形”意义，也失去了批判的力量。而从全书来看，大部分是这一类漫画式的笔调，所写的官没有一个是好人，而且这些人几乎全部坏到没有人性的地步。这固然可以使厌恶清政府的读者感到痛快，但社会的复杂性、人性的复杂性就被简单化了。这样的小说，很难说有多大文学价值，且以揭发阴私为快，写坏人必定坏到极端，这对后来的小说也起了不良的示范作用。

吴沃尧（1866—1910），字趼人，广东南海（今属佛山）人，因家居佛山，自号“我佛山人”。他出身于一个衰落的仕宦人家，二十多岁时到上海，常为报纸撰文，后与周桂笙等创办《月月小说》，并自任主笔。他所作小说，以《二十年目睹之怪现状》最为有名，此外还有《痛史》《九命奇冤》《电术奇谈》《劫余灰》等三十余种。

《二十年目睹之怪现状》共一百零八回，自 1903 年始在梁启超主编的《新小说》上连载四十五回，全书于 1909 年完成。小说以“九死一生”为主角，描写他自 1884 年中法战争以来所见所闻的各种怪现状。第二回云：“我出来应世的二十年中，回头想来，所遇见的只有三种东西：第一种是蛇虫鼠蚁；第二种是豺狼虎豹；第三种是魑魅魍魉。”可见其宗旨大致与《官场现形记》相类。不过，这部小说涉及的社会范围比《官场现形记》要广，它以揭露官场人物为主，又写到洋场、商场以及其他三教九流的角色；除了大量的反面人物，还写了九死一生、蔡侣笙、吴继之等正面人物。

吴沃尧性格强毅而多愤世之慨，所以文笔格外尖锐。他对社会问题的态度，是“主张恢复旧道德”（《新庵译萃》评语），所以抨击的矛头，往往针对旧道德传统的破坏。但描写之中，“伤于溢恶，言违真实”（鲁迅《中国小说史略》）的情况，较之《官场现形记》更为严重。像苟观察跪求新寡的媳妇嫁给制台大人充当姨太太以便自己升官；符弥轩虐待祖父，逼得祖父向邻居讨饭，甚至几乎将祖父打死；莫可基冒顶弟弟的官职，霸占弟媳，又把她“公诸同好，作为谋差门路”，无不行同禽兽，绝无情理。以这种不近情理的描绘来批判社会统治阶层的道德问题，是难以取信于人的。所以鲁迅批评这部小说“终不过连篇‘话柄’，仅足供闲散者谈笑之资而已”。

在结构方面，《二十年目睹之怪现状》也是单篇故事的串联，但始终以“九死一生”的见闻为线索，较有连贯性。全书用第一人称叙述，为过去的长篇小说所未见，可能是受了翻译小说的影响。

刘鹗（1857—1909），字铁云，江苏丹徒（今镇江）人。出身于官僚家庭，既受过传统的儒家教育，又对“西学”感兴趣，懂得数学、水利、医学，当过医生和商人，均不得意。后因在河南巡抚吴大澄门下协助治理黄河有功，官至知府。他的思想与洋务派接近，曾帮张之洞筹办洋务，自己也从事过铁路、矿藏、运输等洋务实业活动。八国联军侵占北京时，他用贱价向俄军购买其所掠之太仓储粟以赈济饥民，后因此事被劾，谪徙新疆而死。

《老残游记》共二十回，作者署名“洪都百炼生”，1903 年始刊于《绣像小说》，后又续载于天津《日日新闻》，1906 年出了单行本。三十年代又曾印行二编前六回单行本，内容已不如初编，其中用字也与初编有所不同。全书为游记式的写法，以“老残”行医各地的所见所闻，串联一系列的故事，描绘出社会政治的情状。

《官场现形记》《二十年目睹之怪现状》攻击时政甚烈，但作者对于社会与政治的看法，却没有什么新鲜之处。刘鹗的情况则不同，他一方面坚决反对孙中山所领导的革命，指斥“北拳（指义和团）南革（指革命党）”为国家之祸害，一方面认为只有提倡科学、振兴实业，才能挽救危亡。在《老残游记》的第一回中，他把中国比作一条颠簸于惊涛骇浪中的帆船，认为并不需要改换掌舵管帆的人，而只需要送一只最准的外国罗盘给他们，就可以走一条好的路线。大抵像刘鹗这种比较新式的人物，行事颇有机变，而他们遇到的阻力，主要来自自诩方正而顽冥不化的守旧派。这种特殊性使《老残游记》与一般谴责小说不同，它揭露官场的罪恶，对象主要是“清官”。作者在第十六回的“原评”中写道：“赃官可恨，人人知之；清官尤可恨，人多不知。盖赃官自知有病，不敢公然为非；清官则自以为我不要钱，何所不可？刚愎自用，小则杀人，大则误国，吾人亲目所睹，不知凡几矣。试观徐桐、李秉衡，其显然者也。”

曾朴（1872—1935），字孟朴，江苏常熟人，光绪举人，曾入同文馆学法文，对西方文化尤其法国文学有较深的了解，翻译过雨果等人的作品。他曾参加康有为、梁启超的变法，辛亥革命后进入政界，做过江苏省财政厅长。1927 年以后主要在上海从事书刊出版方面的文化活动。

曾朴一生著作丰富，而以小说《孽海花》最著名。此书初印本署“爱自由者发起，东亚病夫编述”，后者是曾朴的笔名，前者是其友人金松岑的笔名。小说先是由金松岑写了开头的六回，而后由曾朴接手，对前几回作了修改，并续写以后的部分。全书原计划写六十回，金、曾二人已共同拟定了全部回目，但最后完成的只有三十五回。前二十五回作于 1904—1907 年间，后十回作于 1927 年以后的一段时间。所以，《孽海花》已不完全是清末的小说。

《官场现形记》《二十年目睹之怪现状》《老残游记》《孽海花》，通常合称为“清末四大谴责小说”。这些小说和其他同类小说一起，反映了清末政治普遍腐败的现象和社会大众对清政府的厌恶心理，并且通过小说本身思想倾向的变化，反映了清末知识分子思想变化的情况，具有一定的认识价值。

在小说技巧方面，也出现了若干新的因素。但必须注意的是：第一，谴责小说或多或少有夸张失实的毛病，它所反映的是一种变形的镜像，不可完全当作历史的真实面目来看待；第二，谴责小说大体上是顺应时俗的作品，它和现实政治、大众需求关系较紧密，而缺乏作者独特的人生体验和深刻的思考，所达到的思想深度是有限的；第三，谴责小说普遍注重故事性，而缺乏对人物命运的关怀，因而在塑造人物形象、反映人性的复杂内涵这一小说艺术的关键上，没有取得特别突出的成就，与明代小说及清中期小说相比，实际上是衰退的。

红楼梦

【学习目标】

知识目标：了解《红楼梦》中主要人物和著名的典故。

能力目标：能够复述其中经典的故事。

素质目标：理解《红楼梦》中的悲剧意识。

【导入】

先放映《红楼梦》中大观园的相关影片，引出今天要讲的主题——《红楼梦》。

【任务训练】

实训任务：请在林黛玉和薛宝钗两个人物形象中择其一进行分析。

活动目标：能结合家庭背景对人物形象进行分析。

【知识导读】

一、作者

《红楼梦》的作者曹雪芹（约 1715—约 1764），名霑，字梦阮，“雪芹”是他的别号，又号芹圃、芹溪，出生于江宁（今南京）。曹家的祖上本是汉人，约于明永乐年间迁到辽东，后被编入满洲正白旗。清初时他的高祖曹振彦随清兵入关，立有军功，曹家成为专为宫廷服务的内务府人员，家族开始发达起来。他的曾祖曹玺的妻子当过康熙的保姆，而祖父曹寅小时也做过康熙的伴读。

曹雪芹的家庭是“百年望族”，继曹玺之后，祖父曹寅、父辈曹颙和曹頫，祖孙三代四人都在南京担任江宁织造的要职。曹家也是贵族“诗礼之家”。祖父曹寅是当时著名的学者和文人，擅长书法，并能写诗填词度曲，终生不停止写作，著作丰富，又喜欢与当时的名流文士交往；他还是有名的出版家，我们今天所看到的《全唐诗》，就是曹寅在扬州主持刊刻的。

大约在曹雪芹五六岁时，雍正帝获取了皇位，曹家受到冷落。雍正五年（1727），曹頫以多项经济罪名被革职，曹家的财产也被查抄没收了。曹雪芹随曹頫回到北京。据说在乾隆初年曹家又遭到一次打击，从此彻底败落。曹雪芹晚年生活非常穷苦，“满径蓬蒿”“举家食粥酒常赊”。

二、内容

《红楼梦》是古代小说发展史上空前的高峰，也是世界现实主义创作的丰碑。西方批判现实主义创作要到 19 世纪才达到高峰，而《红楼梦》却出现在 18 世纪中叶，早了半个世纪。它诞生在“康乾盛世”，我国最后一个封建王朝清朝的最后一段兴盛时期。经过了一百年的调整和建设，清王朝统治巩固、社会繁荣。然而，这种巩固和繁荣却是建立在一种“不稳定平衡”基础上的。这个王朝看起来繁荣，实际上危机四伏、矛盾不断，封建社会没落的征兆正从各个方面显露出来，和《红楼梦》所描写的贾府非常相似。

《红楼梦》小说以贾、史、王、薛四大家族的兴衰为背景，以富贵公子贾宝玉与林黛玉、薛宝钗的爱情婚姻悲剧为主线，描绘了一批举止见识出于须眉之上的闺阁佳人的人生百态，展现了真正的人性美和悲剧美，可以说是一部从各个角度展现女性美以及中国古代社会世态百相的史诗性著作。

小说前五回是全书的序幕，具有“楔子”性质，主要介绍作品的艺术构思、基本内容和主要人物。其中第一回以甄士隐家的败亡作引子，说明小说的创作缘起；第二回“冷子兴演说荣国府”，巧妙介绍了小说的主要人物和故事环境。

从家族兴衰的事业悲剧来看，第三、四回叙写林黛玉、薛宝钗寄居贾府的缘由，男女主角一一登场；第五回“贾宝玉神游太虚境”，以梦幻情节揭示了大观园中的主要人物及其归宿，以及贾府最后一败涂地的结局。这一回是《红楼梦》的纲领。从第六回到十八回，主要写贾府的繁华和欢乐，是贾府“鲜花著锦”的兴盛时期，实际表现了贾府生活的腐败和糜烂。特别是写“秦可卿出丧”和“贾元春省亲”两件大事，极力渲染了贾府的豪华和奢侈。从十九回到一百十八回，集中笔墨，着力描写贾府的衰败过程，揭示了贾府后继无人、经济困窘、道德败坏、人情险恶、家族内部矛盾加深等严重弊端。其中，“宝玉挨打”“探春理家”“抄检大观园”“查抄宁国府”等故事，都是比较重要的事件。最后两回，写贾宝玉中举后出家，贾府又显现出复兴的势头。

从宝黛钗爱情婚姻的悲剧来看，从第三回到第八回，写了宝玉和黛玉爱情的萌生。由于二人天天生活在一起，培养了纯真的友情。第八回写黛玉对宝玉和宝钗的亲密关系，心怀猜忌，三人之间初次产生了感情纠葛，标志着黛玉已暗暗对宝玉萌生了爱慕之情。从第九回到三十二回，写宝黛爱情的发展，主要表现了二人之间的三次误会和矛盾。第一次是二十三回“西厢记妙词通戏语”，宝玉吐露了爱慕之情；第二次是二十六回“潇湘馆春困发幽情”，写黛玉内心被爱情所折磨；第三次是三十二回“诉肺腑心迷活宝玉”，写他们解除了所有误会，由彼此猜疑，到引为“知己”，爱情发展到一个新阶段。从三十三回到七十九回，写宝黛爱情的成熟。黛玉经过多次痛苦的试探，了解到宝玉对自己的专一，从此互相尊重，彼此体谅，确立了纯真的爱情。其中三十四回写黛玉在宝玉送她的绢帕上写了三首诗，表明了生死不渝的心迹。随着他们爱情的成熟，悲剧因素也在发展。七十八回宝玉因丫头晴雯之死而写了《芙蓉女儿诔》，实际预示了他和黛玉爱情的悲剧结局。从八十回到九十八回，写宝黛爱情的毁灭。自九十六回开始，小说用三回的篇幅，集中描写了贾府的家长们用“掉包计”诱骗病中的宝玉和宝钗成亲，终于扼杀了宝黛的爱情和幸福，黛玉含恨而死。九十九回以后，写宝玉和宝钗婚姻生活的不幸。最后，宝玉抛下宝钗，出家当了和尚。

三、思想

《红楼梦》的情节故事，都是些日常的家庭琐事，小儿女的悲欢离合，但却表现出了多重的悲剧意识。

首先，《红楼梦》是宗法社会不可避免要走向灭亡的社会悲剧，也是一出“树倒猢狲散”的家庭悲剧。辉煌的贾府赫赫扬扬已有百年，现在几乎只剩下一个空架子。小说详尽地反映了贾府的各种弊端，揭示了它没落的必然原因。奢侈浮华，支出多而收入少，“儿孙一代不如一代”，后继无人。贾府祖先靠军功建立了家庭基业，下一代雄风犹存，还可以守成。但到了现在的第三代，即“文”字辈的贾敬、贾赦、贾政等，已经退化为昏聩无能的一辈。至于第四代，即“玉”字辈的贾珍、贾琏、贾环，以及第五代，即“草”字辈的贾蓉等，则堕落为一群聚赌嫖娼、胡作非为的纨袴子弟。由这些败家子继承家业，贾府必将一败涂地。贾府的末世景象，具有高度的典型性，足以概括整个宗法社会的末世景象。作品所揭示的贾府没落原因，深刻反映了当时社会的种种痼疾。

然后，《红楼梦》是贾宝玉和林黛玉的爱情悲剧，以及他和薛宝钗的婚姻悲剧。这是《红楼梦》的情节主线，以至于作者称小说是“悲金悼玉的《红楼梦》”，意思是悲念宝钗，伤悼黛玉。宝钗有一个金锁，宝玉生下来时嘴里就衔着一块通灵玉石，因此，人们都说宝玉和宝钗是一对“金玉良姻”；至于黛玉，前身是一棵绛珠仙草，受了宝玉的前身神瑛侍者的甘露浇灌之恩，情愿今世用一生的眼泪来报答他，所以，她和宝玉的爱情是一段“木石前盟”。小说第五回《终身误》曲中说：“都道是金玉良姻，俺只念木石前盟。”说的是宝玉思想感情与世俗观念不可调和的矛盾。在思想上，宝钗与黛玉截然相反：宝钗守“礼”，黛玉重“情”。宝钗的言行举止都力求合乎儒家道德规范，她多次劝说宝玉读书仕进，令宝玉极为反感。不幸的是，最后金玉良姻战胜了木石前盟，因为金玉良姻更合乎贾府的家族利益。

最后，《红楼梦》是主人公贾宝玉的人生悲剧。小说开篇用女娲补天的神话，写女娲炼五色石以补苍天时多出的一块被弃置青埂峰之下，后来有了灵性，被一僧一道幻形为通灵宝玉携至人间历劫，经历了离合悲欢和炎凉世态，所以小说本名《石头记》。贾宝玉的前生是那块“无材补天、幻形入世”的石头。他根本就不想把自己锻炼成为一块有助于“天”的石料，从而走上了一条叛逆道路。他厌恶四书五经，反对八股科举制度，讥讽儒家伦理，成天和家里的姐妹们厮混一处。宝玉从精神上背叛了宗法社会及其意识形态，所动摇的是支撑社会发展的根本。

四、艺术成就

《红楼梦》不仅思想深刻，意蕴丰厚，而且艺术精湛，技巧娴熟。作品广泛吸收了中国文学的精华，融通俗和典雅文学于一体，极大地丰富了小说的创作技巧，增强了小说艺术的表现力。它的艺术成就，甚至超越了小说艺术。脂砚斋一再称颂它是“千古未有之奇文”，确实并非夸张。《红楼梦》不愧为中国文学发展史上卓越的艺术精品。

从结构布局上看，《红楼梦》采用的是立体式网状结构，具有多层次、多侧面、多线索、多色调的特点，错综复杂，针线细密，变化多端，真正达到了“横看成岭侧成峰”的神奇境界。就线索来说，《红楼梦》的情节主线是宝玉和黛玉、宝钗的爱情婚姻悲剧，副线是贾府衰败的悲剧。副线之中还可分出大观园内与外两条线索，分别与主线交织在一起。另外，书中还有许多小的情节线索，像葛藤一样攀附在主线和副线上。这样，每一条线索的每一个段落都是彼此相连的，牵一发而动全身，像生活本身一样在复杂的状态下保持着内在联系。许多故事和情节都是作为一个整体的复杂组成部分而互相交错、此起彼伏地存在着。同时，这些情节和人物，又在持续不断地扩展、加深、丰富并向一个总的方向运行，直到完成一部浑然一体的《红楼梦》。

就人物形象而言，《红楼梦》中有名有姓的人物有四百余人，其中给人印象深刻的达数十人，而精心刻画的主要人物如贾宝玉、林黛玉、薛宝钗、王熙凤、贾母、贾政等，跃然纸上，呼之欲出，具有极其鲜明的性格特征，成了中国文学中不朽的艺术形象。作者善于通过不同的手法来塑造人物，或通过人物个性化的行为、语言，或通过环境描写，或通过对比、比较，或通过他人的评价等，这些手法运用得娴熟自然，浑然天成。一大批的典型人物都具有高度的复杂性、鲜明的个性和充分的真实性。比如，贾宝玉的性格纯情、追求自由。他反对科举，不喜八股，这并不是他对科举有深刻的认识，而是出于追求自由的本性。他不谙世事，不存名利。而林黛玉则真实、多愁善感、说话尖刻，但她的心灵也是未曾污染的净土，她在本质上最接近贾宝玉，所以他与贾宝玉才是心心相印的恋人。

就艺术表现而言，《红楼梦》调动了我国诗歌、散文、绘画、音乐、建筑、雕塑等一切艺术表现手段，创造出诗化的性格和诗化的意境与风格，这又是对以前叙事体小说的一个突破。古代小说中的诗词，往往用于场面、人物外貌等方面的描写，常游离于人物性格之外。《红楼梦》却将诗词歌赋与环境、人物、场面、情节等融合在一起，达到人境合一、情景交融、神形兼备的艺术境界，给人以整体感、和谐感。

就语言来说，《红楼梦》的语言有极高的造诣。整部小说以北方口语为基础，融会了古典书面语言的精粹，经过作者苦心营构，穷力追新，形成了简洁纯净、洗练自然、准确精美、具有浓厚生活气息和强烈感染力的文学语言。它的叙事语言平实自然，通俗生动，富有立体感和表现力；人物语言则能准确地显示人物的身份和地位，能形神兼备地表现出人物的性格特征，具有高度的个性化。整篇小说语言不仅极具个性化，而且简洁文雅，语汇丰富，俗雅得体，准确生动，是一种具有生活气息和强烈感染力的文学语言。

就层次来说，《红楼梦》是逐层展开的。如果仅止于爱情故事，只不过是才子佳人小说；如果仅止于风月故事，那不过是艳情小说；如果仅止于贾府的败落，又不过是传统的世情小说，只有把几个层次折叠在一起摹写，才能使情节内容饱满。《红楼梦》涉及面极广，上起朝廷官场，下至平民百姓，全方位展现了一个立体的生活画卷。它有丰富的场景和细节，既有“出殡”“省亲”“抄家”那样的大场面，也有“葬花”“扑蝶”“补裘”那样的小画幅，可以说是千姿百态、灵活多变。每个场景都好像是按照生活的本来面目摹写出来的，毫无人工斧凿的痕迹。小说由贾宝玉扩展到林黛玉和薛宝钗，再扩展到大观园和贾府，由贾府而联系到史、王、薛三个家族，进而涉及整个社会，层层扩展，无限延伸，使全书显得密而不乱，琐而不碎，从容不迫，条理分明。

【强化训练】

请进一步阐释，“木石前盟”和“金玉良姻”的实质是什么？最后结果说明什么？

【知识拓展】

1987版电视剧《红楼梦》

自20世纪20年代起，中国改编自《红楼梦》的影视作品有20余部。最早的作品可追溯到梅兰芳出演的京剧短片，其中有《黛玉葬花》片段；而若论至今为止影响最为深远、观看人次最多的，则是由中央电视台在1987年拍摄完成的长篇电视剧《红楼梦》，这版剧集被称为“央视版《红楼梦》”或“87版《红楼梦》”。该剧由王扶林任导演。早在1979年，导演王扶林去英国访问的时候，看到莎士比亚剧作被大量改编成影视作品，就产生了拍摄古典名著《红楼梦》的念头。回国以后，这一设想得到了中央电视台领导和红学家们的支持。1983年2月成立了筹备组，5月成立编剧组，8月成立顾问委员会。1983年2月成立筹备组；12月完成剧本初稿。1984年春夏，剧组在北京圆明园先后举办了两期红剧演员学习班，从全国各地数万名候选人中遴选出的一百多名演员在此研究原著，分析角色，学习才艺。经过几次录像，反复比较，最终确定了各自的角色，随后，剧组组织演员学习原著、操练琴棋书画，并于北京依照原著，建造了大观园。剧组邀请了沈从文、周汝昌、王昆仑、周扬、曹禺、启功等当代大家组成顾问团，这样超豪华的幕后班级几乎无法重现。后历经三年拍摄，央视版《红楼梦》于1987年播出，一经播出即引起空前轰动。而剧中主演陈晓旭、欧阳奋强、张莉、郭霄珍等也因此剧影响了自己一生的命运。

央视版红楼服装设计是史延芹，化妆设计是杨树云。史延芹是《红楼梦》《孔子》《水浒》《范仲淹》《李清照》《汤显祖》《聊斋》等电视连续剧的服饰设计者，并多次荣获国家级服饰设计大奖。长期大量地从事古代服饰的研究和设计工作，为她积累了丰富的知识、经验和素材，并使她成为我国古代服饰领域里的少数专家之一。据说，当年她为红楼梦就设计了2700套服装。杨树云先生是中国影视技术学会化妆专业委员会主任，中视传媒化妆造型设计师，中央电视台美工设计师，中国影视唐文化研究所研究员。

大卫·霍克斯的《红楼梦》英译本

2009年7月31日，英国著名汉学家、红学家，《红楼梦》的英文翻译家大卫·霍克斯（David Hawkes）病逝。霍克斯一生最闪耀之处，大概便是，他第一个翻译出《红楼梦》的英文全译本。

1923年7月6日，霍克斯出生在英国伦敦东部。他大学就读于牛津大学基督教院。1948年，26岁的霍克斯来到中国北京，进入北京大学就读中文系。1949年10月1日，中华人民共和国正式宣告成立，霍克斯和他的同学们一起来到天安门广场看开国大典。1951年，霍克斯学成归国。1959年，36岁的霍克斯发表了《楚辞》英文版，同一年，他成为牛津大学中文系教授。1970年，霍克斯抓住了和企鹅出版社合作的机会，全面启动了《红楼梦》120回的全本翻译工作，这时，他面临极其巨大的翻译工作量，以及日常的教学工作。霍克斯知道，他翻译《红楼梦》是一件开天辟地的大事，因为西方世界还没有一个 120 回的全本英文《红楼梦》。他最后做出了艰难的抉择，辞去了牛津大学中文系主任的教职，全心投入《红楼梦》的翻译，这在国际汉学界引起了巨大的震动。还没有一位汉学家，是为了翻译中国作品而辞职的。

霍克斯用了 10 年的时间，翻译了前 80 回，分别在 1973、1977、1980 年出版了英文版《红楼梦》分册，最后 40 回，由霍克斯的女婿汉学家闵福德完成。由此，西方世界第一部全本 120 回的《红楼梦》便诞生了。

霍克斯的《红楼梦》英文版，至今在西方世界拥有独一无二的地位。20 世纪 80 年代四卷本《红楼梦》英译全本出现之后，20 多年内，还没有一部《红楼梦》新的英译本出现。英国翻译家戴乃迭和杨宪益合作翻译的《红楼梦》，在中国拥有影响力；而霍克斯版，则在西方世界独领风骚。现摘录几个霍克斯的《红楼梦》英文版的片段，并与原文进行中英文对照。

1. 从头看去，越看越爱，不顿饭时，已看了好几出了。但觉词句警人，余香满口。一面看了，只管出神，心内还默默记诵。

The more she read，the more she liked it，and before very long she had read several acts，She felt the power of the words and their lingering fragrance. Long after she had finished reading. When she had laid down the book and was sitting there rapt and silent，the lines continued to ring on in her head.

2. 凤姐听了，眼圈儿红了一会子，方说道：天有不测风云，人有旦夕祸福，这点年纪，倘或因这病上有个长短，人生在世，还有什么趣儿呢！

Xi feng's eyes became moist and for a moment she was too overcome to speak. “I know ‘the weather and human life are both unpredictable,’” she said at last, “but she's only a child still. If anything should happen to her as a result of this illness, I think all the fun would go out of life!”

3. 宝玉听了这话，见她脸上气色非往日可比，便笑道：“怎么又动了气呢？”袭人冷笑道：“我那里敢动气呢？只是你从今别进这屋子了。横竖有人服侍你，再不必支使我，我仍旧服侍老太太去。”

The expression on her face as she uttered these words was angrier than he had ever seen her look before. He laughed. “Oh dear! Are you in a rage again?” Aroma laughed mirthlessly. “It's not for the likes of me to get into rages, But I wish that from now on you would stop coming into this room, After all, you have got people to wait on you elsewhere. You don't really need my services. I shall back to serving Her Old Ladyship, like I used before.”

参考文献

[1] 章培恒，骆玉明．中国文学史新著[M]．上海：复旦大学出版社，2007．

[2] 袁行霈．中国文学史[M]．北京：高等教育出版社，2014．

[3] 郑振铎．中国俗文学史[M]．北京：中国和平出版社，2014．

[4] 谢桃坊．中国市民文学史[M]．成都：四川人民出版社，2015．

[5] 胡适．白话文学史[M]．合肥：安徽教育出版社，1999．

[6] 张明，于井尧．中国文学史[M]．长春：吉林文史出版社，2006．

[7] 姜书阁．中国文学史四十讲[M]．杭州：浙江大学出版社，2008．

[8] 陈平原．中国散文小说史[M]．上海：上海人民出版社，2014．

[9] 陈松柏．中国古代小说史[M]．长沙：湖南科学技术出版社，2004．

[10] 叶嘉莹，高献红，顾之京．驼庵传诗录：顾随讲中国古典诗词（上下册）[M]．石家庄：河北教育出版社，2013．

[11] 袁珂．中国古代神话[M]．北京：华夏出版社，2013．

[12] 郭荣光．历代散文名篇大观[M]．济南：山东文艺出版社，1991．

[13] 齐裕焜．中国古代小说演变史[M]．北京：人民文学出版社，2015．

[14] 陈铭．意与境：中国古典诗词美学三昧[M]．杭州：浙江大学出版社，2001．

[15] 谢无量．中国大文学史[M]．郑州：中州古籍出版社，1992．